Stuart Woods
Die Nachfolger

Stuart Woods

Die Nachfolger

Deutsch von Friedrich A. Hofschuster

Aufbau-Verlag

Titel der amerikanischen Originalausgabe
Chiefs

Für Judy Tabb

Prolog

Der Junge lief um sein Leben.

Er stieß sich vorwärts mit einer Anstrengung, die wilder Angst und einem ebenso wilden Gefühl wiedergewonnener Freiheit entsprang. Zuerst rannte er, ohne sich seiner Verletzungen bewußt zu werden, dann, als er blindlings durch den dunklen Wald stürmte, stieß er gegen einen Baumstamm und fiel zu Boden. Er lag wie betäubt da, ohne zu wissen, wie lange, und als es ihm schließlich gelang, wieder auf die Beine zu kommen, trafen ihn der Schmerz und die Kälte der Winternacht mit voller Wucht, und er schwankte.

Er hörte, wie der Mann und der Hund durch das Gehölz brachen, und begann wieder zu laufen, wild, verzweifelt, ohne auf das Unterholz zu achten, das ihm den nackten Körper blutig riß. Plötzlich erreichte er eine Straße, zögerte, entschloß sich, nicht ohne Deckung weiterzulaufen, und warf sich auf der anderen Seite ins Dickicht. Ein paar Meter weiter mußte er sich durch dichte, dornige Brombeersträucher kämpfen, dann fand er einen schmalen Pfad.

Allmählich schwanden ihm die Kräfte; er sog die Luft mit lautem, rasselndem Geräusch in seine Lungen; seine Muskeln schmerzten, seine Beine wurden schwach. Er hörte, wie sich der Mann fluchend einen Weg durch die Brombeersträucher bahnte, und trieb sich mit der ihm verbleibenden Kraft weiter an. Er wußte, daß er lieber bis zur Erschöpfung und bis zum Tode laufen würde, als in dieses Haus zurückzugehen. Er war bereit, zu Gott heimzukehren, wenn sein Herz versagte, doch sein erschöpfter Leib trug ihn immer noch weiter.

Der Pfad bog scharf nach rechts ab, aber der Junge machte einen Satz in das dichte Gebüsch, in der Hoffnung, daß er dort sicherer war vor dem Verfolger. Dann sah er Sterne durch das Unterholz blinken und dachte, daß er auf freies Gelände kommen würde, während sein

Peiniger dem Pfad folgte. Er nahm die letzten Kräfte zusammen, machte einen Satz nach vorn, warf sich auf den Boden und hoffte, unentdeckt zu bleiben.

Aber da war kein Boden; die Erde schien vor ihm zurückzuweichen. Er glaubte in einen Graben zu fallen, aber dieser Graben hatte keinen Boden. Er stürzte, drehte sich einmal in der Luft, versuchte verzweifelt, die Füße nach unten zu bekommen, während tief unter ihm der felsige Abgrund gähnte . . .

1. Buch

Will Henry Lee

I

Hugh Holmes, der Präsident der Bank von Delano und Vorsitzende des Stadtrats von Delano, war ein Mann, der mehr als die meisten anderen die Gegenwart unter den Bedingungen der Zukunft betrachtete. Das gehörte zu seinen großen Vorzügen als Bankier wie auch als Politiker, aber an einem kalten Morgen im Dezember des Jahres 1919 verließ ihn diese Gabe. Dennoch sollte es noch Jahre dauern, bis er erkannte, wie dieser Morgen seine Zukunft und sein ganzes Leben verändert hatte.

Holmes rühmte sich, auf den ersten Blick voraussagen zu können, was ein Kunde, der seine Bank betrat, von ihm wollte. An diesem Morgen schaute er durch das Schiebefenster in der Wand zwischen seinem Büro und dem Hauptraum der Bank hinaus, als Will Henry Lee die Schalterhalle betrat, und Holmes übte sich wieder einmal in seinem Talent, das Kommende vorauszusehen. Will Henry Lee war Baumwollfarmer; seine Hypothek war am Ersten des Jahres fällig, und er wollte sie vermutlich erneuern. Holmes brauchte nur Sekunden, um sich die Umstände ins Gedächtnis zu rufen: Will Henrys Schulden lagen bei etwa fünfunddreißig Prozent des Gesamtwerts seiner Farm, zumindest in günstigen Zeiten. Das war ein niedrigerer Schuldenstand als bei den meisten anderen Farmern, und Will Henry hatte die Zinsen stets rechtzeitig bezahlt und bereits zweimal einen Teil der Schuld getilgt. Aber Holmes wußte auch, daß Will Henry, falls die Kornwurmseuche, die die Samenkapseln der Baumwollpflanzen vernichtete, nicht gestoppt werden konnte, im kommenden Herbst eine Mißernte erleben würde. Dennoch respektierte er den Mann, ja, er konnte ihn sogar gut leiden und entschloß sich daher, seine Hypothek zu erneuern. Er beugte sich an seinem Schreibtisch nach vorn und tat so, als lese er einen Brief, in der Überzeugung, daß er den Inhalt der folgenden Diskussion bereits vorausgeahnt und eine zufriedenstellende Lösung gefunden hatte. Will Henry klopfte an die Tür, setzte sich, tauschte ein paar Höflichkeiten mit dem Bankier und bat ihn dann um die Stellung des neu zu besetzenden örtlichen Polizeichefs.

Holmes war verblüfft, teils wegen der völlig unerwarteten Bitte, teils aber auch wegen des totalen Zusammenbruchs seines Frühwarnsystems. Er war derartige Überraschungen nicht gewohnt und schwieg ein paar Sekunden lang, während er sich bemühte, diese ungeheure Überraschung zu verarbeiten und an die richtige Stelle eines ordentlichen Gedankengebäudes zu setzen. Seine Mühe schlug jedoch fehl. Um Zeit zu gewinnen, begab er sich zunächst auf vertrauten Boden. »Ja nun, Will Henry, Ihre Farm könnte doch eigentlich noch ausgebaut werden. Wir könnten durchaus die nächste Ernte abwarten, selbst in Anbetracht der Schwierigkeiten, vor denen die Baumwollfarmer heute stehen.« Dabei gelang es Holmes zu seiner Zufriedenheit, die überlegene Haltung des Bankiers zu wahren.

»Hugh, wenn ich die Farm weiter ausbauen wollte, brauchte ich mehr Kapital, und das würde bedeuten, daß ich mich tiefer in Schulden stürzen müßte. Und wenn ich erst auf die nächste Ernte wartete, würde die Sache nicht besser, sondern eher schlimmer werden. Es sind schon größere Farmer als ich zugrunde gegangen. Ich dachte, es wäre das beste für Ihre Bank und für die Farm, wenn Sie sie jetzt übernehmen und verkaufen. Vielleicht bleibt nach dem Verkauf noch einiges für mich übrig. Um die Wahrheit zu sagen: Hoss Spence hat mir letzte Woche für den Besitz genausoviel geboten, wie ich Ihnen schulde, aber ich überlasse die Verhandlungen lieber der Bank. Hoss hat mit seiner Viehzucht und dem Pfirsichanbau schon einige Farmen saniert, auf denen früher Baumwolle gepflanzt wurde, aber ich möchte nicht, daß meine Farm auf diese Weise verändert wird.« Er brach ab, schaute Holmes an und wartete.

Holmes' Gehirn begann allmählich logisch zu ordnen. Punkt eins: Will Henry hatte recht, was die Stellung der Bank betraf; wenn sie die Farm jetzt übernahm, konnte sie den Verkauf gewinnträchtiger durchführen; im nächsten Jahr würde alles wesentlich schlechter aussehen. Punkt zwei: Delano war längst groß genug für einen Polizeichef, andererseits nicht groß genug, um einen erfahrenen Beamten aus einem anderen Distrikt anzulocken. Holmes hatte sich als Vorsitzender des Stadtrats seit Monaten nach einem geeigneten Mann umgesehen. Der Chief von La Grange hatte es klar und deutlich ausgesprochen. »Mr. Holmes, um die Wahrheit zu sagen: Im Augenblick könnte ein Ort wie Delano nicht einmal einen halbwegs brauchbaren Streifenpolizisten aus einer größeren Stadt reizen, geschweige einen Sergeant. Ich rate Ihnen, sich einen ortsansässigen Mann zu suchen, der den Respekt der Leute genießt, und ihm die Stellung zu geben. In einer Gemeinde wie Delano kann er neunzig Prozent der auf ihn zukommenden Aufgaben mit Hilfe dieses allgemeinen Respekts lösen.«

Holmes schaute über den Schreibtisch auf Will Henry. Er selbst respektierte diesen Mann, und er war ein härterer Richter als die meisten anderen. Will Henry war wohlbekannt in der Stadt, auch wenn er und vor ihm sein Vater einfache Farmer waren. Vielleicht verlieh ihm die Tatsache, daß er und seine Familie seit jeher hier ansässig waren, ein wenig Distanz bei aller Vertrautheit und verstärkte noch den allgemeinen Respekt. Holmes widerstand dem Bedürfnis, Will Henry die Hand zu schütteln und ihm auf der Stelle den Blechstern anzuheften. Immerhin galt es, seinen Ruf als vorsichtiger Mann zu wahren, und außerdem konnte er die Entscheidung ohnehin nicht allein treffen.

»Ja, also, ich werde das bei der nächsten Sitzung des Stadtrats in die Diskussion einbringen.« Er ließ eine Pause entstehen. »Haben Sie schon mit Carrie darüber gesprochen, Will Henry?«

»Nein. Ich wollte zuerst mit Ihnen sprechen. Carrie ist bereit, sich mit mir um die nächste Ernte zu kümmern, aber ich glaube, es wäre eine Erleichterung für sie, die Farm endlich los zu sein. Wir müßten uns ein Haus in der Stadt suchen, und ich denke, es würde ihr Spaß machen, dieses Haus einzurichten. Sie war im Herzen immer ein Stadtmädchen, glaube ich. Wie sehen Sie meine Chancen für diesen Job, Hugh?«

Holmes räusperte sich. »Ich glaube, man könnte sagen, es liegt im Bereich des Möglichen. Ich werde dafür sorgen, daß der Stadtrat den Antrag gründlich prüft.« Die beiden Männer erhoben sich und schüttelten sich die Hände. »Ich könnte Ihnen behilflich sein bei der Suche nach einem geeigneten Haus in der Stadt.« Holmes hatte sogar schon ein entsprechendes Haus im Sinn. Jetzt lief das Gehirn des Bankiers auf vollen Touren.

Aber sein Morgen war noch nicht zu Ende. Als er die Bürotür öffnete, um Will Henry hinauszubegleiten, sah er, daß noch jemand auf ihn wartete. Francis Funderburke, in Delano und im Meriwether County wegen seiner ungewöhnlichen äußeren Ähnlichkeit mit einem Fuchs besser unter dem Spitznamen Foxy bekannt, stand in beinahe militärischer Haltung da. Der drahtige kleine Mann in steifgestärktem und maßgeschneidertem Khaki, der eine flache Armeemütze auf dem Kopf hatte, schräg über den hellen, dicht nebeneinander sitzenden Augen, sah aus wie ein etwas sonderbarer Waldhüter oder ein gealterter Pfadfinder. »Tag, Foxy, wie geht's?« fragte Will Henry.

Foxy warf dem Farmer einen scharfen Blick zu. »Lee.« Er wandte sich wieder dem Bankier zu. »Holmes, ich möchte mit Ihnen sprechen.« Foxy redete Männer mit ihren Familiennamen an, ohne Titel, und gewöhnlich in der Manier eines hohen Offiziers, der sich herabläßt, mit einem Rekruten ein paar Worte zu tauschen. Bei Frauen setzte er knurrend ein »Miss« vor den Namen, ganz gleich, wie alt sie waren, ob verheiratet oder ledig. Bei seinen Begegnungen mit Foxy kam sich Holmes immer so vor, als sei er vorgeladen statt besucht worden, wegen irgendeiner Übertretung unbekannter Verordnungen. Er lud Funderburke ein, in sein Büro zu kommen, und hatte die deutliche Vorahnung, daß an diesem Vormittag noch mehr aus dem Ruder gehen würde. Und damit täuschte er sich keineswegs.

Bevor einer der beiden Männer einen Stuhl erreicht hatte, sagte Foxy bereits: »Holmes, ich will diese Stellung.«

»Was denn für eine Stellung, Foxy?« fragte Holmes, obwohl er genau wußte, was Foxy meinte.

»Den Job eines Polizeichefs natürlich«, erklärte Foxy und ließ dabei durchblicken, daß Holmes seiner Meinung nach versuchte, ihm gewisse Informationen vorzuenthalten. »Ich weiß, daß Sie sich seit einiger Zeit nach einem erfahrenen Mann für den Posten umsehen und daß Sie bisher keinen finden konnten. Das heißt, daß Sie gezwungen sind, einen Zivilisten dafür einzustellen. Mit meiner militärischen Erfahrung und meiner Kenntnis von Feuerwaffen bin ich der geeignete Mann dafür.« Foxy hatte kurze Zeit als Unteroffizier bei einer Versorgungseinheit in Frankreich gedient. Als ein Lastwagen umkippte und ihm den Fuß einquetschte, war er nach Hause geschickt worden. Wegen der Verletzung wurde er als Kriegsveteran entlassen. Und in Foxys Bewußtsein wie auch in seinen Erzählungen war diese Verletzung eine Kriegsverwundung.

Holmes begann wieder einmal, seinen Verhandlungsspielraum zu überdenken. »Ich sehe da keinen Zusammenhang.«

»Ich bin ausgebildet und weiß, wie man Menschen führt.«

»Nun, Foxy, der Chief von Delano wird kaum Menschen zu führen haben. Es wird sich um eine Ein-Mann-Dienststelle handeln.«

»Sie wird schon wachsen mit der Zeit. Außerdem braucht diese Stadt jemand, der auf Disziplin achtet.«

»Disziplin«, wiederholte Holmes tonlos.

»Die Leute müssen ihren Chief respektieren.«

Da war es wieder, dieses Wort: Respekt. Holmes mußte in Gedanken zugeben, daß Foxy tatsächlich bei den Bürgern eine gewisse Art von Respekt genoß. Sein Vater hatte ihm ein paar der ersten Coca-Cola-Aktien hinterlassen, die nach Holmes' Schätzung inzwischen einen beträchtlichen Wert erlangt hatten, angesichts der Dividenden, die Foxy auf sein Bankkonto einzahlte. Reichtum trug einem zweifellos eine bestimmte Art von Respekt ein. Foxy hatte seinem Land im Krieg gedient, und die Leute respektierten ihn auch deswegen, obwohl die Einzelheiten seines Einsatzes in Frankreich ziemlich dunkel blieben. Und Foxy war ein Bilderbuch-Amerikaner. In einem Anfall von patriotischem Eifer hatte er sich ein Blockhaus gebaut – mit eigenen Händen –, in dem er bis zu diesem Tag wohnte. Sicher, die Anbauten und Verbesserungen, die durch eine Reihe von Baumeistern hinzugefügt worden waren, machten es zum vermutlich kostspieligsten und komfortabelsten Blockhaus in der Geschichte Amerikas, aber Foxy konnte immerhin mit einiger Berechtigung behaupten, er habe es mit eigenen Händen gebaut.

Die Leute respektierten ihn also. Aber außerdem hielten sie ihn für verrückt. Foxy war zweifellos ein exzentrischer Mensch, doch bei den Einwohnern einer Kleinstadt wie Delano im Staate Georgia herrschte beträchtliche Toleranz gegenüber solchen Exzentrikern. Aber Disziplin? Foxy war keineswegs der Mann, der darauf pochen konnte. Holmes sah schon in Gedanken, wie die Leute mit ihren Automobilen auf den Gehsteigen fuhren oder sich gegenseitig beschossen, und sei es nur, um Foxy zu ärgern.

»Sie wissen ja, Foxy, daß ich nicht befugt bin, irgend jemanden einzustellen. Ich habe nur im Auftrag des Stadtrats nach einem geeigneten Mann gesucht. Also schlage ich Ihnen vor, Sie reichen dem Stadtrat eine schriftliche Bewerbung ein, und ich werde dafür sorgen, daß sie bei einer der nächsten Sitzungen vorgetragen wird.« Kein Zweifel, dazu war Holmes durchaus bereit.

Und auch für Foxy schien das eine ordentliche und praktische Lösung zu sein. »Sie bekommen meine Bewerbung noch heute, Holmes«, bellte er, und nach einer knappen Verbeugung marschierte Foxy Funderburke aus dem Büro und aus dem Bankgebäude.

Holmes nahm seine Brille ab und massierte sich die Nasenwurzel. Da wunderten sich die Leute, daß er mit fünfundvierzig schon fast grau war!

Einer der Kassierer steckte den Kopf herein und sagte: »Da draußen wartet ein Mann, der ein Konto eröffnen möchte.« Beim Gedanken an einen normalen Wunsch lebte Holmes wieder auf. Er begrüßte den neuen Bankkunden mit größter Freundlichkeit, ja, am liebsten hätte er ihn umarmt und geküßt.

2

Die nächste der wöchentlichen Sitzungen des Stadtrats von Delano fand am 31. Dezember 1919 um 16.00 Uhr statt. Anwesend waren: Hugh Holmes, Bankier; J. P. Johnson, Inhaber einer Coca-Cola-Abfüllfirma; Frank Mudter, Doktor der Medizin; Ben Birdsong, Apotheker und Drogist; Willis Greer, Stadtdirektor und Ehrenmitglied des Stadtrats; Lamar Maddox, Leichenbestatter – oder Direktor eines Begräbnisunternehmens, wie er selbst lieber genannt werden wollte –, und Idus Bray, Pfirsichfarmer, Grundbesitzer, Geldverleiher und Mitinhaber der Telefongesellschaft von Delano.

Zunächst wurde das Protokoll der letzten Sitzung verlesen und bestätigt, dann der Bericht des Schatzmeisters Ben Birdsong, der einen geschätzten Jahresüberschuß von 6300 Dollar auswies, und anschließend wurde ein Antrag zur Erweiterung der Kanalisation in der Gegend der unteren Forth Street eingebracht, befürwortet und von allen mit Ausnahme Idus Brays genehmigt, der allerdings seine Ablehnung zurückzog, als man ihm bedeutete, daß neue Kanalisationen den Bau neuer Häuser ermöglichen und somit zu neuen Telefonanschlüssen führen würden. Hugh Holmes als Vorsitzender fragte nach weiteren Anträgen. Es gab keine. Daraufhin räusperte sich Holmes und setzte eine Miene auf, aus der die anderen unschwer erkennen konnten, daß es noch eine ernste Angelegenheit zu besprechen galt, eine Sache, die höchstwahrscheinlich zu seiner Zufriedenheit erledigt sein würde, bevor die Sitzung zu Ende war.

»Dem Stadtrat liegen zwei Bewerbungen für die Position eines Polizeichefs vor.« Von Idus Bray war ein lautes Seufzen zu vernehmen. Stühle knarrten, als die darauf Sitzenden bequemere Stellungen einnahmen und damit zum Ausdruck brachten, daß sie zu einer längeren Aussprache über eine Angelegenheit bereit waren, die schon seit fast einem Jahr beim Stadtrat von Delano anhängig war.

Idus Bray sagte gedehnt: »Fangen Sie schon wieder damit an, Holmes? Dieses County hat einen Sheriff. Einen guten Sheriff.«

J. P. Johnson meldete sich zu Wort. »Skeeter Willis lebt in Greenville. Das ist zweiundzwanzig Meilen von hier, und Sie wissen so gut wie ich, daß Skeeter nicht aus dem Bett zu kriegen ist, wenn es sich nicht mindestens um eine größere Schießerei handelt.«

Holmes schnitt die Diskussion zu diesem Punkt ab. »Meine Herren, dieser Stadtrat hat bereits vor acht Monaten eine Resolution verabschiedet mit dem Inhalt, daß die Stadt Delano den Posten eines Polizeichefs einrichten sollte. Wenn keiner der Anwesenden den Antrag einbringt, die damals erfolgte Resolution wieder aufzuheben, erscheint mir eine neuerliche Diskussion darüber sinnlos. Der Stadtrat hat somit nur zu entscheiden, wer dieser Mann sein soll. Und wie ich bereits sagte, liegen uns zwei Bewerbungen vor.«

»Handelt es sich um erfahrene Männer?« fragte Ben Birdsong.

Holmes' Antwort darauf hatte etwas Endgültiges. »In den vergangenen acht Monaten habe ich entweder persönlich oder telefonisch mit einundzwanzig Chiefs aus den Staaten Georgia und Alabama gesprochen und sie gebeten, mir ihre Empfehlungen zu übermitteln. Dabei wurden mir insgesamt vierzehn Männer genannt. Sechs davon zeigten immerhin soviel Interesse, sich hierherzubemühen und sich mit mir darüber zu unterhalten. Keiner der sechs wollte jedoch die Stellung haben. Ich bin daher zu dem Schluß gekommen, daß es kaum möglich sein dürfte, einen erfahrenen Polizeibeamten mit gutem Ruf für den Posten in Delano zu interessieren, es sei denn, wir wären bereit, mindestens fünfzig Prozent mehr zu bezahlen, als wir uns leisten können. Den besten Rat hat mir der Chief in La Grange gegeben. Seiner Meinung nach könnten die Probleme, wie sie sich in Delano ergeben dürften, ohne weiteres durch einen Einheimischen mit gutem Ruf gelöst werden, mit Unterstützung des Stadtrats und des Sheriffs sowie der Staatspolizei, falls das erforderlich sein sollte. Ich bin ebenfalls dieser Ansicht.«

Frank Mudter meldete sich zu Wort. »Die Probleme, mit denen wir es hier zu tun haben, betreffen in erster Linie den Straßenverkehr und kleinere Vergehen, wobei vielleicht noch hinzukommt, daß in Braytown ein wenig auf Ruhe und Ordnung gesehen werden muß. Jeder, der einen klaren Kopf besitzt und über einen einigermaßen starken Arm verfügt, dürfte der Aufgabe gewachsen sein.«

Birdsong und Maddox pflichteten dem Arzt bei.

»Wer sind Ihre Bewerber?« fragte Idus Bray.

Jetzt holte Holmes tief Atem. »Der erste Bewerber, den ich dem Stadtrat zur Diskussion empfehle, ist Francis Funderburke.« Daraufhin herrschte eine Sekunde lang Schweigen, dem schallendes Gelächter folgte. Holmes verzog keine Miene. »Foxy ist der Ansicht, daß seine Erfahrungen beim Militär und seine Geschicklichkeit im Umgang mit Feuerwaffen ihn für diese Position qualifizieren.«

Ben Birdsong lächelte. »Nun ja, wenn wir wollen, daß hier alle paar Wochen jemand erschossen wird, ist Foxy sicherlich der geeignete Mann.«

»Aber noch wahrscheinlicher wird er selber abgeknallt«, sagte Idus Bray.

Holmes meldete sich wieder zu Wort. »Ich habe Foxy versprochen, dafür zu sorgen, daß seine Bewerbung mit dem nötigen Ernst behandelt wird.«

»Dann betrachten wir sie als mit dem nötigen Ernst behandelt«, sagte Ben Birdsong. Die anderen stimmten ihm zu.

»Ich schlage vor, daß über die Bewerbung von Francis Funderburke um den Posten eines Polizeichefs in unserer Stadt abgestimmt wird«, sagte Holmes.

»Vorschlag angenommen«, sagte Dr. Mudter.

»Alle, die für die Bewerbung sind, sollen mit Ja stimmen.« Schweigen. »Alle, die gegen die Bewerbung sind, sollen mit Nein stimmen.« Und alle Anwesenden riefen: »Nein.« – »Ich stimme ebenfalls mit Nein, so daß der Stadtrat einstimmig die Bewerbung von Francis Funderburke abgelehnt hat.« Holmes legte Foxys Brief zur Seite und nahm ein anderes Blatt Papier in die Hand. »Der nächste Bewerber für den Posten eines Polizeichefs ist William Henry Lee.«

Es entstand ein nachdenkliches Schweigen.

»Will Henry?«

»Den würden wir bekommen? Hat ihn auch die Kornwurmseuche erwischt?«

»Ja.«

»Nun, er ist so ehrlich, wie der Tag lang ist, genau wie sein Vater.«

»Er kann die Menschen gut überzeugen. Bei Sitzungen der Kirchengemeinde kann er eine Sache vortragen, ohne daß jemand wütend darüber wird.«

»Aber kann er auch sich selbst beherrschen?«

»Ich bin mit ihm zur Schule gegangen. Ich habe nie erlebt, daß er einen Streit oder gar eine Rauferei angefangen hätte, aber ich habe auch nie erlebt, daß man ihn herumgestoßen hätte.«

»Ist er bereit, es für das Geld zu tun, das wir ihm bieten können?«

»Ja«, sagte Holmes. »Aber wenn er sich gut macht, sollten wir nach einiger Zeit an eine Erhöhung seines Gehalts denken. Er muß eine Familie versorgen.«

»Kann er mit Schußwaffen umgehen?«

»Ich glaube kaum, daß er sie benützen muß, aber ich habe immerhin gesehen, wie er Eichhörnchen mit einer 22er Flinte geschossen hat.«

»Er ist ein guter Mann in der Kirchengemeinde. Und er wird bestimmt nicht weniger respektiert als jeder andere hier in seinem Alter.«

»Wie alt ist Will Henry eigentlich?«

»Etwa dreißig. Er war in der Schule zwei Klassen unter mir.«

Danach herrschte wieder Schweigen. Holmes hatte bisher nur die Fragen der anderen beantwortet. Jetzt war er an der Reihe, eine kleine Ansprache zu halten. »Will Henry ist ein Mann, der auch Verantwortung tragen kann. Er ist nicht dumm, und ich glaube nicht, daß er seinen Posten dazu benützen wird, jemandem absichtlich Schwierigkeiten zu bereiten, wie man das bei Foxy befürchten müßte. Er zahlt seine Rechnungen und stammt aus einer alten Familie des Meriwether Countys. Er war nie ein sonderlich erfolgreicher Farmer, aber er hatte den Mut, durchzuhalten, bis auch seine Felder von der Kornwurmseuche heimgesucht wurden. Er hat immerhin Verstand genug, auszusteigen, bevor er über und über verschuldet ist. Er ist bekannt als Mann mit Charakter und als guter Christ. Er hat bisher nur auf seiner Farm gearbeitet, aber ich bin überzeugt, wenn er die Stellung bekommt, wird er versuchen, sein Bestes zu tun, und das könnte sehr viel sein. Ich bin der Meinung, wir sollten ihm diese Chance geben.«

»Ich unterstütze den Antrag«, sagte Frank Mudter ohne lange Überlegung.

»Ich ebenfalls«, sagte Ben Birdsong.

»Alle, die dafür sind, stimmen mit Ja.«

Und daraufhin riefen alle im Chor: »Ja«, ausgenommen Idus Bray. Er sagte: »Nun, wenn wir schon unbedingt einen Polizeichef haben müssen, wird Will Henry auch nicht mehr Schaden anrichten als jeder andere. Ich stimme also ebenfalls mit Ja.«

»Der Stadtrat hat einstimmig die Bewerbung von William Henry Lee als Polizeichef angenommen«, verkündete Holmes. Danach hörte man Stühle knarren und Füße scharren. »Ich muß noch etwas hinzufügen. Zum ersten Mal in der Geschichte der Stadt Delano vergibt der Magistrat an einen Mann eine Position, die mit einer gewissen Gefahr verbunden ist. Wir bitten diesen Mann, eine Handfeuerwaffe zu tragen und uns damit zu schützen, und es besteht immerhin die Möglichkeit, daß er in Ausübung seiner Pflicht sein Leben lassen muß. Ich meine, wir sollten von uns aus eine Versicherung zugunsten seiner Familie abschließen für den Fall, daß er im Dienst getötet oder arbeitsunfähig wird.«

Jetzt meldete sich Idus Bray zu Wort. »Ich finde, es ist übertrieben, daß die Stadt Versicherungen für ihre Angestellten abschließt. Das würde nur ein schlechtes Beispiel setzen.«

»Warum geben wir ihm nicht zehn Dollar mehr im Monat mit der Verpflichtung, dafür eine Lebensversicherung abzuschließen?« erwiderte Ben Birdsong.

»Ich stimme für diesen Vorschlag«, sagte Frank Mudter.

»Ich ebenfalls«, sagte Lamar Maddox.

»Stimmen alle dafür?«

»Ja«, sagten vier Männer.

»Gegenstimmen?«

»Ja«, sagte Idus Bray. »Es schafft nur ein schlechtes Beispiel.«

»Der Antrag ist angenommen«, sagte Holmes. »Gibt es noch weitere Punkte zur Tagesordnung?«

»Vertagen wir die Sitzung.«

»Stimmen alle zu?«

»Ja.«

»Dann wünsche ich allen ein glückliches neues Jahr, meine Herren.«

3

Will Henry Lee trat von der Veranda mit der Gottesfurcht und der Zurückhaltung eines Mannes, der sich nach langer Überlegung endlich entschlossen hat, aus großer Höhe in unbekannte Gewässer zu springen. Sein historisches Bewußtsein reichte aus, ihn erkennen zu lassen, daß er mit diesen fünf Stufen hinunter in den Vorgarten nicht nur sein eigenes Leben veränderte, sondern auch die Zukunft seines Geschlechts. Irgendwo in einem der Kartons, die auf der Ladefläche des Wagens nebeneinanderstanden, befand sich eine Bibel, in der seine Ahnen bis zurück ins Jahr 1798 aufgezeichnet waren, und jetzt, am Mittag des letzten Tages im Jahre 1919, war er der erste in dieser langen Reihe, der den eigenen Boden verließ, aber nicht, um in einen Krieg zu ziehen.

Er trat zu der kleinen Gruppe, die fröstelnd neben dem Wagen stand. Zwei der Schwarzen verabschiedeten sich und gingen auf dem gefrorenen Boden hinüber zu einem der kleinen, ungetünchten Häuser, die nur ein paar Meter vom Haupthaus entfernt standen. Die beiden anderen blieben, um noch ein paar Worte zum Abschied zu sagen. Die schwarze Frau tupfte sich die Tränen aus den Augen, als er näher kam.

»Na, na, Flossie, das sollst du doch nicht«, sagte Will Henry. »Du weißt doch, daß du bald wieder bei uns bist.«

»Das ist wahr, Flossie«, sagte Carrie, Will Henrys Frau, und tupfte sich dabei selbst die Augen ab. »Du weiß doch, daß wir ohne dich und Robert nicht zurechtkommen.«

»Ja, Ma'am«, erwiderte Flossie. Sie wandte sich den Kindern zu, um sich abzulenken. Das kleinere der beiden hielt vorsichtig eine zugebundene Schachtel in der Hand. »Ihr Kinder seht zu, daß der Zitronenkuchen eine Weile reicht. Es wird schon ein bißchen dauern, bis ich euch wieder einen neuen backen kann. Und, Eloise, paß auf, daß Billy nicht alles allein aufißt, ja?«

»Keine Sorge, Flossie«, erwiderte das Kind mit Nachdruck.

Will Henry rief Flossies Mann Robert zur Seite. »Sag jetzt noch nichts zu Flossie, aber ich denke, daß ich in einer Woche oder in höchstens zehn Tagen alles in Ordnung habe. Ich muß noch einmal mit Mr. Holmes von der Bank sprechen, und wir müssen erst für euch ein Haus in der Stadt finden. Mr. Holmes möchte, daß Jesse und Nellie auf der Farm bleiben und alles in Schuß halten, bis die Bank einen Käufer gefunden hat.« Jesse und Nellie Cole waren die beiden anderen Angestellten, die auf der Farm blieben. Nellie war Flossies Schwester.

„Das ist doch prima, Mr. Will Henry, richtig prima. Und ich schaff den Rest von den Sachen in die Stadt, so schnell der Maulesel läuft.«

Die beiden Männer schüttelten sich die Hände – das erste Mal in ihrem Leben. Robert hielt Will Henrys Hand noch einen Augenblick lang fest. »Mr. Will Henry, Sie waren ein guter Farmer, ein guter.«

Will Henry lächelte dankbar, obwohl er wußte, daß das nicht stimmte.

»Keiner hätt es besser machen können, keiner«, sagte Robert. »Gegen den Kornwurm kommt keiner an, nur einer, der reich ist, mächtig reich.«

Als sie in den Ford kletterten, warf Will Henry noch einen letzten Blick auf den Garten und das Haus. Alles sah so kalt und grau aus wie das Wetter. Im Frühling war es wieder schön hier, aber dann war vielleicht niemand da, der es sehen konnte. Er zwang sich, nicht an all das zu denken, was er hier erlebt hatte, auch nicht an seinen Vater und seinen Großvater. Darüber konnte er später nachdenken, wenn er mit sich allein war. Er fuhr den Wagen hinaus auf den Feldweg und suchte sich eine Spur durch den rötlichen Winterschlamm in Richtung auf die Hauptstraße nach Delano. Im hüpfenden Rückspiegel sah er Flossie und Robert, die im Garten standen und dem Wagen nachschauten. Rasch wandte er den Blick ab.

Drinnen im Wagen beugte sich Billy über die Lehne des Vordersitzes. »Mama, warum kann ich in der Stadt nicht mein eigenes Zimmer bekommen? Ich will mein Zimmer nicht mit Eloise teilen.« Will Henry hörte, wie Billy abbrach und sich zusammenriß, weil er wußte, wie selbstsüchtig das klang, was er eben gesagt hatte. »Ich kann nicht mit Eloise in einem Zimmer schlafen«, fuhr er fort und versuchte es von einer anderen Seite. »Sie schnarcht.«

Carrie warf ihm einen tadelnden Blick zu. »Billy, du weißt, daß wir ein Gästezimmer brauchen.«

»Aber wir werden nicht oft Gäste haben; das Zimmer wird fast immer leer . . .«

»Billy!«

Der Junge ließ sich auf den Rücksitz sinken und betrachtete düster den Nacken seiner Mutter. Eloise streckte ihm die Zunge heraus. Will Henry warf Carrie einen Blick zu. Er wußte, daß sie sich einerseits auf das Leben in Delano freute und andererseits auch ein wenig Angst davor hatte. Es würde hübsch sein für sie, ihre Freundinnen in nächster Nähe zu wissen, aber sie würde sich zumindest die erste Zeit unsicher fühlen ohne die Farm und den Schutz, den sie gewährte. Er hatte ihr seinen neuen Beruf noch nicht genau beschrieben. Er werde »für die Stadt arbeiten«, hatte er ihr gesagt und sie darüber im unklaren gelassen, was das für eine Arbeit sein sollte. Carrie hatte sich zumindest für den Augenblick damit zufriedengegeben. Und er sah nicht gerade mit Begeisterung der Stunde entgegen, in der er es ihr genauer erklären mußte.

Will Henry zog sich beim Fahren in sich selbst zurück. Er klopfte einen Rhythmus auf das Lenkrad und sang geistesabwesend: »Wir bringen die Garben ein, wir bringen die Garben ein; wir kommen fröhlich wieder und bringen die Garben ein . . .«

Er fühlte sich so ähnlich, wie sich die Soldaten fühlen, wenn sie aus der Armee entlassen werden, wie sich manche Menschen fühlen, wenn sie ihre Schulden bezahlt haben, und wie sich ein jeder Mann fühlt, der sich von einer Last befreit hat.

»Wir kommen fröhlich wieder und bringen die Garben ein . . .«

4

Hugh Holmes hatte das Ergebnis der Stadtratssitzung vorausgeahnt, einschließlich der Art und Weise, wie die Sache mit der Versicherungspolice geregelt werden würde. Er hatte damit gerechnet, daß Idus Bray als einziger Widerspruch leisten würde, und wäre dementsprechend bereit gewesen, das zusätzliche Gehalt als Kompromiß vorzuschlagen. Dennoch war er froh darüber, daß jemand anders den Vorschlag gemacht hatte.

Er hatte das Resultat sogar so sicher vorausgesehen, daß er am Tag nach Weihnachten Will Henry zunächst für ein Jahr ein Haus überließ, das die Bank erst kürzlich in Besitz genommen hatte, nachdem der hoch verschuldete Besitzer angesichts des völligen Fehlschlags seines Geschäfts mit Saat- und Futtermitteln über Nacht verschwunden war. Holmes hatte seine eigene Haushälterin hingeschickt, um das Haus in Ordnung zu bringen, bevor die Familie Lee dort einzog. Er wußte, daß Carrie schon erschöpft genug sein würde vom Ein- und Auspacken und daß man ihr nicht auch noch zumuten konnte, ein Haus bewohnbar zu machen, das schon seit einigen Monaten leer stand. Bevor der Mietvertrag unterzeichnet wurde, kam Holmes auf die Versicherungsangelegenheit zu sprechen.

»Will Henry, haben Sie eigentlich schon einmal an die Möglichkeit gedacht, daß Sie bei Ihrem neuen Beruf getötet werden könnten?«

»Nun ja, ich nehme an, ich werde eine Waffe tragen müssen. Das gehört nun mal zu dem Job. Aber ich glaube, ich könnte ebensogut von einem Pferd oder Maulesel zu Tode getrampelt werden, wenn ich an einem Sonnabendnachmittag den Verkehr auf der Hauptstraße regle. Das heißt, ich halte das eigentlich für wahrscheinlicher, als erschossen zu werden.«

»Sie haben höchstwahrscheinlich recht, aber um Ihnen die Wahrheit zu sagen, ich finde, daß gerade dadurch, daß Sie eine Waffe tragen müssen – und das wird unumgänglich sein, weil die Leute das erwarten –, die Möglichkeit vergrößert wird, daß Sie erschossen werden könnten. Wie Sie wissen, tragen die englischen Polizeibeamten, die Bobbies, wie man sie nennt, keine Schußwaffen. Dabei geht man von der Überlegung aus, daß Kriminelle, die wissen, daß sie von der Polizei nicht erschossen werden, auch selbst in der Regel keine Schußwaffen tragen, und damit hat man vermutlich recht – zumindest was die Situation in England betrifft. Aber wir Amerikaner, vor allem wir in den Südstaaten, sehen das ein wenig anders. Wir sind noch nicht lange von jenen Zeiten entfernt, in denen ein Mann mit ziemlicher Sicherheit erschossen wurde, wenn er selbst keine Schußwaffe trug, und wir scheinen diese Vergangenheit noch nicht ganz überwunden zu haben. Also sollten Sie zumindest mit der geringen, aber immerhin vorhandenen Wahrscheinlichkeit rechnen, daß Sie in Ausübung Ihres Dienstes einmal angeschossen werden. Deshalb müssen Sie mir etwas versprechen, und ich werde Sie nicht für diese Stellung vorschlagen, wenn Sie mir nicht Ihr Wort geben.«

»Was soll ich Ihnen versprechen, Hugh?«

»Sie sollen sich bereit erklären, eine Lebensversicherung über zehntausend Dollar abzuschließen. Ich werde die Formalitäten für Sie erledigen.«

»Zehntausend Dollar!«

»Ich weiß, das hört sich nach sehr viel Geld an, Will Henry, aber es ist nicht so viel, wie Sie denken. Ihre Kinder sind noch klein – wie alt sind sie eigentlich?«

»Billy ist acht und Eloise sechs.«

»Also sehr jung, und wenn Ihnen irgend etwas zustößt, braucht Carrie sicherlich fünfzehnhundert bis zweitausend Dollar im Jahr, um sie ordentlich großziehen zu können. Wahrscheinlich würden ihre Ausgaben nicht sehr viel geringer sein, wenn Sie nicht bei Ihrer Familie wären. Soviel essen Sie vermutlich nicht, und alle anderen Ausgaben bleiben die gleichen. Selbst mit zehntausend Dollar auf der Bank würde Carrie arbeiten müssen, wenn das Geld reichen soll, bis die Kinder die Schule hinter sich haben – verstehen Sie? Wenn sie nicht arbeiten ginge, hätte sie das Geld vermutlich gerade zu dem Zeitpunkt verbraucht, wenn Billy so weit ist, aufs College zu gehen. Und Sie wollen doch, daß Billy eine höhere Schule besucht, oder? Er wird die gute Ausbildung bitter nötig haben, wenn er in diesem Land etwas aus sich machen will.«

»Ich habe schon mit Carrie darüber gesprochen. Ja, wir wollen, daß Billy aufs College geht – und Eloise auch, falls wir uns das leisten können.«

»Nun, wenn Sie Ihr Geld zusammenhalten, wird das sicher möglich sein. Aber Carrie allein könnte das nie und nimmer schaffen. Es sei denn, sie kann über ein gewisses Kapital verfügen. Hören Sie, ich will nicht eine Witwe und zwei unmündige Kinder auf dem Gewissen haben oder auf dem Gewissen der Stadt, wenn Ihnen irgend etwas zustoßen sollte. Versprechen Sie mir, daß Sie diese Lebensversicherung abschließen?«

»Na ja, meinetwegen, Hugh. Wahrscheinlich haben Sie recht. Wieviel wird mich das kosten?«

»Ein paar Dollar im Monat, aber der Stadtrat wird Ihr Gehalt entsprechend anheben, so daß Sie sich darum praktisch nicht zu sorgen brauchen.«

»Ich – ich bin Ihnen sehr dankbar, Hugh.«

»Ich fürchte, mit der Schaffung eines Polizeichefpostens werden noch einige Kosten auf die Stadt zukommen, an die wir bis jetzt noch gar nicht gedacht haben. Wir brauchen ein Gefängnis. Wenn Sie die Leute festnehmen, müssen wir sie ja irgendwo einsperren können. Sie werden einen Wagen brauchen – aber ich glaube, Sie können vorläufig Ihren eigenen benützen und das Benzin bei der stadteigenen Tankstelle beziehen, bis ich auch diese Sache geregelt habe. Der Stadtrat hat ein Feuerwehrhaus genehmigt, und ich meine, daß man dort ein paar zusätzliche Räume als Gefängniszellen einrichten kann. Überlegen Sie doch selbst einmal, was Sie noch brauchen. Wenn Sie die Stellung erhalten haben, sollten Sie vielleicht einmal nach Greenville fahren und mit Skeeter Willis sprechen – dann sehen Sie ja, was er dort so alles hat. Danach können wir beide ein Budget aufstellen, und ich werde es Idus Bray und den anderen mundgerecht machen. Dann steht uns über kurz oder lang eine ordentliche Polizeistation zur Verfügung. Ich werde Idus daran erinnern, daß die Polizeistation als erstes ein Telefon braucht. Ich glaube, dann stimmt auch er zu.«

Während der Stadtrat also über die Bewerbung von Will Henry beriet, zog dessen Familie in das Haus in der unteren Third Street ein. Delano liegt an der Stelle, wo der Pine Mountain am Ende des nach ihm benannten Tals in die Höhe ragt. Die Broad Street durchschneidet das Städtchen genau dort, wo die Vorhügel beginnen, und die Straßen mit den Nummern zwei, drei und vier verlaufen steil hügelaufwärts, im rechten Winkel zur Broad Street. Am oberen Ende der Straßen standen die teureren Häuser, da von dort aus ein schöner Blick auf die Stadt gewährleistet war. Im unteren Teil reihten sich hübsche, aber einfache Holz- und Ziegelbauten aneinander, die von kleinen Kaufleuten und den besser bezahlten Eisenbahnarbeitern bewohnt wurden. Die obere Third Street war die beste und gesuchteste Adresse der ganzen Stadt, daher war auch die untere Third Street ein wenig besser als die untere Second und die untere Fourth Street. Carrie war entzückt über die Lage ihres neuen Hauses. Das machte es, fand sie, um so mehr erforderlich, daß man über ein Gästezimmer verfügte, und Billy wurde zusammen mit Eloise untergebracht, trotz seiner lautstarken Proteste und heißen Tränen. Eloise schwieg zu alledem verschmitzt, warf aber gelegentlich einen triumphierenden Blick in Billys Richtung. Carrie trieb Will Henry und Billy hinaus in den Garten, wo sie in einem der Schuppen eine Sense und einen verrosteten Rasenmäher entdeckten. Sie machten sich daran, den verwilderten Rasen zu mähen und das Unkraut zu jäten, das sich in den Blumenbeeten breitgemacht hatte. Am späten Nachmittag waren beide von oben bis unten schmutzig. Sie genossen das erste Bad in der Wanne mit fließendem Wasser, und als sie sich dann zum Abendessen niedersetzten – es gab gebratenes Huhn –, kam es Will Henry eigenartigerweise so vor, als hätte er seit jeher in diesem Haus gewohnt. Er fühlte, daß es ihnen hier gefallen würde, und Carrie war überzeugt davon.

Will Henry und Carrie Lee waren jetzt Stadtmenschen, nachdem sie ihr bisheriges Leben auf einer Farm in Georgia verbracht und es dabei nicht immer leicht gehabt hatten. Sie waren beide Anfang Dreißig und recht gutaussehende Menschen. Will Henry war über einsachtzig groß und muskulös gebaut – das Produkt stämmiger Vorfahren und harter, körperlicher Arbeit. Wenn seine Ohren ein wenig groß, die Nase ein wenig plump und die Kieferknochen eckig und aggressiv wirkten, so milderten seine Augen die negative Wirkung beträchtlich. Groß und braun, strahlten sie Intelligenz und Empfindsamkeit aus, und der weiche Klang seiner Stimme und seine Art zu sprechen verstärkten den positiven Eindruck noch. Er war ein durchaus leidenschaftlicher Mann, war aber stolz darauf, dies nicht zu zeigen, und diese Zurückhaltung bewirkte eine Ausstrahlung von körperlicher wie psychischer Stärke und Gelassenheit. Er war zurückhaltend, aber nicht schüchtern.

Carrie war groß und schlank gewachsen und fast schön zu nennen. Eine irische Großmutter hatte ihr das schwarze Haar, die grünen Augen und den Sinn für Humor vererbt. Sie besaß nichts von der Scheu ihres Mannes und nicht viel von seiner Zurückhaltung; Pragmatismus und geradlinige Offenheit bestimmten ihr Leben, und ihr natürlicher Charme und ihre Abneigung dagegen, einen Gegner absichtlich zu verletzen, ließen ihre frank und frei geäußerten Ansichten eher erfrischend als offensiv erscheinen.

Sie stammten beide aus Familien, die älter waren als ihr Staat, wobei die Lees eine Verbindung zu den berühmten Lees in Virginia aufweisen konnten, während die Callaways, Carries Familie, sich bis ins Kentucky des siebzehnten Jahrhunderts zurückverfolgen ließen. Bei sich bietenden Gelegenheiten wies Carrie gern auf Fenimore Coopers Beschreibung der mutigen Rettung der Callaway-Mädchen aus den Händen der Indianer durch den Volkshelden Boone hin.

Keine der beiden Familien verfügte über irgendwelchen nennenswerten Besitz außer dem Grund und Boden, auf dem sie lebten und arbeiteten, aber Carrie und Will Henry besaßen Intelligenz und gute Lebensart und hatten dazu eine Vorliebe für Musik und gute Bücher. Sie sangen beide, und Carrie spielte leidlich Mozart und Bach. Sie hatten Mark Twain, Hawthorne und Dickens gelesen, dazu noch viele andere Autoren, und beide hatten sie eine höhere Schule besucht, auch wenn es keiner von ihnen zu einem Diplom gebracht hatte. Als Will Henry im dritten Jahr am Gordon Military College in Barnesville studierte, war sein Vater überraschend gestorben, und die Farm hatte seine Anwesenheit erfordert. Nach einer angemessenen Wartezeit hatte er Carries Vater um ihre Hand gebeten, und sie war vom Bessie Tift College in Forsyth nach Hause gekommen und ohne Zögern seine Frau geworden, wie sie es schon seit langer Zeit vorgehabt hatte.

Will Henry hätte gern Rechtswissenschaften studiert, aber das Land befand sich nun schon seit so langer Zeit im Familienbesitz – größere Teile davon hatte man allerdings in der Zeit nach dem Sezessionskrieg verkaufen müssen –, und er fühlte sich verantwortlich für die zehn Angestellten, denen er Wohnung und Brot gab. Zu Beginn ihrer Ehe hatte ihnen die Farm Sicherheit und Geborgenheit geboten, so daß sie sich wegen des abgebrochenen Studiums keineswegs frustriert fühlten – jedenfalls nicht so sehr, daß es für sie zum Problem geworden wäre.

Und jetzt hatten sie die Farm verlassen, etwas, das Will Henry nie für möglich gehalten hätte. Er war dort aufgewachsen, und als die Farm sein Eigentum geworden war, hatten dort täglich unzählige Aufgaben auf ihn gewartet. Es mußte gesät, geerntet, gemolken, repariert, gedüngt und dabei gewinnbringend gewirtschaftet werden. Will Henry hatte fleißig gearbeitet, aber ohne innere Begeisterung und wohl auch ohne sonderliches Talent für die Landwirtschaft, und die

Farm hatte nur so lange gute Erträge abgeworfen, wie der Boden und die Zeiten gut genug waren und kein besonderes Talent erforderten. Als sich dann die Kornwurmseuche ausbreitete, hatte Will Henry diese Plage als eine Herausforderung betrachtet, seine Mühe um den Ertrag zu verstärken. Aber als die Seuche nicht weichen wollte, als selbst die besten und größten Farmer anfingen, um ihre Existenz zu kämpfen, war der Kornwurm für Will Henry das geworden, wonach er immer gesucht hatte: ein ehrenvoller Vorwand aufzugeben.

Nach dem Abendessen las ihnen Carrie aus »Große Erwartungen« vor, weil das, wie sie sagte, zu ihrem neuen Leben gut paßte; dann wurden die Kinder zu Bett gebracht. Will Henry und Carrie räumten noch bis gegen Mitternacht im Haus auf und weckten dann die Kinder. Schlag zwölf betätigte jemand die Sirene im neuen Feuerwehrhaus, und alle sangen »Auld Lang Syne« und küßten sich. Carrie las einen Abschnitt aus der Bibel vor, Will Henry sprach ein Gebet mit den Bitten für das neue Jahr, dann gingen sie zu Bett. Will Henry und Carrie waren zum ersten Mal in ihrem neuen Leben allein. Eine Last war von ihnen genommen, und sie genossen die Liebe so wie schon viele Monate nicht mehr. Danach schliefen sie erschöpft und glücklich ein.

5

Es war sein erster Morgen im neuen Beruf, und Will Henry und Carrie saßen in ihrem Wagen, der vor dem Rathaus parkte. Der Wagen hatte keine Heizung, und die beiden hatten sich die Mäntel fest um den Leib gewickelt. Während sie sprachen, liefen die Fenster von innen an. Will Henry war froh darüber, denn er wußte nicht, wie Carrie darauf reagieren würde, wenn er ihr seinen Job als Polizeichef klarmachte, und er wollte nicht, daß gelegentlich vorüberkommende Passanten von draußen sehen konnten, wie sie sich darüber aufregte. Aber als er es ihr eingestand, veränderte sich ihr Gesichtsausdruck kaum merklich; sie schwieg und richtete die Augen unverwandt auf sein Gesicht. Er konnte seinen Blick nicht abwenden, weil er fürchtete, das würde ihn schuldbewußter erscheinen lassen, als er sich fühlte.

Aber dann vermochte er das Schweigen nicht mehr zu ertragen. »Es ist kein wirklich gefährlicher Beruf.« Sie antwortete noch immer nichts. »Nicht hier in Delano. Hier passiert nichts, was mir gefährlich werden könnte. Ich werde wohl die meiste Zeit damit verbringen, den Verkehr auf der Hauptstraße zu regeln und mich um die Passanten zu kümmern.« Sie drehte sich nach vorn und starrte auf die angelaufene Windschutzscheibe. »Es ist ein Beruf wie jeder andere«, sagte er fast bettelnd.

»Na gut«, antwortete sie schließlich.

Die Stadträte trafen sich im hinteren Büro des Stadtdirektors. Sie zogen ihre Mäntel aus und versammelten sich um den Holzofen, setzten sich aber nicht. Für diese außerordentliche Sitzung hatten sie sich von ihrer Arbeit frei machen müssen und wollten sie daher nach Möglichkeit nicht allzulange ausdehnen. John B. (Skeeter) Willis, der Sheriff des Meriwether Countys, war von Greenville herübergekommen, um für eventuelle Fragen und Probleme zur Verfügung zu stehen. Als alle anwesend waren, eröffnete Hugh Holmes die Sitzung.

»Meine Herren, ich glaube, daß dies ein historischer Augenblick ist in der Geschichte unserer Stadt. Wir sind heute vormittag hier zusammengekommen, um unseren ersten Polizeibeamten in den Dienst einzuführen. Es ist sicherlich ein Beweis für die Friedfertigkeit unserer Bürger, daß wir bisher ohne einen solchen Vertreter des Gesetzes ausgekommen sind, aber inzwischen hat Delano mehr als tausend Einwohner, jedenfalls nach meiner Schätzung – die in diesem Jahr durchzuführende Volkszählung wird genaue Zahlen erbringen –, und bei Städten dieser Größenordnung ist eine Polizeistation eine unumgängliche Einrichtung. Wir haben einen Bewohner unseres Stadtgebiets für den Posten ausersehen, nicht, weil er ein erfahrener Polizeibeamter wäre, sondern weil wir ihn kennen und respektieren und weil wir glauben, daß wir es ihm zutrauen können, den Frieden zu bewahren und das Leben und den Besitz unserer Bürger zu schützen.«

»Amen«, sagte Idus Bray.

»Idus, galt Ihr Amen dem Leben oder dem Besitz?«

Jeder lachte.

»Ich nehme an, daß jeder meiner Kollegen im Stadtrat dazu berechtigt wäre, unserem neuen Chief den Amtseid abzunehmen, aber wenn niemand etwas dagegen einzuwenden hat, möchte ich gern diese Handlung vornehmen.« Die anderen murmelten ihre Zustimmung, und Holmes brachte eine ziemlich ramponierte Bibel zum Vorschein. »Will Henry, legen Sie Ihre linke Hand auf die Bibel und erheben Sie die rechte zum Schwur. Schwören Sie, William Henry Lee, beim allmächtigen Gott, die Gesetze von Delano, die des Staates Georgia und die der Vereinigten Staaten von Amerika zu achten und zu schützen, und sind Sie bereit, dies unvoreingenommen und unparteiisch zu tun?«

»Ich schwöre es.«

»Damit sind Sie der Leiter der Polizei von Delano, Will Henry.«

Holmes hatte über den Inhalt der Eidesformel eingehend nachgedacht. Er hatte sich überlegt, ob er einen Satz wie »und mögliche Anweisungen des Stadtrates zu befolgen« einbauen sollte, aber als er sah, wie seine Stadtratskollegen dem neuernannten Chief hastig gratulierten und sich dann eilends wieder ihre Mäntel anzogen, war er froh, daß er davon Abstand genommen hatte. Er war der Ansicht, daß zu viele Amtshandlungen, die zu einschneidenden Veränderungen im Gefüge der Stadt führten, in Eile und ohne die angemessenen Überlegungen ausgeführt wurden. Ja, manchmal war er gezwungen, die Ungeduld der anderen auszunützen, um eine wichtige Angelegenheit rasch über die Bühne zu bringen, aber er war nicht glücklich dabei. Er fühlte, daß die Verantwortung für wichtige Vorgänge durch allgemeine Übereinkünfte getragen werden sollte anstatt durch einen einzigen Stadtrat, der sie auf Grund seiner Persönlichkeit und des Gewichts seiner Stellung durchzudrücken vermochte. Aber andererseits hatte er oft genug erlebt, wie die Ungeduld der Stadträte in Verbindung mit der ihnen angeborenen Vorsicht dazu führen konnte, daß wichtige Angelegenheiten übersehen wurden, während man die Zeit mit nebensächlichen Dingen vertrödelte. Wegen der Gleichgültigkeit seiner Kollegen im Stadtrat wurde er allmählich gegen seinen Willen und sicherlich vor der Zeit zum »Stadtvater«.

Während die Stadträte bereits aufbrachen, langte Dr. Frank Mudter in eine Tasche seines Mantels und zog einen riesigen Revolver heraus.

»Will Henry, ich weiß nicht, ob Sie eine Schußwaffe besitzen, aber diese hier gehörte meinem Vater. Sie ist ein bißchen verrostet, aber ich nehme an, sie funktioniert noch gut.« Will Henry und die anderen lachten über das alte Modell. »Es ist ein alter Colt Buntline, mit einem Zwölf-Inches-Lauf. Es heißt, Wild Bill Hickock hat einen Revolver dieses Typs getragen.«

Will Henry lachte. »Nun, Dr. Mudter, ich hoffe, Sie glauben jetzt nicht, daß Sie damit einen Wild Bill Hickock aus mir machen.« Er wog den Revolver in seiner Hand. »Ich weiß nicht, ob ich stark genug bin, ihn immer bei mir zu tragen, aber wenn man den Rost entfernt hat, wiegt er vermutlich ein Pfund weniger. Danke, Doktor. Ich behalte ihn, bis ich mir selbst eine Waffe besorgt habe. Und ich glaube, ich brauche noch irgendein Abzeichen, das mich als einen Vertreter des Gesetzes ausweist.«

Skeeter Willis meldete sich zu Wort. »Ich glaube, da kann ich aushelfen.« Er nahm eine kleine sternförmige Plakette aus der Tasche. »Sie können diesen Stern hier tragen, bis Sie ein reguläres Abzeichen von Delano erhalten. Ich habe einen Katalog, in dem eine ganze Menge Polizeizeug angeboten wird. Sie werden einiges davon brauchen, und zwar bald. Wir sollten den Katalog durchgehen und eine Liste machen. Der Vertreter der Firma kommt ab und zu nach Greenville. Ich schicke ihn dann zu Ihnen. Er wird sich freuen, einen neuen Kunden zu kriegen.«

Will Henry steckte sich den Stern an seinen Mantel und polierte ihn dann mit dem Ärmel. »Ja, Skeeter, jetzt fühle ich mich offiziell als Chief von Delano.«

»Ich werde mit Hugh über das Budget sprechen, aus dem Sie Ihre Ausgaben für die nötige Ausrüstung bestreiten können«, sagte Willis und ging dann zu Holmes hinüber.

Will Henry und der Doktor verließen gemeinsam das Rathaus; Will Henry hielt dabei den langläufigen Revolver in seiner rechten Hand. Er hatte ihn schon völlig vergessen. Als sie die paar Stufen zum Gehsteig hinuntergingen, bog ein Wagen mit Fehlzündungen auf den Platz ein. Die beiden Männer gingen zum Bordstein und blieben vor dem Wagen des Doktors stehen. Will Henry hob den Arm mit dem Revolver und zielte auf die Ecke, hinter der der Wagen verschwunden war. »Wissen Sie, Frank, ich habe mir schon oft gedacht, daß wir an dieser Kreuzung eine automatische Verkehrsampel errichten sollten. Der Verkehr vom Atlanta Highway hierher ist ziemlich stark, und ich finde, daß die Stadt gut beraten wäre, wenn sie das Geld dafür aufbrächte. Ansonsten müßte ich häufig dort drüben stehen und den Verkehr mit den Armen regeln und könnte mich weniger um andere, wichtigere Aufgaben kümmern. Eine Verkehrsampel könnte . . .«

Während er sprach, heulte der Motor eines Wagens hinter der Kreuzung auf, man vernahm ein lautes Quietschen, und um die Ecke kam, buchstäblich auf zwei Rädern, ein großer Packard-Touring-Wagen. Der Wagen kippte wieder auf alle vier Räder zurück und raste in Schlangenlinien auf die beiden Männer zu. Will Henry war verstummt, aber sein Arm zielte immer noch auf die Kreuzung und jetzt auch auf den Wagen. Gegenüber scherte ein Ford Modell A aus einer Parklücke. Der Fahrer des Packard trat voll auf die Bremse und versuchte, dem Ford auszuweichen, steuerte dabei jedoch direkt auf den Arzt und den frischgebackenen Polizeichef zu. Will Henry stand da, hatte den Mund aufgerissen und starrte auf den großen Wagen, dessen Fahrer entschlossen zu sein schien, die beiden Männer zu überfahren. Weniger als drei Meter von ihnen entfernt kam der Wagen zum Stehen, und die beiden Türen auf der Gehsteigseite wurden aufgerissen. Während Will Henry auf den Wagen starrte, flog eine doppelläufige Flinte aus dem Wagen auf den Gehsteig, und eine Pistole folgte. Zwei sehr große, sehr blonde junge Männer stiegen aus dem Wagen und rissen die Hände hoch. Ihre Gesichter waren verzerrt vor Furcht und Entsetzen. Sie standen im kalten Sonnenlicht, erstarrt in panischer Angst, und blickten aus weit aufgerissenen Augen auf den Mann, der mit einem riesigen Revolver auf sie zielte. Die momentane Stille wurde unterbrochen durch das Klirren von Silber auf Zement. Ein großer Sack voll Halbdollarmünzen, der auf dem Vordersitz stand, war umgekippt und entleerte sich auf die Straße.

Frank Mudter erholte sich als erster von seiner Überraschung. »Will Henry«, sagte er, und seine Stimme war ein rauhes Flüstern, »ich glaube, das ist Ihre erste Festnahme.« Jetzt erwachte auch Will Henry aus seiner Erstarrung. Er senkte den Lauf und zielte auf die Leibesmitte der Männer, zugleich legte er den Finger um den Abzug der Waffe.

»Stehenbleiben! Keine Bewegung!« Skeeter Willis kam in Begleitung von Hugh Holmes aus dem Rathaus. Holmes erklärte ihm gerade, daß er den Stadtrat in Kürze bitten würde, der neuen Polizeistation etwas mehr Geld zu bewilligen. Sie blieben stehen und starrten auf Will Henry und seine beiden Gefangenen.

»Mein Gott!« sagte Skeeter Willis.

Die folgenden Minuten kamen Will Henry wie Szenen aus einem Film vor. Skeeter legte den beiden jungen Männern Handschellen an, Holmes führte die Gruppe zur nahen Bank, wo zwei große Löcher im vorderen Fenster zu erkennen waren; die Angestellten lagen noch flach auf dem kalten Marmorboden; zwei von ihnen, ein Mann und eine Frau, weinten leise. Dann wurden die beiden blonden Männer provisorisch an ein Wasserrohr im Nebenraum gefesselt, während Holmes sofort eine Notsitzung des Stadtrats anberaumte, bei der ohne weitere Diskussion der Anbau einer Polizeistation nebst Haftzellen an das neue Feuerwehrhaus sowie ein Budget von 350 Dollar für Schußwaffen, Handschellen, Uniformen und andere Ausrüstungsgegenstände für den neuen Polizeichef bewilligt wurden. Bevor noch Will Henry diese neue Situation verkraftet hatte, kam schon das nächste Problem auf ihn zu: Er mußte Carrie erklären, was alles passiert war. Der Gedanke bereitete ihm kein großes Vergnügen.

6

»Sie sind Brüder und heißen O'Brien.« Will Henry schaute vorsichtig zu Carrie hinüber, die an der anderen Seite des Küchentischs saß und zum Fenster hinausstarrte. Sie hatte zu seinem Bericht ebenso geschwiegen wie zuvor im Auto. »Die beiden jungen Männer hatten sich drüben in Thomaston, wo sie herkommen, am Silvesterabend einen angetrunken und einen Packard gestohlen, der vor dem Country Club stand. Ein schlechter Scherz, wie mir scheint. Dann sind sie die ganze Nacht mit zwei Mädchen durch die Gegend gefahren, und als sie nüchtern geworden waren, hatten sie Angst davor, den Wagen zurückzubringen. Also betranken sie sich noch einmal, gaben ihr ganzes Geld bei einem Alkoholschmuggler in Yatesville aus. Als sie zwischen Woodbury und Delano unterwegs waren, hatten sie eine Reifenpanne. Sie öffneten den Kofferraum, um den Wagenheber zu holen, fanden dabei das Gewehr und zwei Pistolen und entschlossen sich daraufhin, mit Hilfe dieser Waffen jemanden zu berauben und dann einfach abzuhauen. Mir sehen sie eher wie dumme Bauernjungen aus, und vermutlich hatten sie das Leben auf der Farm satt.«

»Was ist aus den Mädchen geworden?« Zum ersten Mal sagte Carrie etwas zu seinem Bericht, und er nahm ihr Interesse als Zeichen dafür, daß sie sich von ihrem Schock erholt hatte.

»Die haben sie noch in der Nacht nach Hause gebracht.« Er hielt inne und wartete auf eine Reaktion. Carrie nickte, als sei sie froh darüber, daß den Mädchen nichts passiert war und daß sie nicht in die Geschichte hineingezogen worden waren. Dann fuhr er fort: »Das Gewehr war nicht einmal geladen. Ich zweifle daran, ob sie das überhaupt überprüft haben. Als sie nach Delano kamen, sahen sie als erstes die Bank. Sie gingen hinein und befahlen allen Anwesenden, die Hände hochzunehmen. Jimmy, der ältere der beiden – er hatte das Gewehr bei sich –, kletterte bei der Kasse über den Tresen und kippte den Inhalt der Geldschubladen in einen Sack; es war ein Geldsack von einer Bank in Atlanta. Sie nahmen auch zwei andere Geldsäcke mit, die noch nicht ausgepackt waren, und verließen die Bank. Dabei übersahen sie völlig, daß die Tür zum Safe offenstand. Im Safe lagen vierzigtausend Dollar ... Als sie an der Tür standen, drehte sich Danny, der jüngere, noch einmal um und feuerte zwei Schüsse durch das Fenster in den Bankraum, und alle Anwesenden warfen sich zu Boden. Dann fuhren die zwei um die Ecke, und da standen wir. Ich zeigte Frank Mudter gerade etwas und hielt den Revolver in der Hand, den Frank mir gegeben hatte – da dachten sie, ich ziele auf sie. Nun ja, und da haben wir sie dann erwischt und festgenommen, und jeder in der Stadt mit Ausnahme von mir und Frank Mudter hält mich jetzt für einen Helden. Das ist mir zwar nicht recht, doch Frank meinte, wenn ich die Wahrheit sage, glaubt jeder, daß ich ein Trottel bin, der eben mal Glück gehabt hat. Was gar nicht so falsch wäre. Aber wenn ich hier Polizeichef sein soll, muß ich den Leuten gegenüber als furchtloser Held auftreten.« Er lachte. »Sogar Skeeter war beeindruckt, obwohl er die Sache dann selbst in die Hand genommen hat, beim Verhör der beiden Burschen. Und Hugh Holmes bekam in Windeseile einen Antrag durch; die Polizeistation als Anbau des Feuerwehrhauses ist damit genehmigt.«

Er hielt abrupt inne, als er merkte, daß er viel zu schnell sprach. Carrie stand auf, ging zum großen Holzherd und rührte in einem Topf. »Ich nehme an, damit bist du jetzt hier der Chief«, sagte sie leise. »Eigentlich wollte ich dich überreden, dir eine andere Stellung zu suchen, aber jetzt hätte ich wohl die ganze Stadt gegen mich.« Sie rührte langsamer. »Ich werde also versuchen müssen, mich an den Gedanken zu gewöhnen, Will Henry. Aber eins mußt du mir versprechen.«

»Was denn?«

»Du mußt mir versprechen, daß du immer sehr, sehr vorsichtig sein wirst und daß du, wenn du etwas Gefährliches auf dich zukommen siehst, an Billy, Eloise und mich denkst und alles tust, damit dir nichts passiert. Kannst du mir das versprechen?«

»Ja, das verspreche ich dir. Ich bin nicht so töricht, mich mutwillig Gefahren auszusetzen. Ich will nicht verletzt oder getötet werden, Carrie. Ich spiele nicht den Helden im Kampf mit dem Bösen, und ich hoffe, du weißt, daß ich immer an dich und an die Kinder denke.«

Jetzt lächelte sie zum ersten Mal an diesem Tag. Er ging zu ihr hin und küßte sie auf die Wange. Sie strahlte ihn an. »Und jetzt raus mit dir – ich will den Tisch fürs Mittagessen dekken.«

Will Henry ging durch die Hintertür ins Freie; jetzt sah er, daß die Kinder draußen im Garten gespielt hatten, während er sich mit Carrie in der Küche unterhielt. Er blickte auf und sah Eloise, die mit erhobenen Händen an einem Baum stand. Drei Meter von ihr entfernt stand Billy; er hielt den Buntline-Revolver in den kleinen Händen und zielte auf Eloise. »Nur ein toter Indianer ist ein guter Indianer«, sagte er. Er hatte den Daumen am Hahn und spannte gerade den Revolver. Will Henrys erster Gedanke war, den Jungen anzuschreien, so laut er konnte, aber im Bruchteil einer Sekunde wurde ihm klar, daß Billy dann den Abzug betätigen könnte, und nicht auszudenken, was passieren würde, wenn die Waffe geladen war. Also breitete er beide Hände aus und schlug sie, so laut er konnte, zusammen. Billy riß den Kopf herum. Er warf den Revolver weg, als sei der plötzlich glühend heiß geworden; stand dann da und schaute seinen Vater mit großen, schuldbewußten Augen an. Der Revolver lag auf dem Boden, immer noch gespannt, immer noch mit dem Lauf auf Eloise gerichtet. Will Henry ging die Stufen hinunter und hob die Waffe auf. Billy versuchte etwas zu sagen, aber er brachte kein Wort heraus. Will Henry entspannte den Hahn, klappte die Trommel heraus und drehte sie dann langsam, während Billy zuschaute. Alle sechs Kammern waren geladen.

Er schüttelte die Patronen in seine Hand und steckte sie in die Tasche. Dann steckte er den Revolver in seinen Gürtel, packte Billy am Oberarm, drehte ihn herum und versetzte ihm mit aller Kraft einen Schlag auf den Hintern. Er drehte den Jungen wieder zu sich um. Tränen liefen Billy über das Gesicht, und er zitterte am ganzen Körper. So wütend Will Henry auch war, er brachte es doch nicht fertig, den Jungen weiter zu züchtigen. Immerhin hatte er selbst den Revolver offen auf einem Stuhl im Wohnzimmer liegengelassen. »Bring deine Schwester nach vorn«, sagte er laut flüsternd, »wasch dir das Gesicht und warte mit ihr draußen, bis ihr zum Essen gerufen werdet. Sagt kein Wort über das, was eben passiert ist, zu eurer Mutter, und heul nicht mehr, wenn ihr hereinkommt.« Er zwang sich dazu, sich zu entkrampfen und nicht mehr so wütend dreinzuschauen, damit das Kind fühlte, daß jetzt alles wieder in Ordnung war. »Na los, macht schon«, sagte er.

Als die Kinder um das Haus herumliefen, ging Will Henry rasch zum Werkzeugschuppen am hinteren Ende des Grundstücks. Im Schuppen fand er eine rostige Zange, zog damit die Bleikugeln aus den Patronenhülsen und schüttete das Pulver auf den Boden. Dann kramte er herum, bis er ein Brecheisen und einen Hammer gefunden hatte, spannte den Revolver in einen Schraubstock ein und schlug die Zündnadel vom Hahn ab, wodurch die Waffe wertlos wurde. Er steckte den Revolver wieder in seinen Gürtel, sammelte die leeren Patronenhülsen und die Bleikugeln ein und wischte mit dem Fuß über das Pulver auf der Erde. Schließlich ging er hinaus und warf Patronenhülsen und Kugeln in eine Mülltonne. Er lehnte sich gegen die Rückwand des Schuppens, und gleich danach übergab er sich.

Später, als sie zu Mittag aßen, wobei ein jeder stumm seinen Gedanken nachhing, sagte Will Henry: »Der Revolver, den mir Frank Mudter gegeben hat, ist zu altmodisch, als daß er noch nützen könnte. Also habe ich die Zündnadel abgebrochen. Billy, du kannst nachher den Rost von der Waffe abreiben – wir heben sie auf als Souvenir.«

Er lächelte den Jungen an, und Billy erwiderte das Lächeln.

7

Nach dem Mittagessen verließ Will Henry sein Haus und ging zur Broad Street hinauf. Dort bog er nach links ab und lenkte seine Schritte zur Kreuzung Broad und Main Street, wo sich die Bank befand. Er kam dabei an mehreren Läden vorbei, und das machte ihn nervös. Es war ihm klar, daß sich die Ereignisse vom Vormittag rasch herumgesprochen hatten, und er wünschte sich, es wäre nicht geschehen.

Als er sich dem Eisenwarenladen näherte, sah er Ralph McKibbon, den Besitzer, im Gespräch mit einem anderen Mann davor stehen. »He, Chief!« Will Henry zuckte ein wenig zusammen. McKibbon kam auf ihn zu und gab ihm einen freundlichen Puff in die Rippen. »Ich höre, Sie haben sich gleich heute morgen um diese zwei Bankräuber gekümmert! Die ganze Stadt redet von nichts anderem. Sie sind erst ein paar Stunden Chief, und schon fühlen wir uns alle sicherer.« Will Henry murmelte ein paar Worte, lächelte, so gut er konnte, und ging weiter, wobei ihn auf seinem Weg drei weitere Leute begrüßten und beglückwünschten. Vor der Bank blieb er stehen und schaute durch das Fenster hinein. Ein Mann nagelte gerade Bretter über das zerbrochene Glas. Dann ging Will Henry hinein in die Schalterhalle.

»Ach, Mr. Lee! Oder soll ich lieber sagen: Chief Lee?« Miss Bessie Simmons, die Kassiererin, lächelte ihn von ihrem Schalter aus an. »Ich bin Ihnen ja so dankbar, daß Sie heute vormittag diese schrecklichen Männer festgenommen haben.«

»Ja; aber wissen Sie, Miss Bessie, es wäre mir lieber gewesen, wir hätten sie erwischt, bevor sie Ihnen einen solchen Schreck einjagen konnten.«

Harold Bowen, der Kontorist, trat auf ihn zu. »Ich habe immer zu Mr. Holmes gesagt, geben Sie mir eine Pistole. Geben Sie mir eine Pistole, und wir brauchen uns nicht mehr mit solchen Dingen herumzuärgern. Ich hätte die beiden heute früh ohne weiteres abknallen können.« Will Henry erinnerte sich daran, daß Harold weinend auf dem Boden gelegen hatte, als er nach dem Raubüberfall die Bank betreten hatte.

»Harold, ich glaube, diese beiden hätten niemanden angeschossen, nicht einmal aus Versehen. Sie waren betrunken, aber sie sind keine Killer. Sie haben nur zwei Löcher ins Fenster geschossen, um Sie einzuschüchtern. Als wir sie festnahmen, waren sie fast erleichtert, so groß war ihre Angst. Ich glaube, die Sache heute morgen war alles in allem ein unglücklicher Zufall. Aber wenn so etwas jemals wieder passieren sollte, tun Sie genau das, was Sie heute getan haben. Es hat keinen Sinn, sich für ein paar hundert Dollar, die obendrein jemand anders gehören, umbringen zu lassen.«

»Nun, es ist doch unsere Pflicht, das Geld unserer Kunden zu schützen. Sie haben es auf die Bank gebracht und glauben, daß es hier sicher ist. Wir brauchen ein paar Pistolen hier, ja, genau das ist es, was wir brauchen.«

»Was haben Sie denn mit den beiden Burschen gemacht, Chief Lee?« fragte Miss Bessie.

»Skeeter Willis wird sie in sein Gefängnis stecken. Der Stadtrat hat beschlossen, ein paar Zellen in das neue Feuerwehrhaus einzubauen, so daß wir gerüstet sind, falls so etwas wieder einmal vorkommen sollte. Ich werde deshalb jetzt gleich anschließend mit Mr. Holmes und mit Skeeter darüber sprechen. Aber zuvor wollte ich sehen, ob hier alles wieder in Ordnung ist.«

Danach verabschiedete er sich und ging über die Straße zur Baustelle des neuen Feuerwehrhauses hinter dem Rathaus. Er trat durch ein halbfertiges Portal und besah sich den Bau. Sägen kreischten, Hämmer klopften. Das Feuerwehrhaus sollte eine große Garagenhalle für die Wagen erhalten, dazu drei Räume und ein Bad für die freiwilligen Helfer und den Feuerwehrmann Jimmy Riley, den einzigen, der fest angestellt war. Außerdem sollte eine Sirene auf dem Dach angebracht werden. Sobald ein Feuer gemeldet würde, sollte Jimmy die Sirene einschalten, und die freiwilligen Helfer, die alle in unmittelbarer Nähe wohnten oder arbeiteten, würden sich dann hierher begeben. Will Henry überlegte sich, was er wohl tun könnte, falls er mal Hilfe brauchte.

Das war etwas, was er mit Holmes besprechen mußte. Er hörte, wie draußen ein Wagen anhielt. Holmes und Skeeter kamen gemeinsam herein. Holmes rief den Vorarbeiter des Bautrupps heran, dann gingen sie zur Seitenfront des Gebäudes.

Holmes zeigte auf die Fläche zwischen dem Feuerwehrhaus und dem Hintereingang des Rathauses. »Ich dachte, hier könnte man den Anbau am besten ausführen. Auf dieser Seite besitzt die Stadt mehr Grund und Boden als auf der anderen. Will Henry, haben Sie sich schon überlegt, was Sie alles brauchen?«

»Ich habe mir schon ein paar Gedanken gemacht, ja, aber ich glaube, wir sollten erst einmal Skeeter fragen, was er davon hält. Er ist der einzige im ganzen County, der über ein Gefängnis verfügt.«

Skeeter grinste. »Sie haben sich wirklich einen schlauen Chief eingehandelt, Hugh. Er weiß, wann es angebracht ist, den Rat seines Sheriffs einzuholen. Aber er wird ihn nicht lange brauchen. Wie ich ihn kenne, weiß er in Kürze über alles bestens Bescheid.«

»Nun, Skeeter«, sagte Will Henry, »dann sollten wir versuchen, aus Ihnen zunächst noch so viel wie möglich rauszuholen. Morgen sind Sie wieder drüben in Greenville, und dann lassen Sie sich nicht mehr hier sehen bis zur nächsten Wahl.«

»Genau das ist meine Absicht, mein Junge, nachdem ich meine unschätzbaren Erfahrungen an Sie weitergegeben habe. Von morgen an können Sie sich um die Dinge hier selber kümmern.«

Dann deutete er auf die Rückwand des Neubaus. »Hugh, ich würde das Gefängnis so tief wie das Feuerwehrhaus bauen, wenn auch vielleicht nicht ganz so breit – Will Henry braucht ja keinen Feuerwehrwagen hineinzustellen. Im hinteren Teil würde ich vier Zellen einbauen, sagen wir, jede drei mal drei Meter. Das klingt vielleicht etwas üppig, aber am ersten wilden Sonnabendabend werdet ihr merken, daß die Zellen kaum ausreichen. Außerdem sollten in jeder Zelle ein Waschbecken und ein Wasserklosett sein, aus zwei Gründen. Erstens wird euer neuer Chief nicht gerade begeistert sein, wenn er die Häftlinge mit Waschschüsseln versorgen und ihre vollen Nachttöpfe abtransportieren muß, und zweitens: Wenn ihr mal wirklich einen wilden Burschen da drinnen habt, braucht ihr nicht jeden Tag mehrmals aufzuschließen, sondern nur dann, wenn es wirklich notwendig ist. Das ist nichts weiter als eine grundlegende Sicherheitsmaßnahme – anderenfalls bräuchtet ihr mehr Personal. Also: Wenn ihr mal einen drinnen habt, dann bleibt er auch drinnen, klar? Sicher, Hugh, Sie mögen sagen, daß das ein bißchen extravagant klingt – ist es aber nicht. Denn wenn ihr dieses Gefängnis einmal gebaut habt, wird niemand mehr etwas von Verbesserungen hören wollen, bis es von selbst zusammenfällt. Wenn ihr es gleich zu Anfang richtig baut, kann es lange Zeit so bleiben. Baut ihr es dagegen falsch, und entwischen euch die Häftlinge, dann habt ihr nur Ärger. Es kann auch sein, daß ihr irgendeinen Frauenverein auf den Hals bekommt, von wegen Haftbedingungen und so weiter. Glaubt mir, ich weiß, wovon ich rede.«

Holmes nickte. »Ich verstehe, was Sie meinen, Skeeter. Was noch?«

»Sie brauchen ein Fenster in jeder Zelle, denn spätestens einen Monat nach Fertigstellung stinkt es da drinnen wie in jedem anderen Gefängnis in den Vereinigten Staaten, und die Zellen müssen mal gelüftet werden. Vergeßt nicht: Der Chief verbringt fast genausoviel Zeit da drinnen wie die Häftlinge. Jede Zelle braucht einen Abfluß, damit man sie mit dem Schlauch ausspritzen kann, und ich würde je zwei Doppeldekker-Pritschen in jede Zelle stellen.«

»Sie stecken vier Häftlinge in eine neun Quadratmeter große Zelle, Skeeter?« Will Henry war überrascht.

»Ich spreche vom Minimum, Will Henry. Wenn Sie meinen, können Sie die Zellen ja auch größer machen lassen. Oder wenigstens zwei davon. Ihre Häftlinge müssen ja nicht das ganze Leben lang dort brummen, sondern nur, bis die Anklage steht und sie in unser Gefängnis oder ins Straflager des Countys gebracht werden. Da fällt mir noch etwas ein. Ich würde eine der Zellen deutlich von den anderen abtrennen, denn früher oder später bekommt ihr mal eine Frau oder auch zwei, und es kann sogar sein, daß es eine Weiße ist. Wenn ihr Ruhe haben wollt, müßt ihr sie von den Männern trennen können.« Er ging zur Vorderseite des Neubaus. »Ja, dann brauchen Sie ein Büro, Will Henry, und das sollte so groß wie möglich sein, denn Sie müssen ja nicht nur dort arbeiten, sondern auch die Akten und das Archivmaterial aufbewahren. Ich würde sagen, so breit wie das Gebäude, abzüglich des Platzes für einen Korridor, der zu den Zellen führt. Dann brauchen Sie noch einen Warteraum vor dem Büro, und der sollte ebenfalls so breit wie das ganze Gebäude sein. Jemand wartet immer in einem Polizeirevier mit Gefängniszellen, und Sie wollen doch nicht, daß die dort warten müssen, wo Sie arbeiten und wo wichtige Akten liegen, Waffen und alles mögliche. Im Warteraum sollten ein paar Bänke stehen, aber sie dürfen nicht zu bequem sein. Die Leute sollen ja auch nicht lange dort warten.«

»So ungefähr hab ich es mir auch vorgestellt, Skeeter«, sagte Will Henry, »aber nicht so groß. Trotzdem – ich meine, Sie haben recht. Ich hätte gern noch ein Fenster oder so etwas zwischen dem Büro und dem Warteraum.«

»Gute Idee. Ich habe herausgefunden, daß es besser ist, wenn man einen Tresen zwischen sich und dem Publikum hat. Das läßt die Sache etwas offizieller erscheinen. Vielleicht bricht man auch ein kleines Fenster in die Wand zwischen dem Feuerwehrhaus und dem Büro. Sie werden zunächst allein auskommen müssen, und so kann im Notfall der Kollege von der Feuerwehr beide Telefone bedienen. Noch eines, Hugh: Achten Sie darauf, daß die Feuerwehr und Sie verschiedene Nummern bekommen. Nichts ist schlimmer, als wenn die Leute, die mit Ihnen sprechen wollen, nicht durchkommen. Und das gilt vermutlich auch für die Feuerwehr.«

»Ich glaube, das Verbindungsfenster ist ein Vorteil für die Stadt«, sagte Holmes. »Und das mit den zwei Telefonen wird sicher die Zustimmung von Idus Bray finden. Ich nehme an, wir können den Plan auf der Welle der Begeisterung für unseren neuen Chief durchbringen.«

»Noch etwas, Hugh«, sagte Skeeter. »Sie sollten einen Antrag stellen, um Will Henry das Recht zu verschaffen, sich einen Stellvertreter zu ernennen – im Fall eines Falles. Er ist allein und wird gelegentlich nicht ohne einen zweiten Mann auskommen.« Dann wandte er sich an den neuen Chief. »Will

Henry, ich ernenne Sie zum Deputy Sheriff, genau wie die Chiefs in Warm Springs, Manchester und den übrigen Orten im County. So brauchen Sie mich nicht jedesmal aus dem Bett zu holen, wenn Sie jemanden über Ihren Amtsbereich hinaus verfolgen. Aber achten Sie in einem solchen Fall genau auf Ihre Zuständigkeit. Sie beschränkt sich auf Verbrechen, die innerhalb der Stadtgrenze begangen werden. Anderenfalls kommen Sie mit mir in Konflikt. Erheben Sie die rechte Hand. Versprechen Sie mir, daß Sie die Gesetze des Meriwether Countys und des Staates Georgia achten, daß Sie Ihre Pflicht tun, sich täglich Gesicht und Hände waschen und auch die Stellen hinter den Ohren, wo Sie noch ein bißchen feucht sind, und daß Sie versuchen werden, ein netter Kerl zu sein.« Will Henry wollte etwas sagen. »Gut. Sie sind hiermit mein Deputy. Holmes ist Zeuge.«

»Hat Ihre Frau Ihnen schon ihre Ansprache gehalten?« Will Henry und Skeeter waren allein auf der Baustelle; Holmes war in die Bank zurückgekehrt.

»Was für eine Ansprache?«

»Die mit der Ermahnung, vorsichtig zu sein und darauf zu achten, daß Sie nicht getötet werden?«

»Oh – ja.«

»Sie hat recht. Will Henry, Sie können bei Ihrem neuen Job durchaus getötet werden und sich noch leichter eine schlimme Verletzung zuziehen.« Skeeter kniff die Augen zusammen und schaute in die Ferne. »Ich bin jetzt seit acht Jahren Sheriff für das Meriwether County; mir ist in dieser Zeit ein Deputy umgebracht worden, und einer wurde so schwer verletzt, daß er nie wieder wird arbeiten können. An mich selbst allerdings hat sich noch keiner rangewagt. Und wollen Sie wissen, warum?«

Will Henry nickte. Skeeter hatte sein beträchtliches Gewicht auf den linken Fuß verlagert, der näher bei Will Henry war, und stemmte die Hände in die Hüften. Will Henry stand breitbeinig da, die Hände in den Gesäßtaschen. Skeeter drehte sich auf dem linken Fuß herum und hieb den rechten Unterarm in Will Henrys Magengrube. Will Henry stieß einen Schmerzenslaut aus und setzte sich ins Gras. Da saß er, betäubt, und rang nach Luft. »Jetzt, in diesem Augenblick, ist Ihnen nicht danach zumute, aufzuspringen und sich zu revanchieren, wie?« Will Henry schüttelte den Kopf. »In ein paar Minuten wären Sie dazu bereit, aber momentan wollen Sie sich nur den Bauch halten und wieder Luft bekommen.« Will Henry wog achtzig Kilo, aber Skeeter faßte ihn unter den Armen und hob ihn hoch wie ein Kind.

»Tut mir leid, daß ich Ihnen das demonstrieren mußte, Will Henry, aber ich hätte es Ihnen eine Woche lang erklären können, ohne daß Sie es kapiert hätten. Es gibt zwei Dinge, die man sich merken muß: Erstens muß man immer darauf gefaßt sein, daß jemand das oder noch Schlimmeres mit einem versuchen will, und jemand wird es versuchen, glauben Sie mir. Sagen wir, Sie halten jemand auf, weil er zu schnell durch die Stadt fährt. Es kann der netteste, freundlichste Bursche sein, den Sie je gesehen haben, wenn Sie auf ihn zukommen, aber Sie wissen nicht, was er in seinem Wagen hat. Vielleicht hat er eine Kiste voll Fusel oder einen Sack mit Geld aus einem Bankraub auf dem Rücksitz. Wenn Sie ihn nicht kennen, müssen Sie ihn ständig scharf beobachten. Nur wenn Sie damit rechnen, daß einer auf Sie schießen oder Sie zusammenschlagen könnte, besteht die große Chance, daß er nicht dazu kommt. Zweitens dürfen Sie sich von keinem irgendwelchen Quatsch vormachen lassen, und wenn Sie zuschlagen müssen, schlagen Sie so hart zu, daß dieses eine Mal ausreicht. Lassen Sie sich niemals, hören Sie, *niemals* auf einen Kampf ein. Ihre Aufgabe ist es, Raufereien zu verhindern, deshalb dürfen Sie sich nicht darauf einlassen. Und verhindern können Sie das, indem Sie einmal – oder höchstens zweimal – so zuschlagen, daß der andere nicht mehr kämpfen kann. Wenn Sie ein paar drohende Auseinandersetzungen auf diese Weise unterbunden haben, werden Sie bereits dadurch Erfolg haben, daß Sie in der entsprechenden Weise auf die Leute einreden. Und um das zu schaffen, müssen Sie gegenüber den anderen einen Vorteil aufzuweisen haben.« Er langte hinter sich und brachte einen kleinen Schlagstock zum Vorschein. »Sehen Sie, das ist ein solcher Vorteil. Ein Totschläger, mit Leder außen rum und mit Blei innen drin. Den können Sie einem Gegner auf den Kopf schlagen, nur nicht an die Schläfen; Sie können ruhig fest zuschlagen, ohne ihm bleibenden Schaden zuzufügen. Danach ist er ein paar Minuten so friedfertig, daß Sie ihm Handschellen anlegen oder ihn in den Wagen schleppen können, ja sogar in die Zelle, ohne daß er großen Widerstand leistet.«

Skeeter setzte Will Henry, der noch immer Mühe hatte, tief durchzuatmen, auf eine leere Kiste und stellte sich eine zweite daneben. »Ich weiß, es erscheint Ihnen unfair, einen Mann mit einem Totschläger umzuhauen, wenn er keine Waffe besitzt, aber Sie müssen sich erst einmal einen neuen Begriff von fair und unfair aneignen. Ich habe den Ruf in diesem County, hart, aber fair zu sein. Deshalb werde ich alle vier Jahre wiedergewählt, und glauben Sie mir, wenn ich nicht hart wäre, bekäme ich keine Chance, fair zu sein. Haben Sie mich verstanden, Will Henry?«

»Ja«, sagte Will Henry und bekam endlich wieder genügend Luft, um sprechen zu können.

»Und noch etwas. Drohen Sie niemandem. Sagen Sie nie zu jemand: ›Jetzt kommen Sie mit, oder ich haue Ihnen das Ding hier auf den Schädel.‹ Wenn er für Sie zum Problem wird, schlagen Sie zu, und er kommt mit. Wenn Sie bereit sind, als erster zuzuschlagen, brauchen Sie nie Ihren Revolver zu ziehen, geschweige ihn zu benützen. Manche sagen, daß man seinen Revolver nur dann ziehen soll, wenn man ihn auch benützen will. Das klingt zwar hart, ist aber nur blöd. Natürlich können Sie einen Mann mit einem Revolver bedrohen, ohne ihn gleich abzuknallen; das ist nur vernünftig. Sie ziehen das Ding, zielen damit auf seinen Kopf, spannen den Hahn, und er wird das tun, was Sie von ihm verlangen. Aber noch etwas zum Totschläger. Er ist eine offizielle Waffe. Wenn Sie ein Eisenrohr nehmen und es einem Nigger auf den Schädel hauen, wird er Ihnen ewig böse sein, und dann wird er für Sie zu einem ständigen Problem. Schlagen Sie ihn dagegen mit einem solchen Ding – vorausgesetzt, er hat es verdient –, dann ist das für den Nigger eine offizielle Handlung; er wird es verstehen und sich denken, daß Sie nur Ihren Job ausüben, wie es sich gehört.«

Skeeter schwieg einen Augenblick. »Kommen wir jetzt zu den Schußwaffen«, fuhr er dann fort. »Ich habe meinen Revolver in den acht Jahren vielleicht zehn oder fünfzehn Mal gezogen. Ich habe ihn zweimal abgefeuert und in beiden Fällen den Angreifer getötet. Der eine versuchte, mich mit einer Pistole abzuknallen, und ich habe nicht mit der Wimper gezuckt und ihn erschossen. Der andere ist davongelaufen, und ich habe ihm befohlen stehenzubleiben. Er ist weitergelaufen, und ich habe ihn erschossen. Den zweiten, sehen Sie, den wollte ich eigentlich nicht töten, wollte ihn nur zum Stehen bringen. Ich habe auf seinen Hintern gezielt, aber er hat sich geduckt, und ich habe ihn in den Rücken getroffen.« Er wandte sich ab. »Beim ersten hab ich keine schlaflosen Nächte verbracht – da ging es darum, daß einer sterben mußte, er oder ich. Der zweite hatte eigentlich nicht viel ausgefressen, hatte nur bei einer Tankstelle ein paar Autoreifen gestohlen, aber er versuchte zu fliehen, und er wäre wohl auch geflohen, wenn ich ihn nicht erschossen hätte. Der hat mich ein paar schlaflose Nächte gekostet, und glauben Sie mir, wohl habe ich mich weder in dem einen noch in dem anderen Fall gefühlt. Ich kann Ihnen eigentlich nur einen Rat geben, wenn Sie mich fragen, wann man auf einen Menschen schießen soll, Will Henry: dann, wenn er versucht, Sie umzubringen, und wenn seine Aussicht auf Erfolg ebensogroß oder größer ist als Ihre. Aber das müssen Sie sich selbst genau überlegen. Und zwar sollten Sie das jetzt tun, denn wenn der Augenblick erst da ist, haben Sie keine Zeit mehr dazu.«

Will Henry atmete jetzt wieder regelmäßiger; er stand auf und füllte seine Lungen. »Ich danke Ihnen für den Rat, Skeeter. Wenn ich jemals wieder genug Kraft habe, werde ich ihn befolgen.«

»Ich habe Ihnen nur eine kleine Lektion gegeben, wie sie jeder meiner neuen Deputys erhält. Sie würden sich wundern, wie manche sich verhalten, sobald sie sich den Stern angesteckt haben. Ich muß mir die Leute sehr sorgfältig auswählen.« Skeeter zeichnete etwas Obszönes mit der Stiefelspitze in den Sand. »Sie hätte ich nicht ausgewählt, Will Henry. Wenn Holmes mich gefragt hätte – ich hätte ihm abgeraten.«

Will Henry war tief getroffen. »Glauben Sie, ich würde die Leute ungerecht behandeln?«

»O nein. Nein, das ist nicht der Grund. Im Gegenteil. Ich weiß nicht, ob Sie es fertigbringen, hart genug zu sein. Ich fürchte, Sie neigen dazu zu zögern, wenn es hart auf hart kommt. Das schafft keinen Respekt, und so etwas spricht sich herum. Wenn es erst soweit ist, gelingt Ihnen nichts mehr. Dann hätte Carrie allen Grund, sich Sorgen zu machen. Jemand wird Sie eines Tages töten, Will Henry – so sicher, wie Sie hier stehen.«

Die beiden schwiegen einen Augenblick. Will Henry wurde bewußt, daß das ein sehr ernster Augenblick in seinem Leben war. Skeeter Willis gab ihm in aller Aufrichtigkeit den besten Rat, und er tat es mit seinem Wissen und mit seiner Erfahrung. Er tat alles, was in seinen Kräften stand, um ihm zu helfen, damit er die Aufgaben meisterte, die sich ihm stellten. Will Henry war tief gerührt.

»Skeeter, ich verstehe Sie gut, und ich versuche mir das zu merken, was Sie mir gesagt haben. Wenn ich dennoch nicht im Bett sterbe, wird es gewiß nicht Ihre Schuld sein. Ich danke Ihnen.«

Skeeter seufzte tief und nickte, schüttelte dann den Kopf, schlug Will Henry freundschaftlich auf die Schulter, lächelte ihn an und ging zu seinem Wagen.

Will Henry blieb vor seinem Haus stehen und betrachtete es. Obwohl ihn auf dem Nachhauseweg fröstelte, fühlte er sich gezwungen, stehenzubleiben und nachzudenken. Der Abend war klar und bereits jetzt, kurz nach sechs, sehr kalt. Der aufgehende Mond ließ das weißgestrichene Holzhaus gespenstisch leuchten. Es sah dennoch sicher und einladend aus. Will Henry hatte sein Gleichgewicht noch immer nicht wiedergefunden. Erst einen Tag zuvor hatte er das Haus verlassen, in dem er geboren worden war und in dem er bisher gelebt hatte; er hatte damit sein Leben unwiderruflich verändert. Die Farm war Vergangenheit – das alles ging erstaunlich schnell. Es überraschte ihn, daß er schon jetzt, auf der Schwelle des neuen Heims, das Gefühl hatte, nach Hause zu kommen.

Drinnen war seine Frau, die ihm das Abendessen bereitete – ein Abendessen, das nicht auf seinem Boden gewachsen war und das Carrie nicht geerntet hatte. Seine Kinder würden morgen früh aufwachen und zu Fuß zur Schule gehen, und nach der Schule würden sie mit anderen Kindern spielen, die nur ein paar Meter entfernt wohnten. Morgen würde er bei seiner Arbeit Schuhe tragen können, wie er sie normalerweise nur am Sonntag trug. Die Leute würden mit ihren Problemen zu ihm kommen oder auch, um sich die Zeit zu vertreiben. Leute. Er würde an einem Tag mehr Leute sehen als sonst in einem Monat. Er hatte einen Platz, eine Position im Leben anderer Leute – zum ersten Mal. Er wollte sie nicht enttäuschen.

An einem einzigen Tag hatte er zwei bewaffnete Bankräuber verhaftet, auf eine Weise, die ihm Ruhm einbrachte, wobei nur er selbst und Frank Mudter die Wahrheit wußten; er hätte um ein Haar mitansehen müssen, wie sein Sohn seine Tochter erschoß, mit einer Waffe, die er selbst in Reichweite der Kinder liegengelassen hatte – und er war vom Sheriff des Meriwether Countys niedergeschlagen worden. Alles andere als ein verheißungsvoller Anfang – aber bei Gott, es war der Anfang eines völlig neuen Lebens.

Er ging die Stufen hinauf und betrat sein neues Haus.

8

Holmes schloß die Haustür und hängte seinen Mantel in den Garderobenschrank auf der Diele.

»Hugh?« rief eine Stimme vom oberen Stock. »Bist du es?«

»Ja, Ginny, ich bin's.« Er hörte, wie sie auf die Treppe zuging, und wartete in der Diele auf sie. Als sie unten war, küßte er sie auf den Mund, dann gingen sie zusammen in das kleine Wohnzimmer. Das Steinhaus im Kolonialstil war erst vor kurzem fertig geworden, und sie saßen am liebsten im »Studio«, wie Virginia den Raum nannte, statt im unpersönlicheren

Wohnzimmer, das sie vorwiegend benützten, wenn Besuch gekommen war. Das »Studio« war mit Eichenholz getäfelt und mit Ledersesseln und einer lederbezogenen Couch ausgestattet; im Winter brannte immer ein Feuer im offenen Kamin, wenn Holmes nach Hause kam. Hier verwahrten sie auch ihr Geheimnis: In einer Vitrine, die zu einem Bücherschrank gehörte, verborgen durch eine Tür, hinter deren Glas sie Buchrücken geklebt hatten, standen stets eine Flasche Bourbon, eine Flasche Scotch, ein sehr guter Kognak und eine Flasche trockener Sherry. Holmes hatte die Vitrine selbst gebaut, nachdem die Handwerker verschwunden waren. Weder er noch Virginia hatten den Whisky oder den Kognak jemals angerührt – die Flaschen standen bereit für besondere und verschwiegene Gäste, von denen sich bisher freilich keiner gezeigt hatte. Aber Holmes wußte, daß der Tag kommen würde, wo er einem Mann einen herzhaften Drink anbieten mußte, und für diesen Fall wollte er gerüstet sein.

Die Vitrine war vermutlich der einzige Behälter in einem Heim im Meriwether County, der mit voller Absicht für die Aufbewahrung alkoholischer Getränke konstruiert worden war: verbotene Spirituosen, die man normalerweise in den Kellern oder in einem versteckten Kühlschrank aufzubewahren pflegte. Alkohol war ein religiöses Thema in Delano, und es gab nicht wenige, die der Meinung waren, ein Mann könne nicht gleichzeitig Alkohol trinken und sich Christ nennen. Holmes vermochte, obwohl er in einem abstinenten Haus aufgewachsen war, in dieser Auffassung keine Logik zu erkennen. Er und Virginia waren viel in den Vereinigten Staaten umhergereist und hatten nicht wenige anständige Menschen gesehen, die in Restaurants und Hotels Alkohol tranken, ohne sich danach in Ausschweifungen zu ergehen. Im vergangenen Sommer, in London, einer Station ihrer ersten Europareise, waren sie ins Rule's, das berühmte Restaurant am Covent Garden, gegangen, und Holmes hatte den Weinkellner ganz spontan gebeten, ihm eine halbe Flasche guten Weißwein zu servieren. Er hatte zudem vor dem Essen Sherry getrunken. Anschließend waren er und Virginia ein wenig beschwipst in ihr Hotel zurückgekehrt, hatten danach im Bett die beste Liebesnacht ihrer achtjährigen Ehe erlebt, und Holmes entschloß sich daraufhin, eine Flasche Sherry mit nach Hause zu schmuggeln.

Obwohl die »Achtzehnte Verordnung« erst Ende des Monats offiziell als ratifiziert erklärt werden sollte und erst ein Jahr danach in Kraft trat, konnte ein Mann in Holmes' Position keinesfalls öffentlich alkoholische Getränke einkaufen. Statt dessen tauchte einmal monatlich nach Einbruch der Dunkelheit ein kleiner, außerordentlich gutgekleideter junger Mann in einer großen Pierce-Arrow-Limousine vor Holmes' Haus auf, nahm eine bescheidene Bestellung auf einer Liste entgegen, nahm die Barzahlung in Empfang und setzte dann seine barmherzige Runde fort.

Holmes schenkte sich und seiner Frau ein Gläschen Sherry ein und ließ sich anschließend auf das Ledersofa sinken. Er kam nicht zum Mittagessen nach Hause wie die meisten Männer in Delano, sondern aß mittags nur ein Sandwich während der Arbeit. Virginia bereitete für den Abend eine Mahlzeit aus drei Gängen vor – sie aßen später als die meisten Einheimischen –, und dazu tranken sie meist eine halbe Flasche Wein. Wenn er abends heimkam, waren die Neuigkeiten des Tages noch frisch, und es gab immer genügend Dinge, über die sie sich unterhalten konnten.

»Du hast sicher schon von dem Bankraub und der Verhaftung gehört.«

»Ja, und zwar sehr ausführlich – mindestens viermal heute nachmittag.«

»Ich schwöre dir, Ginny, es war das Beste, was geschehen konnte, und genau zum richtigen Zeitpunkt.«

»Du meinst, du bist froh, daß die Bank überfallen wurde?«

»O nein, das nicht, obwohl es uns eine Lehre sein wird und wir uns besser auf derartige Ereignisse vorbereiten werden. Aber es hat die Sache mit dem neuen Polizeichef wesentlich erleichtert. Wir haben gleich danach einen Antrag über den Bau einer Polizeistation durchbekommen, und ich bin sicher, bei der nächsten Sitzung werden wir auch den Polizeiwagen genehmigen können.«

»Sogar Idus Bray hat da mitgemacht?«

»Was heißt mitgemacht! Er war geradezu der Wortführer. Ich habe ihn nie so aufgeregt erlebt. Will Henry hat die Sache natürlich sehr gut angepackt. Sicher, er war überrascht und wohl auch sehr nervös, aber er hat immerhin den Wagen angehalten und die beiden Burschen geistesgegenwärtig festgenommen. Du weißt, wenn ich die Wahl gehabt hätte, wäre ich nicht ohne weiteres für Will Henry gewesen – ich meine, wenn es mir gelungen wäre, einen ausgebildeten Polizeibeamten für den Posten zu bekommen. Ich glaube, Skeeter Willis hatte auch einige Vorbehalte gegen ihn, aber Will Henry hat die Sache wirklich gut angepackt, und bemüht sich außerdem, in allen entscheidenden Fragen den Rat von Skeeter zu befolgen. Er hat vermutlich noch nicht sehr viel Ahnung, was alles dazugehört, wenn man Polizeibeamter ist, aber er weiß wenigstens, daß er nichts weiß, Gott sei Dank! Kannst du dir vorstellen, was ein Mann wie Foxy Funderburke aus einer solchen Stellung machen würde?«

Sie unterhielten sich eine Weile, dann entschuldigte sich Virginia, weil sie das Abendessen fertigmachen mußte. Holmes fühlte, wie ihn der Sherry wärmte, und streckte sich auf dem Sofa aus, wobei er vor Behagen und Müdigkeit leise knurrte. Er schloß die Augen und empfand ein Gefühl wohliger Zufriedenheit. Mit der neuen Feuerwehr und der Einstellung eines Polizeibeamten hatte die Stadt in seinen Augen einen bedeutenden Meilenstein in ihrer Entwicklung gesetzt; jetzt besaß sie die Einrichtungen und Organisationen, die ihr bis dahin noch gefehlt hatten. Auch die Pflasterung der Gehsteige in den Hauptstraßen, das Wasserwerk und die Einrichtung des Telefons waren solche Meilensteine gewesen. Sicher, es gab noch Dutzende von Dingen, die in der Zukunft angestrebt werden mußten, aber im Augenblick schien alles nahezu vollkommen. Holmes döste ein.

Im Gegensatz zu Will Henry und Carrie Lee, die mühelos in das hineingewachsen waren, was sie heute darstellten – wie gesunde Pflanzen, die Produkte einer langen Züchterauslese –, hatte sich Hugh Holmes alles selbst aufgebaut, Stein für Stein und Nagel für Nagel. Er war ebenfalls ein Farmersohn gewesen, aber sein Vater, der Sohn einer am Hungertuch nagenden Kleinbauernfamilie, hatte nichts als seine Schlauheit, seinen Fleiß und ein Gefühl für den richtigen Zeitpunkt besessen, um aus den Trümmern des Krieges eine blühende Farm und eine Baumwollfabrik zu errichten. Er hatte dem jungen Hugh den Begriff des Selfmademan vermittelt, die Vorstellung, daß jeder Mensch sich für etwas entscheiden und das dann mit der nötigen Energie auch erreichen konnte. Holmes hatte das recht wörtlich genommen, und dabei hatten ihm ein paar vorteilhafte Eigenschaften geholfen. Neben einer bemerkenswerten angeborenen Intelligenz hatte die Natur Hugh Holmes mit einer seltenen körperlichen Gabe beschenkt: Er war einsfünfundneunzig groß, und man hätte ihn mit Präsident Lincoln vergleichen können, nur daß seine Haltung und sein Gang aufrechter waren. Schon in seinen Jugendjahren überragte er fast jeden, dem er begegnete, und erst mit Dreißig traf er einen Mann, der größer war als er selbst – ein Erlebnis, das ihn wochenlang deprimierte. Er lernte rasch, seine Größe höchst wirksam einzusetzen; er wußte, wann er sich in einen Sessel werfen, wann er aufstehen und auf die anderen herunterschauen mußte. Zu seiner imponierenden Gestalt kam der seltene Vorzug einer frühen Reife. Bereits mit neunzehn zeigte sein Haar einzelne graue Fäden, und seine Züge waren schon früh geprägt und sehr markant, so daß man bei ihm Gedankentiefe und Weisheit vermutete.

Holmes hatte sich entschieden, seine Karriere im Geschäftsleben zu machen, speziell im Bankgeschäft. Ihm war klargeworden, daß die Banken das Herz einer jeden geschäftlichen Transaktion darstellten, daß sie Macht und Einfluß auf jede Gemeinde und jeden Staat ausübten, vielleicht sogar auf das ganze Land. Er wußte, daß eine gute Bank eine höchst wirkungsvolle, Intelligenz an sich ziehende Organisation war, und außerdem gefiel ihm die Vorstellung, immer ganz genau zu wissen, was in einem bestimmten Lebensbereich vor sich ging. Er war davon überzeugt, daß er mit diesem Wissen und mit dem Zugang zum Kapital alles erreichen konnte, was er sich wünschte.

Nicht daß Holmes größenwahnsinnig gewesen wäre. Er wollte es nicht J. P. Morgan nachtun. Statt dessen wünschte er sich, ein großer Fisch in einem kleinen Teich zu sein und nur soviel Macht zu erlangen, wie nötig war, um sein Schicksal selbst bestimmen und den ihm genehmen Teich wählen zu können. Er wollte reisen, wollte lernen und vieles von dem erfahren, was sich draußen in der Welt ereignete; zugleich wußte er, daß er bei einer großen Bank in einer großen Stadt all seine Energie darauf verwenden mußte, auf der Karriereleiter nach oben zu klettern und sich in einem niemals endenden internen Kampf durchzusetzen. Er zweifelte nicht daran, daß ihm dies geglückt wäre, aber die Umstände, unter denen sich eine solche Karriere vollziehen würde, entsprachen keineswegs seinen Vorstellungen von einem glücklichen Leben.

Hugh Holmes hatte sich statt dessen Umstände geschaffen, wie er sie sich wünschte, und zu dem Zeitpunkt, als Will Henry Lee seine Farm verließ, Ende 1919, bestanden diese Umstände in der Leitung der Bank von Delano. Das hatte er erreicht durch harte Arbeit, Intelligenz und eine Glückssträhne, der er einen wohlentwickelten Sinn für Opportunismus hinzugefügt hatte und die Bereitschaft, unter günstigen Bedingungen ein Risiko einzugehen.

Der Zeitpunkt, da Holmes Delano zum ersten Mal gesehen hatte, oder besser die Gegend, in der in Kürze die Stadt Delano entstehen sollte, lag rund zehn Jahre zurück. Er war damals Kassierer bei der Farmer- und Händlerbank in Woodbury gewesen, das etwa zwölf Meilen nördlicher lag. An einem Sonntagnachmittag fuhr er mit dem Zug nach Warm Springs, zu einem Picknick der »Freunde der Sonntagsschule«. Warm Springs war ein teurer und eleganter Kurort, der Gäste aus dem ganzen Süden anlockte. Sie badeten in den warmen Quellen und genossen Musik und Rezitationen im »Meriwether Inn«. Warm Springs war obendrein ein beliebter Ausflugsort für Kirchengemeinden, und Holmes war einer von dreißig Leuten, die mit der M&B nach Warm Springs fuhren.

»Macon & Birmingham« oder kurz M&B war eigentlich ein falscher Name für die Eisenbahnlinie, da sie weder Macon noch Birmingham erreichte. Der Spitzname, den man ihr gegeben hatte, paßte da schon besser: »Maultier- und Bummelbahn«, da die Züge mit sehr geringer Geschwindigkeit fuhren.

Bei jener Fahrt hielt der Zug an einem Reservoir, um Wasser aufzunehmen, und nach ein paar Minuten wurde angekündigt, daß sich der Aufenthalt wegen technischer Probleme verlängern würde und daß die Fahrgäste Gelegenheit hätten, ihre Beine zu vertreten und einen kleinen Spaziergang zu machen. Sobald die Lokomotive zur Weiterfahrt bereit sei, würde sie einen Pfeifton von sich geben.

Holmes stieg aus dem Zug und sah sich um. Sie befanden sich in einem Kiefernwald – überwiegend junge Bäume, aber auch ein paar größere, ältere. Dazwischen wuchsen Eichen und Ulmen, und in ihrem Schatten war es kühl und angenehm an diesem heißen Tag. Er schlenderte ziellos durch den Wald, genoß die angenehm würzige Luft und den dichten Teppich von abgefallenem Laub und Fichtennadeln unter seinen Füßen. Nach kurzer Zeit gelangte er zu einer Lichtung und sah zu seinem Erstaunen dort einen nagelneuen weißen Cadillac parken. Drei Männer, die ihre Staubmäntel und die Brillen über die Kotflügel gehängt hatten, standen im Gespräch beisammen, zeigten hier und da auf eine Landkarte und deuteten dann in die eine oder die andere Richtung. Holmes näherte sich der Gruppe. »Guten Tag, meine Herren.« Die Männer erwiderten den Gruß. »Es überrascht mich, einen so großen Wagen so weit abseits der normalen Routen zu sehen.«

Der kleinste der drei Männer meldete sich zu Wort. »So weit? Von hier bis zum Atlanta Highway sind es nur ein paar hundert Meter durch den Wald. In dieser Gegend hat einmal eine Sägemühle gestanden, und es gibt einen gut befahrbaren Weg zur Hauptstraße.« Holmes erinnerte sich, daß der Zug kurz vor dem Halt unter einer halbzerfallenen Holzbrücke hindurchgefahren war. Der Mann streckte ihm die Hand entgegen. »Ich bin Thomas Delano.« Holmes wußte sofort, mit wem er es zu tun hatte. Delano war nach einer kurzen, erfolgreichen Karriere als Kaufmann ein mächtiger Industriemagnat auf dem Gebiet der Textilproduktion geworden, mit Hauptsitz in Atlanta, und er besaß zahlreiche Spinnereien in den umliegenden kleineren Städten. »Das hier ist Mr. Bill Smenner von der M&B-Linie, und dies ist Mr. Svensen, ein

Gast aus Norwegen, der ein paar Erkundigungen für uns einholt.«

»Ich bin Hugh Holmes aus Woodbury.«

»Sind Sie nicht Kassierer bei der dortigen Bank?« fragte Delano. Holmes war nicht wenig überrascht. »Wissen Sie, ich mache zur Zeit ein kleines Geschäft mit Ihrer Bank.« Holmes hatte keine Ahnung davon. Delano tauschte einen kurzen Blick mit Smenner, dann wandte er sich wieder an Holmes. »Es dürfte Sie interessieren, was wir hier vorhaben, Mr. Holmes.«

»Nun, mir scheint das hier ein ziemlich abgelegener Ort zu sein für eine Baumwollspinnerei.«

»So sieht es vielleicht jetzt aus, aber in zwei Jahren wird sich das alles geändert haben. Wir werden hier eine Stadt errichten, Mr. Holmes. Sehen Sie sich Mr. Svensens Plan an.« Delano breitete die Karte auf der Motorhaube des Cadillacs aus und zeigte auf verschiedene Eintragungen. »Wie Sie sehen, ist dies die Stelle, wo sich die Gleise der M&B und der Highway kreuzen. Also finden wir vorzügliche Transportbedingungen. Ich werde hier eine moderne Baumwollspinnerei errichten, und Mr. Smenner hat sich entschlossen – ich darf das doch sagen, Bill? –, das neue Ausbesserungswerk der Eisenbahn genau hier zu bauen, wo sich der Wasserturm befindet. Diese zwei Unternehmen werden den Bewohnern der neuen Stadt gute Beschäftigungsmöglichkeiten bieten.«

Holmes war beeindruckt. »Und wie steht es mit der Wasserversorgung? Oder haben Sie vor, eigene Quellen anzuzapfen?«

»Nein, Sir. Es gibt eine starke Quelle auf dem Berg da drüben, mit einem Wasserreichtum, der selbst für eine wesentlich größere Stadt genügen würde, als wir sie hier planen. Wir werden natürlich ein modernes Wasserwerk und eine Kanalisation bauen, und wir werden die Straßen im Geschäftsbezirk und ein paar andere wichtige Straßen gleich bei Gründung der Stadt pflastern lassen.«

Holmes merkte, daß sein Atem schneller ging. »Und wie wollen Sie alle diese Projekte finanzieren?«

»Wir werden die Delano-Entwicklungs-Gesellschaft gründen; die Stadt soll den Namen Delano erhalten. Ich bin in solchen Dingen keineswegs schüchtern. Unser Anfangskapital wird hunderttausend Dollar betragen. Mr. Smenner und ich werden persönlich diese Summe beisteuern, außer den Investitionen für die Baumwollfabrik und das Ausbesserungswerk, und wir werden eine beschränkte Anzahl von Gentlemen einladen, ebenfalls in das Projekt zu investieren, Männer, die über die dazu nötigen persönlichen Ressourcen und über die geschäftlichen Erfahrungen verfügen, durch die eine solche Stadt wachsen und gedeihen kann. Wir werden hier draußen am Fünfzehnten des kommenden Monats ein Picknick veranstalten, mit Gebratenem am Spieß, und ich denke, wir werden dreihundert Privatgrundstücke zu je fünfundsiebzig Dollar und fünfzig Geschäftsgrundstücke zu je zweihundert Dollar verkaufen. Die Interessenten müssen das Geld im voraus bezahlen, dann findet eine Auslosung der Grundstücke statt. Die Gesellschaft wird die übrigbleibenden Grundstücke und andere ausgesparte Flächen behalten, bis sie der Meinung ist, daß mehr davon verkauft werden sollte.«

Holmes schwieg. Delano betrachtete ihn prüfend. »Es wäre wohl die beste Investition, die sich ein junger Mann wie Sie denken könnte, Mr. Holmes. Eine Anlage für die Zukunft – und Sie hätten die Chance, noch einzusteigen, solange der Lift im Parterre steht. In diesem Augenblick weiß höchstens ein Dutzend Männer von dem Projekt, aber unser Entschluß steht fest, Mr. Holmes. Wir werden unsere Pläne verwirklichen.« In diesem Augenblick hörte man das Pfeifen der Lokomotive.

»Mr. Delano, ich finde den Gedanken überaus interessant. Kann ich mit Ihnen über Ihr Büro in Atlanta in Verbindung treten?« Holmes schüttelte den drei Männern die Hände und drehte sich um. Delano hielt ihn zurück.

»Mr. Holmes – Hugh, wenn ich Sie so nennen darf –, ich habe bereits beim Minister Antrag auf Genehmigung für die Gründung einer Bank gestellt, und ich wäre sehr daran interessiert, mit Ihnen eingehend darüber zu sprechen. Zunächst bietet sich Ihnen die Gelegenheit zu einer Investition und später zu weit mehr. Warum kommen Sie nicht ein paar Tage zu mir nach Atlanta?«

»Ich werde mich noch vor Ende dieser Woche bei Ihnen melden, wenn es Ihnen recht ist, Mr. Delano.«

»Das ist gut.« Sie schüttelten sich noch einmal die Hände, und Holmes eilte zurück zu seinem Zug. Das Picknick in Warm Springs zog nebelhaft an ihm vorüber, und in der darauffolgenden Nacht konnte Holmes keinen Schlaf finden. Am nächsten Morgen rief er einen Mann in Athens an, der ihm erst kürzlich für die Farm seines verstorbenen Vaters und für die Baumwollfabrik ein Angebot gemacht hatte. Nach dem üblichen Hin und Her wurde er mit dem Mann handelseinig.

Noch im Verlauf dieser Woche hatte er zehntausend Dollar in die Delano-Entwicklungsgesellschaft investiert. Im folgenden Monat nahm er an dem Picknick auf dem Gebiet der künftigen Stadt Delano teil und erwarb je ein Wohn- und ein Geschäftsgrundstück. Bei der Verlosung zog er das Grundstück an der oberen Third Street, wo er später sein Haus baute, und das Geschäftsgrundstück an der Ecke Main Street und Atlanta Highway, wo die Bank gebaut werden sollte. Er nahm an, daß er sehr großes Glück gehabt hatte bei der Verlosung, fragte sich aber nicht, ob jemand dabei nachgeholfen hatte. Ehe der Tag vorüber war, hatte er zwei weitere Geschäftsgrundstücke gekauft, eines neben dem ersten für den Preis von dreihundert Dollar – von einem Mann, der einen schnellen Gewinn von hundert Dollar mehr schätzte als einen langfristigen nach der Errichtung einer neuen Stadt. Außerdem erneuerte er eine alte Bekanntschaft mit einem wohlhabenden Farmer namens Idus Bray und beteiligte sich mit fünfundzwanzig Prozent an dem Kapital der Telefongesellschaft, die Bray gründen wollte. Außerdem kam er zu einer Übereinkunft mit Thomas Delano in Sachen der geplanten Bank. Er würde neunundvierzig Prozent des Bankvermögens übernehmen und das dazu nötige Kapital investieren. Nach fünf Jahren konnte er die zwei Prozent hinzuerwerben, die ihm die Kontrolle über die Bank ermöglichten, und Delano wollte die übrigen Anteile an lokale Interessenten verkaufen.

Am Ende des Tages hatte er alles bis auf zweitausend Dollar aus seiner Erbschaft und seinem Ersparten angelegt. Aber mit zweitausend in bar, drei Geschäftsgrundstücken, einem Wohngrundstück, einer fünfundzwanzigprozentigen Beteiligung an einer Telefongesellschaft, neunundvierzig Prozent Anteilen an einer neuzugründenden Bank und zehn Prozent Anteilen an der Delano-Entwicklungsgesellschaft hatte er für seine vierunddreißig Jahre erstaunlich viel Besitz angehäuft – auch wenn dieser Besitz vorläufig zum größten Teil nur auf dem Papier stand. Er war mit sich sehr zufrieden.

Und als Virginia ihn zum Abendessen rief, war er noch zufriedener mit sich als an jenem wichtigen Tag.

9

Zwei Wochen verstrichen. Die Arbeit am neuen Gefängnis ging rasch voran, da das Feuerwehrhaus so gut wie fertiggestellt war. Der Stadtrat stimmte Holmes' Antrag zu, einen guten Wagen aus zweiter Hand für die Polizeistation zu erwerben. Man fand einen zwei Jahre alten Ford, und ein Angestellter in Ralph McKibbons Eisenwarenladen malte mit weißer Farbe die Buchstaben »Delano-Polizei« auf beide Vordertüren. Will Henry begann damit, sich den Tag einzuteilen. Wenn um acht Uhr morgens die Geschäfte öffneten, machte er einen kurzen Gang durch die Main Street, sprach mit den Geschäftsinhabern, die er dabei traf, und wurde von den anderen zumindest gesehen – nur für den Fall, daß jemand irgendwelche Beschwerden vorzubringen hatte. Danach ging er zur Post, holte die Briefe an die Polizei ab und brachte sie ins Rathaus, wo er in Willis Greers Büro die Rundschreiben und Fahndungsplakate sortierte, die angekommen waren. Gegen zehn trank er mit einer kleinen Gruppe von Kaufleuten und Geschäftsmännern eine Tasse Kaffee im Drugstore von Delano, wo sie sich täglich trafen, um Klatsch und Meinungen auszutauschen. Falls man mit seiner Amtsführung als Polizeichef unzufrieden wäre, hoffte er das bei diesen täglichen Zusammenkünften zu erfahren, bevor ein Problem daraus wurde.

Nach dem Kaffee ging er langsam durch die ganze Stadt, »zeigte Flagge« sowohl in den weißen wie in den schwarzen Vierteln. Mitunter blieb er stehen und unterhielt sich mit jemandem, und meistens machte er halt in Smittys Lebensmittelgeschäft in Braytown, wie das schwarze Viertel inoffiziell genannt wurde, nach dem Namen des Weißen, dem mehr als ein Drittel des Grundbesitzes dort gehörte. Smitty war der gesellschaftliche Mittelpunkt der schwarzen Gemeinde, und Will Henry blieb zu einer Limonade und einem Gespräch ein paar Minuten dort. Inzwischen kannte er die meisten Schwarzen bei ihren Namen.

Nachdem er Smitty verlassen hatte, fuhr er auf die Nordseite der Stadt und parkte den Wagen an einer auffälligen Stelle nicht weit von der Tafel am Atlanta Highway, die die Ortsgrenze von Delano bezeichnete. Dabei hatte er nicht die Absicht, jemanden wegen zu schnellen Fahrens festzunehmen; er wollte nur den Lastwagenfahrern und den Handelsreisenden, die regelmäßig von Atlanta nach Columbus fuhren, auf diese Weise klarmachen, daß die Stadt Delano jetzt über einen Polizeiwagen verfügte, und der Anblick des Wagens war tatsächlich für alle ein Zeichen, ihr Tempo zu verringern. Auf diesem Posten verharrte er etwa eine Stunde, dann fuhr er zurück zum Rathaus, um sich dort zu melden, bevor er zum Mittagessen nach Hause fuhr. Er blieb eine Stunde daheim, wobei er sich meist ein Viertelstündchen aufs Sofa im Wohnzimmer legte und döste, machte sich dann auf zu einer weiteren Tour durch die Stadt, trank nachmittags eine Tasse Kaffee im Drugstore und parkte noch einmal eine Stunde lang an der Südseite der Stadt, nahe dem Schild an der Hauptstraße nach Columbus.

Bei all dieser Routine blieben ihm noch zwei oder drei Stunden täglich, in denen er sich nach einer zusätzlichen Beschäftigung umsehen konnte. Er verbrachte die Zeit meist im Rathaus und stellte dort Listen der Aufgaben zusammen, die er in Zukunft bewältigen wollte, oder im Feuerwehrhaus, wo er sich mit Jimmy Riley unterhielt oder den Fortschritt der Arbeiten an seiner Polizeistation verfolgte. Wenn der Anbau erst fertig war, brauchte er sich nicht mehr zu überlegen, womit er seine Zeit verbringen sollte. Jeden Abend nach dem Essen und kurz vor dem Schlafengehen fuhr er noch einmal in die Main Street, parkte den Wagen, überprüfte die Türen sämtlicher Geschäfte, stieg dann wieder ein und kurvte noch einmal durch die Stadt.

An einem regnerischen Morgen, als der Bau der Polizeistation fast vollendet war, meldete sich dort ein kleiner Mann, sehr ordentlich gekleidet in einem braunen Tweedanzug mit einem dazu passenden braunen Bowlerhut, und stellte sich vor. »Chief Lee? Dachte ich mir's.« Der Mann streckte ihm eine Hand entgegen, die Will Henry so weich wie die eines Kindes erschien. »T. T. Brown. Ich komme von der Firma ›Nationale Polizeiausrüstung‹; Sheriff Willis sagte, ich sollte bei Ihnen vorbeischauen. Ich sehe, Ihre Polizeistation macht Fortschritte. Darf ich mich umsehen?«

»Aber sicher, Mr. Brown.« Will Henry folgte ihm zur Rückseite des Gebäudes.

»Ich sehe, Sie haben Skeeters Rat beherzigt und alles ziemlich großzügig angelegt. Das ist gut. Aber hier, das ist nicht in Ordnung: Sie brauchen Zementboden, man darf eine Zelle nicht auf einen Holzboden bauen, denn wenn irgendein Häftling auf dumme Gedanken kommt und fliehen will, braucht er nur die Bretter rauszureißen und – Sie verstehen, was ich meine.« Will Henry nickte. Er war beschämt, daß er nicht selbst daran gedacht hatte.

»Ich nehme an, Sie haben recht, Mr. Brown. Außerdem müssen die Gitter ja auch einzementiert werden.«

»Kommen wir jetzt zu den Gittern selbst, Chief. Es geht nicht, daß Sie die einfach vom hiesigen Schmied anfertigen lassen. Nicht, daß er seine Arbeit nicht ordentlich machen würde, das meine ich nicht. Aber für Gefängnisgitter braucht man besonders gehärteten Stahl und außerdem die eigens dafür entwickelten Schlösser. Wir können Ihnen das alles in unserem Werk nach Maß anfertigen lassen.«

»Sicher – aber ich habe momentan vom Stadtrat noch keine Gelder dafür bewilligt bekommen. Ich werde . . .«

»Das verstehe ich gut. Sie können das ja nicht alles im ersten Monat überblicken. Hier, halten Sie dieses Ende meines Zollstocks, und wir werden sehen, was Sie hier brauchen. Wir vermessen das einfach und stellen fest, wieviel Schlösser benötigt werden, wie viele Schlüssel dazu, und dann lasse ich Ihnen einen Kostenvoranschlag ausfertigen, den Sie dem Stadtrat vorlegen können. Halten Sie mal.« Er kritzelte ein paar Zahlen in ein schwarzes Notizbuch. »Also, es werden vier Zellen, nicht wahr? Und in jede kommt ein Fenster. Nein, zwei Zellen stoßen gegen die Wand des Feuerwehrhauses. Wissen Sie was? Ich würde am Ende dieses Korridors ein Fenster einbauen. Sie glauben gar nicht, wieviel frische Luft man hier drinnen benötigen wird. Also vier Zellen, zwei mit Fenstern, zwei Extrafenster und vier Schlösser. Sie werden vermutlich auch eine Tür brauchen, mit der Sie den ganzen Zellentrakt abschließen können. Das ist eine grundlegende Sicherheitsmaßnahme, verstehen Sie? Und eine Zelle wollen Sie abschirmen, für die Ladies? Dann brauchen Sie noch eine zusätzliche Wand. Also, ich lasse das in unserem Büro in Atlanta zusammenstellen, dann haben Sie es in zwei Tagen. Ich werde die Abmessungen noch heute abend telefonisch durchgeben. Ja, wir sind sehr schnell in diesen Dingen. Chief Lee, wir kennen die Bedürfnisse unserer Polizeibeamten in Georgia, und wir wollen die Polizei schließlich nicht warten lassen, oder? No, Sir. Ja, und Sie werden doch sicherlich noch einige persönliche Ausrüstungsgegenstände brauchen.«

»Ja, bestimmt. Gehen wir doch hinüber ins Feuerwehrhaus, dort können wir uns setzen, und Jimmy kann uns Kaffee machen.«

»Fein, fein. Ich hole nur meine Koffer aus dem Wagen.« Der kleine Mann schleppte zwei riesige lederne Musterkoffer an und stellte sie im Feuerwehrhaus ab. »Bei der Kiste brauche ich Ihre Hilfe. Sechs Hände schleppen leichter als vier.« Will Henry und Jimmy Riley halfen Brown, eine kleinere, extrem schwere, mit großen Vorhängeschlössern versehene Kiste in das Gebäude zu schleppen. »Danke Ihnen, meine Herren.«

Er öffnete die beiden Koffer. »Also, fangen wir mit der Dienstkleidung an. Ich empfehle jeweils drei Uniformen für Sommer und Winter. Sie kommen zwar im Winter auch mit zweien aus, aber sobald es heiß wird, müssen Sie sich täglich umziehen, wenn Sie ordentlich aussehen wollen, und das ist wichtig für einen Polizeibeamten. Ich würde sagen, Größe achtundvierzig, was die Oberweite angeht, ja?« Er nahm ein Maßband heraus und maß Will Henrys Brustumfang, die Taille und die Länge der Hosenbeine. »Richtig, vierunddreißig Inches im Bund und einunddreißig in der Länge. Meine Hosen sind alle zweiunddreißig lang, aber das kann Ihre Frau sicher umnähen. Jetzt habe ich hier einen sehr schönen Uniformstoff, der gut zu einem weißen Hemd paßt, aber ich muß zugeben, die meisten meiner Kunden bevorzugen die schweren Wollhemden, die kann man Frühjahr, Herbst und Winter tragen, und wenn es kalt ist, tragen sie die gefütterte Jacke darüber. Was bevorzugen Sie, Chief?«

Will Henry, der sich über die Uniform noch keine Gedanken gemacht hatte, fühlte sich ein wenig überrumpelt, aber er mußte zugeben, daß es besser war, wenn er im Dienst Uniform trug. »Ich glaube, das Wollhemd ist richtig. Und vorläufig komme ich mit zwei Garnituren zum Wechseln aus.«

»Fein. Also, da haben wir die zwei Hemden und die zwei Hosen. Hier, schlüpfen Sie mal in die Jacke – ja, die sitzt perfekt. Genau das richtige Wetter dafür, noch ziemlich kalt, nicht wahr? So, und nun unsere Regenausrüstung.«

Innerhalb weniger Minuten stand Will Henry in einem Haufen von Kleidungsstücken, der ihm bis an die Hüfte reichte; Brown öffnete jetzt die Schlösser an der Kiste. Jimmy Riley, der die Einkleidung wie in einer Art Trance beobachtete, hielt den Atem an. Mit dem, was Brown in der Kiste hatte, konnte er nach der Ansicht von Will Henry eine ganze Polizeimannschaft bewaffnen. Brown nahm ein grünes Filztuch aus der Kiste und breitete es auf dem Kartentisch des Feuerwehrhauses aus.

»Also dann«, sagte Brown, nahm eine große, etwas plump aussehende Pistole aus dem Etui und polierte sie mit einem Zipfel des Filztuchs, »hier ist unser neuestes Modell, die fünfundvierziger Coltpistole, wie sie die Armee im europäischen Krieg benützt hat.« Er holte eine riesige Patrone aus der Kiste. »Mit der Pistole können Sie ein Stück Blei abfeuern, das jeden Mann umlegt, wenn man damit auch nur seine ausgestreckte Hand trifft. Eine gewaltige Kanone.«

Will Henry nahm die Pistole behutsam in die Hand. Brown fühlte, daß die Waffe nicht zu seinem neuen Kunden paßte. Er holte zwei Revolver aus seiner Kiste und legte sie auf das Filztuch. »Zwei sehr gute Waffen, beide aus dem Hause Colt. Ein zweiunddreißiger Revolver mit einem Zwei-Inches-Lauf, das richtige für einen Detektiv oder einen Beamten, der seine Waffe nicht offen tragen will. Oder hier, der Achtunddreißiger mit dem Vier-Inches-Lauf. Eine gute Polizeiwaffe. Ich habe das Gefühl, diese Waffe wird früher oder später das Standardmodell bei allen Polizeieinheiten werden.« Will Henry nahm den Revolver in die Hand und zielte damit auf einen Punkt an der Wand. Dann senkte er rasch den Lauf und suchte nach einer Möglichkeit, die Trommel abzukippen. Er hatte genug Probleme gehabt mit sogenannten »ungeladenen« Waffen. Brown führte ihm den Mechanismus vor, der die Trommel zur Seite kippen ließ. »Ich glaube, das ist die beste Waffe für Sie, Chief Lee. Nicht so durchschlagend wie die fünfundvierziger Pistole, aber wesentlich stärker als der zweiunddreißiger Colt. Ein hervorragendes Stück. Aber Sie werden eine zusätzliche Waffe brauchen. Wenn Sie mal einen Mann als Deputy einsetzen, müssen Sie ihn auch bewaffnen können. Es geht schließlich nicht, daß er mit einem Zündnadelgewehr daherkommt, nicht wahr? Haben Sie Erfahrung mit Handfeuerwaffen?«

»Nicht sehr viel.«

Brown holte Patronenschachteln aus der Kiste. »Ich lasse Ihnen tausend Patronen hier. Das klingt nach einer Riesenmenge, aber Sie müssen erst einmal draußen auf dem Land damit üben. Ein Revolver ist etwas ganz anderes als ein Gewehr oder eine Flinte. Etwas ganz anderes! So, und zuletzt benötigen Sie noch mindestens drei Paar Handschellen. Ich höre, zwei haben Sie schon gebraucht, und Sie haben Ihre Sache gut gemacht. Ein Schlüssel paßt für alle, so daß Sie nicht eine Tasche voll Schlüssel mit sich herumschleppen müssen.« Er hielt einen kleinen schwarzen Totschläger in die Höhe, ganz ähnlich wie der, den ihm Skeeter Willis gezeigt hatte. »Der beste Freund des Polizisten.« Brown beugte sich über den anderen Koffer und förderte ein Halfter und einen Gürtel zutage. »Die Handschellen passen in diese Schlaufe; hier ist Platz für ein Dutzend Patronen, und der Totschläger paßt hier hinein. Jetzt schnallen Sie sich den Gürtel mal um, damit wir sehen, ob er paßt.«

Er paßte.

»Und jetzt . . .«

»Ich möchte wissen, was das alles kostet, Mr. Brown.« Brown zog einen Bestellblock heraus und begann in Windeseile zu schreiben. »Ich bin sicher, Sie werden jeden einzelnen Gegenstand auf dieser Liste eines Tages als sehr nützlich empfinden, Chief. Ich rüste nun schon seit zwölf Jahren die Ordnungshüter damit aus und kann aufrichtig behaupten, daß ich noch keinem zuviel verkauft habe. Also, mal sehen. Das sind: zwei Winteruniformen mit Hemden und Hosen. Drei Sommeruniformen – das ist erstklassiges Militär-Khaki. Hemd und Hose, eine gefütterte Jacke, eine Wintermütze, eine Sommermütze, zwei schwarze Krawatten, ein Gürtel mit Halfter und Schlaufen für Extramunition, Handschellen und Totschläger, ein Totschläger, zwei Coltrevolver Kaliber achtunddreißig, drei Paar Handschellen und tausend Patronen Munition. Das Ganze kommt genau auf dreihundertneunundvierzig Dollar und fünfundvierzig Cent.«

Will Henry betrachtete den kleinen Mann mit zusammengekniffenen Augen. »Fällt Ihnen nichts für die restlichen fünfundfünfzig Cent ein?«

Brown grinste. »Ich sehe es immer mit Vergnügen, wenn ich unter der Budgetgrenze einer Dienststelle bleibe.« Er langte in eine Innentasche und zog ein dünnes Lederfutteral heraus. »Da fällt mir ein, Chief – das hier ist ein Zeichen unserer Wertschätzung, und wir gratulieren Ihnen damit zu Ihrem neuen Posten. Meine Firma wird sich freuen, wenn Sie dieses kleine Geschenk annehmen.« Er öffnete das Futteral und legte es auf das grüne Filztuch. Darin befanden sich drei

Plaketten, eine große, eine mittelgroße und eine kleine. Jede trug die Aufschrift »Polizei-Department Delano« und die Amtsbezeichnung »Chief«. »Die große ist für Ihr Hemd, die mittelgroße gehört auf die Mütze, und die kleine brauchen Sie, wenn Sie Zivilkleidung tragen. Die Plaketten sind feuervergoldet.«

Will Henry nahm das Bestellformular und unterzeichnete es. »Mr. Brown, Sie kommen stets gut vorbereitet zu Ihren Kunden, habe ich recht?«

»Chief, ich verstehe mein Geschäft, und ich kenne den Job meiner Kunden. Ich weiß, was sie dafür brauchen.« Er wandte sich an Jimmy Riley. »Warten Sie, ich muß nur schnell hinaus zum Wagen. Für Sie habe ich auch ein paar Dinge, die Sie gut gebrauchen können.«

Will Henry sammelte seine Sachen ein und überließ Jimmy Riley den Wohltaten von T. T. Brown.

10

Da die neue Polizeistation nur an das bereits größtenteils fertiggestellte Feuerwehrhaus angebaut wurde, ging der Bau zügig voran. Will Henry war gerade einen Monat Chief von Delano, als die Handwerker endgültig abzogen. Am Wochenende vor dem Montag, an dem die Station offiziell eröffnet werden sollte, hatten Will Henry und Hugh Holmes in dem neuen Gebäude eine Menge zu tun. T. T. Browns eigens angefertigte Gitter, Türen, Fenster und Schlösser waren im Lauf der Woche eingetroffen, und ihre Installation war am Freitag abgeschlossen worden. Holmes hatte einen Schreibtisch mit Rollpult gekauft, dazu zwei Aktenschränke, vier Holzstühle mit geraden Lehnen, einen Drehsessel und einen Hutständer. Die Zellen waren mit hölzernen Pritschen, Baumwollmatratzen und Armeedecken ausgestattet worden, und im Büro glühte ein großer Kanonenofen. Will Henry befestigte mit Reißzwecken die Fahndungsplakate an dem neuen Schwarzen

Brett, und Holmes fegte mit hochgekrempelten Ärmeln die Holzwolle zusammen, in der die Möbel eingepackt gewesen waren. Ein Mann von der Telefongesellschaft war eben fertig geworden und gegangen. Der neue Apparat war an der Wand neben dem Fenster zur Feuerwache angebracht worden, so daß man ihn von beiden Stationen aus bedienen konnte. Das Telefon klingelte.

Will Henry legte die Schachtel mit Reißzwecken auf den Schreibtisch und nahm den Hörer ab. Es war Estelle, die junge Frau in der Vermittlung, die den Nachtdienst übernommen hatte. »Sind Sie das, Mr. Lee?«

»Ja, Estelle. Wie geht's?«

»Oh, mir geht es gut, aber ich habe eine Lady in der Leitung, die ziemlich hysterisch ist. Sie sagt, drüben in der Maple Street passiert gerade etwas Schreckliches.« Alle Straßen auf der Nordseite der Gleise waren nach Bäumen benannt, und die Häuser dort waren von Thomas Delano für seine Arbeiter erbaut worden – lauter identische, weißgestrichene Holzhäuser.

»Dann verbinden Sie mich mit ihr. Das geht doch, oder? Ich meine, das Telefon ist doch schon fertig installiert?«

»Jawohl, Sir. Ich verbinde.« Es klickte in der Leitung, dann hörte Will Henry jemanden unregelmäßig atmen, als versuchte er, sein Schluchzen zu unterdrücken.

»Hallo! Hallo! Hier spricht Will Henry Lee. Der Chief. Was ist los?«

»Oh, Gott sei Dank!« rief eine Frauenstimme. »Ich bin so froh, daß ich Sie endlich erreicht habe. Die Vermittlung hat mir gesagt, daß es jetzt ein Telefon im Gefängnis gibt. Ich bin so froh, daß ich Sie erreicht habe.«

»Und was gibt's? Was ist passiert?«

Die Frau fuhr fort, und ihre Stimme klang wie ein heiseres Flüstern. »Sie müssen schnell zu mir herüberkommen. Wenn Sie nicht kommen, dann bringt er sie diesmal um. Ich kann ihn hören, und sie weint wieder. Ich . . .«

»Wer spricht denn eigentlich?«

»Ich bin Mrs. Smith. Mein Mann ist James Smith. Ich hätte ihn ja hinübergeschickt, damit er eingreift, aber er ist zur Arbeit, macht Nachtschicht in der Fabrik. Er hat dort schon ein paarmal eingegriffen.«

»Bei wem, Mrs. Smith?«

»Bei diesem Butts, nebenan. Er schlägt sie schon wieder.«

»Aha. Und Sie wohnen in der Maple Street, ist das richtig? Wo in der Maple Street?«

»An der Ecke. Ecke Poplar Street. Sie wohnen gleich nebenan, Nummer vier. Wir sind Nummer zwei. Können Sie schnell kommen? Er bringt sie sonst um . . .«

»Ich bin gleich da, Mrs. Smith. Aber halten Sie sich vom Nachbarhaus fern, bis ich eingetroffen bin, haben Sie gehört? Gehen Sie auf keinen Fall hinüber.« Er hängte ein und zog sich seine Jacke an. »Hört sich so an, als ob jemand seine Frau schlägt, drüben in Milltown«, sagte er zu Holmes. Holmes langte nach seinem Mantel.

»Ich komme mit.«

Sie gingen zur Tür. Will Henry blieb stehen. Er warf einen Blick auf den Revolvergürtel, der auf dem Tisch lag, ging die paar Schritte zurück und schnallte ihn sich um. Dann verließen sie das neue Gebäude.

Will Henry fuhr so schnell er konnte durch den abendlichen Einkaufsverkehr. »Ich glaube, ich brauche noch eine Sirene für diesen Wagen«, sagte er und hupte wild, als ein Maulesel mit einem Karren die Straße blockierte.

»Besorgen Sie sich eine«, sagte Holmes finster. »Ich sehe zu, daß das Geld dafür bewilligt wird.«

»Kennen Sie einen Mann namens Butts?«

»Grady Butts? Der in der Fabrik arbeitet?«

»Ich glaube, das ist er.«

»Ich kenne seine Frau, Mary. Sie spart jede Woche einen Dollar und kommt regelmäßig zur Bank, um das Geld einzuzahlen. Vermutlich weiß er nicht, daß sie Geld zur Seite legt. Sie kommt immer allein. Hübsch, auf eine etwas plumpe Weise. Sie hat inzwischen zweiundvierzig Dollar auf dem Konto. Zweiundvierzig Wochen, zweiundvierzig Dollar.«

Will Henry fragte sich, ob Holmes jedes Bankkonto auswendig kannte. »Eine Mrs. Smith, die nebenan wohnt, sagte, es sei schon öfters passiert. Und falls man ihr glauben darf, verlieren Sie eine Kundin, wenn uns dieser verdammte Maultierwagen nicht aus dem Weg geht.« Er umfuhr das Gefährt und drückte dabei heftig auf die Hupe.

Als sie vor dem Haus anhielten, kam eine Frau, die sich hinter einem Baum versteckt hatte, auf den Wagen zugelaufen. »Oh, beeilen Sie sich! Es wird immer schlimmer. Er bringt sie um!« Sie hörten ein polterndes Geräusch, als ob etwas umgeworfen worden wäre, und das Licht, das auf die Vorhänge des vorderen Fensters fiel, veränderte sich plötzlich.

Will Henry lief, gefolgt von Holmes, die vier Stufen hinauf. An der Tür blieb er stehen. Der Lärm im Inneren des Hauses war verstummt. Will Henry klopfte an die Tür. »Öffnen Sie. Hier ist die Polizei!« Jetzt hörte er eine Frau schluchzen.

»Hier ist alles in Ordnung«, sagte eine Männerstimme. Die Worte klangen schleppend. »Machen Sie, daß Sie fortkommen.«

Will Henry drehte den Türknopf und stieß dann die Haustür auf. Der Raum dahinter war überraschend ordentlich und hübsch. Will Henry hatte eigentlich ein Chaos erwartet. Eine etwas abgesessene Sitzgarnitur, bestehend aus einem Sofa und zwei Sesseln, beherrschte das Zimmer. Im offenen Kamin brannte ein fröhliches Feuer. Durch eine Tür in der entgegengesetzten Wand des Zimmers konnte er einen Eßtisch sehen, der für das Abendessen gedeckt war, und auf dem Tisch standen Schüsseln mit Essen. Das einzige, was nicht in Ordnung war, schien ein kleiner Tisch mit einer Stehlampe zu sein. Er war umgekippt, und die Lampe lag auf dem Boden, brannte aber noch. Eine kleine, rundliche Frau stand mit dem Rücken zur Wand neben dem offenen Kamin. Sie weinte, und bei jedem Schluchzen kam etwas Blut aus ihrer Nase. Ihr Baumwollkleid war an der Vorderseite von Blut getränkt, und auf dem Boden waren einzelne Tropfen zu sehen.

Gegenüber, auf der anderen Seite des Raums, stand ein magerer, drahtig aussehender Mann von mittlerer Größe, der ein weißes Hemd mit Krawatte und eine Hose anhatte, die so aussah, als gehörte sie zu seinem Sonntagsanzug. Sein Haar war etwas zerwühlt, sein Gesicht gerötet und wutverzerrt, und er hatte ein großes Stück Kohle in der Hand. Will Henry brauchte eine Weile, bis er kapierte, daß der Mann seine Frau mit dem Kohlebrocken schlagen wollte. Das überraschte ihn so sehr, daß er ein paar Sekunden lang dastand und kein Wort hervorbrachte. Das Schluchzen der Frau war das einzige Geräusch im Raum.

»Hier ist alles in Ordnung«, sagte der Mann wieder. Er schien betrunken zu sein.

»Legen Sie das Stück Kohle weg«, befahl Will Henry. Der Mann warf einen Blick auf das, was er in der Hand hatte, und machte ein überraschtes Gesicht. Dann ließ er die Kohle auf den Linoleumboden fallen.

»Das hier ist mein Haus, mein persönliches Eigentum. Machen Sie, daß Sie rauskommen. Es geht Sie nichts an.«

Holmes ging auf die Frau zu und nahm ein Taschentuch aus der Hosentasche. »Lassen Sie die Finger von ihr«, sagte der Mann. Holmes nahm die Frau am Arm und führte sie zu einem der Sessel.

»Hier, Mrs. Butts. Halten Sie sich das Taschentuch an die Nase.« Ihr eines Auge war stark angeschwollen und schon fast zu. Will Henry nahm an, daß es in ein paar Stunden blauschwarz sein würde. Allmählich packte ihn der Zorn.

»Machen Sie, daß Sie rauskommen aus meinem Haus«, sagte der Mann.

»Halten Sie den Mund«, erwiderte Will Henry.

»Sie haben kein Recht . . .«

Will Henry schlug dem Mann mit der offenen Hand ins Gesicht. »Maul halten, hab ich gesagt. Bleiben Sie drüben an der Wand, bis ich mit Ihnen rede.« Der Mann trat einen Schritt zurück, lehnte sich an die Wand und hielt die Hand an die Wange, wo Will Henry ihn geschlagen hatte. Er sah aus wie ein zorniger kleiner Junge, der von einem anderen gequält wurde. Will Henry ging zu der Frau hin und betrachtete ihr Gesicht. Sie rollte die Augen in seine Richtung und murmelte ein paar Worte; es klang so, als wollte sie ihm sagen, es sei nicht so schlimm.

»Aber es ist schlimm, Mrs. Butts. Sie bekommen ein blaues Auge, und Ihre Nase sieht aus, als ob sie gebrochen wäre. Das können wir hier nicht in Ordnung bringen. Wir fahren Sie jetzt zu Doktor Mudter, damit er Sie behandelt.«

»Das Baby«, sagte die Frau, die wieder zu schluchzen begonnen hatte. Dabei rollte sie die Augen in Richtung auf die Schlafzimmertür.

Will Henry drehte sich um und schaute auf die Haustür, von der aus Mrs. Smith gebannt zusah. »Ma'am, können Sie sich heute nacht um das Baby kümmern? Ich nehme an, Mrs. Butts wird über Nacht bei Dr. Mudter in der Klinik bleiben müssen.« Die Frau nickte und ging zum Schlafzimmer. »Mrs. Smith von nebenan wird sich bis morgen um das Baby kümmern«, sagte Will Henry zu Mrs. Butts.

»Jetzt hören Sie mir mal zu«, begann der Mann.

»Ich habe Ihnen gesagt, Sie sollen den Mund halten. Hugh, können Sie die Frau hinausbringen in den Wagen? Setzen Sie sie auf den Vordersitz.« Holmes half der Frau auf die Beine und führte sie dann hinaus. Mrs. Smith tauchte an der Schlafzimmertür auf, ein Bündel im Arm. »Mrs. Smith, könnten Sie sich kurz umsehen und alles mitnehmen, was Sie für das Baby brauchen? Danach, wenn wir weg sind, schließen Sie bitte das Haus ab und schalten die Lichter aus.« Die Frau nickte. »Und könnten Sie Dr. Frank Mudter anrufen und ihm sagen, daß wir zu ihm unterwegs sind?« Sie nickte wieder.

»Jetzt hören Sie mir mal zu«, sagte Butts wieder. Er wurde allmählich wieder wütend. »Sie haben kein Recht . . .«

Will Henry mußte sich beherrschen, um dem Mann nicht noch eine Ohrfeige zu verpassen, und wollte ihn irgendwie demütigen. Jetzt langte er nach hinten, nach den Handschellen. »Kommen Sie her«, befahl er dann.

Der Mann drückte sich gegen die Wand. »Hören Sie . . .«

»Sie sollen hierherkommen!«

Der Mann kam ängstlich näher.

»Strecken Sie die Arme aus.«

»Hören Sie . . .«

»Sie sollen die Arme ausstrecken!«

Der Mann streckte Will Henry die Arme entgegen. Will Henry legte ihm die Handschellen an. »Und jetzt gehen Sie hinaus und setzen sich auf den Rücksitz meines Wagens. Aber versuchen Sie nicht, abzuhauen, ja? Setzen Sie sich auf den Rücksitz und sprechen Sie kein Wort, weder mit Ihrer Frau noch mit Mr. Holmes.« Der Mann wollte etwas entgegnen. »Wenn ich noch ein Wort von Ihnen höre, nehme ich meinen Gummiknüppel und richte Sie genauso zu, wie Sie Ihre Frau zugerichtet haben.« Der Mann wollte wieder etwas sagen, dann drehte er sich um und ging rasch hinaus zum Wagen. Will Henry stand im Wohnzimmer und kaute an seiner Unterlippe. Er atmete rasch; seine Lungen schienen zu voll mit Luft zu sein.

Die Smith stand immer noch da. »Kommen Sie mit dem Baby zurecht, Mrs. Smith? Können Sie sich um das Kleine kümmern und den Arzt anrufen?«

»Ja, Sir«, sagte sie. »Ich kümmere mich um alles.«

Will Henry verließ das Haus und stieg in den Wagen. Holmes saß außen auf dem Vordersitz und hatte die Frau in die Mitte genommen. Sie hatte ihren Kopf an seine Schulter gelegt und hielt sich das blutgetränkte Taschentuch an die Nase. Während der Fahrt zum Doktor wurde Will Henry hin und her gerissen zwischen Mitleid für die Frau und Zorn auf ihren Mann. Er sprach so wenig wie möglich.

Frank Mudter stand frierend im Bademantel auf der Treppe vor seinem Haus, als sie dort ankamen. Er half Holmes, die Frau hineinzubringen. »Lassen Sie sie ruhig hier, Will Henry. Martha und ich, wir kümmern uns um sie und bringen sie dann ins Bett. Rufen Sie mich morgen früh an.«

Will Henry und Holmes gingen zurück zum Wagen. Butts saß zusammengekauert auf dem Rücksitz und sagte kein Wort. »Will Henry, wenn Sie wieder mal im Gefängnis angerufen werden, während ich gerade dort bin, dann, glaube ich, werde ich mich drücken und Sie allein fahren lassen«, sagte Holmes. »Ich glaube, ich bin nicht geeignet, solche Szenen mitzuerleben.«

»Ich war froh, daß Sie dabei waren, Hugh. Ich weiß nicht, wie ich es ohne Ihre Hilfe geschafft hätte. Jetzt fahre ich zurück und weihe das neue Gefängnis ein.«

Holmes warf einen Blick in den Wagen. »Es hätte kein besserer sein können«, sagte er, nachdem er Butts in Augenschein genommen hatte.

Da Holmes direkt gegenüber von Dr. Mudter wohnte, verabschiedete sich Will Henry von ihm und fuhr direkt zur Polizeistation. Drinnen brannte noch Licht. Er brachte Butts in den Zellenblock, nahm ihm die Handschellen ab und sperrte ihn dann in eine der neuen Zellen. »Es ist eiskalt hier«, sagte Butts. Allmählich schien er nüchtern zu werden.

»In der Zelle liegen vier Decken, auf jeder Pritsche eine«, sagte Will Henry. »Das muß reichen. Ich denke nicht daran, für Dreckskerle wie Sie auch noch das Feuer anzuzünden. Meinetwegen erfrieren Sie heute nacht.« Dann schlug er die Tür zum Zellenblock zu und verschloß sie. »Morgen werden wir sehen, was wir alles gegen Sie vorbringen können. Sie haben Ihre Frau zum letzten Mal geschlagen, das garantiere ich Ihnen.«

Dann schloß er die Polizeistation ab und fuhr nach Hause.

In dieser Nacht konnte er lange nicht einschlafen. »Ich muß erst lernen, nicht so wütend zu werden«, sagte er zu Carrie. »Ehrlich, bei meinem Job ist es schlimm, daß ich so wütend werde. Letzten Endes bin ich damit mehr gestraft als dieser Kerl, der jetzt in der Zelle sitzt.« Aber dann schlief er in ihren Armen ein, während sie ihm den Rücken massierte. Eine halbe Stunde später fand auch sie endlich Schlaf.

Am nächsten Morgen kam Mrs. Butts mit dem Taxi zur Polizeistation und erklärte Will Henry, sie würde keine Anzeige gegen ihren Mann erstatten. Sie war auch nicht bereit, seinen Einwänden zuzuhören. Will Henry ließ den Mann aus der Zelle, und das Paar fuhr mit dem Taxi nach Hause. Will Henry war wütend.

II

Am Montagmorgen stand Will Henry auf, badete, rasierte sich und zog dann zum ersten Mal seine Uniform an. Carrie hatte alles ordentlich gebügelt und die Hosenknöpfe mit besonders festem Garn nachgenäht. Will Henry steckte sich die große Plakette an sein Hemd und die kleinere an die Dienstmütze. Er hatte noch nie zuvor eine Plakette getragen, sondern die kleinere immer in der Tasche gehabt.

»Du siehst wirklich gut aus«, sagte Carrie, als er zum Frühstück herunterkam. Dann reichte sie ihm eine kleine Schachtel, die in Geschenkpapier eingewickelt war. »Hier ist noch etwas für deine Uniform – von den Kindern und von mir.« In der Schachtel war eine goldene Krawattenklemme mit einer winzigen Nachbildung seiner Plakette.

»Wo um alles in der Welt hast du das aufgetrieben?«

»Ich habe es bei der gleichen Firma in Atlanta bestellt, die deine Plaketten hergestellt hat.« Er küßte sie und staunte darüber, daß die geschickte Hand von T. T. Brown überall zu spüren war.

Will Henry traf um Viertel vor acht in der Polizeistation ein und machte Feuer im Kanonenofen. Er und Carrie hatten am Sonntag nach der Kirche zwei Stunden im Büro gearbeitet, hatten aufgeräumt und Ordnung gemacht, damit alles sauber war bei der offiziellen Eröffnung. Idus Bray kam als erster, ein paar Minuten vor neun. Er kam herein, als sei er eben erst auf die Idee gekommen, einmal vorbeizuschauen; dann nahm er das Gebäude genau in Augenschein. Zuletzt schien er sich davon überzeugt zu haben, daß das Geld der Stadt nicht verschwendet worden war. »Klappt's mit dem Telefon?« fragte er und strich liebevoll über den Apparat.

»Hervorragend, Idus. Wir hatten schon am Sonnabendabend unseren ersten Anruf, bevor wir hier offiziell geöffnet hatten.«

»Ja, hab ich gehört. Die Männer sollten ihre Frauen nicht so verprügeln. Aber ich finde, daß unsere Polizei ihre Zeit nicht damit vertun darf.«

»Nun, ich denke, es gehört zu meiner Aufgabe, den Frieden in der Stadt zu bewahren. Ich kann nicht zulassen, daß sich die Bürger prügeln – nicht mal in ihren eigenen vier Wänden.«

Bray grunzte, und es klang so, als sei das eine Zustimmung.

Die anderen Stadträte kamen im Lauf der folgenden Stunde, und auch verschiedene Passanten schauten herein. Alle beglückwünschten Will Henry und Holmes zu der Umsicht, mit der die Station geplant und ausgestattet worden sei. Skeeter Willis äußerte besondere Befriedigung über das Gefängnis und bewunderte dann Will Henrys neue Uniform, was diesen einigermaßen überraschte und beinahe peinlich berührte. Er fragte sich, wie lange es dauern würde, bis sich die Stadt an seinen Anblick gewöhnt hatte.

Schließlich kehrten alle zu ihren eigenen Geschäften zurück, und Will Henry blieb allein. George Pittman, der Briefträger, kam mit der Post, warf einen Blick in den Gefängnistrakt und floh dann geradezu, als fürchte er, man würde ihn dort einsperren, wenn er sich zu lange in der Polizeistation aufhielte. Danach setzte sich Will Henry an seinen Schreibtisch und begann die Post zu öffnen.

Er hörte laute, energische Schritte, sah, wie jemand mit Schwung die Tür aufriß, nachdem er sich draußen geräuschvoll die Schuhe abgeputzt hatte, und hob den Blick gerade noch rechtzeitig von der Post, um Foxy Funderburke zu sehen, der durch den Korridor auf die Tür zum Gefängnis zuging. Will Henry stand auf und folgte ihm. Foxy betrat jede der vier Zellen, betastete die Matratzen, betätigte die Spülung der Toiletten, trampelte auf dem Boden herum, schaute unter die Pritschen und überprüfte die Festigkeit der Gitter.

»Morgen, Foxy.«

»Lee.«

Foxy stand im Gang zwischen den Zellen und schaute sich um. Er schien sich zu ärgern, weil er nichts gefunden hatte, was er hätte kritisieren können. Jetzt stakte er an Will Henry vorbei ins Büro und schaute sich dort ebenfalls aufmerksam um. Will Henry wurde ärgerlich. »Kann ich Ihnen eine Tasse Kaffee anbieten, Foxy?« Ihm war nichts Besseres eingefallen.

»Trinke nie solches Zeug. Verätzt einem nur den Magen.« Will Henry kam es vor, als meinte er etwas anderes damit.

Danach starrte Foxy ihn eine Minute lang an, ohne ein Wort zu sagen. Will Henry hatte das Bedürfnis, sich abzuwenden. Er ging wieder zu seinem Schreibtisch und sah die Post durch.

»Sie sind nicht der Mann für diesen Job, Lee.«

Will Henry sah Foxy an, ganz verblüfft über diese Erklärung. »Ich versuche mein Bestes zu geben, Foxy. Und ich hoffe, Sie tragen es mir nicht nach, weil ich diesen Job bekommen habe. Ich . . .«

»Sie stehen das nicht lange durch. Eines Tages wird Sie einer umlegen.«

Die beiden Männer sahen sich eine Weile stumm an. Schließlich begann Will Henry zu sprechen. »Nun, wenn Sie hören, daß jemand etwas Derartiges plant, werden Sie es mir hoffentlich sagen.« Foxy starrte ihm zehn Sekunden lang kalt in die Augen. Dann machte er eine geradezu militärische Kehrtwendung und stampfte hinaus.

Will Henry war völlig verblüfft über diese Begegnung. Er war es nicht gewohnt, mit Leuten umzugehen, die sich unvernünftig betrugen, und in Foxys Verhalten hatte etwas gelegen, was weit über die törichten Eigenschaften dieses Sonderlings hinausging. Nein, das war mehr gewesen, etwas Haßerfülltes, Drohendes. Will Henry hatte ein unbehagliches Gefühl, wenn er daran dachte.

12

Abgesehen von dem Zwischenfall mit den ungeschickten Bankräubern hatte es im ersten Monat von Will Henrys Amtszeit als Chief von Delano kaum ernsthafte Herausforderungen an den frischgebackenen Polizeichef gegeben. Es war eine Periode des Eingewöhnens, eine Gelegenheit, sich mit der neuen Aufgabe vertraut zu machen und sich damit anzufreunden, ohne den Druck eines größeren Zwischenfalls. Aber am Mittwoch nach der offiziellen Eröffnung der Polizeistation war diese Periode der Eingewöhnung zu Ende.

Will Henry kam Punkt acht auf die Station und sah einen Jungen auf der Schwelle sitzen, der seinen Hund umarmte und dabei heulte, als wäre das Ende der Welt nahe. Will Henry kannte den Jungen aus der Kirche. Man nannte ihn »Bruder«, und seine Schwester hieß einfach »Schwester«.

»Guten Morgen, Bruder«, sagte Will Henry so beiläufig wie möglich. Er wollte sich nicht allzu besorgt geben, weil er wußte, daß dies das Geheul nur noch verstärken würde: eine Taktik, die er schon häufig angewendet hatte, wenn eins seiner Kinder mit aufgeschlagenen Zehen nach Hause gekommen war. »Was kann ich für dich tun? Was hast du auf dem Herzen?« Bruder zeigte sich überaus erleichtert, aber immer wenn er einen Satz beginnen wollte, wurde er wieder vom Schluchzen geschüttelt und brachte nichts Brauchbares hervor. Will Henry setzte sich neben ihn auf die Treppe. »Na komm schon, es wird ja nicht so schlimm sein. Laß dir erst mal Zeit und atme tief durch. Ich warte – du brauchst dich nicht zu beeilen.« Schließlich gelang es Bruder, sich zusammenzureißen, so daß er endlich sprechen konnte.

»Da ist dieser Mann draußen im Wald.« Er hielt inne.

»Draußen im Wald, sagst du?«

»Ja, Sir, direkt neben der Pfadfinderhütte, unten am Hodo-Felsen.«

»Und was macht der Mann, Bruder?«

»Er macht gar nichts, Sir. Er ist tot.«

Will Henry atmete rasch und tief ein. »Hast du schon mal einen Toten gesehen, Bruder?«

»Nein, Sir.«

»Woher willst du dann wissen, daß der Mann tot ist?« Will Henry dachte, der Junge sei vielleicht auf einen schlafenden Landstreicher gestoßen.

»Aber er ist nackig, Sir. Und er hat Ameisen in den Augen.«

»Bruder« Maynard war Punkt sechs Uhr morgens aufgewacht; dazu brauchte er keinen Wecker. Er putzte sich die Zähne, zog sich an und ging dann in die Küche. Dort briet er sich ein Ei und zwei Scheiben Speck, belegte ein Sandwich damit und packte es sorgfältig in Pergamentpapier ein. Sein Hund Buster, ein fast reinrassiger Beagle, schaute ihm interessiert zu und bekam ein Stückchen Brot dafür. Bruder hieß in Wirklichkeit John, aber seine Eltern nannten ihn nur Bruder und die Schwester Schwester, und genauso nannten ihn auch alle anderen. Bruder war vierzehn.

Er zog sich warm an und fuhr dann auf dem Fahrrad zum Depot der M&B. Buster lief nebenher. Gegen halb sieben fuhr der Zug aus Atlanta in die Station ein und lud 400 Exemplare der »Atlanta Constitution« ab. Bruder zählte 172 ab, faltete jede Zeitung zu einem Dreispitz und wärmte sich dabei am Kanonenofen im Büro des Stationsvorstehers. Dann legte er die Zeitungen in ordentlichen Stapeln nebeneinander in den großen Korb auf dem Gepäckträger seines Fahrrads. Er fuhr durch die ganze »Stadt« – zum Unterschied von »Milltown« so genannt – auf der »besseren« Seite des Gleiskörpers und warf die Zeitungen nacheinander auf die Veranden der Häuser. Nur selten passierte es jetzt noch, daß eine Zeitung auf einem Vordach oder unter der Veranda landete. Zuletzt fuhr er die Broad Street hinauf in Richtung der Hügel, wo noch weitere elf Abonnenten wohnten. Diesen Teil seiner Arbeit sparte er sich stets für zuletzt auf, um danach die Fahrt den Berg hinunter genießen zu können. Die allerletzte Zeitung mußte er in den einsamen Briefkasten stecken, den sich Foxy Funderburke auf den Gipfel des Hügels gesetzt hatte, genau an der Stadtgrenze, so daß er nicht bis nach Delano hinunter mußte, um sich die Zeitung zu holen. Foxys Haus war noch eine Meile vom Briefkasten entfernt; es lag auf der anderen Seite des Hügels, die schon zum Talbot County gehörte.

Als Bruder Foxys »Constitution« abgeliefert hatte, bog er von der Straße auf den Fußweg ab, den die Pfadfinder gebaut hatten und der oben am Hügel begann und an der Hütte vorbei bis zum Ende der Fourth Street führte. Der Weg war breit und glatt genug für sein Fahrrad, und Bruder hatte Spaß an der langen steilen Strecke, die fast schnurgerade hinunter ins Tal führte. Die Sonne war inzwischen aufgegangen, und die obere Hälfte des Berges schimmerte golden, während die untere Hälfte noch in blauen Schatten verborgen lag. Bruder begann seine Talfahrt, und die Geschwindigkeit erhöhte sich rasch. Es war ihm bis dahin noch nie gelungen, die ganze Strecke zu fahren, ohne seine Bremse zu betätigen, aber an diesem Morgen hatte er den Entschluß gefaßt, es zu versuchen. Das Fahrrad wurde immer schneller, Buster blieb zurück und war zu erschöpft, um öfter als ein- oder zweimal zu bellen. Bruders Augen tränten und waren fast geschlossen, so scharf pfiff ihm der Fahrtwind ins Gesicht. Die Tränen liefen ihm über die Wangen. Seine Hände wurden ganz gefühllos, und der Wind fegte durch seinen Wollpullover. Seine Stirn, die Wangen und die Nase brannten vor Kälte. Ihm wurde bewußt, daß er, falls er gegen einen Stein stieß und vom Rad stürzte, wahrscheinlich bis hinunter zur Hütte kollern würde.

Es ruckte ein wenig, als der Weg ein kleines Stück bergauf verlief und dann in der Nähe der Pfadfinderhütte eben wurde. Schließlich trat Bruder auf die Bremse und brachte das Fahrrad am Fuß des Hodo-Felsens zum Stehen, der mindestens dreißig Meter nach oben ragte. Er lehnte es gegen einen Baumstamm und warf sich dann auf den Waldboden voll Laub und Tannennadeln; dabei pochte sein Herz wie wild. Buster traf ein und ließ sich wie ein Stein neben Bruder auf den Boden fallen. Die beiden keuchten ein paar Minuten lang, bevor Bruder normal atmen konnte und sein Frühstücksbrot auspackte. Buster schlang den Brocken hinunter, den er bekam, und hoffte auf Nachschub.

Bruder stand auf und suchte sich einen bequemeren Rastplatz, wo er sich an den Fuß der Klippe lehnen konnte. Dann mampfte er das Sandwich und schaute sich dabei in der näheren Umgebung um. Die Morgensonne drang durch die Kiefernwipfel und durch den Dunst über dem feuchten Waldboden. Alles, was etwas weiter entfernt war, wirkte verschwommen und unscharf, was Bruder besonders hübsch fand. Durch das schräge Licht der noch tiefstehenden Sonne sahen die Felsen wie gestürzte Riesentiere aus – Elefanten vielleicht, die von der Büchse eines mächtigen Jägers getötet worden waren. Vor allem das Gestein eines der kleineren Felsen fiel ihm auf. Es war weißer als das der anderen, vermutlich weil es nicht mit Moos bedeckt war. Während Bruder an seinem Sandwich kaute und auf den Felsblock starrte, schien sich dessen Oberfläche zu verändern, wie bei einer optischen Täuschung. Und da war etwas Vertrautes und zugleich Unerwartetes an dieser Oberfläche, etwas, was er an diesem Morgen zum ersten Mal entdeckte. Plötzlich wurde ihm klar, daß es ihn an seine eigene Haut erinnerte, die er noch kurz zuvor im Bad im Spiegel gesehen hatte. Weiße Haut – er hoffte, daß sie im Lauf des Sommers braun werden würde.

Langsam stand er auf und näherte sich dem Felsblock. Kaute nicht mehr an seinem Sandwich. Er hatte einen säuerlichen Geschmack im Mund. Als er auf den Felsblock zuging, verwandelte sich der Stein in einen menschlichen Rücken, eine Schulter, und schließlich sah er den Kopf mit dem kurzgeschnittenen Haar, der in einem scharfen Winkel nach rechts vom Rumpf abstand. Die Nase und das Kinn waren von Blättern bedeckt, aber ein Auge war frei, und es stand weit offen. Eine Prozession von Ameisen bewegte sich über das Gesicht zu den Augen und zurück. Buster kam herbei und schnüffelte an dem Leichnam. Bruder ließ sein Sandwich fallen und rannte weg. Buster schnappte das Brot, bevor er seinem Herrn folgte.

Will Henry überlegte, während er sich Bruders Geschichte anhörte. Er wollte Nachrichten dieser Art nicht übers Telefon verbreiten. Ebensogut hätte er nach Atlanta fahren und es der Presse bekanntgeben können. »Weißt du was, Bruder? Du läufst jetzt hinüber zum Beerdigungsinstitut und sagst Mr. Maddox, er soll mit seinem Wagen hinausfahren zur Pfadfinderhütte. Sag ihm, daß ich ihn darum bitte. Ich fahre auch gleich los und nehme unterwegs Dr. Mudter mit, dann treffen wir uns in ein paar Minuten dort draußen. Es ist direkt am Fuß des Hodo-Felsens, hast du gesagt?«

»Sie meinen nackt, bei diesem Wetter?« Frank Mudter zog sich seinen Mantel an und steckte dann die Hand unter das Armaturenbrett des Polizeiwagens, um sich zu vergewissern, ob die Heizung funktionierte.

»Das hat Bruder behauptet. Er war natürlich ziemlich durcheinander. Sagte, daß der Mann Ameisen in den Augen hätte. Vielleicht hat er sich alles nur eingebildet. Ich hoffe es jedenfalls.«

Will Henry fuhr mit dem Wagen so nahe wie möglich an die Hütte heran, dann gingen sie die letzten paar Meter zu Fuß.

Dr. Mudter kniete sich neben den Toten. »Bruder hat recht gehabt. Er ist wirklich nackt. Und das mit den Ameisen stimmt ebenfalls.« Will Henry lief ein Schauer über den Rükken. »Helfen Sie mir, Will Henry, ich möchte ihn umdrehen.« Will Henry scheute sich davor, das kalte Fleisch zu berühren, aber er versuchte, es sich nicht anmerken zu lassen. »Nur oberflächliche Verletzungen, also keine Einschüsse oder Stichwunden, soweit ich das sehen kann.« In einiger Entfernung wurde eine Wagentür zugeschlagen. Dr. Mudter erhob sich.

»Aber wie ist er dann gestorben, Frank? Ist er von dem Felsen gefallen?«

»Ich glaube, darüber gibt es keinen Zweifel, Will Henry. Fragt sich nur, was mit ihm geschehen ist – ich meine, vor dem Sturz. Warum rannte er da oben durch die Büsche, nackt und ziellos wie ein Verrückter?«

»Mir fällt eigentlich nur eins ein, was bizarr genug ist, daß es dazu passen würde.«

»Der Klan?«

Will Henry nickte. »Vor zwei Jahren haben sie bei Greenville einen Mann ausgepeitscht. Einen Weißen, der es mit einem schwarzen Mädchen getrieben hatte. Aber der hier ist ja noch ein Junge. Wie alt, würden Sie sagen? Achtzehn, neunzehn?« Will Henry warf unwillkürlich einen Blick auf den Toten.

»Ja, ungefähr.«

»Und wie lange, würden Sie sagen, ist er schon tot?«

»Die Totenstarre hat sich noch nicht gelöst. Also weniger als vierundzwanzig Stunden, vielleicht noch keine zwölf. Sobald wir ihn in der Stadt haben, können wir die Körpertemperatur messen. Das hilft uns vielleicht. In der letzten Nacht hatten wir ungefähr fünf Grad minus. Momentan sind noch keine null Grad, aber der Körper ist nicht gefroren. Um ehrlich zu sein, Will Henry, so etwas ist eigentlich nicht meine Spezialität. Meistens komme ich zu den Menschen, bevor sie tot sind, wissen Sie.«

»Nun, Frank, es sieht so aus, als ob ich es mit einem Verbrechen zu tun hätte. Ich meine, mir kommt das hier nicht wie ein Unglücksfall vor. Jedenfalls hab ich noch nie etwas von so einer Sache gehört. Es wird also eine ausführliche Untersuchung geben müssen, und die sollte mit einer exakten medizinischen Untersuchung beginnen. Meinen Sie nicht, wir sollten jemand aus Atlanta herrufen, der sich den Toten ansieht? Kennen Sie einen Arzt, der das machen könnte?«

Lamar Maddox kam durch die Büsche, die Griffe einer Bahre in den Händen. Bruder Maynard ging auf der anderen Seite der Bahre, gefolgt von Buster.

»Morgen, Frank, Will Henry. Was haben wir denn hier?«

»Wir wissen auch nicht viel mehr als Sie, Lamar. Wir sind eben erst eingetroffen. Ich fragte Frank, ob er jemand in Atlanta kennt, einen Fachmann, der den Leichnam genau untersuchen könnte.«

Bruder unterbrach ihn. »'tschuldigen Sie, Chief, aber ich komme schon eine Viertelstunde zu spät zur Schule. Kann ich jetzt gehen, bitte?«

»Sicher, Bruder, und vielen Dank, daß du es mir gleich gesagt hast. Du hast dich völlig richtig verhalten.«

»Äh – Chief, könnten Sie mir eine Entschuldigung oder so was schreiben? Man muß eine Entschuldigung bringen, wenn man zu spät kommt.«

Will Henry nahm sein Notizbuch aus der Tasche und schrieb: »Bruder Maynard kommt zu spät zur Schule, weil er heute morgen der Polizei in einer vertraulichen Angelegenheit helfen mußte. Wenn sich irgendwelche Fragen ergeben, bitte ich Sie, sich mit mir telefonisch in Verbindung zu setzen.« Er unterzeichnete den Zettel, versah ihn mit dem Datum und gab ihn dann dem Jungen.

»Hör zu, Bruder: Wir wissen noch nicht, was hier passiert ist. Früher oder später wird es sich ohnehin herumsprechen, aber momentan möchte ich nicht, daß du etwas davon verlauten läßt, ist das klar? Du darfst niemandem etwas davon sagen, bis – bis es in den Zeitungen steht, okay?« Will Henry überlegte einen Augenblick lang. »Und selbst dann darfst du niemandem sagen, ich wiederhole: *niemandem!*, daß der Tote nackt war. Das könnte sehr wichtig sein bei der Aufklärung, und niemand darf etwas davon wissen außer uns, verstanden?«

»Ja, Sir. Ich verspreche es.« Bruder sprang auf sein Fahrrad und fuhr davon.

»Und Sie glauben, daß er es für sich behält?« fragte Frank Mudter.

»Ich hoffe es. Frank, Sie und Lamar müssen mir helfen, die Sache unter Kontrolle zu halten. Wenn sie zur Sprache kommt, sollten wir vorläufig nur sagen, daß es so aussieht, als habe sich jemand verlaufen und sei von dem Felsen gestürzt. Der Fall wird ohnehin schwer genug zu untersuchen sein, ohne daß die Leute in der Stadt hysterisch werden. In Ordnung?«

Die beiden Männer nickten. Frank Mudter sagte nachdenklich: »Will Henry, ich habe einen Amtskollegen und Schulfreund in Columbus, der nebenbei als Pathologe tätig ist. Er hat schon hier und da für die Polizei von Columbus gearbeitet. Ich könnte ihn anrufen und ihn fragen, ob er herkommen und eine amtliche Untersuchung vornehmen kann. Sein Honorar dürfte sich insgesamt auf fünfundzwanzig oder dreißig Dollar belaufen, denn er muß ja auch die Reise ersetzt bekommen, aber ich glaube, daß der Stadtrat damit einverstanden sein wird.«

»Das klingt gut, Frank. Gibt es irgendeinen Grund, weshalb wir den Toten nicht wegschaffen sollten?«

»Ich glaube kaum. Schlage vor, wir legen ihn so, wie er ist, auf die Bahre und verfrachten ihn in den Wagen. Lamar?«

»Kein Problem, Frank.« Lamar Maddox war von Berufs wegen Stoiker.

Vom Beerdigungsinstitut aus rief Dr. Mudter seinen Kollegen in Columbus an. Dann kam er herüber in den Arbeitsraum, wo Will Henry mit Unbehagen die Spritzen und Röhrchen betrachtete. »Ich mußte ihn zum Brathuhn einladen – er ist Junggeselle –, aber er kommt, sobald er im Krankenhaus fertig ist. Er meint, es wird etwa vier Uhr werden. Inzwischen sollen wir die Temperatur messen und den Leichnam danach so kühl wie möglich aufbewahren. Lamar, könnten wir ihn in einen Lagerraum legen und die Fenster aufmachen?«

»Sicher. Aber womit wollen Sie die Temperatur messen? Meine Kunden brauchen normalerweise kein Thermometer mehr, wissen Sie.«

»Ich gehe mal rasch in meine Praxis und hole ein Analthermometer.«

Will Henry meldete sich zu Wort. »Frank, ich glaube, ich kann hier nichts mehr tun. Ich fahre jetzt wohl besser zur Station und sehe nach, ob dort etwas vorliegt, und dann werde ich mich ein bißchen umhören.«

»Gut, aber ich schlage vor, daß Sie um vier wieder hierherkommen. Mein Kollege wird erst seine Untersuchung hier abschließen, dann essen wir bei mir zu Hause. Ich schicke Martha und die Kinder zum Essen hinunter zu Carrie, und Nellie kann gehen, sobald sie das Essen serviert hat. So können wir dann in Ruhe die Sache diskutieren.«

»Fein. Vielleicht weiß ich bis dahin schon ein bißchen mehr darüber«, sagte Will Henry.

13

Will Henry setzte sich an seinen Schreibtisch und nahm Block und Bleistift aus einer Schublade. Dabei merkte er, daß seine Hand zitterte. Er wurde beherrscht von einer höchst seltsamen Mischung von Gefühlen. Erstens empfand er unbeschreiblichen Zorn auf denjenigen, der den Tod des jungen Burschen verursacht hatte; zweitens wurde ihm fast elend beim Gedanken an den Jungen, wie er nackt durch die Wälder floh, wahrscheinlich verfolgt wurde; drittens war er erregt wie nie zuvor in seinem Leben. Er hatte fast so etwas wie ein schlechtes Gewissen, aber es war natürlich, daß er erregt war, weil er plötzlich ein schweres Verbrechen zu untersuchen hatte – und das so schnell nach Antritt seiner neuen Stellung. Er zweifelte keinen Augenblick daran, daß es ihm gelingen würde, die Sache aufzuklären. So mußte sich ein Berufssoldat bei der Kriegserklärung seines Landes fühlen: die Entwicklung bedauernd, aber bereit loszuschlagen. Er machte eine Aufstellung der Dinge, die getan werden mußten.

1. Jeden befragen, der in der Nähe der Stelle wohnt, wo man den Leichnam gefunden hat.
2. In Atlanta nachfragen und sich nach vermißten Personen erkundigen.
3. Oben auf dem Felsen nach Indizien suchen.
4. Die Aktivitäten des Ku-Klux-Klans überprüfen.
5. Skeeter Willis anrufen.
6. Harmon Everson besuchen.

Mehr fiel ihm nicht ein, jedenfalls nicht, bevor die medizinische Untersuchung abgeschlossen war. Er rief bei der Staatspolizei in Atlanta an. Es gab keine als vermißt gemeldeten Personen, auf die die Beschreibung des Burschen zutraf. Dann rief er Skeeter Willis an. »Skeeter, vielleicht könnten Sie heute oder morgen bei uns vorbeischauen.«

»Was gibt's, Will Henry?«

»Eine interessante Sache. Mehr kann ich Ihnen momentan nicht sagen.«

»Ich verstehe.« Auch Skeeters Gespräche wurden von der Vermittlung abgehört.

»Wenn ich nicht hier bin, lassen Sie Jimmy Riley die Feuersirene in Gang setzen. Wir haben ein bestimmtes Signal vereinbart. Ich komme dann zur Station zurück.«

»Aber vor morgen früh werde ich es nicht schaffen. Hat es so lange Zeit?«

»Das paßt mir gut. Ich bin ab acht Uhr hier.«

Er wußte, wie man sich über den Klan erkundigte, aber das mußte warten, bis er die Bewohner dieser Häuser in der Nähe des Hodo-Felsens befragt hatte. Und Harmon Everson würde er sich bis zuletzt aufheben. Er wollte soviel wie möglich wissen, bevor er sich mit der Presse in Verbindung setzte, auch wenn es nur der Herausgeber des »Messenger« war.

Zwei Stunden später hatte er mit den Bewohnern von neun Häusern in der Nähe des Felsvorsprungs gesprochen. Niemand hatte in der vergangenen Nacht etwas Ungewöhnliches gehört, gesehen oder sonstwie bemerkt – bis auf eine Frau, die etwas in den Büschen rascheln gehört zu haben glaubte, einige Zeit nach Mitternacht. Sie hatte sich nichts dabei gedacht; es gab viel Wild und kleineres Getier in der Gegend, und sie hatte es schon oft nachts rascheln hören. In einem Haus traf er niemanden an, und ein Nachbar meinte, die Leute seien die ganze Woche weg, bei ihren Verwandten in Waycross. Nur der Besuch von Foxy Funderburke stand noch aus, und natürlich die Inspektion des Felsens. Foxy wohnte auf der anderen Seite des Hügels, und es erschien Will Henry höchst unwahrscheinlich, daß er etwas bemerkt haben könnte; außerdem war er nicht übermäßig scharf darauf, Foxy zu befragen.

Langsam fuhr er über die Kiesstraße zum Blockhaus von Funderburke. Die Straße wand sich den Berg hinauf und war an manchen Stellen sehr steil, aber gut gepflegt und mühelos zu befahren. Foxy bekam vermutlich nicht viel Besuch wegen seines merkwürdigen Verhaltens, daher wurde die Straße auch wenig benutzt. Dennoch nahm Will Henry an, daß Foxy ein schönes Stück Geld aufwenden mußte, um sie in so gutem Zustand zu halten, da es sich nicht um eine öffentliche Straße, sondern um eine private Zufahrt handelte. Nach dem Paß senkte sich die Straße in großen Kurven, bis die hohen Kiefern zurückwichen und den Blick auf eine weite Lichtung freigaben. Das wuchtige Blockhaus stand direkt neben der Straße, und auf beiden Seiten des Hauses befanden sich Blumenbeete. Zu dieser Jahreszeit blühte zwar nichts, aber Will Henry dachte, daß es im Frühjahr sehr schön sein müßte. Eine große Anzahl Azaleen bildete den Hintergrund der

Beete, und vor dem Haus standen zwei hohe Hartriegelbäume. Will Henry hatte es sich ganz anders vorgestellt und war überrascht, daß Foxy sich so viel Mühe gab, sein Grundstück hübsch herzurichten. Man konnte deutlich sehen, womit Foxy, der keinen festen Job hatte und auch keinen brauchte, seine Zeit verbrachte. Dennoch, im Spätwinter sah es natürlich nicht besonders reizvoll aus hier oben. Das Ganze zeigte eine merkwürdige, strenge Ordnung, als wäre es ein Teil eines militärischen Übungsgeländes. Das war typisch für Foxy. Will Henry kam sich wie ein Eindringling vor.

Er stieg aus dem Wagen und ging auf das Haus zu. Offenbar war niemand da. Als er an die Haustür klopfte, rührte sich nichts. Er ging um das Haus herum zur Rückseite und schaute in die Fenster. Die Zimmer kamen ihm geradezu unnatürlich ordentlich vor. Auf der Rückseite befand sich ein großer Schuppen. Will Henry lugte durch den Spalt der mit einem Vorhängeschloß gesicherten Doppeltür. Drinnen stand Foxys Pritschenwagen. Dann ging Will Henry wieder zur Vorderseite und schaute unterwegs durch das Küchenfenster. Die Küche war genau wie die anderen Räume: kalt, gut ausgestattet, ordentlich. Allerdings gab es hier eine kleine Abweichung von der Ordnung: Die Stühle, die um den Küchentisch standen, wurden frisch mit Rohr bespannt. Zwei hatten bereits neue Lehnen und Sitze, einer war halb fertig, der vierte ohne Bespannung. Foxy schien über vielfältige handwerkliche Fähigkeiten zu verfügen.

Will Henry erstarrte. Er hatte ein leises, sich wiederholendes Geräusch vernommen, dann war es wieder still. Plötzlich das explosive Krachen von Holz, das Knirschen von Metall. Will Henry fuhr herum und griff nach seiner Waffe, doch dann sah er nur einen großen, goldbraunen Labrador-Vorstehhund. Der Hund kam näher und wedelte mit dem Schweif. Will Henry lehnte sich erleichtert gegen die Hauswand, kam sich wie ein kompletter Trottel vor. Er kraulte den Hund hinter den Ohren. Warum hatte er den Revolver gezogen? Und warum fühlte er sich bedroht auf Foxys Grundstück? Er merkte, daß der Schreck ihm immer noch in den Gliedern steckte. Sein Herz klopfte wie wild, und er schwitzte trotz der Kälte. Es mußte mehr sein als der Hund, der sich ihm überraschend genähert hatte.

»Na, alter Junge, hast mich ganz schön erschreckt.« Will Henry hörte wieder das Geräusch. Der Hund ging zur Hintertür, die in die Küche führte, und drückte die untere Füllung mit der Nase auf. Sie ließ sich bewegen, und fünf Welpen purzelten durch die Öffnung. »Entschuldige, altes Mädchen, wollte ich sagen.« Die Welpen, die fünf oder sechs Wochen alt sein mußten, wuselten um seine Knöchel, japsten und stolperten über Will Henrys Füße. Er spielte einen Augenblick lang mit ihnen, und seine Anspannung legte sich. Die Hündin und die Welpen ließen Haus und Grundstück weniger bedrohlich erscheinen. Will Henry ging mit ihnen zur Tür, schubste die Welpen durch die Öffnung hinein in die Küche, gab der Hundemutter noch einen Klaps und ging dann zurück zu seinem Wagen. Die Hündin kam mit und blieb vor der Haustür sitzen, sah zu, wie er wegfuhr.

Will Henry fuhr auf der Privatstraße von Foxys Grundstück zurück zur Hauptstraße und bog dann links in die Panoramastraße ein, wie man die Straße nannte, die hoch über Delano am Kamm des Pine Mountain entlang verlief. Er fuhr noch eine halbe Meile weiter, bis er zum Grund einer tiefen Senke kam, die »Hodos Loch« hieß, nach einem alten Cherokee-Indianer, der dort bis zu seinem Tod vor ein paar Jahren in einer Hütte gehaust hatte. Hodo war angeblich in den Neunzigern gewesen, als er von dem Felsen abgestürzt war, dem man danach seinen Namen gegeben hatte.

Will Henry parkte den Wagen und bahnte sich dann einen Weg durch den dichten Wald auf den Fels zu. Selbst im Winter kam man nur langsam voran, und er bewegte sich nur mühsam durch das dichte Unterholz. Er suchte nach Hinweisen darauf, daß jemand vor kurzem hiergewesen war. Kurz bevor er den Rand des Felsens erreichte, glaubte er jemand anders zu hören, der hier ebenfalls herumschlich. Er blieb einen Augenblick stehen und lauschte, aber als sich das Geräusch nicht wiederholte, ging er weiter.

Plötzlich erreichte er den Rand des Felsens. Er hatte angenommen, daß das Unterholz vor dem Abgrund dünner werden oder ganz aufhören würde, doch das war nicht der Fall. Er wußte nur deshalb, daß er dicht vor dem Abgrund stand, weil er ein paar Meter vor sich das Licht durch die Büsche schimmern sah und weil er damit gerechnet hatte, bald am Rand der Klippe anzukommen. Es war leicht zu begreifen, daß jemand, der sich hier nicht auskannte, vor allem bei Nacht, in den Abgrund stürzen konnte, namentlich dann, wenn er es eilig hatte oder vor etwas davonlief. Als er die Felskante genauer in Augenschein nahm, entdeckte er allerdings keine Anzeichen dafür, daß hier in der vergangenen Nacht jemand abgestürzt war. Er war enttäuscht, hatte eigentlich damit gerechnet, ein paar unübersehbare Hinweise auf das zu finden, was hier geschehen war – vielleicht einen Fetzen von einem Kleidungsstück, der an einem Dorn hängengeblieben war und durch das man Hinweise auf den Besitzer erhielt, einen Abdruck der Schuhsohle oder des Absatzes, vielleicht auch irgendeinen kleinen persönlichen Gegenstand, der es möglich machte, den Verfolger oder den Verfolgten zu identifizieren. Aber er entdeckte nichts dergleichen.

Er arbeitete sich weiter nach rechts voran, wo das Gestrüpp weniger dicht zu sein schien, und wäre beinahe mit Foxy Funderburke zusammengeprallt, der sich dort breitbeinig aufgebaut hatte und mit einer 30-30-Schnellschußflinte auf ihn zielte. Trotz des überraschenden Zusammentreffens, das auf Will Henry fast schockartig wirkte, erkannte er, daß der Hahn der Flinte gespannt war.

»Guter Gott, Foxy, haben Sie mir einen Schreck eingejagt! Was machen Sie denn hier oben?«

Foxys Gesicht war ausdruckslos; er schnitt nicht einmal die übliche Grimasse mit den zusammengepreßten Lippen. »Ich jage. Und was machen Sie?«

»Ich sehe mich ein bißchen um. War vorhin bei Ihrem Haus, um mit Ihnen zu sprechen, aber außer Ihrem Hund und den Welpen war niemand da. Hübsches Tier.« Will Henry glaubte, eine schwache Reaktion beobachtet zu haben, als er von seinem Besuch sprach. »Sind die Welpen zu verkaufen? Ich dachte mir, ich könnte einen für meine Kinder kaufen. Die Hunde von der Farm wollte ich nicht in die Stadt mitnehmen.«

»Ich hab noch nicht an Verkauf gedacht. Warum wollten Sie mich sprechen?«

»Ich wollte wissen, ob Sie gestern abend oder während der Nacht in der Umgebung Ihres Hauses etwas gesehen oder gehört haben.«

»Nein.«

»Keine verdächtigen Geräusche in den Wäldern oder so?«

»Nein. Was hätte ich denn hören sollen?«

»Angeblich hat sich der Klan in der vergangenen Nacht irgendwo in dieser Gegend getroffen.«

»Die treffen sich auf einer Wiese jenseits der Straße, etwa eine halbe Meile weiter unten.« Er deutete in die Richtung. »Ich höre normalerweise die Wagen. Aber gestern abend habe ich nichts gehört.«

»Na ja, das war's auch schon, was ich wissen wollte. Gibt es eine bessere Möglichkeit, zurück zur Straße zu gelangen als hier durch?«

»Es gibt einen Weg.« Foxy deutete nach links. »Nach Ihnen.«

Will Henry ging an Foxy vorbei und entdeckte einen Pfad.

Hier konnte man viel besser gehen. Der Pfad schien von der Straße direkt zu dem Felsen zu führen und dann an der Flanke des Berges zu verlaufen. Wahrscheinlich mündete er weiter unten in den Pfadfinderweg. Die beiden Männer gingen hintereinander, wobei Foxy den Chief vorausgehen ließ. Will Henry dachte kurz an die gespannte Flinte hinter ihm. Er hatte nicht gesehen, daß Foxy die Waffe gesichert und den Hahn zurückgezogen hatte, und allmählich wurde ihm unbehaglich zumute. Keiner der beiden sprach ein Wort, bis sie die Straße erreicht hatten.

»Kann ich Sie zu Ihrem Haus bringen?«

»Ich gehe zu Fuß.«

»Sagen Sie, Foxy, was jagen Sie hier eigentlich mit einer Dreißig-Dreißiger?«

»Luchse.«

»Am Tag – und ohne Hund?«

»Ich erwische hier und da einen.«

Will Henry stieg in seinen Wagen. »Wenn Sie die Welpen verkaufen, sagen Sie es mir, ja? Ich möchte einen Rüden. Billy und Eloise würden sich sehr darüber freuen.«

Foxy nickte unverbindlich. Will Henry fuhr weg. Er beobachtete Foxy im Rückspiegel, bis er den Hügelkamm hinter sich hatte. Foxy starrte dem Wagen nach, hielt noch immer die gespannte Flinte in der Hand und bewegte sich nicht.

14

Will Henry mußte noch einen Besuch machen und eine weitere Person befragen, bevor er die Zeitung informierte. Er wußte, daß dieser Besuch von großer Bedeutung für seine Untersuchung sein konnte und daß er sehr geschickt vorgehen mußte, um nicht jede Aussicht auf eine Lösung des Geheimnisses um den toten Jungen und auf die Ergreifung der dafür Verantwortlichen zunichte zu machen.

Er betrat den Laden von der Rückseite her. Schon bevor er die Tür geöffnet hatte, drang der Geruch von Leder zu ihm heraus, und als er drinnen war, schien er seine Lungen ganz zu füllen. Es war keineswegs unangenehm. Tommy Allen polierte einen Schuh an einer großen Maschine und hörte nicht, daß jemand hereingekommen war. Will Henry wartete, bis der Schuster fertig war, ehe er zu sprechen begann.

»Tommy?«

Tommy Allen sprang hoch. »He, Chief, hast du mich erschreckt!«

»Das war nicht meine Absicht. Tommy, kannst du mir diese Schuhe besohlen, während ich darauf warte? Sie sind mein einziges schwarzes Paar, und die Stadträte könnten sich wundern, wenn ich braune Schuhe zur Uniform trage.«

»Aber gern. Ich hab momentan sowieso nicht viel zu tun.« Er nahm Will Henry die Schuhe ab, kletterte auf seinen hohen Hocker und steckte einen Schuh auf den Leisten. »Vielleicht sollte ich auch gleich neue Absätze draufmachen. Dann tragen sie sich besser und halten länger.«

»Du bist der Doktor.«

Tommy nahm ein Werkzeug, das wie ein Stemmeisen mit langem Stiel aussah, und begann geschickt die Sohlen von den Schuhen zu lösen. »Wir sehen uns zum ersten Mal, seit du Chief geworden bist. Ich hatte noch nicht mal Gelegenheit, dir zu gratulieren.«

»Danke, Sir.«

»Eigentlich hatte ich schon erwartet, daß du mal bei mir vorbeikommst.«

»Ach? Sagt dir vielleicht der liebe Gott, wann meine Schuhsohlen dünn werden?«

»Komm schon, Will Henry, jetzt machst du ein Gesicht wie damals, als wir zum Schmied gelaufen sind und versucht haben, uns Jesse Browns neue Hufeisen zum Spielen auszuborgen. Ich wette, in spätestens einer Minute sagst du mir, wie faszinierend du es findest, mir beim Besohlen deiner Schuhe zuzuschauen.« Will Henry war wider Willen verlegen. Tommy blickte kurz zu ihm auf. »Wie ich dich kenne, willst du was über den Klan wissen, Will Henry.«

»Du hast mich immer durchschaut, Tommy. Ja, ich will etwas über den Klan wissen. Ich weiß, daß du nicht gern darüber redest, aber jetzt muß ich etwas wissen, und du bist der einzige, an den ich mich wenden kann.«

»Nun ja, es ist vermutlich kein großes Geheimnis, daß ich zum Klan gehöre, aber wie du sagst, ich rede mit keinem darüber.«

»Warum bist du eigentlich dabei, Tommy? Das hat mir nie ganz eingeleuchtet. Ich wollte dich schon immer mal fragen.«

»Na ja, vor langer Zeit hat mich der alte – äh – ein Bekannter zu einem Treffen mitgenommen, und ich war wirklich beeindruckt, wie man aus der Bibel vorgelesen und gebetet hat. Du weißt ja, wie unser Daddy uns erzogen hat. Später, als sie zu übermütig geworden sind, wollte ich aussteigen, aber ich hab gemerkt, daß es mir gelungen ist, sie vor den größten Verrücktheiten zu bewahren. Es gibt ein paar Leute im Klan, die uns allen großen Ärger machen würden, wenn nicht jemand da wäre, der sie von Zeit zu Zeit ein bißchen bremst.«

»Das kann ich mir denken.«

»Ja, und ich meine, wenn ein paar Ältere da sind, die ihnen sagen, wo die Grenzen liegen, könnte der Klan durchaus eine anständige Organisation werden. Du weißt, es gibt einiges zu tun. Es muß schließlich jemand dasein, der die Nigger zügelt, und ich wüßte nicht, wer das sonst tun sollte.«

Will Henry schwieg.

»Aber ich will nicht davon reden.« Tommy verstummte und strich Klebstoff auf einen Lederstreifen.

»Tommy, du würdest doch nicht mitmachen, wenn es um etwas wirklich Schlimmes ginge, oder? Du . . .« Will Henry hielt inne, als er den Ausdruck auf Tommys Gesicht sah. »Es tut mir leid, ich weiß, daß du das nicht tun würdest. Aber ich dachte an die Geschichte von dem Mann in Greenville, der vergangenes Jahr vom Klan ausgepeitscht wurde, weil er es mit einem farbigen Mädchen getrieben hat. Solche Dinge habe ich gemeint.«

»Das waren ein paar Leute aus Greenville, und ich hätte nicht zugelassen, daß so etwas bei uns passiert. Ich hätte dem Mann gut zugeredet und ihn vielleicht auch ein bißchen eingeschüchtert. Das beste wäre gewesen, ihm damit zu drohen, daß ich es seiner Frau erzähle.«

Will Henry nickte, dann schwiegen beide. Das einzige Geräusch in dem kleinen Laden kam von Tommys Messer, das den Lederstreifen nach der Größe von Will Henrys Schuh beschnitt.

»Tommy, gestern abend oder heute nacht ist etwas Schlimmes passiert, nicht in Greenville oder Woodbury oder Manchester, sondern hier in Delano.«

Tommy hörte mit der Arbeit auf. »Heute nacht?« Er schaute besorgt drein. »Es hat ein Treffen gegeben gestern abend, aber es war eine ganz gewöhnliche Zusammenkunft. Und es ist nicht um ungewöhnliche Dinge gegangen.«

»Aber es ist etwas Ungewöhnliches passiert, Tommy. Und dabei ist jemand ums Leben gekommen.«

Tommy schaute ihn entgeistert an. »Das ist ausgeschlossen«, sagte er.

Will Henry schlug mit der Faust auf den Tisch, und seine Stimme wurde hart. »Verdammt, Tommy, der Junge ist tot! Er ist direkt von der Klippe gestürzt. Der Maynard-Junge hat ihn heute früh um acht gefunden. Der Leichnam liegt jetzt bei Lamar Maddox, und heute nachmittag kommt ein Arzt aus Columbus, um den Toten zu untersuchen. Ich sage dir, die Sache riecht sehr nach dem Klan, und ich fordere dich auf, mir alles zu sagen, was du darüber weißt.«

Tommy starrte ihn ungläubig an. »Was für eine Klippe?«

»Der Hodo-Felsen, Tommy. Das ist keine dreihundert Meter von eurem Treffpunkt entfernt. Der Junge ist geflohen und über den Rand gestürzt. Ich nehme an, er hat einen alten Pfad gefunden, der bis zum Rand des Felsens verläuft und dann nach unten zum Pfadfinderweg führt. Der Junge hat den Pfad überquert und ist die Klippe hinuntergestürzt.« Will Henry wartete einen Augenblick. »Wie hat das passieren können, Tommy? Wie?«

»Du meinst das Feld am Pine Mountain? Will Henry, auf diesem Feld sind wir nicht mehr zusammengekommen, seit wir im vergangenen Sommer dort ein Kreuz verbrannt haben.« Tommy langte unter die Tischplatte, zog eine Bibel hervor und legte die Hand darauf. »Hör zu, Will Henry, das ist die Wahrheit. Ich schwöre es bei Gott. Das Treffen fand bei jemandem zu Hause statt und keineswegs in der Nähe des Pine Mountain. Wir waren alle dort, bis auf einen, und der hat krank zu Hause gelegen. Wir waren bis nach Mitternacht in dem Haus und sind danach allein oder paarweise nach Hause gegangen. Es hat nichts gegeben, was uns besonders aufgeregt hätte. Und keiner war hinter irgend jemandem her. Alle gingen nach Hause, und wenn es darauf ankommt, kann es auch jeder beweisen.«

Will Henry beugte sich vor und schaute dem Schuhmacher in die Augen. »Bist du sicher, Tommy?« Er fragte es nur, weil ihm nichts Besseres einfiel.

»Will Henry, das Treffen hat in *meinem* Haus stattgefunden.«

Als Will Henry das Büro des »Messenger« besuchte, war es bereits später Nachmittag, und seine Aufregung hatte sich gelegt. Er war fast sicher gewesen, daß der Klan mit dem Tod des Jungen zu tun hatte, aber jetzt war er fast ebenso sicher, daß es nicht der Klan gewesen war. Seine einzige Hoffnung auf eine rasche Lösung des Falles lag jetzt bei der medizinischen Untersuchung des Toten, und er konnte sich kaum vorstellen, daß ihm ein Arzt und Pathologe, wie gut er auch sein mochte, irgend etwas sagen konnte, was ihm bei der Aufklärung des Falles nützen würde. Außerdem war er immer noch der Meinung, daß mehr als eine Person daran beteiligt gewesen sein mußte. Vielleicht lag das an der bizarren Art, wie der Junge zu Tode gekommen war. Das Ganze roch nach einem Schabernack, der schiefgelaufen, einem Gemeinschaftsunternehmen, das außer Kontrolle geraten war. Die Täter waren seiner Ansicht nach junge, verantwortungslose Leute. Sie hatten vorgehabt, den Jungen zu erschrecken, aber keineswegs, ihn zu töten. Wenn der Klan wirklich nichts damit zu tun hatte, gab es keine halbwegs plausible Alternative. Hätte es in Delano ein College gegeben, dann wären die Verantwortlichen vielleicht unter den Studenten zu suchen gewesen. Aber der Bursche stammte nicht aus Delano, sonst hätten ihn Bruder Maynard oder einer der drei Männer, die den Leichnam gesehen hatten, erkannt. Will Henry überlegte, welche Colleges es in der näheren Umgebung gab. Nun, es gab das La Grange College, doch das war ein Priesterseminar, also nicht unbedingt ein College mit Studenten, die für solche tödlichen Streiche in Frage kamen. Und sonst gab es nichts dergleichen in der Nähe.

Er betrat das Büro des »Delano Messenger« und schloß die Tür hinter sich. Harmon Everson saß an seinem Schreibtisch, mit dem Rücken zur Tür. Er drehte sich um, wollte sehen, wer hereingekommen war. Der Herausgeber und Verleger der Wochenzeitung hatte eine grüne Brille auf der Nase, und schwarze Ärmelschoner schützten sein Hemd. Es roch nach Druckerschwärze und Papier.

Everson stand von seinem Schreibtisch auf. »Abend, Will Henry, was kann ich für Sie tun? Wenn Sie eine Anzeige aufgeben wollen – für die nächste Nummer ist es leider zu spät.«

»Nein, Harmon. Ich habe Neuigkeiten für Sie. Keine sehr guten, wie ich fürchte.«

»Moment, Moment – ist es so wichtig, daß ich es noch in der nächsten Ausgabe bringen muß? Wir gehen gerade in Druck damit.«

»Ich könnte mir denken, daß Sie das bringen wollen.«

Everson ging zu einer Tür an der Rückwand des Raums und öffnete sie. Das Klappern von Maschinen drang herein.

»Henry, halt den Druck an. Es könnte sein, daß wir noch was ändern müssen.« Dann kehrte er zu seinem Schreibtisch zurück, setzte sich und wartete.

»Harmon, es handelt sich um eine Sache, bei der Sie Zurückhaltung üben müssen.«

»Wollen Sie versuchen, die freie Berichterstattung der Presse zu verhindern, Will Henry?«

»Nein. Ich möchte sogar, daß es in die Zeitung kommt, aber der Bericht darf nicht durch sensationelle Aufmachung dazu führen, daß er meine Untersuchung stört.«

»Finden Sie, daß der ›Messenger‹ zu sensationellen Aufmachungen neigt?« Harmon rutschte verärgert auf seinem Stuhl hin und her.

»Nein, Harmon. Aber das, was geschehen ist, hat mehrere recht sensationelle Aspekte, und sie sollen nicht in die Zeitung.«

»Ich fürchte, Sie werden das meiner Beurteilung der Sache überlassen müssen, Will Henry.«

»Nein, das werde ich nicht, Harmon. Es ist immer noch Zeit genug, um die Nachricht für die morgige Ausgabe der ›Constitution‹ nach Atlanta durchzugeben, und ich bin sicher, dort wird man glücklich sein, zu drucken, was ich den Journalisten sage. Wenn Sie es lieber so haben wollen, können Sie sich die Geschichte dort für die nächste Ausgabe des ›Messenger‹ herauspicken. Oder ich gebe Ihnen eine kurze schriftliche Erklärung und beantworte keine Ihrer Fragen.«

»Jetzt hören Sie mal, Will Henry . . .«

»Ich will nicht, daß darüber so berichtet wird, wie Sie sich das vermutlich wünschen, Harmon. Ich bin bereit, Ihnen alles zu sagen, was ich weiß, Punkt für Punkt, aber Sie dürfen vorläufig nur die grundlegenden Fakten drucken, bis es Zeit ist, mit der ganzen Geschichte und ihrem Hintergrund vor die Öffentlichkeit zu treten. Wenn Sie mir Ihr Wort geben, daß Sie nur das drucken, was ich zuvor genehmigt habe, dann erfahren Sie die ganze Geschichte.«

Everson war inzwischen noch wütender geworden. Er preßte die Lippen zusammen und starrte Will Henry zornbebend an.

»Es geht um einen Mord, Harmon. Oder zumindest um einen besonders scheußlichen Totschlag.«

»Verdammt noch mal, Will Henry«, explodierte Everson. »Also schön, ich gebe Ihnen mein Wort. Aber ich rate Ihnen, halten Sie nicht hinterm Berg mit dem, was Sie wissen. Ich will alles erfahren, einschließlich der Theorien und so weiter.«

»Ich gebe Ihnen die Fakten so, wie ich sie kenne. Meine Theorien behalte ich für mich.« Jetzt war auch Will Henry ein wenig wütend geworden. »Um die Wahrheit zu gestehen – momentan bin ich, was die Theorien in diesem Fall betrifft, ziemlich schlecht dran.«

»Also gut, also gut, rücken Sie schon raus damit.«

Und Will Henry berichtete ihm alles, was geschehen war, wobei er lediglich verschwieg, wer ihn über den Klan informiert hatte.

»Wieviel kann ich davon drucken?«

»Im Augenblick sollten Sie nur berichten, daß man am Fuß des Hodo-Felsens den Leichnam eines jungen Mannes gefunden hat und daß der Bursche offenbar von der Klippe gestürzt ist, während er in der vergangenen Nacht dort oben durch die Wälder spazierte. Sie können berichten, daß wir den Toten bisher nicht identifizieren konnten und daß wir annehmen, es handelt sich um jemand, der nicht aus unserer Gegend kommt. Außerdem können Sie hinzufügen, daß sich jeder, der von einem vermißten jungen Mann weiß, an mich wenden soll.«

Everson machte sich auf einem Blatt Papier Kurzschriftnotizen. »Beschreibung?«

»Etwa einsfünfundsiebzig groß, sechzig Kilo schwer, sandfarbenes Haar.« Will Henry hielt einen Augenblick inne und dachte nach. »Blaue Augen.«

»Alter?«

»Da möchte ich mich nicht so genau festlegen, bevor der Doktor aus Columbus den Leichnam untersucht hat, aber Sie können schreiben, daß er noch keine Zwanzig war.«

»Kann ich auch schreiben, daß er Ihrer Meinung nach von jemandem getötet wurde?«

»Sie können schreiben, es sieht so aus wie ein Unglücksfall, aber die Polizei von Delano untersucht jede Möglichkeit, auch die, daß andere daran beteiligt sein könnten, und sei es auch nur, um diese Möglichkeit auszuschließen.«

»Unglücksfall! Wo der Junge nackt war!«

»Ich möchte auf keinen Fall gedruckt sehen, daß er nackt war, Harmon. Das würde die Leute mehr aufregen, als für sie und für uns gut ist. Außer Ihnen und den Personen, die den Toten gesehen haben, weiß keiner, daß er nackt war. Und ich glaube, es ist wichtig für meine Untersuchung, daß es dabei bleibt. Drucken Sie nur die Geschichte. Sie können mich heute abend bei Lamar treffen und mit uns bei Frank Mudter zu Abend essen; vielleicht können Sie dann in der nächsten Ausgabe mehr darüber berichten, aber das kann ich Ihnen nicht versprechen.«

»Glauben Sie, der Bursche ist sexuell mißbraucht worden?«

»*Was?*«

»Ich meine, daß ihn jemand gevögelt hat. Es gibt Leute, die das mit jungen Burschen tun, das wissen Sie doch wohl.«

Will Henry war entsetzt. Auf diesen Gedanken war er bis dahin noch gar nicht gekommen. »Woher soll ich das wissen, verdammt noch mal?« Er merkte, daß er rot geworden war. »Aber Sie können ja den Doktor fragen.« Er stand auf, um zu gehen. »Der Arzt aus Columbus kommt nach vier ins Beerdigungsinstitut. Wir treffen uns dort.«

Als Will Henry die Tür öffnete, hämmerte Everson bereits auf seiner Schreibmaschine, und der Chief empfand eine neue Art von Unbehagen über seinen Fall.

15

Obwohl Will Henry sich keine Gedanken darüber gemacht hatte, was der Doktor aus Columbus für ein Mensch sein würde, war er doch erstaunt über Carter Sauls. Der Mann war über einsachtzig groß und erstaunlich kräftig. Will Henry nahm an, daß er auf dem College ein guter Sportler gewesen sein mußte, wahrscheinlich Footballspieler, und er hatte seit damals nur wenig Fett angesetzt. Außerdem war er jovial und ein bißchen laut und begrüßte Frank Mudter mit großem Hallo.

Als die Begrüßung und der Austausch von Höflichkeiten vorüber waren, ging Lamar Maddox mit den Männern in seinen Arbeitsraum. Dort wurden sie von einem stechenden chemischen Geruch und den Abgasen eines Kerosinofens empfangen. Der Raum war etwa zwanzig Quadratmeter groß und hatte einen Betonfußboden, der sich nach einer Seite hin neigte, wo sich ein Abfluß befand. An der einen Wand war ein großes, tiefes Spülbecken angebracht, darüber hingen Regale mit Flaschen voll Chemikalien und seltsamen Instrumenten. In der Mitte des Raums befand sich ein Metalltisch, der vom Kopf- zum Fußende leicht schräg nach unten verlief, und am Rand befand sich eine Abflußrinne, die am Fußende des Tisches endete. Darunter stand ein großes Porzellangefäß, das alles auffangen konnte, was vom Tisch tropfte. Der Raum wirkte sehr ordentlich.

»Sie finden hier wohl so ziemlich alles, was Sie brauchen«, sagte Lamar Maddox nicht ohne Stolz.

»Sieht gut aus, sehr gut«, erwiderte Carter Sauls. »Jetzt brauchen wir nur noch eine Leiche.«

Maddox ging in einen hinteren Raum und kehrte mit einer Bahre auf Rädern zurück. Auf der Bahre lag der mit einem Baumwollaken zugedeckte Leichnam des jungen Mannes. Mit der Bahre kam ein Schwall kühler Luft in den Raum. »Ich habe ihn kühl aufbewahrt«, sagte Maddox.

»Aber er ist nicht gefroren, oder?«

»Oh nein. Da hinten sind es ungefähr fünf Grad plus.«

Der Doktor hatte zwei Gepäckstücke bei sich. Das eine war eine große schwarze Ledertasche, das andere ein noch größerer Holzkasten mit darangenagelten Ledergriffen. Er öffnete den Kasten und montierte eine riesige Plattenkamera und eine Lampe mit Blechschirm auf Stative.

»Ich dachte, wir machen ein paar Fotos für die Unterlagen«, sagte er zu Will Henry. »Vielleicht schreibe ich eines Tages ein Buch über Gerichtsmedizin.« Will Henry nickte.

Lamar Maddox und Frank Mudter hoben den Leichnam von der Bahre auf den Tisch und nahmen dann das Tuch weg. Will Henry war erneut betroffen von dem jugendlichen, unschuldigen Aussehen des Toten. Er lag noch in der gleichen Stellung da, wie sie ihn gefunden hatten, und der Leichenbestatter zog ihm jetzt die Glieder gerade und drehte ihn dann auf den Rücken. »Die Leichenstarre hat sich gelöst«, sagte Maddox. Harmon Everson, der hartgesottene Zeitungsmensch, schien vor Mitleid wie erstarrt zu sein. Sauls fotografierte den Toten rasch aus mehreren Blickwinkeln, machte auch Nahaufnahmen der Handgelenke, des Brustkorbs, des Hinterteils, des Halses und der Fußknöchel. Dann packte er die Kameraausrüstung wieder in den Holzkasten.

»Der Bursche ist an Händen und Füßen gefesselt und auf etwas Unbequemes gesetzt worden«, sagte der Doktor zu Frank Mudter und Will Henry, »und er muß eine ganze Weile so dagesessen haben.« Will Henry und Dr. Mudter tauschten einen vielsagenden Blick, sagten aber nichts dazu. »Außerdem ist er auf den Brustkorb und auf die Oberarme geschlagen worden, aber nicht ins Gesicht, soweit ich das bisher beurteilen kann, und nicht auf den Kopf. Das ist ungewöhnlich.«

Bevor Will Henry ihm weitere Fragen stellen konnte, öffnete der Pathologe seine schwarze Tasche und begann seine Instrumente neben dem Spültisch anzuordnen. Er legte drei Skalpelle von verschiedener Größe hin, kleine und größere Knochensägen, dazu Pinzetten, Scheren und ein sehr großes Skalpell, dessen Klinge, wie Will Henry schätzte, mindestens fünfundzwanzig Zentimeter lang war. Außerdem packte der Doktor mehrere gummierte Aufkleber aus und stellte sich ein paar kleine Schalen mit einer farblosen Flüssigkeit zurecht. Schließlich schlug er ein in Leder gebundenes Notizbuch auf und legte seinen aufgeschraubten Füllfederhalter daneben. Dann zog er sich Gummihandschuhe an.

Will Henry fühlte sich nicht ganz wohl angesichts dessen, was jetzt geschehen würde. »Äh – Doktor, werden Sie ihn irgendwie – operieren?«

Sauls schaute ihn überrascht an. »Ich werde eine gründliche Obduktion vornehmen. Ich dachte, das ist es, was Sie wollen. Sie wissen ja noch nicht einmal, woran er gestorben ist.«

»Nun, er stürzte . . .«

»Vielleicht ist er an den Folgen des Sturzes gestorben, vielleicht auch nicht. Es könnte durchaus sein, daß er zuvor gestorben ist und dann erst über den Felsrand geworfen wurde. Es gibt eine Reihe von Möglichkeiten.«

Frank Mudter unterbrach ihn. »So wird das nun eben mal gemacht, Will Henry. Der Fall ist ein einziges großes Fragezeichen, bis wir das Ergebnis der Obduktion kennen. Ich sagte Ihnen bereits, daß Carter in solchen Dingen Erfahrung hat.«

»Entschuldigen Sie, Doktor, ich wollte Ihnen nicht dreinreden. Ich habe leider nur verschwommene Vorstellungen von einer Obduktion. Bitte, tun Sie, was Sie für notwendig halten.«

Sauls lächelte, nickte, drehte sich um, nahm das große Skalpell, stach es unter dem Kinn des Toten ins Fleisch und zog es dann mit großer Kraft nach unten, bis es das Schamhaar erreicht hatte. Harmon Everson stieß einen erstickten Laut aus. Will Henry war zu entsetzt, um irgend etwas von sich geben zu können.

Sauls stach nun mehrmals kurz in die Halsgegend und in die Brust; dann nahm er die große Schere, durchschnitt die Knorpel, die die Rippen mit dem Brustbein verbanden, zog schließlich mit beiden Händen den Brustkasten auseinander, so daß sich der Leib des Toten öffnete und die inneren Organe sichtbar wurden. Es gab ein lautes, tropfendes Geräusch, als die Körperflüssigkeiten in das Porzellangefäß unter dem Tisch liefen. Dann schnitt Sauls die Kehle auf, trennte den

Zungenmuskel ab, packte die Zunge und zog sie nach unten durch die geöffnete Kehle. Anschließend machte er ein paar rasche, geschickte Schnitte mit dem Skalpell, trennte die Luftröhre ab, zog dann die daranhängende Lunge und das Herz aus dem geöffneten Brustkasten und legte sie in das Spülbekken.

Will Henry sagte düster: »Ich glaube, die Herren brauchen mich nicht dabei«, und ging rasch in den Warteraum von Lamar Maddox' Beerdigungsinstitut, gefolgt von Harmon Everson, dessen Gesicht grünlich schimmerte. Dann ließen sich die beiden Männer in die Polstersessel sinken.

Eversons Stimme kam von ganz unten, weil er den Kopf fast bis zu den Knien hängen ließ. »Verdammte Schlächter, diese Mediziner.« Will Henry war zu elend zumute, als daß er darauf etwas hätte erwidern können.

Nachdem Carter Sauls fast ein ganzes gebratenes Huhn verzehrt hatte, entstand ein Augenblick des Schweigens. Frank Mudters Haus gab leise Geräusche von sich, die sich mit dem gedämpften Ticken der großen Standuhr in der Diele mischten. Ein großer Kristalleuchter warf weiches Licht auf den schweren Eßtisch, an dem die vier Männer saßen. Sauls hatte darauf bestanden, daß beim Essen nicht über berufliche Dinge gesprochen wurde. Er und Frank Mudter tauschten Erinnerungen an ihre Collegezeit und an Sauls Karriere als Footballspieler aus. Schließlich stieß Dr. Sauls einen tiefen, zufriedenen Seufzer aus und begann in einer kleinen Mappe zu kramen. »Frank, deine Köchin weiß, wie man ein Huhn brät. Und ich habe nie im Leben bessere Maiskuchen gegessen.«

»Es scheint dir geschmeckt zu haben, Carter. Du kannst ihr ein kleines Trinkgeld in die Küche legen, wenn du willst.«

»Ich werde sie in meinem Testament berücksichtigen! Die Kunst, solche Maiskuchen zu backen, stirbt langsam aus.« Er ordnete eine Handvoll beschriebener Blätter und suchte dann in der Westentasche nach seiner Lesebrille. »Und jetzt . . .« Er schaute Will Henry und Harmon Everson an, die beide wenig gegessen und wenig gesprochen hatten. Will Henry fühlte sich noch immer etwas elend.

»Frakturen und Dislokationen des Rückgrats auf der Höhe der zweiten und dritten Vertebra.«

»Wir sind Laien, Doktor«, sagte Everson und hatte seinen Bleistift über dem Notizbuch gezückt.

»Der Junge hat sich das Genick gebrochen, wahrscheinlich durch den Aufprall nach dem Sturz.«

»Wahrscheinlich?«

»Ich war nicht dabei, Mr. Everson. Ich kann nur aus den vorliegenden Anhaltspunkten schließen, was mit dem Jungen passiert ist. Eine ähnliche Verletzung ergibt sich zum Beispiel auch beim Tod durch Erhängen, aber da keine weiteren Anzeichen auf Erhängen hindeuten, kann man diese Todesart vermutlich ausschließen. Ich darf Sie bitten, mich nicht mehr zu unterbrechen, bis ich fertig bin; dann teile ich Ihnen meine Theorie über die Todesart mit, und zwar besser, als Sie es in diesem südwestlichen Winkel der Vereinigten Staaten oder sonstwo bekommen können. Einverstanden?«

»Entschuldigen Sie, Doktor. Fahren Sie fort.«

»Ich danke Ihnen. Also, ich fange ganz vorne an und werde Ihnen schildern, so gut ich kann, was mit dem jungen Mann passiert ist. Außerdem werde ich versuchen, es so allgemeinverständlich wie möglich auszudrücken, Mr. Everson.« Everson nickte. »Der Junge wurde an Händen und Füßen gefesselt, und zwar auf einer Art Stuhl ohne Sitzfläche, vielleicht auch auf einem altmodischen Toilettensitz; er wurde mit einer schweren Peitsche wiederholt geschlagen, vielleicht auch mit einem Stück Gummischlauch. Während dieser Tortur hat man ihm die Hände hinter dem Rücken losgebunden und dann über dem Kopf gefesselt, woraufhin die Schläge fortgesetzt wurden. Ich kann das sagen, weil man weniger Blutergüsse auf den Oberarmen findet als auf dem Brustkorb, und das kann nur möglich sein, wenn man ihm die Arme nach einer Weile über dem Kopf gefesselt hat. Außerdem ist er vor oder nach dem Auspeitschen gezwungen worden, sich auf den Boden zu knien, und dabei ist er mit einem Brett oder einem Scheit geschlagen worden. Ich habe sehr ähnliche Abdrücke und Verfärbungen bei jungen Leuten gesehen, die in eine Verbindung aufgenommen worden waren und das Ritual über sich hatten ergehen lassen müssen. Aber das hier war kein Aufnahmeritual und kein Schabernack. Es war eine Art Verhör.«

Will Henry hatte sich gerade aufgerichtet. »Ein Verhör?«

»Niemand wird zum Scherz mit einem Gummischlauch geschlagen, und wenn es dem Peiniger darauf angekommen wäre, Schmerzen zu erzeugen, hätte er das viel besser mit einer Pferdepeitsche oder einem Rohrstock erreicht. Der Gummischlauch zählt zu den Folterwerkzeugen, welche die Polizei verwendet.«

»Die Polizei?« Diesmal war es Everson, der sich blitzartig aufgerichtet hatte.

»Ich habe es in Columbus und einigen anderen größeren Städten erlebt. Man nennt es gemäßigte Folterung, und sie wird beim Verhör angewendet, um Informationen zu erlangen. Es ist schmerzhaft, hinterläßt aber keinen größeren Schaden an der Haut oder den Knochen. Das Opfer kann auf diese Weise gequält werden und tags darauf vor Gericht erscheinen. Es ist natürlich illegal, und ein Polizeibeamter kann wegen Mißhandlung angeklagt werden, falls man ihn dabei erwischt, aber in der Regel sagen Polizisten nicht gegen Polizisten aus, ebensowenig wie Ärzte gegen ihre Amtskollegen aussagen.

Übrigens, weil wir gerade von Polizeimethoden sprechen: Es sieht so aus, als ob dem Jungen Handfesseln angelegt worden wären. Die Abdrücke an den Handgelenken unterscheiden sich ein wenig von denen an den Fußknöcheln. Es kann sich dabei durchaus um Metallfesseln gehandelt haben. Aber lassen Sie mich fortfahren. Die Beine weisen Kratzer auf, was darauf hindeutet, daß er vor seinem Sturz durch dichtes Gebüsch gerannt ist. Seine Füße sind ebenfalls schlimm zerkratzt und zerschnitten, so daß man annehmen kann, daß er ziemlich schnell gelaufen ist. Übrigens würde ich sagen, es handelt sich um einen armen Bauernjungen. Er hat eine dicke Hornhaut an den Fußsohlen; außerdem habe ich Blasen an den Füßen entdeckt. Er ist vermutlich eine Strecke mit Schuhen gegangen, die ihm nicht paßten. Seine Hände sind ziemlich rauh, die Nägel abgebrochen, und darunter findet sich rote Erde, die er nicht mehr herausbekommen hat. Ich wette, er hat bis vor ein paar Tagen auf irgendeiner Farm gearbeitet.

Wo bin ich stehengeblieben? Ach ja, vermutlich ist er im Laufen hinuntergestürzt; es scheint mir unwahrscheinlich, daß ihn jemand von der Klippe gestoßen hat. Er landete fast kopfüber, wobei er sich das Genick brach und den linken Unterarm und die linke Schulter ausrenkte. Er ist danach nicht mehr aufgestanden.

Er hat zwischen zwölf und vierundzwanzig Stunden vor seinem Tod nichts mehr gegessen, aber man hat ihm Wasser zu trinken gegeben. Man kann daraus schließen, daß er nicht länger als vierundzwanzig Stunden gefangengehalten worden ist. Seine Verletzungen – natürlich außer den Brüchen, die er sich durch den Sturz zugezogen hat – könnten eher als oberflächlich bezeichnet werden. Es gibt keinen Hinweis darauf, daß derjenige, der ihn geschlagen hat, dies mit der Absicht tat, ihn zu töten oder ihm schwere Verletzungen zuzufügen; zugleich aber kann man davon ausgehen, daß der Peiniger ihn nicht hätte freilassen können, aus Furcht, der Junge könnte die Folterung bei der Polizei melden. Wir wissen auch nicht, was man ihm noch angetan hätte, wenn er nicht entkommen wäre. Vielleicht war die Folter, der man ihn unterworfen hatte, erst der Anfang von etwas weit Schlimmerem.«

Sauls blätterte seine Notizen durch, und im Eßzimmer herrschte tiefes Schweigen, das nicht einmal Everson unterbrechen wollte, während sich alle vier Männer vorzustellen versuchten, was da geschehen sein mochte. »Ich glaube, das ist so ziemlich alles – bis auf eine Sache, auf die ich besonders hinweisen möchte. Soweit ich feststellen kann, wurden sämtliche Schläge, die der Bursche empfangen hat, in gleicher Zahl und gleicher Intensität auf beide Körperhälften verteilt. Das ist ungewöhnlich. Es würde weit mehr dem Üblichen entsprechen, wenn die eine Körperhälfte mehr, die andere weniger abbekommen hätte – was davon abhängt, ob der Peiniger Rechts- oder Linkshänder ist. Es weist außerdem darauf hin, daß die Schläge nur von einer Person ausgeführt wurden, denn zwei oder mehrere Personen können nicht so sorgfältig und präzise vorgehen. Angenommen, es handelt sich um einen Mann – wobei wir eine Frau als Täterin keineswegs ausschließen können –, dann würde ich sagen, er ist von Ordnungswahn und Pedanterie beherrscht, auch von einem Gefühl für Symmetrie. Sein Leben ist vermutlich voll von Manifestationen dieser Symmetrie. Ich würde wetten, er trägt einen sorgfältig gezogenen Mittelscheitel.«

Will Henry sagte: »Ich trage einen Mittelscheitel.«

»Das ist mir bereits aufgefallen. In der Tat, wenn Sie nicht neu in Ihrem Beruf wären und wenn Frank Mudter Sie nicht so gut kennen würde, dann würde ich Sie für den Hauptverdächtigen halten, Chief.«

»Wie?«

»Erstens würde ich annehmen, daß der Täter irgendwie mit der Polizei zu tun hat. Der Gummischlauch ist keine übliche Waffe. Sie dient dem Zweck, Informationen zu erpressen, aber nicht zu verletzen oder zu töten. So etwas wird mündlich von Polizist zu Polizist überliefert, von Polizeieinheit zu Polizeieinheit. Der Durchschnittsbürger weiß nichts davon und könnte wohl auch gar nichts damit anfangen, wenn er es wüßte. Wenn zwei Kerle in Streit geraten, hauen sie mit Flaschen oder Knüppeln oder was gerade zur Hand ist, aufeinander ein, aber nicht mit einem Gummischlauch. Der Gummischlauch gehört zu den Waffen, die kalt und überlegt ausgewählt werden.«

Danach herrschte wieder Schweigen, bis Harmon Everson fragte: »Wurde der Junge sexuell mißbraucht?«

Sauls schüttelte den Kopf. »Er war nicht das Opfer eines homosexuellen Akts, wenn Sie das gemeint haben. Es gibt keinen Hinweis auf Verletzungen des Enddarms, und ich habe auch keine Samenspuren entdeckt. Aber natürlich steht der Begriff Sex mit großem S über dem ganzen Fall.«

»Wie meinen Sie das?« fragte Will Henry.

»Ich meine, daß derjenige, der den Jungen verprügelt hat, dabei sexuelle Lust verspürt hat, ja, daß er es regelrecht genoß, und wenn sich der Junge nicht losgerissen hätte, wäre es vermutlich zu mehr von der Art gekommen. Ich muß gestehen, dieses Gebiet der Psychologie gehört nicht zu meinem

Arbeitsbereich, aber es gibt einige Ärzte in Europa, die über die sexuellen Querverbindungen zu diesem Fall ein ganzes Buch schreiben könnten.«

»Es ist kaum zu glauben, daß so etwas in einer kleinen Stadt wie Delano vorkommt«, sagte Will Henry.

Der Doktor nahm seine Brille ab und rieb sich die Nasenwurzel. »Chief, wenn Sie erst eine Weile als Polizist gearbeitet haben, werden Sie wissen, daß es alle möglichen Leute hier in Delano gibt, oder meinetwegen in Ihrem County. Man muß unter die Steine sehen, um festzustellen, was für ein merkwürdiges Leben manche ganz gewöhnlichen Leute führen. Ich erlebe es immer wieder – als Arzt und bei meiner Arbeit für die Polizei von Columbus. Ich nehme an, Frank erlebt es auch hier in Delano, weil die Menschen ihrem Arzt Dinge anvertrauen, die sie nicht einmal ihren engsten Freunden gestehen würden.«

Dr. Mudter nickte zustimmend. Sauls stieß wieder einen tiefen Seufzer aus und legte seine Notizen auf den Tisch. »Es gibt nichts auf der Welt, was nicht ebensogut in Columbus, Atlanta, New York oder Paris geschehen könnte wie hier in Delano, glauben Sie mir.«

Als Will Henry zwanzig Minuten später nach Hause kam, spielten Billy und Eloise auf dem Fußboden mit einem goldbraunen Labradorwelpen. Jemand hatte den kleinen Hund an der Tür abgegeben, mit einem Zettel, auf dem stand: »Ein Geschenk von einem Freund für Lees Kinder.«

In dieser Nacht sank Will Henry rasch in tiefen Schlaf. Ein Teil seines Bewußtseins begann die Wahrheit zu erkennen, und der andere Teil wollte sie nicht akzeptieren. Die unbestimmte Angst, die aus diesem gespaltenen Bewußtsein entstand, wirkte wie ein Betäubungsmittel. Will Henry schlief wie ein Stein, weil er Angst vor seinen Träumen hatte.

16

Der junge Bursche wurde auf einem Teil des Friedhofs begraben, der für die Armen und die unbekannten Toten bestimmt war. Nur Lamar Maddox, Will Henry und der Baptistenpfarrer Howard Abel waren beim Begräbnis anwesend; die beiden Schwarzen, die das Grab ausgehoben hatten, zählten nicht, obwohl auch sie ihre Hüte abnahmen und andächtig dastanden, während Pfarrer Abel dafür betete, daß die Seele des Toten in Abrahams Schoß aufgenommen werde. Weder die frühe Stunde noch die schneidende Kälte noch der wenig einladende Anblick dieses Teils des Friedhofs beeinträchtigten die Inbrunst des Geistlichen, als er die Augen schloß, den Kopf zum Himmel erhob und seinen vollen Bariton über die nackte Erde erschallen ließ, bis hinüber zu den hohen Pinien, welche die großen Familiengräber mit den braunen Grasflächen und den niedrigen schmiedeeisernen Gitterzäunen bewachten.

»Und so flehen wir Dich an, o himmlischer Vater, finde einen Platz für diesen jungen Menschen in Deinem vollkommenen Paradies, nimm ihn zu Dir und gib ihm die ewige Ruhe.« Abel verlagerte sein Gewicht auf den anderen Fuß und wechselte den Tonfall, um eine besondere Bitte auszusprechen: »Und wir beten, Herr, für die Eltern dieses Jungen. Tröste sie auf Deine unergründliche Weise und mache sie stark für die Zeit, wenn sie nicht mehr hoffen können, daß ihr verlorener Sohn heimkehrt. Erspare ihnen nutzloses Leiden und bereite sie vor auf den Tag, an dem sie ihr Kind wiedersehen in Deiner himmlischen Heimstatt.«

Will Henry fror in seiner Uniformjacke und betete, daß der Priester mit dem Gebet aufhören möge. Die Kälte der frühen Stunde machte es nicht leicht, sich auf die kirchliche Handlung zu konzentrieren, und allmählich ergriff ihn wieder der Zorn, als seine Gedanken vom Mitleid für den toten Jungen abschweiften zum Haß auf diejenigen, die ihn mißhandelt und die es zugelassen hatten, daß so etwas passieren konnte. Trotz der Tiefe seines religiösen Gefühls brachte er es nicht fertig, auch für sie zu beten, und das rief in ihm ein deutliches Schuldgefühl wach.

»Das alles erbitten wir im Namen Deines Sohnes Jesus Christus, unseres Heilands. Amen.« Lamar Maddox trat vor, berührte einen Knopf an einem der vier Stahlpfähle um das Grab, und der Sarg senkte sich langsam in die Tiefe. Lamar beobachtete genau den ersten Einsatz dieser neuen und raffinierten technischen Einrichtung. Die öffentliche Vorstellung würde später, im Laufe des Vormittags, bei einem wichtigeren und einträglicheren Begräbnis stattfinden.

Skeeter Willis wartete in seinem Wagen vor dem Friedhof. »Morgen, Will Henry. Ich hab euch gesehen und bin stehengeblieben. Was gibt's?«

Will Henry stieg dankbar in den geheizten Wagen. »Nun, Skeeter, es sieht ganz so aus, als ob wir es mit einem Mordfall zu tun hätten.« Skeeter gab keine Antwort. »Unser Zeitungsjunge hat gestern früh einen Toten am Fuß des Hodo-Felsens gefunden. Ein etwa achtzehnjähriger Junge. Wir haben ihn eben beerdigt.«

Es gab keinen Zweifel daran, daß Will Henry damit die volle Aufmerksamkeit von Skeeter Willis erregte. »Erzählen Sie mir alles«, sagte er. »Und zwar von Anfang an, und ohne irgend etwas auszulassen.«

Will Henry schilderte dem Sheriff die Ereignisse der letzten vierundzwanzig Stunden, wobei er wiederum verschwieg, wer ihn über den Klan informiert hatte.

»Und was denken Sie?« fragte Skeeter.

»Ich weiß nicht, was ich denken soll«, antwortete Will Henry. »Ich lege aber kein allzu großes Gewicht auf die Ansicht des Doktors über die Persönlichkeit desjenigen, der diesen armen Burschen getötet hat. Mir scheint das eine ziemlich wilde und unbegründete Spekulation zu sein. Wenn der Klan irgend etwas damit zu tun gehabt hätte, dann hätte es mir derjenige, der sich in Sachen des Klans auskennt, gesagt oder zumindest eine Andeutung gemacht. Und ich kenne niemanden weit und breit, der so verrückt wäre, daß er eine solche Tat begehen würde. Foxy wohnt in der Nähe der Stelle, wo wir den Toten gefunden haben, und er ist tatsächlich ein wenig sonderbar, aber ich sehe keinen Grund, weshalb ich ihn verdächtigen sollte.«

»Nein, nein, Foxy ist nicht Ihr Mann, Will Henry. Zugegeben, er ist ein Sonderling, aber ein anständiger Mensch. Und der Klan kommt wohl auch nicht in Frage, trotz allem, was man gelegentlich hört. Nein, Will Henry, ich werde Ihnen sagen, was da passiert ist, und glauben Sie nicht, daß ich leichtfertig Schlußfolgerungen ziehe. Ich spreche nur aus meiner Erfahrung und der eines Dutzends anderer Sheriffs, die ich kenne. Ihr Killer dürfte inzwischen längst über alle Berge sein. Heutzutage, bei den schlechten Zeiten und der Kornwurmplage, gibt es viele, die sich im Land herumtreiben. Wahrscheinlich ist dieser junge Bursche mit ein paar anderen durch die Gegend gezogen und hatte etwas, was die anderen haben wollten – nicht viel, vielleicht etwas Geld oder was weiß ich –, also haben sie ihn zusammengeschlagen, um es zu bekommen. Er hat sich befreit, ist davongelaufen und über den Rand des Felsens gestürzt. Diese Tramps bringen einander häufig um; sie erschlagen ihre Kumpane für Geld, für Whisky oder weniger. Und es wundert mich keineswegs, daß der Junge nackt war. Ich habe erlebt, daß einer wegen seiner Schuhe umgebracht wurde. Wenn sie erst eine Weile auf der Straße sind, dann gelten für sie eigene Regeln; sie kümmern sich nicht mehr um das, was wir als Recht oder Unrecht ansehen, und leben von einem Tag zum anderen.«

Will Henry fühlte sich seltsam erleichtert. »Nun, das klingt recht plausibel. Ich muß zugeben, darauf wäre ich nicht gekommen. Ich hatte schon befürchtet, es könnte jemand aus Delano sein, und das hat mir Sorgen gemacht.«

»Ich glaube, diese Sorgen können Sie vergessen. Und derjenige, der es getan hat, wird bestimmt nicht gefaßt, jedenfalls nicht wegen dieser Tat. Irgendwo und irgendwann wird einer mit ihm ebenso verfahren, oder er läuft eines Tages der Polizei in die Arme. Aber Sie werden ihn nicht zu fassen kriegen, Will Henry. Ich weiß, daß Sie es sich wünschen, nicht nur, um sich Lorbeeren zu verdienen, sondern weil Sie wütend sind. Ich kann das gut verstehen. Aber wenn Sie verhindern wollen, daß so etwas öfters geschieht, kann ich Ihnen nur raten, zu verhindern, daß sich die Landstreicher in Ihrem Amtsgebiet herumtreiben. Achten Sie darauf, daß sie nicht hier von den Zügen springen. Wenn die Tramps erst einmal in dieser Gegend herumvagabundieren, dann haben Sie jede Woche einen solchen Mord, das können Sie mir glauben.«

»Ich verstehe, was Sie meinen.«

»Und noch etwas, Will Henry.« Skeeter rutschte auf dem Sitz hin und her und kratzte sich an der Nase. »Ich meine, im Hinblick auf den Klan. Sie werden sehen, daß es das beste ist, wenn Sie diese Leute in Ruhe lassen. Wenn jemand anruft und Ihnen von einer Kreuzverbrennung berichtet, fahren Sie hin, wann es Ihnen paßt, stochern Sie ein bißchen in der Asche herum, machen Sie ein besorgtes Gesicht – und vergessen Sie es danach wieder. Diese Leute befassen sich mit keinem, der es nicht verdient hätte, und außerdem kümmern sie sich nur um Dinge, die Sie selbst nicht erledigen können. Zum Beispiel diesen Kerl, den man voriges Jahr ausgepeitscht hat: Er hat es verdient, und ich hätte es nicht tun können – daher hat es der Klan für mich getan.«

Will Henrys Überraschung mußte deutlich von seinem Gesicht ablesbar gewesen sein, denn Skeeter errötete leicht und fuhr dann fort: »Es gibt eine Reihe hochachtbarer Persönlichkeiten im Klan, Will Henry, und ihre Hauptaufgabe besteht darin, die Nigger im Zaum zu halten. Ich muß sagen, daß ich vor solchen Leuten Respekt habe.«

Will Henry bemühte sich, seine Stimme möglichst ausdruckslos klingen zu lassen. »Skeeter, ich halte nichts vom Auspeitschen und erst recht nichts davon, daß man unschuldige Schwarze durch diese Kreuzverbrennungen zu Tode ängstigt. Ich habe auch keinerlei Respekt vor erwachsenen Männern, die des Nachts in Bettlaken herumlaufen. Wenn ich einen von ihnen in dieser Stadt erwische, sperre ich ihn ein, unter der erstbesten Anklage, die mir gerade einfällt.« Er legte eine Pause ein. »Und das können Sie an alle weitergeben, die es betrifft.«

Skeeter war jetzt rot im Gesicht. Er bemühte sich, den Motor seines Wagens anzulassen. »Wie Sie meinen, Will Henry.«

»Fällt Ihnen noch irgend etwas ein, was ich versäumt hätte – ich meine, im Fall dieses Jungen?«

»Nein – Sie haben alles getan, was ich auch getan hätte. Aber ich glaube nicht, daß Sie in diesem Fall einen Mörder zur Strecke bringen werden. Wer es auch getan hat – er ist längst über alle Berge.«

Der Motor sprang ratternd an, und Will Henry stieg aus dem Wagen.

»Danke, daß Sie herübergekommen sind, Skeeter.«

»Gern geschehen«, rief Skeeter nach draußen, während er den Gang einlegte. Und als er losfuhr, murmelte er so leise, daß Will Henry es nicht hören konnte: »Verdammte Scheiße!«

17

Eine Woche lang ereignete sich nichts in Delano, was Will Henrys besondere Aufmerksamkeit erfordert hätte. Er achtete auf Autofahrer, die die Geschwindigkeit überschritten, überprüfte abends die Türen der Geschäfte und patrouillierte auf den Straßen, aber nichts geschah, was seine Gedanken von dem toten Jungen abgelenkt hätte. Der Bericht erschien in großer Aufmachung in der »Atlanta Constitution«, und Will Henry hoffte, jemand würde ihn lesen und sich bei ihm melden, um den Jungen zu identifizieren, aber er erhielt keinen einzigen Anruf in dieser Sache. Noch einmal überprüfte er alle Schritte, die er in seinem ersten Mordfall unternommen hatte, sprach noch einmal mit den Leuten, die in der Nähe des Hodo-Felsens wohnten, überprüfte noch einmal den Weg, der dorthin führte, und zermarterte sein Hirn, in der Hoffnung, auf etwas zu stoßen, was er möglicherweise übersehen hatte – doch er fand nichts. Als sich alle seine Ermittlungen als fruchtlos erwiesen, begann er Skeeters Theorie des Mordes unter Landstreichern mehr und mehr zu akzeptieren; das ergab wenigstens einen Sinn, und die Fakten schienen zu stimmen. Dennoch wurde er die Vorstellung nicht los, daß der

Killer möglicherweise in Delano frei herumlief und daß man nichts dagegen unternehmen konnte.

Zu Hause war er stets ein ruhiger, aber liebevoller Vater und Ehemann gewesen, doch jetzt war er ungewöhnlich schweigsam, und die Kinder näherten sich ihm auf Zehenspitzen. Carrie folgte nicht ihrem Beispiel. Sie ertrug seine Geistesabwesenheit zwei oder drei Tage lang und arbeitete im Haus in der üblichen Weise, kochte, putzte und schalt die Kinder – doch dann hatte sie genug. Als die Kinder eines Abends im Bett waren, nahm sie seine Füße von dem Hocker, der vor seinem bequemen Sessel stand, setzte sich auf den Hocker und schaute ihn eindringlich an. »Ich habe das Gefühl, daß du mehr Abstand zu deinem neuen Beruf gewinnen mußt, wenn du damit leben willst.«

»Ich weiß, aber das ist nicht leicht. Vor allem zur Zeit.« Er hatte ihr wenig mehr über den Fall berichtet, als in den Zeitungen stand.

»Du bist neu in deinem Beruf, aber ich habe den Eindruck, als hättest du alles getan, was ein Polizist unter diesen Umständen tun kann. Hätte Skeeter Willis mehr tun können als du?«

»Ich habe ihn gefragt. Er sagt nein.« Will Henry fühlte allerdings auch, daß Skeeter ihm jetzt wegen des Gesprächs über den Klan seine Hilfe versagte, aber das verriet er Carrie natürlich nicht.

»Kannst du dann nicht endlich deine Ruhe wiederfinden?«

»Ich weiß, das sollte ich – aber bis jetzt ist es mir nicht gelungen.«

»Dann solltest du, glaube ich, darum beten. Ich werde auch dafür beten.«

»Danke, Liebste. Ich weiß, das wird helfen.«

»Du hast dich in letzter Zeit wenig um mich gekümmert.«

Er lächelte und zog sie auf seinen Schoß. »Schlafen die Kinder schon?«

»Wie die Murmeltiere.«

Will Henry fand schließlich Ablenkung von seiner täglichen Routine und seinem ungelösten Mordfall, als das Gericht in

Greenville, dem Gerichtsort des Meriwether Countys, zusammentrat. Er mußte als Zeuge im Prozeß gegen die Bankräuber von Delano aussagen, da er die Täter, die Brüder O'Brien, festgenommen hatte. Für die Fahrt von zwanzig Meilen brauchte er fast eine Stunde auf der mit Schlaglöchern übersäten, schlecht asphaltierten Straße, die dennoch die beste im ganzen County war.

Nach den Maßstäben des Staates Georgia war Greenville eine hübsche Stadt. Das Gerichtsgebäude, ein schöner Backsteinbau mit einer weißen Kuppel aus der Zeit um 1840, stand auf einem weiten Platz mit sauberen Geschäften und Grünanlagen, und in der La Grange Road gab es reizvolle Beispiele der Vorkriegsarchitektur, umgeben von gepflegten Azaleen und hohen Magnolienbäumen. Ja, Greenville war eine der selten gewordenen Städte in Georgia, denen es gelungen war, sich den Zauber der Südstaaten zu bewahren. Die Straßen rings um den Hauptplatz waren doppelt so breit wie die Main Street von Delano und boten reichlich Raum für die Maultierkarren der Farmer und die Wagen der ansässigen Kaufleute und Handelsfirmen. Als Will Henry ins Zentrum der kleinen Stadt fuhr, wimmelte es auf dem Platz von Menschen, denn die Eröffnung der Sitzungsperiode des Schwurgerichts war fast so etwas wie ein gesellschaftliches Ereignis und bot reichlich Gelegenheit, entfernter wohnende Bekannte zu treffen, die Schaufenster zu bewundern und Geschäfte zu tätigen, sei es auf der Bank oder bei einer der Baumwollspinnereien, die wegen der Kornwurmplage schwer um ihre Existenz kämpfen mußten.

Als er den Wagen auf einen Parkplatz fuhr, der für die Gerichtsbeamten und das Personal des Sheriffs reserviert war, stellte Will Henry mit Bestürzung fest, wie deutlich man die schlechte wirtschaftliche Situation von den Menschen ablesen konnte, die sich hier versammelt hatten, und wie sehr es ihnen offenbar an Geld mangelte. Ihre Kleidung war sauber, aber abgetragen und geflickt; die Frauen schauten sehnsüchtig in die Schaufenster, blieben aber draußen vor den Geschäften; viele Kinder standen herum und boten Sandwiches, Obst und hausgemachte Marmeladen an, ohne genügend Kunden dafür zu finden, und die Männer versammelten sich in Gruppen, wirkten aber irgendwie geistesabwesend, fast wie gelähmt. Sie redeten zwar miteinander, ließen aber nur selten ein Lachen hören. Seit dem »Krieg zwischen den Staaten«, wie man ihn in Georgia nannte, hatten diese Leute nicht viel vom Leben gehabt, und vielleicht war es auch vorher nicht besser gewesen. Sie besaßen nur das Land, auf dem sie lebten. Während des großen Aufschwungs, der mit dem Krieg gekommen war, hatten sie auf die Zukunft gesetzt; sie hatten schwerer gearbeitet und mehr Anleihen genommen, um Sämereien und Landmaschinen kaufen zu können. Brachliegendes Land war fruchtbar gemacht worden, und man hatte die Baumwolle, das traditionelle Produkt des Landes, in Monokultur angebaut. Aber mit dem Ende des Krieges kam auch das Ende des Booms, und seither bewegte sich vom westlichen Texas her eine Seuche biblischen Ausmaßes, die jährlich rund sechzig Meilen vorankam, auf die Baumwollplantagen Georgias zu.

Sie sahen es kommen. Man schickte Deputationen aus, die sich informierten, zurückkamen und erklärten, daß die Kornwurmseuche die Baumwollpflanzungen vernichtete und daß etwas dagegen getan werden müsse. Aber niemand wußte, was man dagegen unternehmen konnte. Einige versuchten, auf die Erzeugung anderer landwirtschaftlicher Produkte wie Milch und Eier auszuweichen, und kauften sich Vieh und Geflügel, aber es gab keinen Markt für diese Erzeugnisse, kein ökonomisches System, das die Farmer mit den Konsumenten verband. Und während der Kornwurm sich von Alabama her näherte und den Chattahoochee bereits überschritten hatte, pflanzten sie in Georgia immer noch Baumwolle und hofften, es würde gut gehen. Nur ein Farmer konnte verstehen, was es bedeutete, mühsam den Boden zu bereiten, zu pflanzen und bei der Ernte nichts als Staub in den Händen zu haben, während die Banken die Darlehen zurückforderten.

Will Henry wußte es, und er dankte Gott, daß es für ihn und seine Familie nicht dazu gekommen war.

Er traf Skeeter in seinem Büro an, einem Raum mit geöltem Boden, kaltem Zigarrenrauch und Spucknäpfen; er war bevölkert von verwirrten und beunruhigten Menschen, die darauf warteten, daß über ihre Angehörigen Gericht gehalten wurde. Sie fragten sich, ob ihre Männer und Söhne abends wieder mit ihnen nach Hause fahren könnten oder ob sie von Skeeter in das Straflager des Countys gebracht werden würden, fragten sich wohl auch, wie es dazu hatte kommen können. Will Henry und Skeeter gingen gemeinsam in den hohen Gerichtssaal mit den harten Bänken und den gelb getünchten Wänden hinüber und unterhielten sich, während die Zuschauer hereinströmten – die Schwarzen nach oben auf die Empore, die Weißen nach unten in den Saal. Dann entschuldigte sich Skeeter und ging durch eine Seitentür, um die Häftlinge auf die Vorführung vorzubereiten, und Will Henry setzte sich in eine der vorderen Bänke und wartete darauf, daß er in den Zeugenstand gerufen werde. Er brauchte nicht lange zu warten.

Die O'Brien-Brüder wurden zu zwanzig Jahren Haft verurteilt. Skeeter führte die völlig benommenen jungen Burschen wieder hinaus, und der Gerichtsdiener rief den nächsten Fall auf, während im Gerichtssaal das gelangweilte Gemurmel der Zuschauer zu hören war. Der ganze Prozeß hatte kaum länger als drei Minuten gedauert.

Will Henry saß da und war fast ebenso benommen wie die O'Brien-Brüder. Diese beiden jungen Männer mußten mit zwanzig Jahren ihres Lebens für eine Torheit bezahlen, die sie in betrunkenem Zustand begangen hatten. Nach einer Weile stand er auf und fuhr zurück nach Delano. Seine Fahrt nach Greenville war seiner Meinung nach reine Zeitverschwendung gewesen. Auf der Rückfahrt dachte er darüber nach, wie ungerecht es war, daß diese beiden Burschen zu einer so langen Gefängnisstrafe verurteilt worden waren, während der Mörder des unbekannten Toten noch immer frei herumlief.

Es ist *mein* Mörder, dachte Will Henry, und ich werde ihn weiter jagen. Wir gehören zusammen. Ich muß ihn finden, und wenn es mein Leben kostet.

18

Etwa zu der Zeit, als Will Henry in Greenville aufbrach, um nach Delano zurückzukehren, verließ Hugh Holmes Delano, um nach Greenville zu fahren. Sie begegneten sich in Warm Springs und winkten sich im Vorüberfahren zu. Auch Holmes hatte im Gerichtsgebäude zu tun, doch dabei handelte es sich um eine völlig andere Angelegenheit als bei Will Henry. Es sollte ein wichtiger Tag für Holmes werden – ein Meilenstein-Tag –, und es war typisch für ihn, daß er sich auf diesen Tag seit zehn Jahren vorbereitet hatte.

Holmes hatte sich, bevor er in Delano seßhaft wurde, der Mühe unterzogen, zu lernen, wie hier alles funktionierte – nicht nur auf County-Ebene, sondern auch auf der Ebene des Staates. Er hatte begriffen, daß es ein kompliziertes Geflecht von Querverbindungen zwischen den Führungskräften des Countys gab, zu denen einige große Anwaltsfirmen in Atlanta, ein paar Anwälte in den kleineren Städten, die Herausgeber der Zeitungen, die Eisenbahngesellschaften und die Georgia Power Company, das Elektrizitätswerk, zählten. Die Anwaltsfirmen kontrollierten die Verbindungen zwischen den wenigen Großindustriellen und den führenden Persönlichkeiten; die Eisenbahnen waren die wichtigsten Klienten der Anwälte in den kleineren Städten, und das Kraftwerk war der bedeutendste Inserent der Kleinstadtzeitungen.

Die Plattform, auf der dieses Netzwerk von Beziehungen ruhte, war unter dem Begriff »County-Einheitssystem« bekannt; es war im Jahre 1876 geschaffen worden und diente dazu, den ländlichen Counties die Vorherrschaft bei den Staatswahlen zu sichern. Jedes County erhielt zwei Stimmen der Einheit für jeden seiner Repräsentanten in der Generalversammlung; so verfügten die acht am dichtesten bevölkerten Counties über jeweils sechs Stimmen, dreißig weitere dichter bevölkerte Counties hatten je vier und die übrigen 121 Counties je zwei Stimmen zur Verfügung. Holmes' Senatsbezirk umfaßte die Counties Meriwether, Harris und Talbot, auch unter der Bezeichnung »Tri-Counties« bekannt – was bedeutete, daß Holmes, vorausgesetzt, es gelang ihm, seinen politischen Einfluß voll durchzusetzen, über ebenso viele Stimmen verfügte wie zum Beispiel das Fulton County, zu dem auch die Stadt Atlanta gehörte, was ihm einen bedeutenden Einfluß auf die Politik des Staates sichern würde. Nur eine Handvoll Männer konnten über sechs County-Stimmen verfügen, und Holmes war entschlossen, einer von ihnen zu werden.

Als Holmes an diesem Tag das Büro des Richters Roy B. Hill betrat, war er entschlossen, den ersten Schritt zu tun, um vom Einfluß zur wirklichen Macht zu gelangen. Anwesend waren der Richter, der Anwalt des Countys, Jesse Bulloch, die Sheriffs des Meriwether und des Talbot Countys, Skeeter Willis und Tom Erenheim, die Repräsentanten der Counties Meriwether und Harris, William »Tiny« Estes und Harold Whitworth, beides Anwälte, und zwei Zeitungsverleger: Harmon Everson vom »Delano Messenger« und Roz Hill, ein Vetter des Richters und Herausgeber des »Meriwether Vindicator«. Es ging um die Bestätigung von Holmes' Kandidatur für das Amt des Senators bei den Vorwahlen der Demokraten. Angesichts der Zusammensetzung des Treffens war das gleichbedeutend mit der Aufstellung von Holmes als Kandidat der Demokratischen Partei und somit gleichbedeutend mit dem Sieg bei der Wahl. Der derzeitige Amtsinhaber war nicht anwesend, da er sich in einem Privatkrankenhaus in Atlanta befand, das sich auf die Heilung von Alkoholsüchtigen spezialisiert hatte, aber Holmes konnte ein Schreiben des Senators vorweisen, in dem dieser mitteilte, daß er für die nächste Wahl nicht mehr zur Verfügung stehe. Holmes wurde einstimmig zum Kandidaten bestimmt, obwohl immerhin zwei der anwesenden Männer ihre eigene Nominierung angestrebt hatten.

Um alle Zweifel über die Einstimmigkeit der Entscheidung zu zerstreuen, hatte Holmes kurz angekündigt, daß bereits am folgenden Montag der Ausbau des Highways 41 von der Countygrenze von Talbot bis zur Grenze nach Coweta begonnen werde und zum Jahresende fertiggestellt sein solle. Diese Ankündigung rief respektvolle Begeisterung für seine Kandidatur hervor, namentlich da es in mehr als vier Jahren keinem der Anwesenden gelungen war, dafür eine finanzielle Unterstützung durch den Staat zu erlangen. Als Holmes außerdem erklärte, daß jede Meile der Neuasphaltierung von einer Baugesellschaft ohne die Mitwirkung von Sträflingen ausgeführt werden solle, wurde aus dem stillen Respekt offene Bewunderung.

Holmes verließ das Gerichtsgebäude in dem Bewußtsein, alles erreicht zu haben, was er angestrebt hatte, oder zumindest soviel, wie er bei dieser Sitzung erreichen konnte.

Ende September fanden die Vorwahlen der Demokraten statt, und Holmes erhielt mehr als achtzig Prozent der zur Verfügung stehenden Stimmen, nachdem er ein Programm verkündet hatte, in dem vom Ausbau des Staatsstraßensystems, von einer besseren Ausbildung für die Jugend, besserer Bezahlung für die Lehrer und erweiterter Hilfe für die Farmer durch das Landwirtschaftsministerium die Rede war.

Kurz nach den Vorwahlen wurde wieder eine Sitzung der Greenville-Gruppe einberufen, und auf der Fahrt dorthin stellte Holmes verärgert fest, daß es mit der Asphaltierung nur sehr schleppend voranging. Nördlich von Warm Springs hielt er an, um für eine entgegenkommende Fahrzeugkolonne Platz zu machen. Als er sich umsah, stellte er zu seiner Überraschung fest, daß neben den Arbeitern der Baugesellschaft eine Gruppe von Häftlingen einen Abwassergraben aushob. Zwei der Männer kamen ihm irgendwie bekannt vor, aber der Verkehrsstau hatte sich aufgelöst, bevor ihm einfiel, wer sie waren. Kurz vor Greenville kam ihm blitzartig die Erkenntnis. Es waren die O'Brien-Brüder, die versucht hatten, die Bank zu überfallen – oder, besser gesagt, die bleichen Schatten jener kräftigen Bauernburschen vom Tag ihrer Festnahme. Die beiden wirkten erschreckend mager und um zehn Jahre gealtert.

Bei der Sitzung ließ sich Holmes zunächst von allen Seiten zu seinem unerwartet hohen Sieg gratulieren, bevor er das Thema wechselte. »Auf der Fahrt hierher habe ich heute eine Gruppe Sträflinge gesehen, die bei der Asphaltierung des Highways 41 mitarbeiten.« Er wandte sich an Skeeter. »Wie ist das möglich?«

Skeeter erwiderte freundlich und keineswegs eingeschüchtert: »Ach, der Bauunternehmer meinte, er könnte noch ein paar zusätzliche Helfer gebrauchen. Also habe ich nachgegeben.« Skeeter neigte den Kopf zur Seite, kippte mit dem Stuhl nach hinten und kaute an einem Zahnstocher.

Im Raum wurde es plötzlich so still, daß man eine Stecknadel hätte zu Boden fallen hören können. Holmes richtete wieder den Blick auf Skeeter und wartete ein paar Sekunden, ehe er in ruhigem, aber eiskaltem Ton zu sprechen begann. »Sie werden *mir* nachgeben und sofort sämtliche Sträflinge von der Arbeit an der Einundvierzig abziehen.« Dann sah er sich um, ehe er sich an Richter Hill wandte. »Richter, ich bin darüber informiert, daß Ihr Schwager den Auftrag für die Straßenarbeiten erhalten hat.« Der Richter nickte. »Sagen Sie ihm noch heute, daß er morgen früh mit einer voll bezahlten Arbeitsgruppe erscheinen muß, wenn er den Auftrag zu Ende führen will. Sagen Sie ihm außerdem, daß er bereits mit dem Zeitplan in Verzug geraten ist und daß ich ihm dreißig Tage gewähre, um das Versäumte nachzuholen. Wenn er dazu weitere Leute einstellen muß, ist das seine Sache.«

Dann wandte sich Holmes wieder an die Gruppe. »Es war nicht leicht, vom Staat die Zusage und die Mittel für zwanzig Meilen geteerte Straße zu bekommen. Ich möchte nicht erleben, daß der Plan nicht erfüllt werden kann, weil bestimmte Grundregeln, die ich selbst gesetzt habe, verletzt wurden. Habe ich mich in diesem Punkt klar genug ausgedrückt?« Skeeter und der Richter machten betretene Gesichter, aber beide nickten. Jetzt wandte sich Holmes wieder an Skeeter. »Und wenn Sie schon mit dem Captain des Straflagers sprechen, können Sie ihm gleich ankündigen, daß ich ihm in der nächsten Woche einen Besuch abstatten werde, um mich über die dortigen Haftbedingungen etwas genauer zu informieren. Es könnte durchaus sein, daß ich mit den Häftlingen zu Mittag esse.«

Skeeter kniff die Augen zusammen. »Hören Sie, Holmes, es geht Sie nichts an, wie dieses Straflager geführt wird, und . . .«

Holmes schnitt ihm das Wort ab. »Sie gewöhnen sich besser an den Gedanken, daß mich von nun an alles, was in den

Counties Meriwether, Talbot und Harris geschieht, sehr wohl angeht und daß ich mich auch eingehend darum kümmern werde. Wenn Sie nicht imstande sind, meinen Besuch im Straflager zu arrangieren, werde ich selbst meine Arrangements treffen. Vielleicht kommt Clark Howell von der ›Atlanta Constitution‹ auf die Idee, mir einen Begleiter mitzuschicken.«

Skeeter errötete. »Na schön, na schön. Ich sage dem Captain, daß Sie kommen.«

Bei den weiteren Besprechungen war die Stimmung gedämpft. Holmes wurde erst später bewußt, daß er eigentlich niemandem genaue Anweisungen gegeben hatte, und er machte sich Sorgen darüber, daß er möglicherweise zu früh sein ganzes Gewicht gegen diese Leute aus dem Gerichtsgebäude in Greenville eingesetzt hatte. Aber er war wütend, daß ein so wichtiges Projekt aufs Spiel gesetzt wurde, und erschreckt über das Aussehen der beiden Männer, die noch vor sechs Monaten in bester körperlicher Verfassung gewesen waren. Er fragte sich, was er wohl bei seinem Besuch im Straflager entdecken würde, und sah diesem Besuch keineswegs mit Freude entgegen.

19

Der strenge Winter von 1919/20 machte nur zögernd dem Frühling Platz. Es wurde Ende März, ehe sich die wärmere Jahreszeit ankündigte, und Mitte April, bis die Felder bestellt werden konnten. Der Sommer setzte dann bereits Anfang Mai ein, und Will Henry bedauerte das sehr. Er liebte den Frühling mit seinen kühlen Nächten und warmen Tagen, bevor die Hitze des Sommers von Georgia einsetzte.

Im Mai endlich verlor sich auch das deprimierende Gefühl, daß er in seiner Position im Grunde nicht viel ausrichten konnte. Die Langeweile der Verkehrsdelikte und Routinepatrouillen war nur durch eine Messerstecherei in Braytown unterbrochen worden. Will Henry hatte den Angreifer eingesperrt und zugesehen, wie Frank Mudter die Kopfwunde des

Opfers mit dreißig Stichen genäht hatte. Eine Wunde, bei der der Schädelknochen des Schwarzen im Licht sichtbar wurde: glänzend wie ein Silberdollar, dachte Will Henry. Der Schwarze hatte nach Schätzung von Dr. Mudter mindestens einen halben Liter Blut verloren, war aber gleich nach der Behandlung vom Operationstisch gesprungen und aus der Klinik gelaufen, wobei er dem Arzt noch versprochen hatte, die Rechnung zu bezahlen, sobald er seinen nächsten Lohn erhalten habe. Dr. Mudter hatte danach bemerkt, es sei immer wieder ein Wunder, wieviel Schmerzen die Schwarzen zu ertragen vermochten, ohne daß sie dabei einen Schock erlitten, von Schlimmerem ganz zu schweigen.

Kurz nach der Messerstecherei klingelte eines Abends in Will Henrys Haus das Telefon. Die Anruferin meldete sich als Mrs. Smith und bat ihn, sofort zu kommen. Will Henry brauchte ein paar Sekunden Zeit, bis er sich an Mrs. Smith von der Ecke Maple und Poplar Street erinnerte, die vor ein paar Monaten gemeldet hatte, daß ihr Nachbar seine Frau verprügelte.

»Er tut es schon wieder«, flüsterte sie in Panik. »Bitte kommen Sie schnell, bevor etwas Furchtbares geschieht.«

Will Henry zog sich die Hose über den Pyjama, schnallte sich den Revolvergurt um und lief zum Wagen, nachdem er versucht hatte, Carrie zu beruhigen. Er fuhr sehr schnell, da kaum Verkehr herrschte, und nahm die Kurven so kühn, wie es sein alter Ford erlaubte – aus Angst, er könnte diesmal vielleicht zu spät kommen. Während der Fahrt mußte er immer wieder an den Kohlenklumpen denken, den Butts beim letzten Mal in der Hand gehabt hatte. Der Mann hätte seine Frau auch ohne irgendwelche Waffen töten können. Will Henry kam mit quietschenden Reifen vor dem Haus in der Maple Street zum Stehen und lief zur Tür. Die Szene drinnen glich der vom letzten Mal. Aber diesmal hatte die Frau ihr Baby im Arm; sie hielt es wie einen Puffer zwischen sich und ihren rasenden Mann. Sie hatte offensichtlich Angst, und ihr Mann tobte, aber das einzige Zeichen dafür, daß etwas nicht in Ordnung war, bestand in ihrer geschwollenen Unterlippe, die ein wenig blutete.

Will Henry blieb stehen und holte tief Atem. »Mrs. Butts, haben Sie außer an der Lippe noch eine andere Verletzung?« Die Frau schüttelte den Kopf. Ihr Mann trat einen Schritt zurück und schaute ängstlich auf den Chief, dann auf seine Frau.

»Keine Zähne ausgeschlagen? Sind Sie sicher, daß Sie nicht weiter verletzt wurden?«

Wieder schüttelte sie den Kopf, und diesmal liefen ihr ein paar Tränen über die Wangen. Tränen der Verlegenheit, wie es Will Henry schien. Er führte sie zu einem Sessel, wartete, bis sie saß, und betrachtete sie dann genauer.

»Jetzt hören Sie mir gut zu, Mrs. Butts: Ich werde Ihren Mann über Nacht mitnehmen ...« Sie wollte ihn unterbrechen. »Nein, es ist besser, wenn er mit mir kommt. Bringen Sie das Baby zu Bett und tun Sie etwas Jod auf Ihre Lippe. Ich glaube nicht, daß Sie heute nacht noch einen Arzt brauchen. Aber kommen Sie morgen früh zu mir und sagen Sie mir, ob Sie Anklage gegen Ihren Mann erheben wollen.« Sie schüttelte wieder den Kopf, und Will Henry wußte, daß sie das nie und nimmer tun würde.

Jetzt wandte er sich ihrem Mann zu und sagte in freundlichem Ton, der seinen Zorn Lügen strafte: »Gehen Sie hinaus zu meinem Wagen und sagen Sie kein Wort.« Dann wandte er sich wieder der Frau zu, die sich allmählich zu fassen schien. »Es passiert ihm nichts. Soll ich Mrs. Smith von nebenan holen, damit sie Ihnen hilft?«

Jetzt begann sie zum ersten Mal zu sprechen, und ihre Stimme klang ruhig. »Nein, ich komme selber zurecht. Es ist schon gut.«

Er ging hinaus zum Wagen, wo Butts auf dem Rücksitz Platz genommen hatte. Will Henry fuhr mit ihm zum Gefängnis, und die beiden sprachen kein einziges Wort auf der Fahrt, aber Will Henry fühlte sich genauso wie beim letzten Mal: Er hatte Schwierigkeiten mit dem Atmen, seine Lungen waren übervoll mit Luft. Er schloß die Tür zum Gefängnistrakt auf und ließ Butts vorangehen. Der Mann schwankte auf unsicheren Beinen zur ersten Zelle. Will Henry sperrte die Tür nach draußen ab, dann öffnete er die Zellentür, und Butts ging hinein. Jetzt waren die beiden Männer allein im Zellenblock.

Will Henry holte aus und schlug ihm ins Gesicht. Der Schlag erfolgte mit der rechten offenen Hand und traf Butts auf den linken Backenknochen. Der Mann geriet ins Schwanken, blieb aber stehen. Will Henry holte noch einmal aus, diesmal mit dem Handrücken. Der Schlag riß Butts hoch, aber er blieb noch immer auf den Beinen und wich auch nicht zurück. Daraufhin fuhr Will Henry fort, Butts zu schlagen. Es war fast wie Ballett, als die zwei Männer durch die Zelle tanzten. Butts ballte die Fäuste und hielt sich die Ellbogen an den Brustkorb, unternahm aber keinen Versuch, das Gesicht vor den Schlägen zu schützen; seine Abwehr bestand nur darin, daß er unwillkürlich mit den Schultern zuckte. Als Will Henrys rechte Hand brannte, nahm er die linke, und die beiden bewegten sich immer noch durch die Zelle wie zwei Tanzpartner, die allein auf der Tanzfläche waren, wobei jeder die ihm zustehende Rolle spielte. Als seine Linke ebenfalls brannte, hörte Will Henry auf. Butts blieb mit geballten Fäusten stehen und ließ die Schultern nach unten sinken. Tränen liefen ihm über das Gesicht, ein Schluchzen erschütterte ihn, und die Luft zischte durch die zusammengebissenen Zähne.

»Das machen Sie nie wieder«, sagte Will Henry und keuchte leicht dazu. Butts schluchzte lauter und schüttelte den Kopf; dabei bewegte sich sein angespannter Körper.

»Nie wieder, klar?« fragte ihn Will Henry, so wie er seinen Jungen Billy nach einem Tadel gefragt hätte.

Noch einmal schüttelte sich Butts. Sein Gesicht war gerötet und aufgedunsen, aber man sah keinerlei Verletzungen. Am Morgen würde er wieder ganz normal aussehen und schlimmstenfalls mit ein paar blauen Flecken geziert sein.

Will Henry verließ die Zelle und schloß sie von außen ab. Als er sich umdrehte, um das Licht auszuschalten und die äußere Tür zuzuschließen, sah er, daß sich Butts nicht vom Fleck gerührt hatte und noch immer schluchzte. Er knipste das Licht aus und ging.

Beim Nachhausefahren fühlte er sich erleichtert und empfand nicht mehr Schuldgefühl, als wenn er eines seiner Kinder bestraft hätte. Zum ersten Mal, seit er diesen Job übernommen hatte, fühlte er, daß er seine Pflicht bis zum Ende erfüllt, daß er Gerechtigkeit geübt hatte. Endlich hatte er das Gefühl, dennoch etwas ausrichten zu können.

Zu Hause fragte ihn Carrie, wie es gewesen sei.

»Dieser Butts hat seine Frau wieder einmal verprügelt. Nichts Ernsthaftes, sie war nicht verletzt.« Dann ging er zu Bett und kuschelte sich an Carrie. »Er wird es bestimmt nicht wieder tun.«

20

Als Will Henry und Carrie die Farm verlassen hatten, waren nur Flossies Schwester Nellie und ihr Mann Jesse Cole zurückgeblieben, um dort zu arbeiten. Robert und Flossie Dunn waren den Lees nach Delano gefolgt, wo Flossie halbtags in Carries Haushalt aushalf und in der übrigen Zeit in ihrer Küche eine Hausbäckerei betrieb. Robert, der keine feste Arbeit finden konnte, beschäftigte sich mit Gartenarbeiten und hatte bald ein halbes Dutzend Kunden gefunden, so daß er über ein bescheidenes, aber sicheres Einkommen verfügte.

Jesse und Nellie Cole hatten, vielleicht wegen ihres andersgearteten Temperaments, nicht so viel Glück gehabt wie Robert und Flossie. Nellie fehlte Flossies natürlicher Charme, und sie besaß nicht nur eine beträchtliche Intelligenz, sondern auch die Neigung, alles zu sagen, was sie dachte. Jesses Intelligenz stand der seiner Frau in keiner Weise nach, aber er sagte nie, was er dachte, und seine Schweigsamkeit wurde nicht selten als mürrisches Wesen ausgelegt. Jesse und Nellie Cole beanspruchten mehr Würde für sich, als es einem schwarzen Ehepaar im ländlichen Georgia des Jahres 1920 anstand. Außerdem hatten sie einen Sohn, Willie, der schon mit neun von den meisten Weißen als anmaßend bezeichnet wurde. Willie und Billy Lee waren damals auf der Farm Spielkameraden gewesen, und selbst Billy, der von den Vorurteilen der Erwachsenen frei war, kam mitunter nicht besonders gut mit Willie Cole aus.

Als die Lees die Farm verlassen hatten, ging es Jesse und Nellie Cole eine Weile noch recht gut, denn die Bank bezahlte Jesses Lohn wie bisher, damit der Besitz in Ordnung gehalten wurde, bis man ihn verkaufen konnte. Aber als Hoss Spence schließlich die Farm pachtete und einen Verwalter ins Haus setzte, bekam Jesse keinen Lohn mehr ausbezahlt, und er mußte zusehen, ob er bei Hoss Arbeit bekam.

Hoss Spence betrieb auf seiner Farm die Zucht von Milchkühen und baute in wachsendem Umfang Pfirsiche an. Er war vor etwa zehn Jahren mit den Taschen voll Geld im Meriwether County aufgetaucht, und einige hatten behauptet, er hätte es mit Schwarzbrennerei oder dem Verkauf von Whisky verdient. Er hatte Land erworben und bei dessen Nutzung sowohl Talent als auch Schlauheit gezeigt; jetzt war er der Hauptlieferant für Molkereiprodukte in der Umgebung von Delano und befaßte sich gerade mit dem Bau einer Packerei, um den Pfirsichverkauf zu fördern. Er und seine Familie galten inzwischen als Stützen der Gemeinde, der Kirche und, wie manche behaupteten, des Ku-Klux-Klan.

Jesse fuhr also zur Farm von Spence mit dem Einspänner, der schon seinem Vater gehört hatte; das kleine scheckige Pferd hatte er drei Jahre zuvor gegen ein Maultier eingetauscht. Er fragte an der Küchentür des großen Ziegelhauses nach Hoss und wurde zu einem nahegelegenen Schuppen geschickt, wo Hoss gerade das Decken einer Stute beaufsichtigte. Jesse hielt mit seinem Pferdewagen genügend weit entfernt, um den Vorgang nicht zu stören, stieg ab und stand dann neben der Stute, bis der Hengst von ihr abließ und Hoss auf ihn aufmerksam wurde. Der weiße Mann kam auf ihn zu, die Hände in den Hüftentaschen, blieb vor Jesses Pferd stehen und inspizierte dessen Gebiß.

»Morgen, Jesse.«

»Morgen, Mr. Spence.«

»Hübsches kleines Tier.«

»Er ist nicht besonders gut, aber er fährt mich durch die Gegend.«

»Willst du ihn verkaufen?«

Jesse wußte, daß Hoss Spence nur seine Unterwürfigkeit prüfen wollte. Er konnte daher den Verkauf des Pferdes nicht einfach ablehnen; das wäre ein Bruch der üblichen Verhaltensregeln gewesen, eine Beleidigung. Also tat er das Beste, was er tun konnte. »Ja nun, Sir, Mr. Spence, er ist nicht besonders gut, aber mein Junge ist richtig stolz auf ihn. Wenn ich ihn verkaufe, erschießt mich Nellie.« Die beiden Männer lachten. Jesse hatte offenbar die Prüfung bestanden.

»Suchst du Arbeit, Jesse?«

»Ja, Sir.«

»Ich pflanze keine Baumwolle und brauche keine Pflükker.«

»Nein, Sir.«

»Kannst du noch was anderes außer der Arbeit auf Baumwollfeldern?« Hoss hob einen der Hufe des Pferdes an und betrachtete ihn eingehend.

»Ja, Sir, ich hab schon als kleiner Junge Kühe gemolken. Mein Daddy war drüben im Talbot County auf der Farm von Mr. Reynolds. Der hatte vier Kühe. Und ich kann auch als Zimmermann arbeiten, wenn's mal was zu richten gibt.«

»Und dein Junge?«

»Der wird erst neun. Seine Mama möchte, daß er zur Schule geht. Aber er hackt auch schon Holz.«

»Und Nellie?«

»Nellie ist die beste Waschfrau, die man kriegen kann, Sir.«

»Aha.« Hoss ließ den Huf los und erhob sich, dann streichelte er die Kruppe des Pferdes. »Ich kann dir nicht viel Geld bieten. Die Zeiten sind hart. Aber da drüben steht ein Haus leer.« Er zeigte auf eine windschiefe Hütte, etwa hundert Meter von dem Schuppen entfernt. »Das muß erst ein bißchen hergerichtet werden, aber du sagst ja, daß du Zimmermann bist. Im Geräteschuppen steht ein Stapel Holz. Und das Dach ist in Ordnung. Du kannst täglich einen Liter Milch haben und ein Pfund Butter die Woche. Ich pflanze meinen Weizen selbst und lasse ihn drüben in Luthersville mahlen. Davon kannst du jeden Monat einen Sack Mehl haben. Hinter dem Haus ist Platz für Gemüse, und zur Erntezeit gibt es

Mais und im Sommer Pfirsiche. Miss Spence kann Nellie ein paar Küken schenken, die finden rings um dein Haus genügend Futter. In Ordnung?«

»Ja, Sir.«

»Meine Nigger arbeiten hart und tun, was man ihnen sagt, sonst werden sie fortgejagt. Hast du mich verstanden?«

»Ja, Sir.« Hoss schlenderte zurück zum Haus. Jesse wollte gerade einen Seufzer der Erleichterung ausstoßen, aber Hoss unterbrach ihn dabei.

»Die Leute sagen, Nellie hat eine scharfe Zunge. Also achte drauf, daß sie sie im Mund läßt, klar?«

»Ja, Sir.«

Hoss ging weiter auf das Haus zu, und Jesse wendete den Einspänner, kletterte auf den Bock und fuhr zurück, um seine Familie und die paar Sachen abzuholen, die ihnen gehörten. Er schwitzte heftig, und seine Hände zitterten. Aber sobald das Pferd dahintrottete, wurde ihm leichter zumute, und er dachte über sein neues Leben und seinen neuen Job nach. Es war kein schlechter Abschluß, den er da mit Hoss gemacht hatte. Er wußte, daß er nicht viel Geld sehen würde, aber sie konnten leben. Die Milch und die Butter waren eine feine Sache. Natürlich war es nicht so, als wenn sie für Mr. Will Henry arbeiteten, aber wenn es ihm gelang, Nellie vom Reden abzuhalten, und wenn der Junge keine Schwierigkeiten machte, konnten sie durchaus zurechtkommen.

21

Mitte Oktober des Jahres erlebte Billy Lee einen Sonnabendnachmittag, an den er sich im Lauf seines Lebens noch oft erinnern würde, teils weil es der letzte in einer langen Reihe von verspielten Sonnabendnachmittagen seiner Kindheit war, teils aber auch, weil er dabei etwas Neues und in mancher Hinsicht Beunruhigendes erlebte.

Den Vormittag verbrachte er damit, das Laub zusammenzuharken, wofür er sein wöchentliches Taschengeld bekam. Dann ließ er sich von Flossie ein belegtes Brot und ein Stück Kuchen geben, weil sein Vater an den Sonnabenden zuviel zu tun hatte, um zum Mittagessen nach Hause zu kommen, und ging dann in die Stadt. Die »Stadt« war für ihn ein einziger Häuserblock der Main Street, nur zwei Blocks von seinem Haus entfernt, aber für ein Kind von acht Jahren, das das erste Jahr seines Lebens in der Stadt verbrachte, hätte es nicht faszinierender sein können, wenn dieser Block von weit her auf einem fliegenden Teppich angekommen wäre.

Er begann bei der Delano Drug Company an der Ecke, wo er einen Fünfer von seinen fünfzehn Cent für ein Root-Bier ausgab, ein Gebräu, das um so exotischer wirkte, als man seine Zubereitung beobachten konnte – ein Schuß Sirup, ein bißchen Milch, dann wurde das Ganze mit Sodawasser aufgefüllt, und zuletzt drehte man den Griff am Sodaspender um, worauf das Wasser in scharfem Strahl daraufspritzte und eine Schaumkrone auf dem Getränk entstehen ließ. Er trank es, während er in einem Exemplar der »Police Gazette« las, die er sich aus dem Zeitungsständer ausgeborgt hatte. Mr. Birdsong hatte nichts dagegen, solange man die Zeitungen wieder ordentlich zurücklegte, und Billy dachte nicht daran, diesen Vorzug zu mißbrauchen, da er sonst sein Taschengeld über Gebühr hätte beanspruchen müssen.

Vom Drugstore ging er zu seinem zweiten Lieblingsort, McKibbons Eisen- und Haushaltswarengeschäft, in dem es herrlich nach Schmieröl und Hanfstricken roch. Dort verbrachte er einige Zeit mit dem Vergleich von zwei Dutzend Taschenmessern und entschied sich vorläufig für eines mit einem Knochengriff und vier Klingen. Der Kauf selbst mußte zurückgestellt werden, bis er den Dollar und die zwanzig Cent dafür gespart hatte.

Danach ging er in die Futterhandlung, wo es ebenfalls wunderbar roch – ein Duftgemisch aus Körnern und Mehl. Für Billy war Jim Buces Futterhandlung zugleich das, was in größeren Städten eine Tierhandlung war, denn es gab dort eine Menge großer Käfige mit Dutzenden von Küken, die so wollig wie kleine Kätzchen waren, bis sie größer wurden. Er nahm eines der wuscheligen Geschöpfe ein paar Minuten lang in die Hand und fragte sich wieder einmal, wie etwas so Hübsches später einmal ein gewöhnliches Huhn werden konnte.

Schließlich schob und drückte er sich durch die dichter werdende Menge zur Post, wo er durch die kleinen Fenster in den Schließfächern spähte, um die Poststempel derjenigen Orte zu sehen, die am weitesten entfernt waren – ein Spiel, das ihm viel Spaß bereitete. Einmal hatte er einen Brief mit dem Stempel von New York entdeckt, ein anderes Mal einen von einem Ort in Kalifornien, der mit »Los« anfing. Die Fahndungsplakate sparte er sich bis zuletzt auf und prägte sich dann die Gesichter der abgebildeten Leute und die Verbrechen, die sie begangen hatten, genau ein, damit er sie eines Tages wiedererkennen und die Verbrecher seinem Vater ausliefern konnte.

Von der Post aus überquerte er die Straße, wobei er darauf achten mußte, daß er nicht unter einen der vielen Maultierwagen geriet, und lief auf der anderen Seite in einen Durchgang, der zum »Toonerville Trolley« führte, einem echten Straßenbahnwagen, den man in ein Restaurant umgebaut hatte. Von dort aus kam er zum vergnüglichsten Platz in ganz Delano, zu Winslows Güterhallen. Sie befanden sich hinter den Geschäften auf der Nordseite der Main Street, vielleicht fünfzig Meter davon entfernt, auf einer Anhöhe, von der es zu den Gleisen der Eisenbahn hinunterging. Zwischen den Geschäften und den Hallen war ein großer freier Platz, der sich jetzt rasch mit Wagen aller Art füllte. Billys Vater erlaubte nicht mehr, daß sie am Sonnabend auf der Main Street abgestellt wurden. Inzwischen waren hier an die zweihundert Leute versammelt; viele von ihnen hatten Maultiere oder Pferde bei sich, die am Nachmittag versteigert werden sollten. Billy schob sich durch die Menge, da stieß er plötzlich gegen Foxy Funderburke.

Foxy stieß ein lautes Grunzen aus, dann packte er Billy an beiden Schultern und hielt ihn auf Armeslänge von sich ab, wobei er düster die Stirn runzelte. Als er ihn erkannt hatte, glätteten sich die Falten ein wenig. »Der junge Lee«, sagte Foxy nicht allzu unfreundlich.

»Ja, Sir«, keuchte Billy. »Entschuldigen Sie, ich hab nicht aufgepaßt.«

Foxy hielt ihn immer noch fest und starrte ihn an. »Was macht dein Hund?« Billy und Eloise hatten Foxy auf Anraten ihrer Mutter einen Dankesbrief geschrieben, nachdem sie den Welpen erhalten hatten.

»Es geht ihm fabelhaft, Sir. Wir haben ihn Pfeffer getauft, weil Eloise versehentlich Pfeffer ausgeschüttet und der Hund geniest hat. Er ist jetzt zu Hause eingesperrt, weil Mr. Winslow es nicht mag, wenn Hunde bei der Versteigerung herumlaufen.« Noch immer hielt Foxy den Jungen fest und starrte ihn an. »Er ist ein furchtbar lieber Hund, und wir danken Ihnen sehr dafür.«

Foxy ließ ihn los, schaute ihn aber scharf an. »Kennst du dich überhaupt aus mit Labradorhunden? Wo sie herkommen und so weiter?« Er fragte ohne Nachdruck, als sei er mit seinen Gedanken ganz woanders.

»Nein, Sir.«

»Sie kommen ursprünglich aus Neufundland und Labrador. Die Fischer dort haben sie abgerichtet, daß sie ihnen die Netze aus dem kalten Wasser holen. Sie haben ein so dichtes Fell, daß ihnen das kalte Wasser nichts ausmacht, und außerdem schwimmen sie gern. Deshalb sind sie auch so gut bei der Entenjagd. Nimmt dein Vater dich manchmal mit auf die Entenjagd?«

»Nein, Sir, das kommt daher, weil er Gewehre nicht mag. Aber er jagt Eichhörnchen und Hasen mit einer Zweiundzwanziger.«

»Vielleicht nehme ich dich und deinen Hund mal mit auf die Jagd.« Foxy wartete nicht auf eine Antwort. Er atmete tief ein, stieß dann die Luft aus und ging weiter. Billy schaute ihm nach. Er konnte diesen Foxy Funderburke nicht so recht verstehen. Der redete nicht wie die anderen Erwachsenen, und man wußte eigentlich nie, was man zu ihm sagen sollte.

»He, Billy Lee!« Eine bekannte Stimme riß ihn aus seinen Gedanken.

»He, Willie!« Billy hatte ihn nicht mehr gesehen, seit sie die Farm verlassen hatten. Der schwarze Junge war seitdem mindestens drei Zentimeter gewachsen, sah aber immer noch sehr mager aus. »Wie geht's?«

»Gut. Mama und Daddy sind drüben beim Einspänner.«

»Geht es ihnen auch gut?«

»Ja. Daddy ist Melker bei Mr. Hoss Spence und macht sich überall auf der Farm nützlich. Mama wäscht, und ich muß Holz hacken. Wie gefällt es dir in der Stadt?«

»Gut. Wir haben einen neuen Hund, einen Labradorhund. Oben in Labrador haben solche Hunde den Fischern die Netze aus dem Wasser geholt. Der alte Foxy Funderburke hat ihn uns geschenkt. Wie gefällt es dir auf der Farm von Spence?«

»Prima. Wir verdienen nicht viel, aber wir kriegen eine Menge Milch und lauter Zeug. Der alte Hoss hat mich mal verprügelt, weil ich die Milch ausgeschüttet habe. Mama hat sich furchtbar darüber aufgeregt, aber ich glaube, ich hab's nicht anders verdient. Daddy glaubt das auch.« Willie Cole schien älter geworden zu sein und stiller, dachte Billy.

»He, schauen wir zu, wie Farrell Pferde beschlägt.« Die beiden Jungen drängten sich durch die Menge, bis sie bei dem Hufschmied angelangt waren, der unter einem Blechdach am Rand der Stallungen seinen Stand aufgeschlagen hatte. Sie fanden zwei leere Kisten und setzten sich so darauf, daß sie nicht im Weg, aber in Sichtweite des Schmieds waren. Farrell Moran mochte es nicht, wenn kleine Jungen um ihn herumsaßen, quasselten und Fragen stellten, schon gar nicht an einem Sonnabend, wo es eine Menge Maultiere und Pferde zu beschlagen gab und wo man mit den Kunden reden mußte, die die Tiere herbrachten. Ein Mann führte ein Maultier heran, und Farrell band es an einem Eisenring fest. Dann hob er ein Bein des Tieres hoch, zog rasch die alten Nägel aus dem Hufeisen, nahm das Eisen ab, reichte es Billy, blinzelte ihm zu, reinigte den Huf des Tieres und schnitt mit sicheren Bewegungen mit einem zweischneidigen Messer das nachgewachsene Horn des Hufs ab. Es sah so einfach aus wie Fingernägelschneiden. Billy zuckte dabei zusammen, aber es schien dem Maultier nicht weh zu tun. Dann suchte sich Farrell ein neues Eisen aus, hielt es gegen den Huf, nahm ein anderes, warf es in die Kohlenglut und pumpte mit dem Fuß den Blasebalg, um das Feuer anzufachen. Während sich das Eisen erhitzte, wiederholte er die Prozedur an den anderen Hufen. Billy und Willie grinsten sich zu. Jetzt kam der Teil, der ihnen am besten gefiel.

Farrell nahm ein Eisen mit einer großen Zange aus der Glut, legte es auf den Amboß und hämmerte es so zurecht, wie er es brauchte, wobei die Funken nach allen Seiten sprühten. Als das Eisen so aussah, als würde es passen, warf es der Schmied in eine Wanne mit Wasser, und die Jungen lachten laut, als das Wasser zischte und Blasen nach oben stiegen. Dann paßte er das Eisen an und nagelte es auf den Huf, wobei er zuvor die Nägel abzwickte, wenn sie so lang waren, daß sie durch den Huf dringen würden. Danach nahm er das nächste Eisen aus dem Feuer und hämmerte es zurecht.

»Was ist jetzt mit der Straße, die Hugh Holmes vom Staat asphaltieren lassen will?« sagte eine Stimme.

»Was hat denn Holmes damit zu tun?« fragte einer der Farmer.

»Na, lebst du hinter dem Mond? Er hat den Staat dazu gebracht, daß der dafür bezahlt, und das war noch, bevor er gewählt wurde!«

»Hast du die Sache mit dem Straflager gehört?« fiel ein anderer ein. »Mr. Holmes ist hingefahren und hat gesehen, was sie den Jungs zu essen geben. Der Captain hat ihnen dreimal am Tag nur Schwarten und getrocknete Bohnen gegeben. Mr. Holmes hat veranlaßt, daß sich die Gefangenen einen Hühnerstall bauen dürfen und sich auch was anpflanzen können. Und jetzt schaut er von Zeit zu Zeit dort vorbei und ißt mit ihnen, und der Captain muß auch mitessen, und es heißt, daß sie jetzt richtig gut zu essen bekommen.«

»Möchte wissen, wie sich Skeeter jetzt sein Taschengeld verdient, wenn er keine Gefangenen mehr zur Arbeit ausleihen darf. Ich erinnere mich noch gut, wie früher manche Farmer die Sträflinge zum Baumwollpflücken geholt haben, während ich die Nigger dafür bezahlen mußte, damals, als es noch Baumwolle zum Pflücken gegeben hat.«

»Es heißt, Pfirsiche sind unsere Zukunft.«

»Das kann schon sein, wenn man genug Geld hat, um zu warten, bis die Bäume groß geworden sind. So was geht, wenn man Hoss Spence heißt und genug Land und Geld hat von einer Ernte, mit der der Wurm nichts anfangen kann, aber ich sag dir eins: es wird hier bestimmt keine kleinen Pfirsichfarmen geben, nur große Plantagen, die es sich leisten können, selbst eine Packerei einzurichten.« Der Mann erntete allgemeine Zustimmung.

Die Jungen sahen zu, wie zwei weitere Maultiere beschlagen wurden, dann gingen sie hinüber zu den Stallungen. Die Böden waren mit frischem Heu vollgepackt, und Billy und Willie verbrachten fast eine Stunde damit, so hoch hinaufzuklettern, wie sie nur konnten, und dann auf einen der weichen Heuhaufen hinunterzuspringen. Sie suchten nach Erdnüssen, die noch am Heu hingen, und aßen sie voller Genuß, auch wenn es hieß, daß man von rohen Erdnüssen Magenweh bekäme, genau wie von grünen Äpfeln. Nach und nach führten die Leute die Pferde und Maultiere aus den Stallungen hinaus zum Verkauf, und drinnen wurde es immer ruhiger. Billy und Willie lagen im Heu, erschöpft vom Herumtoben, und dösten vor sich hin. Sie sahen mit halbgeöffneten Augen zu, wie die Sonnenstrahlen durch die Ritzen nach innen drangen und mit dem Staub spielten, der in der Luft hing.

Die Stalltür öffnete sich einen Spalt und wurde wieder geschlossen. Schritte waren zu hören, als jemand zur Mitte des Stalls ging und dort stehenblieb. Dann war es einen Augenblick lang still. Willie tippte Billy auf den Arm und legte verschwörerisch einen Finger an die Lippen. Sie wollten sehen, wer da allein in die Scheune gekommen war. Wieder hörten sie Schritte, und dann wurde die Tür eines Lattenverschlags geöffnet und nicht wieder geschlossen. Die beiden Jungen rollten sich vorsichtig herum, bis sie auf dem Bauch lagen und über den Rand des Heuhaufens nach unten schauen konnten. Jetzt sahen sie Foxy Funderburke, der sich im Halbdunkel an die eine Seite des Verschlags gelehnt hatte, beleuchtet nur von einem Sonnenstrahl, der durch die Ritzen fiel. Entfernt hörten sie Winslows Stimme, die an- und abschwoll, während er einen besseren Preis für ein Maultier forderte. Foxy fummelte an seiner Hose herum, und Billy fragte sich, warum er ausgerechnet in dieser sauberen Scheune pinkeln wollte statt draußen hinter dem Stall. Aber etwas war merkwürdig dabei. Foxy hatte die Knie ein wenig gebeugt und sich weit nach hinten gelehnt. Sie hörten, wie er schneller und tiefer atmete, und dann nahmen sie im Halbdunkel wilde Bewegungen wahr. Plötzlich zerriß ein Laut, der von Foxy kam, die Stille – kein Wort, nur ein Laut. Billy dachte, er sei vielleicht krank, und sah Willie besorgt an. Willie bedeutete ihm mit einer Handbewegung, er solle still sein.

Foxy lehnte sich nun gegen die Wand des Verschlags, und sein Atem wurde allmählich wieder ruhiger. Man sah kurz ein weißes Taschentuch aufleuchten, und eine Gürtelschnalle klapperte; dann ging er zur Scheunentür, zog sie ein wenig auf und wartete. Er schaute zurück in die Scheune, ließ seinen Blick über den Heuhaufen wandern, bis sein Blick dem aus Billys Augen begegnete. Billy hielt den Atem an und war bereit davonzurennen. Aber Foxy schien ihn gar nicht gesehen zu haben. Er ging hinaus und drückte die Scheunentür zu.

Die Jungen warteten, bis sie sicher waren, daß er nicht wiederkam; erst dann wagten sie es zu sprechen. Zu Billys Überraschung begann Willie schallend zu lachen.

»Was ist denn so komisch? Was hat er denn gemacht?«

Willie lachte noch immer. »Er hat gewichst. Was hast du denn gedacht?«

»Was ist wichsen?«

»Ja, weißt du denn gar nichts? Na, ich wer's dir mal zeigen.«

Willie zeigte es ihm, und Billy versuchte es selbst, aber es schien ganz anders zu sein als bei Foxy. Bei ihm hatte es irgendwie wütend ausgesehen, wütend und verbissen und – Billy wußte nicht, wie. Aber wütend, das stand fest.

22

Die frühen zwanziger Jahre vergingen für die Familie Lee wie im Flug. Sie lebten sich gut ein in ihrer neuen Umgebung, die Kinder ebenso wie die Eltern. Will Henry wurde zu einer unangefochtenen Persönlichkeit in seinem Beruf, ebenso wie Carrie mit ihrer Arbeit für die Kirche und die Gemeinde. Billy und Eloise gewannen neue Freunde, kamen in der Schule gut voran und waren die Freude ihrer Eltern.

Holmes fuhr fort, seine politische Stellung in den Tri-Counties auszubauen, und seine solide Position in Delano half ihm, sich als wirksame Kraft im Senat des Staates Georgia zu etablieren. In diesem Zeitabschnitt tauchte eine Persönlichkeit im Meriwether County auf, die zu gegebener Zeit bewirken sollte, daß Holmes noch mehr Einfluß gewann, und die darüber hinaus das Gesicht des ganzen Landes veränderte. Will Henry war zufällig der erste, der diesen Mann kennenlernte – ein Ereignis, an das sich die Familie stets erinnern sollte.

Der Chief verließ an einem schönen Frühlingstag des Jahres 1924 seinen gewohnheitsmäßigen Kaffeeklatsch in der Delano Drug Company, als ein funkelnagelneues Ford Coupé mit offenem Verdeck auf einem Parkplatz vor dem Drugstore anhielt. »Entschuldigen Sie, Officer, einen Augenblick!« rief der Fahrer zu Will Henry heraus.

Will Henry ging auf den Wagen zu und sagte: »Was kann ich für Sie tun, Sir?« Er wurde von einem wuchtigen Mann mit lächelndem, fein geschnittenem Gesicht begrüßt. Auf dem großen Kopf thronte ein Strohhut. Will Henry rechnete damit, nach dem Weg nach Atlanta oder Columbus gefragt zu werden. Der Mann sprach zweifellos keinen hiesigen Akzent, nicht einmal einen aus den anderen Südstaaten, aber er kam Will Henry dennoch irgendwie bekannt vor.

»Ich frage mich, ob ich mich auf Ihr Urteil über die Qualität des Schokoladeneises in diesem Drugstore berufen kann.«

Will Henry lachte. »Nach dem Urteil meiner Kinder ist es unschlagbar, und das gilt für alles, was Mr. Birdsong anbietet.«

»Das ist allerdings ein äußerst sachkundiges Urteil! Ich frage mich, ob ich Ihnen zumuten darf, hineinzugehen und etwas für mich zu bestellen.«

Will Henry zögerte einen Augenblick, dann sah er die Krücken, die auf dem Rücksitz lagen. »Mit Vergnügen. Was soll es sein? Schokoladeneiscremesoda?«

»Genau.« Der Mann gab Will Henry einen Vierteldollar. »Bitten Sie den Mann hinter der Theke, es mir herauszubringen, wenn es fertig ist. Ich will nicht noch mehr von Ihrer Zeit in Anspruch nehmen.«

»Aber ich tu es gern für Sie.« Will Henry ging hinein, wartete, bis das Eiscremesoda fertig war, und brachte es dann hinaus an den Wagen, zusammen mit dem Wechselgeld.

Der Mann nahm es entgegen und sog durstig am Strohhalm, während Will Henry danebenstand und lächelte. »Ah, das war genau das richtige.« Er streckte seine Hand heraus. »Mein Name ist Roosevelt.«

Will Henry ergriff die Hand und kam sich ein wenig blöde vor. »Natürlich, ich hätte Sie erkennen müssen. Wahrscheinlich hat mich der Strohhut irritiert. Meine Frau und ich haben vor vier Jahren für Sie und für Mr. Cox gestimmt. Harding ist nicht die Art von Mann, wie ich ihn mir wünsche. Wir sind nun einmal Demokraten. Mein Name ist Will Henry Lee. Ich bin überrascht, Sie hier in Delano zu sehen, Mr. Roosevelt. Was bringt Sie ausgerechnet zu uns?«

»Meine Familie und ich haben ein Haus gemietet, drüben in Warm Springs. Wir hoffen, daß das Wasser dort gut ist für mein Leiden. Zum Schwimmen, nicht zum Trinken, Sie verstehen.« Will Henry nickte. »Hübsche kleine Stadt hier. Genauso hübsch wie der Name. Delano war der Mädchenname meiner Mutter und, wie Sie wissen, ist er auch mein zweiter Vorname. Ich glaube, ich werde so tun, als wäre Ihre Stadt nach mir benannt.«

Sie lachten herzlich. Will Henry stellte zu seiner Überraschung fest, daß er keine Schwierigkeiten hatte, mit einem Mann zu sprechen, der als Vizepräsident der Vereinigten Staaten kandidiert hatte. »Willkommen im Meriwether County, Mr. Roosevelt. Ich hoffe, Ihr Aufenthalt ist angenehm, und Sie kommen oft hierher zurück. Kann ich noch etwas für Sie tun? Die Bedienung kommt heraus und holt das Glas ab, wenn Sie kurz hupen.«

»Danke, Chief, aber Sie könnten wirklich noch etwas für mich tun. Das heißt, wenn ich Sie noch einen Augenblick lang beanspruchen darf. Ich nehme an, Sie kennen Mr. Hugh Holmes von der hiesigen Bank? Vielleicht könnten Sie so nett sein, zu ihm hinüberzugehen und ihn zu bitten, daß er einen Augenblick herauskommt und sich zu mir in den Wagen setzt.«

»Aber selbstverständlich.« Will Henry überquerte die Straße, ging in die Bank und streckte den Kopf in Holmes' Büro, wo der Bankier gerade über dem Hauptbuch saß. »'tschuldigen Sie, Hugh. Mr. Franklin D. Roosevelt parkt drüben vor dem Drugstore und bittet Sie, zu ihm zu kommen, wenn Sie Zeit haben.«

Holmes Augenbrauen schossen nach oben. »O ja! Er ist ein Freund von Clark Howell, dem Redakteur der ›Constitution‹. Clark sagte mir, daß er nach Warm Springs kommt. Sie wissen, daß er nach den Wahlen Kinderlähmung bekommen hat.«

»Ich habe es in den Zeitungen gelesen.«

»Clark hat ihn überredet, seiner Gesundheit wegen hierherzukommen.« Die beiden Männer verließen die Bank, und Will Henry blieb stehen und schaute zu, wie Holmes die Straße überquerte, Mr. Roosevelt die Hand gab, auf die andere Seite des Wagens ging und sich auf dem Beifahrersitz niederließ. Dann begannen die beiden Männer ein Gespräch. Holmes und Roosevelt schienen fabelhaft miteinander zurechtzukommen. Zu schade, dachte Will Henry, daß ein Mann in den besten Jahren und auf dem Weg zum Gipfel einer brillanten politischen Karriere durch diese schlimme Krankheit zurückgeworfen worden war.

23

Kurz nach dem ersten Besuch von Franklin D. Roosevelt ereignete sich in Delano der zweite Mordfall. Das heißt, Will Henry betrachtete ihn als den zweiten Mordfall. Er erfuhr davon fast beiläufig durch Skeeter Willis, der eines Tages unangemeldet in sein Büro platzte.

»Ein Nigger hat den Toten gestern morgen gefunden; er hat in einem Stacheldrahtzaun gehangen, ein paar hundert Meter von der Straße nach Columbus entfernt, auf der anderen Seite des Berges.« Die andere Seite des Berges war das Talbot County. »Er ist von hinten erschossen worden, und Sheriff Goolsby meint, mit einem fünfundvierziger Revolver oder einer Pistole. Ein kleines Loch im Rücken, ein großes vorn in der Brust, wo das Geschoß wieder ausgetreten ist. Viel mehr weiß ich selber nicht. Ich habe an einer Tankstelle in Woodland mit einem von Goolsbys Deputies gesprochen. War grade unten in Albany, um einen Gefangenen abzuliefern.«

»War er bekleidet? Irgendwelche Blutergüsse oder andere Verletzungen?« Will Henry hatte sofort eine ungute Vorahnung.

»Was weiß ich? Sie glauben doch nicht, daß es etwas mit dieser – dieser Sache von Ihnen vor zwei, drei Jahren zu tun hat?«

»Das ist schon viereinhalb Jahre her.« Will Henry erhob sich und setzte seine Mütze auf. »Ich glaube, ich werde mal mit Jim Goolsby reden.«

Er traf den Sheriff des Talbot Countys während einer Sitzungspause im Gerichtsgebäude von Talbotton. Goolsby, ein älterer Mann, der sein Amt seit über fünfundzwanzig Jahren ausübte und irgendwie gebrechlich und verbraucht aussah, hatte nur sehr wenig Zeit.

»Tut mir leid, aber so ist es immer, wenn das Gericht tagt.«

»Was hatte der Tote an?«

»Ein Hemd und einen Overall, aber keine Schuhe. Die Füße waren ein bißchen zerkratzt. Sah aus, als ob er vor etwas davongerannt wäre. Er lief in einen Stacheldrahtzaun. Die Kugel hat ihn direkt durchlöchert.«

»Gab es andere Spuren von Gewaltanwendung an seinem Körper?«

»Hä?« Der Sheriff wandte sich einem Deputy zu. »Carlton, sind Sie schon zurück mit dem Gefangenen? Verdammt, mal sehen, warum das so lange dauert. Der Richter mußte schon eine Pause einlegen. Er wird vor Wut platzen.« Dann wandte er sich wieder an Will Henry. »Was sagten Sie von Spuren?«

»Gab es an dem Leichnam deutlich wahrnehmbare Blutergüsse oder Striemen? Waren seine Hände oder Füße gefesselt gewesen?«

Goolsby schaute ihn fast ungläubig an. »Großer Gott, woher soll ich das wissen? Der Coroner hätte ihn normalerweise genau untersucht, aber er hatte zu der Zeit ein Begräbnis in Vila Rica, also habe ich nur mit ihm telefoniert. Ich schrieb ›Tod durch Schußverletzung‹ auf den Totenschein, und er unterzeichnete ihn, als er zurück war.«

»Kann ich ihn sehen?«

»Den Toten? Der dürfte inzwischen unterwegs nach Waycross sein. Er hatte einen Brief mit Absender bei sich. Ich habe den dortigen Sheriff angerufen, und der Vater des Burschen ist mit einem Lastwagen hierhergekommen und hat ihn zur Beerdigung abgeholt. Das war heute morgen.«

»Und haben Sie irgendwelche Verdächtigen?«

»Landstreicher, nehmen wir an. Wir haben ein verlassenes Lager gefunden, nicht weit von der Stelle, wo der Nigger den Toten entdeckt hat. Er hatte kein Geld bei sich und trug keine Schuhe; ich nehme an, beides haben ihm die Landstreicher abgenommen.«

»Können Sie sich ungefähr denken, aus welcher Richtung er gekommen ist?«

Der Sheriff dachte einen Augenblick nach. »So, wie er in dem Zaun gehangen hat, könnte er entweder von der Straße weg oder auf die Straße zu gerannt sein. Schwer zu sagen. Ich glaube, er ist auf die Straße zugelaufen, weg von diesem Landstreicherlager.«

»Wie alt war er schätzungsweise?«

»Sein Vater sagte, er ist grade einundzwanzig geworden, aber ich hätte ihn jünger geschätzt. Hören Sie, Chief, ich möchte gern länger mit Ihnen darüber reden, aber ich muß jetzt wieder in den Gerichtssaal. Kann ich Ihnen noch schnell irgendwelche Fragen beantworten?«

Will Henry ließ sich Namen und Adresse des Vaters geben und die Gegend schildern, in der man den Toten gefunden hatte. Er dankte dem Sheriff und bat ihn um Mitteilung, falls sich irgendwelche neuen Aspekte ergeben sollten.

Die Stelle war leicht zu finden. Er brauchte nur den Fahrspuren zu folgen, die der Wagen des Sheriffs hinterlassen hatte. Sie endeten an einem Stacheldrahtzaun, der eine Weide umgab. An einer der Spitzen hing noch ein Fetzen Flanellstoff. Will Henry schaute in die zwei Richtungen, in die der Mann nach Ansicht des Sheriffs gerannt sein konnte. In der einen Richtung sah man die Straße nach Columbus, in der anderen ging es zum Pine Mountain. Von dem bewaldeten Hügel, etwa eine halbe Meile entfernt, stieg Rauch in die Luft. Der Rauch kam aus Foxy Funderburkes Blockhaus.

Will Henry ging vom Zaun weg, wobei er sich am Rauch orientierte, um die Richtung nicht zu verlieren. Er schritt langsam dahin und richtete sein Augenmerk auf den Boden. Es hatte eine Weile nicht geregnet, und die Erde unter dem Gras war hart. Es gab keine Fußspuren. Will Henry hatte ungefähr vierzig Meter zurückgelegt, als er die Patronenhülse fand. Er steckte einen dünnen Zweig in die Öffnung und hob sie vorsichtig auf, ohne sie mit den Fingern zu berühren. Es war das Geschoß einer 45er Pistole, darüber gab es keinen Zweifel. Man sah Schmierspuren daran, die von Fingerabdrücken stammen konnten, aber sie waren nicht mehr zu identifizieren. Will Henry hatte genug über Fingerabdrücke gelesen, um es zu wissen. Jetzt drehte er die Patronenhülse langsam an dem Zweig, in der Hoffnung, vielleicht irgendwelche brauchbaren Merkmale daran erkennen zu können. Aber er fand nichts, nicht einmal den Eindruck des Herstellers. Nur die Zahl »45« war deutlich zu sehen. Er drehte sich um, schaute hinüber zum Zaun, schätzte die Entfernung ab. Vierzig Meter – also nah genug. Allerdings ein erstaunlich guter

Schuß für eine Waffe, von der man wußte, daß mit ihr nur schwer zu zielen war. Er steckte die Patronenhülse ein und ging weiter auf den Rauch über den Baumwipfeln zu. Jenseits des Feldes kam er in den Wald, und bald danach fand er das Landstreicherlager: eine Lichtung, die mit Dosen, Bierflaschen und den Überresten eines ausgegangenen Feuers geziert war. Der Geruch von Verbranntem hing in der Luft. Er suchte den Boden einige Minuten lang sorgfältig ab, fand aber nichts von Interesse. Dann ging er zweimal um das Lager herum und suchte nach eventuellen Hinweisen darauf, daß jemand aus der entgegengesetzten Richtung zum Lager gekommen war. Er fand nichts. Der Wald bestand hier überwiegend aus Kiefern, und ein dicker Teppich aus braunen, langen Nadeln hatte alle Fußspuren unsichtbar gemacht. Wegen der Bäume konnte er jetzt den Rauch nicht mehr sehen, also ging er zurück zu seinem Wagen.

Fast automatisch und ohne zu denken fuhr er zu Foxys Haus; als er davor anhielt, war er beinahe selbst überrascht, dort zu sein. Foxys Azaleen standen in voller Blüte, und die Umgebung des Hauses war sehr hübsch, nicht so kalt und düster wie bei seinem letzten Besuch vor mehr als vier Jahren. Auch Foxy selbst war weniger abweisend, bat ihn ins Haus und bot ihm einen Sessel an in einer Haltung, die man beinahe als höflich bezeichnen konnte. Sie saßen neben dem lodernden Kaminfeuer. Über dem Kamin hingen ein Dutzend Gewehre und Pistolen an der Wand. Eine der Pistolen war eine 45er. Will Henry bemühte sich sehr, sie nicht allzu scharf anzustarren.

»Was kann ich für Sie tun?«

»Foxy, ich höre, es hat vorgestern eine halbe Meile von hier entfernt eine Schießerei gegeben.«

»Ich habe auch davon gehört.«

»Haben Sie zu der fraglichen Zeit irgend etwas in der Umgebung bemerkt?«

»Absolut nichts.«

Danach entstand eine längere Pause. Will Henry wußte nicht, was er den Mann noch fragen sollte. Er blickte wieder auf die Pistolen über dem Kaminsims.

»Das ist eine schöne Sammlung.« Er stand auf und griff nach der 45er Pistole. »Darf ich?«

Foxy war aufgesprungen und noch vor Will Henry an der Waffe. »Lassen Sie sie mich erst entladen.« Er nahm das Magazin heraus, spannte die Waffe und schüttelte sie, damit die letzte Patrone aus dem Lauf rutschte. Es war Will Henry nicht entgangen, daß die Pistole schußbereit gewesen war. Jetzt reichte sie ihm Foxy, den Kolben voran. Die Pistole war frisch geölt.

»Haben Sie sie erst kürzlich abgefeuert?«

Foxy machte eine abwehrende Handbewegung. »Alle sind erst kürzlich abgefeuert worden. Ich achte sehr auf meine Waffen – und darauf, daß sie nicht einrosten.«

Will Henry nahm das Magazin vom Kaminsims, auf den Foxy es gelegt hatte, und ließ eine Patrone herausschnappen. Auf der Hülse war deutlich der Name »Remington« eingeprägt, zusammen mit der Kaliberzahl. Das Messing war außerdem ein wenig heller als das der Patronenhülse, die er in seiner Tasche hatte. »Aber mit dieser Pistole, sagt man, ist es schwer, sein Ziel zu treffen.«

»Das ist richtig. Ich bin ein ziemlich guter Schütze und kann fast mit allen Waffen umgehen, aber bei dieser da hab ich nur mit Mühe die Prüfung beim Militär bestanden. Die meisten konnten überhaupt nicht damit umgehen.«

Danach herrschte wieder Schweigen. »Glauben Sie, Sie könnten einen Mann mit diesem Ding auf eine Entfernung von vierzig Metern treffen, Foxy?«

»Das bezweifle ich. Ja, glauben Sie vielleicht, ich hätte den Burschen erschossen?«

Will Henry gab ihm die Pistole zurück, bevor er ihm antwortete. »Ich habe keinen Grund zu dieser Vermutung.«

»Was wollen Sie dann hier?«

»Sie wohnen in der Nähe. Ich dachte mir, Sie hätten vielleicht etwas gesehen oder gehört.«

»Anscheinend kommen Sie immer zu mir, wenn mal wieder jemand umgebracht worden ist. Ich kann nicht behaupten, daß ich das nett finde.«

»Ich tue nur meine Pflicht, Foxy.«

»Mir kommt es so vor, als ob Sie mehr als Ihre Pflicht tun. Meines Wissens wurde dieser Bursche im Talbot County erschossen. Ich selbst lebe auch im Talbot County und finde, Sie kümmern sich um Dinge, die eigentlich Jim Goolsby angehen. Jim ist mein Freund. Ich meine, er sollte wissen, was Sie hier tun.«

»Aber natürlich. Abgesehen davon: Das ist ein ganz inoffizieller Besuch, Foxy. Es tut mir leid, wenn ich Ihnen Ärger bereitet habe.«

»Das einzige, was mich daran ärgert, ist die Tatsache, daß es zwei solche Todesfälle gegeben hat und daß Sie beide Male zu mir gekommen sind. Nun, wenn Sie das meinen: Ich habe nichts zu verbergen. Wollen Sie mein Haus durchsuchen?«

»Nein, nein, Foxy. Es tut mir wirklich leid. Ich – ich möchte Ihnen noch einmal für den Welpen danken. Die Kinder lieben ihn, wir alle lieben ihn.«

»Nicht der Rede wert.«

Will Henry fuhr zurück mit dem Gefühl, sich zum Narren gemacht zu haben. Auf der Station schrieb er eine Notiz für Jim Goolsby, wo und wie er die Patronenhülse gefunden hatte, steckte den Zettel und die Hülse in einen Umschlag, klebte eine Briefmarke darauf und legte den Umschlag zur ausgehenden Post. Weiter gab es nichts, was er in der Sache unternehmen konnte. Der Fall lag außerhalb seines Dienstbereichs, und es gab keine nachweisbare Verbindung zwischen den beiden Fällen, wenn man davon absah, daß sich beide in der Nähe von Foxys Haus ereignet hatten, aber das war offenbar reiner Zufall. Die Landstreicher-Theorie paßte hier noch besser als im ersten Fall. Will Henry fuhr nach Hause und nahm sich fest vor, an diesem Abend nicht mehr daran zu denken. Er hielt sich vor Augen, wie besessen er sich seinerzeit auf den ersten Fall geworfen hatte und was für ihn dabei herausgekommen war. Er schlief gut in dieser Nacht.

Am nächsten Morgen ging er wie üblich in sein Büro, öffnete routinemäßig die Post – und stellte fest, daß er deprimiert war. Er starrte ein paar Minuten lang an die Wand und schwor sich, er werde diesmal nicht so in die Sache einsteigen wie damals, dann nahm er den Telefonhörer ab. »Estelle, können Sie sich mit der Vermittlung in Waycross in Verbindung setzen und mir die Namen und Telefonnummern aller Bestattungsunternehmen in der näheren Umgebung der Stadt besorgen – aller Bestattungsunternehmen für Weiße, meine ich?« Dann hängte er ein und wartete ungeduldig darauf, daß sie zurückrief.

Es gab vier, und er stieß beim zweiten Anruf auf das richtige.

»Underwood-Begräbnisinstitut.«

»Kann ich mit Mr. Underwood sprechen?«

»Am Apparat.«

»Mr. Underwood, mein Name ist Lee. Ich bin der Polizeichef von Delano im Meriwether County. Können Sie mir sagen, ob Sie mit der Bestattung von – äh – Charles Collins beauftragt sind?«

»Charles Collins ist der Vater. Der Verstorbene heißt Frank Collins.«

»Ja – der junge Mann, der im Talbot County erschossen wurde.«

»Ich habe ihn vor einer Stunde beerdigt.«

Will Henrys Mut sank; er dachte einen Augenblick nach. »Mr. Underwood, haben Sie den Leichnam selbst präpariert?«

»Ja, ich mache alle Arbeiten selbst.«

»Können Sie mir sagen, ob Sie außer der Schußwunde andere Verletzungen oder Zeichen von Fremdeinwirkungen an dem Leichnam entdeckt haben?«

»Ja, also, die Füße waren zerkratzt, als ob er barfuß durch dorniges Gelände gelaufen wäre.«

»Das stimmt mit den Angaben der Polizei überein. Er hatte keine Schuhe an, als er gefunden wurde. Haben Sie sonst noch irgendwelche Spuren entdeckt, sagen wir Blutergüsse oder Striemen, die darauf hindeuten würden, daß der junge Mann geschlagen wurde?«

»Nein, nichts von der Art.«

Will Henry rutschte tiefer in seinen Sessel. Erst jetzt merkte er, wie aufgeregt er war. »Ja, dann danke ich für Ihre Hilfe, Mr. Underwood.«

»Aber etwas war doch ein wenig seltsam.«

»Ja – was?« Wieder war Will Henry gespannt wie eine Violinsaite.

»Es ist mir erst aufgefallen, als ich ihn angezogen habe. Seine Handknöchel waren blutunterlaufen, als wenn er gefesselt worden wäre. An einigen Stellen war auch die Haut aufgeschürft.«

»Mr. Underwood, können Sie mir noch einen Gefallen tun? Wären Sie bereit, mir eine schriftliche Beschreibung der Verletzungen des Toten zu geben, so, wie Sie sich daran erinnern, wobei es mir vor allem auf die Spuren an seinen Handgelenken ankommt? Und – können Sie mir diese Beschreibung per Post zukommen lassen?« Er gab dem Mann seinen Namen und seine Adresse und hängte dann ein.

Er war erleichtert – aber warum eigentlich? Was hatte er damit in Händen? Nicht mehr als eine einzige Querverbindung zwischen den beiden Fällen, und die konnte er an Jim Goolsby weitergeben, genau wie die Patronenhülse. Er hatte nur die alte Wunde wieder aufgerissen. Er hämmerte mit der Faust so heftig auf den Schreibtisch, daß das Holz beinahe zersplittert wäre.

24

Will Henry rief Sheriff Goolsby an und berichtete ihm von den Spuren an den Handgelenken des jungen Collins, und daß er ihm die Patronenhülse schicken werde. Goolsby war, wie Will Henry befürchtet hatte, so wenig erfreut über Will Henrys unautorisierte Untersuchung, wie er selbst sich über die mageren Beweise freute, und Goolsby war vor allem nicht begeistert darüber, daß Will Henry Foxy Funderburke verhört hatte. Foxy hatte den Sheriff sofort danach telefonisch davon in Kenntnis gesetzt. Will Henry entschuldigte sich ausführlich, deutete darauf hin, daß sein einziges Interesse an dem Fall in einer möglichen Querverbindung zu einer früheren Mordsache bestand, und gab zu, daß eine solche nicht mit Sicherheit hergestellt werden konnte, jedenfalls nicht so sicher, daß sich der Staatsanwalt darauf stützen konnte.

Als er eingehängt hatte, war er deprimierter als zuvor, und obendrein kam er sich gedemütigt vor. Die Niedergeschlagenheit war ein Ausdruck des Ärgers, den er hatte schlucken müssen, und bevor der Tag zu Ende ging, fand er ein Ventil für diesen Ärger, fand einen, an dem er ihn auslassen konnte. Es war Emmett Spence, der Sohn von Hoss.

Emmett war seit jeher ein Störenfried; das galt schon für das Kind und erst recht für den jetzt sechzehnjährigen Burschen. Schon als kleiner Junge entsetzte er seine Mutter, als er zwei Dutzend Küken bis zum Hals im Vorgarten eingegraben hatte und dann mit dem Rasenmäher darübergegangen war; bei einer anderen Gelegenheit hatte er es fertiggebracht, eine Weiche auf dem Bahngelände umzustellen; wäre die Tat nicht rechtzeitig bemerkt worden, hätte es zu einem schrecklichen Zusammenstoß kommen können. Sein Vater war in perverser Weise stolz auf die Taten seines Sohnes, die für ihn nur ein Zeichen dafür waren, daß sein Sohn »Mumm« hatte. Die Bürger von Delano und Umgebung waren der Meinung, Emmett sei nicht ganz richtig im Kopf, und sie ertrugen ihn nur, weil sein Vater ein reicher Mann in einer armen Gegend war.

An diesem Abend, kurz nach dem Essen, erhielt Will Henry einen Anruf von Smitty, der den Lebensmittelladen in Braytown besaß. Er berichtete, daß ein weißer Jugendlicher die Fenster in der Schule für Schwarze eingeworfen hätte. Als Will Henry auf der Szene erschien, erblickte er dort Emmett Spence, der mit einer 22er Flinte auf die Fenster des Schulgebäudes feuerte, während drinnen eine Gruppe schwarzer Erwachsener, die sich dort zu einem Klubabend eingefunden hatten, in Deckung gegangen war und versuchte, sich vor den herumfliegenden Splittern zu schützen.

Emmett erstarrte, als er den Polizeiwagen herankommen sah; er war zu erschrocken, um davonlaufen zu können. Will Henry ging auf ihn zu, riß ihm die Flinte aus der Hand, entlud sie und schlug sie dann an einem Telefonmast in Stücke. Auf diese Weise reagierte er einen Teil seiner Wut ab, aber längst noch nicht alles. Dann riß er mit einer Hand seinen Gürtel aus den Schlaufen, packte mit der anderen Emmett am Handgelenk und verpaßte ihm ein paar gehörige Schläge mit dem Gürtel, angefeuert von den Schwarzen, die sich allmählich gefaßt hatten und herausgekommen waren, um zuzusehen, wie ihr jugendlicher Peiniger mit einem Ledergürtel verprügelt wurde und dabei schrie, als stecke er am Spieß.

Will Henry entschuldigte sich bei den Leuten, versprach ihnen, daß der Schaden behoben werden würde, und stieß dann den noch immer schreienden Emmett in seinen Wagen. Er fuhr die drei Meilen zur Farm von Spence, zerrte Emmett aus dem Wagen und klopfte an die Küchentür. Hoss Spence kam heraus.

Will Henry keuchte vor Zorn und Anstrengung. Er gab dem Jungen einen Schubs, daß er auf seinen Vater zutorkelte. »Hoss, ich hab ihn erwischt, wie er auf die Fenster der Schule in Braytown geschossen hat, während drinnen eine Menge Leute versammelt waren. Ich hab sein Gewehr in Stücke geschlagen und ihm ein paar mit meinem Gürtel verpaßt. Eigentlich hätte ich ihn einsperren und den Schlüssel wegwerfen sollen, aber statt dessen bringe ich ihn zu Ihnen. Doch eines sage ich Ihnen jetzt und hier, Hoss: Wenn ich ihn noch einmal bei irgend etwas erwische – und ich sage: *irgend etwas* –, dann ist er reif für das Straflager. Habe ich mich deutlich genug ausgedrückt?«

»Halt's Maul!« schrie Hoss den Jungen an, der noch immer laut heulte. »Du gehst auf der Stelle in die Scheune, und dort werde ich mich noch ein bißchen mit dir beschäftigen.«

»Daddy!« kreischte der Junge hysterisch. »Er hat mich vor all den Niggern verprügelt!«

Hoss kniff die Augen zusammen. »Er hat *dich* vor den Niggern verprügelt?«

»Jawohl, Sir.«

»Mach, daß du in die Scheune kommst, sonst schlag ich dir den blöden Schädel ein!« brüllte Hoss. Der Junge floh. Hoss kam auf Will Henry zu. »Sie haben meinen Jungen vor den Niggern verprügelt?«

»Sie haben richtig gehört, und ich habe ihn tüchtig verprügelt, das können Sie mir glauben. Und jetzt werde ich Ihnen noch etwas sagen. Wenn Sie nicht morgen vor Geschäftsschluß im Rathaus sind mit einem Scheck für die Schäden, die der Bursche angerichtet hat, dann komme ich mit einem Haftbefehl hierher und bringe ihn ins Kittchen. Haben Sie mich verstanden?«

Im Licht über der Veranda schimmerte das Gesicht von Hoss dunkelrot, aber er hielt sich zurück. »Ich komme«, sagte er, dann drehte er sich auf dem Absatz um und ging zur Scheune, wobei er sich den Gürtel aus der Hose zog.

Will Henry schaute ihm nach und wunderte sich über sein eigenes Verhalten. Er konnte sich nicht erinnern, jemals einen Menschen angebrüllt zu haben, seit er erwachsen war. Als er wegfuhr, hörte er lautes Gejammer aus der Scheune. Will Henry zitterte; sein Zorn war verraucht. »Gott, hoffentlich bringt er den Jungen nicht um«, murmelte er laut. »Aber ich hoffe auch, daß der Bursche mindestens einen Monat lang nicht auf seinem Hintern sitzen kann.«

Und als er nach Hause fuhr, hatte er wieder einmal jenes angenehme, warme Gefühl, das aus dem Bewußtsein kam, Gerechtigkeit geübt und etwas Nützliches getan zu haben.

25

Jesse Cole wurde um halb vier Uhr morgens von Nellie geweckt; er fuhr halbwach in seine Kleidung, während Nellie ihm etwas Brot in der Pfanne röstete. Das war das schwerste an der Arbeit für Hoss: daß Jesse mitten in der Nacht aufstehen mußte. Sein ganzes Leben lang war er beim Morgengrauen aufgestanden, aber die Kühe mußten zweimal am Tage gemolken werden, und das bedeutete, daß er um halb vier aufstehen mußte – da führte kein Weg vorbei. Er aß das heiße Brot und trank einen Schluck Milch aus einer kleinen Tasse. Sie hatten nicht genügend Geld, um Kaffee zu kaufen, und Jesse vermißte seinen Morgenkaffee sehr. Nellie war wieder eingeschlafen, ehe er mit dem bescheidenen Frühstück fertig war, und Willie war gar nicht aufgewacht.

Jesse verließ die Hütte mit einer Kerosinlaterne und ging die Viertelmeile zum Tor auf der anderen Seite der Straße nach Warm Springs, wo die Herde geduldig darauf wartete, zum Melken geführt zu werden. Dann stand er mit der Laterne mitten auf der Straße, während die Kühe die Fahrbahn überquerten, ging dann langsam hinter ihnen her, wobei ihm der Klang ihrer Glocken gedämpft in den Ohren dröhnte. Er war dem Schlaf so nahe, wie es ein Mensch nur sein konnte, der aufrecht einherging, und er trieb die Tiere nicht zur Eile an.

Die Kühe trotteten in den Stall und gingen in ihre Boxen wie Damen, die sich bei einem gesellschaftlichen Ereignis an ihre Plätze begaben. Jesse melkte sein Dutzend im Halbschlaf, legte dabei den Kopf gegen die weichen Flanken der Tiere, während seine Hände automatisch die Milch aus den Zitzen preßten. Er und die anderen Melker leerten ihre Melkeimer immer wieder in die großen Zwanzigliterkannen, dann trieb er die Herde zurück auf die Weide. Vor ihnen ging die Sonne auf, riesengroß und rot. Die Luft war bereits drückend und warm; der Tag versprach sehr heiß zu werden.

Danach galt es, den Betonboden des Stalls mit dem Schlauch abzuspritzen und zu desinfizieren, die Boxen zu reinigen, die Milch in die Abfüll- und Pasteurisieranlage zu bringen, wo ein Teil gekühlt und in Flaschen gefüllt wurde, während ein anderer in das große mechanische Butterfaß kam. Gegen zehn wechselte Jesse eine defekte Türangel im Haupthaus aus; jetzt war er endlich ganz wach und erledigte seine Arbeit geschickt und mit ruhiger Hand.

Als Hoss Spence zum Mittagessen ins Haus kam, war Jesse gerade mit der Tür fertig. Hoss sprach nicht mit Jesse, und der Schwarze merkte sofort, daß etwas schiefgelaufen sein mußte. Er beendete die Arbeit, packte sein Werkzeug zusammen und ging dann nach Hause zum Mittagessen; dabei bemerkte er, daß ihm Spence nachstarrte. Er hatte von dem Zwischenfall mit Emmett und dem Chief am Tag zuvor gehört und nahm an, daß Hoss sich so merkwürdig verhielt, weil die Coles früher für die Familie Lee gearbeitet hatten.

Jesse war noch beim Essen, als er hörte, wie Hoss' Wagen vor seiner Hütte anhielt.

»Jesse!« Hoss hatte die Angewohnheit, zu brüllen, wenn er wütend war.

Jesse trat hinaus auf die Veranda. Der Motor des Lastwagens lief. »Steig ein. Ich hab Arbeit für dich.«

Jesse schluckte den Bissen hinunter, an dem er soeben noch gekaut hatte. Er war verärgert. Normalerweise hatte er zwei Stunden Mittagspause und konnte sich immer noch ein wenig aufs Ohr legen, als Ausgleich für das frühe Aufstehen. Was wollte man denn jetzt schon wieder von ihm? Er griff nach seinem Werkzeugkasten, der auf der Veranda stand.

»Das Werkzeug brauchst du nicht.« Jesse stieg in den Lastwagen und saß schweigend da, während Hoss über einen unebenen Feldweg zur Farm und dann quer über ein Feld zum Pigeon Creek fuhr. Er sprach kein Wort, aber Jesse wußte, daß er über etwas furchtbar wütend war; er erkannte es an der Art, wie er das Lenkrad herumriß.

Sie fuhren eine kleine Anhöhe hinauf und dann auf der anderen Seite hinunter. Als sie die Senke erreicht hatten, tauchte vor ihnen in einiger Entfernung ein kleiner Wald aus hohen Baumstämmen ohne Kronen und ohne Rinde auf, die schief aus dem nassen Boden ragten wie Grabsteine auf einem überschwemmten Friedhof. Sie waren in der Sumpfgegend angelangt, die den Pigeon Creek umgab. Etwas in Jesses Innerem zog sich zusammen. Es gab nur zwei Dinge auf Erden, vor denen er Angst hatte: Wasser und Schlangen – und in einem Sumpf gab es beides.

Hoss hielt am Rand des Sumpfes an, wo zwei Ladungen Sandsäcke aufgestapelt lagen. Man wartete offenbar auf trockeneres Wetter, bevor man den Sand zu einem Wall aufschüttete, damit das Land später trockengelegt werden konnte. Hoss stieg aus und befahl Jesse, ihm zu folgen. Dann zeigte der weiße Mann auf das Wasser.

»Siehst du den hohen Baumstumpf dort drüben und den anderen, bei dem die Äste nach oben ragen?« Die zwei Baumstämme waren etwa dort, wo sich bei trockenem Wetter das Ufer des Creeks befand, und standen etwa dreißig Meter voneinander entfernt. »Du sollst die Sandsäcke als Wall zwischen den beiden Stämmen aufbauen. Ich will sie in einer geraden Linie haben und so aufgestapelt, daß sie an Ort und Stelle bleiben, hast du verstanden?«

Jesse atmete jetzt schneller, und die Worte sprudelten nur so aus ihm heraus. »Mr. Spence, glauben Sie nicht, es is besser, wenn wir warten, bis der Fluß zurückgeht, bevor wir die Säcke dort aufbauen?«

Hoss wandte langsam den Kopf und starrte Jesse an. »Ich will keine Widerrede von dir hören. Die Säcke kommen noch heute dorthin.«

Jesse war einer Panik nahe. »Aber Mr. Spence ... –« Hoss drehte sich um, ging zurück zum Lastwagen, nahm eine doppelläufige Flinte, sah nach, ob sie geladen war, ließ sie wieder einrasten. Dann ging er zu Jesse zurück, blieb stehen und hielt die Flinte vor der Brust. »Wir sind ganz allein hier draußen«, sagte er leise. »Fang jetzt an, die Sandsäcke dort hinüberzuschleppen, sonst blas ich dir deinen verdammten Niggerschädel weg, wie du da stehst.« Seine Augen funkelten; das war weit mehr als nur Wut.

Da ist etwas nicht in Ordnung, sagte sich Jesse. Da ist etwas ganz und gar nicht in Ordnung. Er hatte nichts getan, was diesen Mann hätte wütend machen können. Nellie war in letzter Zeit sehr ruhig gewesen, und der Junge verhielt sich ausgesprochen brav. Aber er wußte, daß Hoss Spence ihn töten würde, wenn er ihm nicht gehorchte, also drehte er sich rasch um und schulterte einen Sandsack. Jesse konnte nicht zählen, aber er wußte, daß der Sandsack ungefähr einen Zentner wog. Er watete ins Wasser und ging auf den großen Baumstumpf zu, wobei er sich vorsichtig einen Weg suchte, als das Wasser tiefer wurde, und darauf achtete, daß er nicht in ein Loch trat. Unter dem Wasser war der Boden schlammig – weicher, saugender Schlamm! –, und seine achtzig Kilo und das Gewicht auf seiner Schulter drückten ihn tief hinunter in den Schlamm, als er sich vorwärtskämpfte und auf den Baumstumpf zutorkelte. Dort angekommen, stellte er zu seiner Erleichterung fest, daß das Wasser nur hüfttief war; er lud die Zentnerlast von seiner Schulter, ließ den Sack ins Wasser gleiten und richtete ihn aus. Dann ging er zurück, um den nächsten Sack zu holen, während die Mücken um seinen Kopf schwirrten und überall dort bissen, wo sie nacktes Fleisch fanden.

Mehr als eine Stunde war vergangen, und Jesse hatte erst zehn Säcke im tiefer werdenden Wasser aufgeschichtet, als er die Schlange sah. Er kämpfte sich gerade durch das Wasser, das ihm bis an die Brust reichte, als der Kopf des Reptils in seinem Blickwinkel auftauchte, mit einem meterlangen, sich schlängelnden Leib dahinter. Jesse stieß einen erstickten Schrei aus und änderte seinen Weg in Richtung auf einen Baumstamm, der vom Ufer ins Wasser ragte. Er hatte ihn beinahe erreicht, als er den Boden unter den Füßen verlor. Er tauchte unter, kam prustend wieder hoch. Das Wasser, das in seinen Augen brannte, nahm ihm fast die Sicht, und er suchte verzweifelt nach einem Halt. Mit einem letzten Hilfeschrei stieß er alle Luft aus der Lunge. Ehe er wieder einatmen konnte, war er erneut untergetaucht, wurde von seinem durchnäßten Overall hinuntergezogen. Nachdem er, wie ihm schien, minutenlang unter Wasser gekämpft hatte, trat sein Fuß gegen weichen Grund. Mit letzter Willensanstrengung zog er sich nach vorn, bis er beide Füße auf den Boden bekam und sich abstoßen konnte. Er schoß nach oben, und als er durch die Oberfläche brach, keuchend und um sich schlagend, berührte seine Hand etwas Kaltes, Festes, und er warf sich herum, bis er es mit beiden Händen fassen konnte, wobei er die Luft in seine Lungen strömen ließ und sich das Wasser aus den Augen schüttelte.

Dann erst sah er, was er in seiner Not gepackt hatte. Irgendwo hinter ihm war die gefürchtete Schlange; unter ihm war das schwarze, schlammige Wasser, und am entgegengesetzten Ende des Flintenlaufs, an den er sich klammerte, war Hoss Spence, der sich an dem Baumstamm festhielt und die Finger der anderen Hand am Abzug hatte. Rings um ihn summte die Luft von beißenden und stechenden Insekten ...

26

Ein paar Wochen danach war Carrie Lee auf der hinteren Veranda, dem kühlsten Platz, den sie hatte finden können, beim Bügeln, da sah sie, als sie aufblickte, Nellie Cole an der Küchentür stehen. Sie hatte die schwarze Frau nicht kommen gehört, und Nellie hatte auch nicht angeklopft; sie stand einfach da und starrte vor sich hin.

»Hallo, Nellie.« Carrie ging zur Tür und stellte einen Korbstuhl neben ihr Bügelbrett. »Möchtest du einen Schluck Eistee? Ich wollte mir grade selbst welchen machen. Es ist schrecklich heiß heute vormittag.« Nellie nahm das Glas und trank einen großen Schluck.

Dann setzte sich Carrie neben sie. »Nellie, was ist los? Warum bist du mitten in der Woche in der Stadt?« Nellie trank wieder einen Schluck Tee. »Ist es wegen Jessie? Ist irgend etwas mit Jessie?«

»Ja, Ma'am.« Und jetzt kamen die Worte aus ihrem Mund, als seien sie zu lange zurückgehalten worden. »Vor ungefähr 'nem Monat hat Mr. Spence Jessie zur Arbeit in den Sumpf mitgenommen. Er melkt und macht kleine Arbeiten im Haus und in den Scheunen, und es hat so ausgesehen, als ob sie mit seiner Arbeit mächtig zufrieden sind. Aber eines Tages kommt Mr. Spence und holt Jessie ab, und als er ihn am Abend zurückbringt, ist Jessie durch und durch naß und zittert und schreit. Er will mir nicht sagen, was passiert ist, aber bald danach wird er krank, und Mr. Spence hat drei Tage gewartet, ehe er den Doktor gerufen hat, und Dr. Wilson von Warm Springs ist endlich gekommen und hat gesagt, Jessie hat was von den Moskitos im Sumpf bekommen.« Sie kam nicht auf den Namen.

»Malaria?«

»Ja, Ma'm. Malaria, das hat Dr. Wilson gesagt, und er hat Mr. Spence gesagt, er soll runtergehen zum Sumpf und Öl auf das Wasser gießen, daß die Moskitos kaputtgehen.«

»Und wie geht es Jesse jetzt?«

»Es ging ihm besser, nachdem ihm Dr. Wilson eine Medizin gegeben hat, aber dann ist er wieder krank geworden, und Mr. Spence ist heute früh zu unserem Haus gekommen und hat gesagt, wir müssen weg, weil Jessie nicht mehr arbeiten kann. Jessie hat ja versucht aufzustehen und zur Arbeit zu gehen, aber er hat nicht mal richtig stehen können. Willie ist jetzt bei ihm und paßt auf, daß er im Bett bleibt, und ich hab den Einspänner genommen und bin in die Stadt gefahren.« Sie hatte, während sie sprach, vor sich hin gestarrt, aber jetzt schaute sie Carrie mit traurigem, verzweifeltem Blick an. »Miss Carrie, was sollen wir jetzt tun? Wir wissen nicht, wo wir hin sollen. Zu Flossie können wir nicht. Sie hat nicht genügend Platz für einen kranken Mann und einen Jungen. Sie muß backen, damit sie Geld verdient. Und sie kann keinen Kranken im Haus haben, wenn sie bäckt. Was sollen wir jetzt tun?«

Carrie tätschelte ihren Arm und gab ihr noch einen Schluck Tee. »Nellie, jetzt bleib erst mal sitzen und kühl dich ein bißchen ab, dann werden wir sehen, was wir tun können. Mach dir keine Sorgen. Es wird alles gut gehen. Ich komme in ein paar Minuten zurück.«

Carrie rief Will Henry auf der Polizeistation an, aber er war unterwegs. Sie fühlte, daß etwas unternommen werden mußte, ehe der Tag zu Ende war. Und sie war sehr wütend auf Hoss Spence. Es war wirklich eine Schande, daß er seine Leute so schlecht behandelte, ja daß er nicht einmal den Anstand eines Christenmenschen besaß und sich ein wenig um sie kümmerte. Wieder nahm sie den Hörer ab und fragte nach der Telefonnummer von Idus Bray in seinem Geschäft. Es war typisch für Idus, daß er in seinen neuen Büroräumen gleich noch ein Schuhgeschäft eingerichtet hatte, weil genügend Platz vorhanden war. Er versäumte keine Gelegenheit, um sich ein paar zusätzliche Dollar zu verdienen. Dafür betrieb er sein Geschäft in einem Raum, der keine zehn Quadratmeter groß war, mit einem Schreibtisch, zwei Stühlen und einem Hutständer, und dabei ging er immer wieder hinaus in den Laden, um nach den Kunden zu sehen, die er allein bediente. Ein Fremder, der in das Geschäft gekommen wäre, hätte den armen Mann bemitleidet und sich gefragt, wie man von einem so kleinen Laden leben konnte. Dabei besaß Idus ein halbes Dutzend Farmen, eine Pfirsichpackerei, die Mehrheitsaktien der Telefongesellschaft, und außerdem verlieh er noch Geld zu hohen Zinsen an Leute, denen die Bank von Hugh Holmes wegen zu hohem Risiko die Kredite versagt hatte. Idus Bray kam nach dem ersten Rufzeichen ans Telefon.

»Idus, hier spricht Carrie Lee. Wie geht es Ihnen?«

Bray war auf der Hut, denn er erinnerte sich an den großen Batzen Geld, den ihm Carrie für das neue Pfarrhaus abgeschwatzt hatte. »Na, leidlich, Carrie. Und Ihnen?«

»Gut, Idus . . .« Sie hielt inne und sagte dann: »Ich hätte einen geschäftlichen Vorschlag für Sie.«

»Und wieviel wird mich der kosten?«

»Gar nichts – vorausgesetzt, Sie haben ein Haus frei für eine schwarze Familie.«

»Das könnte sein. Ich muß erst nachsehen.«

»Soviel ich weiß, hat der Stadtrat Sie gedrängt, die Häuser instand zu setzen.«

»Es wurde erwähnt, ja.«

»Nun, ich hätte den richtigen Mann dafür. Jesse Cole, Flossies Bruder. Die Coles haben für uns auf der Farm gearbeitet.«

»Ich kenne ihn.«

»Er ist ein erstklassiger Zimmermann; wäre er ein Weißer, müßten Sie ihm eine Menge Geld bezahlen. Er braucht ein Haus, und ich denke, er kann die Miete abarbeiten, wenn er die anderen Häuser in Ordnung bringt.«

»Was macht er jetzt?«

»Er hat für Hoss Spence gearbeitet, nachdem wir von der Farm weggezogen sind, hat dort Zimmermannsarbeiten verrichtet und die Kühe gemolken. Als er krank wurde, hat Hoss gesagt, er kann ihn nicht mehr brauchen.«

»Er ist also krank.«

»Er war krank, aber es geht ihm schon wieder besser. Ich schätze, er ist in Kürze wieder wohlauf.«

»Ich weiß nicht, ob ich momentan ein Haus für ihn habe, Carrie.«

»Seine Frau ist eine gute Waschfrau. Ich weiß, daß Bess mit ihr zufrieden wäre.«

Bray schwieg einen Augenblick. Carrie wußte, daß sich Idus Brays Frau nach einer Waschfrau erkundigt hatte. Als er noch immer schwieg, war ihr klar, daß er angebissen hatte.

»Ja, also, da ist ein Haus in der D-Street, das zweite an der Ecke. Aber es müßte einiges repariert werden.«

»Wissen Sie was, Jesse arbeitet einen Tag pro Woche für die Miete, und Sie liefern ihm das Material, das er braucht, um dieses Haus herzurichten. Nellie wird sich um die Wäsche kümmern.«

»Zwei Tage.«

»Gut – sobald er wieder auf den Beinen ist. Aber wenn Sie diese Leute nicht gut behandeln, Idus, dann bekommen Sie es mit mir zu tun. Das ist Ihnen doch klar?«

Bray lachte laut. »Carrie, das würde ich nie und nimmer riskieren.«

Carrie hängte ein und atmete tief durch. Dann ging sie hinaus zu Nellie und sagte ihr, was sie vereinbart hatte. Nellie wurde fast ohnmächtig vor Freude. »Und jetzt, Nellie, fährst du zurück zu Spence und lädst mit Willie eure Sachen auf den Einspänner. Flossie und ich gehen schon mal zu dem Haus, und ich schicke Robert heute nachmittag zu euch hinaus, damit er dich und Jessie abholt. Willie kann den Einspänner in die Stadt kutschieren.«

Carrie und Flossie fuhren anschließend in die D-Street. Das Haus war baufällig, aber nach zwei Stunden Saubermachen halbwegs bewohnbar. Der Ofen funktionierte, und Carrie gab einem Nachbarjungen einen Vierteldollar, damit er ein bißchen Holz hackte. Es gab zwei Eisenbetten und ein paar andere Möbelstücke, und Carrie stiftete ein paar Laken. Als Robert mit Nellie und dem noch sehr schwachen Jesse zurückkam, hatten die Coles wieder ein Heim, und Carrie ging nach Hause mit dem Gefühl, eine große Last von der Seele zu haben. Am Abend berichtete sie alles Will Henry.

»Du weißt vermutlich, warum er das getan hat, oder? Es war diese Sache mit Emmett.«

Carrie war entsetzt. »Du meinst, Hoss war wütend auf dich,

und er hat es Jessie büßen lassen? Was für ein Mensch tut so etwas?«

»Menschen wie Hoss Spence, nehme ich an.«

Carrie schickte Lebensmittel zu den Coles, bis sie genügend Geld hatten, um sich selbst etwas zu kaufen. Nach einer Woche war Jesse so weit wiederhergestellt, daß er kleinere Reparaturen im Haus vornehmen konnte, und bald danach arbeitete er zwei Tage an Idus Brays anderen Häusern für die Miete. Idus schien zufrieden zu sein, aber Frank Mudter zeigte sich nicht allzu optimistisch.

»Es ist eine schwere Krankheit, Carrie«, sagte er ihr eines Sonntags nach der Kirche. »Sie kommt und geht; man wird sie niemals mehr ganz los. Wenn Jesse Glück hat, kann er sich seinen Lebensunterhalt verdienen, aber er wird es nicht leicht haben. Ich kümmere mich um ihn, ohne Honorar natürlich, aber viel kann ich leider nicht tun. Da hilft nur Chinin und viel Ruhe, das ist alles. Und ein Mann in Jesses Situation kann sich nicht viel Ruhe leisten.«

27

In den späten zwanziger Jahren war Franklin Roosevelt ein häufiger Besucher des Meriwether Counties, und er hielt sich auch gelegentlich in der Stadt Delano auf. Hugh Holmes setzte die Reihe persönlicher Gespräche mit ihm fort, wobei in der Regel Roosevelt die Fragen stellte und Holmes die Antworten gab. Die Badekuren in Warm Springs schienen Roosevelt zu bekommen, und die Besserung seines Gesundheitszustands weckte seinen Hunger nach Informationen über den Staat Georgia und die übrigen Südstaaten. Holmes und andere Persönlichkeiten aus der Gegend wurden zu einem Steakessen nach Warm Springs eingeladen, wenn Roosevelt dort eintraf, und Holmes fühlte vielleicht früher als die anderen, daß Roosevelt mehr als nur ihre Gesellschaft suchte. Seine Fragen in den privaten Unterhaltungen mit dem Bankier wurden immer gezielter, und Holmes konnte daraus schließen, daß Roosevelt versuchte, sich bei den Präsidentschaftswahlen des Jahres 1928 als Kandidat aufstellen zu lassen, eine Tatsache, die dem Bankier nicht uneingeschränkt willkommen war, denn Roosevelt schien in seinen politischen Ansichten deutlich links von Holmes zu stehen. Der Bankier befand sich in einem Konflikt zwischen seiner persönlichen Sympathie und seiner weltanschaulichen Abneigung gegenüber diesem prominenten Politiker der Demokraten.

In diesen Jahren war Holmes der Führer einer Gruppe von rund hundert politisch engagierten Bürgern Georgias, die einen jungen Anwalt namens Eugene Talmadge aus McCrae unterstützten. Talmadge sollte gegen den amtsführenden Regierungsbeauftragten für Landwirtschaft, einen gewissen J. J. Brown, kandidieren, der sich auf Kosten der Bauern des Staates eine Art politisches Machtprivileg geschaffen hatte. Talmadge war vielleicht ein wenig grob in seiner Art, aber er brachte die Dinge in Bewegung, und er beflügelte die Phantasie der Farmer, die etwas erheiternde Ablenkung ebenso nötig hatten wie die Hilfe des Staates. Holmes erkannte eine gewisse Verwandtschaft zwischen Roosevelt und Talmadge, so unterschiedlich die beiden Männer auch sein mochten, was ihren persönlichen Hintergrund und ihre Weltanschauung betraf. Ehrgeiz schien jedenfalls für beide in gleicher Weise charakteristisch zu sein, und Holmes war davon überzeugt, daß jeder der beiden in der Lage war, das zu erreichen, was er sich vorgenommen hatte. Jetzt, nachdem der Sommer endgültig vorüber war, hatte der Berg, an dessen Fuß sich die Stadt Delano ausbreitete, bunte Herbstfarben angelegt; die Eichen, die Bergulmen und die dazwischengestreuten Ahornbäume belebten das Immergrün der Kiefern und wärmten die kühle Luft des frühen Novembers mit ihrem mit Rot- und Gelbtönen flammenden Farbenspiel. Die Ernte war eingebracht, und selbst hier verspürte man einen Hauch jenes neuen Reichtums, der sich im übrigen Amerika in diesen Jahren bemerkbar machte. In der Fabrik wurden an sechs Wochentagen drei volle Schichten gefahren, und die Eisenbahn stellte laufend Arbeiter ein. In den Geschäften an der Main Street klingelten häufiger als früher die Kassen; auf der Bank erhöhten sich die Spareinlagen, und Hugh Holmes dachte daran, einen ehemaligen Lehrer namens Irwin Dixon zum leitenden Direktor der Bank zu ernennen. Dank der Umsicht und Zuverlässigkeit dieses jungen Mannes konnte es sich Holmes jetzt leisten, häufiger und länger von den Geschäften abwesend zu sein, an wichtigen Sitzungen der Legislative sowie politischen Zusammenkünften teilzunehmen und mit seiner Frau Virginia Auslandsreisen zu machen.

Wenn der bescheidene Reichtum an manchen Leuten in Delano vorüberging, so gehörten zu ihnen sicherlich Jesse und Nellie Cole und ihr Sohn Willie. Sie fristeten kümmerlich ihr Dasein, und Jesses Krankheit bestimmte das Leben der Familie. Zwar schaffte es Jesse, die zwei vereinbarten Wochentage für Idus Bray zu arbeiten, aber viel mehr zu tun war ihm nicht möglich. Robert, sein Schwager, schanzte ihm immer wieder Arbeit zu, aber meistens war Jesse nach Ausbruch eines neuen Malariaanfalls nicht in der Lage, die angenommenen Aufträge zu Ende zu führen. Sein Stolz verbot es ihm, Bezahlung für Arbeiten anzunehmen, die er nicht beendet hatte, selbst wenn er schon einige Tage dafür aufgewendet hatte. Nellie war oft noch nicht fertig, wenn die weißen Kunden zu ihr kamen, um die Wäsche abzuholen, und sie verlor auf diese Weise manchen Auftrag. Willie fand nur selten Gelegenheitsarbeiten, und wenn, dann so schlecht bezahlte, daß er kaum etwas zur Haushaltskasse der Familie beitragen konnte. Nur der Güte von Flossie und der Sorge von Carrie Lee verdankten es die Coles, daß sie in der Lage waren, sich einigermaßen zu kleiden und zu ernähren. Willie ging manchmal mit dem Gewehr seines Vaters hinaus in die Wälder und schoß hier und da einen Hasen; das war das einzige magere Fleisch, das bei den Coles auf den Tisch kam, es sei denn, Carrie oder die Kirche schenkte ihnen zu Weihnachten oder zum Erntedankfest einen Truthahn. Willie empfand so etwas wie Glück, wenn es ihm gelungen war, etwas zum bescheidenen Mahl beizutragen, und bei diesen viel zu seltenen Gelegenheiten erhellte sich die Düsternis, die ihr Leben überschattete.

Bis zum Herbst des Jahres 1927 hatte Will Henry in seinem Leben Zufriedenheit, wenn nicht den Frieden gefunden. Die beiden Mordfälle gehörten der Vergangenheit an, und die Zeit hatte seine seelischen Wunden weitgehend geheilt. Manchmal erwähnte der eine oder andere den ersten Mordfall, und das reichte meist aus, um ihn in einen depressiven Zustand zu versetzen, der einen Tag lang anhielt, aber das geschah immer seltener.

Das ungute Gefühl, welches Will Henry an einem Montagmorgen im November beherrschte, hatte keinen erklärbaren Grund, und er versuchte es den Nachwirkungen eines halbvergessenen Alptraums zuzuschreiben. Aber es wurde eher noch stärker, als er die Polizeistation erreicht hatte, und verlor sich auch nicht im Laufe des Vormittags. Kurz nach elf betraten zwei Fremde sein Büro, und er wußte sonderbarerweise sofort, wer die beiden waren. Sie kamen an das Schalterfenster, das zum Warteraum hinausging, ein Mann und eine Frau, beide in mittleren Jahren, beide mager und abgearbeitet. Sie trugen offensichtlich ihre Sonntagskleidung und hätten Bruder und Schwester sein können.

Will Henry stand auf, ging ans Fenster und legte seine Hände auf das Fensterbrett, damit sie nicht zitterten. Zugleich empfand er einen unangenehmen Druck in seinen Gedärmen und wäre am liebsten auf die Toilette gegangen.

»Guten Morgen – was kann ich für Sie tun?«

Der Mann streckte ihm seine harte, ausgetrocknete Hand entgegen. »Mein Name ist Holt, Julius Holt. Das ist meine Frau.« Will Henry und die Frau nickten einander zu. »Ich bin Will Henry Lee. Kann ich Ihnen behilflich sein?«

Der Mann zog ein vergilbtes Zeitungsblatt aus der Jackentasche und faltete es auseinander. Will Henry zwang sich, nicht daraufzusehen. »Wir haben angebaut an unserem Haus – ich habe eine Farm unten in Americus, in der Nähe von Plains –, und wir bekamen altes Zeitungspapier von den Nachbarn, um die Wände damit zu isolieren. Dabei sind wir auf diesen Artikel gestoßen.«

»Warum kommen Sie nicht hier in mein Büro und nehmen Platz?« Will Henry öffnete die Tür und stellte Stühle bereit. Als sie sich hingesetzt hatten, zwang er sich schließlich, einen Blick auf die Zeitungsseite zu werfen. Die Schlagzeile lautete: JUGENDLICHER BEI DELANO TOT AUFGEFUNDEN – POLIZEI FORSCHT NACH IDENTITÄT. Die Zeitung stammte aus der ersten Februarwoche des Jahres 1920.

»Das könnte unser Junge sein, unser James.« Der Mann zeigte Will Henry ein Foto. »Das Bild ist vor mehr als acht Jahren aufgenommen, aber es ist das einzige, das wir von ihm haben.« Auf dem Foto waren drei Personen auf der Veranda eines roh gezimmerten Farmhauses zu sehen. Der Mann und die Frau saßen steif da, und der Junge hockte zu ihren Füßen auf dem Boden der Veranda; seine mageren Beine baumelten über den Rand. Die Eltern schauten ernst drein, während der Junge grinste. Es bestand nicht der leiseste Zweifel daran, um wen es sich handelte. »Er ist Ende Januar neunzehnhundertzwanzig von zu Hause weggegangen. Der Kornwurm hatte bei uns böse zugeschlagen, und James hatte Arbeit in Atlanta angeboten bekommen. Er ist nie dort eingetroffen. Und wir haben nichts mehr von ihm gehört. Die – äh – die Polizei war uns keine große Hilfe.«

Will Henry legte das Foto auf seinen Schreibtisch und atmete tief ein. Dann zwang er sich, dem Mann in die Augen zu sehen. »Mr. Holt, Mrs. Holt, ich muß Ihnen leider mitteilen, daß James auf unserem Friedhof hier in Delano begraben liegt.« Die Frau stieß einen erstickten Laut aus und hielt sich die Hand an die Kehle. Der Mann schaute drein, als wäre er geschlagen worden.

»Sind Sie ganz sicher? Sehen Sie sich das Bild noch einmal an.«

Will Henry wandte sich seinem Schreibtisch zu und zog die Akte aus der untersten Schublade. Mit dem Rücken zu dem Ehepaar stehend, suchte er rasch ein Bild ihres toten Sohnes heraus, und zwar eines, auf dem er so aussah, als schliefe er. Er schlug die Akte zu, drehte sich um und reichte das Bild dem Mann. Erst nach einer Weile fragte er: »Das ist doch Ihr James, oder nicht?«

Die beiden betrachteten das Bild genau. Tränen stiegen der

Frau in die Augen und rollten über ihre blassen Wangen. Der Mann sah noch immer wie geschlagen aus. »Ja, das ist James«, sagte er und gab Will Henry das Foto zurück. Dann legte er seinen Arm um die Schultern der Frau und tröstete sie unbeholfen. Zuletzt schaute er wieder Will Henry an. »Wie ist es geschehen?«

Will Henry entschloß sich spontan, die beiden zu belügen. »Es war nur ein paar Tage, nachdem er von Ihnen weggegangen ist. Er ist in den Bergen oberhalb der Stadt von einer Felsenklippe gefallen. Es war Nacht, und er ist vom Weg abgekommen. Ein Zeitungsjunge hat ihn am nächsten Morgen gefunden. Er hatte nichts bei sich, was zu seiner Identifikation hätte führen können. Vermutlich war er mit jemandem unterwegs – zu dieser Zeit waren viele Menschen auf Wanderschaft –, und wir nehmen an, daß ihm seine Weggenossen alles weggenommen haben, was er besessen hat.«

»Glauben Sie, jemand hat ihn absichtlich von der Klippe gestoßen?« Zum ersten Mal sprach jetzt die Frau.

»Es gab keinen Hinweis darauf, gar keinen, Ma'am. Diese – diese Tramper, wenn ich sie einmal so nennen darf, sprechen nicht gern mit der Polizei. Wenn einer ihrer Genossen ums Leben kommt, teilen sie sich das, was ihm gehörte, und ziehen weiter. Wir sind ziemlich sicher, daß es so gewesen sein muß. Niemand hätte doch einen Grund gehabt, Ihren Jungen zu töten.« Danach herrschte Schweigen, und Will Henry betete darum, daß sie die Geschichte akzeptierten.

»Ich verstehe«, sagte die Frau schwach.

»Wir möchten ihn gern mit heimnehmen«, sagte ihr Mann. »Wir sind mit dem Lastwagen hier. Glauben Sie, daß das möglich ist?«

Will Henry zögerte. Er fragte sich, ob der einfache Sarg nach sieben Jahren noch intakt sein würde. »Ich schlage vor, Sie machen es sich erst mal hier eine Weile bequem, und ich erkundige mich, ob es möglich ist. Auf dem Herd steht Kaffee; die Toilette ist da drüben. Ich bin bald zurück.« Er ging nach nebenan und rief Lamar Maddox, den Begräbnisunternehmer, an.

Maddox gefiel der Gedanke ganz und gar nicht. »Will

Henry, ich habe keine Ahnung, was nach so vielen Jahren noch im Grab ist. Ich meine, es war sicher ein guter Sarg aus Kiefernholz, aber wir haben ihn ja nicht in eine Gruft gelegt, und die Stelle, wo wir ihn begraben haben, ist nicht gerade besonders trocken. Und, wissen Sie, ich kann die Leute zwar bestatten, aber ich habe noch nie einen wieder ausgegraben. Ich weiß nicht, was wir da zu erwarten haben. Bleiben Sie eine Minute im Büro, dann komme ich hinüber und rede mit den Eltern.«

Maddox kam kurz danach ein wenig atemlos auf die Polizeistation. Nachdem Will Henry ihn mit den Eltern des toten Jungen bekannt gemacht hatte, setzte er sich und legte dann sein in Jahren geübtes Verhalten in Trauerfällen an den Tag. »Mr. Holt, ich weiß, welch schlimmer Schock das für Sie beide sein muß, aber ich meine, wir sollten dennoch die Situation nüchtern betrachten. Ich glaube – und das ist meine Meinung als Mann, der in solchen Dingen erfahren ist –, es wäre viel besser, James in Frieden da ruhen zu lassen, wo er jetzt liegt. Ich könnte zu seinem Gedenken einen schönen Grabstein aufstellen, dort, wo wir ihn bestattet haben. Finden Sie nicht auch, daß das das beste wäre?«

Holt tauschte mit seiner Frau einen langen, bedeutungsvollen Blick, dann schüttelte Mrs. Holt den Kopf. Er wandte sich wieder an Maddox. »Mr. Maddox, wir sind Ihnen wirklich dankbar für den guten Rat, den Sie uns gegeben haben, aber wir möchten unseren Jungen mit nach Hause nehmen, und wir wären Ihnen noch viel dankbarer, wenn Sie es in die Wege leiten würden, so daß wir noch heute mit ihm zurückfahren können. Wollen Sie das tun? Ich bitte Sie.«

Maddox seufzte und schlug sich mit den Händen auf die Knie. »Nun, wenn Sie meinen, daß das das richtige ist für Sie . . .« Er rief Will Henry kurz hinaus auf den Korridor. »Hören Sie, ich weiß nicht einmal, was das Gesetz bei Exhumierungen vorschreibt, aber ich nehme an, daran wird sich wohl niemand stoßen. Also schlage ich vor, ich fülle einen Antrag aus, lasse ihn mir vom Friedensrichter unterschreiben, und dann – nun ja, dann müssen wir sehen, was wir in dem Grab vorfinden.«

Will Henry stand bei den Holts neben ihrem Lastwagen, zwanzig Meter von der Stelle entfernt, wo die beiden Schwarzen unter Anleitung von Lamar Maddox das Grab öffneten. Er war froh darüber, daß die Schwarzen ihre Arbeit schweigend verrichteten, froh auch, daß die Eltern keine weiteren Fragen gestellt hatten. Es kostete ihn große Beherrschung, nicht seinen Gefühlen nachzugeben und ihnen die ganze Geschichte zu erzählen, den Bericht des medizinischen Sachverständigen vorzulesen und einzugestehen, daß es ihm nicht gelungen war, den Mörder ihres Sohnes zu fassen. Er war angespannt wie eine Feder, und er biß die Zähne zusammen, bis seine Gesichtsmuskeln von der Anstrengung zu schmerzen begannen.

»Will Henry!« Lamar Maddox rief nach ihm. Er ging rasch auf das Grab zu und sah, wie die beiden schwarzen Arbeiter aus der Grube kletterten. »Können Sie ein Seil nehmen und uns ein wenig helfen?« Sie zogen den Sarg hoch, bis der Deckel auf einer Ebene mit dem ihn umgebenden Boden war. »Haltet ihn so fest«, sagte Lamar. Will Henry hörte, wie Wasser aus dem Sarg in die Grube lief. »Gott sei Dank, der Sarg ist noch weitgehend erhalten. Aber wie gesagt, dies hier ist nicht die trockenste Stelle des Friedhofs. Warten wir einen Augenblick.«

Bald hörte das Tropfen auf. Sie holten den Sarg ganz aus der Grube, stellten ihn daneben hin, und die beiden Totengräber wischten mit Lumpen die Erde vom Holz. Der Lack war fast ganz verschwunden, das Holz wies einige Löcher auf, aber Maddox hatte recht gehabt: Es war ein fester Sarg. Holt fuhr den Lastwagen neben das Grab, und der Sarg wurde auf die Ladefläche gehievt und dort festgebunden. Holt gab Maddox ein paar Geldscheine, während seine Frau verloren auf den Sarg starrte; dann kam er herum und half ihr beim Einsteigen.

Er dankte Will Henry überschwenglich für seine Hilfe, stieg ebenfalls ein und fuhr davon. Während Will Henry steif in seinen Wagen stieg, schaufelten die beiden Schwarzen die offene Grube wieder zu.

Will Henry fuhr zum Mittagessen nach Hause, aber er brachte nichts hinunter. Statt dessen ging er nach oben und legte sich aufs Bett. Er war so erschöpft, als ob er selbst das Grab ausgehoben und wieder zugeschaufelt hätte. Jeder Muskel schmerzte, und dieser Schmerz stach ihm direkt ins Herz. Nach einer Weile schlief er ein.

Er wurde durch das Klingeln des Telefons unten im Parterre geweckt. Carrie ging an den Apparat. »Will Henry, für dich«, rief sie nach oben. Er stand schwerfällig auf, zog sich die Schuhe an und taumelte im Halbschlaf nach unten.

»Hier spricht Chief Lee.«

»Chief, Ed Routon hier, vom Lebensmittelladen.«

»Ja, Ed – was kann ich für Sie tun?«

»Ich hab da 'n schwarzen Jungen eingestellt, der heute morgen hier saubermachen sollte, und ich hab ihn grade erwischt, wie er sich mit einem ganzen Schinken und einem Sack voll getrockneter Bohnen davonmachen wollte. Ich meine, Sie sollten ihn abholen.«

»In Ordnung, Ed«, erwiderte Will Henry müde. »Ich bin in zehn Minuten bei Ihnen. Äh – wer ist der Bursche? Kenne ich ihn?«

»Er heißt Willie. Er ist der Junge von Jesse Cole. Wohnt unten in der D-Street.«

28

Als Will Henry in Ed Routons Lebensmittelgeschäft anlangte, packte der Besitzer gerade einer Kundin ihre Einkäufe in eine große Tüte und verströmte dabei seinen ganzen Charme. Will Henry sah sich um, konnte Willie aber nirgends entdecken. Er wartete, bis Routon mit dem Bedienen fertig war.

»Hallo, Will Henry. Tut mir leid, daß ich Sie herbitten mußte.«

»Das ist mein Job, Ed. Wo ist der Junge?«

Routon ging zu einer Tür auf der Rückseite des Ladens. »Hab ihn auf Eis gelegt.« Er sperrte ein großes Vorhängeschloß auf und öffnete dann die dicke Holztür des Kühlraums. Willie saß auf dem Boden, die Knie mit den Armen umschlingend, und zitterte heftig. Will Henry warf einen vorwurfsvollen Blick auf Ed Routon, aber der sah zur Seite. »Wo hätte ich ihn sonst einsperren können?«

Will Henry half dem Jungen auf die Beine und stellte dabei überrascht fest, daß Willie fast einsachtzig groß war, wenn auch schrecklich mager. Es war eine Weile her, seit er ihn zuletzt gesehen hatte. Über dem einen Auge hatte der Junge einen Bluterguß. »Willie, geh hinaus, setz dich in meinen Wagen und wärm dich auf. Ich komme gleich nach.« Der Junge ging.

Ed Routon schaute den Chief besorgt an. »Er läuft doch weg!«

Will Henry schüttelte den Kopf. »Ich kenne Willie. Seine Eltern haben bei mir auf der Farm gearbeitet. Der läuft nicht weg. Sie haben ihn ein bißchen vermöbelt, was?«

Routon wich noch immer seinem Blick aus. »Na ja, ich bin wütend geworden. Ich gebe dem Burschen Arbeit, und er macht sich mit einem ganzen Schinken dünne.«

Will Henry nickte. »Ed, müssen Sie unbedingt Anzeige gegen ihn erstatten? Sein Vater ist seit langer Zeit krank, und die Familie hat ohnehin genug Ärger. Ich garantiere Ihnen, er wird keine Schwierigkeiten mehr machen.«

Routon schüttelte den Kopf. »Ich muß es tun, Will Henry. Wenn ich ihn ungeschoren davonkommen lasse, dann stopft sich hier jeder Nigger aus Braytown die Taschen mit meinen Waren voll. Ich muß hart sein, sonst bestehlen sie mich, wo es geht. Sie verstehen. Er bekommt keine schwere Strafe, könnte ich mir denken. Wissen Sie was? Ich beschränke mich auf eine Anzeige wegen Mundraub. Das ist doch nur ein Vergehen, oder?«

Will Henry nickte. »Es ist nur ein Vergehen. Dann braucht er wenigstens nicht ins Straflager. Danke, Ed.« Er ging hinaus und setzte sich in seinen Wagen. Willie zitterte immer noch. Will Henry schaltete die Heizung ein.

»Warum hast du das getan, Willie? Du weißt, was das für deine Mutter bedeutet.«

Tränen liefen dem Jungen über die Wangen. »Aber in ein paar Tagen ist Erntedankfest, und wir haben praktisch nichts im Haus.« Seine Stimme war kleinlaut und leise, aber Will Henry merkte, daß der Junge den Stimmbruch hinter sich hatte. Willie Cole wurde ein Mann.

»Du weißt genau, daß du immer zu uns kommen kannst. Oder zu Flossie. Außerdem hätte euch die Kirche sowieso zum Erntedankfest einen Truthahn geschenkt.«

Willie schüttelte den Kopf. »Mama sagt, wir kriegen nichts mehr, von niemand kriegen wir noch was. Mr. Routon hat mir nur 'nen Dime die Stunde bezahlt. Davon kann ich nichts kaufen.«

Will Henry suchte in seiner Tasche und fand zwei Dollarnoten. Er steckte sie Willie in die Hemdtasche. »Und jetzt hör mir gut zu, Willie«, sagte er. »Deine Mutter braucht nicht zu wissen, woher du das Geld hast. Sag ihr meinetwegen, du hast einen Job gefunden. Aber wenn du wieder mal so verzweifelt bist, kommst du zu mir, und ich werde sehen, wie ich dir helfen kann. Es braucht ja niemand zu erfahren, klar? Wirst du das von nun an tun?«

Wieder stiegen Willie Tränen in die Augen. »Ja, Sir. Ja, ich tu es. Ja, Sir!«

»Aber wir müssen ihr die Geschichte mit Ed Routon irgendwie beibringen. Da kann ich nichts dran ändern. Morgen hat der Friedensrichter Sitzung, und Routon wird Anzeige wegen Mundraub erstatten. Mach dir keine Sorgen deshalb, dafür wird man dich nicht gleich ins Straflager schicken. Aber es kann sein, daß man dich ein paar Tage in unser Gefängnis steckt. Na schön, dann hab ich dich wenigstens unter meiner Aufsicht, und es wird alles gut. Hör jetzt mit dem Heulen auf; wir fahren zu deiner Mutter.«

Will Henry sprach mit Nellie auf der vorderen Veranda ihres Hauses in der D-Street. Jesse lag drinnen und machte wieder einmal einen Malariaanfall durch. Nellie hörte die schlechte Nachricht schweigend an, aber Will Henry fühlte, daß sie wütend und tief verletzt war.

»Na, na, Nellie, heute nacht bleibt Willie erst mal bei dir. Morgen tagt der Friedensrichter, und Willie muß um neun

Uhr dort sein, pünktlich, hast du gehört? Mr. Routon war einverstanden, ihn nur wegen Mundraub anzuzeigen, und das heißt, er kommt schlimmstenfalls ein paar Tage hier ins Gefängnis, und du kannst ihn jederzeit besuchen.«

Sie nickte mit zusammengebissenen Zähnen, und ihre Halsmuskeln waren angespannt wie Seile.

»Ich habe Willie schon ins Gebet genommen, und Mr. Routon hat ihn obendrein noch tüchtig verprügelt. Er hat seine Lektion gelernt, also machen wir es ihm nicht allzu schwer, ja?« Wieder nickte sie. »Also dann, wir sehen uns morgen um neun Uhr im Rathaus. Inzwischen schicke ich Flossie zu Jesse. Aber vergiß nicht, Nellie, ich habe Willie in deine Obhut gegeben, statt ihn ins Gefängnis zu stecken, wie es meine Pflicht gewesen wäre, und wenn er nicht rechtzeitig dort ist, bekomme ich sehr viel Ärger.«

»Wir sind da, Mr. Will Henry«, sagte Nellie. »Und – danke, daß Sie ihn heimgebracht haben.« Aber dabei schaute sie ihn nicht an, und ihre Gedanken waren anderswo, an einem düsteren Ort der Verzweiflung. Aus dem Inneren des Hauses kam ein Laut, ein ersticktes Stöhnen. »Ich muß nach Jessie sehen«, sagte Nellie.

Will Henry fuhr langsam zurück zur Station, erfüllt von Mitleid mit Jesse und Nellie Cole. Nach all ihren Sorgen nun auch noch dies! Und alles wegen des jungen Spence. Sein Mitleid verwandelte sich in Schuldgefühl, und nach dem Besuch der Eltern des ermordeten Jungen war das mehr, als er ertragen konnte.

Das Telefon klingelte, als er die Station betrat. »Delano Polizeistation, Will Henry Lee am Apparat.«

»Chief? Hier T. T. Brown.«

Der Vertreter der Firma für Polizeiausrüstung. Will Henry sah ihn regelmäßig jedes halbe Jahr, aber Brown hatte nie zuvor bei ihm angerufen. »Wie geht es, Mr. Brown?«

»Gut, recht gut. Ich komme nächste Woche zu euch nach Delano. Schaue auch bei Ihnen vorbei, wenn ich darf.«

»Ja, gern, es gibt einige Dinge, die mir fehlen.«

»Aber ich rufe aus einem anderen Grund an. Wir haben in der letzten Woche eine Bestellung aus Delano erhalten.«

»Ich habe nichts bestellt.«

»Ich weiß. Die Bestellung ist offensichtlich von einem Unbefugten erfolgt. Das kommt von Zeit zu Zeit vor, aber wir verkaufen grundsätzlich nicht an das allgemeine Publikum. Wenn jemand etwas aus unseren Katalogen haben will, muß er es über seine zuständige Polizeistation bestellen. Auf diese Weise bekommen wir keinen Ärger.«

»Ich verstehe. Und von wem kam die Bestellung?«

»Ich kann Ihnen leider keinen Namen nennen. Es war eine Bestellung für zwei Paar Handschellen; dabei lag eine Geldanweisung über den genauen Betrag, und als Adresse war ein Postfach angegeben. Nummer zweiundachtzig. Wahrscheinlich ein Kind; so was kommt von Zeit zu Zeit vor. Sie wollen Räuber und Polizist spielen, sparen sich ihr Taschengeld und kaufen sich echte Sachen. Aber ich dachte, ich sollte es Ihnen trotzdem sagen. Wir haben das Geld bereits zurückgeschickt mit einem Brief, in dem es heißt, der Besteller soll die Handschellen über Sie bestellen.«

»Ich danke Ihnen, daß Sie es mir gesagt haben, Mr. Brown. Und wenn Sie nächste Woche nach Delano kommen, schauen Sie bei mir vorbei, ja?« Will Henry hängte ein. Es war ihm noch immer nicht ganz klar, weshalb Brown angerufen hatte. Das Geld war zurückgeschickt worden, und damit war die Sache doch wohl erledigt. Will Henry bezweifelte, daß jemand zu ihm kommen und ihn bitten würde, die Handschellen zu bestellen. Er wandte sich wieder anderen Dingen zu. Irgend etwas, was ihn ablenken konnte. Da war der Brief einer Frau, die ein Stoppschild an ihrer Straßenecke beantragte. Er überließ die Entscheidung Willis Greer und schickte den Brief mit einem Vermerk ans Rathaus.

Als er abends zu Hause angekommen war, berichtete er Carrie über die Festnahme von Willie Cole.

»Arme Nellie«, sagte sie. »Ich kümmere mich darum, daß ihr Name auf die Liste der Leute gesetzt wird, die einen Truthahn bekommen. Ich werde auch ein Wort mit Frank Mudter reden und ihn bitten, daß er wieder mal nach Jesse sieht. Ich würde ja auch gern mit Nellie sprechen, aber ich kenne sie gut und weiß, daß ihr das nur peinlich wäre. Es hat sie einige

Überwindung gekostet, hierherzukommen, nachdem Hoss Spence sie rausgeschmissen hatte. Sie haßt es, andere um Hilfe zu bitten. Ich habe mir schon überlegt, wo ich eine Stelle für sie finde, damit sie regelmäßig Arbeit hat. Vielleicht auch für Willie, obwohl es jetzt schwer sein wird, wenn bekannt wird, was er bei Routon gemacht hat. Nellie hat so viel auf sich genommen, damit er die Schule beenden kann, und nächstes Jahr ist es soweit. Flossie sagt, der Bursche ist wirklich klug. Der Beste in seiner Klasse.«

»Ich werde es morgen dem Richter sagen; vielleicht hilft ihm das.«

Sie aßen zu Abend und redeten noch eine Weile miteinander, aber Carrie und die Kinder spürten deutlich, daß Will Henrys geheimer Dämon ihn wieder einmal in den Klauen hatte.

Willie wurde zu zehn Tagen Haft im Gefängnis der Stadt verurteilt. Seine Mutter bestätigte, daß er nie zuvor in Schwierigkeiten geraten und ein guter Schüler war. Will Henry sagte aus, daß er den Jungen zeit seines Lebens kenne und daß seine Eltern ihn anständig erzogen hätten. Willie selbst entschuldigte sich bei Ed Routon, und Routon meinte, der Junge solle nicht allzu hart bestraft werden. Friedensrichter Jim Buce, der nebenbei der Besitzer der Futterhandlung war, zeigte viel Verständnis, meinte aber auch, daß dem Jungen eine Lektion erteilt werden müsse. Also zehn Tage, wobei er tagsüber unter Aufsicht im Straßenbau arbeiten sollte. Will Henry übergab ihn Willis Greer, sobald die Sitzung vorüber war. Robert fuhr Nellie im Wagen der Lees heim, und Flossie erhielt vom Chief den Auftrag, den Häftling auf Kosten der Stadt zu ernähren. Er war ohnehin zur Zeit der einzige, der im Gefängnis war.

Will Henry fuhr gedankenlos seine übliche Runde durch die Stadt. Er war tief deprimiert. Um sechs kehrte er auf die Station zurück, um den Häftling in Empfang zu nehmen. »Nun, wie ist es gegangen, Willie? Was für Arbeit hat dir Mr. Greer gegeben?«

»Ich reinige die Abflüsse von altem Laub. Es ist nicht schwer. Er sagt, morgen machen wir noch mal das gleiche.«

»Na, es sind ja nur zehn Tage. Ende nächster Woche hast du es hinter dir.«

»Ja, Sir.«

Flossie brachte Willie seine Abendmahlzeit und blieb, um noch eine Weile mit ihm zu plaudern, während Will Henry zum Abendessen nach Hause fuhr. Er ließ die Zellentür offen und nahm an, daß Willie heute wesentlich besser essen würde als bei sich zu Hause. Als er nach dem Essen zur Station zurückfuhr, überkam ihn plötzlich die Befürchtung, Willie könnte nicht mehr dort sein. Aber Willie war da und schaute aus dem Fenster, während die Zellentür weit offen stand. Flossie war gegangen. Will Henry fragte sich, warum er dem Jungen mißtraute.

»Alles in Ordnung, Willie?«

»Ja, Sir. Werden Sie mich jetzt einsperren?«

»Ja, allmählich kannst du anfangen, es dir drinnen gemütlich zu machen. Es gibt genügend Decken, und ich lege noch etwas Kohle nach, bevor ich weggehe. Es wird dir an nichts fehlen.« Will Henry schloß die Zellentür und wollte sie absperren.

Willie kam vom Fenster ans Gitter, hielt sich an den Stäben fest, und seine Augen waren weit geöffnet vor Angst. »Sie lassen mich doch nicht allein hier drinnen, Mr. Will Henry? Das tun Sie doch nicht, oder?«

Will Henry langte durch das Gitter und legte dem Jungen beide Hände auf die Schultern. »Na, Junge, ich kann ja nicht die ganze Nacht bei dir bleiben. Hier drinnen bist du völlig sicher.«

Willie packte Will Henry an den Handgelenken und begann zu heulen. »O nein, Sir. Ich kann hier nicht allein bleiben. Ich habe solche Angst! Bitte, Sir, Mr. Will Henry, bitte, tun Sie das nicht. Lassen Sie mich nicht ganz allein hier. Bitte!«

Will Henry zögerte. »Aber Willie . . .«

»Bitte, Sir!«

Will Henry überlegte einen Augenblick. Er hatte bisher immer freie Hand gehabt, und niemand hatte ihn danach gefragt, wie er mit seinen Gefangenen verfuhr. Also faßte er einen Entschluß. »Gut, Willie, nun hör mir mal zu. Ich lasse dich, während du die Strafe verbüßt, nachts nach Hause gehen. Du kommst jeden Abend nach der Arbeit hierher und läßt dir von Flossie das Abendessen geben, dann kannst du über Nacht zu Hause schlafen. Aber du mußt mir versprechen, daß du dich jeden Morgen pünktlich um acht bei Mr. Greer zur Arbeit meldest. Versprichst du mir das?«

Willie weinte beinahe, aber diesmal vor Freude. »O ja, Sir! Bestimmt. Danke, Sir.«

Will Henry brachte den Jungen nach Hause und sah zu, wie er die Treppe hinaufrannte und sich seiner Mutter in die Arme warf. Als er wegfuhr, fühlte er sich so wohl wie schon seit Tagen nicht mehr.

29

Am nächsten Morgen kam Will Henry zu spät in die Station – das erste Mal, seit er den Job übernommen hatte. Es war schon fast zwanzig nach acht, als er ankam, und jemand wartete auf ihn. Ein kleiner, alter Mann mit einem Bündel auf dem Rücken und einem zweiten unter dem Arm stand auf der Treppe und sagte: »Guten Morgen, Sir. Mein Name ist Dooley. Ich bin Korbflechter – auf der Wanderschaft. Wenn ich in eine Stadt komme, schaue ich immer erst mal bei der Polizei vorbei und biete meine Dienste an. So weiß die Polizei, daß ich nicht das Silber klauen will, wenn ich danach an die Türen der Häuser klopfe. Kann ich irgend etwas für Sie tun, Sir?«

Will Henry lächelte den Mann an. »Ja, das können Sie wirklich. Es passiert selten, daß jemand gerade dann auftaucht, wenn man ihn braucht. Kommen Sie rein.« Er führte den Mann in sein Büro und zeigte ihm die zwei Rohrstühle, deren geflochtene Sitze schon ziemlich durchgesackt waren. »Wieviel verlangen Sie für die zwei?«

»Die mach ich Ihnen umsonst, Sir.«

»Sagen wir, einen Dollar für beide?«

Der Alte lächelte und nahm seinen Hut ab. »Wie Sie meinen, Sir.« Er zog sich den Mantel aus, legte das Bündel mit Schilfrohr auf den Boden und machte sich dann mit einem scharfen Messer an die Arbeit, wobei er sich ebenfalls auf den Boden setzte und leise vor sich hin summte. Das Telefon klingelte. Es war Skeeter Willis.

»Morgen, Will Henry.«

»Morgen, Skeeter.«

»Gestern abend hat mich der Sheriff des Fulton Countys, ein alter Freund von mir, angerufen. Der Junge einer Freundin seiner Frau ist ausgerissen, am Sonntag, nachdem es ein bißchen Ärger gegeben hatte und der Junge verprügelt wurde. Der Sheriff meint, er versucht, zu seiner Tante nach Florida zu kommen, und zwar per Anhalter auf der Einundvierzig. Er fragt, ob wir ein Auge auf die Anhalter werfen können, und er hofft, daß wir den Jungen finden und zu seinen Eltern zurückschicken. Sind Sie noch dran, Will Henry?«

»Ja.« Will Henry hatte an einen anderen Jungen gedacht, der ebenfalls allein auf dieser Straße gewesen und der jetzt endlich mit seinen Eltern nach Hause zurückgekehrt war – in einem Sarg, auf der Ladefläche eines Lastwagens. »Haben Sie eine Beschreibung des Jungen?«

»Klar. Name Raymond Curtis. Alter fünfzehn, sieht aber älter aus. Größe einsachtundsiebzig, Gewicht siebzig Kilo, Haare braun, Augen braun; er hat eine drei Zentimeter lange weiße Narbe am Kinn und stottert ein bißchen. Haben Sie das?«

Will Henry hatte sich die Beschreibung notiert. »Ja, habe ich. Wann ist er zuletzt gesehen worden?«

»Am späten Sonntagnachmittag. Wenn er wirklich nach Florida wollte, müßte er eigentlich längst durch sein, aber Sie halten die Augen trotzdem offen, ja?«

»Sicher, gern.«

»Und, Will Henry, wenn Sie ihn finden, rufen Sie lieber bei mir an, nicht im Fulton County.« Der Sheriff wollte offensichtlich die Belohnung dafür selbst einstreichen.

»Klar, Skeeter.« Er hängte ein.

Dann saß er am Schreibtisch, als würde er sich im nächsten Augenblick übergeben müssen: die Ellbogen auf der Schreibtischplatte, die Hand vor dem Mund, völlig erstarrt, und schaute ins Leere. Nein, es durfte nicht noch einmal passieren. Warum hatte er nur dieses merkwürdige Gefühl? Es war doch nichts als ein Junge, der ausgerissen war. So etwas kam alle Tage vor. Dann plötzlich merkte er, daß er etwas betrachtete, was ihm irgendwie bekannt vorkam, was er irgendwann, vor langer Zeit, schon einmal gesehen hatte. Seine Augen richteten sich auf den kleinen Korbflechter, der am Boden saß und seine Arbeit verrichtete. Dooleys Hände bewegten sich flink um einen Stuhl und woben geschickt aus Rohr einen neuen Sitz zwischen den Rahmen. Der andere Stuhl, dessen Sitz bereits entfernt war, stand daneben, nackt – erschrekkend nackt, denn er weckte eine Erinnerung. Will Henry ging zu seinem Schreibtisch, zog die unterste Schublade auf und nahm eine Akte heraus. Er legte das Foto beiseite und las den ordentlich mit Maschine geschriebenen Bericht des Pathologen aus Atlanta. Da stand es, in ebenso nackten Details: »... horizontale und vertikale Striemen, zwanzig bis zweiundzwanzig Zentimeter lang, zwei Zentimeter breit, auf den Hinterbacken ...« Aber etwas fehlte in dem Bericht, etwas, was in Frank Mudters Speisezimmer gesagt worden war, nach dem Essen. Er hörte wieder die tiefe Stimme von Dr. Carter Saul. »Er war auf irgendeinen Sitz gefesselt, vielleicht einen altmodischen Toilettensitz, mit einem Loch in der Mitte ...« Und jetzt erinnerte er sich schlagartig. Sein erster Besuch in Foxys Haus ... Niemand da ... In der Küche die Stühle, die neu bespannt werden sollten ... Einer war noch nicht fertig gewesen. In diesem Augenblick hatte ihn die Hündin erschreckt, und das hatte bis zu dieser Stunde die Erinnerung an die Stühle verschüttet. Es war ihm nicht mehr eingefallen, als Dr. Saul von dem merkwürdigen Sitz gesprochen hatte, auf den man den Jungen gefesselt hatte. Und Saul hatte noch etwas gesagt: Die Hände des Jungen waren entweder gebunden oder, noch wahrscheinlicher, mit Handschellen gefesselt gewesen ... Er nahm den Hörer ab und ließ sich mit dem Postamt verbinden.

»Postamt, Pittman am Apparat.«

»George, hier ist Will Henry Lee.«

»Wie geht's, Chief?«

»Gut. Sagen Sie mir, George, wer hat Schließfach zweiundachtzig?« Er kannte die Antwort bereits.

»Foxy Funderburke. Er hat es erst im letzten Jahr bekommen. Sie wissen, wir haben eine lange Warteliste.«

Will Henry überlegte. »Holt Foxy seine Post täglich ab, George?«

»Fast immer. Er ist meistens schon da, bevor ich aufsperre. Außer . . .«

»Was, George?«

»Ja also, es ist komisch, aber Foxy . . . Bleiben Sie mal einen Augenblick dran, ja?«

Will Henry wußte, was kommen würde, und hatte Angst davor.

»Ja, genau wie ich dachte, Foxy hat seine Post seit Sonnabend nicht abgeholt. Hoffentlich ist er nicht krank oder was, allein da oben in den Bergen.«

»Danke für die Information, George.«

»Gern geschehen, Will Henry. Aber was soll das eigentlich alles?« Doch der Chief hatte bereits eingehängt.

Will Henry nahm eine Dollarnote aus der Tasche und reichte sie Dooley. »Könnten Sie die Arbeit drüben im Feuerwehrhaus zu Ende bringen? Ich muß hier für 'ne Weile zusperren.«

»Aber natürlich.« Dooley sammelte seine Sachen ein und ging hinaus. Will Henry schloß die Tür ab und ging zu seinem Wagen. Das Telefon klingelte. Er zögerte, doch dann stieg er ein und brauste davon.

Nur mit Mühe beherrschte er sich und fuhr langsam durch die Stadt. Es hätte wenig Sinn gehabt, die Leute zu beunruhigen. Sobald er die letzten Häuser hinter sich gelassen hatte, beschleunigte er die Fahrt und gelangte rasch weiter nach oben zur Paßhöhe. Dort hielt er an und zwang sich, ruhig zu bleiben, wartete, bis sich sein Pulsschlag und die Atmung verlangsamt hatten. Zweimal war er im Zusammenhang mit einem Mord auf Foxy gestoßen, und es hatte zu nichts geführt. Diesmal jedoch war es anders.

Statt die Straße durch die Berge zu nehmen, die direkt zu Foxys Blockhaus führte, bog er nach rechts ab auf die Panoramastraße und fuhr am Grat des Berges entlang, bis er den Rauch sah. Dann blieb er am Straßenrand stehen und stieg aus. Ein paar hundert Meter weiter unten war ein Stück von Foxys Hausdach zu sehen. Ein Windstoß trieb den Rauch aus dem Kamin direkt zu ihm herauf. Er war schon ein paar Schritte vom Wagen entfernt, kehrte aber noch einmal um, öffnete den Kofferraum, nahm eine 30-30er Flinte heraus und lud sie durch. Wenn das da unten noch im Gange war, würde er sie möglicherweise brauchen. Er schob eine Patrone in die Kammer, spannte den Hahn und ging dann an der Bergseite entlang nach unten.

30

Er eilte hinunter durch ein Flammenmeer von Farben; die Bäume hatten den Höhepunkt ihrer Herbstfärbung erreicht und schimmerten golden und feuerrot, und ein Teppich mit denselben Farbtönen bedeckte den Boden. Aber Will Henry sah nicht die Schönheit, die ihn umgab; er konnte nur an eines denken: an das Grauen, das dort unten am Ende seines Weges auf ihn wartete.

Als er sich dem Haus näherte, verlangsamte er seine Schritte und ging vorsichtig, um kein Geräusch zu verursachen, das die Hunde alarmieren konnte. Jetzt sah er das Haus bereits durch die Bäume schimmern, sah den Holzstoß auf der Seite, die Garage mit den offenen Türen, den Wagen, der drinnen stand. Die Bäume endeten an der Lichtung, zwanzig Meter vom Haus entfernt. Die letzten Meter vor der Lichtung bewegte er sich äußerst vorsichtig, schlich von Baumstamm zu Baumstamm, verbarg sich hinter Büschen und versuchte stets, irgend etwas zwischen sich und dem Haus zu haben. Als er am Rand der Lichtung angelangt war, blieb er stehen und blickte sich noch einmal genau um. Ein Idyll: das Bild eines stillen Morgens auf dem Land, nichts Ungewöhnliches, Rauch aus dem Kamin, der Lastwagen, die Garage. Er wollte die Lichtung am Rand des Waldes umrunden und blickte bei jedem Schritt auf den Boden, um nicht versehentlich auf einen Zweig zu treten. Dann blieb er stehen. Etwas stimmte nicht. Schmutz auf den Blättern, auf der Oberseite der Blätter! Er kniete nieder. Roter Schmutz, Lehm. Die Blätter unversehrt. Er wischte das Laub an einer Stelle zur Seite und grub mit den Händen in der Erde. Schwarzer Humus. Schwarzer Humus unter den Blättern, roter Lehm auf den Blättern. Nichts stimmte. Er sah sich um. Lehm, manchmal mit schwarzem Humus vermischt, über mehrere Quadratmeter verstreut. Nun richtete er seine Aufmerksamkeit auf die Lichtung. Da! Drei Meter vom Waldrand entfernt, die Blätter. Ein großer Fleck – überall waren sie durcheinandergewühlt. Das mußte er sich genauer ansehen.

Der Fleck war fast in der Mitte der freien Fläche zwischen dem Waldrand und dem Haus. Es gab keine Deckung. Er blickte von einem Fenster zum anderen. Nichts. Stand auf, die Flinte im Arm, ging so lässig wie möglich auf die Stelle zu, wo die Blätter durcheinandergeraten waren. Vom festen Boden kam er auf weichen Untergrund, genau dort, wo der Fleck begann. Wieder blickte er zum Haus hinüber. Noch immer nichts. Er schob das Laub mit dem Fuß zur Seite. Darunter mischte sich die schwarze Erde mit dem roten Lehm, war durcheinandergebracht worden, vermutlich mit einer Schaufel. Er achtete nicht mehr auf das Haus und schob mehr Laub zur Seite. Jetzt erkannte er die Umrisse: zwei Meter lang, etwas über einen halben Meter breit. Ein Loch gegraben, etwas hineingelegt, wieder zugeschüttet, die übrige Erde und den Lehm verstreut, drüben im Wald, um die Spuren zu verwischen, die Blätter wieder über die nackte Erde geharkt. Frisch. Von heute morgen. Er kam zu spät.

Im Haus rasierte sich Foxy gerade; er war völlig erschöpft. In der Stadt wartete die Post von drei Tagen auf ihn, und er mußte einigermaßen anständig aussehen, wenn er sie abholte. Er drehte sich um, langte nach dem Handtuch, das neben dem Fenster hing – und erstarrte. Will Henry Lee stand hinten im Garten, genau an der Stelle, schob die Blätter mit dem

Fuß zur Seite und bückte sich. Sekunden vergingen, ehe sich Foxy bewegen konnte. Dann ließ er das Handtuch fallen, rannte barfuß und nackt ins Wohnzimmer, riß eine 45er Pistole von der Wand über dem Kamin, lief in die Küche, prüfte im Laufen, ob die Waffe funktionierte, rannte vorbei an dem nassen Fleck auf dem Boden, den er zuvor geschrubbt hatte und der jetzt noch trocknen mußte, vorbei am Küchentisch, auf dem noch die Handschellen lagen, der Gummischlauch, das Seil, lief zur Küchentür, stieß sie auf, ließ sich auf ein Knie sinken, zielte. Zu spät.

Die Lichtung war menschenleer. Er hörte noch, wie Will Henry durch das Unterholz rannte, den Berg hinauf. Folgte ihm, lief, so schnell er konnte, vorbei an den zur Seite geschobenen Blättern inmitten der Lichtung, hinein in den Wald – und blieb stehen. Konnte die Schritte des anderen nicht mehr hören. Lee hatte einen zu großen Vorsprung, und plötzlich wurde Foxy bewußt, daß er nackt war. Er drehte sich um und lief zum Haus zurück.

Will Henry kam schnell voran, rannte ein paar Schritte nach oben und ging rasch weiter, während er überlegte. Er kam zu spät! Aber jetzt konnte man Indizien finden, deutliche Indizien in der kalten Erde. Außerhalb seines Amtsbereichs. Er erreichte seinen Wagen, warf die Flinte auf den Rücksitz. Er mußte zu Sheriff Goolsby ins Talbot County fahren, mußte ihn überzeugen. Foxys Freund . . . Egal. Wenn er gehört hatte, was Will Henry ihm zu berichten hatte, würde es für ihn keine andere Wahl geben. Ein Durchsuchungsbefehl. Er ließ den Motor an, wendete und fuhr hinunter nach Delano, ohne zu wissen, daß Foxy ihn beobachtet hatte.

Foxy stürzte ins Haus, schwitzend trotz der Kälte, fuhr in seine Kleider, zog sich die Schuhe an. Er mußte Lee erreichen, bevor dieser mit irgend jemandem darüber sprechen könnte. Er nahm ein Gewehr von der Kaminwand und lief zu seinem Lastwagen.

Will Henry schloß die Tür der Polizeistation auf, ging zum Telefon, wartete ungeduldig, bis er endlich die Verbindung hatte.

»Büro des Sheriffs.«

»Hier spricht Chief Lee in Delano. Ich möchte den Sheriff persönlich sprechen.«

»Tut mir leid, Chief, er ist auf dem Gericht. In einer Stunde dürfte er zurück sein.«

»Gut. Mit wem spreche ich?«

»Deputy Simpson.«

»In Ordnung, Deputy. Ich bin auf dem Weg nach Talbotton. Ich muß den Sheriff und den Richter sprechen. Sorgen Sie dafür, daß keiner weggeht, ehe ich dort bin. Haben Sie verstanden?«

»Jawohl, Sir.«

»Beziehen Sie vor dem Gerichtssaal Posten und sagen Sie den beiden, daß es um eine äußerst wichtige Angelegenheit geht.«

»Jawohl, Sir. Ich sage es ihnen, sobald sie aus dem Gerichtssaal kommen.«

Will Henry hängte ein. Willis Greer stand in der Tür. Er sah ihn vorwurfsvoll an. »Wo ist mein Häftling?« fragte er scharf.

»Was?«

»Wo ist mein Häftling? Ich war heute morgen hier, um ihn abzuholen. Aber er war nicht da. Haben Sie ihn irgendwo hingebracht? Vor einer Weile habe ich versucht, Sie anzurufen, aber es ist niemand an den Apparat gegangen.«

Der verdammte Willie! »Ich habe ihn gestern abend zum Schlafen nach Hause geschickt. Er sollte sich um acht bei Ihnen melden.«

»Nun, er war jedenfalls nicht da. Ich hoffe, er ist nicht für länger weg; ich brauche ihn heute dringend. Die Abwassergullys müssen unbedingt noch in dieser Woche gereinigt werden.«

»Schauen Sie, Willis, ich kann mich jetzt nicht damit abgeben. Ich muß in einer sehr wichtigen Angelegenheit hinüber nach Talbotton. Ich glaube nicht, daß Willie Cole einfach abhaut. Er ist wahrscheinlich draußen in dem Haus in der D-Street.«

»Hören Sie, Will Henry, ich brauche ihn heute morgen,

und zwar dringend. Können Sie nicht erst dort vorbeischauen, bevor Sie nach Talbotton fahren?«

Will Henry überlegte. »Wissen Sie was? Es liegt auf dem Weg. Kommen Sie mit bis Braytown; ich schaffe Ihnen Willie herbei, und Sie können ihn in die Stadt bringen, während ich nach Talbotton fahre.«

Foxy ließ den Kastenwagen an, brauste den Fahrweg hinunter zum Tor, bog nach links in die Straße ein und fuhr den Berg hinauf. Als er den Paß erreicht hatte, trat er plötzlich auf die Bremse und blieb am Rand stehen. Er versuchte, einen Augenblick lang klar zu denken. Schweiß drang ihm aus sämtlichen Poren, er atmete schwer, und sein Herz hämmerte gegen die Rippen. Nicht nach Delano, nach Talbotton! Lee mußte Goolsby sprechen, in Talbotton. Er wollte den Wagen wenden, aber etwas hielt ihn zurück. Er sah den schwarzweißen Wagen der Polizei unten am Fuß des Berges, sah, wie er nach Braytown einbog. Ihm folgte ein Lastwagen der Stadtverwaltung. Foxy lenkte den Kastenwagen in Richtung Delano und Braytown. Er kam gerade noch rechtzeitig an die Kreuzung der A-Street, um zu sehen, wie die beiden Fahrzeuge nach rechts in die Bray Avenue einbogen. Er folgte ihnen in einigem Abstand und sah, wie sie nach links abbogen, in die D-Street. Vorsichtig näherte er sich der Kreuzung. Niemand schien unterwegs zu sein bei dem kalten Wetter. Als er in die D-Street eingebogen war, blieb er stehen. Hier gab es nur zwei Häuser, eines an der Ecke, das leerstand, und eines am Ende der Straße. Die beiden waren durch ein großes Stück Brachland voneinander getrennt. Er fuhr ein paar Meter in die Straße hinein und blieb dann erneut stehen. Vor sich sah er Will Henry Lee und Willis Greer, die aus den beiden Wagen stiegen und auf das Haus zugingen. Ehe Foxy ausstieg, nahm er das Gewehr vom Beifahrersitz.

Drinnen im Haus wischte Nellie Jesses Stirn mit einem Schwamm ab und kühlte ihm das Gesicht. Er hatte eine schlimme Nacht hinter sich, schien jetzt aber ruhiger geworden zu sein. Sie und Willie hatten alle Mühe gehabt, ihn im

Bett zu halten. Er befand sich in einer Art Delirium, in dem Hoss Spence eine wesentliche Rolle spielte, denn Jesse murmelte und schrie immer wieder seinen Namen.

Willie war besorgt. Er hätte sich schon vor zwei Stunden im Rathaus melden müssen und wollte dem Chief keinen Ärger machen. »Mama, jetzt ist er ruhig. Ich muß in die Stadt.«

Nellie fuhr herum. »Nein! Nein! Du bleibst da, wo man dich braucht.« Sie schien selbst schon fast im Delirium zu sein.

»Aber Mama . . .« Sie hörten, wie draußen Wagentüren zugeschlagen wurden. »Sie kommen, um mich zu holen, Mama. Jetzt stecken sie mich wirklich ins Gefängnis!«

»Willie!« Das war die Stimme des Chiefs.

Nellie ging zur Tür. »Du bleibst hier und wäschst deinem Daddy das Gesicht. Ich geh raus und sag ihm, daß du hier bleibst.« Sie lief hinaus auf die Veranda. Der Chief und Willis Greer standen unten an der Treppe.

»Morgen, Nellie«, sagte Will Henry so freundlich wie möglich. »Ich möchte Willie abholen. Er muß zur Arbeit.«

Nellie bebte vor Zorn. »Sie nehmen ihn nicht mit. Ich brauche ihn hier. Sein Vater ist krank.«

»Das tut mir leid, Nellie. Ich schicke Doktor Frank heute nachmittag her. Aber Willie muß mit, sonst bekommt er eine Menge Ärger. Und das weißt du genau.«

Foxy schlich auf dem Brachland durch das hohe Gebüsch, bis er alles gut überblicken konnte. Lee und Greer standen an der Treppe vor dem Haus und sprachen mit einer Niggerfrau. Foxy fragte sich, ob der Chief Willis Greer schon etwas gesagt hatte. Wahrscheinlich nicht. Lee erklärte der Frau, daß er ihren Jungen mitnehmen wolle. Deshalb war Greer bei ihm. Foxy ließ sich auf ein Knie nieder und legte das Gewehr an. Notfalls mußte er alle drei erschießen.

»Nein!« schrie Nellie, so laut sie konnte. Drinnen saß Jesse aufrecht im Bett. »Nein, ihr nehmt ihn mir nicht mit! Ihr seid genau wie die anderen, Ihr seid kein bißchen besser als Hoss Spence!« Jesse schubste Willie zur Seite und ging zur Tür.

Foxy zielte genau auf Will Henrys rechte Schläfe. Der Chief stand unbeweglich da und hatte die Hände an den Hüften. Es war kein schwieriger Schuß für einen erfahrenen Schützen. Foxy atmete tief ein und krümmte den Finger am Abzug.

Jesse kam aus dem Haus, er hatte nur einen Overall an; seine Augen funkelten wild, und er hielt ein Gewehr in der Hand. Will Henry drehte sich zu ihm um, die Hände immer noch an den Hüften. Er machte den Mund auf, um etwas zu Jesse zu sagen, der über die Veranda lief und Nellie zur Seite stieß. »Hör mal, Jesse, leg sofort . . .«

Das Gewehr ging los.

Ungläubig sah Foxy, wie Will Henry rückwärts taumelte. Der Schwarze ließ das Gewehr fallen, sprang von der Veranda und lief auf den Wald hinter dem Haus zu. Ein schwarzer Junge stürzte aus der Tür und rannte ihm nach. Die Frau schrie irgend etwas.

Bevor Will Henry die Explosion des Schusses hörte, wurde er von irgend etwas nach hinten geschleudert, etwas, das schwer gegen seine Brust traf, und von da an war ihm, als laufe alles ganz langsam ab, wie in Zeitlupe. Er stand nicht mehr auf den Füßen und schwebte kurze Zeit durch den Raum, dann traf er mit dem Rücken auf den Boden auf. Er schien eine ganze Weile durch Kies und Staub zu rutschen und schürfte sich dabei die Schultern und die Hände auf. Als er endlich liegenblieb, hörte er das Krachen der Explosion, dann schaute er nach oben, aber der Himmel war ausgefüllt mit dem Gesicht von Willis Greer. Er hatte Mühe, seine Lungen mit Luft zu füllen.

Foxy suchte sich eine andere Position, zielte auf den davonlaufenden Schwarzen, nahm eine Stelle genau zwischen den Schulterblättern aufs Korn – und hielt inne. Er hatte keinen Grund, sich mit dem Gewehr hier herumzutreiben. Außerdem mußte er erst herausfinden, ob Greer schon etwas wußte. Er schlich zurück zu seinem Wagen und begann zu rennen, als die Büsche hoch genug waren, um ihn zu decken. Die schwarze Frau schrie immer noch.

Willis Greer kniete dicht neben Will Henry und beugte sich über ihn. Die Mitte des Brustkorbs war eine einzige blutige Masse, und das Gesicht des Chiefs zeigte den Ausdruck tiefster Überraschung. Er atmete tief ein und stieß die Luft wieder aus. Blutige Blasen drangen durch die offene Wunde in seiner Brust. Greer schien vom Schock wie gelähmt zu sein; er wußte nicht, was er tun sollte. Foxy hielt den Kastenwagen vor dem Haus an und lief auf die anderen zu, stieß Greer aus dem Weg. Dann beugte er sich über Will Henry. »Können Sie sprechen, Lee? Können Sie mit mir sprechen?« Foxys Stimme klang sanft und einschmeichelnd.

Dann übermannte Will Henry der Schmerz, und er verlor das Bewußtsein.

Draußen im Wald blieb Jesse neben einem schmalen Bach stehen, um zu Atem zu kommen, und Willie holte ihn ein. Jesse packte schwer keuchend seinen Sohn bei den Schultern. Als er endlich sprechen konnte, sagte er: »Hör zu, mein Junge, wir können nicht zusammenbleiben.«

»Aber Daddy, du bist krank, du kannst nicht . . .«

»Nein! Hör mir zu. Du gehst zu deinem Onkel Tuck in Columbus. Er wohnt in der Camp Street sechzehn. Wiederhole es.«

»Camp Street sechzehn.«

»Er wird sich um dich kümmern. Ich habe Mr. Hoss getötet, und es dauert nicht lange, dann hetzen sie die Hunde auf mich.«

»Aber Daddy, es war gar nicht Mr. . . .«

»Sag jetzt nichts. Ich hab keine Zeit. Lauf durch den Bach, rauf auf den Berg, dann weiter nach Columbus. Laß dich aber nicht von Weißen mitnehmen. Notfalls mußt du eben zu Fuß gehen. Geh zu Onkel Tuck. Er weiß, was zu tun ist.«

Willie nickte. »Ja, Daddy.« Jesse hielt ihn einen Augenblick auf Armeslänge von sich ab, dann warf er sich seinem hochaufgeschossenen Sohn in die Arme. Willie umarmte seinen Daddy, und dann war Jesse weg, rannte barfuß durch den kleinen Bach und verschwand in den Wäldern.

Willie sah ihm nach, bis er außer Sicht war, drehte sich um

und lief mitten durch den Bach auf den Berg zu, weg von Braytown und Delano, nichts wie weg.

Will Henry tauchte ins Wasser ein, in klares Wasser. Er schlug die Augen auf und schwamm mit dem Strom, trieb abwärts. Die Wasserpflanzen bewegten sich wie im Wind, Elritzen schossen durch das Wasser. Er schwamm und schwamm, das kalte Wasser fühlte sich köstlich an auf seiner Haut, es strömte ihm über die nackten Schultern und Schenkel, strich sanft über seinen Penis, über den Hodensack. Seine Lungen schmerzten und verlangten nach Luft, aber er schwamm immer weiter. Hinter ihm schwamm Fred, der Hund; seine vier Beine ruderten durch das Wasser und schlugen es zu Schaum. Will Henry mußte laut lachen bei diesem Anblick und preßte dabei die letzte Luft aus den Lungen. Seine Füße fanden den rutschigen Grund, und er stieß sich nach oben, dicht vor dem schwimmenden Hund. Er kam bis zur Hüfte aus dem Wasser, atmete tief ein und bekam den Hund zu fassen . . .

Er atmete tief ein und öffnete die Augen. Carries Finger waren in seinem Haar. Frank Mudter betupfte seine Brust. Willis Greer, den Hut in der Hand, schaute ihn aus weit aufgerissenen Augen an, und Foxy stand am Fuß des Tisches, auf dem er lag; seine Gesichtsmuskeln waren angespannt, seine Kinnladen bewegten sich, Schweiß lief ihm über das Gesicht.

Carrie weinte, aber sie versuchte, das Weinen zu unterdrükken. Will Henry nahm alles deutlich wahr, jeden Seufzer, jede Bewegung, jeden Schweißtropfen auf Foxys Gesicht. Er war vom Schmerz betäubt, aber wenn er einatmete, spürte er das Brennen und Stechen in seiner Brust. Er versuchte zu sprechen, aber das machte es nur schlimmer.

Frank Mudter trat einen Schritt zurück, schaute ihn an, folgte Will Henrys Blick, der jetzt auf Foxy gerichtet war, schaute ihn wieder erstaunt an. Noch immer versuchte er etwas zu sagen. Der Arzt beugte sich vor und schaute ihm in die Augen. »Können Sie sprechen, Will Henry? Sie haben nicht mehr viel Zeit, alter Freund. Ich kann nichts mehr für Sie tun.«

Will Henrys Lippen formten ein Wort, aber kein Laut kam

aus seiner Kehle. Er atmete unter unsäglichen Schmerzen ein und versuchte es erneut, die Augen noch immer auf Foxy gerichtet; dabei schien er Carrie gar nicht zu bemerken, die seinen Kopf in ihren Händen hielt. »Wieder . . .«, flüsterte er mühsam und starrte dabei Foxy an. Er atmete noch einmal ein, aber die Luft entwich aus seiner Brust mit einem langen Seufzer.

Die Dunkelheit kam schnell. Er schloß die Augen. Fühlte Carries Wange an der seinen, ihre Tränen auf seiner Haut, ihre Lippen an seinem Ohr. »Ich liebe dich« sagte sie.

Er wußte es, und er war glücklich.

2. Buch

Sonny Butts

I

Billy Lee, oder formeller: Lieutenant Colonel William Henry Lee von den Luftstreitkräften, war verwirrt – eine Mischung aus Erleichterung, großem Glück und fast ebenso großer Angst. Er war erleichtert darüber, daß die Deutschen nicht mehr versuchen würden, ihn zu töten, weil sie an diesem Tag kapituliert hatten; er war überaus glücklich, mit dem Mädchen zusammenzusein, das eben auf die Damentoilette des überfüllten Londoner Pubs gegangen war, und er hatte schreckliche Angst davor, sie könnte, wenn sie zurückkam, nicht damit einverstanden sein, seine Frau zu werden.

Für Billy war es ein »guter« Krieg gewesen. Er hatte sich bereits eine Juniorpartnerschaft bei einer großen Anwaltskanzlei in Atlanta erarbeitet, als die Japaner Pearl Harbor überfielen, und sich daraufhin ohne Zögern zum Militär gemeldet, wobei er Hugh Holmes' Einfluß bei der Regierung Roosevelt nutzte, um nicht als Jurist dem Kriegsgericht zugeteilt, sondern zum Piloten ausgebildet zu werden. Sein Alter hatte einen Einsatz bei den Jagdflugzeugen verhindert, obwohl er sich das eigentlich gewünscht hätte, aber Bomber waren zumindest die zweitbeste Wahl, und mit seiner Reife wuchs auch die Verantwortung; besonders nachdem er bei seinem achtunddreißigsten Einsatz einen Schrapnellsplitter in den Hosenboden abbekommen hatte und als leitender Offizier zu seiner Einheit zurückkehren konnte. Er teilte sich selbst zum Fliegen ein, sooft sein Kommandant gerade mal wegschaute, und hatte zwei Tage vor dem Ende des Krieges in Europa seinen fünfzigsten Einsatz geflogen.

Aber selbst wenn dieser Krieg ihm rückblickend als ein

»guter« Krieg erschien – jetzt zählte nur, daß die Sache zu Ende war, daß er noch lebte und daß er vielleicht dieses Mädchen dazu überreden konnte, ihn zu heiraten. Inzwischen versuchte er, sich zu beherrschen, den Heiratsantrag nicht immer und immer wieder in Gedanken zu proben, und sah sich nach Ablenkungen um. Er war besser, das wußte er, wenn er improvisierte; so war es auch stets bei Gericht gewesen. Ein junger Captain der Infanterie hockte neben ihm an der Bar und starrte düster in ein Glas mit warmem Bier. Neben seinem Ellbogen hing eine Krücke an der Theke.

»Woher kommen Sie, Captain?«

Der junge Offizier blickte auf. Billy dachte, er sei vielleicht ein wenig betrunken, aber er selbst war ja auch zumindest angeheitert.

»Aus Elmira im Staate New York, Sir.«

»Dann werden Sie bald zu Hause sein, denke ich.«

»Ja, Sir.« Er berührte die Krücke. »Das da hält mich vom Pazifikkrieg fern. Aber es ist nichts Bleibendes; ich habe Glück gehabt.«

»Sie sehen alles andere als glücklich aus. Wollen Sie denn nicht nach Hause?«

»Oh, sicher. Ich habe eine Frau drüben und ein Kind, das ich erst einmal gesehen habe. Ich glaube, es wird mir nicht schwerfallen, wieder Zivilist zu werden – selbst wenn ich dabei ein wenig humpeln muß. Ich dachte nur gerade, daß es sicher auch eine Menge Männer gibt, denen es leid tut, daß der Krieg für sie nun zu Ende ist.«

»Sie meinen, es tut ihnen leid, daß nicht mehr auf sie geschossen wird?«

Der Captain blickte von seinem Bier auf und schaute Billy in die Augen. »Sind Sie Pilot?«

»B-Siebzehner.«

»Dann haben Sie im Krieg eine Menge Menschen getötet.«

»Zweifellos.«

»Und – hat es Ihnen Spaß gemacht?«

»Einen Bomber zu fliegen?«

»Nein, Menschen zu töten.«

»Ich versuche, nicht daran zu denken. Vor allem nicht an

Dresden. Es hat mich einige Mühe gekostet, bis ich soweit war.«

»Es gibt aber auch Männer, denen das gefällt.«

»Menschen zu töten?«

Der Captain hockte sich unter sichtlichen Schmerzen etwas anders auf den Barhocker und fuhr fort, so vorsichtig zu sprechen wie einer, der weiß, daß er betrunken ist, und sich trotzdem verständlich machen möchte. »Da war zum Beispiel einer in meiner Kompanie, ein junger Kerl, fast noch ein Kind.« Er ließ eine Pause eintreten und atmete tief ein. »Ich habe ihn zum Sergeant befördert. Als es in unserem Brückenkopf besonders schlimm wurde, übernahm er einen Zug – nachdem sein Lieutenant gefallen war. Dem hat es Spaß gemacht.«

»Den Zug zu führen?«

»Zu töten. Er liebte es, anderen den Tod zu bringen. Ich glaube, das gab ihm ein Gefühl . . .« Seine Worte wurden allmählich unverständlich.

Billy wollte etwas sagen, wollte das Thema wechseln, aber der Captain fuhr fort: »Ich hab ihn beobachtet . . . Da war ein großer Bombentrichter, und er hatte deutsche Soldaten dort eingekreist, ganz junge Burschen und ein paar alte Männer, Volkssturm nannten sie es . . . Wir haben viele von ihnen gesehen, sie waren das letzte Aufgebot. Acht von ihnen waren in dem Bombentrichter, und ich kam hin . . . Ich hörte, wie er mit seiner Thompson feuerte, und dachte, er braucht Unterstützung. Ich habe gerade noch gesehen, wie er den letzten erschossen hat. Der Mann war mindestens sechzig.«

»Nun, es stand immerhin eins zu acht; er mußte sich verteidigen. Die Deutschen waren doch bewaffnet, oder?«

»Der eine, den er erschoß, als ich dazukam, der letzte, war mit einem Gewehr und aufgestecktem Bajonett bewaffnet, und an das Bajonett hatte er ein Taschentuch gebunden, eine weiße Fahne. Der Sergeant hat mich nicht gesehen. Er wartete eine Minute. Der alte Mann bettelte um sein Leben – und dann hat er ihn abgeknallt. Er hat gegrinst dabei. Es hat ihm Spaß gemacht, nicht nur bei dem einen, sondern bei allen acht Männern.«

»Man kann nicht wissen, was ein Mensch in einer solchen Situation, in solchen Zeiten denkt oder fühlt. Vielleicht empfand er es ganz anders, als Sie glauben.«

»Ich weiß genau, was er empfand. Seine Hose war naß. Ich sah den Fleck. Es ist ihm gekommen, in seiner Hose. Für ihn war es ein einziger feuchter Traum.«

Billy zuckte zusammen. »Haben Sie ihn ... Ist er zur Rechenschaft gezogen worden?«

»Bevor ich irgend etwas unternehmen konnte, ging hinter mir das Geschoß eines Mörsers los. Als ich aufwachte, lag ich in einem Feldlazarett. Am Tag danach befand ich mich in England. Ich weiß nicht, ob er lebt oder tot ist, aber ich hoffe, er ist tot. Zu Hause kann man mit so einem Kerl nichts anfangen. Aber natürlich käme er als großer Held zurück. Er war der am häufigsten ausgezeichnete Mann in seinem Regiment, und das alles nur, weil er seine Arbeit liebte. Man hatte ihn dazu abgerichtet, Menschen zu töten, und er hat diese Tätigkeit liebgewonnen. Ich glaube, ich habe das von Anfang an vermutet, aber ich konnte ihn nicht versetzen lassen, ich brauchte ihn. Zuletzt blieb mir nichts mehr übrig, als dem neuen befehlshabenden Offizier aus dem Krankenhaus zu schreiben, und ich weiß nicht mal, ob er meinen Brief erhalten hat.«

Billy blickte auf und sah, wie sich sein Mädchen einen Weg durch die Menge bahnte. »Ich hoffe, er hat den Brief erhalten, Captain. Und ich meine, Sie haben alles getan, was Sie tun konnten. Hoffentlich können Sie den Vorfall leichter vergessen, als ich Dresden vergessen kann, und ich wünsche Ihnen viel Glück. Wenn Sie mich jetzt bitte entschuldigen.« Er ging auf das Mädchen zu und nahm sie bei der Hand. »Gehen wir hinaus an die frische Luft, ja?« Sie gingen zur Tür.

Draußen auf dem Platz, neben der Treppe zum Pub, stand eine Bank. Sie setzten sich mit ihren Gläsern auf die Bank; das Mädchen zog die Knie an und ließ sich so nieder, daß sie ihm ins Gesicht sehen konnte. Sie hieß Patricia Worth-Newenam und war britisch-irischer Abkunft. Er hatte sie bei einer Dinnerparty des Generals im »Connaught« kennengelernt und vor den Augen des Generals schamlos mit ihr geflirtet.

Sie gehörte einer weiblichen Hilfstruppe an, die im Hauptquartier der Alliierten in London eingesetzt war, und seit damals hatten sie jede freie Minute miteinander verbracht. Sie hatten einander in den Armen gelegen, wenn sie in ihrer Londoner Wohnung geschlafen oder in Gasthöfen auf dem Land übernachtet hatten, aber sie wollte sich ihm nicht hingeben. Es gab da eine alte Liebe, einen Freund aus der Jugendzeit, der bei der britischen Marine diente, und Billy nahm an, das sei der Grund dafür. Er versuchte, möglichst nicht an die Marine zu denken.

Inzwischen hatte er an einigen Drähten gezogen und es erreicht, das sie ihn zu ihrer Familie mitnahm, die in der Nähe von Kinsale in der Grafschaft Cork wohnte. Er verbrachte ein Wochenende dort. Ihre Angehörigen waren Protestanten, seit Generationen Bauern. Sie wohnten in einem riesigen heruntergekommenen Herrenhaus aus der Zeit Georges V., inmitten von zweitausend Morgen irischen Farmlands. Ihr Vater war ein kleiner, gutaussehender Mann und ein großartiger Gastgeber, aber er konnte Billy nicht leiden. Er hatte einen Sohn und Erben im Krieg verloren und hatte neben Patricia nur noch einen weiteren Sohn. Er hatte nicht die Absicht, seine Tochter an einen durchziehenden Amerikaner zu verlieren. Billy hatte ihm rundheraus erklärt, er wolle um ihre Hand bitten, wenn er den Krieg überlebte. »Sie sind ein netter Kerl«, hatte Worth-Newenam geantwortet, »und Sie sind nicht der erste, der mir diesen Wunsch vorträgt, wie Sie sich wohl denken können. Colin Cudmore wollte sie schon immer heiraten, und wenn es nach mir geht, kann er sie haben. Sie ist auf dem Pferderücken groß geworden und liebt dieses Land. Sie kann nicht glücklich werden als Frau eines amerikanischen Rechtsanwalts.«

»Mr. Worth-Newenam«, hatte Billy geantwortet und ihm dabei in die Augen geblickt, »ich weiß, daß ich für Sie ein Fremder bin, und ich verstehe, daß Sie sie behalten wollen, aber ich liebe sie und kann ihr ein schönes Leben bieten. Auch in Georgia gibt es viel freies Land, und außerdem glaube ich, daß das Leben in London ihr gezeigt hat, daß es noch andere Dinge gibt. Weder Sie noch ich wissen, ob sie mich wirklich zum Mann haben will. Aber wenn sie sich für mich entscheidet, hoffe ich, daß Sie und Mrs. Worth-Newenam uns Ihren Segen geben.«

»Da auch wir sie lieben, wüßte ich nicht, was wir sonst tun könnten. Ich schlage vor, Sie versuchen erst einmal herauszufinden, ob sie Sie überhaupt haben will.«

Und das wollte er jetzt tun und konnte an nichts anderes denken als daran, wie schmerzlich es für ihn wäre, wenn sie ihm sagen würde, daß sie ihn nicht heiraten wollte. Das Licht aus dem Pub fiel auf ihr kastanienbraunes Haar, und obwohl ihre Augen im Schatten lagen, wußte er, daß sie fast dieselbe Farbe hatten. Er atmete tief ein und improvisierte.

»Hör zu, Trish: Ich glaube, ich wäre gern der Präsident der Vereinigten Staaten. Möchtest du meine First Lady sein?« In dem kurzen Schweigen, das darauf folgte, wünschte er, er könnte ihre Augen sehen.

»Oh, sicher«, sagte sie mit nachgemachtem amerikanischem Akzent. »Aber was würden Mr. und Mrs. Truman dazu sagen?«

»Ich habe es den Trumans bisher noch nicht vorgeschlagen, aber Harry ist meines Wissens der Ansicht, daß jeder amerikanische Junge Präsident werden kann, also sehe ich nicht ein, warum er dagegen sein sollte.«

»Werden heutzutage dreiunddreißigjährige Colonels direkt zu Präsidenten der Vereinigten Staaten befördert?«

»Es gibt natürlich eine gewisse Wartezeit. Aber ich dachte, ich werde erst mal Kongreßabgeordneter oder Gouverneur von Georgia, bis es soweit ist.«

»Richtig.«

»Ich meine, mit meinen Auszeichnungen im Krieg, mit meiner Verletzung und so weiter – wie könnten sie es mir verweigern?«

»Jetzt hör mal gut zu, du Spinner: Nur weil du dich für Onkel Sam in den Hintern hast schießen lassen, wird dir kein Mensch seine Stimme geben. Es gibt viele Leute, die sich genau wie du in den Hintern haben schießen lassen.«

»Ich finde es wunderbar, wenn du so unanständig daherredest.«

»Wechsle jetzt nicht das Thema.«

»Was war denn das Thema?«

»Du hast mir einen Antrag gemacht.«

»Ach ja. Und – hast du mir bereits eine Antwort darauf gegeben?«

»Ja.«

»Und was sagtest du?«

»Ja.«

Er riß den Mund auf. Sie drückte ihm die Hand unters Kinn und schob es sachte nach oben.

»Du meinst es wirklich?«

»Es gibt gewisse Bedingungen.«

»Deine Verhandlungsposition war niemals besser als jetzt. Nenne die Bedingungen.«

»Erstens mußt du mich anständig danach fragen, wie es sich gehört.«

»Patricia Worth-Newenam, ich liebe dich, ich liebe dich aufrichtig, und ich möchte, daß du meine Frau und die Mutter meiner Kinder wirst, und so weiter. Bist du bereit, mich zu heiraten?«

»Das war sehr hübsch. Bedingung Nummer zwei: Ich kann nicht den ganzen Tag nur die Frau eines Politikers sein. Du mußt mir eine Farm kaufen.«

»Ich tue alles, um mir die Gunst der Farmer und ihre Stimmen zu sichern.«

»Ich meine es ernst.«

»Ich auch. Die Gunst der Farmer ist ausschlaggebend in Georgia.«

»Also erledigt.«

»Weitere Bedingungen?«

»Vorläufig nicht.«

»Gott, ich liebe dich, Trish!«

»Ich liebe dich auch, Billy Lee. Bring mich jetzt nach Hause, und ich werde es dir beweisen.«

Als sie über den Platz gingen und sich ein Taxi suchten, fragte sie nach dem Captain im Pub. »Kriegsgeschichten«, antwortete er. »Er hat mir die scheußlichste Story erzählt, die ich je gehört habe. Wirst du mich wirklich heiraten?«

»Wenn du mir versprichst, niemals Kriegsgeschichten zu erzählen.«

»Bedingungen, immer wieder Bedingungen.«

Er legte seinen Arm um ihre Schultern, und sie gingen engumschlungen über den Platz.

2

Sergeant Homer Butts, bekannt unter dem Spitznamen Sonny, stand im Sonnenschein eines Vorfrühlingstages des Jahres 1946 in Reih und Glied auf dem Baseballfeld der High School von Delano. Einunddreißig weitere Einwohner von Delano, alle in Armee-, Luftwaffen- und Marineuniformen, standen neben ihm.

Sonny langweilte sich. Der Bankier Hugh Holmes sprach hochtrabend vom Dienst am Vaterland, von Opfer und Ehre, und Sonny hatte das alles satt bis obenhin, vor allem was den Dienst betraf. Es war okay gewesen, als noch Krieg herrschte: Da gab es Dinge, die einem das Blut in Wallung brachten. Aber seit einem Jahr war das Anstrengendste das Pokerspiel, und er hatte gewartet, gewartet und gewartet, bis er endlich aus der Armee entlassen wurde.

Sein Blick streifte die bevölkerte Tribüne – zumindest jenen Teil davon, den er sehen konnte, ohne dabei den Kopf bewegen zu müssen. Sie waren hergekommen, um *ihn* zu sehen, nicht diese anderen Trottel. Ein Junge aus ihrer Stadt – und einer der am häufigsten ausgezeichneten Soldaten des Staates Georgia! Beinahe hätte er die Ehrenmedaille bekommen, beinahe. Aber jemand schien da noch im letzten Augenblick quergeschossen zu haben. Einer seiner Freunde, der Schreiber war bei seiner Kompanie, hatte etwas Derartiges angedeutet. Verdammt, wenn er die Medaille bekommen hätte, wäre er so berühmt gewesen wie Audie Murphy, hätte vielleicht sogar einen Filmvertrag bekommen wie Audie Murphy. Gut genug sah er aus, das wußte er, jedenfalls besser als Murphy.

Er wußte genau, wie er aussah, hier auf diesem Baseballplatz, in der Uniform, die ihm der deutsche Schneider für zwei Stangen Lucky Strike genäht hatte. Vielleicht nicht so groß, wie er gern gewesen wäre, nur einsachtundsiebzig, aber beim Militärdienst hatte er sich Muskeln zugelegt und wog jetzt knapp achtzig Kilo. Hätte er damals, als er den High-School-Abschluß gemacht hatte, diese zusätzlichen zwanzig Pfund draufgehabt, dann hätte er sicherlich ein Football-Stipendium an der Universität von Georgia, Alabama oder Auburn bekommen. Er hatte die Schnelligkeit, aber nicht die Größe für Universitätsmannschaften, hatten ihm die Trainer gesagt. Er wünschte, er könnte sein blondes Haar endlich wieder länger wachsen lassen. Die Mädchen waren es leid, mit Kerlen zu gehen, die wie Soldaten aussahen. Mit dem Geld vom Pokern würde er sich ein paar flotte Anzüge besorgen, und danach war immer noch genügend übrig für einen guten Gebrauchtwagen. Vielleicht sogar für ein Kabrio.

Sonny hörte, wie sein Name genannt wurde. Holmes trug die Liste seiner Auszeichnungen vor. Sonny versank noch einmal in Gedanken, dann war er plötzlich hellwach. Holmes sagte etwas, was er gern hörte.

»Heute morgen hat der Stadtrat von Delano beschlossen, den zurückkehrenden Kriegsveteranen bei der Vergabe von Stellungen in der Stadtverwaltung den Vorzug zu geben, vor allem denjenigen, die eine solche Liste von Auszeichnungen vorweisen können«, sagte Holmes.

Sonny biß die Zähne zusammen. Das Gespräch mit Holmes am Vortag war nicht allzu gut gelaufen, dachte er. Holmes konnte ihn nicht leiden, und er war ihm gegenüber argwöhnisch. Er kannte das von früher; sein Regimentskommandeur in Belgien hatte ihm gegenüber eine ähnliche unangenehme Haltung eingenommen. Er nahm an, daß dieser Mann die Sache mit der Medaille hintertrieben hatte, obwohl er irgendwo in einem Lazarett lag und ein anderer seine Position übernommen hatte.

Holmes fuhr fort: »Heute kann ich ankündigen, daß die erste frei werdende Stellung durch einen Kriegsveteranen besetzt wird. Von den zur Verfügung stehenden Kandidaten wird Sergeant Sonny Butts bei der Stadtpolizei eingestellt.«

»Sergeant Butts, zwei Schritt vor, marsch!« Der den Befehl gab, war Billy Lee, Colonel Lee, der Ranghöchste der über zweihundert Kriegsteilnehmer von Delano. Sonny kannte ihn nur als Athleten der High School, als er selbst noch auf der Grundschule gewesen war.

Sonny trat vor, und Holmes schüttelte ihm die Hand. »Meine Glückwünsche, Sonny. Ich hoffe, Sie werden sich auch weiterhin so verhalten, daß wir stolz auf Sie sein können. Melden Sie sich am Montag morgen bei Chief Thomas.«

»Danke, Sir. Ich werde mich bemühen, meine Sache gut zu machen, Sir.« Sonny hatte weiche Knie vor Erleichterung. Er hatte sich große Sorgen wegen eines zukünftigen Arbeitsplatzes gemacht. Sein Job vor dem Krieg hatte darin bestanden, im Drugstore von Delano Limonaden auszuschenken und Regale einzuräumen; wenn das mit der Polizei nicht geklappt hätte, wäre für ihn praktisch nur die Spinnerei übriggeblieben, und der Gedanke daran war ihm alles andere als sympathisch gewesen. Jetzt hatte er einen Job, der dem Respekt entsprach, den er sich durch seine Heldentaten auf dem Schlachtfeld verdient hatte.

Colonel Lee ließ die Gruppe antreten und marschierte mit ihr vom Baseballplatz. Als sie den Zaun hinter sich gelassen hatten, löste sich die Formation auf; Leute kamen, schüttelten Sonny die Hand und gratulierten ihm. Als sich die Menge verlief, sah sich Sonny einer drahtigen Gestalt gegenüber, die eine Leutnantsuniform aus dem Ersten Weltkrieg trug. Der Mann schüttelte ihm einige Sekunden lang die Hand, ehe Sonny ihn wiedererkannte. Mein Gott, Foxy Funderburke!

»Sergeant, Sie haben Ihrem Land große Dienste erwiesen«, sagte Foxy, »und ich bin sicher, Sie tun das auch in Ihrem neuen Amt.«

»Danke, Sir; ich werde mich bemühen.« Als Junge hatte er vor Foxy Funderburke schreckliche Angst gehabt, genau wie die anderen Jungen, und niemand hatte so recht gewußt, warum. Jetzt schüttelte ihm der alte Trottel die Hand!

»Sie sollen wissen, daß Ihnen meine Erfahrungen jederzeit

zur Verfügung stehen. Wenn Sie Hilfe brauchen, wenden Sie sich ruhig an mich.«

»Ja, Sir, das werde ich tun.« Was zum Teufel meinte er eigentlich? Was für Erfahrungen? Aber ehe Sonny darüber nachdenken konnte, hatte die magere Gestalt in der knappsitzenden Uniform kehrt gemacht und war davonmarschiert. Sonny mußte sich zusammennehmen, um nicht laut loszulachen.

Auf dem Platz formierte sich eine weitere Truppe von ehemaligen Soldaten. Sie waren alle Schwarze. Delanos schwarze Gemeinde füllte die Tribüne. Ein paar Weiße waren geblieben, um zuzusehen. Holmes wiederholte seine Ansprache in großen Zügen und stellte dann ein paar Männer vor, die mit Orden ausgezeichnet worden waren. Einer von ihnen war Marshall Parker.

Marshall, der sich bei der Invasion in der Bretagne in einem der heißesten Kämpfe bewährt hatte und mit einem Bronzestern dekoriert worden war, fiel auf, daß Holmes bei seiner Ansprache an die schwarzen Kriegsheimkehrer nichts von Stellungen in der Stadtverwaltung sagte. Macht nichts, dachte er; er hatte seinen Sold gespart, und er hatte Pläne. Vor dem Krieg hätte er nicht zu träumen gewagt, daß er ein eigenes Geschäft eröffnen könnte, aber sein Militärdienst hatte ihn ebenso verändert wie die anderen Schwarzen seiner Generation, und der Krieg hatte ihre Lage insgesamt beträchtlich verbessert. Holmes hatte ihn ermutigt, ihm sogar einen Kredit in Aussicht gestellt, falls er ein brauchbares Objekt vorzuweisen habe.

Als er jetzt in der Sonne stand und der Ansprache von Holmes zuhörte, danach den Händedruck des Bankiers und Colonel Lees entgegennahm, empfand Marshall etwas, was er kaum jemals zuvor empfunden hatte: ein bißchen Stolz und Optimismus.

Hugh Holmes und Billy Lee saßen in Holmes' Arbeitszimmer und tranken Bourbon. Billy mußte laut lachen. »Sie sind ein richtiger Geheimniskrämer, wissen Sie das? Ich hätte nie gedacht, daß sich in diesem Zimmer ein Geheimversteck für Whisky befindet.«

»Als du das letzte Mal in diesem Zimmer warst, warst du noch nicht alt genug dafür.«

»Mal überlegen: Damals war ich achtundzwanzig.«

»Zu jung, um in meine Geheimnisse eingeweiht zu werden.«

»Es schmeichelt mir, daß Sie mir wenigstens jetzt trauen.«

»Nun, wenn irgend jemand an dir gezweifelt hat, und ich glaube, davon gibt es nicht viele, dann hat deine Militärakte diese Zweifel restlos beseitigt. Dein Daddy wäre sehr stolz auf dich gewesen.«

»Danke, Sir.«

»Ein fabelhaftes Mädchen, das du dir da geangelt hast.«

Patricia war mit Virginia Holmes draußen im Garten und ließ sich die Azaleen und andere Gewächse zeigen.

»Das weiß ich sehr gut, das können Sie mir glauben. Sie wäre jetzt vermutlich viel lieber hier drinnen mit Ihnen und mir, statt sich Blumenbeete anzusehen. Ich muß ihr heute abend genau erzählen, was wir hier besprochen haben.«

»So ist sie also, was?«

»Ja, Sir, und ich bin froh darüber. Sie ist klüger als ich.«

»Dann darfst du dich glücklich schätzen. Sie kann dir nämlich sehr viel helfen. Ich glaube, es macht nicht viel aus, daß sie eine Ausländerin ist.«

»Es macht nicht viel aus?«

»Du interessierst dich doch noch für Politik, oder?«

»Mehr als je zuvor.«

»Gut. Hast du bereits irgendwelche Pläne? Gehst du zurück zu Blackburn, Hedger et cetera, et cetera?«

»Sie wollen mich unbedingt haben. Nach einem Jahr als gleichberechtigten Partner, sagen sie.«

»Und an was denkst du – an den Kongreß?«

»Ich habe daran gedacht, ja.«

Holmes schüttelte den Kopf. »Wie ich es momentan sehe, ist nur ein Sitz in der Umgebung von Atlanta so schwach, daß er durch einen anderen Abgeordneten ersetzt werden könnte, und du hast nie in diesem Distrikt gelebt. Außerdem stehen bereits zwei andere gute Leute, beide Kriegsveteranen, zur Verfügung, und die haben nicht nur ihr Interesse angemeldet, sondern stammen auch von dort. Ich fürchte, da hast du wenig Chancen.«

»Das stimmt. Ich hatte mir auch schon überlegt, ob ich nicht hierher zurückkomme und mich bewerbe.«

»Gegen Joe Collins? Das kannst du vergessen. Nicht einmal ich könnte dich gegen Joe unterstützen. Er hat uns viel Gutes getan und ist außerdem mit mir befreundet.«

»Und was sollte ich Ihrer Meinung nach tun?«

»Interessierst du dich nur dafür, nach Washington zu gehen, oder könnte dich auch die Politik des Staates Georgia interessieren? Wie wär's mit dem Posten des Gouverneurs?«

»Der interessiert mich sehr.«

»Gut. Ich glaube, das ist ein aussichtsreicheres Ziel, selbst dann, wenn du schließlich doch nach Washington gehen willst. Der Senat ist der richtige Ort für dich, und Walter George ist ein alter Mann. Sicher, er wird noch ein paar Jahre im Amt bleiben, aber Gouverneur, ja selbst Stellvertreter des Gouverneurs, wäre ein hervorragendes Sprungbrett für Washington. Natürlich nicht früher als in acht Jahren. Der alte Gene Talmadge hat bereits eine große Kampagne laufen, um einen letzten Versuch zu machen, dieses Amt übertragen zu bekommen, und ich glaube, er wird gewinnen. Aber mit seiner Gesundheit steht es nicht zum besten. Es könnte sein, daß er die nächste Legislaturperiode nicht überlebt. Melvin Thompson wird höchstwahrscheinlich zum Stellvertreter gewählt, und wenn Gene stirbt, wird Melvin bis zum Ende der Legislaturperiode sein Amt übernehmen, aber ich glaube kaum, daß er selbst eine Wahl gewinnen kann. Ich glaube, das nächste Mal ist Herman Talmadge dran. Und wenn der seine vier Jahre hinter sich hat, ist der Zeitpunkt für dich gekommen.«

»Und womit soll ich beginnen?«

»Du solltest dich als Kandidat für den Senat aufstellen lassen.«

»In welchem Distrikt?«

»In diesem.«

Billy schluckte. »Haben Sie vor, sich zurückzuziehen?«

»Ich bin siebzig, mein Junge. Ich plage mich jetzt seit fünfunddreißig Jahren mit diesen Schurken herum. Ich würde mein Amt bei der Erziehungsbehörde behalten und ein paar andere Positionen, aber ich bin bereit, meinen Platz im Senat freizugeben, wenn ich wüßte, daß der richtige jüngere Mann an meine Stelle tritt.«

Billy schwieg.

»Nun?«

»Es ist ein wundervolles Angebot, Mr. Holmes, aber ...«

»Also, was machst du dir noch Gedanken? Glaubst du vielleicht, Patricia würde lieber in Atlanta leben als hier in Delano?«

»O nein. Ich könnte mir sogar vorstellen, daß es ihr hier besser gefällt.« Billy rutschte verlegen hin und her. »Mr. Holmes, nach Vaters Tod waren Sie für mich so etwas wie ein Vater. Selbst als Mama Mr. Fowler heiratete, fühlte ich mich immer mehr zu Ihnen hingezogen als zu ihm, und ich möchte Ihnen einmal sagen, wie dankbar ich Ihnen für die vielen guten Ratschläge bin, die Sie mir in all den Jahren erteilt haben, für die Mühe, die Sie sich gemacht haben, um mich beim Militär an der richtigen Stelle unterzubringen, und ...«

Holmes hob abwehrend die Hand. »Billy, du hast in keiner wichtigen Sache meine Hilfe nötig gehabt. Wozu du dich auch entschließt – du wirst immer ganz oben landen. Aber jetzt kann ich dir in vielen Dingen helfen, und genau das ist meine Absicht. Ginny und ich, wir haben nie Kinder gehabt, und ich betrachte dich schon seit langem als meinen Sohn.«

»Danke, Sir. Das ist wirklich wunderbar. Aber ich möchte noch einmal klarmachen, daß ... Nun ja, wenn ich wirklich erfolgreich sein will in einem Regierungsamt, dann muß ich allein meinen Mann stehen. Entschuldigen Sie, wenn ich es so offen sage, aber ich möchte nicht in den Senat des Staates gewählt werden als Repräsentant von Hugh Holmes.«

Holmes grinste verschmitzt. »Ja, ich glaube, ich bin manchmal ein bißchen aufdringlich, und ich gebe gern zu, daß ich hoffe, du wirst die gleichen Ziele verfolgen wie ich.«

»Davon bin ich überzeugt, Sir; dennoch wird es nicht zu

umgehen sein, daß wir in der Zukunft bei manchen Dingen verschiedener Ansicht sein werden. Das ist nur natürlich, und ich bitte Sie zu verstehen, daß ich Ihre Hilfe nur dann anzunehmen vermag, wenn ich mich völlig frei fühlen kann und bei meinen Entschlüssen nur meinem Gewissen verantwortlich bin.«

»Ich werde das Gefühl nicht los, daß du an etwas ganz Spezielles denkst.«

Wieder rutschte Billy auf seinem Sessel hin und her. »Ich glaube, der Krieg hat einiges unwiderruflich verändert. Ich nehme an, es wird hier im Süden manche Veränderungen geben, die den Leuten von Georgia gar nicht passen.«

»Billy, hat dich das Militär in einen Fürsprecher der Rassenintegration verwandelt?«

»Ich glaube, wir müssen in diesem Staat einige schmerzhafte Entwicklungen durchmachen. Diese farbigen Jungs heute nachmittag auf dem Baseballplatz der Schule haben genauso gekämpft und geblutet im Krieg wie jeder andere, und sie haben ein Recht auf die Dankbarkeit ihrer Kommunen. Viele von ihnen wurden zum ersten Mal wie erwachsene Menschen behandelt, und das werden sie nicht vergessen. Sie werden die Dinge nicht mehr so hinnehmen, wie sie heute noch sind. Und wenn ich in den Senat des Staates gewählt werde, dann werde ich auch diese Menschen repräsentieren.«

Holmes grinste ein wenig. »Das war eine sehr diplomatische Antwort auf meine Frage. Laß mich dir sagen, wo ich in dieser Sache stehe. Ich glaube, daß eine Vermischung der beiden Rassen das Schlimmste wäre, was diesem Land passieren könnte, und daß es gerade den Süden an den Rand des Ruins bringen würde. Ich sehe uns nicht gern als eine Nation von Mischlingen. Aber ich bin auch der Ansicht, daß unsere farbigen Bürger in vieler Hinsicht gleichberechtigt sein sollten, und ich habe mich stets bemüht, sie dementsprechend im Senat zu vertreten.«

»Das weiß ich, Sir.«

»Nun gut – trotz meiner Ansicht über die Rassentrennung weiß ich natürlich, daß eine Reihe von bedeutenden Veränderungen auf uns zukommt. Meine Sorge gilt dem Bemühen, jegliche Konfrontation dabei zu vermeiden, die für uns alle, schwarz oder weiß, in die Katastrophe führen könnte. Eine der wichtigsten Bemühungen in meinem Leben war die Erziehung und Ausbildung der Jugend, und das schließt auch die Ausbildung der Schwarzen ein. Ich glaube – und wenn du mich jemals in diesem Punkt zitierst, werde ich es glattweg abstreiten –, daß wir in den nächsten fünfzehn oder zwanzig Jahren von Washington gezwungen werden, die Rassenintegration in den Schulen zu verwirklichen. Ich sehe das nicht mit Freuden kommen, aber ich werde tun, was ich kann, werde aber gleichzeitig versuchen zu verhindern, daß dabei unser ganzes Schulsystem zugrunde geht. Wir haben also durchaus einige gemeinsame Ziele, und ich glaube, wir werden gut zusammenarbeiten.«

»Ich bin erleichtert, daß Sie es so sehen, Sir, weil ich mich nicht Ihrer Hilfe versichern würde, wenn ich Sie danach bei manchen Fragen bis aufs Blut bekämpfen müßte. Sie sollen auch wissen, daß ich keineswegs daran denke, irgendwelche Integrationsbewegungen anzuführen. Ich möchte eine politische Karriere verfolgen, und dazu muß ich die Stimmen der Mehrheit für mich gewinnen. Ich bin Realist genug, um das zu wissen.«

Holmes neigte den Kopf zur Seite und betrachtete den jungen Mann, der ihm gegenübersaß. »Weißt du, ich glaube, du bist fast noch ehrgeiziger, als ich angenommen habe.«

»Ich meine, Gouverneur zu werden ist ein Ziel, das ich ins Auge fassen kann. Ich bin nicht größenwahnsinnig.«

»Das ist gut. Also, du bewirbst dich um den Sitz im Senat des Staates? Du hast dabei meine volle Unterstützung, und ich glaube kaum, daß es irgendwelche Schwierigkeiten geben wird.«

»Ja, Sir, das will ich. Und ich danke Ihnen dafür, daß Sie mir die Gelegenheit dazu bieten. Hoffentlich ist noch genug Arbeit für einen weiteren Rechtsanwalt in Delano.«

»Weißt du, daß Harry Mix vor drei Monaten gestorben ist?«

»Mama hat es mir geschrieben.«

»Die Bank hat noch keinen neuen Rechtsberater ernannt.

Du bekommst alle unsere Probleme auf den Tisch, also rate ich dir, die Bankgesetze genau durchzusehen – das ist etwas anderes als Verteidiger in Strafprozessen.«

»Das ist wundervoll, Sir. Ich danke Ihnen.«

»Und du wirst auch genug mit der Spinnerei zu tun haben.«

»Wird die nicht von Blackburn, Hedger und Co. vertreten?«

»O ja, aber ich habe bereits mit Tom Delano gesprochen. Du bekommst alles, was hier in der Umgebung anfällt, und vielleicht auch den einen oder anderen Prozeß.«

»Das wird Blackburn, Hedger und Co. aber gar nicht passen.«

»Das kann dir egal sein.«

»Wie alt ist Delano eigentlich?«

»Zweiundachtzig, und er herrscht noch immer mit klarem Verstand und eiserner Hand. Ich schätze, daß du mit der Bank und der Spinnerei auf rund zehntausend im Jahr kommst. Das dürfte reichen für den Start eines jungen Anwalts.«

»Dafür würde jeder Anwalt manches opfern.«

»Du wirst eine Kanzlei brauchen. Dafür ist Platz im ersten Stock des Bankgebäudes. Klein, aber für den Anfang reicht es. Und du brauchst eine Bibliothek. Hast du beim Militär Geld gespart?«

»Alle Flugprämien und den Überseesold, dazu noch ein bißchen mehr. Ich besitze ungefähr achttausend Dollar in Kriegsanleihen.«

»Braver Junge. Aber du brauchst mehr, wenn du ordentlich anfangen willst. Du brauchst ein Haus zum Wohnen, und da während des Krieges nichts gebaut wurde, sind Häuser ziemlich knapp in Delano. Ich schlage vor, du suchst dir erst eine vorübergehende Bleibe und baust dir dann selbst ein Haus nach deinen Wünschen. Das zeigt den Leuten auch gleich, daß du es ernst meinst und hierbleiben willst.«

»Ich habe Trisha eine Farm versprochen – eine, auf der sie arbeiten kann.«

»Gut, gut. Wir finden sicher etwas Land in der Nähe und

rechnen uns dann eine günstige Hypothek aus. Farmer und Anwalt ist eine Kombination, die in diesem Staat kaum zu schlagen sein dürfte.« Holmes erhob sich aus seinem Sessel. »Ich finde, darauf sollten wir noch einen Schluck trinken.«

»Ich habe jetzt schon ziemliche Mühe, die Füße auf dem Boden zu behalten.«

Holmes schenkte trotzdem beide Gläser nach. »Unsinn. Seit du ein kleiner Junge warst, Billy, hast du deine Füße nirgends anders als auf dem Boden gehabt. Du machst dich gut, Junge, wirklich gut.« Er ließ sich wieder in den Sessel sinken und betrachtete Billy mit wohlgefälligem Blick. »Es besteht sogar die Chance, daß du mit etwas Glück ganz nach oben kommst.« Er trank einen Schluck und starrte ins Feuer. Ein schwaches Lächeln spielte um seine Lippen. »Der erste Präsident aus dem Süden seit dem Bürgerkrieg. Wäre das nicht etwas Besonderes?«

Als sie im Wagen von Billys Stiefvater zum Haus seiner Mutter fuhren, drückte sich Patricia an seine Schulter. »Also dann, berichte«, sagte sie.

»Es sieht so aus, als wäre ich in den Senat des Staates Georgia berufen worden.«

»Berufen? Mußt du denn nicht hineingewählt werden?«

Er lachte und legte den Arm um sie. »Sicher, ich muß eine Kampagne starten. Du wirst jeden Ladenbesitzer und jeden kleinen Farmer in den Tri-Counties kennenlernen. Aber in diesem Distrikt kommt es vor allem auf eine Stimme an, und die habe ich bereits.«

»Na schön, dann fangen wir an.«

3

Sonny saß an einem Tisch am Rand der Tanzfläche bei »Fletcher«, einem Gasthaus am Highway 41, fünf Meilen nördlich von Delano, und beobachtete das Mädchen. Eine Hillbilly-Band in Cowboyaufmachung fiedelte etwas Sentimentales, wobei das Heulen der Stahlgitarre den Ton angab, und auf der Tanzfläche drängten sich die Paare, aber Sonny sah nur das Mädchen. Charlie Ward, Delanos einziger Polizeibeamter außer dem Chief, saß neben ihm und schaute Sonny durch die dicke Brille an, die ihn glücklicherweise vor dem Militärdienst bewahrt hatte.

»Mein Gott, Sonny, es ist fabelhaft, daß du jetzt zu uns gehörst, wirklich. Du und ich, wir werden uns in dieser Stadt mal ein paar Leute vorknöpfen, darauf kannst du dich verlassen.«

»Ja, klar, Charlie.« Sonny machte der Kellnerin ein Zeichen und bestellte noch ein Bier. Er nickte dem Mädchen zu, als es in den Armen eines fleischigen Typs in einer Marineuniform an ihm vorübertanzte. »Wer ist die da?«

»Die Rothaarige? Sie ist aus La Grange. Heißt Charlene sowieso. Nicht schlecht, was?«

Sie war besser als nicht schlecht. Groß, das Haar auf einer Seite nach hinten gesteckt, mit einer Blume hinter dem Ohr. Ihr Angorapullover war stramm über die Brüste gezogen und in der Taille durch einen breiten Gürtel festgehalten. »Ich liebe das«, sagte Sonny. »Ich liebe schlanke Mädchen mit großen Titten.« Er trank einen Schluck von dem frischen Bier und stand dann auf, um auf die Tanzfläche zu gehen. Charlie packte ihn am Ärmel.

»He, paß auf, der Kerl hat einen schlechten Ruf in der Gegend. Warte lieber, bis sie sich hingesetzt hat.«

Sonny hielt Charlie am Handgelenk fest und drückte so lange, bis der andere die Finger öffnete. »Zerknittere mir nicht die Uniform, Junge.«

»Entschuldige, Sonny, ich wollte doch nur . . .«

Aber Sonny bahnte sich bereits einen Weg durch die Menge. Sein Blick traf sich mit dem des Mädchens, über die Schulter ihres Partners hinweg, und sie wandte die Augen nicht ab, als Sonny sich den beiden näherte. Jetzt zog sie die Stirn ein wenig in Falten und rollte die Augen zur Seite, zu dem Matrosen hin. Sonny verstand, was das bedeutete: Du bist nett, du gefällst mir, aber paß bei dem da auf. Er trat auf das Paar zu und tippte dem Matrosen kräftig auf die Schulter.

Der junge Mann drehte sich um und schaute ihn überrascht an. Sonny lächelte. »'tschuldigen Sie«, sagte er in seinem freundlichsten Ton. »Darf ich Sie ablösen?«

Die Augen des Matrosen verengten sich, und seine Nasenlöcher wurden weit. »Hau ab«, sagte er, dann wandte er sich wieder dem Mädchen zu.

Sonny packte ein Stück der Marineuniform an der Schulter des Mannes und drehte ihn wieder zu sich herum. Das Lächeln war wie weggewischt. »Ich glaube, du hast mich nicht ganz verstanden, Schwabbel. Die Armee löst die Marine ab.«

Der Matrose musterte ihn von oben bis unten und bemerkte die Ärmelstreifen. Er selbst hatte auch einige aufzuweisen. »Ich wer' dir sagen, was die Armee tut. Sie löst sich auf, nicht ab.«

Fletcher, der Besitzer des Lokals, war plötzlich aufgetaucht, stand jetzt vor den beiden Kontrahenten und schob seinen dicken Bauch zwischen sie. Er hielt einen Kinderbaseballschläger in der Hand, und das dickere Ende war mit schwarzem Klebeband umwickelt. »Hört mal gut zu, Jungs: Die Hintertür ist da drüben.« Er nickte in Richtung auf einen Notausgang in einer Ecke des Raums. »Die Diskussion findet im Freien statt.« Und um seine Ansicht zu unterstreichen, klatschte er sich mit dem Schläger auf die linke Handfläche. »Aber ein bißchen plötzlich, ja?«

Wieder lächelte Sonny. »Jawohl, Sir, Fletcher.« Er drängte den Matrosen in Richtung auf die Tür. »Nach dir, Schwabbel.« Die Menge teilte sich, um die beiden hindurchzulassen, dann folgte sie nach draußen. Das Mädchen lehnte sich zu Sonny hinüber, als er an ihr vorbeiging. Ihre Augen funkelten vor Aufregung.

»Er hat ein Messer in der Socke«, flüsterte sie rasch.

Sonny nickte zum Dank für die Information. »Komm mit, Schätzchen, ich brauche Publikum.« Als sie sich der Tür näherten, steckte Sonny einen Ring von seiner Linken an die rechte Hand. Der Stein ließ sich leicht hin und her bewegen und gab so die messerscharfen Ränder der Fassung frei. Sonny beobachtete den Matrosen, der vor ihm ging. Eine Menge harter Muskeln; der Kerl war mindestens fünfundzwanzig Pfund schwerer als er. Also kein Nahkampf; warten, bis er auf ihn zukam, und ihm dann das Gesicht aufschlitzen: mal sehen, wie es ihm gefällt, wenn er sein eigenes Blut sieht.

Der Matrose stieß die Tür auf und ging die paar Stufen hinunter auf den Parkplatz. Sonny blieb dicht hinter ihm. Der Matrose wollte sich gerade umdrehen. »Okay, Soldat, wie willst du . . .«

Sonny hatte sich von der untersten Stufe abgestoßen und bereits ausgeholt, während sich der andere umdrehte. Der Hieb traf ihn hart an den Wangenknochen, und durch die Drehung verlor er das Gleichgewicht und ging zu Boden. Fluchend rappelte er sich hoch, aber Sonny war schon wieder bei ihm und traf ihn über dem linken Auge, was den Matrosen erneut zu Boden schickte. Jetzt erst merkte der Bursche in Dunkelblau, daß sein Gesicht auf beiden Seiten blutete, und während er wieder aufstand, glitt seine rechte Hand verstohlen zum rechten Fußknöchel. Er zog das Messer aus der Socke und öffnete es mit einer einzigen Bewegung. Sonny trat einen Schritt nach vorn und stieß ihm den Fuß ins Gesicht, wie ein Footballspieler, der sich einen Extrapunkt verdienen will. Der Matrose sank zurück und verlor den Boden unter seinen Füßen. Das Messer fiel ihm aus der Hand, und Fletcher trat mit dem Fuß darauf, aber das wäre gar nicht nötig gewesen: Der Matrose blieb liegen, wo er hingefallen war.

»Das wär's, Leute«, rief Fletcher den Zuschauern zu. »Damit ist die Sache vorbei. Macht, daß ihr wieder reinkommt – die Band spielt noch eine halbe Stunde.« Dann wandte er sich an Sonny. »Und Sie hauen lieber ab, bevor er zu sich kommt. Sonst müßten Sie ihn umbringen, damit er Ruhe gibt.«

Sonny ging auf das Mädchen zu und steckte währenddessen den Ring wieder an den Ringfinger der linken Hand. »Gib mir die Autoschlüssel«, sagte er zu Charlie, der neben ihr stand. Sie atmete ebenso heftig wie er selbst.

»Du holst mich aber nachher ab, nicht wahr, Sonny?« fragte Charlie.

Sonny nahm das Mädchen bei der Hand und ging zum Parkplatz. »Schlage vor, du suchst dir jemand anders, der dich mitnimmt, Charlie. Wir sehen uns morgen. Mach dir keine

Gedanken wegen des Wagens.« Er stieg ein und öffnete dem Mädchen von innen die Beifahrertür, dann ließ er den Motor an. »Du heißt Charlene, nicht wahr?«

»Charlene Pearl.« Sie atmete noch immer ziemlich heftig, genau wie Sonny.

»Ich bin Sonny Butts.« Er lenkte den Wagen aus dem Parkplatz hinaus auf die Straße und fuhr ein paar hundert Meter weit bis zu dem Feldweg, der zu Fletchers Fischteich führte. Sie kuschelte sich an ihn und legte ihre Hand auf seinen rechten Schenkel.

»Du hast Maxie ganz schön fertiggemacht, weißt du das? Er hat überhaupt nicht mehr gemerkt, was ihn umgehauen hat.« Sie war ganz nahe bei ihm und atmete ihm ins Ohr. Ihre Hand bewegte sich auf dem Schenkel weiter nach oben. »He, he!« kicherte sie.

»Zieh dir den Slip aus«, sagte er und konzentrierte sich aufs Fahren. Sie lachte und hatte einige Mühe, in der Enge des Wagens seinem Befehl nachzukommen. »Und deinen Pullover und den BH.«

»Ist das alles, Mann?«

Er steuerte den Wagen in eine kleine Ausbuchtung neben dem Feldweg und hielt an. Sie stiegen aus, und das Mädchen kletterte ohne ein Wort auf den Rücksitz. Sonny öffnete seine Gürtelschnalle und zog sich die Hose und die Uniformjacke aus; dann war er über ihr und in ihr, drängte, biß in ihre großen Brustwarzen, drängte und stieß immer heftiger zu. In knapp einer Minute kamen sie beide und stöhnten laut dabei. Dann lagen sie erschöpft und eng umschlungen auf dem Rücksitz und rangen nach Luft.

»Es war die Rauferei, nicht wahr?« sagte er schließlich, während er immer noch keuchte. »Die hat dich so heiß gemacht.«

»O ja«, sagte sie und keuchte wie er. »Und dich hat es auch geil gemacht, oder?«

»Klar«, erwiderte er. »Das geht mir immer so.«

4

Hugh Holmes und Marshall Parker standen im schwachen Licht einer leer stehenden Scheune am Stadtrand von Delano.

»Was brauchen Sie, um diesen Stall herzurichten, Marshall?«

»Mr. Holmes, ich denke, ich muß das Dach neu decken, die Wände wetterfest machen, ein paar Kanonenöfen hineinstellen und den Innenraum so herrichten, daß man darin arbeiten kann. Das kostet ungefähr fünfzehnhundert Dollar – das heißt, wenn ich es weitgehend selbst mache.«

»Was ist mit Werkzeugen und Baumaterial?«

»Dafür bräuchte ich noch zusätzliche fünfhundert Dollar.«

»Und haben Sie Ihre Kosten, die Miete und alles andere berechnet?«

»Jawohl, Sir. Außerdem gibt er mir ein Vorkaufsrecht. Ich kann das hier für dreitausend Dollar kaufen. Samt den zwei Morgen Land, die dazugehören.«

Holmes fand, daß das ziemlich viel war, aber man mußte bedenken, daß hier ein Weißer an einen Schwarzen verkaufte, und wenn Marshall tüchtig genug war, um den Besitz kaufen zu können, würde die Bank ihm behilflich sein und möglicherweise einen besseren Preis aushandeln. »Marshall, ich weiß, daß Sie vor dem Krieg für Mickey Shelton gearbeitet haben. Haben Sie dort gelernt, wie man Autos repariert?«

»Nun, um ehrlich zu sein, Sir, eigentlich habe ich nicht viel mehr getan als Wagen abgeschmiert, Öl gewechselt und Plattfüße repariert. Aber bei der Armee habe ich wirklich gelernt, wie man mit Wagen umgeht. Wir hatten keinen richtigen Wagenpark in unserer Einheit und sind daraufgekommen, daß wir die Reparaturen schneller erledigt hatten, wenn wir sie selber ausführten, anstatt die Wagen zum Wagenpark des Regiments zu bringen.«

Holmes nickte. Er konnte sich gut vorstellen, daß eine Einheit, die sich »Eleanor Roosevelts Nigger« nannte, einige Schwierigkeiten haben mußte, wenn sie Hilfe von einer »weißen« Einheit brauchte.

»Dann, nachdem wir aus Italien abgezogen wurden, um uns auf die große Invasion vorzubereiten, waren wir unten in Cornwall stationiert, im Südwesten Englands. Wir lebten in Zelten und auf Schiffen, die in den Flüssen ankerten, getarnt natürlich, und wir hatten eine Menge Zeit, also bin ich oft in das kleine Dorf in der Nähe gegangen, St. Mawes hat es geheißen, und habe dem alten Mr. Pascoe in seiner Reparaturwerkstatt geholfen. Ich habe mit Austins, Wolseleys und sogar Jaguars gearbeitet. Sicher, oft hatten wir keine Ersatzteile, und wir mußten uns irgendwie behelfen; dabei hab ich auch 'ne Menge gelernt. Ich bin draufgekommen, wie man Aggregate wieder repariert, die man normalerweise wegschmeißt. Das kommt mir jetzt gut zustatten hier in der Gegend, denke ich, denn Einzelteile sind noch immer schwer zu kriegen und teuer, und die meisten Schwarzen haben es lieber, wenn man die kaputten Teile repariert, statt sie auszuwechseln.«

Marshall sprach nicht von den Sonntagsessen bei Pascoe und seiner Familie, nicht von den Tagen, an denen er mit ihrer Tochter Veryan im Hafen von Falmouth segeln gegangen war, und daß er sich zum ersten Mal in seinem Leben den Weißen ebenbürtig gefühlt hatte. Sie korrespondierten immer noch miteinander.

Holmes war aufgefallen, daß Marshall eher wie ein Weißer sprach, und nahm an, daß das ein Resultat seiner Erfahrungen in England sein mußte. Er hoffte, daß die gepflegte Sprechweise des Mannes kein Hindernis bei seiner zukünftigen Tätigkeit sein würde.

»Eine gute Idee. Wissen Sie was, Marshall: Wir geben Ihnen zum Beginn ein Darlehen über tausend Dollar – Sie sagten doch, Sie hätten etwas Geld gespart?«

»Jawohl, Sir, über zweitausend Dollar.«

»Dann schlage ich vor, Sie legen die Hälfte davon als Sparguthaben bei der Bank an und bekommen dafür Zinsen, bis Sie das Geld abheben. Kennen Sie sich in solchen Dingen aus?«

»Jawohl, Sir. Ich hab schließlich mein Examen auf der High School gemacht.«

»Und wenn Sie dann aus dem Gröbsten raus sind und wir sehen, daß Sie geschäftlich vorankommen, werden wir Ihnen mehr Geld zur Verfügung stellen, damit Sie das Geschäft ausbauen können. Was meinen Sie?«

»Jawohl, Sir, das wäre großartig, und ich bin Ihnen sehr dankbar, Mr. Holmes, wirklich sehr dankbar.«

»Also schön, Marshall – Sie waren immer ein anständiger Kerl, und wenn Sie hart arbeiten und sich mit dieser Reparaturwerkstatt eine Existenz aufbauen, werden die Leute auch Vertrauen zu Ihnen haben, und Sie werden sich wundern, was Ihnen das zusätzlich einbringt.« Holmes schaute auf seine Uhr. »Kommen Sie morgen vormittag auf die Bank, dann machen wir einen entsprechenden Vertrag. Ich habe heute nachmittag noch einen Besuch zu machen, und ich fürchte, ich komme nicht zurück, bevor die Bank schließt.«

Holmes ließ Marshall Parker bei seiner neuen Garagenscheune zurück und fuhr auf die andere Seite der Stadt. Idus Bray hatte schlauerweise damit gerechnet, daß die aus dem Krieg zurückkehrenden Veteranen nicht genügend Wohnraum zur Verfügung haben würden, und auf einem seiner Grundstücke eine Wohnwagensiedlung errichtet. Patricia Lee begrüßte den Bankier, als er zu der winzigen Behausung kam, in der sie und Billy wohnten. Billy kam gerade zurück, als Holmes aus dem Wagen stieg. Der Bankier wurde von allen Seiten freundlich begrüßt.

»Nun, Miss Lee, wie gefällt es Ihnen in der gastlichen Heimstatt von Idus Bray? Finden Sie sich überhaupt zurecht in der üppigen Behausung?«

Sie küßte Holmes auf die Wange. »Mr. Hugh, er hat mir Land versprochen, eine richtige Farm!« Sie lächelte und nickte in Richtung auf Billy. »Und sehen Sie, ich wohne in einer Villa, die ungefähr so groß ist wie eine Pferdebox in den Stallungen meines Vaters. Wenn Daddy das sehen könnte, würde er meinen Mann auspeitschen.«

»Hören Sie sich das an«, sagte Billy. »Wir sind erst eine Woche hier, und schon beschwert sie sich. Ich fürchte, ich habe mir da eine echte irische Hexe eingehandelt.«

»Ich glaube, ich kann Sie bald aus den Klauen Ihres geldgierigen Vermieters befreien«, sagte Holmes. »Kommen Sie, ich möchte mit Ihnen eine kleine Fahrt machen.« Er schaute auf das verrostete 38er Ford-Kabriolett, das Billy fuhr. »Aber ich schlage vor, wir nehmen meinen Wagen.«

Sie fuhren auf dem Highway 41 nach Norden, ein paar Meilen weit, dann bogen sie in östliche Richtung ab auf die ungeteerte Straße nach Raleigh, der sie noch einmal zwei Meilen weit folgten. Danach fuhr Holmes auf einem Feldweg ein paar hundert Meter weit eine leichte Anhöhe hinauf, wo er schließlich stehenblieb. Billy blickte nach vorn. Ein hoher, gemauerter Kamin stand einsam und verlassen auf dem kleinen Hügel. Kühe grasten dort, wo früher das Haus gewesen war. Eichen und ein paar Nußbäume warfen ihre Schatten auf das Gelände.

Billy stieg schweigend aus und ging auf den Kamin zu, gefolgt von Patricia und Holmes, wobei sie den Kuhfladen ausweichen mußten. Dann blieb er stehen und schaute rings in der Gegend herum.

»Das Gras hat jedenfalls keinen Dünger nötig«, bemerkte Patricia.

Billy nickte und zeigte auf einen ehemaligen Misthaufen in der Nähe. »Das ist so ziemlich die Stelle, wo ich geboren wurde. Natürlich einen Stock höher. Nicht grade ein Denkmal aus Marmor, wie?«

Patricia riß den Mund auf. »Das war die Farm deines Vaters? Die Baumwollplantage?« Sie blickte sich um. »Du hast mir nie erzählt, daß es hier so schön ist.«

»Um die Wahrheit zu gestehen: Ich selbst erinnerte mich kaum noch daran. Ich war seit meinem dreizehnten Lebensjahr nicht mehr hier. Aber es ist wirklich schön.« Sein Blick fiel auf die Baumgruppen und die Wiesen. »Mein Gott.«

»Es steht zum Verkauf frei«, sagte Holmes.

»Wem gehört das Land?«

Holmes schaute die beiden mit gespielter Verlegenheit an. »Na ja – mir.«

»Ihnen?«

»Ich habe es von der Bank gekauft. Hoss Spence hätte es haben wollen, aber Ihr Daddy hat mir mal gesagt, es wäre ihm lieber, wenn die Bank das Land bekäme und nicht Hoss Spence. Ich habe Hoss die Wiesen zum Grasen für die Kühe verpachtet, nachdem dein Vater gestorben war, aber ich habe es einfach nicht übers Herz gebracht, den Besitz zu verkaufen. Spence konnte nie begreifen, warum. Er ist seitdem ziemlich wütend auf mich.«

»Wie groß ist das Grundstück?«

»Sechshunderteinundvierzig Morgen. Dein Urgroßvater besaß mehr als dreitausend Morgen, als der Bürgerkrieg begann. Aber der Wiederaufbau, das war eine harte Zeit. Du kannst es kaufen für die Hypothek, die dein Vater darauf lasten hatte, plus der inzwischen fälligen Zinsen. In gewisser Weise übernimmst du so seine Schulden. Das beläuft sich für dich auf ungefähr zwanzigtausend. Das Haus dürfte noch mal dreißigtausend kosten. Sicher, Baumaterial ist zur Zeit knapp, aber auf dem Land steht gutes Holz, festes Bauholz. Und drei Meilen von hier ist eine Sägemühle. Ich kenne einen drüben in La Grange, der eine Abbruchfirma besitzt. Er hat eine Menge guter, alter Ziegelsteine. Die sind viel schöner als neue, wenn sie erst abgeklopft sind. Irgendwo werden wir sicher Zement auftreiben und Kupferrohr. Das Dach wird ein Problem, aber das werden wir auch hinbekommen.«

»Zwanzigtausend ist zu billig.«

»Ich habe einen durchaus anständigen Profit erhalten für meine Investition. Vergiß nicht: Hoss hat mir für die Nutzung des Landes bezahlt. Und die Bank wird ein Geschäft machen mit der Hypothek, die sie dir gibt. Ich bin kein Narr, Billy.«

Billy sah Patricia an. »Sag sofort ja zu Mr. Hugh, oder ich lasse mich scheiden«, erklärte sie.

Billy wandte sich wieder an Holmes. »Die Bank hat hiermit einen neuen Kunden.«

»Unter einer Bedingung«, sagte Holmes. »Ich möchte euch die Ziegel zur Hochzeit schenken. Ich habe es mir lange überlegt: Ich will euch etwas schenken, was von Dauer ist.«

Billy wollte protestieren. »Halt den Mund, Billy Lee«, sagte Patricia, dann umarmte sie Holmes und küßte ihn, daß er errötete. »Danke, Mr. Hugh«, flüsterte sie ihm ins Ohr. »Vielen, vielen Dank.«

Auf der Fahrt zurück in die Stadt fragte Holmes, wo er den Ford-Kombi aufgetrieben habe. Billy sagte es ihm.

»Du hättest dich bei mir erkundigen sollen«, tadelte ihn Holmes. »Na schön – aber ich kenne jemanden, der dir den Wagen ein bißchen aufpoliert.«

»Nach allem, was Sie für uns getan haben, zweifle ich nicht eine Sekunde daran«, erwiderte Billy.

5

Polizist Sonny Butts schlenderte aus der Polizeistation von Delano hinaus in den strahlenden Junimorgen. Das war seine Lieblingsbeschäftigung: Er schwang ein Bein über das riesige Motorrad, ließ den Kickstarter mit der Stiefelspitze herausschnappen, streckte sich und trat dann mit aller Kraft darauf. Der Motor brüllte einmal kurz auf, dann drehte Sonny das Gas zurück, während er die Stütze nach oben klappte und sich die Pilotensonnenbrille auf die Nase setzte. Der schwarze Ledersattel war heiß von der Sonne und fühlte sich zwischen den Beinen und an den Genitalien angenehm an, während er aus dem Parkplatz der Polizeistation in die Main Street hinausfuhr und in Richtung auf das Geschäftszentrum der Stadt. Leute winkten ihm zu, und er winkte zurück oder grüßte sie mit zwei Fingern am Schirm der Mütze, wenn es sich um einen Stadtrat oder einen Geschäftsinhaber handelte.

An der Verkehrsampel Ecke Main und Broad Street winkte ihn Hugh Holmes zu sich heran. Ein junger Mann in einem blauen Anzug, sehr groß und sehr mager, stand neben dem Bankier.

»Morgen, Mr. Holmes.« Sonny legte sein korrektestes Betragen an den Tag. Holmes machte ihn immer ein wenig nervös.

»Morgen, Sonny. Ich möchte Ihnen den neuen Pfarrer der Ersten Baptistengemeinde vorstellen. Brooks Peters, das ist

Polizist Sonny Butts, einer unserer Kriegsveteranen, der vor drei Monaten der hiesigen Polizei beigetreten ist.«

»Freut mich, Sie kennenzulernen, Sonny.« Der Pfarrer sagte es so, als meine er es aufrichtig.

»Willkommen in Delano, Mr. Peters. Meine Mutter und ich besuchen die Kirche an der West Side, wir gehören also nicht zu Ihrer Gemeinde, aber wir werden Sie sicher gelegentlich bei einer Erweckungsfeier zu hören bekommen.« Sonny wußte genau, wie man mit Baptistenpfarrern sprechen mußte, wie es ihm überhaupt gelang, sich auf alle Leute einzustellen.

»Eine starke Maschine, die Sie da fahren.«

»Ja, Sir, das kann man sagen. Wir haben sie letzten Monat fast umsonst bekommen, bei einem Verkauf von Kriegsmaterial in Fort Benning. Hat nur siebentausend Meilen draufgehabt. Ein guter Kauf für die Stadt, glaube ich.« Er warf Holmes einen Blick zu, der nichts dazu sagte, aber ein undefinierbares Brummen hören ließ. »Also dann, Herr Pfarrer, Mr. Holmes – ich muß jetzt meine Runde drehen. War nett, Sie zu sehen.«

Sonny fuhr weiter die Main Street entlang, dann über die Second zur Broad Street und den Hügel hinauf. Bei einem Tempo von vierzig Stundenmeilen war der Fahrtwind ausgesprochen kühl. Ein angenehmes Gefühl. Oben auf dem Paß überquerte er die Straße und blieb im Schatten einer Reklametafel für das Bijou-Theater stehen, auf der der neueste Film angekündigt wurde: »Die besten Jahre unseres Lebens.« Sonny hatte den Film am Abend zuvor gesehen und sich mit der Dana-Andrews-Rolle identifiziert, dem ehemaligen Angestellten im Drugstore, der zurückgekommen war in seine Heimatstadt und keine Arbeit fand. Er selbst war froh darüber, den Job bei der Polizei bekommen zu haben. Während des ganzen Films hätte er am liebsten zu Andrews gesagt: »Dann bewirb dich doch um einen Posten bei der Polizei, du Trottel, und du hast keine Mühe mehr, die hübschesten Mädchen zu bekommen.«

Nachdem er die Maschine aufgebockt hatte, setzte er sich seitwärts auf den Sattel und wartete. Keine fünf Meter entfernt von ihm stand ein einsamer Briefkasten – er gehörte

Foxy Funderburke. Es überraschte ihn, daß Post im Briefkasten steckte. Und obwohl er den Absender nicht ganz lesen konnte, wußte er, was es war, denn er selbst hatte erst am Morgen auf der Polizeistation einen gleichen Umschlag geöffnet. Es war ein Katalog für alles, was zur Ausrüstung der Polizei gehörte. Dieser Funderburke war wirklich ein Polizeinarr. Die Stoßstange seines Kastenwagens war gepflastert mit Aufklebern von verschiedenen Polizei- und Sheriffvereinen, die auch Außenstehende aufnahmen. Die Leute drängten in diese Klubs, weil sie dachten, sie würden nicht so leicht wegen Geschwindigkeitsübertretungen angezeigt, wenn die Verkehrspolizisten die Aufkleber sahen. Bevor er länger über diesen Foxy nachdenken konnte, brauste ein Wagen mit mindestens fünfzig Meilen in der Stunde an der Reklametafel vorbei.

Sonny hatte den Wagen eingeholt, ehe er eine Meile weit gekommen war. Es war einer von den neuen 46er Fords, und natürlich hatte er den Aufkleber eines Polizeivereins an der hinteren Stoßstange. Sonny zog mit dem Wagen gleich und winkte den überraschten Fahrer zur Seite. Der Mann stieg aus und kam auf ihn zu.

»Was ist, Officer?« Der Mann grinste freundlich.

»Tut mir leid, aber ich hab Sie erwischt, wie Sie fünfundfünfzig gefahren sind in einer Zone, wo nur fünfundzwanzig erlaubt sind. Kann ich Ihren Führerschein sehen, Sir?«

»Natürlich.« Der Mann zog eine Brieftasche hervor und öffnete sie. Gegenüber dem Führerschein steckte eine Karte mit einem großen Sheriffstern unter der Plastikhülle, der Mitgliedsausweis eines Polizeiklubs. Der Mann grinste immer noch. Sonny notierte sich die Führerscheinnummer und schrieb dann ein Strafmandat aus. Jetzt hörte der Mann zu grinsen auf. »Sie haben wohl meine Mitgliedskarte nicht gesehen, wie?«

»O doch, Sir, und ich darf Ihnen versichern, daß wir es schätzen, wenn Sie die Polizei auf diese Weise unterstützen.«

Der Mann schaute Sonny zu, der noch immer an dem Strafzettel schrieb. »Aber sollten die Förderer der Polizei nicht mit besonderer Aufmerksamkeit behandelt werden?«

»Sir, wir schenken Ihnen so viel Aufmerksamkeit wie möglich. Wenn Sie mit mir auf die Polizeistation kommen, werden Sie feststellen, daß wir Sie so höflich behandeln, wie uns das in diesem Fall angebracht erscheint.« Sonny reichte dem verblüfften Mann den Strafzettel und stieg auf das Motorrad. »Wenn Sie mir jetzt folgen wollen, Sir.« Er kickte den Motor an und fuhr voraus.

Auf der Station bezahlte der Mann eine Strafe von fünfundzwanzig Dollar an Chief Thomas und ging wütend davon.

»Das sind schon drei in einer Woche«, sagte der Chief. »Meinen Sie nicht, daß Sie ein bißchen übereifrig sind? Sicher, der Stadtrat freut sich über jede Extraeinnahme, aber er ist bestimmt nicht begeistert darüber, wenn unsere Stadt in den Ruf einer Verkehrsfalle kommt, wie ein paar Städte auf der Staatsstraße Nummer eins.«

»Bestimmt nicht, Sir. Der Mann ist über fünfzig gefahren, und ich hab ihn nur für fünfundvierzig bestraft.«

»Also schön. Kümmern Sie sich jetzt 'ne Weile um den Laden hier. Ich fahre nach Hause zum Mittagessen.« Es war erst kurz nach elf, aber der Chief hatte Bandscheibenbeschwerden und legte sich mittags immer ein Stündchen hin. Sonny wußte, daß er nicht vor zwei zurück sein würde. Thomas überließ ihm mehr und mehr die Aufgaben der Polizeistation, und genau das war es, was Sonny sich wünschte.

»Jawohl, Sir. Guten Appetit. Sagen Sie – wenn ich diesen alten Schreibtisch ein bißchen aufräume, kann ich ihn dann in Zukunft benützen?«

Der Chief warf einen Blick auf das seit langem nicht mehr benützte Möbelstück, das mit alten Notizen und Rundschreiben überhäuft war. »Klar, Sonny. Wird sowieso Zeit, daß das alte Zeug mal weggeschafft wird.«

Sonny verbrachte eine halbe Stunde damit, die Papiere durchzusehen, wobei er das meiste in den Papierkorb warf; dann staubte er den alten Schreibtisch ab, polierte ihn und ölte zuletzt noch die Schienen des Rollpults. Als er fertig war, sah der Schreibtisch gar nicht so schlecht aus. Sonny setzte sich und begann in den Schubladen zu kramen. Sie waren gefüllt mit dem Abfall eines halben Dutzends Kleinstadtpolizisten: Notizbücher, Fahndungsschreiben, eine rostige alte Pistole, die vor Jahren einem Betrunkenen abgenommen worden war, Munition verschiedenen Kalibers. Sonny warf das Zeug in einen Pappkarton.

In der untersten Schublade allerdings fand er ein ordentliches Aktenbündel, das von einem Gummiband zusammengehalten wurde. Unter dem Gummiband steckte ein Zettel mit der Aufschrift: »Unterlagen des verstorbenen Chiefs der Polizei, William Henry Lee«, unterzeichnet mit einem unleserlichen Namen. Sonny wollte das Bündel auf den Schreibtisch des Chiefs legen, damit dieser entschied, ob man es wegwerfen sollte oder nicht, da riß das mürbe Gummiband, und einige Blätter fielen auf den Boden. Von einer Photographie starrte ihn ein Toter an.

Sonny hatte viele Tote in allen möglichen Stellungen gesehen, aber ein solches Bild war ihm noch nicht vorgekommen. Als er nachsah, entdeckte er mehrere Fotos des Toten, aus verschiedenen Blickwinkeln aufgenommen. Ein junger Bursche, der schwer mißhandelt worden war. Jetzt fühlte Sonny, wie sich sein Puls beschleunigte. Er las einen maschinegeschriebenen Bericht, der mit einer Büroklammer an eins der Fotos geheftet war. Als er damit fertig war, las er einen zweiten Bericht, der mit sorgfältiger Handschrift auf liniertes Notizblockpapier geschrieben war. Während des Lesens betrachtete er immer wieder die Photographie und die Verletzungen des jungen Toten, die dort beschrieben waren.

Dann sah er sich die Unterschriften auf den Berichten an. Den Namen des Arztes hatte er nie gehört, aber er erinnerte sich an den Chief – es war der Vater von Colonel Lee. Er selbst mußte sechs oder sieben Jahre alt gewesen sein, als der Nigger den Chief mit einem Gewehr erschossen hatte. Es fiel ihm wieder ein, daß der Nigger zwei- oder dreimal vor Gericht gestanden hatte, bevor er endgültig verurteilt worden war. Es war die erste Hinrichtung durch den elektrischen Stuhl in diesem Staat gewesen, und er erinnerte sich noch gut daran, wie man auf der Schule darüber geredet hatte.

Aber natürlich erinnerte er sich nicht mehr daran, wie man diesen jungen Burschen gefunden hatte. Verdammt, der alte

Lee hatte also einen unaufgeklärten Mordfall hinterlassen! Was sagte man dazu? Sonny lehnte sich in seinen Sessel zurück und stellte sich plötzlich vor, wie er versuchen würde, nach alten Spuren und Hinweisen zu forschen und einen Mordfall aufzuklären, der bis – wie lange? – ins Jahr 1920 zurückreichte. Über fünfundzwanzig Jahre. Aber für Mord gab es keine Verjährungsfristen, wie er wußte. Vielleicht steckte ein allgemein anerkannter Bürger der Stadt dahinter. Er sah schon die Schlagzeile in der Zeitung: BUTTS ENTLARVT BANKIER HOLMES ALS MÖRDER oder so ähnlich. Jetzt mußte er schallend lachen. Ja, sicher, wenn ihm das gelänge, wäre er wieder mal der große Held. Er ordnete die Fotos und die zwei Berichte auf seinem neuen Schreibtisch und wandte sich gerade einem weiteren Bericht in derselben ordentlichen Handschrift zu, als von draußen im Warteraum Lärm zu hören war. Sonny steckte das Bündel rasch wieder in die Schreibtischschublade – er hatte inzwischen beschlossen, es nicht dem Chief zu zeigen – und ging hinaus auf den Gang, um zu sehen, was los war.

Sein Kollege, Polizist Charlie Ward, schubste einen offensichtlich betrunkenen Schwarzen nach hinten zu den Zellen. Es war Johnson, ein Einheimischer, mit dem Spitznamen »Krümelkuchen«, weil er eine Abneigung gegen schwere Arbeit hatte und sich gleich verkrümelte, wenn sie ihm drohte. Der Mann übernachtete mindestens zweimal im Monat in einer der Zellen. Charlie gab ihm einen Tritt, damit er sich schneller in seine Zelle begab.

»Meine Güte, Krümelkuchen«, sagte Sonny, »läßt du dich jetzt schon mitten in der Woche vollaufen? Ich dachte, du lieferst uns sonst nur am Wochenende deine Schau.«

»Ich hab ihn erwischt, wie er am hellichten Tag mitten auf der Main Street gebettelt hat«, sagte Charlie. »Kaum zu glauben.« Krümelkuchen torkelte in die Zelle, wobei er noch einen Tritt abbekam.

»Nee, Sir, ich bin gar nich besoffen, hab nur ein paar Schluck getrunken; ich bin kein Säufer, nich wirklich.«

Sonny schlug die Zellentür zu und machte sich gar nicht erst die Mühe, sie von außen abzuschließen. »Na schön, dann bleib mal die nächsten achtundvierzig Stunden drinnen, damit du wieder nüchtern wirst. Der Friedensrichter wird deinetwegen keine Sondersitzung einlegen.« Sonny erinnerte sich daran, daß Krümelkuchen stockbesoffen bei der Musterung erschienen und dementsprechend nicht zum Militär eingezogen worden war. Er war wegen chronischem Alkoholismus zurückgestellt worden. »Schlaf ruhig deinen Rausch aus, aber wenn du dabei schnarchst, komm ich rein und geb dir einen Tritt, daß dir der Arsch zwischen den Ohren hängt, verstanden?«

Krümelkuchen warf sich auf eine Pritsche und stieß einen tiefen Seufzer aus. Es war, wie wenn er nach einem harten Arbeitstag in sein Bett gegangen wäre.

Dann kam jemand herein und meldete den Verlust seines Fahrrads, es gab ein paar Anrufe, und Sonny hatte nicht die Zeit, sich um die alten Akten zu kümmern. Dennoch konnte er den Mord an dem Jungen nicht vergessen, und dabei hatte er noch nicht einmal Will Henrys Bericht über den zweiten Mordfall gelesen.

6

Billy Lee saß auf einer Coca-Cola-Kiste im Schatten eines Pekannußbaums und sah zu, wie seine Frau eine Schar von Zimmerleuten und anderen Bauhandwerkern mit Charme und Durchsetzungsvermögen dazu brachte, daß sie die Arbeit an ihrem halbfertigen neuen Haus genau so verrichteten, wie sie es wünschte. Nach fast vier Jahren in England hatte er beinahe vergessen, wie heiß es in Georgia im Juli wurde. Patricia liebte die Hitze. Sie habe ihr ganzes Leben lang gefroren, sagte sie, deshalb könne es ihr gar nicht heiß genug sein. In einiger Entfernung sah er die beiden Schwarzen, die einen Stacheldrahtzaun reparierten.

Er hatte sich nicht allzuviel um Planung und Bau des neuen Hauses kümmern können, weil seine neuen Klienten, die Bank und die Baumwollspinnerei, seine Dienste stark beansprucht hatten; außerdem hatte ihn Holmes zu allen möglichen Treffen der Rotary-, Kiwanis- und Jaycee-Klubs mitgeschleppt. Aber vor allem hatte Patricia selbst gemeint, es sei am besten, wenn er ihr nicht im Wege stehe. Sie hatte zu seiner Überraschung einen hervorragend gezeichneten Plan eines zweistöckigen Hauses im Stil Georges V. aus dem Zylinder gezogen, eines Hauses, das sie von England her kannte, und hatte, den Schwierigkeiten der ersten Nachkriegszeit zum Trotz das Material und die Leute, die zu dem Bau nötig waren, in Rekordzeit zusammenbekommen. Noch ein paar Wochen, und sie würden in einem Haus mit vier Schlafzimmern und drei Bädern wohnen, das ihren derzeitigen Bedürfnissen und Verhältnissen nicht entsprach. Als er gegen ein so großes Haus protestiert hatte, war sie zögernd dazu bereit gewesen, ihm zu gestehen, daß sie selbst über etwas Geld verfüge, das sie nach ihrem Belieben verwenden wolle, und nach ihrem Belieben sei es, dieses Geld für ein Haus auszugeben, in dem sie beide für den Rest ihres Lebens wohnen könnten – schließlich habe sie keine Lust, wie eine Zigeunerin herumzuziehen. Also war er an seine Arbeit gegangen, hatte seine Wahlkampagne mit Hilfe von Hugh Holmes gestartet und den Hausbau seiner Frau überlassen.

Auf der Straße, die von Delano nach Raleigh führte, wurde eine mächtige Staubwolke sichtbar, an deren Spitze der kleine Punkt eines Wagens zu erkennen war. Bald stellte Billy fest, daß es sich um einen Polizeiwagen handelte, und tatsächlich bog er auf Patricias frisch gepflasterte Auffahrt ein und hielt dicht vor dem Neubau. Sonny Butts und Charlie Ward stiegen aus.

»Tag, Colonel«, rief Sonny. Viele Leute nannten Billy Colonel, und nur zum Teil wegen seines militärischen Ranges. In Georgia, wie fast überall im Süden, bezeichnete man Anwälte so. Billy hatte nie herausgefunden, warum.

»Sonny, wie geht's?« Billy stand auf und schüttelte den beiden Polizisten die Hände. Er hatte Sonny nicht mehr gesprochen, seit dieser aus dem Militärdienst entlassen worden war, und ihn nur hier und da auf seinem Motorrad oder an einer Straßenkreuzung beim Überwachen des Verkehrs gesehen.

»Gut, Colonel ... Das wird vielleicht ein Haus!« Sonny warf einen bewundernden Blick auf die Konstruktion.

»Ja, meine Frau scheint sich nie mit kleinen Dingen zu befassen. Was kann ich für Sie tun?«

Sonny reichte ihm einen Briefumschlag. »Ich habe eine gute Nachricht für Sie. Heute ist einer mit einem nagelneuen Chevrolet bei uns auf der Station vorbeigekommen. Er sagte, er hätte Sie nicht in Ihrem Büro angetroffen, also meinte er, er könnte den Wagen inzwischen bei uns abgeben. Hier sind die Papiere und die Schlüssel. Wir haben den Verkäufer zum Bus nach Atlanta gebracht.«

»Oh, großartig!« Billy nahm die Papiere. »Einer meiner Kriegskameraden hat einen Autosalon in Atlanta.« Billy hatte ihm vor einem Monat Geld überwiesen und erklärt, er sei bereit, zu nehmen, was zu bekommen war. »Es ist sehr nett von Ihnen, daß Sie den Wagen übernommen haben und auch noch hierher herausgefahren sind.«

»War mir ein Vergnügen. Bei der Gelegenheit ...« Sonny warf einen Blick auf Billys 38er Ford. »Vielleicht sind Sie dran interessiert, den Ford zu verkaufen. Ich suche schon lange ein Kabrio.«

»Sicher, schauen Sie ihn sich an.« Sie gingen auf den Wagen zu. »Als ich ihn bekommen habe, war er nicht viel wert, aber ich hab etwas Geld hineingesteckt – ein paar Kolbenringe, die elektrische Anlage und vier Radkappen. Jetzt ist er in gutem Zustand, bis auf ein bißchen Rost an ein paar Stellen. Das Reserverad ist nicht besonders gut, aber als Reserverad dürfte es reichen.«

Sonny ging um den Wagen herum, stieß mit der Schuhspitze gegen die Reifen, überprüfte den Lauf des Motors. Dann handelten die beiden Männer und kamen zu einem für beide akzeptablen Preis. Sonny schrieb einen Scheck aus. Patricia kam über die provisorische Treppe herunter, und Billy stellte ihr die beiden Polizeibeamten vor.

»Sonny hat sich eben ein hübsches Ford-Kabrio gekauft«, sagte Billy zu ihr.

»Und wieviel bezahlst du ihm, daß er die Blechkiste wegschafft?«

Billy schaute sie mit säuerlicher Miene an. »Er hat ihn für ein Butterbrot bekommen. Die zwei haben mich ganz schön eingewickelt, das kann ich dir sagen.«

»Ich werde den Wagen vermissen, Mr. Butts. Geben Sie gut auf ihn acht. Billy wird nie mehr einen so romantischen Wagen fahren.«

»Keine Sorge, Miss Lee. Ich werde ihn sogar noch ein bißchen aufmöbeln.« Sonny wandte sich an Billy. »Wer hat den Motor überholt? Mickey Shelton?«

»Nein, Marshall Parker, der Schwarze, der kürzlich in Braytown eine Werkstatt eröffnet hat. Hat gut gearbeitet. Ich kann ihn sehr empfehlen. Außerdem ist er wesentlich billiger als Mickey.«

Sonny schüttelte den Kopf. »Ich hab noch nie gehört, daß ein Nigger was von Technik versteht. Hoffentlich haben Sie recht mit Ihrer Meinung – jetzt, wo ich den Wagen gekauft habe.«

Billy blickte zu Boden. »Marshall ist ein guter Mann. Er war auch in der Armee sehr gut, nach dem, was mir zu Ohren gekommen ist. Er hat sich bei Anzio einen Bronzestern verdient.« Billy wollte das Thema wechseln. »Ich höre, Sie waren auch dabei beim Brückenkopf.«

»Ja.«

»Ziemlich harte Sache, wie?«

»Nur für diejenigen, die nicht damit fertig geworden sind. Wir sind auch ohne Eleanors Nigger gut vorangekommen.«

Billy spürte, wie sein Zorn wuchs. »Hoffentlich gefällt Ihnen der Wagen, Sonny. Kommen Sie morgen in meinem Büro vorbei, dann gebe ich Ihnen die Papiere.«

»Klar, Colonel.« Sonny stieg in den Ford und fuhr davon, gefolgt von Charlie Ward im Polizeiwagen.

»Komisch«, sagte Patricia. »Er hat nicht mal gemerkt, daß du sauer warst, weil er so von Marshall Parker gesprochen hat.«

»O doch, er hat es gemerkt«, sagte Billy und schaute den beiden Wagen nach. »Ich kenne solche Leute aus der Armee. Sie wollen feststellen, wie weit sie gehen können. Und er hat auch das gemerkt.«

Sonny bog von der Straße nach Raleigh in den Highway 41 ein und fuhr die zwei Meilen bis Delano mit fünfundsiebzig Meilen in der Stunde. Einen Augenblick lang nahm er die Hände vom Lenkrad und stellte fest, daß es bei dieser Geschwindigkeit leicht vibrierte. Bei sechzig dagegen blieb es ruhig. Verdammt, er hätte ohne weiteres für diesen Wagen noch zweihundert mehr gezahlt, wenn Billy Lee hart geblieben wäre. Blöder Kerl.

Als er sich der Stadtgrenze näherte, sah er plötzlich ein Reklameschild, das er bis dahin noch nie bemerkt hatte:

PARKERS GARAGE
REPARATUREN ALLER MARKEN UND MODELLE.

Billy Lee hatte gesagt, daß der Nigger billiger sei als Mickey Shelton. Sonny bog auf die Kiesfläche vor der zur Reparaturwerkstatt umgebauten Scheune ab, hielt an und schaltete den Motor ab. Er sah ein paar Beine, die unter einem alten Plymouth hervorragten. Er stieg aus dem Ford und ging in die Werkstatt.

»Ich komme sofort.« Die Stimme kam unter dem Wagen hervor. Sonny wartete ungeduldig einen Augenblick, dann stieß er mit dem Fuß gegen die Sohle eines der beiden herausragenden Schuhe.

»Komm schon, ich hab nicht den ganzen Tag Zeit.«

»Ich muß nur noch den einen Bolzen anziehen, dann bin ich bei Ihnen.« In der Stimme lag ein Ton von Zurechtweisung. Sonny paßte das nicht; schon gar nicht von einem Nigger. Nach ein paar weiteren Sekunden schob sich Marshall unter dem Wagen hervor; er lag auf einem Holzbrett mit Rollen. Jetzt stand er auf und wischte sich die öligen Hände an einem Lumpen ab. »Was kann ich für Sie tun?«

Sonny funkelte ihn einen Moment lang an, bevor er zu sprechen begann. »Weißt du, wie man Räder auswuchtet?«

Marshall wartete einen Herzschlag lang, ehe er gleichmütig antwortete: »Na klar.«

»Also, bei fünfundsiebzig flattern die Vorderräder. Ich glaube, das läßt nach, wenn sie ausgewuchtet sind.«

Marshall warf einen Blick auf das Kabrio. »Sie haben den Wagen von Colonel Lee gekauft, nicht wahr?«

»Na ja, gestohlen hab ich ihn nicht.«

»Ich hab ihm die Räder erst letzte Woche ausgewuchtet. Wenn Sie mich fragen, müßte die Lenkung ausgerichtet werden.«

»Hör mir mal gut zu: Ich habe nicht die Zeit, lange mit dir zu diskutieren. Nimm die Vorderräder ab und wuchte sie aus, aber besser als letzte Woche, klar?«

»Ich habe sie schon letzte Woche richtig ausgewuchtet. Der Wagen ist mit runderneuerten Reifen ausgerüstet. Die laufen nicht so wie neue. Aber wenn Sie ihn morgen früh herbringen, kann ich mir mal die Spurstange ansehen.«

Sonny wurde dunkelrot im Gesicht. »Wem gehört eigentlich diese Klapperkiste hier?«

»Smitty.« Smitty war der Besitzer des Gemischtwarenladens in Braytown.

»Dann rufst du Smitty an und sagst ihm, du hast zu tun – für den Wagen von Officer Butts. Er kann morgen früh wiederkommen, klar?«

»Ich habe noch kein Telefon hier – es wird erst nächste Woche gelegt, außerdem liegt Smittys Mutter krank in Atlanta, und er muß heute abend zu ihr fahren und sie abholen. Sie können den Wagen ohne weiteres noch heute abend so fahren, und wenn Sie ihn morgen früh herbringen, werde ich mich bemühen, das Flattern zu beseitigen, so gut ich kann. Wissen Sie was: Ich hole den Wagen von der Polizeistation ab, richte ihn her und bringe ihn abends zurück, wenn nichts Größeres zu tun ist und wenn ich keine Ersatzteile brauche.« Marshall merkte, daß Sonny wütend wurde, und er wollte keinen Ärger mit einem uniformierten Polizeibeamten haben, der obendrein ein Schießeisen dabeihatte, daher sagte er das alles so freundlich und ruhig wie möglich, obwohl er merkte, daß er selbst ebenfalls ziemlich wütend wurde.

»Also hör mal«, sagte Sonny, »ich hab eigentlich nur mal sehen wollen, wie du arbeitest, und mir überlegt, ob ich dir den Wagen immer zum Reparieren bringen soll, aber ich hätte es besser wissen müssen. Ich glaube, ich fahre jetzt lieber rüber zu Mickey Shelton, wo ich weiß, daß alles prompt und gut gemacht wird.« Er drehte sich um und ging.

Jetzt mußte sich Marshall tatsächlich sehr zusammenreißen. »Es freut mich, daß Sie hergekommen sind, und ich wollte, ich könnte es gleich machen, aber ich habe diesem Kunden den Wagen für heute abend versprochen. Ich habe übrigens alle Arbeiten an dem Kabrio vorgenommen, und keiner hätte es besser machen können, glaube ich.«

Sonny ging zum Wagen und öffnete die Tür. Dann drehte er sich zu Marshall um. »Scheiße. In einem Monat bist du wieder bei Mickey Shelton, wischst den Boden und darfst bestenfalls Plattfüße reparieren. Ich weiß selber nicht, wie ich auf den Gedanken verfallen konnte, mit einem Nigger ins Geschäft zu kommen.« Er schlug die Tür zu, ließ den Motor an, stieß rückwärts hinaus auf die Straße und fuhr davon, daß der Kies spritzte.

Marshall stand in der Tür seiner Garage, biß die Zähne zusammen und schaute dem wütenden Polizisten nach. Annie, seine Frau, kam aus der kleinen Kabine auf der Rückseite der Garage, wo sie an den Geschäftsbüchern gearbeitet hatte.

»Es ist nicht gut, wenn du den Mann ärgerst, Marshall. Du weißt, was wir über ihn gehört haben. Er kann uns große Schwierigkeiten machen.«

»Quatsch, Mädchen, ich war so höflich wie möglich mit diesem Weißen. Du hast jedes Wort gehört, das ich gesagt habe.«

»Du weißt genau, wie man mit den Weißen reden muß. So, wie du mit dem geredet hast, kann man nur mit Schwarzen reden.«

»Hör mal, ich bin Geschäftsmann. Ich muß nicht vor Gott und der Welt katzbuckeln. Er kann uns nichts antun. Mach dir keine Sorgen deshalb.« Aber er wußte natürlich, daß sie sich Sorgen machen würde.

Sonny war noch wütend, als er auf die Station zurückkam. Er würde es diesem Nigger schon zeigen. Eines Sonnabendabends würde er ihn in sein Gefängnis werfen, und dann würde er es ihm zeigen.

7

An einem Abend Anfang August fanden zwei Versammlungen in Delano statt; ihre Ziele freilich waren gegensätzlicher Natur.

In einer Wohnung über der Garage von Dr. Frank Mudter hatte sein Sohn, Dr. Tom Mudter, eine Gruppe zu sich geladen, zu der Billy Lee ebenso zählte wie Bob Blankenship, der neue Verleger und Herausgeber des »Delano Messenger«; außerdem waren Ellis Woodall, der Besitzer eines Radiogeschäfts, und Brooks Peters, der neue Baptistenpfarrer, anwesend. Sie alle waren jung, und alle waren im Krieg gewesen, mit Ausnahme von Peters, den man wegen seiner schmächtigen Gestalt nicht genommen hatte.

Es war nicht ihr erstes Treffen. Seit sie aus dem Krieg zurückgekommen waren, hatten sie Pläne geschmiedet, wie sie ihrer Generation in Delano und den Tri-Counties politischen Einfluß verschaffen könnten. Über vier Jahre lang war praktisch jeder gesunde Mann zwischen achtzehn und fünfunddreißig Soldat gewesen, und der natürliche Einfluß der Jüngeren auf die Politik der Älteren war unterbrochen worden. Jetzt, vor den ersten Nachkriegswahlen im ganzen Staat, hatten sie einiges zu tun, um die verlorenen Jahre wettzumachen. und ihre Bemühungen wurden nicht gerade unterstützt von dem Establishment, das sich während ihrer Abwesenheit zusammengefügt und gefestigt hatte.

Von den Kandidaten, die sie unterstützten, schien nur Billy Lee ein aussichtsreicher Bewerber zu sein, und das machte ihn fast automatisch zu ihrem inoffiziellen Sprecher. Jetzt rief er zur Tagesordnung. »Okay, Leute, laßt mal hören, was draußen alles vor sich geht.«

Bob Blankenship meldete sich zu Wort. »Könnten Sie uns nicht zuerst sagen, wie Ihrer Ansicht nach das Rennen um den Senatsposten steht?«

»Nun, Mr. Holmes ist der Ansicht, wir kommen durch. Ward ist ein netter Bursche, aber außerhalb des Talbot Countys kennt ihn kein Mensch, und außerdem war er für den Militärdienst untauglich; das bringt ihm auch nicht gerade Punkte. In Talbot könnte er uns schlagen, aber dafür gewinnen wir ohne Mühe in Harris und Meriwether. Gott weiß, ich habe jedem Mann, jeder Frau und jedem Maultier in den Tri-Counties mindestens dreimal die Hände geschüttelt. Zum Glück brauchen wir uns nicht auch noch vor Republikanern fürchten; die Vorwahlen sind hart genug, auch wenn wir bei der allgemeinen Wahl nicht noch mal von vorne anfangen müssen. Bob, Sie sind so objektiv in dieser Sache, wie wir es uns nur wünschen können. Wie stehen wir in den anderen Rennen?«

Blankenship, ein kleiner, untersetzter Mann Anfang Vierzig, hatte die Zeitung vor etwa sechs Monaten Harmon Everson abgekauft und sich sehr rasch in das gesellschaftliche Leben der Stadt eingefügt. »Wie ich es sehe, bekommen wir ziemlich sicher einen Sitz im Stadtrat, vielleicht auch einen zweiten, wenn wir uns anstrengen. Ich finde, Tom hat jetzt eine bessere Position als Ellis, nicht zuletzt, weil jeder seinen Vater kennt. Wir sollten uns daher mehr um Ellis bemühen in den fünf Wochen, die uns noch bleiben. Und wir sollten vor allem aus den Jungs von der American Legion Kapital schlagen. Die könnten die Sache für uns entscheiden.«

»Mir soll's recht sein«, sagte Tom.

»Und was ist mit der Sheriff-Wahl?« James Montgomery, ein Kriegsveteran aus Greenville, dem Gerichtsort des Countys, kandidierte gegen Skeeter Willis.

Jetzt meldete sich wieder Bob Blankenship. »Ich würde sagen, sie liegen gleich. James kann sich auf die Stimmen der Kriegsteilnehmer stützen, aber Skeeter hat eben viele Freunde hier im County.«

»Auch eine Menge Feinde, könnte ich mir denken«, erwiderte Billy. »Manche Leute halten ihn für einen, der von den Alkoholschmugglern bezahlt wird, und jeder weiß Bescheid über die Schwarzmarktgeschichten während des Krieges.«

Jetzt griff Tom Mudter ein. »Ja, und viele Leute haben das Zeug von ihm gekauft, Sachen, die sie sonst nirgendwo bekommen konnten. Die sind ihm vermutlich ewig dankbar.«

Blankenship sah ihn nachdenklich an. »Wißt ihr, ich habe noch nicht viel geschrieben über das, was während des Krieges hier los war. Vielleicht könnte ein guter Leitartikel über den Schwarzen Markt – keine Namen, versteht sich – so viele Schuldgefühle wachrufen, daß die Leute ihre Stimme lieber einem Kriegsteilnehmer geben.«

Zum ersten Mal seit Beginn der Diskussion sprach jetzt Brooks Peters. »Wenn ich mich als einer zu Wort melden darf, der vertraut ist mit den Schuldgefühlen der Menschen in seiner Gemeinde, dann glaube ich, daß das klappen könnte. Es wäre vielleicht sogar eine Serie von Leitartikeln wert. Ein bißchen Reue vor den Wahlen, das könnte helfen. Übrigens, am letzten Sonntag vor den Wahlen habe ich vor, mich in meiner Predigt bei den Kriegsteilnehmern zu bedanken. Und da ich selbst für untauglich befunden wurde, kann man mir das nicht als Selbstgefälligkeit auslegen.« Peters sprach ohne Scheu von seinem persönlichen Schuldkomplex, der ziemlich stark entwickelt war.

Billy Lee meldete sich zu Wort. »Brooks, ich glaube, das ist eine gute Idee, aber Sie müssen sehr vorsichtig sein. Sie sind der erste Baptistenpfarrer unter vierzig, und ich kann Ihnen sagen, daß es seinerzeit eine Menge Diskussionen gegeben hat, ob man nicht einen älteren für dieses Amt ausersehen sollte. Wenn Sie also zu weit gehen, wird man Sie am Kragen packen und heftig zausen.«

»Billy, ich habe meine Entscheidung darüber getroffen, als ich den Ruf der Kirche angenommen habe. Ich wollte das Amt so führen, wie ich es nach meinem Gewissen führen muß, und mich nicht um die Konsequenzen kümmern.« Er stieß seinen Stuhl zurück und griente. »Im Augenblick bin ich der Überzeugung, daß die Gemeinde ein paar Kriegsteilnehmer braucht, die die Dinge in der Stadt und im County in die Hand nehmen, und ich werde das auch ohne Scheu öffentlich verkünden.«

»Solange Sie wissen, mit welcher Opposition Sie es zu tun haben.«

»Nun, ich weiß, daß Idus Bray als erster erklären wird, ich soll meine Nase aus der Politik heraushalten, aber das hat er bereits mehrfach versucht, und er ist damit nicht weit gekommen. Ich glaube, inzwischen bin ich stark genug, um mit eurer Unterstützung jedem Sturm gelassen entgegenzusehen.«

»Sie wissen, daß Sie sich auf unsere Unterstützung verlassen können«, sagte Billy. Tom nickte.

»Gut – dann wollen wir uns jetzt die einzelnen Themen vornehmen und sie daraufhin abklopfen, ob sie uns Stimmen einbringen. Ich glaube, die Erweiterung des Pflasters in der Fourth Street ist ein Thema, über das bei den Bürgern heftig diskutiert wird. Sie beklagen sich über den Schmutz, wenn es regnet, und über den Staub bei trockenem Wetter.«

Die Gruppe ging ihre Liste der Themen und Möglichkeiten durch und stimmte dann – inzwischen waren eineinhalb Stunden vergangen – darüber ab. Brooks Peters bat sie danach noch einmal um Gehör.

»Ich wollte die Sache nicht aufs Tapet bringen, bevor ich nicht mehr darüber weiß, aber es ist eine Angelegenheit, bei der wir eigentlich alle verpflichtet sind, Augen und Ohren offenzuhalten.« Jetzt hatte er die ungeteilte Aufmerksamkeit aller Anwesenden auf sich gelenkt. »Jim Parker – ihr alle kennt ihn, er ist Mesner in der Kirche –, also Jim hat mir angedeutet, daß in der Polizeistation einiges faul ist.«

»Er ist der Vater von Marshall Parker, nicht wahr?« fragte Billy. Peters nickte. »Wie meinen Sie das – faul?«

»Nun, Jim wollte nicht viel darüber sprechen – vielleicht traut er mir noch nicht ganz, und außerdem ist er ein verschwiegener Mensch –, aber ich glaube, es hat mit der Rassenfrage zu tun, und es geht darum, daß farbige Häftlinge mißhandelt werden.«

»Mißhandelt? Von wem denn?« Jetzt zeigte wieder Bob Blankenship großes Interesse. Vielleicht ergab das eine interessante Story für die Zeitung.

»Wie gesagt, ich weiß nicht viel darüber, aber es geschieht offenbar immer an den Wochenenden oder spätabends, also zu einer Zeit, in der Melvin Thomas nicht auf der Station ist. Es kommen also nur Sonny Butts oder Charlie Ward dafür in Frage.«

Danach herrschte ein paar Sekunden lang Schweigen. Schließlich fragte Ellis Woodall: »Und was sollen wir tun?«

»Ich glaube, momentan können wir nicht viel tun, solange unsere Informationen noch vage sind, aber ich meine, wir sollten die Augen offenhalten, vor allem bei den Farbigen, die wir persönlich kennen. Wir wollen doch nicht, daß uns da irgend etwas aus den Händen gleitet, nicht wahr?«

Die andere Versammlung, die gleichzeitig stattfand, wurde in einer Bude mit Dachpappewänden abgehalten, oben am Pine Mountain, nicht weit von der Panoramastraße entfernt. Der Raum wurde von einer Petroleumlampe erhellt, und zur Erfrischung der Anwesenden standen zwei Kästen Bier bereit. Insgesamt waren acht Männer dort zusammengekommen, unter ihnen Emmett, der Sohn von Hoss Spence, der inzwischen Milchwirtschaft und Pfirsichanbau betrieb; Tommy Allen, der Besitzer des Schuhmacherladens, Mickey Shelton, Automechaniker und Besitzer einer Garage, und Polizist Sonny Butts. Es war Sonnys erstes Treffen als Vollmitglied nach seiner feierlichen Aufnahme in den Ku-Klux-Klan.

Obwohl die Versammlung genauso lange dauerte wie die andere unten in der Stadt, verging die meiste Zeit mit einem Gebet am Anfang und Gesprächen übers Fischen, über Schußwaffen und über Hunde. Die Themenliste war kurz und wurde von Emmett Spence knapp und präzise formuliert. »Es wird langsam Zeit, daß wir was gegen die Niggersoldaten tun«, sagte er und rülpste.

Die anderen stimmten begeistert zu.

»Vorschläge?«

Mickey Shelton hatte einen Vorschlag. »Da wäre zunächst Marshall Parker«, sagte er. »Er ist ihr Mann Nummer eins. Aber wir bringen ihn schon zurück auf den Erdboden, wohin er gehört, genau wie die übrigen.«

»Was ist los, Mickey?« sagte einer und lachte dazu. »Nimmt er dir zuviel vom Geschäft weg?« Zwei andere lachten ebenfalls.

»Ihr habt verdammt recht, das tut er«, erwiderte Shelton scharf. »Er braucht draußen in seiner Scheune praktisch keine Miete zu zahlen, und er verkauft seinen Kunden gebrauchte Ersatzteile. Er hat mir mein ganzes Niggergeschäft abgenommen und einen Teil von den weißen Kunden. Hugh Holmes hat ihm das Geld für die Eröffnung geliehen, und er bringt seinen Wagen zu ihm. Genau wie Billy Lee und ein paar andere, die mir grade nicht einfallen.«

Danach erhob sich lautes Stimmengewirr. Sonny Butts brachte alle zum Schweigen. »Mickey hat recht. Marshall ist der Anführer der Nigger von Braytown. Er hat sie alle aufgehetzt, daß sie zur Wahl gehen. Wenn wir ihn aus dem Verkehr ziehen, bricht die Rebellion schnell zusammen.«

Emmett Spence machte einen Vorschlag. »Dann brennen wir doch dem schwarzen Dreckskerl das Dach über dem Kopf ab.« Die anderen murmelten ihre Zustimmung. Tommy Allen unterbrach sie abrupt.

»Nein! Das geht nicht. Brandschatzen, Auspeitschen, das ist doch vorbei. Wenn wir das tun, kommen wir selber ganz schön in den Schlamassel, und dann steht die ganze Stadt gegen uns.«

»Tommy hat recht«, sagte Sonny. »Wir müssen es auf legale Weise versuchen.«

»Wie meinst du das – auf legale Weise?« fragte Emmett.

»Ich kann es nicht einfach aus dem Ärmel schütteln, aber laßt mich ein bißchen darüber nachdenken, und ich garantiere euch, ich finde einen Weg, wie ich Marshall Parker ins Gefängnis bringe.« Sonny hielt inne, um seiner Rede Nachdruck zu verleihen, und schaute sich in der Runde um. »Und wenn ich ihn erst mal hinter Gittern habe, dann ist er für keinen von uns mehr ein Problem, das könnt ihr mir glauben.« Er blinzelte ihnen zu. »Das garantiere ich euch.«

Ein paar Minuten später wurde ein paar Meilen weiter unten am Highway in einer Lichtung ein mit Sackleinen umwickeltes Holzkreuz aufgestellt, das mit Petroleum getränkt war. Jemand zündete es mit einer brennenden Zeitung an.

Unten in der Stadt verließen Billy Lee und seine Gruppe Tom Mudters Haus. Brooks Peters wollte gerade in seinen Wagen steigen, als er einen Blick auf den Berg jenseits der Stadt warf. »O mein Gott«, sagte er. Die anderen drehten sich um und schauten hinauf zu dem Flammenkreuz, das über dem nächtlichen Delano zu schweben schien.

Billy Lee war der erste, der das Schweigen brach. »Das hat uns gerade noch gefehlt«, sagte er.

8

»Und warum ist dieser Mann – wie heißt er noch? – warum ist er ein so komischer Kauz?«

»Foxy Funderburke.«

Patricia Lee und Eloise, Billys jüngere Schwester, fuhren durch Delano, in Patricias »neuem« 41er Ford-Kombi, den Hugh Holmes für sie besorgt hatte. Eloise hatte kurz vor dem Krieg einen jungen Mann geheiratet, der schon früh im Pazifikkrieg gefallen war. Jetzt arbeitete sie im Geschäft ihres Stiefvaters Fowler.

»Eigentlich heißt er Francis, aber ich habe nie gehört, daß ihn jemand so genannt hat. Es kommt wahrscheinlich daher, daß er wie ein Fuchs aussieht. Er hat ein ganz spitzes Gesicht.«

»Wie alt ist er?«

»Ich habe keine Ahnung. Aber er muß schon ziemlich alt sein. Schwer, ihn genau zu schätzen. Ich erinnere mich an ihn, als ich noch klein war. Er war für uns fast so etwas wie ein Kinderschreck, ein Schwarzer Mann.«

»Ich erinnere mich auch an solche Leute. Wir hatten einen Nachbarn, der mir stets ungeheure Angst eingejagt hat. Als ich dann erwachsen war, saß er mal neben mir bei einer Dinnerparty, und ich stellte fest, daß er sehr charmant war. Woher weißt du, daß Funderburke Labradorhunde züchtet?«

»Er tut das schon seit vielen Jahren, und er hat mir und Billy einen Welpen geschenkt, als wir noch klein waren. Wir haben eigentlich nie so recht begriffen, warum er das getan hat. Hab ich dir schon erzählt, daß er bei Daddys Tod dabei war?«

»Nein. Du meinst, am Totenbett?«

»Ja. Genau gesagt, es war Foxy, der Daddy zum Arzt gebracht hat, zusammen mit einem Mann, der damals Stadtdirektor war. Er kam gerade dazu, als Daddy erschossen wurde. Ich erinnere mich noch gut daran, wie Mama uns erzählt hat, daß Foxy völlig entsetzt gewesen sei. Das überraschte sie, weil er sich immer gerühmt hatte, ein erfahrener Soldat gewesen zu sein – im ersten Weltkrieg natürlich –, aber als Daddy starb, war er fast hysterisch und konnte sich kaum noch beherrschen.«

»Nun, die Umstände waren schrecklich genug.« Patricia bog in die Broad Street ein und fuhr dann den Berg hinauf.

»Ja, ich glaube, Mama ist bis heute nicht darüber hinweggekommen, auch nicht nach ihrer Heirat mit Mr. Fowler. Es ist eine ganz andere Ehe als die mit Daddy, glaube ich. Die beiden sind eher wie gute Freunde. Ich glaube, kein Mensch wäre imstande gewesen, ihr Daddy zu ersetzen.«

»Aber nach dem, was ich von Mr. Fowler gesehen habe, würde ich sagen, deine Mutter hat eine gute Wahl getroffen.«

»Oh, ganz sicher. Er ist ein großartiger Mensch, und jeder bewundert ihn, in der Kirche und in der Stadt. Er ist praktisch Diakon hier, seit er in Delano lebt ... Ich glaube, es war im Jahr achtundzwanzig, als er hierherkam.« Eloise zog ihre Knie auf den Sitz hoch und wandte sich Patricia zu. »Du bist jetzt seit sechs Monaten in Delano. Wie findest du das Leben hier?«

Patricia sah nachdenklich vor sich hin. »Es ist komisch – ich wundere mich mehr über die Ähnlichkeit mit meinem früheren Leben als über die Unterschiede. Sicher, die Landschaft ist ganz anders und das Klima auch. Die Häuser sind anders, aber abgesehen vom Südstaatenakzent sind mir die Leute irgendwie vertraut. Mr. Fowler erinnert mich in gewisser Weise an meinen Vater, und deine Mutter ist einer meiner Tanten sehr ähnlich. Ich glaube, Farmer sind überall auf der Erde gleich. Selbst das Rassenproblem ist mir nicht fremd. Die Haltung der Weißen gegenüber den Schwarzen erinnert an die Haltung der Briten gegenüber den Iren, besonders wenn man an die Zeit vor der Revolution denkt.« Sie erreichten die Paßhöhe und fuhren auf der anderen Seite des Berges abwärts, näherten sich der Einfahrt zu Foxys Besitz. »Aber ich kann dir eins sagen, Eloise: Wenn der Vergleich tatsächlich stimmt, dann schlummert in den Negern hier mehr Haß, als nach außen hin sichtbar wird. Du brauchst nicht zu glauben, daß sie sich mit ihrer Situation abfinden, nur weil sie vor den Weißen Kotau machen. Sie sind Menschen, genau wie die

Iren Menschen sind, und wenn wir uns nicht sehr darum bemühen, sie wie Menschen zu behandeln, dann könnte uns hier eine schlimme Zeit bevorstehen. Frag die Briten. Ich versuche schon seit längerem, es Billy klarzumachen.«

Eloise zeigte nach vorn. »Es ist gleich hier, rechts.« Ein Schild stand am Straßenrand:

F. FUNDERBURKE TIERZUCHT LABRADORHUNDE.
NUR NACH VORHERIGER ANMELDUNG.

Und daneben stand eine Telefonnummer. »Ich habe vorher angerufen. Es heißt, er mag keine unangemeldeten Besucher.« Patricia bog in die Zufahrtsstraße ein.

Sonny verwaltete die Polizeistation während der Mittagszeit, die durch die Neigung von Chief Thomas, sich ausführlich Zeit zu lassen, von elf bis zwei dauerte. Charlie war vorher auch hiergewesen, aber Sonny hatte ihn zum Essen geschickt. Sonny hatte sich eigentlich ebenfalls ein Stündchen hinlegen wollen, aber jetzt fühlte er sich ruhelos und gelangweilt. Er überlegte, wie er die Zeit totschlagen könnte, als ihm einfiel, was er in seiner untersten Schreibtischschublade liegen hatte. Gleich danach hatte er die Akten über den ermordeten jungen Burschen auf dem Schreibtisch ausgebreitet. Er blätterte die beiden Berichte durch, den des medizinischen Sachverständigen und den des Chiefs Lee, dann wandte er sich den anderen Unterlagen zu. Es handelte sich überwiegend um Routineermittlungen, aber dann stieß er auf einen Brief, der mit ungelenker Hand auf dem Briefpapier des Beerdigungsinstituts Underwood in Waycross, Georgia, geschrieben war. Der Brief, an Chief Lee von der Polizei in Delano gerichtet, war kurz und lakonisch.

Sehr geehrter Herr,
in Antwort auf Ihre telefonische Nachfrage in Sachen des verstorbenen Frank Collins schildere ich Ihnen im folgenden die Einzelheiten, soweit sie mir erinnerlich sind. Das ist nicht schwer, da ich den Toten erst gestern abend einbalsamiert habe. Frank scheint durch einen Schuß aus einer großkalibrigen Handfeuerwaffe getötet worden zu sein, wo-

bei das Projektil durch seinen Körper gedrungen ist. Was sonstige Verletzungen betrifft, konnte ich ein paar Kratzer und Schnittwunden an den Füßen erkennen, als ob er barfuß über steinigen oder unebenen Boden gelaufen wäre. Seine Handgelenke zeigten Druckstellen, die um das ganze Gelenk herumgingen, und an einigen Stellen war die Haut aufgeschürft. Ich würde sagen, er war kurz vor seinem Tod gefesselt. Weitere Verletzungen konnte ich nicht erkennen.

Ihr sehr ergebener
C. V. Underwood

Sonny erinnerte sich, daß auch die Handgelenke des anderen Toten solche Druckstellen aufgewiesen hatten. Aber wer zum Teufel war Frank Collins? Es gab keinen Bericht über ihn. Er blätterte die Akten noch einmal durch. Es gab keinerlei offizielle Unterlagen – doch dann fand er ein paar lose Notizblätter.

7. 10. 24
Ber. v. S. Willis. Mann am Zaun. Goolsby sagt, ein Schuß Kaliber 45. Schickte Toten nach Waycross. Überprüfte Umgebung nahe Highway Columbus, fand den Zaun, Überreste eines Landstreicherlagers, keine Fußspuren. Sprach mit F. F. Besitzt 45er Flinte, Patronen gekennzeichnet. Sprach mit Waycross, Ankündigung einer genauen Beschreibung. Schickte Goolsby die am Tatort gefundene Patronenhülse. Er und F. F. wütend. Amtsbereich Talbot. Kann nicht weiterarbeiten. Wie viele noch?

Die drei letzten Worte waren dick geschrieben und mehrmals unterstrichen, als ob der Schreiber zornig gewesen wäre. Die Notizen paßten zu dem Brief aus Waycross. Es war nicht allzu schwer zu erraten, daß sich ein zweiter Mord ereignet zu haben schien, diesmal ... Vier Jahre oder fast viereinhalb nach dem ersten. Aber dieser Mord hatte im Talbot County stattgefunden. Sonny wußte, daß es eine Stelle in der Nähe der Straße nach Columbus gab, wo sich häufig Landstreicher herumtrieben. Er hatte schon einmal ein paar Männer zusammengetrommelt und die Tramps vertrieben. Es war zwar außerhalb seines Amtsbereichs, aber nahe genug, um auch für die Stadt gefährlich zu sein. Der Chief wollte keine Landstreicher in seinem Amtsbereich dulden.

Goolsby war vor Jahren Sheriff im Talbot County gewesen. Und F. F.? Foxy Funderburkes Haus war ganz in der Nähe des Landstreicherlagers. Chief Lee mußte ihn besucht haben, und Foxy hatte eine Fünfundvierziger, aber was war das mit den Patronen? Die Hülse, die er gefunden hatte, wies offenbar keine Markierungen auf. Solche Hülsen fand man vor allem bei Leuten, die sich ihre Munition selbst herstellten. Leute, die viel schossen und nicht das Geld für Patronen ausgeben wollten. Aber Foxys Patronen waren offenbar markiert gewesen.

Sonny blätterte rasch noch einmal die Berichte über den ersten Mordfall durch. Foxy Funderburke wurde nicht namentlich erwähnt, aber es hieß immerhin, daß Chief Lee die Bewohner der Häuser in der Nähe des Tatorts befragt hatte. Auch Foxys Haus lag nicht weit davon entfernt. Also mußte Lee auch mit ihm gesprochen haben. In den Notizen über den zweiten Mord hieß es, daß F. F. wütend gewesen sei. Warum? Weil er verhört wurde im Zusammenhang mit zwei Morden, die sich in der Nähe seines Hauses ereignet hatten? Er war doch ein Polizeinarr, oder nicht? Immer bereit, der Polizei zu helfen. Warum wurde er wütend, als man ihn befragte?

Sonny öffnete seine rechte Schreibtischschublade und nahm einen Gegenstand heraus, der in einen geölten Lappen eingewickelt war. Er wickelte ihn aus und hielt eine deutsche Walther-P-38-Pistole in der Hand. Ließ das Magazin herausschnappen, leerte es, steckte es wieder zurück und spannte die Waffe, damit die Patrone herausrutschte, die sich in der Kammer befand. Dann wickelte er die Pistole wieder in den Öllappen. Er hörte, wie Charlie Ward hereinkam, stand auf, ging an Charlie vorbei hinaus auf den Korridor und nach draußen, wo sein Motorrad stand, steckte schließlich die P-38 in die Satteltasche.

»Halt die Stellung für 'ne Weile, Charlie«, rief er hinein. »Ich fahr zu einem Mann, wegen 'nem Hund.« Dann schaltete er die Zündung ein und trat auf den Starter.

9

Patricias Wagen fuhr jetzt über eine Hügelkuppe und danach wieder nach unten. Als er um eine Kurve kam, konnte sie das Haus mit den Bäumen, den ordentlich bepflanzten Blumenbeeten und dem kurzgeschorenen Rasen sehen. Foxy Funderburke stand auf der Treppe vor der Haustür. Als sie sich dem Haus näherten, kam er herunter und winkte sie zur Rückseite.

Patricia hatte einen Augenblick Zeit, den Mann zu betrachten, während er Eloise begrüßte. Drahtig, ordentlich gekleidet, mit kurzgeschnittenem, struppigem Haar auf dem ziemlich großen Schädel. Sie fand, er erinnere ein wenig an Mahatma Gandhi, nur daß er kleinere Augen und eine schärfere Nase hatte. Sein Spitzname paßte genau zu ihm, nicht nur wegen seiner körperlichen Erscheinung. Er schien stets wachsam zu sein und schlau wie ein Fuchs. Als sie ihm die Hand entgegenstreckte, reagierte er ziemlich unbeholfen. Sie mußte sich endlich merken, daß es die Männer im Süden der Vereinigten Staaten nicht gewohnt waren, Frauen die Hände zu schütteln, sagte sie sich. Sie sah sich um und bemerkte, daß keine Zwinger zu sehen waren.

»Ich halte nie mehr als zwei Hündinnen«, sagte Foxy. Er ging auf einen kleinen, niedrigen Schuppen auf der Rückseite des Blockhauses zu und hob das Dach hoch, das an Scharnieren befestigt war. Drinnen gab es zwei Boxen, beide mit einem Zugang zum Haus. In der einen lagen drei schlafende Welpen. Während er das Dach öffnete, kam die Hundemutter durch eine Klappe im unteren Teil der Hintertür und näherte sich freundlich den Besuchern. Foxy nahm die drei Welpen heraus und setzte sie auf den Boden. Zwei von ihnen bedrängten sofort die Mutter nach Milch. Der dritte, der ein wenig kleiner war, blieb sitzen und schaute die Menschen erwartungsvoll an. Patricia lachte und nahm den dritten Welpen in die Hand.

»Er ist der letzte Rüde, der noch übrig ist. Die beiden anderen sind Hündinnen. Wollten Sie einen Rüden oder eine Hündin?«

»Einen Rüden, glaube ich. Mein Gott, er sieht genauso aus, wie ich mich fühle, wenn man mich aus dem Schlaf weckt.«

»Wenn er richtig wach ist, wird er ziemlich übermütig. Ich nehme an, er wird nicht sehr groß, mehr wie die Abart in England. Unsere sind meistens größer.«

»Das macht mir nichts aus. Dann paßt er besser in den Wagen.« Patricia hielt den Welpen hoch und betrachtete ihn. Er leckte ihr die Nase ab. Sie setzte ihn wieder auf den Boden und ging ein paar Schritte weg. Der Welpe trottete hinter ihr her. Erinnerungen an andere Hundewelpen weckten ein kurzes Heimwehgefühl.

»Er ist wirklich hübsch«, sagte Eloise und lachte. »Er erinnert mich an den Welpen, den Sie uns vor langer Zeit geschenkt haben, Mr. Funderburke.« Foxy nickte. »Wir haben den Hund abgöttisch geliebt. Er ist über vierzehn Jahre alt geworden.«

»Eigentlich wollte ich mit Ihnen handeln, Mr. Funderburke, aber ich fürchte, jetzt bin ich bereit, alles zu bezahlen, was Sie verlangen. Ich bin überwältigt.«

»Nun, sagen wir, fünfzehn Dollar.«

»Ist das nicht ein bißchen wenig?«

»Na ja, schließlich ist er der kleinste aus dem Wurf. Und außerdem sieht es so aus, als ob er sich bereits zu Ihnen hingezogen fühlt.«

Patricia schrieb ihm einen Scheck aus, verabschiedete sich und ging auf den Wagen zu. Plötzlich blieb sie stehen. Der Polizist Sonny Butts stand an der Ecke des Hauses. Er tippte mit dem Finger an seine Mütze.

»Tut mir leid, wenn ich Sie erschreckt habe, Miss Lee. Ich glaube, mein Motorrad macht nicht viel Lärm, vor allem, wenn es bergab geht. Miss Eloise, wie geht's?«

»Gut, Sonny. Sie haben mich auch erschreckt.«

»Tut mir leid. Ich glaube, ich muß mich besser bemerkbar machen.« Er warf Foxy einen Blick zu und stellte fest, daß er noch mehr erschreckt aussah als die beiden Frauen. »Ich hab etwas zu besprechen mit Mr. Funderburke. Aber ich kann später wiederkommen, wenn ich störe.«

»O nein, Sonny«, erwiderte Patricia. »Ich habe mir eben

einen Welpen gekauft, und wir sind schon im Aufbruch. Bleiben Sie ruhig hier.«

Die beiden Männer blickten ihnen schweigend nach, als die Frauen davonfuhren. »Wie geht's, Mr. Funderburke?« Sonnys Ton war bewußt nicht sehr freundlich. Er wollte sehen, wie Foxy darauf reagierte. Natürlich hatte er absichtlich den Motor seiner Maschine abgestellt und sie auf dem letzten Stück rollen lassen.

»Gut, gut.« Foxy schwitzte, was freilich nichts Besonderes war an diesem warmen Tag, aber außerdem atmete er ein wenig rasch. »Äh – was kann ich für Sie tun?«

»Ja nun ...«, sagte Sonny und ließ sich Zeit, während er Foxy beobachtete. »Ich hätte gern eine kleine Information von Ihnen, und ich dachte, daß Sie mir vielleicht helfen können.« Er wartete ein paar Sekunden, dann wandte er sich dem Motorrad zu, bückte sich, öffnete die Satteltasche, nahm das Bündel mit der Pistole heraus und ging dann zu Foxy hinüber. Seine Stimme klang völlig beiläufig. »Ich dachte, Sie könnten mir was über das Ding hier sagen.« Foxy blickte nervös auf das Bündel. Sonny packte die Pistole aus und reichte sie Foxy am Lauf.

Foxy nahm die Pistole in die Hand, als wäre sie eine Klapperschlange. Dann plötzlich schien er sich zu entspannen und leckte sich die Lippen. »Eine Walther-P-achtunddreißig. Eine gute Waffe.« Er nahm das Magazin heraus und spannte die Waffe, um sicherzugehen, daß sie ungeladen war. »Schönes Stück. Wollen Sie sie verkaufen?«

»Was, glauben Sie, ist sie wert?«

»Nun, heutzutage gibt es überall Luger, aber eine P-achtunddreißig sieht man ziemlich selten. Ich selbst habe eine, aber es ist die einzige, die ich bisher gesehen habe. Ich würde Ihnen vierzig Dollar dafür geben.«

»O nein, Sir, ich bin nicht hier, um Ihnen die Pistole zu verkaufen. Ich wollte nur Ihre Meinung hören. Nach dem, was man so redet, sind Sie der Fachmann hier.« Jetzt lächelte Sonny mit seinem ganzen Charme.

Foxy grinste ein wenig verkniffen. »Na ja, ich habe mal ein paar gute Handfeuerwaffen besessen.«

Sonny schaute sich um. »Hübsch haben Sie's. Ich bin noch nie hier draußen gewesen.«

Foxy war jetzt wieder völlig ruhig und entspannt. »Vielleicht darf ich Sie herumführen? Ich habe ein paar Waffen hier, die Sie vielleicht sehen wollen.«

»Nein, Sir, danke. Es ist sehr freundlich von Ihnen, aber ich muß zurück zur Station und Charlie ablösen.« Foxy schien sichtlich erleichtert, und Sonny beschloß, ihn noch ein bißchen nervöser zu machen. »Ich würde mir gern mal Ihren Besitz ansehen. Wissen Sie was? Wenn ich mal Zeit habe und nicht allzu viele Verrückte über den Berg kommen, die zu schnell fahren, schaue ich bei Ihnen vorbei und überrasche Sie mit meinem Besuch.«

Das hatte genau die erwünschte Wirkung. Foxy war wieder sehr beunruhigt und nervös. »Ja nun – äh – es wäre mir lieber, wenn Sie sich anmelden würden. Ich habe hier manchmal 'ne Menge zu tun, und Sie sollten vorher kurz anrufen. Damit ich auch Zeit habe für Sie, meine ich.«

»O ja, sicher, Foxy, das kann ich natürlich tun.« Sonny sprach ihn jetzt ohne Scheu beim Vornamen an. Er fühlte, daß er es war, der dieses Gespräch beherrschte; so sollte es auch bleiben. Und er wollte, daß Foxys Unruhe noch eine Weile anhielt.

»Gut, wunderbar.« Foxy legte eine Hand auf Sonnys Schulter und ging mit ihm zum Motorrad. »Ich werde mich freuen, wenn Sie mich gelegentlich besuchen. Rufen Sie mich nur kurz zuvor an – die Nummer steht im Buch.«

Bevor Sonny die kleine Lichtung verließ und den Berg hinauffuhr, warf er noch einen Blick zurück. Er war sicher, daß Foxy ihm nachschauen würde, und er täuschte sich nicht. Irgendwas stimmte mit diesem Kerl nicht, und das wollte er herausbekommen. Es war ja nicht eilig; er würde nur hier und da vorbeischauen und ihn kontrollieren, sich in der Gegend umhören und unangekündigt hereinschneien. Vielleicht hatte Foxy tatsächlich etwas mit diesen Mordfällen zu tun. Sicher, sie lagen lange Zeit zurück – und warum sollte Foxy nervös werden wegen einer Sache, die längst vergessen und begraben zu sein schien?

Dann plötzlich spürte Sonny, wie sich seine Haut am Hinterkopf zusammenzog, während ihm eine Bemerkung in den Notizen von Chief Lee einfiel. Was hatte er geschrieben? *Wie viele noch?* Das war's. Er hatte die drei Worte sogar unterstrichen. Meinte er damit weitere Morde? Aber es hatte keine weiteren Morde gegeben; nichts darüber stand in den Akten, keiner hatte etwas davon gehört.

Keiner hatte etwas davon gehört ... Mein Gott!

10

Billy Lee wollte gerade in die Kanzlei fahren, als das Telefon im Wohnwagen klingelte. Er ließ sich auf den Stuhl in der winzigen Küche fallen, von wo aus er das Haus überblicken konnte. Sie hatten den Wohnwagen hierhergefahren, sobald der elektrische Strom und die Telefonleitung installiert waren, damit Patricia den ganzen Tag lang die Arbeiten überwachen konnte. Beim vierten Klingeln nahm er den Hörer ab.

»Hallo?«

»Spreche ich mit Colonel Lee?« Eine Männerstimme.

»Ja, hier Billy Lee.« Die Stimme kam ihm irgendwie vertraut vor, aber er wußte nicht, woher.

»Hier spricht Marshall Parker, Colonel, von der Reparaturwerkstatt. Wie geht es Ihnen?« Billy mußte insgeheim lachen. Er hatte die ihm durchaus bekannte Stimme nur deshalb nicht erkannt, weil er sie für die Stimme eines Weißen gehalten hatte.

»Morgen, Marshall. Es geht prima. Was macht das Geschäft?«

»Gut, Colonel, ich hab alle Hände voll zu tun. Nächste Woche stelle ich eine Hilfe ein.«

»Das ist eine gute Nachricht.«

»Jawohl, Sir. Äh, Colonel, ich glaube, ich habe da ein Problem. Vielleicht könnten Sie auf dem Weg in die Stadt einen Augenblick bei mir vorbeischauen?«

»Was gibt's, Marshall?« Billy sah auf seine Armbanduhr; es war Viertel vor acht. Um acht hatte er eine Besprechung mit den Aufsichtsräten der Bank.

»Ja, wissen Sie, Sir . . .« Billy stellte fest, daß Marshall seltsam vorsichtig und zurückhaltend war. »Wissen Sie, Sir, ich kann es Ihnen besser erklären, wenn Sie selbst herkommen. Wäre das nicht möglich?«

»Ist es denn so eilig, Marshall? Ich hab um acht eine Besprechung in der Bank. Hat es nicht bis gegen Mittag Zeit?«

»Ja, also, wenn Sie jetzt gleich vorbeikommen, könnten Sie es besser beurteilen als ich. Ich – äh . . .« Marshall brach ab, und Billy spürte die Spannung, die in seinem Schweigen lag.

»Klar, Marshall. Ich komme auf einen Sprung vorbei. Es liegt ja auf dem Weg.«

»Danke, Sir – ich bin Ihnen sehr dankbar dafür.« Die Erleichterung in seiner Stimme war nicht zu überhören.

Auf der Fahrt nach Delano fragte sich Billy, warum Marshall zögerte, am Telefon über sein Problem zu sprechen. War jemand bei ihm, der ihn an einem offenen Gespräch hinderte, oder machte er sich Gedanken wegen der Vermittlung? Delano hatte noch immer keinen Selbstwählverkehr eingeführt, und alle Anrufe liefen über die Vermittlung. Als er vor der Garage anhielt, sah er mit Erleichterung, daß alles normal zu sein schien. Die beiden Türen standen weit offen, und Marshall kam heraus, um ihn zu begrüßen.

»Ich bin so froh, daß Sie vorbeigekommen sind, Colonel.« Marshall deutete auf die Rückseite der umgebauten Scheune. »Könnten Sie einen Moment hier hereinkommen? Ich möchte Ihnen etwas zeigen.«

Sie gingen durch die Garage in einen kleinen Lagerraum auf der Rückseite. Billy sah sofort, daß eine Fensterscheibe zerbrochen war. Der Rahmen war aus neuem Holz, noch unlackiert, und an den anderen Scheiben klebten noch die Aufkleber der Lieferfirma. »Haben Sie heute nacht einen Besucher gehabt, Marshall?«

»Ja, Sir, ich glaube.« Er zeigte auf zwei große Kisten, die auf dem Boden standen.

»Haben Sie schon die Polizei verständigt? Was ist weggekommen?«

»Nun, Sir, es ist nicht so, daß sie was weggenommen haben – soweit ich sehen kann, fehlt nichts.« Er ging zu einer der Kisten und klappte den Deckel auf. »Es ist eher das, was sie hiergelassen haben.«

In der Kiste standen zwölf Flaschen. Das Silberpapier an den Flaschenhälsen funkelte im Licht. »Fangen Sie jetzt auch noch an, Getränke zu vertreiben, Marshall?«

Marshall nahm eine der Flaschen aus der Kiste. Sie war mit einer klaren goldfarbenen Flüssigkeit gefüllt. Er reichte sie Billy. »Nein, Sir. Ich fang auch nicht mit dem Zeug hier an.«

Billy öffnete den Schraubverschluß und roch am Inhalt. »Mann! Das ist starker Whisky. Trinken Sie, Marshall?«

»Mein Bruder aus Atlanta kommt einmal im Monat vorbei und bringt mir immer eine Flasche ›Early Times‹ mit. Das ist das einzige, was ich trinke.«

Billy lehnte sich gegen den Türrahmen und kratzte sich am Kopf. »Sieht so aus, als ob Ihnen jemand den Vorrat für zwei Jahre geschenkt hätte. Kennen Sie jemanden in diesem Geschäft, der Ihre Garage als Lager benützen würde?«

Marshall schaute ihn an und schüttelte den Kopf. »Nein, Sir. Bestimmt nicht.«

»Aber warum sollte jemand . . .« Billy erstarrte mitten im Satz. »Oh, oh.« Er sah auf seine Armbanduhr. »Hören Sie, Marshall, stellen Sie die Kisten einfach in den Kofferraum meines Wagens. Ich muß mal kurz telefonieren.«

Billy fand das Telefonbuch und wählte eine Nummer. »Melvin? Hier Billy Lee. Wie geht's . . . Gut . . . Ja, wunderbar, sie arbeitet schwer an unserem Neubau. Hören Sie, können wir uns auf der Station treffen? Ich habe da etwas entdeckt, über das ich mit Ihnen sprechen möchte . . . Jetzt gleich, in fünf Minuten . . . Gut.« Er rief Holmes an und erklärte ihm, daß er etwas später zu der Sitzung kommen würde. Dann ging er hinaus zu seinem Wagen. »Sie schließen hier besser ab, Marshall, und fahren mit mir.«

Auf der Fahrt in die Stadt stellte ihm Billy ein paar Fragen. »Marshall, glauben Sie, daß jemand etwas gegen Sie hat?«

»Ich glaube nicht, Sir; wirklich nicht.«

»Haben Sie in letzter Zeit Streit gehabt, mit den Nachbarn oder mit irgendwelchen Kunden?«

»Nein, Sir. Wenn ich etwas repariere, dann garantiere ich auch für meine Arbeit.«

»Natürlich.« Billy überlegte einen Augenblick. »Haben Sie Schwierigkeiten mit den Weißen?«

Marshall wollte etwas sagen, dann hielt er inne. »Ja, also . . .«

»Erzählen Sie es mir, Marshall, wir haben nicht viel Zeit.«

»Es könnte sein, daß Sonny Butts auf mich sauer ist. Ich weiß nicht.«

»Sonny? Was hatten Sie mit Sonny zu tun?«

Marshall berichtete ihm über die Sache mit Sonnys Wagen. »Ich hätte es ihm gern gemacht, hab ihm sogar angeboten, den Wagen abzuholen, sobald ich mit Smittys Wagen fertig bin, aber er wollte nicht zuhören und ist einfach weggefahren. Glauben Sie, es hat etwas mit Sonny zu tun?«

Billy antwortete nicht. Inzwischen waren sie vor der Polizeistation angekommen. Billy parkte den Wagen und stieg aus. »Kommen Sie mit rein, Marshall.« Die beiden gingen hinein und trafen nur Charlie Ward an. Er schien erschrocken zu sein, sie zu sehen.

»He, Colonel, Sie sind aber früh auf den Beinen.« Ward warf rasch einen Blick auf Marshall. »Was kann ich für Sie tun?« Ehe Billy antworten konnte, kam Chief Melvin Thomas herein. Er wirkte noch ziemlich verschlafen.

»Morgen, Billy, Marshall. Nun, was gibt's, Billy?«

Billy ging mit ihm hinaus vor das Gebäude und öffnete den Kofferraum seines Wagens. »Sieht so aus, als ob heute nacht jemand in Marshalls Garage eingebrochen und zwei Kisten mit je einem Dutzend Flaschen vom besten Schmuggelschnaps zurückgelassen hätte, Melvin. Was sagen Sie dazu?«

Thomas nahm eine Flasche heraus und lachte laut. »Na, das ist wirklich mal was Neues. Normalerweise nehmen die Einbrecher solches Zeug mit. Du bist wirklich ein ehrlicher Kerl, Marshall.« Er zwinkerte Billy zu. »Wenn jemand das in meinem Haus abstellte – ich weiß nicht, ob ich es abliefern würde. Mit dem Schnaps hätte man 'ne fabelhafte Party veranstalten können.« Wieder lachte er. »Meinen Sie das im Ernst, Billy? Glauben Sie, es ist wirklich so gewesen?«

»Marshall hat mich vor einer halben Stunde angerufen, nachdem er die Kisten entdeckt hat. Er wußte nicht, was er damit tun sollte, also hat er mich angerufen. Jemand hat nachts ein Fenster eingeschlagen und das hier zurückgelassen.«

Thomas kratzte sich am Kopf. »Schön, ich fahre jetzt gleich mit ihm raus, und wir sehen uns die Sache an. Ich weiß nicht, was ich für 'ne Anklage erheben kann, falls wir jemanden erwischen. Es ist ja nichts gestohlen worden – im Gegenteil.«

»Nun, immerhin handelt es sich um Einbruch, und ich könnte mir denken, daß Sie durchaus einen Fall draus machen könnten, wegen unerlaubten Besitzes von nicht versteuertem Alkohol. Irgend jemand muß das Zeug ja wohl gekauft haben – oder er hat es schwarz gebrannt.«

Sie luden den illegalen Whisky aus und sperrten die Kisten in eine Zelle, dann fuhren sie zu Marshalls Garage, Billy voraus, der Chief im Polizeiwagen hinterdrein. Als sie sich der Scheune näherten, sagte Billy: »Na also!« und zeigte nach vorn.

Marshall war sprachlos. Vor der Garage parkten zwei Wagen des Sheriffs und das Motorrad der Polizei von Delano. Als sie anhielten, sah Billy, daß das Vorhängeschloß aufgesprengt worden war. Und während sie ausstiegen, hörte er, wie jemand versuchte, den Sheriff über Funk in seinem Wagen zu erreichen. Er glaubte, die Stimme von Charlie Ward zu erkennen. Billy ging in die Garage, gefolgt von Chief Thomas und Marshall. Er vernahm Stimmen aus dem hinteren Raum. »Hallo, dort hinten!« rief er.

Skeeter Willis, zwei Deputies und Sonny Butts kamen nach vorn in die Garage. Skeeter erholte sich als erster von seinem Schreck. »Billy, ich hab hier einen Durchsuchungsbefehl.«

»Dann üben Sie Ihr Amt aus, Skeeter.«

Skeeter ging zu Marshall hinüber und hielt ihm das Papier unter die Nase. Marshall faltete das Blatt auf und begann zu lesen.

»Haben Sie denn die Suche noch nicht abgeschlossen, Sheriff?« fragte Billy scheinheilig.

»Wir – wir waren gerade dabei.«

»Dann machen Sie weiter.«

Skeeter scheuchte seine Deputies wieder an die Arbeit. Melvin Thomas meldete sich zu Wort. »Sonny, wie bist du denn in diese Sache hineingeraten?«

Sonny war auf die Frage vorbereitet. »Nun, Chief, ich komme heute früh grade vom Dienst – Sie wissen, ich hatte die Nachtschicht –, da ruft mich Sheriff Willis an. Er sagt, er hat einen Tip, daß hier in der Gegend illegaler Whisky verkauft wird, und er wollte uns aus Höflichkeit verständigen. Also bin ich rausgefahren. Wir sind erst vor ein paar Minuten hier angekommen. Ich habe Sie nicht benachrichtigt, weil es mir nicht so vorgekommen ist, als ob das 'ne große Sache wäre. Hoffentlich habe ich es richtig gemacht, Sir.«

»Nun, wenn Sheriff Willis Sie angerufen hat, dann haben Sie es richtig gemacht. Deswegen hätten Sie mich nicht stören müssen.«

Die beiden Deputies erstatteten Skeeter Meldung. Einer von ihnen schüttelte den Kopf. »Sheriff, hier ist weit und breit kein Schnaps, es sei denn, er hat ihn vergraben.«

Skeeter nickte und wandte sich dann an Billy. »Wir sind angerufen worden und mußten die Sache überprüfen. Aber es sieht so aus, als ob es falscher Alarm wäre.«

»Der Schnaps steht auf der Polizeistation«, sagte Billy.

Skeeter schaute ihn verblüfft an. »Was sagen Sie da?«

Jetzt wandte sich Chief Thomas an ihn. »Billy und Marshall haben vor ein paar Minuten zwei Dutzend Flaschen weißen Blitz bei mir abgeliefert. Marshall sagt, jemand ist heute nacht hier eingebrochen und hat die Kisten hier hereingestellt.«

Skeeter knurrte. »Das ist aber schlau, Marshall. Wahrscheinlich haben Sie gemerkt, daß wir einen Tip bekommen haben.«

»Wenn Marshall das Zeug hätte verstecken wollen – er hätte genug Zeit dazu gehabt«, sagte Billy. »Statt dessen hat er einen Anwalt angerufen und gefragt, wie er sich verhalten soll. Er hat meinen Rat befolgt und das Zeug zur Polizei gebracht. Ich glaube, das beweist ausreichend seine Unschuld.

Jemand hat den Fusel hierhergestellt und Sie dann benachrichtigt. Das ist doch ziemlich klar.«

Skeeter errötete und schaute zu Boden. »Ja, vielleicht.« Er hob den Blick und sah Marshall an. »Aber vielleicht sollten wir dich im Auge behalten, mein Junge.«

Billy unterbrach Marshall, der dem Sheriff antworten wollte. »Ich finde, Sie sollten Ihre Zeit lieber damit verbringen, daß Sie herausfinden, wer diesen Schnaps einem unschuldigen Mann unterschieben wollte, Skeeter.«

Skeeter gab seinen Männern ein Zeichen. »Also schön, macht, daß ihr wegkommt. Wir haben heute noch einiges zu tun.« Dann nickte er Billy und Chief Thomas zu. »Also dann – Wiedersehen.« In wenigen Augenblicken waren die beiden Wagen des Sheriffs verschwunden.

»Nun, Chief«, sagte Sonny, »ich glaube, ich fahre jetzt heim und lege mich erst mal ein bißchen schlafen, wenn Sie mich nicht brauchen.«

»Schon gut, Sonny – ich erledige das hier.« Sonny fuhr weg, und der Chief untersuchte rasch das zerbrochene Fenster. »Ich fürchte, ich kann da nicht viel tun«, sagte er. »Ich vernichte den Whisky und mache eine Eintragung in das Dienstbuch über den Vorfall, aber wenn Sie uns nicht sagen können, wer Ihrer Ansicht nach dahintersteckt, Marshall, kann ich nichts weiter für Sie tun.«

Billy, der hinter dem Chief stand, schüttelte den Kopf und schaute dabei Marshall an.

»Nein, Sir«, sagte Marshall. »Ich wüßte nicht, wer mir so etwas antun wollte.«

Der Chief verabschiedete sich und ließ Billy und Marshall allein.

»Marshall, haben Sie seit Ihrer Geschäftseröffnung Kunden von Mickey Shelton bekommen?« fragte Billy.

»Ja, Sir. Ich glaube, die meisten Farbigen kommen jetzt zu mir. Er war zu teuer.«

»Und kommen auch weiße Kunden zu Ihnen?«

Marshall nickte. »Ja, Sir, ein paar.«

»Na ja, so ist das eben im Geschäftsleben. Natürlich rate ich Ihnen nicht, Sheltons Kunden abzuweisen, aber ich sage

Ihnen, Marshall, Sie müssen sehr vorsichtig sein, zumindest für eine Weile. Mickey Shelton und Sonny Butts sind meines Wissens gute Freunde, und es würde mich nicht wundern, wenn einer von den beiden hinter dieser Sache steckte. Halten Sie sich in der nächsten Zeit zurück, betrinken Sie sich nicht, fahren Sie nicht zu schnell, fangen Sie mit niemand Streit an. Es gibt da ein paar Gerüchte über Sonny, und Sie wollen doch nicht, daß er Sie ins Gefängnis bringt. Sie verstehen, was ich meine, oder?«

»O ja, Sir. Ich werde mich vorsehen.«

Billy nickte. »Und hören Sie, wenn Sie auch nur den leisesten Verdacht haben, daß sich so etwas wiederholen könnte, oder wenn Sie irgendwelche anderen Probleme haben – rufen Sie mich sofort an, klar? Sie haben sich heute völlig richtig verhalten.«

»Das werde ich tun, Colonel, und ich möchte Ihnen die aufgewendete Zeit bezahlen.«

»Nun – ich glaube, der Wagen meiner Frau müßte mal wieder abgeschmiert werden, und vielleicht sollten Sie auch einen Ölwechsel vornehmen. Damit ist die Sache dann erledigt.«

Marshall griente. »Ja, Sir, sagen Sie ihr, ich mache es jederzeit, und sie braucht nicht zu warten.«

Billy verließ ihn und fuhr zu seiner Besprechung in der Bank. Unterwegs mußte er an Marshall denken, und dabei sagte er sich, daß er momentan nicht in der Haut dieses Schwarzen hätte stecken mögen.

II

Foxy Funderburke wachte gegen neun auf und ließ sich Zeit zum Aufstehen, wie es seine Gewohnheit war. Als er sich rasiert und angezogen hatte, ging er in die Küche und freute sich auf das, was er dort vorfinden würde.

Erst fühlte er mit der Hand nach den Bodenfliesen, dann trat er mit seinen schwer beschuhten Füßen darauf. Trocken.

Fest. Foxy war begeistert. Er aß rasch sein Frühstück, weil er am Fußboden weiterarbeiten wollte. Als er fertig war, nahm er eine kräftige Bürste und bearbeitete die ganze Oberfläche, um überschüssigen Zement und Schmutz wegzuschaben; dann schloß er einen Schlauch an den Hahn der Spüle an und spritzte den Boden ab. Er schaute zu, wie das Wasser durch den Abfluß schwappte, den er in der Mitte des Fliesenbodens angebracht hatte.

Die Flecken im alten Holzboden hatten ihm seit Jahren Sorgen gemacht – jetzt war er sie für immer los. Und es würde keine neuen Flecke geben. Das verhinderte die hochglänzende, glatte Oberfläche der neuen Fliesen. Alles würde den Gully hinunterlaufen – für immer.

Nachdem er seine Arbeit beendet hatte, ging Foxy zu seinem Garderobenschrank und schob die Kleider beiseite, bis er an eine zweite Kleiderstange gelangte, die hinter der ersten angebracht war. Aus einem halben Dutzend Sachen, die dort hingen, wählte er ein ordentlich gebügeltes Hemd und eine khakifarbene Gabardinehose und legte sie auf das Bett. Dann zog er sich einen Hocker heran, tastete auf dem Regal über der hinteren Kleiderstange herum und zog eine Schirmmütze aus khakifarbenem Stoff hervor. Aus einer Schachtel hinter den Socken in einer Schublade wählte er eine schwarze Wollkrawatte aus und zwei Plaketten. Die eine befestigte er an der Mütze, die andere am Hemd. Auf beiden stand deutlich die Inschrift CHIEF OF POLICE.

Foxy hatte ein gutes Gefühl, was den heutigen Tag betraf. In der letzten Zeit hatte er mehrere Fehlschläge erlebt: Verdächtige, bei denen es nicht geklappt hatte, die von irgend jemandem irgendwo erwartet wurden. Dann hatte ihn der Besuch von Sonny Butts mehrere Tage lang beunruhigt; er hatte erst sein Selbstvertrauen wiedergewinnen müssen. Jetzt war es zurückgekehrt, und der Druck, der sich in der letzten Zeit aufgestaut hatte, war beinahe unerträglich geworden. Er wußte, daß er deshalb besonders sorgfältig vorgehen und jede Fehlermöglichkeit ausschließen mußte. Der Zwang zum Handeln hatte ihn früher mitunter unvorsichtig gemacht, sorglos in seiner Erregung, und das durfte nicht wieder geschehen. Er hatte sich unter Kontrolle, und so mußte es auch bleiben. Das Gleichgewicht zwischen dem zwanghaften Bedürfnis und seiner Selbstkontrolle war entscheidend bei seinem Vorgehen.

Er starrte sehnsüchtig auf die Uniform. Zu gern hätte er sie auch einmal außerhalb des Hauses getragen, aber er unterdrückte das Verlangen. Es war einfach zu gefährlich. Die Vorbereitungen mußte er eben in Zivil durchführen, als Kriminalpolizist, sozusagen. Er hatte immerhin seine Plakette, den Revolver und die Handschellen, für den Fall, daß er sie brauchte.

Als er das Haus verließ, verriegelte er die Tür und schloß sie doppelt ab. Sicher, es wäre noch besser gewesen, wenn er einen richtigen Polizeiwagen zur Verfügung gehabt hätte, weiß und schwarz lackiert, mit Blinklicht und Sirene. Aber der Kastenwagen mußte eben ausreichen.

Foxy war tatsächlich ein Deputy des Sheriffs im Talbot County. Goolsby hatte ihn ordentlich vereidigt und ihm die Plakette gegeben. »Deputy ehrenhalber«, hatte Goolsby es genannt, aber in dem Eid war nichts von »ehrenhalber« vorgekommen, und die Plakette unterschied sich auch nicht von denen der hauptberuflichen Deputies. Als Goolsby pensioniert wurde und bald danach starb, hatte niemand Foxy aufgefordert, die Plakette zurückzugeben. Sie hatten es vergessen – alle, bis auf Foxy. Und die Plakette hatte sich nicht selten als nützlich erwiesen.

Foxy wußte, daß er heute eine Verhaftung vornehmen würde – er fühlte es in seinen Knochen. Dabei versuchte er, dem Druck zu widerstehen. Es durfte kein Entwischen geben. Seit langer, langer Zeit war ihm keiner mehr entwischt. Immerhin hatte er inzwischen genügend Erfahrungen gesammelt. Er machte seine Arbeit besser als mancher andere.

Als er auf die Hauptstraße zufuhr, begann er sich endlich zu freuen. Er unterdrückte die Freude, war abergläubisch in solchen Dingen. Wenn man sich auf etwas allzusehr freute, ging es meistens daneben. Er überlegte sich die Fragen, die er stellen wollte. Es machte ihm Spaß, sich Fragen auszudenken. Keiner seiner Verdächtigen hatte jemals eine Antwort darauf gewußt.

12

»Vater im Himmel, wir danken Dir für diesen Tag, für die Gnade des Gebets, die wir empfangen haben, und für die Nahrung, die Du uns gegeben hast. Wir danken Dir für unsere Kinder Billy und Eloise, dafür, daß Du Billy aus dem Krieg hast zurückkehren lassen in unsere Mitte, und für die Kraft, die Du Eloise in ihrem Kummer gegeben hast. Wir danken Dir insbesondere für unsere neue Tochter Patricia und für die Liebe, die sie uns schenkt. Wir bitten Dich um Deinen Segen für diesen Tag und für alle Tage unseres Lebens. Das bitten wir Dich im Namen Deines Sohnes Jesus Christus, Amen.«

H. W. Fowler übte alle Pflichten seines Lebens gründlich und sorgfältig aus; dabei bildete der Segen über ein Sonntagsessen mit gebratenen Hühnern keine Ausnahme. Er hätte ebensowenig ein Gebet nachlässig gesprochen, wie er die Sonntagsmesse oder ein Erweckungstreffen ausgelassen hätte.

Es machte ihm nicht die geringste Schwierigkeit, sich Dinge einfallen zu lassen, für die er Gott danken konnte; er fand, daß sein Leben voll solcher Dinge war. Es bereitete ihm geradezu körperliches Vergnügen, den Schimmer des Mahagoniholzes zu betrachten, den warmen Glanz der Möbel, das Funkeln des Waterford-Lüsters über dem Eßtisch und das Blinken des silbernen Bestecks, das er jetzt in den Händen hielt. Er hatte keines dieser Dinge selbst ausgewählt, aber es hatte ihm große Freude bereitet, seine Frau mit dieser Aufgabe zu betrauen. Seine größte persönliche Befriedigung rührte daher, daß er in der Lage war, für seine Familie ebenso zu sorgen wie für seine Kirche und für eine lange Reihe von Baptistenpredigern, deren mageres Gehalt er durch Kleidung aus seinem Geschäft oder durch Bargeld aus seiner Tasche in fast demütiger Scheu aufbesserte.

Er war glücklich, seine Familie um sich zu haben, seine Stiefkinder und seine Schwiegertochter, aber um Billy machte er sich Gedanken. Er empfand es fast als eine Leere in seinem Leben, daß Billy ein Mann geworden war und nicht mehr von seiner Güte abhängig war, und seit er ihm kein Fahrrad mehr kaufen oder ihn nicht mehr auf eine gute Universität schicken konnte, blieb ihm nur die Sorge um ihn.

»Billy, ich habe da etwas über diese Geschichte mit Marshall Parker gehört. Eloise, kannst du mir bitte die Soße reichen?«

»Was hast du gehört, Mr. Fowler?« Sie nannten ihn Mr. Fowler, sogar Carrie, seine Frau.

»Ich habe gestern gerade einem Mann einen Anzug verkauft, da hörte ich, wie zwei Frauen hinter einem Kleiderständer darüber tuschelten. Eine davon war die Frau von Emmett Spence. Ich hab sie nie recht leiden können. Emmett übrigens auch nicht. Vielleicht haben sie einander verdient.«

»Was hat Sylvia Spence darüber gesprochen?«

»Oh, sie sagte, daß du eine Niggerpraxis hättest, wie sie es bezeichnete.«

»Ja, weißt du, Sylvia hat, glaube ich, einen ziemlichen Komplex, an dem sie leidet. Emmett wurde nicht eingezogen, weil er Farmer war . . .«

»Vielleicht der Sohn eines Farmers. Aber er selbst ist alles andere als ein guter Farmer.«

»Das ist allerdings wahr. Er und Sylvia sind ziemlich empfindlich, was die Kriegsteilnehmer betrifft, und Gott weiß, daß sie alles andere als Liebe für die Farbigen empfinden. Es heißt, daß Emmett ein Mitglied des Klans sein soll. Kann ich noch ein Stück Maiskuchen haben, Mama?«

»Das habe ich auch gehört.«

»Also nehme ich an, daß Marshall Parker für sie alles repräsentiert, was sie am meisten hassen – ein Neger mit Verdiensten im Krieg und einem gutgehenden Geschäft. Du machst dir doch keine Gedanken darüber, daß ich Marshall geholfen habe, oder?«

»Du meine Güte, natürlich nicht. Ich halte Marshall für einen anständigen Jungen. Sein Daddy arbeitet seit Jahren für die Kirche, und ich glaube, daß er ihn in allen Ehren großgezogen hat. Ich habe ihm seine Rechnung gestundet, als er aus dem Krieg zurückgekommen ist, und er hat sie schneller bezahlt als alle Weißen. Es freut mich, einen Farbigen zu sehen, der hart arbeitet und gut vorankommt. Aber es macht mich wütend, wenn ich höre, wie man versucht, dich in den Schmutz zu ziehen. Bitte reiche mir das Hähnchen, Carrie.«

»Nun, man kann es nicht jedem recht machen, nicht einmal in der Politik. Wenn ich schon Feinde haben muß, dann meinetwegen Leute wie Emmett und Sylvia Spence.«

Carrie Lee Fowler griff in das Gespräch ein. »Nein, Billy, du solltest niemanden zum Feind haben, wenn es zu vermeiden ist.«

»Mama, genau das ist meine Absicht, aber was kann ich tun, damit Emmett Spence mein Freund wird? Was meinst du?«

Carrie lachte ein wenig verlegen. »Nun, jetzt hast du mich in die Enge getrieben. Ich fürchte, alles, was dich zum Freund von Emmett machen könnte, würde dich bei unserem Herrn in Ungnade bringen. Kann ich dir noch etwas Maiskuchen vorlegen, Mr. Fowler?«

Patricia war verwirrt. »Ich verstehe nicht, wieso die Spences die Schwarzen so sehr hassen.«

»Wie ich gehört habe«, sagte Billy, »war Hoss Spence einmal sehr arm. Er stammt aus einer Familie von Kleinbauern, Leuten also, die mit den Negern bei ihrer Taglöhnerarbeit im Wettbewerb standen. Diese Leute hassen die Schwarzen, weil sie befürchten, daß ihnen durch sie Existenzschwierigkeiten drohen. Wahrscheinlich hat Emmett diese Ansicht von Hoss geerbt. Und seine Kinder werden es von ihm übernehmen. Es ist wirklich eine Schande, daß sich solche Vorurteile immer weiter ausbreiten, denn sie sind völlig sinnlos.«

Jetzt begann Mr. Fowler wieder zu sprechen. »Billy, worum ist es deiner Meinung nach bei Marshall gegangen?«

»Nun, mir ist völlig klar, daß jemand versucht hat, Marshall in große Schwierigkeiten zu bringen.«

»Und wer könnte das gewesen sein?«

»Wenn Marshall nicht mit jemandem Streit hat, wovon ich nichts weiß, und ich glaube, er hätte es mir gesagt, wenn es so wäre, dann scheint mir in erster Linie Mickey Shelton dafür in Frage zu kommen. Marshall ist ihm, auch wenn er es nicht beabsichtigt, eine höchst unerwünschte Konkurrenz. Ich nehme an, daß auch Sonny Butts in dieser Sache drinsteckt. Er und Marshall hatten eine Auseinandersetzung, und Sonny ist natürlich in der Lage, die Angelegenheit von seiten der Polizei in die Hand zu nehmen.«

Mr. Fowler nickte. »Es würde mich nicht wundern. Sonny war für meinen Geschmack immer etwas zu glatt. Er weiß, wie man den Leuten Honig ums Maul schmiert, aber ich würde ihm nicht über den Weg trauen. Er hatte eine große Rechnung offen bei mir, und ich mußte ihn immer wieder daran erinnern. Er hat wohl gedacht, ich würde ›Bezahlt‹ daraufstempeln, nur weil er bei der Polizei ist. Jedenfalls habe ich diesen Eindruck. Ich sage dir, lieber habe ich Marshall Parker zum Kunden als diesen Sonny Butts.«

Billy brummte: »Mir wäre Marshall Parker auch als Polizist lieber, um die Wahrheit zu sagen. Ich habe Hugh Holmes sogar vorgeschlagen, daß die Stadt einen farbigen Polizisten einstellen sollte, und zwar einen von den Kriegsteilnehmern. Ein Großteil der Polizeiarbeit fällt nun mal in Braytown an, und ich bin sicher, ein Schwarzer könnte dort viel wirksamer tätig werden als ein Weißer.«

»Und was hat Hugh dazu gesagt?« fragte Mr. Fowler.

»Er schien es für eine gute Idee zu halten, und er fand sogar einige Sympathie bei einer Stadtratssitzung. Aber das Budget reichte nur für einen Mann aus, und sie haben für Sonny Butts gestimmt. Melvin Thomas hielt es übrigens auch für einen guten Gedanken, und er sagte mir, falls die Möglichkeit bestünde, einen vierten Polizisten einzustellen, würde er empfehlen, einen Neger dafür auszusuchen. Sonny wäre das freilich nicht recht, wie ich annehme.«

»Kommt es denn darauf an, was Sonny recht ist und was nicht?« fragte Eloise.

»Für Melvin bestimmt. Er glaubt, daß Sonny seine Arbeit sehr gut macht, und das stimmt sogar, soweit es den Straßenverkehr betrifft, wie ich höre.«

»Weiß Melvin davon, daß Häftlinge im Gefängnis verprügelt werden?« fragte Mr. Fowler.

»Brooks Peters hat mit ihm gesprochen, als er davon hörte, und Melvin hat ihm sehr aufmerksam zugehört, obwohl er nicht glaubt, daß an der Sache viel dran sein kann. Sonny erklärt, er wendet nur so viel Gewalt an, wie es zur Ausübung seines Amtes nötig ist, und meint, daß Betrunkene nun einmal randalieren und hart angefaßt werden müssen. Übrigens hat es erst gestern abend wieder einen ähnlichen Zwischenfall gegeben, obwohl der Mann nicht ernsthaft verletzt wurde. Der alte Jim Parker hat es Brooks heute vor der Kirche erzählt; Brooks will morgen noch einmal mit Melvin sprechen.«

»Und was hilft das?« fragte Eloise.

»Es reicht sicher nicht aus, daß man Sonny feuert, aber wenn es Brooks gelingt, Melvin genügend aufzuhetzen, wird er vielleicht diesem Treiben Einhalt gebieten. Es sieht allerdings nicht so aus, als ob es genügend Zeugen und Beweise gegen Sonny gibt.«

»Melvin ist ein guter Mann«, sagte Mr. Fowler. »Er wird bestimmt das Richtige tun.«

»Sicher, er ist ein anständiger Kerl«, bestätigte Billy. »Ich wünschte nur, er wäre ein bißchen schlauer. Er läßt sich schon fast von Sonny Butts manipulieren.«

»Diese Butts-Familie war noch nie besonders gut«, erklärte Carrie. »Seine Mutter ist zwar nett, das arme Ding, aber Sonnys Vater war Alkoholiker, und Will Henry mußte ihn mehrfach ins Gefängnis werfen.«

Jenseits der Stadt, auf der anderen Seite der M&B-Gleise, in Milltown, an der Ecke Maple und Poplar Street, saß eine andere Familie bei ihrem sonntäglichen Brathuhn – eine kleine Familie.

»O Sonny, ich bin so froh, dich zu sehen. Ich wollte, du würdest mich öfters besuchen.«

Sonny Butts wischte sich den Mund mit dem Handrücken ab und lehnte sich zurück. »Mama, du weißt, daß ich die ganze Zeit im Dienst bin. Ich würde gern auch öfters herkommen, aber wenn ich dann schon mal frei habe, bist du in der Spinnerei. Junge, war das ein gutes Huhn.«

»Du siehst so hübsch aus in deiner Uniform, Sonny. Ich bin richtig stolz auf dich. Mrs. Smith von nebenan sagt, sie hat dich neulich auf deinem Motorrad gesehen, und du hättest fabelhaft ausgesehen. Das hat sie gesagt: fabelhaft. Dein Daddy wäre auch stolz auf dich, wenn er es noch erleben könnte.«

»Ja, genau wie er stolz auf mich war, als ich Football gespielt habe. Ich wette, er ist bei jedem zweiten Spiel rausgeschmissen worden, der alte Säufer.«

»Du darfst nicht so über deinen Daddy sprechen, Sonny.«

»Ich weiß nicht, warum du ihn immer noch verteidigst, Mama. Er hat dir nur Kummer gemacht und dich geschlagen, wenn er betrunken war, was jede Woche ein paarmal passierte.« Sonny knirschte mit den Zähnen. »Mich hat er auch verprügelt, bis ich groß genug war, um mich wehren zu können.« Sonny erinnerte sich zufrieden an den Tag, als er zum ersten Mal zurückgeschlagen hatte. Sein Vater war zusammengefallen wie eine verwelkte Blume, und er hatte ihn von da an nie wieder geschlagen, auch seine Mutter nicht, solange er in der Nähe war. Aber zu der Zeit war er bereits ständig betrunken gewesen.

»Na schön«, sagte seine Mutter schwach, »aber am Anfang war er ganz anders ... Ich meine, er hat das nie getan, bevor du auf die Welt gekommen bist.«

»Meinst du, er ist wegen mir so geworden?«

»Es war so, als ob er auf dich eifersüchtig gewesen wäre. Ich weiß es nicht. Ich habe das nie verstehen können.«

»Nun, jetzt, wo er tot ist, geht es dir jedenfalls besser.«

Seine Mutter begann das Geschirr abzuräumen. Sie vermißt ihn immer noch, dachte Sonny. Er schüttelte den Kopf. Das Telefon klingelte, und sie ging hin und nahm den Hörer ab.

Carrie drückte auf den Knopf unter dem Teppich, und Flossie kam herein, um die Teller abzuräumen. »Und wer möchte jetzt Pfirsichbowle?«

Patricia warf einen Blick auf Billy und lächelte. »Das klingt wunderbar, aber ... ich fürchte, ich muß auf mein Gewicht achten.«

Carrie lachte. »Du bist ja viel zu mager, mein Schatz.« Dann schossen ihre Augenbrauen nach oben. »Das heißt ...«

Billy begann laut zu lachen. »Mama, ich glaube, du solltest dich allmählich mit dem Gedanken vertraut machen, daß du in Kürze Großmutter wirst.«

»Das stimmt«, bestätigte Patricia. »Nächsten April. Es wird ein Junge, das kann ich jetzt schon sagen.«

In der Aufregung, die danach folgte, hörte niemand das Klingeln des Telefons. Flossie kam wieder herein. »Es ist für Sie, Mr. Billy.« Billy ging mit dem Mädchen hinaus.

»Seit wann weißt du es, Trisha?« fragte Eloise.

»Seit gestern, als es mir Tom Mudter bestätigt hat.«

»Ist auch alles in Ordnung?« fragte Mr. Fowler besorgt. »Ich meine, fühlst du dich wohl?« Er überlegte sich bereits, was er dem Enkel Gutes tun könnte.

»Natürlich, Mr. Fowler. So was passiert schließlich jeden Tag. Also kein Grund, sich Gedanken darüber zu machen.«

»Ich bin ja so glücklich, Patricia!« sagte Carrie und strahlte. »Wir freuen uns so auf ein Baby in der Familie. Ich bin glücklich, für mich selbst und für alle anderen.«

Billy kam zurück ins Eßzimmer. Patricia spürte sofort, daß etwas Unangenehmes geschehen war. »Was ist, Billy?« Alle drehten sich um und schauten ihn an.

»Das war Hugh Holmes. Melvin Thomas ist vor einer Stunde auf der Treppe der Methodistenkirche zusammengebrochen und gestorben, gleich nach der Messe.«

»Wie schrecklich«, sagte Carrie. »Er war ein so netter Mann.«

Billy blickte, die Hände in den Taschen, aus dem Fenster. Patricia zog die Augenbrauen hoch. »Ist sonst noch was, Billy?«

Er nickte. »Einer der Stadträte hat sich gleich danach ans Telefon gehängt. Sonny Butts ist zum provisorischen Chief ernannt worden. Und Mr. Holmes nimmt an, daß er von morgen an offiziell als Polizeichef von Delano bestätigt wird.«

13

Als Sonny nach der Beerdigung von Melvin Thomas am Dienstagvormittag die Polizeistation von Delano betrat, fühlte er sich wie ein eben gekrönter König. Der Stadtrat hatte tags zuvor entschieden, ihn zum Chief zu ernennen, obwohl die Ankündigung bis Donnerstag zurückgehalten werden sollte, teils aus Respekt vor dem Toten, teils auch, weil der »Delano Messenger« donnerstags herauskam und weil dies ein praktischer Weg war, um die Neubesetzung des verwaisten Postens zu melden.

Ein Mädchen aus dem Büro des Stadtdirektors, Millie, war ihm aushilfsweise überlassen worden, damit sie sich um die Telefon- und Funkzentrale kümmerte, bis er einen weiteren Polizisten eingestellt hatte, und sie war bei der Arbeit, als er hereinkam.

Er schaute sich kurz in der Polizeistation um. Eigentlich gab es hier nichts zu ändern; es sah schon genau so aus, wie er es sich wünschte. Thomas hatte ihm freie Hand gelassen bei der Einrichtung des Büros, und Sonny stellte mit Befriedigung fest, daß er es gut gemacht hatte. Jetzt wollte er ins Büro des Chiefs, das ja nun seins geworden war.

»Millie, ich habe einiges zu erledigen. Bitte stör mich nicht, es sei denn, es ist sehr wichtig, okay?«

»Klar, Sonny.« Sie kicherte. »Ich meine, Chief.«

Er hatte seit drei Monaten einmal wöchentlich mit ihr geschlafen. Zu schade, daß es im Büro des Chiefs kein Sofa gab. Aber vielleicht konnte er sich eins beschaffen. Er ging in das Büro, schloß die Tür, lehnte sich dann ein paar Sekunden lang von innen dagegen und atmete rasch vor Aufregung. Alles war besser gelaufen, als er es sich erträumt hatte. Nach einer langen Zeit des Herumkommandiertwerdens, erst von den Ausbildern, dann von den Offizieren, war er jetzt derjenige, der die anderen herumkommandieren konnte. Im Krieg hatte er sich nichts sehnlicher gewünscht als ein Offizierspatent – er hatte es nie bekommen. Und jetzt hatte er etwas viel Besseres: Man hatte ihm die Leitung einer Polizeidienststelle übertragen! In seiner Welt war er der Boss – trotz dieses Scheiß-Eisenhower.

Das Büro war eigentlich nichts Besonderes – ein kleiner Raum, der an das ursprüngliche Gebäude angebaut worden war, ausgestattet mit einem Schreibtisch, einem Aktenschrank, einem Kleiderständer und drei Holzstühlen. Aber es war »sein« erstes Büro, und es war nicht schlechter als die Büros der Kompanieführer bei der Armee. Er ging langsam auf und ab, schaute in den Aktenschrank, blätterte den Stapel von Dokumenten auf dem Schreibtisch durch. Mein Gott, was für eine Unordnung! Thomas hatte nicht zugelassen, daß er auch diesen Raum in Ordnung brachte und alles nach seinen Vorstellungen organisierte. Jetzt zog er die oberste Schublade des Aktenschranks auf und begann damit.

Nach zwei Stunden hatte er zwei große Pappkartons mit alten Akten, Rundschreiben, Papieren und unwichtigem Zeug gefüllt. Der Schreibtisch war aufgeräumt und leer bis auf das Telefon und den Kalender. Er ließ sich in den Schreibtischsessel sinken und zog eine Schublade auf. Der Inhalt der Schubladen war als einziges noch nicht geordnet und aussortiert. Er begann einen kleineren Karton mit den persönlichen Dingen des Alten vollzupacken – ein Elektrorasierer, ein Parker-Füllhalter, eine Pistole, ein paar private Rechnungen, Photographien seiner Familie, nicht sehr viel. Dann leerte er nacheinander den Inhalt der übrigen Schubladen auf den Schreibtisch und sah alles durch, um festzustellen, ob es sich um dienstliches oder privates Zeug handelte und ob es wichtig genug war, daß man es aufbewahrte.

Im Verlauf seiner Durchsicht stieß er auf einige Aktenordner. Diese legte er beiseite, um sie als letzte durchzusehen. Gegen Mittag schickte er Millie weg, damit sie ihm ein Sandwich holte, dann legte er die Füße auf die Schreibtischplatte, aß sein Brot und ging die Ordner durch. Sie reichten lange Zeit zurück. Thomas war Sergeant bei der Polizei von Columbus gewesen, als man ihm vor fast zwanzig Jahren den Posten von Will Henry Lee übertrug. Zunächst schien es Sonny so, als sei der Alte von seinem neuen Job begeistert gewesen und habe sich mit der Routine eines ausgebildeten Polizeibeamten aus einer größeren Stadt auf seine neuen Aufgaben geworfen. Die Akten enthielten jeweils Informationen über einen bestimmten Typ von Verbrechen und Vergehen – so gab es zum Beispiel einen Ordner über gestohlene Wagen und dazu Notizen über Verhaftungen von Autodieben, die in der Gegend tätig geworden und in Zusammenarbeit mit der Staatspolizei gefaßt worden waren. Es gab eine zweite Akte über Einbrüche, die in den dreißiger Jahren über längere Zeit hinweg in der Gegend begangen worden waren, und auch hier fanden sich die dazugehörigen Notizen über die Aufklärung und die Verhaftung der Täter. Die Akten schienen mehr aus Sentimentalität als wegen ihrer Bedeutung aufbewahrt worden zu sein. Vom Ende der dreißiger Jahre an und während der Kriegsjahre schienen diese Akten freilich nicht mehr allzu sorgfältig geordnet worden zu sein, und es gab auch weniger Notizen. Thomas mußte, wie Sonny annahm, inzwischen seines Amtes müde geworden sein. Auf dem letzten Ordner stand »Vermißte Personen«. Sonny trank einen großen Schluck Coca-Cola und schlug dann den Ordner auf.

Er fand ein Dutzend Rundschreiben der Staatspolizei, beginnend mit den späten zwanziger Jahren bis zur Kriegszeit. Sie waren mehr oder weniger chronologisch geordnet, als wären sie einfach in der Reihenfolge des Eintreffens abgelegt worden. Jedes Rundschreiben wurde durch ein Foto ergänzt, meist ein privater Schnappschuß oder ein Foto aus einem Automaten, und wo das Foto fehlte, wurde es durch eine mehr oder weniger ausführliche Beschreibung ersetzt. Die Vermißten waren, wie Sonny feststellte, ausnahmslos Weiße und alle männlichen Geschlechts, die meisten ziemlich jung. Während Sonny den Ordner durchsah, fiel ihm auf, daß die Rundschreiben, je weiter er sich nach unten durcharbeitete, immer sorgfältiger bearbeitet worden waren. Während die neueren, die obenauf lagen, mit keinerlei Notizen und Randbemerkungen versehen waren, fand er zu den älteren ausführliche Kommentare, Erläuterungen und Unterstreichungen, vor allem, was den Ort betraf, an dem die Verschwundenen zuletzt gesehen worden waren. Auf mehreren Blättern waren die Orte Greenville, Woodbury und Waverly Hall unterstrichen, und es gab Bemerkungen wie »im Landstreicherlager gesehen« oder »beim Autostopp angetroffen«. Sonny betrachtete das Fehlen solcher Randbemerkungen bei den späteren Rundschreiben als typisch für das nachlassende Interesse von Melvin Thomas an seinem Beruf. Übrigens gab es keinerlei Notizen, die darauf hinwiesen, daß eine der vermißten Personen wieder aufgefunden worden war.

Dennoch ging deutlich daraus hervor, daß sich Thomas zumindest zu Beginn seiner Amtszeit für diese vermißten jungen Männer interessiert hatte. Er hatte die Landstreicherlager überprüft und Verhöre durchgeführt, hatte möglicherweise auch die Fotos herumgezeigt. Sonny nahm einen Bleistift und begann die neueren Rundschreiben zu unterstreichen und zu markieren, wie es Thomas bei den älteren gemacht hatte. Als er damit fertig war, nahm er sich eine Landkarte der Gegend und einen Fettstift und markierte damit die Orte, an denen die Vermißten zuletzt gesehen worden waren. Fünf von zwölf waren zuletzt in der weiteren Umgebung angetroffen worden, in Macon, Carrollton, Orten, die mindestens fünfzig Meilen von Delano entfernt waren. Diese sortierte er aus und markierte sie auch nicht auf der Landkarte. Die restlichen sieben ergaben Markierungen auf der Karte, die einen etwas verschobenen Kreis bildeten. Und ungefähr im Mittelpunkt dieses Kreises lag die Stadt Delano.

Jetzt befaßte er sich eingehender mit diesen sieben Rundschreiben. In fünf von ihnen war die vermutliche Route der Vermißten vermerkt. Diejenigen, die zuletzt nördlich von Delano gesehen worden waren, wollten in Richtung Süden, und diejenigen, die südlich der Stadt gesehen worden waren, reisten in den Norden. Bei allen führte die vermutete Reiseroute durch Delano.

Sonny nahm den Telefonhörer ab und rief einen Bekannten bei der Straßenwacht der Staatspolizei in Atlanta an. »He, Tank, hier Sonny Butts.«

»He, Sonny. Meine Gratulation. Höre, du bist Chief geworden.«

»Danke, ja. Aber das hätte jeder geschafft, der einigermaßen gut aussieht und hart arbeiten kann.«

»Quatsch.«

»Hör zu, Tank, kannst du für mich etwas in der Vermißtenkartei ausfindig machen? Meinst du, es ist schwierig, auch an ältere Eintragungen heranzukommen?«

»Wir ordnen sie nach den Namen und nach dem Datum des Verschwindens, und zwar in chronologischer Folge bis zum vergangenen Monat. Hast du diese Informationen?«

»Ja.« Sonny nannte ihm die Namen und die Daten. »Wie lange wird das dauern?«

»Ich bin grade mit dem Mittagessen fertig, also kann ich gleich damit anfangen. Ich rufe dich in ein paar Minuten wieder an. Willst du in diesem Zusammenhang etwas Besonderes wissen?«

»Nur, ob sie jemals wieder aufgetaucht sind.«

»Ich melde mich – also dann, bis gleich.«

Wieder las er die fünf Rundschreiben durch. Alle Vermißten waren zwischen sechzehn und einundzwanzig Jahre alt. Alle waren kleiner als 172 Zentimeter und schlank. Vier der Rundschreiben wurden durch ein Foto ergänzt. Die auf den Bildern dargestellten Personen sahen in gewisser Weise ähnlich aus, fand Sonny; sie wirkten alle irgendwie unschuldig. Er stand auf, ging zu seinem Schreibtisch im anderen Büro und holte sich die alten Akten von Chief Lee aus der untersten Schublade. Als er wieder in seinem Büro war, blätterte er die Ordner durch, bis er die Fotos des Ermordeten fand. Er suchte sich ein Bild aus, das besonders lebensecht aussah, als ob der junge Bursche nur schlief. Dann legte er es auf den Schreibtisch neben die vier anderen von den Rundschreiben. Plötzlich lief ihm ein Schauer über den Rükken.

Das Telefon klingelte. »Sonny? Hier Tank. Alle Fälle, die du durchgegeben hast, sind bis heute ungeklärt. Das heißt, die Gesuchten sind nie wieder aufgetaucht. Das muß natürlich nicht viel bedeuten. Vielleicht sind sie alle in Südamerika. Aber die Rundschreiben haben kein Ergebnis gebracht, und die Familien haben uns nicht gemeldet, daß die Vermißten zurückgekehrt sind. Hast du was entdeckt bei diesen alten Fällen?«

Sonny überlegte sich genau, was er antworten sollte. »Nee, Tank, entdeckt hab ich nichts. Ich bin nur grade beim Ausräumen auf eine Akte im Schreibtisch von Chief Thomas gestoßen und wollte wissen, ob ich die Rundschreiben wegwerfen kann oder nicht. Nett, daß du dir die Mühe gemacht hast, nachzusehen.«

»Gern geschehen. Natürlich hören wir normalerweise nichts mehr von den Vermißten, wenn sich in den ersten Wochen nach ihrem Verschwinden nichts getan hat. Ich glaube, du kannst die Unterlagen ruhig wegwerfen. So was ist nur Ballast im Archiv.«

»Ja, Tank, das meine ich auch. Komm doch mal vorbei, wenn du in der Gegend bist. Dann besorg ich dir was zu trinken und was zum Bumsen.«

»Du kennst dich aus, mein Lieber.« Dann legten sie auf.

Sonny merkte, daß er ins Schwitzen geraten war, nicht nur wegen der Hitze. Es stand fest, daß er auf etwas Wesentliches gestoßen war. Das Dumme war nur, daß die Spuren längst kalt und verwischt waren. Wären sie frisch gewesen, hätte er sie vielleicht verfolgen können. Na schön, dachte er, dann muß ich eben Geduld haben. Wenn es so war, wie er annahm, brauchte er nur zu warten. Warten und beobachten. Und dabei wollte er den alten Knacker im Auge behalten. Genau so würde er es machen.

14

Billy Lee und Reverend Brooks Peters besuchten Hugh Holmes am Abend nach der Beerdigung von Melvin Thomas. Holmes führte sie in sein Arbeitszimmer und bot ihnen geeisten Tee an. Die Anwesenheit des Pfarrers verbot es, etwas Stärkeres aufzutischen.

Nach ein paar höflichen Worten kam Billy gleich zur Sache. »Mr. Holmes, es sieht ganz so aus, als ob wir Schwierigkeiten mit Sonny Butts bekommen.«

Holmes zeigte keine Überraschung. »Meinst du wegen der Prügeleien?«

»Ja, Sir.«

»Nun, bis jetzt habe ich nichts gehört, was man nicht von seiten der Polizei als Notwehr auslegen könnte.«

»Wir glauben, daß mehr dahintersteckt.«

»Ich habe nicht gesagt, daß ich nicht glaube, was man so spricht. Es würde mich nicht wundern, wenn mehr daran wäre.«

»Hat man denn nicht darüber gesprochen, als der Stadtrat am Montag Sonny in seiner Position als Chief bestätigte?«

»Sicher, man hat es erwähnt. Genau gesagt, ich war derjenige, der es erwähnt hat. Ich schlug vor, die Dinge erst einmal so zu lassen, wie sie waren – das heißt, Sonny sollte kommissarisch das Amt des Chiefs verwalten, bis wir einen erfahreneren Mann gefunden hätten. Aber mein Vorschlag ist auf wenig Gegenliebe gestoßen. Ja, mehrere Stadträte haben sich sogar dafür ausgesprochen, daß die Polizei härter durchgreifen sollte. Sie hoffen, daß auf diese Weise die Verbrechensrate in Braytown gesenkt werden kann.«

Jetzt meldete sich Brooks Peters zu Wort. »Es hat bereits wieder einen derartigen Zwischenfall gegeben, am vergangenen Sonnabendabend.«

»Billy hat es am Telefon erwähnt, als ich ihn am Sonntag anrief und ihm von Melvins Tod berichtete.«

»Ist dieser neue Fall auch im Stadtrat behandelt worden?«

»Er wurde erwähnt, aber ich nehme an, es wird keine Anzeige geben, und es gab ja auch keine Zeugen – jedenfalls keine, die gegen Sonny aussagen würden. Das ist ja das Problem bei einer solchen Geschichte. Es gibt niemanden, der bezeugen könnte, daß Sonny und Charlie Ward ihre Befugnisse überschreiten, niemanden, mit Ausnahme des Opfers natürlich.«

»Aber etwas muß geschehen, Mr. Holmes«, sagte Peters sehr leidenschaftlich. »Es gibt ohnehin genügend aufgestauten Haß gegen die Weißen in unserer schwarzen Gemeinde, und solche offensichtlichen Rechtsbrüche dienen nur dazu, die Situation weiter aufzuheizen.«

Holmes nickte. »Ich bin ganz Ihrer Meinung. Es muß etwas geschehen, und wenn Sie ein Verfahren vorschlagen, das einige Aussicht auf Erfolg verspricht, bin ich gern bereit, es zu unterstützen. Aber ich kann nicht einfach vor den Stadtrat treten und eine Anklage gegen den Polizeichef unserer Stadt erheben auf Grund von Gerüchten oder der Aussage eines Schwarzen, der wegen Trunkenheit festgenommen und nicht zu seiner Zufriedenheit behandelt wurde.«

»Mr. Holmes hat natürlich recht«, sagte Billy. »Wir brauchen einen Fall, der vor Gericht vertreten werden könnte, bevor wir den Stadtrat dazu bringen, Sonny abzusetzen. Die Stadtverordnungen kennen kein derartiges Verfahren, das heißt, es gibt keine entsprechenden Regeln, und es gibt auch kein Komitee, das den Gesetzvollzug überwacht, wie das in den größeren Städten durchaus üblich ist.« Er dachte eine Minute lang nach. »Mr. Holmes, gibt es keine informellen Mittel, mit denen wir Druck auf den Stadtrat ausüben könnten – oder meinetwegen auch direkt auf Sonny Butts?«

Holmes schüttelte den Kopf. »Keine – es sei denn, du könntest die öffentliche Meinung entsprechend lenken, und ich sage dir, die öffentliche Meinung wird nicht auf deiner Seite stehen, es sei denn, du kannst eine Reihe von weniger zweifelhaften Beweisen vorlegen, als du sie momentan zur Verfügung hast. Sonny schwimmt jetzt auf der Welle des Erfolgs. Er hat die Polizei von Delano auf seine Weise organisiert, er hat durch seinen persönlichen Einsatz der Stadt mit den Strafzetteln für Verkehrsvergehen eine Menge Geld eingebracht, und er sieht aus wie das Muster eines Polizeibeamten – das gilt viel bei der öffentlichen Meinung. Nein, Sir, ich fürchte, da rennst du mit dem Kopf gegen die Wand.«

Billy und Brooks schwiegen. Der Geistliche hatte sein Glas in der Hand und ließ ungeduldig die Eiswürfel klimpern. »Wir müssen uns etwas überlegen«, sagte er.

Billy atmete tief ein. »Vielleicht kann die schwarze Gemeinde selbst etwas unternehmen.«

Holmes blickte auf. »Wie meinst du das?«

»Ich kann es noch nicht genau sagen, aber ich glaube, ich werde mal mit Marshall Parker darüber sprechen. Es gibt eine

Gruppe von farbigen Kriegsteilnehmern, die regelmäßige Treffen veranstalten. Vielleicht fällt denen etwas ein.«

Holmes schaute ihn beunruhigt an. »Du meinst doch nicht, daß sie Gewalt mit Gewalt bekämpfen sollen, oder?«

»O nein. Das letzte, was wir brauchen, ist ein schwarzes Gegenstück zum Klan. Dennoch bin ich der Meinung, daß die Vorschläge von den Schwarzen kommen sollten. Würden Sie beim Stadtrat vorstellig werden, wenn es ihnen gelingt, genügend Beweise gegen Sonny zu sammeln?«

»Natürlich, aber es müssen starke und unwiderlegbare Beweise sein. Und du darfst nicht zulassen, daß sich die Schwarzen überlegen, wie sie Sonny eine Falle stellen können. Das würde bedeuten, daß der Schuß nach hinten losgeht.«

Brooks Peters stand auf. »Ich finde, das ist eine gute Idee, Billy. Sprechen Sie mit Marshall, dann werden wir weitersehen. Mr. Holmes, ich danke Ihnen für den Eistee. Wir sehen uns am Sonntag in der Kirche.«

Holmes schüttelte dem Pfarrer die Hand. »Ich hoffe, wir können doch noch etwas in dieser Sache unternehmen, Brooks, und ich bin bereit, Ihnen dabei zu helfen, so gut ich kann.« Dann wandte er sich an Billy. »Kannst du noch einen Augenblick hierbleiben? Ich möchte etwas Geschäftliches mit dir besprechen.«

Sie verabschiedeten sich von Brooks, dann ging Holmes zu seinem Geheimschrank mit den alkoholischen Getränken. »Kann ich dir einen Schluck Whisky aufnötigen?«

»Na klar. Bourbon mit etwas Wasser.«

Holmes mixte die Drinks und machte es sich dann wieder bequem. »Billy, ich fürchte, wir bekommen Schwierigkeiten.«

»Bei der Bank?«

»Nein. Ich meine politische Probleme.« Er rührte mit dem Finger in seinem Glas. »Ich weiß nicht, ob du dich momentan mit Marshall und seinen farbigen Kriegsteilnehmern engagieren solltest.«

»Ich habe mich bisher überhaupt nicht engagiert. Sicher, ich kenne die meisten von ihnen, aber die Sache mit Marshall und dem geschmuggelten Alkohol war das einzige, wobei ich mich engagiert habe.«

»Ich weiß, aber du läßt deinen Wagen bei ihm reparieren, und ...«

»Moment mal. Sie lassen Ihren Wagen auch bei ihm reparieren, und das tun wir beide, weil Marshall gute Arbeit liefert, oder etwa nicht?«

»Natürlich, und ich rate dir ja auch nicht, in Zukunft zu Mickey Shelton zu gehen. Ich dachte nur, du solltest die Dinge bis nach den Wahlen ruhen lassen. Es sind nur noch drei Wochen, wie du weißt.«

»Was haben Sie denn gehört? Sie müssen etwas gehört haben.«

»Du hast recht. Deine Beziehung zu Marshall ist über Gebühr aufgebauscht worden, und ich fürchte, das wird uns schaden. Ich frage mich inzwischen, ob wir uns wirklich auf das Talbot County verlassen können, und im Harris County sieht es auch nicht allzugut aus. Ich nehme an, du liegst gut im Rennen, was die Städte Delano, Manchester und Greenville betrifft, aber wenn die kleineren Gemeinden und die Farmer in Talbot und Harris gegen dich stimmen, wird es knapp.«

»Und was sollte ich Ihrer Meinung nach tun?«

»Nun, als erstes solltest du dich in den nächsten drei Wochen häufig in Talbot und Harris zeigen, viele Hände schütteln und ein paar Fragen beantworten.«

Billy zuckte zusammen. »Junge, ich dachte, das hätte ich nun wirklich hinter mir.«

»Das stimmt, aber du solltest es wiederholen.«

Billy seufzte. »Also schön, gleich morgen beginne ich mit meiner Rundreise.«

»Zweitens meine ich, du solltest dich bis nach den Wahlen aus dieser Sache mit Sonny Butts heraushalten und nichts mit Marshall und seinen Kriegsveteranen unternehmen.«

»Zum Kuckuck! Ich finde, es muß etwas geschehen gegen diesen Sonny, und Marshalls Leute haben für mich bei den schwarzen Wählern von Braytown gute Arbeit geleistet; ich bin es ihnen schuldig, zu helfen, so gut ich kann.«

Holmes beugte sich vor und stützte die Ellbogen auf die Knie. »Billy, ich denke nicht daran, dir zu raten, daß du das

Vertrauen von Marshall und den anderen enttäuschst. Ich sage ja nur, daß du warten sollst bis nach den Vorwahlen, besser noch, bis auch die allgemeine Wahl vorüber ist, bevor du dich da weiter engagierst.«

»Aber ich engagiere mich doch nicht. Ich . . .«

»Es geht jetzt nicht um die Frage, wie sehr du dich engagiert hast oder nicht. Es geht darum, inwieweit man das in der Öffentlichkeit spürt. Es hat wenig Sinn, sich eine Opposition zu schaffen, die zuvor gar nicht vorhanden war. Wenn du der schwarzen Gemeinde helfen willst, kannst du das viel besser, wenn du erst gewählt worden bist. Wie willst du ihnen helfen, wenn du die Wahl verlierst?«

»Ich habe Brooks versprochen, daß ich mit Marshall reden werde.«

»Das sollst du auch. Aber Brooks ist ein Hitzkopf, und du darfst dich von ihm nicht in eine Sache hineindrängen lassen, noch dazu zur Unzeit. Das richtige Timing ist überaus wichtig in der Politik, und wenn du etwas erreichen willst, mußt du stets darauf achten. Glaub mir.«

Billy massierte sich den Nacken und trank dann den Rest seines Whiskys. »Also schön«, sagte er.

»Und laß die Sache mit Sonny Butts ein paar Wochen liegen. Vielleicht haben wir Glück, und er macht einen Fehler. Laß ihn an der langen Leine laufen – du verstehst schon.«

Billy nickte.

Am nächsten Morgen, auf der Fahrt zum Büro, kam Billy an Marshalls Garage vorbei, als Marshall gerade die Tore öffnete. Der Schwarze winkte ihm zu und bedeutete ihm, er solle anhalten. Billy winkte zurück und fuhr vorbei. Als er sein Büro erreicht hatte, war ihm vor Scham darüber fast übel. Er rief in der Reparaturwerkstatt an.

»Marshall? Hier spricht Billy Lee. Ich war heute morgen schon bei Ihnen vorbei, als mir eingefallen ist, daß Sie vielleicht mit mir sprechen wollten. Tut mir leid, aber ich war in Gedanken.«

»Ja, Sir, ich hätte gern einen Augenblick mit Ihnen gesprochen. Wir haben eine kleine Versammlung, unsere schwarzen Kriegsteilnehmer und ihre Frauen, am Sonnabendnachmittag.

Ich fragte mich, ob Sie vorbeischauen und ein paar Worte mit ihnen sprechen könnten. Es ist in der Kirche von Galiläa, draußen am Highway.«

Billys Finger umspannten den Hörer des Telefons so fest, daß seine Knöchel weiß wurden. »Du lieber Gott, danke, Marshall, aber am Sonnabendabend bin ich irgendwo drüben im Talbot County. Mr. Holmes meint, daß ich mich vor den Wahlen dort zeigen muß. Wir haben ja noch drei Wochen Zeit. Ich rufe Sie nächste Woche an.«

Als Billy aufgelegt hatte, fühlte er sich noch tiefer beschämt als zuvor.

15

In der Hitze des Sonnabendnachmittags stieg Sonny Butts von der letzten Sprosse der Leiter auf das Sprungbrett über dem Schwimmbecken des Pine-Mountain-Freibads. Er schaute hinunter auf das hübsche, glockenförmige, geflieste Schwimmbecken, das in den dreißiger Jahren vom Bürgerverein für Körperkultur erbaut worden war, und sein Blick fiel auf eine Decke, auf der zwei Mädchen lagen. Er hatte seit einer Stunde aus der Entfernung beobachtet, wie sie sich in der Sonne aalten und immer wieder Bier aus Pappbechern tranken. Alkoholische Getränke waren im Franklin-D.-Roosevelt-Erholungspark verboten. Das eine Mädchen war ziemlich groß und schlank und hatte einen üppigen Busen. Sie trug das Haar zu einem Pferdeschwanz nach hinten gekämmt. Die andere war kleiner und untersetzter, hatte kurzgeschnittenes blondes Haar und eine weiße Haut mit Sommersprossen. Knabenhaft, aber nett, dachte Sonny. Es war ihm nicht entgangen, welche Aufmerksamkeit die beiden einander entgegenbrachten, wie sie sich gegenseitig mit Sonnenöl einrieben, sich dabei kitzelten und lachten. Sie erinnerten Sonny an zwei Mädchen aus Belgien und an das, was er für die wildeste Nacht seines Lebens hielt. Als er sicher war, daß sie ihm zuschauten, ging er ans Ende des Sprungbretts, blieb dort stehen und bewegte Schulter- und Beinmuskeln, als wenn er sie lockern wollte. Dann machte er ein paar kleine Übungssprünge, um das Brett zu testen, ging zurück und nahm seine ursprüngliche Stellung ein. Er maß die Schritte: eins, zwei, drei – Sprung und kam wieder auf das Brett zurück. Beim zweiten Mal sprang er höher, drehte den Körper etwas zurück und ließ sich in einem halben Schraubensalto nach unten fallen, wobei sein sonnengebräunter Körper und das blonde Haar in der Sonne leuchteten, bevor er ins Wasser eintauchte, ohne zu spritzen. In den folgenden fünfzehn Minuten arbeitete er sich durch ein Repertoire von Sprüngen, wie er sie in seinen Mußestunden als Lebensretter gelernt hatte, wobei ihm die jüngeren Burschen, die zuvor das Sprungbrett benützt hatten, ehrfürchtig zusahen. Auch die Mädchen sahen ihm zu. Die müssen aus Columbus sein, dachte er. Er hatte sie nie zuvor gesehen.

Auf dem Weg zurück zu seinem Handtuch kam er an den beiden vorbei und blieb dicht vor ihnen stehen, die Beine gespreizt, die Hände an den Hüften. »Hallo«, sagte er, wobei er darauf achtete, daß sich alle zwei angesprochen fühlten. »Ich hab noch kaltes Bier da drüben. Warum kommt ihr nicht mit und helft mir dabei?«

»Mm«, sagte das größere Mädchen. »Vielleicht in ein paar Minuten.«

»Klar«, sagte die kleinere. Es schien ihr zu gefallen, daß sie bei der Einladung mit einbezogen wurde.

Sonny ging zu seinem Handtuch, streckte sich in der Sonne aus, wartete und trank einen Schluck Bier. Er döste ein paar Minuten. Als er wieder erwachte, waren die Mädchen weg. Er setzte sich auf und schaute sich um. Die Mädchen gingen gerade auf den Zaun zu, der das Schwimmbad von den dahinterliegenden Wäldern abgrenzte. Er fragte sich, wohin zum Teufel sie wohl gehen mochten. Die Damentoilette war in der entgegengesetzten Richtung, und der Zaun war fast zwei Meter hoch. Dann sah er, wie die Größere der beiden vor dem Zaun stehenblieb und daran zupfte. Das Gitter hatte ein Loch. Sie hielt es für ihre Freundin offen. Als sie hindurchgekrochen war, drehte sich die Größere um, blickte zu Sonny hinüber und lächelte ihm zu. Dann verschwanden die beiden Mädchen im Wald.

Sonny grinste. Er kannte sich aus, wußte, was die beiden wollten. Wartete fünf Minuten, packte dann die Bierdosen ein und ging auf den Zaun zu. Im Wald entdeckte er einen Pfad und folgte ihm, so leise er konnte. Nach einer Viertelmeile sah er eine Sonnenbrille, die neben dem Pfad lag. Er bückte sich, um sie aufzuheben, und als er sich wieder aufgerichtet hatte, sah er die Spitze eines gemauerten Kamins hinter einer kleinen Anhöhe durch die Bäume schimmern. Er erinnerte sich, daß die Sonnenbrille dem größeren der beiden Mädchen gehörte. Er verließ den Pfad und folgte einem anderen, der ein wenig überwuchert war, in Richtung auf den Kamin. Als er die Anhöhe erreicht hatte, stellte er fest, daß der Kamin zu einer unbenützten Grillmulde gehörte, die mitten in einer kleinen Lichtung stand, umgeben von Bänken und Tischen zum Picknicken. Er atmete tief ein und hielt die Luft an.

Das größere der beiden Mädchen lag mit ausgebreiteten Armen und Beinen rücklings auf einem der Tische. Das andere Mädchen stand vor ihr und streichelte ihre Brüste und den Bauch. Die Mädchen waren beide nackt. Die Größere hatte die Augen geschlossen, und Sonny näherte sich den beiden von hinten, so daß sie ihn nicht bemerkten. Er blieb stehen und schaute zu. Jetzt beugte sich die Kleinere über ihre Freundin und biß in ihre Brustwarzen, die sofort steif wurden. Dann bedeckte sie ihren Körper mit Küssen, bewegte sich mit den Lippen langsam nach unten, bis sie zwischen den Schenkeln angelangt war. Das größere Mädchen stöhnte lustvoll und spreizte die Beine noch weiter auseinander.

Sonny bückte sich behutsam und stellte die Bierdosen auf den Boden, dann zog er sich die Badehose und den Jockstrap aus. Er war voll erigiert. Das kleinere Mädchen kniete jetzt vor dem Tisch und vergrub den Kopf zwischen die Schenkel ihrer Freundin. Das größere Mädchen stieß dabei wimmernde Laute aus und rollte den Kopf von der einen zur anderen Seite. Beide hatten die Augen geschlossen. Sonny ging langsam zu ihnen hin, preßte die eine Hand auf den Bauch der Größeren und drückte sie damit auf den Tisch, die andere in den Nacken der Kleineren, wobei sich seine Finger in ihr Haar verkrallten. Die Mädchen erschraken, aber die Größere war zu sehr in Ekstase, als daß es ihr jetzt noch etwas ausgemacht hätte, und Sonny hatte die andere fest im Griff. »He, du«, sagte er leise zur Kleineren, »warum überläßt du das nicht mir und beschäftigst dich einstweilen mit meinem Ding?« Dabei reckte er ihr das riesige erigierte Glied ins Gesicht. Sie stieß ihn weg und stand auf.

»Nein!« sagte sie, trat ein paar Schritte zurück und nahm eine Abwehrstellung ein, wobei sie ihre muskulösen Beine spreizte und die Knie leicht anwinkelte.

»Okay, okay«, sagte Sonny und versuchte sie zu beruhigen. »Warte mal einen Moment, dann wirst du prima gevögelt, aber ich glaube, jetzt hat es deine Freundin nötiger als du.« Er wandte sich der Größeren zu, die versuchte sich aufzusetzen, und stieß sie zurück auf den Tisch. Sie wollte die Beine schließen, aber er war bereits dazwischen. Er trat näher und hielt dabei seinen Penis mit der freien Hand.

Das kleinere Mädchen ballte die Fäuste, duckte sich, holte aus und traf ihn von hinten zwischen die gespreizten Schenkel.

In diesem Augenblick drang Sonny in das größere Mädchen ein, aber das Gefühl der feuchten, engen Wärme ihres Schoßes wurde überlagert von einem feurigen, betäubenden Schmerz in seinen Hoden, die von der Faust des kleineren Mädchens getroffen wurden. Er schrie laut auf und fiel rückwärts auf den Boden, krümmte sich und hielt sich die Hände vor den Hodensack.

»Komm schon!« zischte das kleinere Mädchen der Freundin zu. »Nimm deine Sachen, und dann weg von hier.« Sie hatte sich ihren Badeanzug schon halb angezogen.

Das größere Mädchen hatte Mühe, ihren Badeanzug überzustreifen. »Mein Gott, er bringt uns um! Bist du verrückt?«

Sonny stieß mit jedem Atemzug einen lauten Schrei aus. Das kleinere Mädchen trat hinter ihn und stieß mit dem Fuß zu; diesmal traf sie ihn in die Nieren. Er schrie noch einmal auf und wurde dann bewußtlos. Die Mädchen liefen davon.

Sonny kam nach ein paar Sekunden zu sich, aber die

Schmerzen waren fast unerträglich. Er übergab sich mehrmals, und es dauerte eine halbe Stunde, ehe er sich erheben konnte. Die Luder hatten seine Badehose mitgenommen, aber wenigstens fand er seinen Jockstrap. Vom feuchten Boden war Sonny schmutzig geworden, und er reinigte sich, so gut es ging, mit Bier. Dann ging er unter großen Schmerzen und sehr langsam den Pfad zurück. Er wußte, daß ihm nur ein Eisbeutel helfen würde, fürchtete sich aber zugleich vor dem Augenblick, wo er damit seine Hoden berühren mußte. Die Lichtung begann ein paar Meter vor dem Zaun des Schwimmbads, und er sah, daß die Mädchen seine Badehose dort aufgehängt hatten.

Inzwischen war es Spätnachmittag geworden, aber noch befanden sich viele Leute im Schwimmbad. Er verfluchte die Mädchen, weil sie ihn so gedemütigt hatten. Er mußte noch eine halbe Stunde warten, ehe er einen Augenblick fand, wo niemand hersah; rasch lief er auf den Zaun zu, nahm seine Badehose und verschwand wieder hinter einem Baumstamm. Während er sich die Hose anzog, wimmerte er leise. Danach kroch er durch das Loch im Zaun zurück, sprang ins Wasser und ließ sich dankbar in das kalte Naß sinken. Das half noch besser als ein Eisbeutel.

Nach ein paar Minuten fühlte er sich wohler und konnte sogar gehen, ohne allzu auffällig zu humpeln. Er schlang sich das Handtuch um den Körper, um damit die blauen Flecken in der Nierengegend zu verhüllen, ging zur Garderobe und zog sich an. Dabei überlegte er sich, ob er versuchen sollte, die Mädchen zu schnappen, aber er hatte keine Ahnung, woher sie kamen, wußte nicht, was sie für einen Wagen fuhren, und kannte nicht einmal ihre Vornamen. Noch immer elend vor Schmerzen und bebend vor Wut über die Schmach, stieg er vorsichtig in seinen Wagen und fuhr über Pine Mountain zurück nach Delano. Er nahm sich eine Halbliterflasche Whisky aus dem Handschuhfach und trank einen Schluck.

Als er in seine Pension zurückkam, betrat er das Haus durch die Hintertür, ging in sein Zimmer und ließ sich auf das Bett fallen. Dann döste er den Rest des Nachmittags, wobei er gelegentlich aufwachte und jedesmal einen Schluck aus der Flasche trank. Sein Zorn kühlte sich ab wie erhitztes Metall, kühlte und schrumpfte zu etwas Kaltem und Hartem, und zugleich entstand in seinem Inneren ein schrecklicher Druck. Als es draußen dunkel wurde, fiel ihm ein, daß es Sonnabendabend war. Er stand auf, fand noch eine Halbliterflasche Whisky in seinem Schrank und fuhr, noch immer in Jeans und einem T-Shirt, zur Polizeistation.

Als Sonny die Wachstube betrat, saß Charlie Ward auf dem Armstuhl vor seinem Schreibtisch, hatte die Füße auf die Schreibtischplatte gelegt und döste vor sich hin. Sonny stieß mit dem Fuß nach dem Stuhl, daß er sich drehte und beinahe umgekippt wäre. »Mein Gott, Sonny«, jammerte Charlie und rappelte sich hoch, »hast du mir einen Schreck eingejagt!«

»Du hast Glück, daß ich es war und nicht einer von den Stadträten.«

»Ja, weißt du, es war nichts los, und da dachte ich . . .«

»Los, bring deinen Arsch auf Touren, hock dich in den Streifenwagen, dann werden wir zwei hier was losmachen.«

16

Marshall und Annie Parker blieben noch ein paar Minuten bei der Kirche, nachdem die Gruppe der Kriegsteilnehmer ihr sonnabendliches Picknick beendet und sich zerstreut hatte. Marshall harkte mit einem Rechen herum, und Annie sorgte dafür, daß keine Papiertüten oder Becher herumlagen. Da das Picknick auf dem Gelände der Kirche stattgefunden hatte, brauchte man sich nicht um weggeworfene Bierflaschen zu kümmern.

Sie fuhren in der Dämmerung zurück nach Delano und saßen im Wagen dicht beisammen. »War das nicht eine gute Woche?« fragte Marshall seine Frau.

Annie lächelte. »Bestimmt. Du hast den Auftrag mit den Kolbenringen gehabt, und Smitty hat seine Rechnung bezahlt. Wir haben fast zweihundert Dollar eingenommen, und ich schätze, die Unkosten waren nicht höher als hundertfünfzig.«

»Dann ist das bis jetzt unsere beste Woche gewesen?«

»Bis jetzt, ja.«

»Ich habe in der Zeitung gelesen, daß es bei Fowler einen Ausverkauf gibt. Glaubst du, ich könnte dich dazu bringen, daß du dir ein neues Kleid kaufst?«

Sie lachte. »Sicher, das könntest du.«

Marshall fuhr in die Stadtmitte von Delano. »Sieht so aus, als ob der Junior sich gut anstellen würde, was?« Junior Turner war Marshalls neuer Angestellter.

»Ja, und ich bin froh, daß wir ihn haben. Jetzt brauchst du wenigstens abends nicht mehr so lange zu arbeiten.«

»Ja, ich glaube, ich kann jetzt etwas früher heimkommen. Du weißt, er kommt mit fast allem genausogut zurecht wie ich selber, abgesehen vielleicht von den Ersatzteilen, die ich zusammenbastle. Aber Ersatzteile sind jetzt nicht mehr so rar, also macht das nichts aus.«

»Und er ist ein netter Bursche. Die Leute mögen ihn.«

»Weißt du, Schatz, wenn mir irgend etwas passieren würde, könnte er die Werkstatt weiterführen, das heißt, wenn du ihm die Bücher führst.«

»Was sollte dir denn passieren?«

»Na ja, du weißt schon, wenn ich einen Unfall baue oder krank werde oder so. Man muß immer auch an solche Möglichkeiten denken. Abgesehen davon hättest du meine Versicherung aus der Dienstzeit.«

»Darüber möchte ich nicht einmal reden, Marshall. Du bist zu jung, um so etwas auch nur in Betracht zu ziehen.«

»Hör mal, Schatz, manchmal muß man mit dem Schlimmsten rechnen. Wenn etwas passiert, wendest du dich an Colonel Lee. Der wird alles für dich regeln. Hast du mich gehört?«

Sie legte den Kopf an seine Schulter. »Also schön, aber jetzt hör auf damit. Reden wir von etwas anderem. Zum Beispiel darüber, daß wir irgendwann ein Haus bauen könnten.«

Und er sprach mit ihr über seine Pläne für einen Hausbau, bis sie im Zentrum angelangt waren.

Henry Fowler stand auf dem Gehsteig vor seinem Geschäft und blickte zufrieden die Main Street hinauf und hinunter. Es war neun Uhr abends, und noch immer herrschte reges Treiben auf der Straße. Ein angenehm kühler Abend und der Sommerschlußverkauf trieben die Leute hinaus aus ihren Häusern; er nahm an, es würde halb elf werden, bis er sein Geschäft schließen konnte. Sicher, es war nicht so gut wie in der Weihnachtszeit, wo er oft bis Mitternacht offenhalten mußte, aber immerhin recht gut. Er sah, wie Marshall Parker und seine Frau nach einem Parkplatz suchten, und winkte ihnen zu. Sie fuhren den Hügel hinunter und verschwanden aus seiner Sicht.

Als er sich umdrehte, um wieder in das Geschäft hineinzugehen, sah er den Polizeiwagen mit Charlie Ward am Steuer langsam durch die Straße fahren. Was seine Aufmerksamkeit weckte, war eine seltsame Ungereimtheit: Sonny Butts saß auf dem Beifahrersitz und trug Zivilkleidung, keine Uniform – genau gesagt, ein einfaches T-Shirt. Das verletzte Fowlers Ordnungssinn. Er würde sich beim ersten Stadtrat, der in sein Geschäft kam, darüber beschweren. Sonny beugte sich zum Fenster hinaus und rief einem Mädchen, das auf der anderen Straßenseite ging, etwas zu. Angewidert ging Fowler zurück in sein Geschäft.

Kurz danach tauchten Marshall und Annie Parker im Laden auf, und Fowler bediente sie, machte Annie das Kompliment, daß sie ihr neues Kleid gut gewählt habe, und unterstützte sie dann, als sie Marshall dazu überredete, sich ein Hemd und eine Krawatte zu kaufen. Es machte ihm Freude, ein junges Paar zu bedienen, das so offensichtlich glücklich war und gut vorankam. Und zu seiner Überraschung stellte er fest, daß er sie mit Billy und Patricia verglich, ohne auf ihre Hautfarbe zu achten.

Fowler winkte ab, als Marshall ihm einen Scheck geben wollte, und notierte die Summe für die Einkäufe auf ihr Konto. Er wünschte ihnen eine gute Nacht und freute sich darüber, die beiden als Kunden für die kommenden Jahre gewonnen zu haben. Wenn er das nächste Mal Jim Parker sah, würde er ihm sagen, was für einen anständigen Burschen er aus seinem Sohn gemacht hatte.

»Dreh um und fahr wieder die Main Street hinauf.« Sie waren an der Grundschule angekommen, und Sonny hatte noch nicht gefunden, wonach er suchte. Charlie gehorchte. Als sie vor der Post den Hügel hinauffuhren, sagte Sonny plötzlich: »Ah – schau dir das mal an!« Er nickte nach rechts. Marshall Parker und seine Frau kamen den Hügel herunter und schleppten Pakete. Sonny sah auf seine Armbanduhr, dann blickte er die Straße hinauf und hinunter. Es war nach zehn, und die Menge hatte sich ziemlich verlaufen. Das untere Ende der Main Street war leer bis auf die beiden späten Einkäufer.

»Bleib stehen, Charlie.« Sie stiegen aus dem Wagen.

Sonny deutete Charlie an, er solle sich hinter den beiden postieren; er selbst ging lächelnd auf sie zu. »Abend, Marshall.« Seine Stimme klang beiläufig, ja beinahe höflich.

Marshall und Annie Parker blieben stehen. »Guten Abend«, erwiderte der Schwarze tonlos.

»Ich möchte mit dir reden, Marshall.«

»Nur zu.« Annie zupfte ihn am Ärmel.

»Ich glaube, es wäre besser, wenn wir auf der Station miteinander reden.«

»Worum geht es denn?«

»Wir haben ein paar neue Informationen über diesen Schmuggelwhisky in deiner Garage. Schick deine Frau mit den Sachen nach Hause. Wir bringen dich später heim.« Sonny merkte, daß der Nigger nervös wurde. Seine Frau war stocksteif vor Angst.

Marshall zögerte einen Augenblick, dann wandte er sich an Annie. »Hier, die Wagenschlüssel. Fahr nach Hause und warte auf mich. Ich komme später.« Sie blickte ihn mit vor Angst weit aufgerissenen Augen an. Er beugte sich zu ihr hinunter und küßte sie auf die Wange. »Ruf Colonel Lee an«, flüsterte er, ohne die Lippen zu bewegen. Dann trat er zurück und sah sie an. »Geh jetzt. Es wird schon gut werden. Diese Männer wollen nur ein bißchen mit mir reden.« Sie nahm die Schlüssel und lief zum Wagen.

Sonny stand unbeweglich auf dem Gehsteig und wartete, bis die Frau weggefahren war. Als er hörte, wie der Wagen ansprang, sagte er: »Du schwarzer Dreckskerl, jetzt gehörst du mir.« Sein Blick glitt über Marshalls Schulter, und im nächsten Augenblick schlug Charlie Ward von hinten mit seinem Totschläger auf den Schwarzen ein. Marshall taumelte nach vorn, streckte die Hände aus und stürzte auf die Knie.

»Komm, Charlie, leg ihm die Handschellen an, bevor er zu sich kommt. Wir können es ihm ja nicht auf der Main Street besorgen, zum Teufel.«

Annie fuhr so schnell, wie sie konnte, und versuchte ruhig zu bleiben, aber sie atmete stoßweise und rasch. Nach knapp fünf Minuten war sie zu Hause, lief gleich zur Tür, ließ die Einkäufe im Wagen liegen. Dann nahm sie das Telefonbuch und suchte – ohne Ergebnis. Erst jetzt fiel ihr ein, daß die Nummer der Lees noch nicht im Buch stehen konnte. Sie nahm den Hörer ab.

»Vermittlung.«

»Bitte, geben Sie mir die Telefonnummer von Colonel Lee, draußen in seinem neuen Haus.«

»Sicher, Annie.« Das Mädchen von der Vermittlung kannte alle ihre Kunden. »Sie sind zur Zeit noch in ihrem Wohnwagen. Die Nummer ist hundertzwanzig-W. Soll ich Sie verbinden?«

»O ja, bitte.«

Das Rufzeichen war zu hören, einmal, ein zweites Mal. Annie trampelte vor Ungeduld mit den Füßen. Fünfmal. Niemand kam an den Apparat.

»Keine Antwort, Annie. Aber vielleicht sind sie drüben im neuen Haus. Sie haben draußen am Wohnwagen eine laute Glocke angebracht. Ich lasse es noch eine Weile klingeln.«

Das Telefon klingelte, zehnmal, fünfzehnmal.

»Sieht so aus, als wenn sie nicht zu Hause wären, Annie. Billy ist wahrscheinlich auf einer Wahlreise. Vielleicht versuchen Sie es später noch einmal.«

»Danke.« Annie ließ sich in einen Sessel fallen und versuchte zu denken. Dann wählte sie nacheinander die Nummern von Hugh Holmes und Brooks Peters. Auch bei ihnen meldete sich niemand. Verzweifelt lief sie zum Wagen und fuhr zurück in die Stadt.

Marshall Parker kam zu sich. Er lag mit dem Gesicht nach unten auf dem Boden des Polizeiwagens, und seine Hände waren mit Handschellen gefesselt. Sonny Butts drückte den einen Fuß gegen seinen Nacken. Der Wagen kam mit quietschenden Reifen zum Stehen, und Marshall hörte, wie die Vordertür geöffnet und zugeschlagen wurde. Sekunden danach zerrten ihn die beiden Polizeibeamten brutal aus dem Wagen.

Er war noch immer benommen, wußte aber, daß er sich auf der Polizeistation befand.

Billy und Patricia Lee kamen zurück aus Talbotton, wo Holmes ein Grillfest bei einem seiner politischen Freunde arrangiert hatte. Patricia fuhr den Wagen und hatte den der Holmes' kurz nach dem Start überholt.

Billy saß müde auf dem Beifahrersitz, konnte aber nicht schlafen. »Was hältst du von dieser Art von Kampagne, mit all diesen Landleuten?«

»Für mich ist das nichts Neues, wie du weißt. Keiner liebt die Politik mehr als die Iren. Aber als Frau des Kandidaten hat man natürlich eine neue, eine veränderte Perspektive.«

»Wie das?«

»Ich habe eigentlich nie viel nachgedacht über die unterschiedlichen Reaktionen der Amerikaner auf politische Themen. Bei mir zu Hause hat jeder darüber gesprochen, und die einen waren stärker interessiert als die anderen, aber wenn ich bei solchen Zusammenkünften neben dir stehe, erkenne ich doch einen wesentlichen Unterschied.«

»Weiter.«

»Ein paar sind nur gekommen, weil sie sich einen vergnügten Abend versprachen, eine amüsante Party. Andere unterstützen dich persönlich, vielleicht weil du Kriegsteilnehmer bist, vielleicht weil sie deinen Vater oder deine Familie kannten oder weil du der Wunschkandidat von Hugh Holmes bist. Wieder andere wollen etwas von dir. Sie investieren sozusagen und rechnen damit, daß später für sie ein Gewinn herausspringt. Ich frage mich, ob das nicht ein Problem für dich wird.«

»Ich habe mit Mr. Holmes darüber gesprochen. Die meisten, die später etwas von mir wollen, wissen noch nicht genau, was. Sie wollen für alle Fälle einen Stein im Brett haben, und es handelt sich ganz selten um größere Wünsche. Ich glaube, mit denen komme ich auch nach der Wahl zurecht.«

»Und was ist mit den anderen, die größere Erwartungen hegen?«

»Ich weiß nicht, wie hoch man seine Erwartungen bei einem Senator des Staates Georgia schrauben kann. Wenn ich mich um den Posten des Gouverneurs bewerben würde, wäre ihre Wunschliste sicher größer. Aber natürlich werde ich ihnen helfen, so gut ich kann, es sei denn, es handelt sich um unberechtigte Forderungen; in diesem Fall werde ich gezwungen sein, sie zu enttäuschen.«

»Ich glaube, ich werde dich eines Tages an dieses Gespräch erinnern müssen.«

Er griente. »Okay.«

»Übrigens – hast du dir schon überlegt, was wir am Wahlabend tun werden?«

»Mein Gott, nein. Hast du vielleicht an so etwas wie eine Siegesfeier gedacht?«

Sie lachte. »Weißt du, wenn Mr. Holmes' Sorgen einigermaßen berechtigt sind, wäre es anmaßend, eine Siegesfeier zu planen.«

»Da hast du allerdings recht. Aber in Wirklichkeit ist er noch immer der Ansicht, daß wir es ohne allzu große Mühe schaffen werden. Er will das nur nicht laut sagen, damit ich nicht übermütig werde.«

»Warum geben wir nicht eine Party zur Fertigstellung des Hauses, eine Feier, zu der jeder kommen kann, der Lust dazu hat?«

Er richtete sich gerade auf. »Bist du wirklich schon so weit damit?«

»Nicht weit genug für eine ordentliche Hauseinweihung, aber die hauptsächlichsten Arbeiten werden bis dahin beendet sein. Wir können immerhin provisorisch saubermachen und erst danach die Teppiche legen lassen. So kann sich jeder das Haus ansehen, und wir brauchen uns keine Sorgen zu machen, daß zuviel Schmutz hereingetragen wird. Die Erfrischungen können wir draußen im Garten servieren, und dann sollen die Gäste nach Lust und Laune im Haus herumwandern. Wenn es regnet, gibt es eben drinnen im Haus eine Stehparty.«

»Das klingt gut. Vielleicht setzen wir jemanden ans Telefon, der uns im Verlauf des Abends die Resultate aus den einzelnen Distrikten durchgibt.« Jetzt lehnte er sich wieder zurück.

Sie hatten bereits den Hügel hinter sich gelassen und fuhren auf die Stadt zu. Patricia erblickte auf einer Querstraße einen Wagen, dessen Fahrer es offenbar eilig hatte und ein Stoppschild übersah, so daß sie stark abbremsen mußte.

»Das sah aus, als ob es Annie Parker gewesen wäre«, sagte sie.

Billy hob den Kopf, aber der Wagen war bereits verschwunden.

»Nur Annie allein«, sagte sie. »Marshall habe ich nicht gesehen.«

Billy lehnte sich wieder zurück. »Vielleicht holt sie ihn irgendwo ab.« Er blickte auf seine Uhr. »Es könnte sogar sein, daß die Geschäfte noch offen sind. Ich wette, Mr. Fowler hat noch geöffnet.«

Patricia lachte. »Die Wette hast du gewonnen.«

Dann fuhren sie weiter nach Hause.

Brooks Peters und seine Frau verließen das Rialto-Kino, nachdem sie eine Wiederaufführung des »Guadalcanal Diary« gesehen hatten. Vor dem Portal des Lichtspielhauses trafen sie Dr. Tom Mudter, der allein war. Sie begleiteten ihn ein paar Blocks weit, bevor sie sich trennten und nach Hause gingen.

»Sie waren doch im Pazifik, nicht wahr, Tom?« fragte Peters.

»Ja. Während der Invasion auf einem Lazarettschiff und später, als wir eine Insel für uns erobert hatten, in einem Regimentslazarett an Land.«

»War es schlimm?«

Er nickte. »Viel schlimmer als in dem Film. Ich glaube,

kein Regisseur könnte es so darstellen, wie es in Wirklichkeit gewesen ist.«

»Wurden Sie beschossen?«

»Es gab die Kamikaze, die das Schiff bedrohten, und hier und da eine Bombardierung an Land, meistens durch ein einzelnes Flugzeug, aber das war nichts im Vergleich zu dem, was die Männer an den Küsten aushalten mußten. Es wundert mich bis heute, daß die Truppen diese vielen Inseln erobern und halten konnten. Ich glaube, zu Hause macht man sich noch heute keine Gedanken darüber, welchem Widerstand sie dort begegnet sind. Die Japaner kämpften bis zum letzten Mann und waren nicht bereit aufzugeben, auch in aussichtslosen Situationen. Wir haben Inseln mit zwanzig- bis fünfundzwanzigtausend japanischen Soldaten erobert und zuletzt nur zwei- oder dreihundert Gefangene gemacht. Es war unglaublich.«

»Ich nehme an, Ihre Erfahrungen haben etwas mit der Begeisterung zu tun, mit der Sie für die Rechte der Kriegsteilnehmer eintreten.«

»Sicher. Ich finde, nach allem, was diese Jungen durchgemacht haben – und sie waren wirklich Jungen, achtzehn, neunzehn Jahre alt –, haben sie ein Recht darauf, daß ihr Vaterland sie in jeder Weise unterstützt.«

An der Ecke sagten sie einander gute Nacht und trennten sich.

Annie Parker fuhr langsam an der Polizeistation vorbei, dann wendete sie und parkte den Wagen. Der Polizeiwagen stand vor dem Gebäude, also hatten sie Marshall wenigstens nicht in die Wälder verschleppt und erschossen. Sie überlegte sich, was sie tun konnte. Inzwischen hatte sie jeden angerufen bis auf Marshalls Vater, und den wollte sie nicht erschrecken. Was hätte er auch tun können? Sie faßte den Entschluß, in die Polizeistation hineinzugehen.

Im Wachraum war niemand; Annie stand unsicher drinnen und wußte nicht, was sie tun sollte. Sie hatte Angst davor, nach hinten zu gehen, zum Gefängnis. Dann sah sie den Klingelknopf und ein Schild, auf dem stand, daß Besucher klingeln sollten. Also drückte sie auf den Knopf und hörte es irgendwo im hinteren Teil des Gebäudes klingeln. Danach war es zwei Minuten lang still, aber als sie gerade wieder auf den Knopf drücken wollte, hörte sie auf dem Korridor eine Tür schlagen und Schritte, die sich näherten.

Charlie Ward kam herein und blieb abrupt stehen, als er sie sah. Er schwitzte heftig, und seine Uniform war rings um den Kragen und unter den Achseln dunkel vom Schweiß. »Was willst du, Annie?« Er war nervös, das sah sie deutlich.

»Ich bin hier, um Marshall abzuholen«, erwiderte sie mit zitternder Stimme.

Charlie lachte. »Da hast du Pech, Annie. Marshall schläft schon. Wir unterhalten uns morgen früh noch ein bißchen mit ihm. Aber zum Sonntagsessen ist er bestimmt zu Hause. Jetzt geh heim, hörst du? Wir bringen ihn am Vormittag zurück.«

»Worüber wollt ihr mit ihm reden? Warum muß das ausgerechnet am Sonnabendabend sein?« Allmählich gewann sie Mut.

Aber Charlie wurde böse. »Hör zu, ich hab dir gesagt, du sollst heimgehen, nicht wahr? Wenn du nicht wegen Widerstands gegen einen Polizeibeamten eingesperrt werden willst, haust du jetzt ab, und zwar sofort.«

Beinahe hätte sie das Angebot angenommen und sich mit Marshall in eine Zelle sperren lassen – aber wenn sie beide eingesperrt waren, wer konnte ihnen dann noch helfen, wer würde erfahren, was geschehen war? Also drehte sie sich um und verließ die Polizeistation.

Als sie im Wagen saß, entschloß sie sich, nach Hause zu fahren und noch einmal zu telefonieren. Diese Leute mußten doch irgendwann einmal heimkommen. Sie war bereit, es nötigenfalls die ganze Nacht zu versuchen.

17

Dr. Tom Mudter fühlte die Erschöpfung, wie sie einer Depression zu folgen pflegte. Der Film hatte zu viele Kriegserinnerungen geweckt; er hätte ihn sich nicht ansehen sollen, aber er hatte sich an diesem Abend einsam gefühlt. Tom Mudter war Junggeselle; es gab nicht sehr viele Frauen seines Alters in Delano, und manchmal brachte er es einfach nicht fertig, einen Abend allein in dem kleinen Apartment über der Garage zu verbringen, hinter der Klinik und dem Haus seines Vaters. Inzwischen war er so weit, daß er mit dem Aufbau einer eigenen Praxis beginnen konnte, und er freute sich über die Arbeit. Seine Eltern waren alt, und sein Vater hatte die Absicht, sich bald aus dem Beruf zurückzuziehen. Dr. Frank Mudter hatte seine Praxis nur deshalb während des Krieges weitergeführt, damit sein Sohn sie danach übernehmen konnte.

Schlaftrunken zog sich Tom seinen Pyjama an. Er schaltete die Nachttischlampe aus und streckte sich mit einem Seufzer der Erleichterung im Bett aus. Es war eine warme Nacht, aber durch die offenen Fenster kam eine angenehme leichte Brise. Als er einschlief, hörte er eine Autotür schlagen, dann eine zweite; zugleich drangen Stimmen von der Straße herauf. Er hoffte, die Stimmen würden zum Haus nebenan oder gegenüber gehören. In seinem Zustand wünschte er sich nichts weniger, als das Opfer einer sonnabendlichen Messerstecherei oder von etwas Ähnlichem behandeln zu müssen.

Das laute Summen an der Tür riß ihn augenblicklich hoch. Er drückte auf einen Knopf neben seinem Bett, der ein kleines Transparent an der Tür zur Klinik mit der Schrift »Arzt kommt« aufleuchten ließ, dann zog er sich schlaftrunken an. Es dauerte etwa drei Minuten, bis er sich angezogen hatte, durch die Hintertür in die im Dunkeln liegende Klinik gegangen war, dann das Licht über dem Vordereingang eingeschaltet und die Tür geöffnet hatte.

Die drei Gestalten, die an der Tür standen, waren nur als Silhouetten vor dem Licht auf der Treppe zu erkennen, und es dauerte eine Weile, bis er sah, wer sie waren. Der eine in der Mitte war vornübergekippt und wurde von den beiden anderen gestützt. Einer der Helfer trug eine Khakiuniform ohne Mütze, und Tom Mudter dachte einen Augenblick lang, es sei ein Soldat, ehe er Charlie Ward erkannte.

»Abend, Doktor.« Die Stimme gehörte Sonny Butts, der keine Uniform trug. »Wir haben einen Kunden für Sie.«

Der Mann zwischen den beiden stieß einen erstickten Laut aus und warf den Kopf nach hinten. Das Licht fiel auf das fast unkenntliche Gesicht von Marshall Parker. Seine beiden Augen waren völlig zugeschwollen, und an der Stirn und an den Wangen hatte er Platzwunden. Seine Nase war offensichtlich gebrochen.

»Mein Gott!« Der Arzt trat unwillkürlich einen Schritt zurück, dann riß er sich zusammen. »Bringt ihn hier entlang.« Er ging rasch durch den dunklen Korridor, schaltete dann das Licht im Untersuchungsraum an. Dabei dachte er: Wenn der Mann so böse zusammengeschlagen worden ist, hat er sicherlich auch innere Verletzungen.

Tom ging sofort zum Waschtisch und begann sich die Hände zu schrubben. Die beiden Weißen kamen mit ihrer Last herein. »Legt ihn auf den Tisch«, rief ihnen der Doktor über die Schulter zu. »Was ist denn passiert?«

»Wir haben ihn verhört, und er ist plötzlich auf uns losgegangen«, sagte Sonny rasch. »Dann hat er versucht, ein Messer zu schnappen, das wir zuvor einem anderen Gefangenen abgenommen hatten, und Charlie mußte auf ihn schießen.«

Tom wirbelte herum. »Auf ihn schießen?« Er ging sofort zum Tisch und riß Marshall das Hemd auf. »Mein Gott im Himmel!«

»Verdammt, Doktor, ich mußte es tun«, jammerte Charlie Ward. »Sonst hätte er Sonny umgebracht.«

»Ja«, bestätigte Sonny, „er hat sich gewehrt wie ein Verrückter.« Er zog eilfertig sein Hemd hoch und enthüllte einen großen Bluterguß in der Nierengegend. »Schauen Sie, wie er mich zugerichtet hat. Er hat mich auch in den Sack getreten. Wollen Sie es sehen?«

»Ich habe schon mehr als genug gesehen, hier auf dem

Tisch. Jetzt macht, daß ihr rauskommt.« Er wandte sich wieder dem Patienten zu, der inzwischen bewußtlos geworden war, und fühlte nach dem Puls. Schwach und unregelmäßig. Dazu schwitzte er heftig. Vermutlich hatte die Schockwirkung eingesetzt.

Sonny trat heran und schaute dem Arzt über die Schulter. »Wie schwer ist er verletzt?«

Tom drehte sich um und schubste ihn mit dem Ellbogen weg, bemüht, sich dabei nicht die Hände zu infizieren. »Ich habe gesagt, Sie sollen abhauen, Sie dämlicher Hurensohn, also raus jetzt! Macht, daß ihr rauskommt aus meiner Klinik, alle beide, und schließt die Tür hinter euch.« Als er sie auf den Korridor hinausscheuchte und die Tür mit dem Ellbogen zustieß, roch er deutlich, daß die beiden Polizisten Alkohol getrunken hatten.

Dann ging er zum Tisch zurück und untersuchte den Schwarzen. Er fand eine kleine Einschußöffnung im Oberbauch mit sauberen Rändern. Jetzt packte er Marshall und drehte ihn auf die Seite. Große Austrittsöffnung links, in der Nierengegend. Keine starken Blutungen aus beiden Wunden. Er legte ihn wieder auf den Rücken und tastete den Bauch ab. Massive innere Blutungen. Nach der Lage der Eintritts- und Austrittswunde mußte die Kugel die Aorta getroffen haben. Tom schaute sich hilflos in dem kleinen Raum um und wünschte sich, er hätte ein erfahrenes Chirurgenteam zur Verfügung. Aber selbst wenn er seinen Vater weckte – er hätte nicht viel helfen können, und außerdem wäre kaum noch die Zeit gewesen, irgend etwas zu unternehmen.

Plötzlich stöhnte Marshall laut und setzte sich auf; er hielt dabei die Arme um den Leib geschlungen. Tom drehte sich um und zog rasch eine Ampulle mit Morphium auf eine Spritze, fand eine Vene im Arm des Mannes und injizierte ihm das Mittel. Fast augenblicklich begann sich Marshall zu entspannen, und Tom legte ihn sachte wieder zurück. Dann beugte er sich über Marshall und blickte ihm ins Gesicht.

»Öffnen Sie die Augen, Marshall; machen Sie die Augen auf, und hören Sie mir zu.« Langsam schlug Marshall die Augen auf. Geschwollen, wie sie waren, konnte Tom sie kaum sehen. »Schlafen Sie nicht ein, Marshall, hören Sie mir zu. Können Sie mich hören? Können Sie sprechen?«

Marshall nickte und schluckte dann. »Ja.«

»Marshall, ich kann nichts für Sie tun, kann Ihnen nur Morphium geben, und das ist bereits geschehen. Sie werden sterben, Marshall, und Sie haben nur noch wenige Minuten Zeit. Ich wollte, ich könnte Ihnen helfen, aber ich kann es nicht. Haben Sie mich verstanden?«

Nach einer Pause nickte Marshall wieder. »Ja.«

»Hören Sie, Marshall, ich kann Sie nicht retten, aber wenn Sie mir sagen, was passiert ist – wenn Sie die Wahrheit sagen, dann verspreche ich Ihnen, dafür zu sorgen, daß das geschieht, was geschehen muß. Sagen Sie mir, was passiert ist, Marshall.«

Marshall begann zu sprechen. Er atmete flach, aber seine Worte waren deutlich zu verstehen. Tom hielt ihm den Kopf und hörte zu, versuchte sich jedes seiner Worte einzuprägen. »Ich und Annie, wir waren bei Mr. Fowler ... Habe ihr ein Kleid gekauft ... Butts und Ward haben mich auf der Straße angehalten ... Ich sollte mit auf die Station kommen ... Etwas über den geschmuggelten Whisky ... Dann war ich auch schon im Gefängnis, in Handschellen ... Butts hat mich geschlagen ... Sehr schlimm ... Ich habe gesagt, er soll mir die Handschellen abnehmen, damit ich mich wehren kann ... Ward hat sie abgenommen und mit dem Revolver auf mich gezielt ... Ich hab gewußt, daß sie mich umbringen ... Ich hab ein Messer in der Hand gehabt ... Nicht mein Messer ... Dann haben sie auf mich geschossen ... Annie ... Wo ist Annie?«

»Sie ist nicht hier, Marshall, aber sie kommt bald, machen Sie sich keine Sorgen. Haben Sie Butts oder Ward geschlagen?«

»Nein, Sir ... überhaupt nicht. Meine Hände waren ja auf dem Rücken gefesselt.«

»Haben Sie irgend etwas getan, was Butts oder Ward veranlaßt hat, Sie zu verhaften? Sagen Sie mir die volle Wahrheit, Marshall.«

»Nein, Sir ... Ich hab Annie das Kleid gekauft, das war alles ... Fragen Sie Mr. Fowler. Meine Hände waren gefesselt, und dann haben sie mich geschlagen ... Er ist verrückt, dieser Butts ist wahnsinnig. Annie ...« Marshall verstummte, und Tom ließ ihn in Ruhe. Er saß noch ein paar Minuten bei ihm, fühlte ihm den Puls, bis Marshall unregelmäßig zu atmen begann. Kurz danach setzte die Atmung völlig aus. Kein Puls. Tom zog eins der geschwollenen Lider zurück. Keine Kontraktion der Pupille. Er horchte ihn mit dem Stethoskop ab. Marshall Parker war tot. Tom Mudter notierte die Zeit, dann suchte er nach Papier und Stift.

Er fand einen Füllfederhalter, aber kein Papier, und ging hinaus zum Empfang, suchte im Schreibtisch der Sekretärin nach einem Notizbuch. Sonny und Charlie saßen im Wartezimmer. Sonny blätterte eine Zeitschrift durch. »He, Doktor, wie geht's ihm?« fragte er.

»Ich habe euch gesagt, ihr sollt verschwinden.«

»Hören Sie, ich hab einen Gefangenen da drinnen.«

»Ach? Und wie lautet die Anklage?«

»Widerstand bei der Festnahme«, sagte Sonny leichthin.

»Das kann nicht die ursprüngliche Anklage sein. Weshalb wollten Sie ihn festnehmen?«

Sonny erstarrte einen Augenblick. »Hören Sie, Doktor ...«

»Butts, ich will die Anklage hören. Was war es?«

Sonny fühlte sich in die Enge getrieben und überlegte fieberhaft. Sein Gesicht wurde hart. »Ich denke nicht daran, mit Ihnen über polizeiliche Maßnahmen zu diskutieren. Wenn es Sie interessiert – ich werde es in meinem Bericht ausführlich erklären.«

»Ich dachte mir, daß Sie so etwas sagen würden. Jetzt raus, raus mit euch beiden.«

»Und was wird mit meinem Gefangenen?«

»Sie haben keinen Gefangenen mehr. Er ist vor ein paar Minuten gestorben.«

»Wirklich schade.«

»Sie sagten, er hätte Sie in die Eier getreten. Zeigen Sie es mir.« Tom schaltete die Schreibtischlampe ein und richtete sie auf Sonny. »Na los, lassen Sie schon die Hose runter.«

Sonny knöpfte sich die Jeans auf, hielt den Penis zur Seite

und trat ins Licht, um seinen blau angelaufenen Hodensack zu zeigen.

»Okay, und jetzt noch mal die Nierengegend, im Licht.«

Sonny knöpfte sich die Hose wieder zu und zog das Hemd hoch.

»Wann ist das passiert?«

Sonny sah auf seine Uhr. »Kurz bevor wir ihn hergebracht haben. Sagen wir, vor einer guten halben Stunde.«

»Sie lügen, Butts. Diese Blutergüsse sind Stunden alt. Ich weiß nicht, wobei Sie sie bekommen haben, aber Marshall Parker kann es nicht gewesen sein – schon gar nicht in den vergangenen fünfundvierzig Minuten.«

Charlie Ward begann zu sprechen. »Mein Gott, Sonny, was willst du . . .«

»Halt's Maul, Charlie«, fuhr ihm Sonny über den Mund. »Du hältst gefälligst die Klappe. Er weiß anscheinend nicht, wovon er redet.«

»Das werden wir ja sehen«, sagte Tom. »Und jetzt verschwindet. Ich muß einen Totenschein ausstellen, und ihr müßt euch eine gute Lügengeschichte ausdenken. Es wäre sehr dumm von euch, wenn ihr euch drücken und die Stadt verlassen würdet.«

Dann drehte er sich auf dem Absatz um und ließ sie im Wartezimmer stehen. Er mußte telefonieren und einiges erledigen.

18

Das Telefon klingelte, als Billy aus dem Wagen stieg; die laute Außenglocke schrillte über das Farmland, und das Geräusch wurde von dem nahezu fertigen Haus als Echo zurückgeworfen. Er erreichte nach dem fünften Klingeln atemlos den Apparat und nahm den Hörer ab.

»Hallo?«

»Colonel Lee, hier spricht Annie Parker. Sie haben Marshall ins Gefängnis geworfen.« Ihre Worte überstürzten sich.

»Annie – was haben Sie da gesagt?«

»Dieser Polizist Butts und der andere haben Marshall ins Gefängnis geworfen, und ich fürchte, sie tun ihm was an. Können Sie hinfahren, Colonel? Ich wäre Ihnen sehr dankbar.«

»Natürlich fahre ich hin, Annie. Sagen Sie mir, was passiert ist.«

Sie berichtete ihm, so schnell sie konnte, von Marshalls Festnahme und von ihrem Besuch auf der Polizeistation.

»Ich fahre sofort los, Annie, und ich rufe Sie an, sobald ich weiß, was geschehen ist. Machen Sie sich keine Sorgen. Ich bin sicher, Marshall passiert nichts. Wahrscheinlich ist er wirklich eingeschlafen, wie Charlie Ward gesagt hat.« Er legte auf und wandte sich an Patricia. »Ich muß auf die Polizeistation fahren. Sonny Butts hat Marshall Parker festgenommen, und Annie ist völlig außer sich. Ich bin so schnell wie möglich zurück.« Das Telefon begann wieder zu klingeln.

»Ich gehe hin«, sagte Patricia. »Fahr du schon mal los.«

Er war bereits im Wagen, als sie auf ihn zugelaufen kam.

»Das war Tom Mudter. Fahr nicht erst zum Gefängnis, sondern in die Klinik. Marshall ist inzwischen dort. Sonny Butts und Charlie Ward haben ihn hingebracht, mit einer Schußverletzung.«

»Geht es ihm gut?«

»Er ist vor ein paar Minuten gestorben.«

Billy legte den Kopf auf das Lenkrad. »O mein Gott im Himmel, Trish. Marshall wollte, daß ich heute abend zu einem Treffen der schwarzen Kriegsteilnehmer gehe, und ich habe abgesagt. Wenn ich dort gewesen wäre, hätte das nicht passieren können.«

Sie öffnete die Tür des Wagens und nahm Billys Kopf in beide Hände. »Jetzt hör mir mal gut zu«, sagte sie. »Das ist nicht deine Schuld. Du hast getan, was du konntest, um Marshall zu beschützen, und was geschehen ist, hat nichts mit dir zu tun. Du mußt jetzt herausfinden, wie es dazu kommen konnte, und danach etwas dagegen unternehmen. Fahr in die Klinik, ich kümmere mich inzwischen um Annie. Fahr jetzt los, Billy.«

Er ließ den Motor an. »Du hast recht. Ich muß jetzt tun, was ich kann. Ruf bitte Marshalls Vater an, Jim Parker; die Nummer steht im Telefonbuch. Sag ihm alles, was du weißt, und bitte ihn, sich mit dir bei Annie zu treffen. Ich komme später auch hin und berichte ihnen alles, sobald ich mit Tom gesprochen habe. Aber laß die beiden nicht in die Klinik fahren. Sag ihnen, sie sollen bei Annie auf mich warten.« Sie nickte. Er bog in die neue Zufahrtsstraße ein und fuhr nach Delano, so schnell er konnte.

Billy saß mit Brooks Peters und Tom Mudter im Wartezimmer der Klinik. Tom hatte ihnen alles erzählt, dabei von den Notizen abgelesen, die er sich vorher gemacht hatte. Inzwischen hatte er auch festgestellt, daß die Aorta durchtrennt war und daß der Tod infolge des starken Blutverlusts und des Schocks eingetreten war.

»Haben Sie jemanden darüber informiert?« fragte Billy.

»Ich habe es Skeeter Willis gemeldet.«

»Und was hat unser guter Sheriff dazu zu sagen?«

»Sonny hatte es ihm bereits telefonisch mitgeteilt. Er sagte, er werde sich die Sache morgen mal ansehen, aber für ihn scheint es eine klare und eindeutige Angelegenheit zu sein. Er meint, Sonnys Bericht hätte glaubhaft geklungen.«

»Dann können wir uns wohl kaum auf Skeeter Willis verlassen, wenn wir eine ernsthafte Untersuchung des Falles verlangen.«

»Vielleicht sollten wir uns besser an die Staatspolizei wenden oder an die Kriminalpolizei des Staates Georgia.«

Billy schüttelte den Kopf. »Von denen dürfen wir uns keine Unterstützung erhoffen, es sei denn, wir könnten nachweisen, daß die städtische Polizei oder die des Countys bei der Untersuchung Fehler gemacht hat. Und selbst dann würden sie sich bemühen, sich da rauszuhalten, das könnt ihr mir glauben.«

»Noch etwas«, sagte Tom. »Ich habe bei Marshall eine Blutprobe gemacht. Ich schicke sie am Montagmorgen in ein Labor in Atlanta, dann wissen wir, ob er getrunken hat oder nicht.«

»Gute Idee«, sagte Billy. »Ich habe das Gefühl, wir brauchen alle erdenklichen Beweise, wenn wir etwas gegen Butts unternehmen wollen.«

Brooks Peters blickte überrascht hoch. »Ich hätte gedacht, die Aussage eines Sterbenden sei alles, was wir brauchen.«

Billy schüttelte den Kopf. »Unter gewissen Umständen wäre es vielleicht ausreichend, aber hier haben wir einen schwarzen Gefangenen, der von einem weißen Polizisten getötet wurde, wobei dieser erklärt, er hätte in Notwehr und in Ausübung seiner Pflicht gehandelt. Marshalls Aussage ist vielleicht ein Punkt, an dem wir die Sache aufhängen können, aber wir müssen sie mit allem stützen, was sich an Beweisen finden läßt.«

»Meinen Sie, Butts und Ward kommen ungeschoren davon?«

»Genau das könnte geschehen, Brooks. Aber wenn der Bluttest und andere Beweise Marshalls Geschichte bestätigen, erreichen wir vielleicht eine Anklage gegen die beiden. Ich glaube, der Staatsanwalt des Countys, Bert Hill, ist ein anständiger Kerl, und wenn es Beweise gibt, wird er sie einem Schwurgericht vorlegen. Allerdings wird es nicht leicht sein, ein Urteil gegen die zwei zu erreichen. Und ich kann nicht einmal sagen, ob Bert mit ganzem Herzen bei einem solchen Prozeß ist. Jedenfalls wird jeder schlaue Anwalt, der Sonny vertritt, die weißen Geschworenen mit Rassensentiments bombardieren. Ein Prozeß wird sicherlich auf Messers Schneide entschieden.«

»Was sollen wir also tun?« fragte Tom.

»Ich glaube, wir fangen am besten damit an, daß wir Skeeter Willis und dem Ankläger klarmachen, daß wir diese Sache nicht im Sande verlaufen lassen, eine sorgfältige Untersuchung verlangen und eine handfeste Anklage vor einem Geschworenengericht fordern. Der erste Schritt dazu ist eine formelle Anzeige.«

»Nun, ich kann die medizinischen Beweise über die Art der Verletzungen liefern, von der Schußwunde einmal abgesehen. Er ist zweifellos brutal geschlagen worden, und er war mit Handschellen gefesselt. Außerdem haben wir dann den Labortest – vorausgesetzt, daß er keinen Alkohol getrunken hatte.«

Billy nickte. »Das ist gut. Ich schlage vor, Sie legen das alles so bald wie möglich schriftlich nieder.«

»Und ich berufe morgen vormittag ein Treffen des Christlichen Rats ein«, sagte Brooks Peters. »Wir haben insgesamt neun Geistliche hier, und ich denke, es wird mir gelingen, sie alle aufzurütteln.«

»Genau das ist es, was wir brauchen«, sagte Billy. »Ich werde auch mit Mr. Holmes sprechen und sehen, was er hinter den Kulissen für uns tun kann. Außerdem sollten wir gleich morgen Bob Blankenship einweihen, damit er über die Sache so ausführlich wie möglich in der Donnerstagausgabe berichten kann. Auf diese Weise können wir das öffentliche Interesse in unserem Sinne wecken. Sonst noch was?«

Tom und Brooks schüttelten die Köpfe.

»Nun, dann, glaube ich, sind wir hier fertig. Jetzt bleibt uns noch die bittere Pille, es Annie und Jim Parker schonend beizubringen. Eine Aufgabe, auf die ich mich nicht gerade freue. Brooks, können Sie mich begleiten?«

»Natürlich, aber ich glaube, ich sollte auch Pfarrer Wright verständigen. Vielleicht wollen sie ihren eigenen Geistlichen bei sich haben.«

Brooks rief Wright an, und sie brachen auf, nachdem sie verabredet hatten, sich am morgigen Nachmittag zu treffen, um die Ergebnisse ihrer Bemühungen zu besprechen.

In dem Augenblick, als Billy und Brooks hereinkamen, wußte jeder im Heim der Parkers, daß Marshall tot war. Billy brachte ihnen so schonend wie möglich bei, was geschehen war und was er, Peters und Mudter vorhatten.

»Ich verspreche Ihnen«, sagte er zu Annie und Jim Parker, »daß Butts und Ward nicht ungeschoren davonkommen.« Und er meinte es ehrlich. Aber später, im Wohnwagen, gestand er Patricia, daß er mit dem Schlimmsten rechnete.

»Es wird eine harte Sache werden, Trish, und du sollst wissen, was uns bevorsteht, weil du es in Kürze von jedermann hören wirst, und das, was du hörst, wird nicht immer mit dem übereinstimmen, was in Wirklichkeit geschehen ist.«

»Und in welcher Weise wird das die Wahl beeinflussen?« fragte sie.

»Mr. Holmes wird es sicher nicht gefallen, aber jetzt mache ich mir darüber keine Gedanken mehr. Vielleicht ist das alles nur passiert, weil ich mir allzu große Sorgen gemacht habe im Hinblick auf die Wahl; also werde ich außer den Zusagen, die ich bereits getroffen habe und nicht mehr rückgängig machen kann, aus der Kampagne aussteigen. Ich habe alles gesagt, was ich zu sagen habe, und ich glaube, die Leute wissen, wo ich stehe. Sie können mich wählen oder nicht, aber ich werde die nächsten Wochen damit verbringen, dafür zu sorgen, daß Sonny Butts und Charlie Ward so lange wie möglich hinter Gitter geschickt werden. Ich glaube nicht, daß ich mir auch nur einen Funken Selbstachtung erhalten könnte, wenn ich anders handeln würde.«

19

Billy rief Hugh Holmes am Sonntagvormittag an, und sie trafen sich vor dem Gottesdienst. Holmes hörte Billys Bericht über die Ereignisse der vergangenen Nacht ausdruckslos zu. Billy beobachtete den Bankier und hoffte, eine Reaktion erkennen zu können, aber Holmes zeigte keine. Als der Anwalt ihm alles erzählt und ihm mitgeteilt hatte, welche Schritte er zu tun gedenke, begann er zu sprechen.

»Billy, es gibt keinen Rat, den ich dir geben und der dir etwas nützen könnte. Eine schreckliche Geschichte ist da passiert, und man fühlt sich moralisch verpflichtet, etwas dagegen zu unternehmen. Ich kann dir nicht raten, dein Vorhaben noch einmal zu überdenken, auch wenn dich das die Wahl kostet. Ich glaube, es ist dir bewußt, welches politische Risiko du eingehst, nicht wahr?«

»Ja, Sir, das ist mir bewußt.«

»Dann kümmere dich den Teufel um die Torpedos, die man auf dich abschießt, und ich werde mein Bestes tun, um den Schaden so gering wie möglich zu halten«, antwortete Holmes.

»Danke, Sir – ich bin Ihnen sehr dankbar.« Billy verließ Hugh Holmes' Haus, erleichtert darüber, daß er die Unterstützung des Bankiers erlangt hatte und nicht auf eine durchaus begründete Ablehnung gestoßen war.

Um sieben Uhr am Sonntagmorgen war Brooks Peters bereits am Telefon, und um acht versammelte sich der Christliche Rat von Delano in seinem Eßzimmer. Er berichtete den Geistlichen, was geschehen war, dann beteten sie ein paar Minuten lang. Als die Versammlung zu Ende war, hatte er ihre einstimmige Unterstützung für eine Resolution an den Stadtrat in Form eines offenen Briefs gewonnen.

Danach hielt er die Predigt, die er für diesen Sonntag vorbereitet hatte, und las am Schluß die Resolution vor, genau wie das im gleichen Augenblick in den anderen acht Kirchen geschah. Die Resolution lautete: »Wir haben erfahren, daß der Tod eines hervorragenden Mitglieds unserer schwarzen Gemeinde durch einen noch nicht genau geklärten Vorfall im städtischen Gefängnis verursacht wurde. Wir rufen hiermit den Stadtrat auf, eine gründliche Untersuchung dieses Vorfalls anzuordnen und zu entscheiden, ob die daran beteiligten Polizeibeamten sich im Rahmen ihrer Pflichten und Befugnisse bewegten und ob der Tod dieses Mannes gerechtfertigt war.«

Es war keine besonders harte Resolution, dachte Brooks, aber unter den herrschenden Umständen würde sie immerhin ihren Zweck erfüllen. Jedenfalls hatten die Geistlichen dafür gesorgt, daß beim Sonntagsessen in ganz Delano über nichts anderes gesprochen wurde.

Am frühen Sonntagnachmittag rief Billy Bert Hill, den öffentlichen Ankläger des Countys, an. Hill hatte bereits von dem Todesfall gehört.

»Skeeter Willis hat mich vor einer halben Stunde angerufen. Er war bereits dort und hat die Aussagen von Butts und Ward eingeholt; außerdem hat er mir für morgen einen ausführlichen Bericht versprochen.«

»Bert, hat er Ihnen angedeutet, wie diese Aussagen lauten?« fragte Billy.

»Nein. Aber er hat niemanden festgenommen. Das sollte Ihnen zu denken geben. Natürlich werde ich mich nicht allein auf Skeeters Bericht verlassen bei der Entscheidung, ob Anklage erhoben werden soll oder nicht. Billy, könnten Sie mir einen Gefallen tun und die Aussagen der anderen Beteiligten einholen? Ich meine Annie Parker, den Arzt und alle anderen, die etwas darüber wissen?«

»Gern, Bert. Tom Mudter schreibt bereits seinen Bericht.«

»Das würde mir sehr helfen. Das Schwurgericht beendet seine Sitzungsperiode voraussichtlich noch in dieser Woche, und ich weiß, daß Sie in dieser Situation an einer raschen Lösung interessiert sind.«

»Natürlich, Bert. Wie wir alle hier. Ich werde die Aussagen morgen früh einholen, dann können Sie sie abends bereits getippt vorliegen haben. Es handelt sich um drei Zeugen: Annie Marshall, Tom Mudter und H. W. Fowler. Sie alle sind zweifellos bereit, auf Wunsch vor Gericht als Zeugen aufzutreten. Sie brauchen sie nicht extra vorladen zu lassen.«

»Gut, das spart uns Zeit. Wissen Sie, diese Sache kommt nicht gerade günstig zum Ende einer langen und arbeitsreichen Sitzungsperiode. Möglicherweise läßt es sich dennoch einrichten, daß die Angelegenheit noch in dieser Woche zur Sprache kommt, aber es könnte auch sein, daß es sich bis zum nächsten Montag oder Dienstag verzögert.«

»Danke, Bert.«

Am Montagvormittag erschienen Sonny Butts und Charlie Ward vor dem Stadtrat. Die Sitzung war auf Wunsch der Polizeibeamten anberaumt worden. Sobald sie eröffnet worden war, erteilte man Sonny das Wort. In einer frischgebügelten Uniform stand er in aufrechter Haltung vor den Stadträten und hatte sofort ihre Aufmerksamkeit.

»Meine Herren, mein Kollege Ward und ich haben um diese Sitzung gebeten wegen gewisser Gerüchte über einen Vorfall auf der Polizeistation am vergangenen Sonnabendabend, die in der Stadt kursieren. Daher möchte ich Ihnen heute morgen eine Erklärung vorlesen, die die Ereignisse vom Sonnabendabend ausführlich wiedergibt.«

Die Stadträte waren einverstanden.

Sonny begann: »Am vergangenen Sonnabendabend gegen zehn Uhr trafen Ward und ich einen gewissen Marshall Parker auf der Main Street. Wir hatten die Absicht, ihn formlos über gewisse Ereignisse zu befragen, die sich vor ein paar Wochen zugetragen haben, als man dem Büro des Sheriffs mitteilte, daß in Marshalls Reparaturwerkstatt geschmuggelter oder schwarzgebrannter Whisky gelagert werde.

Parkers Haltung uns gegenüber war feindselig; er begann uns zu beschimpfen, und es war notwendig, ihn mit Handschellen zu fesseln, bevor wir ihn auf die Polizeistation bringen und ihn wegen Widerstands gegen die Staatsgewalt anzeigen konnten. Im Tagesbericht der Polizeistation wird diese Anzeige erwähnt.

Auf der Station wurden ihm die Handschellen abgenommen und die Befragung fortgesetzt, aber Parker verhielt sich weiterhin feindselig und wurde ausfallend und gewalttätig. Officer Ward und ich versuchten einige Minuten lang verzweifelt, Parker zur Ruhe zu bringen, wobei wir die uns gebotenen Maßnahmen ergriffen, aber als wir ihm erneut Handfesseln anlegen wollten, hatte er plötzlich ein Messer in der Hand, mit dem er auf mich losging. Officer Ward hatte keine Alternative, als seinen Dienstrevolver zu ziehen und auf den Gefangenen zu schießen.

Selbst danach noch versuchte Parker, den Kampf fortzusetzen, aber jetzt waren wir in der Lage, ihn unter Kontrolle zu halten. Wir brachten ihn zu Dr. Thomas Mudter, damit er behandelt werden konnte, und in der Klinik ist er anschließend an den Folgen des Schusses gestorben.

Wir möchten betonen, daß wir zu keiner Zeit – ich wiederhole: zu keiner Zeit! – mehr als die unbedingt nötige Gewalt ausübten, um mit dem Gefangenen fertig zu werden, und daß die Schußwaffe erst dann benützt wurde, als alle anderen Mittel versagt hatten.

Sofort nach dem Zwischenfall setzte ich Sheriff Willis von dem Geschehen in Kenntnis und forderte eine Untersuchung durch seine Dienststelle. Er hat mich darüber informiert, daß seine Untersuchung meine Handlungen und die des Officers Ward, wie ich sie eben schilderte, bestätigt habe und daß sein Bericht darüber an den Ankläger weitergeleitet worden sei.

Da dieser Bericht den Beschluß eines Schwurgerichts erfordert, wünschen Officer Ward und ich, daß wir keinerlei weiteren, über diese Erklärung hinausgehenden Befragungen unterworfen werden, bis das Schwurgericht zu einer Entscheidung gekommen ist. Auf diese Weise werden unsere Rechte und das Ansehen des Schwurgerichts gewahrt.

Weiter beantragen wir, daß der Stadtrat jegliche weiteren Handlungen in dieser Angelegenheit unterläßt, bis die Geschworenen darüber befunden haben.«

Sonny wußte schon, bevor er am Ende angekommen war, daß er sie in der Hand hatte. Dadurch, daß er vor ihnen gehandelt hatte, war es ihm gelungen, ihre weiteren Aktionen abzublocken. Innerhalb von Minuten hatte der Stadtrat den Beschluß gefaßt, die beiden Polizeibeamten nur dann vom Dienst zu suspendieren, wenn die Geschworenen gegen sie Anklage erheben würden, und sie als unschuldig anzusehen, falls von einer Anklageerhebung abgesehen werde.

Jetzt mußte er sich nur noch um die Entscheidung der Geschworenen sorgen, und diese Sorge lastete nicht allzu schwer auf ihm.

Billy hatte die Aussagen von Annie Parker, Tom Mudter und Mr. Fowler schriftlich niedergelegt und wartete darauf, daß sie von seiner Sekretärin abgetippt wurden, als er von der Entscheidung des Stadtrats erfuhr. Er hatte angenommen, daß Butts zumindest suspendiert werden würde, aber jetzt war ein offizielles Schwurgerichtsurteil nötig, um das zu erreichen.

Billy hatte die erste Runde verloren, ohne auch nur einmal zum Schlagabtausch gekommen zu sein.

20

Bob Blankenship saß allein im Büro des »Delano Messenger« und überlegte sich einen Schlußsatz für seinen nächsten Leitartikel, der als Resümee des Titelseiten-Berichts über die Verhaftung Marshall Parkers und dessen Tod durch die Polizei von Delano gedacht war. Zum ersten Mal, seit er die Zeitung gekauft hatte, brachte er einen so groß aufgemachten Bericht auf der Titelseite, und er freute sich schon auf das Aufsehen, das sein Kommentar hervorrufen würde.

Liebevoll legte er die fertig getippten Blätter in den »Erledigt-Kasten«, von dem aus sie morgen in die Setzerei gehen würden, und schaltete die Schreibtischlampe aus. Das Zeitungsbüro wurde nur noch von den Straßenlaternen erhellt. Blankenship reckte sich und atmete tief. Er liebte den Geruch der Druckerschwärze an seinem Arbeitsplatz. Es roch irgendwie – nun ja, professionell. Jetzt rollte er die hochgekrempelten Ärmel hinunter, nahm sein kariertes Sakko vom Kleiderständer in der Ecke, kontrollierte, ob er die Vordertür abgesperrt hatte, und verließ dann das Büro durch den Hintereingang. Als er den Schlüssel ins Schloß stecken wollte, hörte er den Kies auf dem schmalen Weg hinter dem Gebäude knirschen. Und als er sich umdrehte, um zu sehen, wer da war, rammte ihm jemand etwas Hartes gegen das untere Ende seiner Wirbelsäule und drückte ihn gegen die Tür.

»Du brauchst dich nicht umzudrehen«, sagte eine Stimme leise und drohend. »Bleib stehen, wo du bist, wenn du nicht in Stücke geblasen werden willst.« Eine Hand packte ihn am Hemdkragen und riß ihn von der Tür weg, schmetterte ihn dann gegen die Rückwand des Hauses. Er hörte wieder das Knirschen von Schritten. »Geh hinein und sieh nach, was du finden kannst«, sagte die Stimme, diesmal vermutlich zu jemand anderem. Blankenship hörte, wie jemand die Tür öffnete und das Haus betrat.

»Hören Sie, wir haben höchstens fünfzig Dollar Anzeigengeld in einer Blechkassette unter der vorderen Theke. Also nehmen Sie die und verschwinden Sie, okay?« Er sagte es, ohne sich zu bewegen, denn er wurde noch immer mit aller Gewalt gegen die Wand gepreßt.

»Halt's Maul, Blankenship.«

Er schwieg. Nach ein paar Minuten hörte er, wie der andere durch die Tür herauskam.

»Sieh mal da«, sagte die zweite Stimme. »Ein Kommentar für die Titelseite. Was sagt man dazu?« Blankenship hörte, wie das Papier zerfetzt wurde.

Das Schießeisen wurde noch fester gegen seinen Rücken gedrückt. O mein Gott, dachte er, sie werden mich auf der Straße erschießen. Ein Schwächeanfall überkam ihn, und er hatte das Gefühl, als würde sein Schließmuskel erlahmen. Er sackte gegen die Wand, aber die Hand am Kragen hielt ihn aufrecht.

»Jetzt hör mal gut zu«, sagte die Stimme. »Es wird keinen Leitartikel geben, hast du kapiert? Wenn du dich auf die Seite der Nigger stellst, dann wirst du überhaupt nichts mehr schreiben, denn dann bist du tot. Es wird also keinen Leitartikel geben, und wenn du was schreibst, dann lieber so, daß es den Weißen gefällt, ist das klar?« Wieder drückte das Schießeisen gegen seinen Rücken.

Blankenship nickte schwach.

»Was ist? Mach's Maul auf!«

»Ich hab kapiert«, sagte Blankenship.

»Kein Leitartikel?«

»Kein Leitartikel, gar nichts. Bitte, nicht schießen.«

Die Hand riß ihn von der Wand weg, schubste ihn durch die Hintertür ins Haus hinein, warf die Tür zu und sperrte sie von außen mit seinem Schlüssel zu. »Wir werden die Zeitung am Donnerstag sehr genau durchsehen und feststellen, was dort gedruckt steht, verstanden? Und wenn du nicht willst, daß man dir das Hirn aus dem Schädel bläst, dann hältst du deinen Mund über das hier.«

Blankenship blieb stehen, bis er hörte, wie sich die Schritte entfernten und eine Wagentür zugeschlagen wurde. Ein Motor wurde angelassen, dann entfernte sich das Geräusch.

Blankenship ließ sich schwer in seinen Schreibtischsessel fallen und griff nach dem Telefon. Er hämmerte nervös auf die Gabel, damit sich die Vermittlung schneller meldete – dann plötzlich legte er wieder auf. Wen sollte er denn anrufen? Die Polizei? Den Sheriff? Das Telefon klingelte, und er nahm den Hörer ab.

»Mr. Blankenship, hier spricht die Vermittlung. Wollten Sie telefonieren? Tut mir leid, ich wurde durch ein Ferngespräch aufgehalten.«

»Nein«, sagte er schwach. »Ich will jetzt nicht mehr telefonieren. Macht nichts.« Er legte wieder auf. Wen sollte er anrufen? Brooks Peters? Konnte ein Baptistenpfarrer ihm helfen? Billy Lee? Und wen würde Billy anrufen? Was konnte er beweisen? Nichts. Er hatte keine der beiden Stimmen erkannt.

Jetzt schämte er sich, weil er sich so leicht hatte einschüchtern lassen. Aber er hatte die meiste Zeit des Krieges als Herausgeber einer Lagerzeitschrift für Rekruten in Fort Dix im Staate New Jersey verbracht. Niemand hatte ihn je zuvor mit einer Schußwaffe bedroht. Er verschränkte die Arme auf dem Schreibtisch und legte den Kopf darauf wie ein Schuljunge, der im Unterricht eingeschlafen ist.

Am Dienstag wurde Marshall Parker auf dem Friedhof der Galiläa-Baptistenkirche beigesetzt, neben dem kleinen Holzbau an der Grenze von Braytown. Billy und Patricia, Eloise, Henry und Carrie Fowler, Brooks Peters, Tom Mudter und Hugh Holmes waren die einzigen Weißen bei der Zeremonie; für die Seelenmesse hatte man ihnen in der Kirche eine Bank reserviert.

Annie Parker hielt sich mit jenem Stoizismus aufrecht, den sie gezeigt hatte, seit sie wußte, daß Marshall tot war. Marshalls Vater, Jim Parker, weinte während der ganzen Zeremonie still vor sich hin.

Holmes, der schon an vielen schwarzen Beerdigungen teilgenommen hatte, war erstaunt über die Zurückhaltung, welche die Kongregation an den Tag legte, obwohl die Leute dicht gedrängt bis an die Tür standen. Niemand weinte laut, und keiner zeigte offen seinen Schmerz, wie das bei solchen Beerdigungen sonst üblich war. Aber alle Anwesenden erfüllte tiefe Trauer.

Billy Lee hätte sich nicht stärker bedrückt fühlen können, wenn er selbst der Täter gewesen wäre.

Am Spätnachmittag des Donnerstags nahm Patricia den Hörer des Telefons im neuen Haus ab. Der Apparat war erst vor kurzem installiert worden.

»Ist dort Miss Lee?« Eine Frauenstimme, eine Weiße mit einheimischem Akzent.

»Ja, hier spricht Patricia Lee.«

»Sie werden heute nacht rauskommen!«

»Was? Wer kommt raus?«

Die Stimme der Frau klang so, als wäre sie weit weg, und sie schien verängstigt zu sein. »Ich möchte nicht, daß Ihnen was passiert. Sie werden es niederbrennen; er sagt, daß sie es niederbrennen.«

»Was? Was werden sie niederbrennen? Wer spricht denn?«

»Niemand. Ich wollte es Ihnen nur sagen. Ich möchte nicht, daß jemandem etwas zustößt.« Gleich darauf hatte die Frau aufgelegt.

Patricia legte den Hörer auf die Gabel und sah auf die Uhr. Fast halb sechs. Billy war nach Greenville gefahren, um mit Bert Hill zu sprechen; danach sollte er auf dem Rückweg vor dem Rotary Club in Warm Springs eine Rede halten, und dann fand noch eine Versammlung in irgendeinem Privathaus statt. Das waren Termine, die er schon vor längerer Zeit zugesagt hatte. Wenn sie ihn anrief, würde er sie absagen und sofort nach Hause kommen. Aber das wollte sie nicht. Er mußte seine Kampagne zu Ende bringen, wenn es so auf des Messers Schneide stand, wie Mr. Holmes meinte. Sie verließ das Haus, stieg in ihren Wagen und fuhr nach Delano.

Sie parkte in der schmalen Straße hinter der Eisenwarenhandlung von McKibbon und betrat das Geschäft. Drinnen ging sie zielbewußt auf die Abteilung mit den Sportartikeln zu. McKibbon bediente einen anderen Kunden zu Ende und kam dann zu ihr.

»Hallo, Patricia. Wie geht's? Suchen Sie nach einer Angel?«

»Es geht prima, Mac. Ich suche nach einer Flinte.«

Er ging zur Vitrine mit den Glastüren und schob sie auf. »Etwas für Billy? Hat er Geburtstag oder so?«

»Nein, etwas für mich. Billy haßt Schußwaffen.«

McKibbon schaute sie über den Rand seiner Brille hinweg fragend an. »Für Sie?«

Sie lachte. »Mac, ich habe mehr Vögel geschossen, als Sie gegessen haben. Lassen Sie mich die Kaliber zwölf sehen.«

»Die doppelläufige?« Er nahm sie vom Gestell und reichte sie Patricia mit skeptischem Blick.

Sie kippte den Doppellauf, blickte hindurch, ließ den Lauf dann wieder einschnappen, drückte die Flinte gegen die Schulter und zielte.

»Das ist eine Browning, Vorkriegsware; ist mir erst letzte Woche verkauft worden. In sehr gutem Zustand, und ziemlich leicht.«

»Na ja, es ist zwar keine Purdy, aber sie sieht nicht schlecht aus. Wieviel?«

»Für die muß ich Ihnen hundertfünfundzwanzig abnehmen. Sie haben sich die beste ausgesucht, die wir auf Lager haben.«

»Geben Sie mir ein paar Schachteln Munition umsonst dazu, und der Handel ist perfekt«, sagte sie.

»Einverstanden.«

Sie schrieb ihm einen Scheck aus. »Geben Sie mir eine Schachtel Entenschrot Nummer neun und eine mit Achterschrot.«

Er stellte die Kartons mit der Munition auf den Ladentisch. »Achterschrot, was? Müssen ziemlich große Vögel sein da draußen, wo Sie jetzt wohnen.«

»Die allergrößten«, sagte sie, klemmte sich die Flinte unter den Arm und nahm die Patronenschachteln. »Weißhemdene Gelbbäuche.«

»Wie?«

Sie blieb an der Hintertür stehen. »Und, Mac, wenn Sie Billy verraten, daß ich mir die Flinte gekauft habe, komme ich zurück und probier sie an Ihnen aus.«

Er hielt scherzend die Hände hoch. »Kein Sterbenswörtchen, Patricia. Kein Sterbenswörtchen.«

Es war nach elf, als sie die Wagen hörte. Sie hatte schon gar nicht mehr geglaubt, daß sie kommen würden, aber jetzt war sie froh darüber. Sie kochte vor Zorn.

Sie schlich sich aus dem Wohnwagen und ging dahinter in Deckung, während die Wagen die Auffahrt entlangkamen und stehenblieben. Kurz danach erloschen die Scheinwerfer. Sie brauchten keine Scheinwerfer, denn Patricia hatte sämtliche Lampen im neuen Haus eingeschaltet, einschließlich der Flutlichtlampen draußen, die die Auffahrt erhellten.

Jetzt kniete sie hinter dem Wohnwagen und stellte die beiden Munitionsschachteln auf einen Zementblock. Dann lud sie die Flinte mit dem Entenschrot Nummer neun, entsicherte die Waffe und legte sich auf den Bauch. Die Schachtel mit dem Achterschrot stand offen daneben für den Fall, daß sie direkt angegriffen werden würde.

Sie sah, wie die Männer Fackeln anzündeten. Mein Gott, dachte sie, sie tragen wirklich Bettlaken! Wie absurd! Die Männer, acht an der Zahl, schwärmten aus und liefen über den frisch angepflanzten Rasen. Kurz vor der Treppe blieben sie stehen, und einer von ihnen trat vor. »Billy Lee!« brüllte er. »Komm heraus und stell dich dem Gericht des Klans.«

Patricia schätzte, daß sie etwa sechzig Meter von ihr entfernt waren. Sie hielt den Lauf der Flinte mit der linken Hand, zielte auf die Beine des Sprechers und feuerte einen Schuß ab. Das Schrot verteilte sich, womit sie gerechnet hatte, und der Anführer und ein anderer Mann wurden getroffen. Sie brüllten und begannen zu fluchen. Jetzt bewegte sie den Lauf ein wenig nach rechts, feuerte wieder und bepfefferte einen dritten Mann mit Schrotkörnern. Die Männer liefen davon, wobei sich einer von ihnen das Hinterteil hielt. Patricia erhob sich und lud rasch nach.

Dann stand sie an der Ecke des Wohnwagens und feuerte beide Läufe in die Luft. Der Krach war ohrenbetäubend. Sie schaffte es, noch zweimal nachzuladen und zu feuern, bis die Männer in den Autos saßen und wie die wilde Jagd davonbrausten.

Nun setzte sie sich auf die Treppe des Wohnwagens. Sie zitterte, wie sie überrascht feststellte, aber zugleich fühlte sie einen Triumph wie noch nie zuvor in ihrem Leben. Dabei merkte sie gar nicht, daß noch ein weiterer Wagen vorbeifuhr, gesteuert von Ralph McKibbon, dem Besitzer des Eisenwarenladens, der so laut lachte, daß er fast heulen mußte. Auf dem Vordersitz neben ihm stand eine mit Schrot geladene Flinte, aber er war froh, daß er sie nicht hatte benützen müssen. Er konnte es kaum erwarten, nach Hause zu kommen und seiner Frau alles zu erzählen.

Nach ein paar Minuten ging Patricia in den Wohnwagen, reinigte die Flinte und versteckte sie zusammen mit den Patronen. Als Billy nach Hause kam, lag sie im Bett und las.

»Hallo, wie ist es dir ergangen?«

Er beugte sich über sie und gab ihr einen Kuß. »Recht gut, glaube ich. Tut mir leid, daß es so spät geworden ist. Die Versammlung nach dem Essen hat sich endlos hingezogen.«

»Hat man dir irgendwelche Fragen zu der Polizeiangelegenheit gestellt?«

»Eine. Aber ich konnte nur sagen, daß man auf die Entscheidung der Geschworenen warten müsse. Als Anwalt darf ich mich gar nicht erst in eine Situation bringen, die man mir als Behinderung einer gerichtlichen Entscheidung auslegen könnte.«

»Sicher nicht.«

»Ist der ›Messenger‹ schon da? Ich möchte Bob Blankenships Leitartikel lesen.«

»Liegt auf dem Küchentisch. Ich habe selbst noch keine Gelegenheit gehabt hineinzuschauen.«

Billy holte sich die Zeitung und sah die Titelseite an. In der rechten Ecke war ein kurzer Bericht, der nur die nackten Fakten wiedergab. Von Marshalls Erklärung gegenüber Tom Mudter war nichts zu lesen. Verwirrt blätterte Billy die Zeitung durch, suchte nach dem Leitartikel, fand aber nichts. »Das verstehe ich nicht«, sagte er. »Bob hat sich alle Notizen geben lassen und versprochen, einen groß aufgemachten Leitartikel zu schreiben. Er war wütend darüber, daß der Stadtrat Butts und Ward nicht vom Dienst suspendiert hat. Ich muß ihn anrufen.«

»Ist das nicht ein bißchen spät? Warum sprichst du nicht morgen früh mit ihm?«

»Verdammt«, sagte er. »Ich habe damit gerechnet, daß Blankenship die Öffentlichkeit wachrüttelt. Bert Hill meint, nach seinem Terminkalender dürfte es Dienstag werden, bis die Sache vor die Geschworenen kommt; die Zeitung erscheint erst wieder am Donnerstag.«

»Und am Dienstag ist Wahltag.«

»Ja.«

21

Foxy Funderburke haßte es, an Sonnabenden in die Stadt fahren zu müssen. Die Straßen waren verstopft, man hatte Mühe, einen Parkplatz zu finden, und es dauerte eine ganze Weile, bis man in den Geschäften bedient wurde. Aber an diesem Sonnabend hatte er einen Rohrbruch in der Toilette, und er mußte sich ein Ersatzrohr aus der Stadt besorgen. Nachdem er zweimal um den Block gefahren war, fand er einen Parkplatz vor der Eisenwarenhandlung von McKibbon.

Er hatte recht gehabt mit seiner Vermutung: Im Geschäft drängten sich die Kunden. Statt lange auf Bedienung zu warten, begann er sich nach einem Rohr umzuschauen, wie er es brauchte.

»Mein Gott, Harry, du hättest es sehen sollen.« Das war die Stimme von Ralph McKibbon, der hinter einer Reihe von Regalen stand. »Earl Timmons Schwägerin ist Krankenschwester im Krankenhaus von La Grange, und sie sagte, daß in der Nacht von Donnerstag zu Freitag vier Kerle bei ihr aufgetaucht seien, die den Hintern voller Schrotkugeln hatten. Sie sagten, sie wären in einem Wassermelonenfeld beschossen worden, und keiner hat seinen richtigen Namen angegeben, aber einen davon hat sie erkannt. Es war Emmett Spence!« Er schüttelte sich vor Lachen, dann riß er sich zusammen. »Mein Gott, wenn Hoss das erfährt, bringt er den Burschen um!« Und wieder lachte er schallend, daß ihm Tränen in die Augen traten. Foxy ging an den Regalen vorbei, bis er gefunden hatte, wonach er suchte.

Es dauerte weitere zehn Minuten, bis er jemanden fand, bei dem er bezahlen konnte, und Foxy wurde ohnehin von Minute zu Minute nervöser. Seit einigen Wochen hatte er ohne jeden Erfolg gejagt: Jedesmal, wenn er eine Beute ausfindig gemacht zu haben glaubte, war etwas schiefgelaufen. Entweder es war jemand anders in der Nähe, oder er kam aus anderen Gründen nicht heran. Zwei junge Burschen hatte er schon im Wagen gehabt, aber dann hatte sich herausgestellt, daß sie in Kürze irgendwo erwartet wurden, und er hatte sie zögernd wieder aussteigen lassen. Inzwischen war der Druck für ihn fast unerträglich geworden, und er begann zu fürchten, daß er sich zu etwas hinreißen lassen würde und dabei einen Fehler machen könnte. Das durfte nicht geschehen.

Er war schon wieder aus der Stadt und hatte den Berg hinter sich gelassen, als er den Jungen sah. Foxys Herz klopfte schneller; er bremste ab, fuhr langsam auf der rechten Straßenseite und schaute sich den Jungen genauer an, ehe er stehenblieb.

»Na, Junge, wohin soll's denn gehen?«

»Nach Florida«, antwortete der Bursche und lächelte. »Fahren Sie in die Richtung?«

»Das kommt darauf an, wie eilig du es hast.«

»Ach, so eilig habe ich es nicht. Ich möchte die Reise genießen.«

»Also wartet in Florida keiner auf dich, wie?«

»Nein, Sir, ich glaube kaum.«

Foxy lächelte. »Nun, wenn es dir nichts ausmacht, ein bißchen zu warten, während ich bei meinem Haus vorbeischaue, dann kannst du anschließend mit mir bis Daytona Beach fahren. Was meinst du?«

»Das wäre prima, Sir.«

»Also dann, steig ein.«

Der Junge kletterte in den Wagen, und Foxy fuhr los. Er hatte Sonny nicht bemerkt, der in seinem Privatwagen in der Gegenrichtung an ihm vorbeigefahren war.

Aber Sonnys Gedanken waren bei seinen eigenen Problemen, und er achtete kaum auf Foxy. Es dauerte einige Zeit, bis er sich an die Begegnung erinnerte.

Am Sonntag predigte Brooks Peters über das Thema Recht und Gerechtigkeit, und keiner seiner Zuhörer zweifelte am Zweck dieser Predigt.

Nach dem Gottesdienst stand der Pfarrer an der Kirchentür und schüttelte den Mitgliedern seiner Gemeinde zum Abschied die Hand. Einige fanden Worte der Ermunterung für den Pfarrer, wie Billy feststellte, andere jedoch murmelten nur einen kurzen Gruß und gingen dann schnell weg. Billy fiel auf, daß Patricia die Aufmerksamkeit der Leute weckte, ja daß ihr nicht wenige unverhohlen zuzwinkerten. »Was ist denn los?« fragte er sie.

Einen Augenblick lang schien sie ganz verwirrt, dann sagte sie: »Ach, ich glaube, es hat sich herumgesprochen, daß ich schwanger bin.«

»Ich hätte gedacht, das weiß bereits alle Welt. Weiß Gott, ich habe es jedem erzählt, den ich getroffen habe.«

Zum Sonntagsessen fuhren sie zu den Fowlers; danach traf sich Billy mit Brooks Peters in Tom Mudters Wohnung. Billy eröffnete die Diskussion.

»Ich habe ausführlich mit Bert Hill über die Geschworenen gesprochen. Er meint, es besteht durchaus eine Chance, daß Anklage erhoben wird. Natürlich wird man nicht darüber diskutieren, daß Marshall ein Schwarzer war, aber andererseits sitzen einige verknöcherte alte Farmer darunter, daher traut sich Bert keine sichere Voraussage zu.«

Er ließ eine Pause entstehen und schaute sich in der Runde um. »Ich vermisse Bob Blankenship. Weiß jemand, was mit ihm los ist?«

Brooks Peters beantwortete die Frage. »Da scheint etwas Merkwürdiges vor sich zu gehen. Erst zieht Bob seinen Leitartikel über Marshall in der Donnerstagsausgabe zurück, dann fährt er zu seinen Verwandten nach Brunswick. Sieht ganz so aus, als ob er nicht mehr zu uns gehören will.«

»Ich kann es nicht glauben, daß er plötzlich die Seite gewechselt haben soll«, sagte Billy und schüttelte den Kopf. »Ich glaube vielmehr, daß jemand versucht, Druck auf ihn auszuüben. Ich konnte ihn den ganzen Freitag nicht am Telefon erreichen, und als ich in sein Büro kam, war er bereits nach Brunswick unterwegs. Sonderbar. Hat noch jemand irgendwelche derartigen Probleme?«

Sie schüttelten die Köpfe. »Es wundert mich, daß bisher noch niemand etwas zu mir gesagt hat«, erklärte Brooks Peters. »Wahrscheinlich hat mir die Einmütigkeit des Christlichen Rats geholfen, aber die Leute haben ein gutes Gedächtnis. Diejenigen, denen das nicht paßte, was ich auf der Kanzel gesagt habe, werden es mich früher oder später spüren lassen.«

Billy blätterte in Notizen. »Okay, kommen wir zu den Wahlen. Es sieht so aus, als ob wir beim Stadtrat gut im Rennen liegen. Und James Montgomery in Greenville liegt Kopf an Kopf mit Skeeter Willis bei der Entscheidung um das Amt des Sheriffs.«

Jetzt meldete sich Tom Mudter zu Wort. »Skeeter hat versucht, Löcher im Damm zu stopfen, und außerdem hält er sich bedeckt. Er hat sich im Fall Parker bemüht, mit reiner Weste dazustehen, aber natürlich unterstützt er Sonny in vollem Umfang.«

»Das stimmt«, sagte Billy. »Genau, wie wir es erwartet haben. Skeeter ist schließlich kein Narr. Ja, und bei mir sieht es so aus, als ob ich ein wenig zurückgefallen wäre. Jedenfalls meint das Mr. Holmes. Wir bräuchten schon Glück, wenn wir es noch schaffen sollten.«

»Ich weiß nicht, Billy«, sagte Brooks Peters. »Nach dem, was ich gehört habe, sieht es nicht schlecht aus für Sie.« Er lächelte verschmitzt, genau wie die anderen.

Billy war verwirrt. »Wißt ihr vielleicht etwas, was ich nicht weiß?«

Brooks lehnte sich zurück und griente. »Es ist nur ein Gerücht. Sie gehen doch morgen abend zum Jahrmarkt, oder?«

Der Jahrmarkt der Tri-Counties wurde am folgenden Tag eröffnet; er dauerte eine Woche.

»Sicher gehen wir hin. Genau wie die anderen Kandidaten, wenn ich mich nicht sehr irre. Eine so gute Gelegenheit, die Hände der Wähler zu schütteln, darf man sich nicht entgehen lassen.«

»Wie ist die Besprechung verlaufen?« fragte Patricia, als sie am Spätnachmittag nach Hause fuhren.

»Recht gut, glaube ich. Brooks und die anderen sind jetzt optimistischer als je zuvor. Sie scheinen etwas gehört zu haben, aber Brooks wollte nicht sagen, was.«

Patricia errötete. »Ach, Billy . . .«

Er wandte sich ihr zu. »Ja?«

»Da ist etwas . . . Ach, verdammt, ich sage es dir lieber, bevor du es von jemand anderm erfährst.«

»Was?« Er war leicht beunruhigt.

»Na ja, am Donnerstagabend, als du in Warm Springs warst, haben wir draußen beim Haus Besuch gehabt.«

»Besuch?«

»Es waren Gäste, die in Bettlaken gekommen sind.«

»Meinst du damit den Klan, Patricia? Soll das ein Scherz sein?«

»Nein, sie sind zum Haus gekommen, wirklich.«

»Und was ist passiert? Was haben sie gemacht?«

»Sie – sie sind wieder davongerannt.«

Er starrte sie so lange an, daß er beinahe in den Straßengraben gefahren wäre. »Trish, komm, erzähl mir, was passiert ist!«

»Also gut. Ich bekam am Donnerstagnachmittag einen Anruf – anonym natürlich. Eine Frau, ich nehme an, die Ehefrau von einem der Klanmitglieder. Sie hat gesagt, daß jemand vorhätte, das Haus niederzubrennen.«

Billy riß den Wagen auf den Randstreifen und bremste, daß der Kies aufspritzte. »Warum hast du mich nicht angerufen?«

»Du mußtest deine Rede halten, und das war doch wichtig.«

»Na schön, na schön – und was ist geschehen?«

»Also, sie sind tatsächlich gekommen, alle in diesen lächerlichen weißen Laken, mit Fackeln, und sind auf das Haus zumarschiert. Ich habe hinter dem Wohnwagen gewartet.«

»Du hast hinter dem Wohnwagen gewartet«, wiederholte er tonlos. »Und dann?«

»Dann hab ich sie – äh – auseinandergetrieben.«

»Ach? Und wie?«
»Mit einer Flinte.«
»Was?«
»Es war ja nur Entenschrot«, sagte sie abwehrend. »Ich habe den Grobschrot aufgehoben für den Fall, daß sie es auf mich abgesehen hätten. Aber sie sind davongerannt.«
»Wo hast du die Flinte hergehabt?«
»Ich habe sie bei McKibbon gekauft.«
»Ralph McKibbon hat dir eine Flinte verkauft?«
Sie wandte sich ihm zu. »Und warum, zum Teufel, hätte er mir keine Flinte verkaufen sollen? Ich kann verdammt gut mit Schußwaffen umgehen, schließlich bin ich auf der Farm meines Vaters damit aufgewachsen.«
»Aber Trish, du kannst nicht mit einer Flinte auf Menschen schießen! Ist jemand verletzt worden?«
»Natürlich sind sie verletzt worden. Oder hast du gedacht, ich würde auf diese Entfernung, noch dazu mit Schrotpatronen, danebentreffen?«
»Mein Gott – hast du jemand getötet?«
»Nein, aber ich glaube, ich habe ihren männlichen Stolz verletzt. Ich hörte heute morgen, daß jemand – nach der Beschreibung Emmett Spence – zusammen mit drei anderen Männern im Krankenhaus von La Grange aufgetaucht ist und eine Geschichte von gestohlenen Wassermelonen erzählt hat. Die vier mußten sich die Entenschrotkörner aus dem Hintern zupfen lassen, nehme ich an.«
»Mein Gott – ich kann es einfach nicht glauben!« Er schüttelte den Kopf. »Meine Frau schießt auf den Klan.«
»Es war dringend nötig. Du hättest doch nur versucht, ihnen mit Vernunft beizukommen.«
Er begann zu lachen, und sie stimmte ein. Sie gerieten ganz außer sich, warfen sich auf den Vordersitzen des Wagens hin und her, und Tränen kullerten aus ihren Augen. Es dauerte Minuten, bis Billy wieder genug Luft zum Sprechen fand.
»Das also hatte das Zwinkern und Kopfnicken heute in der Kirche zu bedeuten. Und darüber hat Brooks sich so amüsiert. Gott, ich wollte, ich hätte es miterlebt. Emmett Spence, ausgerechnet!« Dann begannen sie wieder zu lachen.

22

Der Hund weckte Foxy, stupste ihn hinterm Ohr. Foxy schoß augenblicklich hoch und blickte lauernd nach allen Seiten, dann entspannte er sich und legte sich wieder ins Gras. Eine leichte Brise wehte über den Garten hinterm Haus und bewegte die Kiefern über Foxys Kopf. Er streckte sich bequem aus und fühlte sich angenehm und wohl. Es war Montagnachmittag, und der Junge hielt sich gut; manchmal sah es fast so aus, als ob er seinen Spaß hätte dabei, dachte Foxy. Es war ein großartiges Wochenende gewesen, und der Junge war noch mindestens für einen weiteren Tag gut.

Foxy erhob sich, setzte seine Uniformmütze auf und ging durch die Küchentür ins Haus zurück; dazu pfiff er eine Melodie.

Sonny war bester Laune, hatte bereits ein paar hinter die Binde gekippt und sich noch nie zuvor so wohl gefühlt. Er schaute bei der Polizeistation vorbei, um sicherzugehen, daß Charlie Ward nicht mal wieder schlief. Charlie hatte für diese Woche die Nachtschicht übernommen.

»He, Sonny.«

»Wie geht's, Kamerad?«

»Du siehst ja heute abend wieder einmal flott aus. Gehst du auf den Jahrmarkt?«

»Das kannst du glauben, Kamerad. Und du bleibst heute abend wach, verstanden? Jetzt dürfen wir uns keinen Schnitzer leisten.«

»Hör zu, Sonny, wegen morgen – glaubst du, wir kommen gut davon bei den Geschworenen?«

»Charlie, ich hab dir schon hundertmal gesagt, es besteht nicht der geringste Anlaß zur Sorge. Der Daddy von Emmett Spence sitzt unter den Geschworenen und dazu ein paar von seinen Freunden. Die würden einem weißen Polizisten doch nichts tun, nur weil er einen Nigger umgebracht hat. Also reiß dich zusammen und warte noch vierundzwanzig Stunden, dann sind wir aus dem Schneider. Es läuft alles wie geölt.«

»Hoffentlich, Sonny. Diese Sache macht mich ganz krank.«
Sonny fuhr herum. »Halt's Maul, verdammt! Ich bin schon ganz krank, weil ich mir dein Gejammer anhören muß.« Sonny riß sich zusammen und beruhigte sich. Er mußte aufpassen, daß die Nerven nicht wieder versagten. Sicher, er war mindestens ebenso nervös wie Charlie, aber er zeigte es nicht. Er würde etwas Dampf ablassen auf dem Jahrmarkt; morgen war alles vorüber, morgen würde er sich endlich wieder so richtig wohl fühlen.

Auf dem Weg hielt er am Hotel an und bezahlte dem Gepäckträger zehn Dollar für eine weitere Halbliterflasche »Early Times«. Scheiß-Nigger, verlangte viel zuviel Geld dafür. Er nahm sich vor, etwas dagegen zu unternehmen, ihn vielleicht wegen Alkoholschmuggels durch die Mangel zu drehen – später, wenn sich die Dinge ein wenig beruhigt hatten.

»Jesus, Maria und Joseph – wo kommt das denn alles her?« fragte Patricia und zeigte durch die Windschutzscheibe auf die hellen Lichter und Fahrgeschäfte, als sie sich in der Dämmerung des Septemberabends dem Jahrmarkt näherten. »Hat das alles der Kiwanis-Club gestiftet?«

Billy lachte. »Nein, das ist ein Wanderjahrmarkt. Der Kiwanis-Club fördert die Veranstaltung; er kümmert sich um die Ausstellungen und um die Preise, aber für die sonstigen Vergnügungen wird ein Jahrmarkt engagiert, der mit seinen Fahrgeschäften durch die Gegend zieht. Ich nehme an, er bekommt einen Anteil vom Erlös.«

»Ich habe eher etwas wie ein englisches Dorffest erwartet, mit Pflaumenkuchen und Eselreiten.«

»Keine Sorge, es wird genug Kuchen geben. Du weißt, daß ich als Richter bei einem Backwettbewerb auftrete. Vergiß bloß nicht, nach dem Rezept der Siegerin zu fragen.«

»Du hast gesagt, du willst dich nie im Leben meinen Kochkünsten anvertrauen.«

»Und das werde ich auch nicht, solange ich mir eine Köchin leisten kann. Aber die anderen Ladies brauchen das ja nicht zu wissen, und es wird ihnen schmeicheln, wenn du sie nach den Rezepten fragst.«

»Gibt es auch einen Tiermarkt?«

»Klar, einen ganzen Stall voll Tiere. Verdammt, ich hätte daran denken und dir ein Ehrenamt als Preisrichterin bei den Ochsen vermitteln können. Du kennst dich mindestens so gut aus wie jeder andere hier, und den Farmern hätte das imponiert.«

»Vielleicht kann ich ein paar Stück Vieh für die Farm kaufen. Wir brauchen vor allem einen Bullen.«

Sie besorgten sich die Eintrittskarten und betraten dann das erste Ausstellungsgebäude, gingen an den Reihen der Vitrinen und Tische entlang, betrachteten die Essigfrüchte und die Kuchen, die Ausstellungsstücke der Schulen. Sie schüttelten den geschmeichelten Ausstellern die Hände und nahmen Glückwünsche für den zu erwartenden Familienzuwachs entgegen.

Dann trafen sie Hugh Holmes und Dr. Frank Mudter. Der Arzt hielt sich nicht so gut wie Mr. Holmes, dachte Billy. Er sah schon ziemlich gebrechlich aus. Holmes nahm Billy zur Seite.

»Was hältst du von der morgigen Geschworenensitzung?«

»Ich meine, es steht auf der Kippe. Wenn wir etwas mehr Glück gehabt hätten und zum Beispiel noch mit einem unabhängigen Zeugen außer der Aussage von Marshall aufwarten könnten oder etwas anderes gegen Butts und Ward in der Hand hätten, wäre unsere Position stärker. Was hören Sie von den Wahlen?«

Holmes lächelte. »Die Schießkunst deiner Frau ist das Beste, was uns passieren konnte; ich hoffe, daß du das weißt. Aus solchen Geschichten entstehen die Legenden. Das bringt dir noch lange etwas ein, nicht nur bei diesen Wahlen. Ich wollte, ich hätte Ginny vor vierzig Jahren eine Flinte geschenkt.«

»Ich habe ihr die Flinte nicht geschenkt. Sie hat sie sich selbst gekauft. Und sie hat mir kein Wort davon verraten, bis es längst vorüber war.«

»Um so besser. Du hättest sie nur daran gehindert.«

»Das hat sie auch gesagt.«

»Weißt du, daß Hoss Spence dieses Jahr keine Tiere ausstellt? Das ist das erste Mal seit Bestehen des Jahrmarkts. Er ist offenbar tief gedemütigt durch diese Sache und fuchsteufelswild auf Emmett.«

»Hätte keinem Besseren passieren können. Ich hoffe, Emmett kann in den nächsten vier Wochen nicht sitzen. Übrigens – es gefällt mir gar nicht, daß ausgerechnet Hoss unter den Geschworenen sitzt. Der kann uns nur schaden.«

Ein kleines Mädchen kam heran und zupfte Billy am Ärmel. »'tschuldigen Sie, Colonel Lee«, sagte die Kleine. »Meine Mama sagt, es ist Zeit, daß Sie die Kuchen probieren.«

»Vorsichtig«, warnte Holmes und grinste dazu. »Ein einziger falscher Schritt dort kann dich die Wahl kosten.«

Billy suchte nach Patricia und folgte dann dem Kind zur Kuchenausstellung. Dort ging er anschließend zwanzig Minuten, eine Gabel in der Hand, an den Ausstellungsstücken auf und ab, probierte, überlegte, leckte sich die Lippen und rollte die Augen. Patricia, die vom Rand der Menge aus zusah, konnte sich kaum das Lachen verbeißen.

Schließlich blieb er stehen, ein Stück Kuchen in jeder Hand, und wandte sich an die Anwesenden. »Nur meine politischen Feinde konnten mich am Vorabend der Wahl in eine solche Position bringen«, begann er, und die Menge lachte mit ihm. »Ich glaube, Abraham Lincoln fand sich einmal in einer ähnlichen Situation, als er sich um einen Sitz im Kongreß bemühte, und ich wollte, ich könnte mich erinnern, was er damals gemacht hat.« Wieder lachten die Leute. »Ich habe hier in der Hand den besten Pfirsichkuchen, den ich je gekostet habe, und den besten Süßkartoffelkuchen meines Lebens, und nun soll ich entscheiden, welchem von den beiden der erste Preis gebührt. Das ist nicht fair.«

Billy blickte auf und sah Sonny Butts, der in Zivilkleidung durch den Mittelgang schlenderte. Er konzentrierte sich wieder auf seine Aufgabe.

»Der Pfirsich ist eine herrliche Frucht und natürlich auch das Symbol unseres Staates, und das Meriwether County produziert mehr Pfirsiche als alle anderen Counties in Amerika, also wäre eine Entscheidung gegen den Pfirsich geradezu unpatriotisch. Um so mehr hoffe ich, Sie alle erkennen meine politische Courage an, wenn ich sage, ich gebe den ersten Preis dem Süßkartoffelkuchen. Denn jede Köchin, die sich für Süßkartoffelkuchen entscheidet, muß sich von vornherein im Nachteil befinden. Doch ich meine, wenn es jemand fertigbringt, etwas, das so scheußlich schmeckt wie eine Süßkartoffel, zu einem so köstlichen Kuchen zu verarbeiten, dann hat er das Blaue Band verdient.« Er küßte die errötende Siegerin auf beide Wangen, überreichte ihr das Band und floh.

»Das war sehr schlau«, sagte Patricia, als sie ihn vor dem Gebäude wieder traf.

»Nicht der Rede wert«, erwiderte er. »Hast du dir das Rezept geben lassen?«

»Beide Rezepte«, sagte sie, lachte und hielt triumphierend zwei Zettel in die Höhe.

»Dann such dir einen Bullen aus, bevor mich die Lady mit dem Pfirsichkuchen erwischt.«

Sonny trieb leicht benebelt durch den Hauptgang zwischen den Buden. Er blinzelte den Mädchen zu, alberte mit ihren Freunden herum, probierte die verschiedenen Karussells und Bahnen aus und haute den Lukas, daß es nur so schepperte. Noch nie hatte er sich so gefühlt, dachte er, noch nie! – und nie zuvor war er so geil gewesen. Er hatte immerhin über eine Woche lang nichts unternehmen können, während die Blutergüsse von der Begegnung mit den Mädchen am Swimmingpool ausheilten, aber jetzt war er wieder in Ordnung. Sehr in Ordnung sogar.

Als er das Mädchen sah, bekam er augenblicklich eine Erektion. Es stand mit zwei anderen Mädchen auf einem Podium und tanzte zur Musik einer Schallplatte, die aus dem Lautsprecher plärrte. Das Mädchen war sehr jung, bestimmt nicht älter als achtzehn oder neunzehn, aber hochgewachsen, mit großen Brüsten, also genau Sonnys Typ. Ein Ansager verkündete die Wunderdinge, die sich im Inneren der Bude ereignen würden, und etliche männliche Bewunderer strömten in das Zelt hinter dem Podium, wobei sie dem Ansager einen halben Dollar in die Hand drückten. Ein paar bartlose Jugendliche wurden auf erheiternde Weise abgewiesen. Sonny zeigte dem Ansager seine Dienstmarke und ging hinein ins Zelt.

Fast im gleichen Augenblick erschien ein Mann an seiner Seite. »Kann ich ein paar Worte mit Ihnen sprechen, Chief?« Er deutete auf eine Klappe am anderen Ende des Zelts.

Sonny folgte dem Mann.

»Hören Sie, Chief, das ist unser erster Abend, und wir wollen den Jungs eine gute Schau liefern. Aber wir wollen keinen Ärger bekommen.«

»Klar, Freund, ich verstehe. Aber ich bin selber auch wegen der Schau hier.«

»Ah, das ist gut«, sagte der Mann, und Sonny hatte plötzlich ein paar Geldscheine in der Hand. »Ich hoffe, Sie geben das irgendeinem örtlichen Wohltätigkeitsverein. Ich bin sicher, es gibt hier manche Jugendorganisation, die das Geld nötig hat.«

Er blinzelte Sonny zu und ging dann mit ihm zurück ins Zelt.

Sonny stellte sich zu den anderen. Die Schau begann, während das Publikum johlte und applaudierte. Die drei Mädchen zeigten ihren Tanz, machten aufreizende Bewegungen, zogen das eine oder andere Kleidungsstück aus, aber der Striptease wurde nicht bis zum Ende geführt. Im entscheidenden Augenblick verschwanden sie hinter der Kulisse. Und die Zuschauer verlangten mehr. Dann tauchte der Ansager auf und sammelte für die »Schau für Kenner«, und die meisten der Männer zahlten noch einmal fünfzig Cent, um bleiben zu können.

Es gab keine Bühne, nur einen niedrigen Zaun, der die Männer von den Mädchen trennte. Die kamen jetzt zurück und tanzten dicht am Zaun entlang, nackt bis auf ein Schrittband und winzige Büstenhalter. Sie gestatteten sogar, daß man sie anfaßte.

Das junge Mädchen blieb vor Sonny stehen, tanzte offensichtlich nur für ihn. Sie kam näher und erlaubte ihm, seinen Arm um ihre Hüfte zu legen, wobei sich seine Finger für einen kurzen Augenblick bis unter das Schrittband vorarbeiteten, dann entschlüpfte sie ihm, nicht ohne ihn zuvor kurz zwischen den Beinen berührt zu haben. Gleich danach war die Schau zu Ende, und nach vergeblichen Rufen um eine Zugabe verließen die Männer nach und nach das Zelt. Sonny starrte auf die leere »Bühne«, war unbefriedigt und zitterte am ganzen Körper.

Er kroch unter der Absperrung hindurch, ging rasch auf die Zeltklappe zu, hinter der die Mädchen verschwunden waren, und befand sich plötzlich draußen vor dem Zelt, vor einem kleinen Wohnwagen. Der Schaubudendirektor, der ihm das Geld zugesteckt hatte, war sofort bei ihm.

»Kann ich Ihnen helfen, Chief?«

»Wo ist das Mädchen?« fragte Sonny.

»Sie ruht sich aus bis zur nächsten Vorstellung. Schauen Sie sich die doch noch mal an – es würde mich freuen.«

»Ich möchte eine kleine Privatschau, hören Sie. Wo ist das Mädchen?«

»Ja, wissen Sie, Chief, das Mädchen ist noch neu im Geschäft, und außerdem ist sie verheiratet, erst seit ein paar Monaten – Sie verstehen doch?« Er hakte sich bei Sonny unter und steuerte ihn zurück ins Zelt. »Wissen Sie was? Kommen Sie doch her, wenn wir schließen, gegen zwölf, dann stelle ich Sie der kleinen Brünetten vor, okay? Sie werden viel Spaß mit ihr haben, das können Sie mir glauben.«

Sonny riß sich los und ging auf den Wohnwagen zu. »Nicht später und nicht die Brünette«, sagte er. »Die Große, und zwar sofort.« Er öffnete die Tür des Wohnwagens und trat ein. Das Mädchen saß an einem winzigen Frisiertisch, hatte einen schmutzigen Frotteebademantel an und aß Schokolade.

»Hallo, Herzchen«, schnurrte Sonny und ging auf sie zu. »Du willst dir doch nicht mit den Süßigkeiten die hübsche Figur versauen, oder?«

Das Mädchen stand auf und wich zurück. Ihr Bademantel öffnete sich und enthüllte eine große, wunderschön geformte Brust. Sie zog ihn rasch wieder zu. Der Direktor kam hinter Sonny in den Wohnwagen. »Cherry, das ist der Polizeichef von Delano – äh – ihm hat deine Vorstellung gut gefallen, und . . .«

»Schaff ihn raus hier, Jimmy«, sagte das Mädchen schnell.

»Hör mal, Cherry, du willst doch nett sein zum Chief. Vergiß nicht, es ist unser erster Abend und so weiter . . .«

»Ja«, sagte Sonny und knöpfte sich die Hose auf. »Sei nett zu mir, Cherry.«

Das Mädchen drehte sich um und stieß das Fenster hinter sich auf. »Danny!« brüllte sie, so laut sie konnte. »Danny!«

Der Direktor versuchte sie zu beruhigen und Sonny aus dem Wohnwagen zu drängen, da wurde die Tür aufgerissen, und ein kleiner, sehr muskulöser Mann stürmte herein. Er blickte Sonny an. »Okay, Spießer, die Schau ist vorbei, und jetzt sieh zu, daß du deinen Arsch von hinnen nach dannen hebst.« Er packte Sonny am Arm und zerrte ihn zur Tür. Sonny riß unvermutet seinen Schlagstock aus dem Gürtel und hieb damit wild auf den jungen Mann ein, traf dabei einmal genau auf seinen Nasenrücken. Der Mann stolperte und fiel über die Treppe des Wohnwagens hinunter in das Sägemehl. Sonny war sofort über ihm.

»He, Rube!« schrie der Mann und versuchte die Schläge abzuwehren, so gut er konnte.

»Halt's Maul, Danny«, flüsterte der Direktor. »Der Kerl ist ein Polizist. Er ist der Polizeichef hier, verdammt noch mal!«

Billy und Patricia gingen mit Tom Mudter durch die Budenstraße; da sahen sie, wie die Leute zum unteren Ende des Jahrmarkts drängten. Sie folgten ihnen rasch und kamen zu einer Ansammlung von mindestens fünfzig Personen. Irgend etwas ging hier vor, aber sie konnten nicht sehen, was.

Sie kamen in die Budenstraße geschossen und kämpften noch immer verbissen wie streunende Hunde. Sonny hieb mit seinem Schlagstock um sich. Der Schaubudendirektor hielt die Kollegen zurück, die Danny helfen wollten, und zischte ihnen zu: »Haltet euch da raus; der Kerl ist ein Bulle, und außerdem geht es nur Danny etwas an.«

Sonny befand sich in einem Zustand von Raserei. Auch er mußte ein paar saftige Hiebe entgegennehmen, aber der Schlagstock war eine wirksame Waffe. Sein Gegner blutete inzwischen heftig aus der Nase. Sonny trat zurück, täuschte mit der Linken und hieb dem Mann dann mit der Rechten den Totschläger auf den Schädel. Er liebte das Gefühl, wenn das mit Leder überzogene Holz gegen die Schädelknochen prallte. Danach zielte er damit auf die Rippen und die Oberarme des Mannes, wollte noch nicht so schnell von ihm ablassen; das war wirklich zu gut. Danny stürzte auf ein Knie; Sonny holte mit dem Fuß aus, traf ihn unter das Kinn, ohne zu merken, daß sich die Menge um sie beide versammelt hatte.

Jetzt flog Danny auf den Rücken, und Sonny trat erneut nach dem fast Bewußtlosen, wo er ihn traf: in die Rippen, ins Gesicht. Etwas Herrliches schwoll in Sonnys Innerem, etwas, das mächtiger war als alles, was er seit Kriegsende gefühlt hatte. Er war am Rande eines Orgasmus angelangt, als er plötzlich am Kragen nach hinten gerissen wurde und der Länge nach in das Sägemehl fiel. Augenblicklich war er wieder auf den Beinen, bereit, den nächsten Angreifer fertigzumachen – dann hielt er plötzlich inne. Colonel Lee stand zwischen ihm und seinem Opfer.

»Das reicht, Sonny«, sagte der Colonel leise, aber mit Nachdruck. »Geben Sie mir den Schlagstock.«

Sonny schaute sich um und sah zum ersten Mal die vielen Leute, die ihn voller Entsetzen beobachteten. Er versuchte zu sprechen, brachte aber kein Wort heraus. Schließlich stotterte er etwas wie: »Einer Festnahme widersetzt . . .«

Der Colonel nahm ihm den Schlagstock ab und schleuderte ihn weit weg. »Butts!« Eine zweite Stimme, hinter dem Colonel. Er drehte sich um und sah Hugh Holmes ins Gesicht. »Hören Sie mir gut zu: Sie gehen jetzt auf der Stelle nach Hause.« Sonny wollte wieder etwas entgegnen, aber Holmes brachte ihn mit einer Handbewegung zum Schweigen. »Kein Wort! Gehen Sie heim, und bleiben Sie dort. Wir sprechen morgen miteinander.«

Sonny schaute wieder auf die Menge. Frauen trieben ihre Kinder weg, keiner sprach ein Wort. Sie starrten ihn nur an. Jetzt merkte er, daß seine Hose offen war, und knöpfte sie rasch zu. Dabei errötete er. Die Vorderseite seiner Uniformhose war ganz feucht. Er drehte sich um und ging durch die Budenstraße, und die Menge wich vor ihm zurück. Er war verwirrt. Das mußte der Whisky gewesen sein. Er mußte nach Hause und nachdenken.

Während sich Tom Mudter über Sonnys blutendes Opfer beugte, beobachtete Billy den Polizisten, der etwas unsicher, aber rasch durch die Budenstraße ging. Aber seine Gedanken waren nicht beim Jahrmarkt. Er saß am Tag der Kapitulation Deutschlands in einem Londoner Pub und hörte einem jungen Captain der Infanterie zu, der ihm eine Kriegsgeschichte erzählte – die schlimmste, die er jemals gehört hatte.

23

Holmes legte den Hörer auf. Billy wurde bewußt, daß er den Bankier zum ersten Mal wirklich wütend erlebt hatte.

»Jetzt ist Schluß damit«, sagte Holmes. »Morgen tritt der gesamte Stadtrat zusammen.«

»Glauben Sie, es besteht die Möglichkeit, daß sie Sonny unterstützen?« fragte Billy.

»Nur über meine Leiche«, antwortete Holmes, und Billy fühlte, daß sie diesen Sonny Butts jetzt bald zum letzten Mal gesehen hatten. Holmes stand auf und schenkte Billy und Patricia einen Drink ein. Sie waren gerade bei ihm eingetroffen, als er mit dem Telefonieren fertig war.

Holmes setzte sich wieder. »Ich habe den Direktor dieser Schaubude dazu gebracht, wenn nötig Anzeige wegen Körperverletzung und Überfalls zu erstatten, obwohl er zunächst Angst davor hatte. Er sagte mir auch, daß Sonny Geld von ihm erpreßt habe, damit er nicht gegen seine Striptease-Schau einschreite. Wenn sich der Stadtrat jetzt noch weigert, Sonny auf der Stelle zu entlassen, lege ich diese Anzeige auf den Tisch. Dann werden wir ja sehen, was geschieht. Ich habe jedenfalls schon den Gouverneur um Unterstützung durch die

Staatspolizei gebeten, bis wir einen Ersatz für Sonny gefunden haben.«

»Dann kommt es jetzt wohl nicht mehr darauf an, was die Geschworenen beschließen«, sagte Patricia.

»O doch, es kommt noch immer darauf an«, erwiderte Billy. »Butts muß ins Gefängnis oder meinetwegen in eine psychiatrische Anstalt.«

Holmes blickte ihn überrascht an. »Glaubst du denn, daß er verrückt ist?«

»Ja, ist er Ihnen heute abend nicht auch verrückt vorgekommen? Dieser Mann ist eine Gefahr für jede zivilisierte Gesellschaft. Er gehört hinter Schloß und Riegel.«

Holmes trank einen ungewöhnlich großen Schluck von seinem Bourbon. »Billy, ich bin dir eine Abbitte schuldig.«

»Wie meinen Sie das?«

»Es war meine Schuld, daß die Sache so weit kommen konnte. Ich hatte von Anfang an Bedenken gegen Butts, und ich hätte es deutlicher ausdrücken müssen.«

»Sie konnten doch nicht wissen, wie es sich entwickeln würde.«

»Nein, aber als die Gerüchte über Brutalitäten auf der Polizeistation laut wurden, hätte ich wissen müssen, daß es die Wahrheit ist, und ich hätte etwas dagegen unternehmen müssen. Marshall Parker wäre noch am Leben, wenn ich früh genug eingeschritten wäre.«

Billy schüttelte den Kopf. »Nein, Sir. Sie brauchen sich keine Vorwürfe zu machen.« Aber Billy fand keine Entschuldigung für sich selbst. Wenn er schneller begriffen hätte, was ihnen da bevorstand, wenn er früher etwas unternommen hätte . . . Nun, damit mußte er jetzt leben, und er würde versuchen, den Schaden wiedergutzumachen, soweit das möglich war.

Sonny kam spät auf die Station. Er hatte einen Riesenkater, und Charlie würde ein paar Überstunden einlegen müssen. Sonny fragte sich schon, warum Charlie ihn nicht angerufen und sich beschwert hatte.

Aber Charlie war gar nicht auf der Polizeistation. Als

Sonny in die Wachstube kam, sah er einen uniformierten Mann von der Staatspolizei an Charlies Schreibtisch sitzen.

»Chief Butts?« Der Mann von der Staatspolizei streckte ihm die Hand entgegen. »Guten Morgen. Ich bin Dave Barker vom Polizeiposten La Grange. Mein Chef hat mich hierhergeschickt, um Ihnen auszuhelfen, nachdem er gehört hat, daß hier Personalmangel herrscht. Ihren anderen Mann, Ward, habe ich nach Hause gehen lassen. Ich hoffe, Sie haben nichts dagegen.«

»Nein, selbstverständlich nicht, Dave.« Sonny steuerte auf sein Büro zu. »Ich bin hier drinnen, wenn mich jemand braucht.«

»Äh – noch etwas, Chief.«

»Ja?«

»Ein Mr. Holmes hat vor einer Stunde angerufen. Er sagt, Sie sollen sich um halb eins zu einer Sondersitzung im Rathaus einfinden. Und Sie sollen im Büro des Stadtdirektors warten, bis man Sie rufen läßt.« Der Staatspolizist schien seinem Blick auszuweichen und konzentrierte sich wieder auf seine Zeitung.

Sonny stand erstarrt unter der Tür. »Ja – okay«, brachte er schließlich hervor, dann ging er in sein Büro und schloß die Tür hinter sich.

In Greenville rief Bert Hill vor den Geschworenen den Fall gegen Sonny Butts und Charlie Ward auf. Seine erste Zeugin war Annie Parker.

»Annie Parker, sind Sie die Witwe von Marshall Parker?«

»Ja, Sir.«

»Womit hat sich Ihr Mann seinen Lebensunterhalt verdient?«

»Er hatte eine Garage. Er war Automechaniker.«

»Es war sein eigenes Geschäft, nicht wahr?«

»Jawohl, Sir.«

»Woher hatte er das Geld, um die Werkstatt einzurichten?«

»Er hat das meiste von seinem Armeesold gespart und sich dazu was von Mr. Holmes bei der Bank geborgt.«

»Marshall hat also in der Armee gedient?«

»Jawohl, Sir. Er hat auch Orden bekommen. Der größte ist der Bronzestern. Er hat ihn in Italien bekommen.«

Hill ließ das einen Augenblick auf die Geschworenen einwirken, dann fuhr er mit seinem Verhör fort.

Sonny saß fast eine Stunde lang an seinem Schreibtisch und starrte ins Leere. Er mußte sich etwas einfallen lassen, mußte einen Ausweg finden, aber sein Gehirn wollte einfach nicht funktionieren. Er nahm eine Flasche aus einem Fach des Schreibtischs und trank einen großen Schluck. Gleich danach genehmigte er sich noch einen zweiten.

»Mr. Fowler, was ist Ihr Beruf?«

»Ich besitze ein Konfektionsgeschäft in Delano, in der Main Street.«

»Kannten Sie Marshall Parker?«

»Jawohl, Sir, er war Kunde in meinem Geschäft. Ein guter Kunde, der seine Rechnungen jeden Monat beglichen hat. Besser als viele weiße Kunden.«

Jetzt entstand Bewegung unter den Geschworenen. Bert Hill bedauerte, daß Fowler das gesagt hatte. Er ging rasch zur nächsten Frage über. »Ist Marshall Parker am Sonnabendabend vor einer Woche in Ihr Geschäft gekommen?«

»Jawohl, Sir. Er und seine Frau.«

»Haben Sie bemerkt – ich meine, gerochen –, daß Marshall Parker Alkohol getrunken hatte?«

»Nein, Sir. Er war so nüchtern wie ich selbst.«

»Wie würden Sie seinen Gemütszustand an diesem Abend beschreiben?«

»Er war bei guter Laune. Er sagte, das sei seine beste Woche, seit er die Werkstatt eröffnet hätte, und er wollte seiner Frau ein neues Kleid kaufen.«

Hinten im Gerichtssaal begann Annie Parker zu weinen. Es war das erste Mal seit Marshall Parkers Tod, daß man sie weinen sah.

Sonny ging wie ein gefangenes Tier in seinem Büro auf und ab und überlegte. Er brauchte eine gute Festnahme, etwas,

was sein Ansehen beim Stadtrat verbessern würde. Aber was? Verkehrsstrafzettel reichten diesmal nicht aus. Er dachte an den Gepäckträger des Hotels, die Sache mit dem illegalen Whisky. Auch nicht gut. Außerdem kaufte vermutlich der halbe Stadtrat seinen Alkoholvorrat bei ihm. Sonny brauchte etwas Größeres, etwas, das wichtiger war. Draußen im Wachraum klingelte das Telefon. Gleich danach streckte der Mann von der Staatspolizei seinen Kopf durch die Tür.

»Telefon für Sie, Chief.«

Sonny nahm den Hörer ab. »Chief Butts.«

»He, Sonny, hier spricht Tank Talbot in Atlanta.«

Sonny brauchte einen Augenblick, um sich zu konzentrieren. Ach ja – Tank saß in der Zentralstelle der Staatspolizei.

»Ja, Tank, wie geht's?«

»Nicht schlecht. Hör zu, du erinnerst dich doch an die Sache mit den Vermißten vor ein paar Wochen?«

Sonny richtete sich kerzengerade auf. »Ja, sicher – was ist damit? Hast du was Neues über sie?«

»Nein, nicht über die alten Fälle, aber ich habe einen neuen Fall, und der könnte bei euch passiert sein.«

»Ja?«

»Wahrscheinlich liegt schon ein Rundschreiben in deiner Post, aber ich wollte noch mal anrufen, um sicherzugehen, daß du es nicht übersiehst.«

»Ja – danke, Tank.« Sonny fand rasch das Rundschreiben in der Post, die auf seinem Schreibtisch lag. Tank las gerade laut daraus vor.

»Name Harvey Charles Mix; Alter siebzehn; blondes Haar, grüne Augen; keine besonderen Merkmale. Das hört sich an wie die anderen, nicht wahr?«

»Sicher, Tank. Weißt du noch was?«

»Er ist aus Chattanooga; seine Leute dachten, er wollte nach Florida.«

»Dann müßte er hier durchkommen, ja.«

»Jetzt hör dir noch das Folgende an, es ist ganz neu: Er hat am Freitagabend zu Hause angerufen, und sein Vater hat bei der Vermittlung nachgefragt. Der Anruf erfolgte aus Newnan.«

»Das ist vierzig Meilen nördlich von hier.«

»Richtig, und wenn er per Anhalter nach Florida reiste, dann mußte er den Highway einundvierzig nehmen, es gibt keine andere größere Straße – das heißt, er müßte bei euch durchgekommen sein oder noch durchkommen.«

»Das klingt gut, Tank. Sonst noch was?«

»Nein, das ist alles.«

»Okay, ich überprüfe die Sache und laß dich wissen, ob ich was rausgefunden habe.« Sonny legte auf. Seine Hände zitterten. In Gedanken sah er wieder die Akten in seiner Schublade durch, sah die Fotos der vermißten jungen Burschen, die Markierungen im Kreis rings um Delano, sah Foxy vor sich, nervös, als er ihm einen unangekündigten Besuch versprach. Und plötzlich erinnerte er sich an den Sonnabendvormittag. Jemand, der in Foxys Kastenwagen stieg und mit ihm wegfuhr! Er versuchte sich genauer zu entsinnen. Hatte er nicht einen blonden Schopf gesehen? Ja. Ja!

Rasch legte er das Rundschreiben in die Akte und ging zur Tür. Jetzt erfüllte ihn wieder Optimismus. Das war es, was er gebraucht hatte. Bevor der Tag zu Ende ging, würde er wieder der Held von Delano sein. Dann würden sie ihn nicht mehr in die Mangel nehmen können. Er stürmte durch die Wachstube, daß Sergeant Barker zusammenschrak.

»Ich bin eine Weile weg, Sergeant«, brüllte er ihm über die Schulter zu. Draußen auf dem Parkplatz blieb er vor seinem Wagen stehen, ging dann aber zum Motorrad. Es sprang beim ersten Versuch an, und Sonny Butts fuhr mit heulendem Motor bergan in Richtung Broad Street.

Dave Barker trat vor die Tür und sah gerade noch, wie Sonny in die Broad Street einbog und in Richtung Talbotton verschwand.

»Dr. Mudter, haben Sie schon früher mit Sterbenden zu tun gehabt?«

»Ich war Stabsarzt bei der Armee, im Pazifik, bei der Invasion von Japan. Ich habe sie zu Hunderten sterben sehen.«

»Sicher waren einige davon in der Lage, ein paar Worte zu sprechen, bevor sie starben. Was hatten sie zu sagen?«

»Sie hatten Botschaften für ihre Lieben. Wenn sie sich schuldig fühlten, hatten sie das Bedürfnis zu beichten.«

»Haben die Menschen in dieser Situation Ihrer Meinung nach die Wahrheit gesagt?«

»Ja, unbedingt. Warum sollte ein Sterbender lügen?«

»Hatten Sie das Gefühl, daß Marshall Parker Ihnen die Wahrheit sagte?«

»Ganz sicher. Ich habe ihm klargemacht, wie wichtig es sei, die Wahrheit zu sagen. Und er hat gewußt, daß er stirbt.«

Sonny brauste den Berg hinauf, über den Paß und auf der anderen Seite hinunter, bis er die Zufahrt zu Foxys Blockhaus erreicht hatte. Dann legte er einen kleineren Gang ein und fuhr langsamer.

Als er die Anhöhe an der Flanke des Berges erreicht hatte, schaltete er den Motor ab und rollte geräuschlos hinunter zu Foxys Haus. Es sah normal aus wie immer, mit den symmetrisch angelegten Blumenbeeten und den gestutzten Bäumen. Hinter dem Haus stieg Sonny ab und ging auf die Küchentür zu. Hinter der frei stehenden Garage sah er etwas – jemanden.

Als Dr. Tom Mudter seine Zeugenaussage beendet hatte, betrat Skeeter Willis den Gerichtssaal und flüsterte dem Staatsanwalt etwas ins Ohr. Die beiden sprachen kurz miteinander, und Bert Hill nickte. Skeeter ging zur Tür und winkte jemanden herein. Ein großer, magerer Schwarzer betrat den Raum, und Skeeter führte ihn zur Zeugenbank. Er wurde vereidigt, dann wandte sich Bert Hill an ihn.

»Walter Johnson, ist das Ihr Name?«

»Ja, Sir. Aber sie nennen mich Krümelkuchen.« Der Mann schwitzte, und seine Hände zitterten stark.

»Was ist Ihr Beruf?«

»Ja, also, ich mähe hier und da den Rasen und mache Gelegenheitsarbeiten.«

»Wo waren Sie am Sonnabendabend vor einer Woche?«

»Ich war im Gefängnis, Sir.«

»Im Gefängnis von Delano?«

»Ja, Sir.«

Sonny ging, so leise er konnte, auf die Garage zu und schaute um die Ecke. Foxy stand mit dem Rücken zu ihm in zehn Meter Entfernung. Er stand mit nacktem Oberkörper da und stützte sich auf eine Schaufel. Rings um ihn war die rote Erde aufgeworfen. Er schwitzte heftig.

Sonny kam sich vor wie ein Ballon, der mit giftigem Gas gefüllt war. Er trat hinter der Garage hervor. »He, Foxy, mein Freund!«

Foxy wirbelte herum, und die Augen schienen ihm aus den Höhlen zu fallen.

Sonny warf den Kopf in den Nacken und lachte laut. »He, ich wollte Sie nicht erschrecken. Komme nur auf einen kleinen Plausch vorbei. Hab ich Ihnen doch versprochen, oder?« Wieder lachte er.

Foxy blickte wild um sich. Er schien Mühe zu haben, seinen Verstand unter Kontrolle zu bringen.

Sonny hob eine Hand. »Na, na, alter Freund, werden Sie doch nicht nervös meinetwegen. Oder störe ich?« Er ging langsam auf ihn zu, während Foxy zurückwich.

»Bleiben Sie doch stehen, laufen Sie nicht weg. Ich möchte sehen, was Sie da pflanzen.« Sonny ging weiter den Hang hinauf. Er versicherte sich kurz, daß Foxy keine Schußwaffe trug, dann ging er an dem aufgeworfenen Erdhügel vorbei, blieb stehen und schaute in eine Grube, die Foxy ausgehoben hatte. Vor ihm lag der Leichnam eines jungen Burschen; seine toten Augen schienen Sonnys Gürtelschnalle anzustarren. »Na, seht euch das mal an«, sagte er halb über die Schulter zu Foxy, halb zu sich selbst. »Was haben wir denn hier?« Dann warf er wieder den Kopf in den Nacken und lachte wild. »Foxy, Sie alter Trottel – wissen Sie, was Sie da getan haben? Sie haben mir aus der Patsche geholfen, wissen Sie das?« Er schaute sich um. »Und wenn ich mir ein paar Nigger mit Spaten und Schaufeln hole, dann mache ich mich berühmt!«

Er stemmte die Hände in die Hüften und stellte sich auf die Zehenspitzen. Eine Welle der Freude durchströmte ihn, und für Sekunden sah er sich vor Hugh Holmes stehen, sah, wie ihm dieser einen Orden an die Brust heftete. Jetzt kippte er nach hinten auf die Fersen, stellte sich dann wieder auf die

Zehenspitzen und atmete tief ein. Und in diesem Augenblick schien sein Schädel zu explodieren. Dazu hörte er etwas durch die Luft sausen und stürzte nach vorn, hinein in die offene Grube.

Foxy hatte die Schaufel im Kreis um sich geschwungen; jetzt setzte er sich benommen hin, die Schaufel mit dem langen Stiel über der Schulter.

Sonny war halb bei Bewußtsein. Er schwamm in einem schwarzroten Meer, unfähig, seine Gedanken zu ordnen und zu begreifen, was geschehen war. Er schlug die Augen auf, versuchte sich zu orientieren und spürte, wie ihn etwas an der Schulter traf, was höllisch schmerzte. Dann sah er ein totes Augenpaar, keine zwanzig Zentimeter von seinen eigenen Augen entfernt. Erst jetzt merkte er, daß er mit dem Gesicht nach unten in der Grube lag, auf dem toten jungen Burschen.

Wieder traf ihn etwas von hinten, und diesmal fühlte er, wie Erde über seinen Nacken und auf den Toten unter ihm rieselte. Mein Gott, der Alte begrub ihn bei lebendigem Leib! Er bemühte sich, die Arme nach den Seiten zu bewegen, um sich besser hochstützen zu können, aber während er es versuchte, sprang Foxy in die Grube, gab ihm einen Tritt und riß ihm dann den Dienstrevolver aus dem Halfter.

Sonny versuchte noch immer aufzustehen, hörte, wie die Waffe entsichert wurde, aber er vernahm nicht mehr die Explosion, fühlte nicht mehr das Geschoß, das ihm den Schädel zerschmetterte. Er merkte auch nicht mehr, wie der Revolver auf seinem Rücken landete, und spürte nichts mehr von der Erde, die ihn gleich danach bedeckte.

Billy sah Patricia hinter dem Haus stehen und ihm zuwinken, als er über die Wiese ging, den Hund an seiner Seite, der ein Stück Holz in der Schnauze hatte, ihn anbettelte, es noch einmal wegzuwerfen. Patricia hielt die Hand ans Ohr, um anzudeuten, daß er am Telefon verlangt wurde. Langsam ging er die letzten hundert Meter auf das Haus zu. Er war nicht erbaut von der Vorstellung, irgendwelche Neuigkeiten zu erfahren.

Im Lauf des Vormittags war er mit einem belegten Brot und einem Knochen für den Hund zu einem längeren Spaziergang aufgebrochen, hatte die Einsamkeit und die Gesellschaft des Hundes genossen in dem Bewußtsein, alles getan zu haben, was er tun konnte. Von nun an hing alles von anderen ab. Er war über seine Felder und durch seine Wälder gestreift, die er nicht mehr gesehen hatte, seit er zuletzt mit seinem Vater hier spazierengegangen war. Er hatte viel über seinen Vater nachgedacht und sich gewünscht, er könnte jetzt hier sein, gewünscht, Will Henry könnte das Enkelkind noch sehen, das im kommenden Frühling geboren werden würde. Billy wünschte, er könnte ihm sagen, was er als Mann gelernt und erfahren hatte – Dinge, über die er nicht mit Mr. Holmes sprechen konnte, ja nicht einmal mit Patricia, jedenfalls jetzt noch nicht.

»Beeil dich doch in Gottes Namen«, rief sie ihm vom Haus aus zu. »Es ist Bert Hill aus Greenville.«

Er wischte sich die Schuhe an einem Scheuerlappen neben der Hintertür des neuen Hauses ab und ging dann über die nackten Böden und durch die leeren Räume in die vordere Diele zum Telefon.

»Billy?«

Man konnte das Bedauern des Richters erkennen, als er seinen Namen aussprach.

»Ja, Bert?«

»Billy, ich habe eine schlechte Nachricht. Es tut mir leid, aber man hat meinen Antrag abserviert.«

»Was ist denn geschehen, Bert?«

»Skeeter hat in letzter Minute einen Zeugen angebracht, und ich habe mich darauf eingelassen und ihn angehört.«

»Einen Zeugen? Wen denn?«

»Kennen Sie einen Farbigen namens Johnson? Krümelkuchen, wie er genannt wird?«

»Sicher, der Trunkenbold von Delano. Oder einer von ihnen.«

»Er gibt an, am bewußten Sonnabendabend wegen Trunkenheit und Randalierens im Gefängnis gesessen zu haben, und er behauptet, daß er alles gesehen hat. Er hat Sonnys Geschichte voll bestätigt. Daraufhin waren die Geschworenen nicht bereit, Anklage zu erheben.«

Billy ließ sich auf den Marmorboden sinken.

»Billy, sind Sie noch da?«

»Ja, Bert, ich bin noch da. Hören Sie – das war nicht vorherzusehen. Es ist nicht Ihre Schuld.«

»Trotzdem fühle ich mich miserabel.«

»Butts wird ohnehin gefeuert; er hat gestern abend einen Mann auf dem Jahrmarkt zusammengeschlagen, und Holmes bringt das vor den Stadtrat. Ich bin sicher, daß es ihm gelingt, Butts Entlassung zu erwirken.«

»Aber Butts ist danach trotzdem ein freier Mann.«

»Ja, aber wenigstens nicht mehr der Polizeichef von Delano. Nach dem, was passiert ist, wird ihm hier niemand mehr einen Job geben. Wir können ihn sogar wegen Körperverletzung mit einer tödlichen Waffe anzeigen. Er hat einen Schlagstock bei sich gehabt. Außerdem geht es noch um Erpressung.«

»Ich werde Sie unterstützen, so gut ich kann; bitte glauben Sie mir das, Billy. Ich möchte diesen Dreckskerl endlich festnageln.«

»Ich rufe Sie an, sobald ich mit Holmes gesprochen habe, Bert.«

»Gibt es schon Neues über die Wahl?«

Billy schaute auf seine Armbanduhr. »Die Wahllokale schließen in einer halben Stunde, um acht. Danach geben wir eine Party aus Anlaß der Fertigstellung des Hauses. Es wäre nett, wenn Sie kommen könnten.«

»Danke, Billy, aber ich bin völlig erledigt. Ich habe nicht gerade den besten Tag hinter mir.«

»Dann auf bald, Bert.«

Patricia stand neben ihm. Er berichtete ihr die Neuigkeit.

»Macht nichts. Mr. Holmes hat vorhin angerufen und gesagt, daß er eine gute Nachricht hat. Er müßte bald hiersein. Du solltest dich jetzt umziehen.«

Es wurde halb acht, bis Holmes und seine Frau eintrafen, und eine Zahl von Gästen trank bereits Punsch und spazierte durch das neue Haus. Holmes nahm Billy zur Seite, und die beiden Männer gingen in den Raum, der Billys Arbeitszimmer werden sollte.

»Erstens: Ich weiß, was die Geschworenen beschlossen haben. Bert Hill hat mich angerufen. Es ist eine Schande, aber nach dem, was hier geschehen ist, macht es nichts mehr aus.«

»Warum – was war denn auf der Sitzung des Stadtrats?«

»Es ist gut gegangen. Man hat den Beschluß gefaßt, Butts zu entlassen. Nachdem uns das Ergebnis der Geschworenenberatung bekannt war, gab es keinen Grund, auch Charlie Ward zu feuern, aber ich habe heute nachmittag mit ihm gesprochen, und er ist bereit, freiwillig auf das Amt zu verzichten.«

»Und was ist mit dem Direktor der Schaubude? Ich habe darüber nachgedacht. Diese Leute sind ab nächste Woche wieder unterwegs, und dann wird es schwierig sein, sie vorzuladen.«

»Es sieht so aus, als ob das nicht nötig wäre. Sonny Butts ist heute vormittag abgehauen.«

»Abgehauen?«

»Er hat die Stadt verlassen – genau gesagt, er konnte gar nicht schnell genug wegkommen. Und das Verrückteste dabei: Er ist nicht mit seinem eigenen Wagen gefahren, sondern mit dem Motorrad der Polizei!«

»Aber das ist doch unlogisch! Warum sollte er das getan haben?«

»Ich kann es mir nur so erklären, daß Butts wegen der Geschworenenberatung und der Sitzung im Rathaus große Angst hatte. Er wollte vermutlich nicht auf die schlechten Nachrichten warten und ist abgehauen. Die Staatspolizei war schon in seinem Zimmer; er hat nichts mitgenommen, keine Kleidung, nichts.«

»Aber wenn er vorhatte, sich davonzumachen, hätte er doch mitgenommen, was in seinen Wagen paßte, und er hätte zu seiner Flucht nicht ein so auffälliges Fahrzeug wie ein Motorrad der Polizei benützt! Das wäre doch völlig verrückt.«

Holmes zuckte mit den Schultern. »Das ist Sonny Butts ja wohl.«

Billy nickte. »Da haben Sie vielleicht recht. Er hat vermutlich völlig durchgedreht.«

»Das glaube ich auch.« Holmes griente. »Und wenn er wieder auftaucht, können wir ihn wegen Diebstahl des Motorrads anzeigen.«

Etwas später wurde Holmes ans Telefon gerufen. Billy sah zu, wie er in der Diele stand und sprach. Dann kehrte Holmes ins Wohnzimmer zurück und bat um Aufmerksamkeit. »Meine Damen und Herren, wie Sie wohl gehört haben, fanden heute im Staat Georgia die Vorwahlen der Demokratischen Partei statt, deren Ergebnis der Bedeutung nach dem einer allgemeinen Wahl gleichzusetzen ist. Das Ergebnis wird zum Anfang des nächsten Jahres einen Wechsel bei den gewählten Vertretern der Öffentlichkeit bringen. Ich kann Ihnen jetzt einige Resultate verkünden.« Er schlug ein kleines Notizbuch auf.

»Sheriff Willis Skeeter ist erneut gewählt worden.« Bei den Anwesenden wurde enttäuschtes Gemurmel laut. »Bei den Wahlen für den Stadtrat haben Ellis Woodall und Dr. Tom Mudter gesiegt, was die Kriegsteilnehmer sicher besonders freuen wird, aber noch wichtiger für die hier Versammelten dürfte der Umstand sein, daß der Sitz im Senat des Staates, den meine Wenigkeit bis jetzt innegehabt hat, mit großer Mehrheit von unserem Gastgeber erobert wurde.« Er streckte die Hände nach Billy und Patricia aus. »Senator Lee, bitte kommen Sie an meine Seite und halten Sie eine Rede.«

In dieser Nacht schleppten Billy und Patricia ihre Matratze aus dem Wohnwagen hinüber in das neue Haus und nach oben in das große Schlafzimmer. Billy öffnete alle Fenster, um die kühle Nachtluft hereinzulassen, dann schliefen sie in enger Umarmung ein.

Billy wachte sehr früh auf und sah die Sonne über den Wäldern und Feldern hinter dem Haus aufgehen, und obwohl er ebensowenig wie sein Vater ein geborener Farmer war, überwältigte ihn doch das Gefühl, daß er auf sein Land zurückgekehrt war.

Er schlich auf Zehenspitzen die Treppe hinunter, ging zum Wohnwagen, kramte in dem kleinen Sekretär herum und fand die Familienbibel. Er schlug sie auf und ließ den Finger an den Namen von Generationen seiner Familie entlanggleiten, bis er zu der Stelle kam, wo seine Heirat mit Patricia eingetragen war und wo bald der Name seines Kindes stehen würde.

Dann ging er zurück ins Haus, in sein neues Arbeitszimmer, und legte die Bibel vorsichtig auf den Kaminsims aus Nußbaumholz. Ging dann wieder nach oben, legte sich zu seiner Frau in das provisorische Bett und war gleich danach eingeschlafen.

3. Buch

Tucker Watts

I

Ein herrlicher Spätsommertag wich der Kühle eines Frühherbstabends im Neuengland des Jahres 1962. Als die Sonne ins Meer sank, drängte sich die kleine Gruppe dichter an das Treibholzfeuer, das sie am Strand von Gay Head auf der Insel Martha's Vineyard angezündet hatten. Die Frauen machten sich daran, Muscheln zu dünsten, und überließen die Männer ihren Gesprächen, die sich wie immer um politische Themen drehten.

»Also schön«, sagte einer von ihnen. »Wir wollen diese Frage erst einmal ausklammern. Gehen wir davon aus, daß er sich entscheidet, Lyndon fallenzulassen. Wen unterstützen wir und aus welchem Grund?«

»Sie meinen, wen unterstützt er, oder nicht?«

»Nein, ich meine tatsächlich, wen wir unterstützen sollen. Er wird uns danach fragen, das steht fest, und für diesen Fall müssen wir eine Antwort bereit haben.«

»Einen Mann aus dem Süden oder einen Mann aus dem Westen«, sagte jemand.

»Ja, aber es muß ein liberaler Südstaatler oder ein Liberaler aus dem Westen sein«, erwiderte ein anderer.

»Ich wußte gar nicht, daß es so etwas gibt.«

»Na ja, sagen wir, im Vergleich zu den anderen.«

»Schön.«

Das Gespräch wurde noch ein paar Minuten lang fortgesetzt, Namen fielen.

»Das sind haargenau die Namen, die ich vor dem Konvent gehört habe«, sagte der älteste der Männer, derjenige, welcher die erste Frage gestellt hatte. »Gibt es inzwischen einen neuen, einen unverbrauchten Mann, den wir bisher nicht in Betracht gezogen haben? Könnten wir uns dieser Frage nicht mit etwas mehr Phantasie widmen?«

»Da wäre der stellvertretende Gouverneur von Georgia.«

Köpfe fuhren herum. Die Stimme, die den Vorschlag gemacht hatte, gehörte einem Mitglied der Gruppe, das sich bis dahin noch nicht zu Wort gemeldet hatte.

»Wie heißt er doch noch – Lee? Nun, das ist wirklich ein phantasievoller Vorschlag, David. Sagen Sie uns, wie Sie auf den Mann kommen«, erwiderte der Senior der Gruppe. David Kass stammte aus New York, von jüdischen Eltern, und hatte an der Universität von New York studiert – im Gegensatz zu den meisten anderen, die aus Boston kamen, katholisch waren und Harvard besucht hatten. Es ärgerte den Senior, daß der Vorschlag ausgerechnet aus dieser Ecke gekommen war.

»Okay«, sagte Kass, »vergessen wir für einen Augenblick, daß er nur Stellvertreter des Gouverneurs und nicht national bekannt ist. Darauf komme ich gleich. Aber er ist immerhin ein interessanter Mann.«

»Wie sieht sein Lebenslauf aus?«

»Geboren auf einer Farm, Sohn eines Baumwollfarmers, der Schiffbruch erlitt und später als Polizeichef einer Kleinstadt im Dienst erschossen wurde. Eine Jugendzeit wie bei Andy Hardy, dann Jurastudium, der Krieg. Bomberpilot in England, viele Auszeichnungen, darunter das ›Purple Heart‹. Er flog eine B-Siebzehn, die schwer von der deutschen Flak getroffen wurde, und brachte sich und seine Mannschaft heil zurück, als jeder andere schon aufgegeben hätte. Er ist mit einer Irin verheiratet, die er in London kennenlernte, hat einen Sohn, eine gute Anwaltspraxis und eine Farm, auf der Viehzucht betrieben wird. Und er hat sich als Fürsprecher der Schwarzen in einigen schwierigen Fällen einen Namen gemacht.«

»Allmählich hört sich das tatsächlich interessant an.«

»Er sitzt seit mehreren Legislaturperioden im Senat und hat dort manches zuwege gebracht, obwohl er dafür bekannt ist, daß er in Rassenfragen äußerst liberale Ansichten vertritt.

Außerdem hat er auf dem Parteikonvent von sechsundfünfzig John F. Kennedy bei seiner Wahl zum Vizepräsidenten unterstützt.«

»Applaus, Applaus. Ein Mann mit Weitblick, nicht wahr?«

»Das kann man nicht unbedingt behaupten. Nachdem er neunundfünfzig zum Stellvertreter des Gouverneurs gewählt wurde, hat er im Jahr darauf Lyndon unterstützt.«

»Ach, Scheiße.«

»Nicht unbedingt. Als wir die Nominierung von Kennedy durchsetzten, hat er sich rasch auf unsere Seite gestellt und sich bei den Wahlen als unermüdlicher Helfer erwiesen, zu einer Zeit, als Leute wie Herman Talmadge sich auf ihren Lorbeeren ausgeruht haben. Er war der entscheidende Faktor dafür, daß wir die Wahl in Georgia gewonnen haben.«

»Klingt schon besser.«

»In fiskalischen Dingen ist er ein Mann der Mitte. Nur so kann man in Georgia eine Wahl gewinnen. Aber zugleich ist er eine der maßgebenden Stimmen bei Kompromissen in der Rassenfrage. Er versucht, den Schwarzen bessere Jobs zu vermitteln, und hat gegen die Rassentrennung bei den öffentlichen Einrichtungen gekämpft. Es gibt ein Gerücht, das vermutlich sogar der Wahrheit entspricht: Seine Frau soll einmal ein paar Leute vom Klan mit einer Schrotflinte verjagt haben.«

»Im Ernst? Das ist großartig. Stellt euch vor, was man damit bei einer Kampagne anfangen könnte.«

»Ja, eben. Wie gesagt, in Massachusetts würde er nicht als glühender Liberaler gelten, aber für einen Südstaatler macht er sich gut.«

»Das hört sich so an, als ob Sie bereits Erkundigungen über ihn eingeholt hätten, David. Vielleicht können Sie uns auch erklären, warum er sich neunzehnhundertsechzig für Lyndon eingesetzt hat, nachdem er vier Jahre zuvor JFK unterstützte.«

»Erinnern Sie sich an einen Mann namens Hugh Holmes?«

»Er hatte etwas mit Roosevelt zu tun, nicht wahr?«

»Stimmt, aber es war keine offizielle Angelegenheit. Roosevelt ist ihm häufig begegnet, wenn er in Warm Springs war. Offensichtlich hielt er viel von ihm. Jedenfalls, dieser Lee ist ein Protegé von diesem Holmes, und Holmes und Lyndon kennen sich schon seit langer Zeit. Ich vermute, daß Holmes seinerzeit Lee stark beeinflußt hat. Aber jetzt steht er felsenfest in unserem Lager.«

»Wie ist er als Mensch?«

»Man kann ihn sicherlich nicht als Heißsporn bezeichnen. Angenehmer Südstaatenakzent, gepflegtes Äußeres, achtundvierzig, aber jünger aussehend, gute Figur – ein Tennisspieler. Kleidet sich konservativ. Kein intellektueller Geistesriese, aber klug. Weitgereist, kennt eine Reihe von Politikern in England und Irland, durch die Familie seiner Frau.«

»Ist die Frau katholisch?«

»Nein, sie stammt aus einer protestantischen Familie. Geht mit ihm in die Baptistenkirche. Sie kümmert sich um die Farm, und sie macht ihre Sache gut. Eine hübsche Frau, sehr gut für den Wahlkampf einzusetzen.«

»Okay – und wo liegt der Haken? Alkohol? Andere Frauen?«

»Er trinkt wenig und ist nach Auskunft aller ein großartiger Ehemann. Wenn er wirklich Seitensprünge macht, weiß er sie zu verheimlichen.«

»Kennt ihn Kennedy?«

»Sie sind sich mehrmals begegnet. Und sie kommen gut miteinander zurecht. Während des Wahlkampfes hat Bobby einen Tag bei ihm in Atlanta verbracht. Es heißt, er war beeindruckt.«

»Das klingt zu schön, um wahr zu sein.«

Im Licht des Holzfeuers sah man, daß Kass griente. »Habe ich vergessen zu erwähnen, daß er Brigadegeneral bei der Air National Guard ist? Er ist dort Befehlshaber einer Lufttransporttruppe.«

»Kommen Sie, David, das müssen Sie sich aus den Fingern gesogen haben.«

»Aber nein, es ist wirklich so.«

»Barry Goldwater würde sich in die Hosen machen. Okay, und wo ist nun der Haken? Warum ist er nicht besser bekannt?«

»Der Haken liegt darin, daß er nur Stellvertreter des Gouverneurs ist. Kennen Sie auch nur einen einzigen Gouverneurs-Stellvertreter – mit Ausnahme desjenigen aus dem Staat Massachusetts?«

»Nein – jetzt, wo Sie es sagen, wird es mir klar. Und wie soll er diese Hürde überspringen?«

»Er bewirbt sich bei den dreiundsechziger Wahlen um den Gouverneursposten. In Georgia wählt man den Gouverneur in den sonst wahlfreien Jahren. Aber es gibt natürlich trotzdem noch einen Haken.«

»Ja?«

»Die Rassenfrage ist zu einem brennenden Problem geworden. Wenn er als Liberaler kandidiert, wird er es nicht leicht haben, dort unten zu gewinnen.«

»Und wenn er sich auf die Seite der Befürworter der Rassentrennung schlägt, können wir ihn nicht gebrauchen.«

»Genau.«

»Und wie schätzen Sie seine Chancen bei der Wahl ein?«

»Nicht besser als zum heutigen Zeitpunkt, und sie könnten sich verschlechtern. Ein einziger falscher Schritt, eine falsche Aussage, und er ist weg vom Fenster.«

»Warum sprechen wir dann schon jetzt über ihn?«

»Sie haben gefragt. Und er ist es wert.«

»Wie können wir ihm helfen?«

»Ich werde mich mal umschauen.«

»Aber vorsichtig – wir wollen nicht, daß ein Kongreßabgeordneter da seine Nase reinsteckt. Wissen Sie was: Schicken Sie mir doch die Unterlagen über ihn zu, am besten gleich Montagmorgen. Ich nehme an, daß Sie solche Unterlagen gesammelt haben, sonst wüßten Sie nicht so viel über ihn. Wenn ich die Zeit für gekommen halte, lege ich sie dem Boss vor.«

»Okay.«

Der Senior der Gruppe griente wieder. »Noch was, David.«

»Ja?«

»Wie kommt er mit Georgias Juden zurecht?«

»Hervorragend.«

»Hätte ich mir denken können.«

2

Billy Lee erreichte sein Büro im Capitol von Georgia kurz vor neun, nachdem er sich mühsam vom Luftwaffenstützpunkt in Marietta durch den dichten Verkehr gekämpft hatte. Es war Mitte November, und seine Einsatztruppe war seit Mitte Oktober in Alarmbereitschaft, seit der Kuba-Krise. Billy hatte schwer gearbeitet, um seine Einheit einsatzbereit zu machen, und war froh, jetzt, wo sich der Sturm gelegt hatte, endlich wieder einem normalen Arbeitsplan folgen zu können.

Seine Post war ordentlich in zwei Stapeln auf seinem Schreibtisch angeordnet; der eine bestand aus Briefen, die seine Sekretärin, die unübertreffliche Sarah, geöffnet und durchgesehen hatte; der andere enthielt seine persönliche Post oder Briefe, die wichtig genug aussahen, daß er sie als erster durchsehen mußte. Billy war jedesmal aufs neue von Sarahs geradezu unheimlicher Begabung überrascht, zu entscheiden, auf welchen der beiden Stapel ein Brief gehörte. Er konnte sich nicht erinnern, daß sie sich jemals geirrt hatte, und segnete, wie schon oft, den Tag, als die Zivilverwaltung von Georgia sie bei seinem Amtsantritt in sein Büro beordert hatte.

Er hängte seinen Mantel auf, wandte sich dem Schreibtisch zu und war sofort gebannt beim Anblick eines hellgrünen Umschlags, der oben auf seinem »privaten« Stapel lag. Sicher, er hatte schon den einen oder anderen Brief vom Präsidenten erhalten, Routinemitteilungen, die von irgendeinem Anonymus im Weißen Haus vorbereitet und wahrscheinlich maschinell unterschrieben worden waren; was ihm hier auffiel, war die Tatsache, daß die Adresse von Hand geschrieben war.

Er nahm den Brief und betrachtete ihn einen Augenblick lang. Er war an seine Privatadresse gerichtet und ihm nachgeschickt worden, Billy war seit einem Monat nicht mehr zu Hause gewesen. Jetzt öffnete er vorsichtig den Umschlag und faltete das Blatt auseinander.

Lieber Billy,
ich habe gerüchtweise gehört, daß bei der letzten Inspektion die 109. Einsatztruppe die mit Abstand beste Beurteilung erhalten hat. Ich habe bereits meinen offiziellen Dank an die Einheit übermittelt, aber ich wollte Ihnen persönlich versichern, wie sehr ich die von Ihnen so hervorragend geleistete Arbeit schätze. Ich weiß, daß Sie deshalb in dieser Legislaturperiode oft abwesend sein mußten, und bin froh darüber, daß es schließlich nicht auch noch erforderlich war, Sie zum aktiven Dienst einberufen zu müssen.
Wenn Sie das nächste Mal in der Gegend sind, lassen Sie es mich rechtzeitig wissen, damit wir uns zusammensetzen und unterhalten können.

Mit besten Grüßen
John F. Kennedy

Billy las den Brief ein zweites Mal, dann steckte er ihn in seine Mappe. Es wunderte ihn, daß der Präsident sich Zeit genommen hatte, diese Zeilen zu schreiben, und er fühlte sich geschmeichelt, daß er fast weiche Knie bekommen hätte. In der letzten Zeit hatte er mehrfach von der Administration des Präsidenten gehört. Dieser Kass war erst Anfang Oktober hiergewesen, und wenn Billy ihn richtig verstanden hatte, konnte er bei seinem Wahlkampf um den Gouverneursposten mit der Unterstützung der Demokraten auf höchster Ebene, vielleicht sogar mit einem Besuch des Präsidenten rechnen. Außerdem hatte ihm dieser Mann klargemacht, daß die Administration auf progressive Aktionen in der Rassenfrage zählte. Kass hatte außerdem die Bestätigung mitgebracht, daß die Bundesregierung Gelder für die öffentlichen Verkehrsmittel von Atlanta frei machen würde, etwas, womit die Stadt schon beinahe nicht mehr gerechnet hatte. Der Gouverneur wunderte sich noch immer, wie Billy das geschafft hatte. Dabei hatte sich Billy gar nicht darum bemüht; es war ihm praktisch in den Schoß gefallen.

Das waren die Dinge, die ihm durch den Kopf gingen, als sich Sarah über die Sprechanlage meldete, und wenn er nicht so sehr in Gedanken vertieft gewesen wäre, hätte er dem folgenden Telefongespräch mehr Aufmerksamkeit geschenkt.

»Chief Breen ist am Apparat.«

»Wer?« Er hatte Mühe, sich auf den Namen zu konzentrieren.

»Der Polizeichef von Atlanta. Sie hatten ihn vor ein paar Wochen um seine Unterstützung gebeten, erinnern Sie sich?«

»Ach ja, klar; stellen Sie ihn durch.« Es war über einen Monat her, seit er mit dem Chief gesprochen hatte.

»Morgen, Chief.«

»Morgen, Gouverneur. Sie haben mich vor ein paar Wochen gebeten, Ausschau nach einem Mann zu halten, der geeignet wäre, das Amt des Chiefs von Delano zu übernehmen.« Breen vergeudete seine Zeit grundsätzlich nicht mit dem Austausch von Höflichkeiten.

»Ja, Chief.« Billy war überrascht, von ihm zu hören. Sie waren sich mehrmals in die Haare geraten über die Frage, ob man mehr Schwarze in die höheren Dienstgrade der Polizei von Atlanta aufnehmen sollte.

»Ich bin da auf einen Mann gestoßen, der mir sehr gut für diesen Posten geeignet scheint. Er ist Major bei der Armee, kommandiert die MP-Einheit draußen in Fort McPherson und nimmt nächsten Monat seinen Abschied.«

»Wie alt ist er denn?«

»Erst Anfang Fünfzig. Er hat offenbar sehr jung angefangen. Er hat sich bei uns beworben, aber wir besetzen die höheren Posten in der Regel aus unseren eigenen Reihen und konnten ihm nichts in dem Rang anbieten, den er sich vorstellt. Ich habe den Namen der Stadt Delano gesprächsweise fallenlassen, und er hat sich sehr interessiert gezeigt. Er stammt aus Columbus und kennt die Stadt vom Durchfahren.«

»Das hört sich so an, als ob er ein interessanter Mann wäre. Wie heißt er?«

»Äh – Augenblick.« Billy hörte das Rascheln von Papier. »Tucker Watts.«

»Chief, ich bin Ihnen sehr dankbar dafür, daß Sie sich so bemüht haben.«

»Es war mir ein Vergnügen, Gouverneur; ein Vergnügen. Gern geschehen.«

Als er aufgelegt hatte, kam Billy kurz der Gedanke, daß der

Chief der letzten Bemerkung einen gewissen Beigeschmack gegeben hatte, aber dann war er gleich wieder bei dem Signal, das er aus Washington erhalten hatte, und er dachte nicht mehr an den Chief und sein Verhalten ihm gegenüber.

Er meldete sich über die Sprechanlage bei seiner Sekretärin. »Sarah, Breen schickt mir Unterlagen über einen Major von Fort Mac; der Mann heißt Watts. Könnten Sie einen Termin mit ihm vereinbaren, sobald wie möglich? Es geht um den Posten in Delano.«

»Selbstverständlich, Sir. Mr. Holmes ruft gerade aus Delano an. Soll ich durchstellen?«

Er nahm den Hörer ab. »Mr. Holmes, wie geht's?« Er wußte, weshalb Holmes anrief, und war froh, zuvor mit Breen gesprochen zu haben.

»Gut, Billy, gut.« Es klingt auch so, dachte Billy. Der Mann war – wie alt war er eigentlich? Sechs- oder siebenundachtzig. Er war noch immer Vorsitzender der Erziehungsbehörde, hatte immer noch seinen Sitz im Stadtrat und leitete auch noch die Bank. Seine Frau war 1948 an einem Schlaganfall gestorben, und von da an schien er sich noch mehr auf seine Aufgaben konzentriert zu haben. Sein einziges Zugeständnis an das Alter war ein Hörgerät. »Billy, es tut mir leid, dir auf die Nerven fallen zu müssen, aber allmählich brennt uns hier die Sache mit dem neuen Polizeichef auf den Nägeln. Hast du schon was aus einer deiner Quellen vernommen?«

»Ja, Sir. Eben hat Chief Breen von Atlanta angerufen, und er hat mir einen MP-Major empfohlen, der in Kürze pensioniert wird. Ich treffe ihn morgen.«

»Gut. Die Leute bei unserer Polizei sind alle ziemlich jung und unerfahren. Keiner von ihnen scheint mir für die Position des Chiefs geeignet zu sein. Der Stadtdirektor rauft sich schon die Haare. Wann, glaubst du, könnten wir mit diesem Mann rechnen?«

»Nun mal langsam – ich habe ja noch nicht einmal mit ihm gesprochen. Breen sagt zwar, daß er gut sei und daß er Interesse an dem Posten gezeigt habe.«

»Weißt du was? Wir haben am Freitag um sechs eine Stadtratssitzung. Kommst du dieses Wochenende nach Hause?«

»Ja – das erste Mal seit einem Monat.«

»Nun, wenn dir der Mann gefällt, könntest du ihn doch gleich mitbringen und dem Stadtrat vorstellen. Wir sind jederzeit bereit, und wenn er gut ist, nehmen wir ihn. Vielleicht sind wir sogar bereit, ein paar Tausender mehr als geplant lockerzumachen.«

»Das klingt gut. Ich rufe Sie an, sobald ich mit ihm gesprochen habe, und lasse Sie wissen, ob er kommen kann. Wie geht es Patricia? Sie haben sie in den letzten Wochen öfter gesehen als ich.«

»Glänzend. Und dem kleinen Will auch.«

»Es tut gut, das zu hören. Also dann, bis zum Wochenende.«

Billy legte auf und strich sich seine Brauen glatt. Du liebe Zeit, beinahe hätte er es verschwitzt! Und gerettet hatte ihn ausgerechnet Breen, der ihn eigentlich nicht ausstehen konnte.

3

Sarahs Stimme kam durch die Sprechanlage. »Sir, Major Watts ist hier.«

»Bitten Sie ihn, einen Augenblick zu warten, Sarah.« Billy hatte bis jetzt keine Zeit gehabt, die Unterlagen durchzusehen, die ihm Breen geschickt hatte, aber wie er jetzt feststellte, hatte der Mann ein hervorragendes Führungszeugnis. Mit siebzehn hatte er sich freiwillig gemeldet, hatte die High School beendet, während der Dienstzeit ein Diplom erworben und danach eine Reihe von Kursen der Militärpolizei hinter sich gebracht, zusätzlich zum Trainingsprogramm des FBI für Polizeioffiziere.

Billy hätte nie gedacht, daß er einen derart geeigneten Mann finden würde, der obendrein bereit war, sich mit dem Posten des Polizeichefs in einer so kleinen Stadt wie Delano abzufinden. Er fragte sich, warum Major Watts sich dafür interessierte – aber dann erinnerte er sich an Chief Breens Bemerkung über die Besetzung höherer Posten aus den eigenen Reihen und daß es schwierig sein würde, Watts eine Position anzubieten, die nicht unter den Fähigkeiten dieses Mannes lag. Immerhin konnte ihm die Stadt Delano die Stellung des Polizeichefs anbieten.

»Schicken Sie ihn jetzt bitte rein, Sarah.«

Als Major Tucker Watts in das Büro kam und auf ihn zuging, war Billy augenblicklich von mehreren Dingen beeindruckt: erstens von der Größe des Mannes, denn er maß sicherlich einssechsundachtzig oder mehr; zweitens von seinem Selbstvertrauen; drittens von den Ordensstreifen auf der perfekt gebügelten Uniform. Aber vor allem beeindruckte Billy die Hautfarbe des Majors. Sie war schwarz.

Während sie sich vorstellten und einander die Hand schüttelten, mußte Billy gegen ein unwillkürliches Lachen ankämpfen. Breen hatte zweifellos aus seinem Büro im Rathaus einen ironischen Pfeil abgeschossen, der jetzt in Billys Rücken steckte.

»Major, zunächst möchte ich Ihnen danken, daß Sie sich die Zeit genommen haben, hierherzukommen und sich mit mir zu unterhalten.« Nach einem Jahr, in dem er Breen auf die ungenügende Zahl von Schwarzen bei der Polizei von Atlanta hingewiesen hatte, war der Spieß von Breen umgedreht worden, und er hatte ihn auf die Zahl der Schwarzen in der Verwaltung von Delano hingewiesen. Billy fragte sich, ob Breen vielleicht schon die Presse davon verständigt hatte und ob sie jetzt bereits in seinem Vorzimmer wartete.

»Ich danke Ihnen, Sir, daß Sie bereit waren, mich zu empfangen. Ich habe mich darauf gefreut, Sie kennenzulernen.«

Der Major sprach präzise, deutlich und genau. Man hörte zwar die weiche Artikulation des Schwarzen durch, aber es klang keineswegs nach dem Südstaatenakzent, erinnerte vielmehr an die Westindischen Inseln, an die Karibik. Billy fand seine Sprechweise angenehm.

Er warf einen Blick auf die Unterlagen über den Mann. »Ich sehe, Sie sind draußen im Fort Mac. Schon lange?« Allmählich erholte er sich von der Überraschung, die ihm Breens

Scherz beschert hatte. Und er wollte mehr über diesen Major Watts in Erfahrung bringen.

»Ich bin gerade am Ende einer zweijährigen Verpflichtung. Meiner letzten, um es genau zu sagen. Im nächsten Monat bin ich dreißig Jahre dabei.«

»Wie haben Sie Chief Breen kennengelernt?«

Watts blieb völlig gelassen. Billy fragte sich, ob er überhaupt wußte, daß Breen dieses Gespräch vermittelt hatte.

»Ich kommandiere die Militärpolizei in Fort Mac. Wir kommen dabei stets mit der Polizei von Atlanta in Kontakt. Ich habe ihn mehrmals in Ausübung des Dienstes getroffen.«

»Und – mögen Sie ihn?«

Watts ließ eine kleine Pause entstehen, ehe er antwortete. »Ich bin sicher, er ist ein kompetenter Polizeichef.«

Billy lächelte. »Ja, das ist er bestimmt.« Er warf wieder einen Blick in die Unterlagen. »Sind Sie im Krieg auch in Kampfhandlungen geraten?«

»Jawohl, Sir, beim siebenhunderteinundsechzigsten Panzerbataillon.«

»Ich habe von der Einheit gehört.«

»Jawohl, Sir. Eleanor Roosevelts Nigger.«

»Genau. Wir hatten einen Mann aus Delano bei dieser Einheit.«

»Wer war das, Sir?«

»Marshall Parker.«

»Er diente nicht in meiner Kompanie.«

»Waren Sie auch in Korea?«

»Ja, Sir. Dort hat man mich zur Militärpolizei versetzt.«

»Sie sind verheiratet, wie ich sehe. Kinder?«

»Nein, Sir. Wir haben spät geheiratet.«

Billy rutschte ein wenig auf seinem Stuhl vor. »Ich möchte offen mit Ihnen sprechen, Major. Ich bezweifle nicht, daß Sie bestens für den Posten qualifiziert sind, und zwar durch Ausbildung und Erfahrung; daher möchte ich gleich über Temperamentsfragen sprechen. Es geht hier um den Posten eines Polizeichefs in einer kleinen Stadt in den Südstaaten. Es hat dort nie zuvor einen schwarzen Polizeibeamten gegeben. Und in der Stadt besteht ein beträchtlicher Druck, was die Rassenprobleme betrifft. Glauben Sie, daß Sie damit fertig werden können?«

»Ich habe bereits über die Probleme nachgedacht, die damit im Zusammenhang stehen. Aber Sie müssen verstehen, Herr Gouverneur, daß eine Armeebasis, ganz gleich, wo sie sich befindet, durchaus mit einer Kleinstadt in den Südstaaten verglichen werden kann. Die Armee ist überproportional mit Südstaatlern besetzt. Ich diene unter einer Reihe weißer Offiziere aus dem Süden, und weiße Jungs aus dem Süden dienen unter mir. Ich will nicht behaupten, daß es nie Reibereien gegeben hätte. Zum Beispiel ist mir klar, daß ich heute Oberst wäre, wenn ich ein Weißer wäre, aber damit bin ich ohne weiteres fertig geworden. Vor zehn Jahren war ich Unteroffizier, also kann ich mich, was Beförderungen angeht, nicht beklagen. Die weißen Offiziere aus dem Süden haben mir stets hervorragende Zeugnisse ausgestellt, und ich glaube, es gibt keinen weißen Burschen, der unter mir diente und behaupten könnte, er wäre anders als fair behandelt worden.«

»Nun, in Delano haben Sie es mit einem Team von sechs Männern zu tun, und alle sind Weiße und Südstaatler. Mit ihnen fertig zu werden wird Ihr erstes Problem sein. Sagen Sie, wie sehen Sie Ihre bisherige gesellschaftliche Stellung in der Armee? Glauben Sie, daß es Ihnen gelingen wird, sich in einer Stadt einzuleben, in der praktisch alle Schwarzen weniger gut erzogen und ausgebildet sind und über weniger finanzielle Mittel verfügen als Sie?«

Watts lächelte und entblößte dabei strahlend weiße, gleichmäßige Zähne. »Das ist das erste, was mich meine Frau gefragt hat. Aber ich habe sie daran erinnert, daß unser gesellschaftliches Leben eigentlich immer recht beschränkt war. Wir haben uns daran gewöhnt, alle zwei Jahre versetzt zu werden, wie jeder andere beim Militär, daher sind die wenigen Freunde, die wir haben, weit über das Land verstreut. Wenn wir uns einen netten Abend machen wollen, gehen wir in den Offiziersklub, und wenn wir in Delano leben würden, hätten wir immer noch das Recht, das PX und die Klubs in Fort Benning und Fort Mac zu besuchen. Wir haben oft davon gesprochen, uns etwas auf dem Land zu kaufen, wenn ich pensioniert werde, und das würde auch bedeuten, daß ich ein ziemlich ruhiges, zurückgezogenes Leben führen müßte.«

Billy nickte. »Nun, Land gibt's in der Nähe von Delano mehr als genug. An welches Gehalt haben Sie gedacht?«

»Wie hoch ist das Budget für den Job?«

»Ungefähr zehntausend im Jahr.«

»Ich glaube, damit könnten wir auskommen. Ich habe ja noch meine Pension. Außerdem könnte ich mir vorstellen, daß das Gehalt später erhöht wird, wenn ich gute Arbeit leiste.«

»Das nehme ich auch an. Obendrein genießen Sie den Vorteil einer von der Stadt bezahlten Lebensversicherung.«

»Das ist fein, aber was mich am meisten beschäftigt, ist das Budget, das dem Department zur Verfügung steht. Ich möchte nicht ein Team leiten, das mangelhaft ausgerüstet und besetzt ist – das wäre eine zum Scheitern verdammte Aufgabe –, und ich möchte absolute Entscheidungsgewalt haben, was die Möglichkeit betrifft, untaugliche Leute zu feuern und gute Leute einzustellen.«

»Das scheint mir ein sehr vernünftiger Wunsch zu sein, aber ich fürchte, das müßten Sie mit dem Stadtrat vereinbaren.« Billy schaute auf die gegenüberliegende Wand, an der das Bild eines Segelschiffs hing. Er sah in diesem Tucker Watts einen durchaus ernsthaften Kandidaten für den Posten. »Major, könnten Sie am Freitagnachmittag nach Delano kommen? Um sechs Uhr abends findet dort eine Stadtratssitzung statt.«

»Ja, Sir, das ist möglich.«

»Ich möchte noch mit ein paar Leuten sprechen und melde mich dann morgen bei Ihnen.« Er stand auf und reichte ihm die Hand.

»Danke, Herr Gouverneur. Das wäre fein.«

Als Watts gegangen war, rief Billy Hugh Holmes bei der Bank von Delano an. Er brachte ihm die Neuigkeit so schonend wie möglich bei.

»Ich weiß nicht, Billy. Wir haben ja schon darüber gesprochen, einen schwarzen Polizeibeamten einzustellen, wie du weißt – aber einen schwarzen Chief?«

»Mr. Holmes, ich möchte den Mann am Freitag vorstellen, und er soll auch die Mitglieder des Stadtrats kennenlernen.«

»Ich glaube, das bin ich dir schuldig, Billy, nachdem du dir die Mühe gemacht hast, diesen Mann zu finden. Sollen die Stadträte wissen, daß es sich dabei um einen Farbigen handelt?«

Billy überlegte eine Sekunde lang. »Ja, aber erst, wenn sie alle zusammengekommen sind. Die Sitzung findet um sechs statt. Ich werde versuchen, mit ihm um halb sieben dort aufzutauchen. In Ordnung?«

»In Ordnung, Sohn. Glaubst du, daß die Presse Wind davon bekommen wird?«

»Ich glaube nicht, aber wenn, dann sieht es für alle Beteiligten besser aus, wenn man sich den Mann wenigstens angesehen und angehört hat.«

»Das stimmt.«

Billy legte auf und nahm sich vor, Watts zu empfehlen, am Freitag seine Uniform zu tragen.

Tucker Watts verließ die Besprechung mit dem Stellvertreter des Gouverneurs halb erleichtert und halb besorgt. Würde es Wirklichkeit werden? Und wenn, war er in der Lage, die Sache zu meistern? Er versuchte sich vorzustellen, was da auf ihn zukam, aber alles, was er sah, war ein Drahtseil, das sich unter seinen Füßen befand und so hoch gespannt war, daß man nicht sehen konnte, was darunter lag. Er wußte, daß er nicht zögern würde, die Gelegenheit beim Schopf zu packen. Und er fühlte sich unwiderstehlich dazu hingezogen, konnte sich selbst nicht mehr bremsen.

Delano. Ausgerechnet. Von allen Orten dieser Erde – Delano in Georgia!

4

Tucker Watts haßte es, seine Frau zu belügen, weil sie ihn so leicht durchschaute. Er hatte sich genau überlegt, wie er es ihr erklären würde, damit er die Lügen, die er ihr dabei servieren mußte, auf ein Minimum beschränken konnte. Sobald er nach Hause kam, ging er in die Küche, wo sie das Abendessen vorbereitete, und mixte für sie und sich Gin mit Tonic.

»Ich hatte ein interessantes Gespräch über einen Job«, begann er und preßte etwas Limonensaft in die Gläser.

»Ach?« Sie wußte bereits, wieviel ihm daran gelegen war.

»Ich habe mit dem Stellvertreter des Gouverneurs gesprochen, mit William H. Lee.«

»Ein Job beim Staat?«

»Nein. Erinnerst du dich an die kleine Stadt Delano?«

Sie zog die Augenbrauen hoch.

»Also, ich sehe, daß du dich erinnerst. Wir sind oft durchgefahren, wenn wir nach Columbus wollten. Und du hast immer gesagt, wie hübsch du die Stadt findest.«

»Ach, die meinst du. Ja, eine hübsche Stadt. Sollst du dort den Posten bekommen?«

Er nickte. »Den Posten des Polizeichefs.«

Jetzt schossen ihre Augenbrauen noch weiter hoch. »Und was hat der Stellvertreter des Gouverneurs damit zu tun?«

»Es ist seine Heimatstadt. Er hat versprochen, nach einem Mann zu suchen. Breen aus Atlanta hat mich ihm empfohlen.«

»Ich dachte, Breen könnte Farbige nicht leiden.«

»Kann er auch nicht. Ich glaube, er hat Lee verschwiegen, daß ich ein Farbiger bin.«

Sie lachte. »Dann muß er ganz schön erschrocken sein.«

»Ich hatte nicht den Eindruck. Und ich nehme an, er wird mich dem Stadtrat empfehlen.«

»Ist Delano ein Ort, wo wir hinziehen können?«

»Du mußt es so sehen: Wir wissen, daß ich von keiner größeren Stadt auf einen höheren Posten gesetzt werde, weil es dort Probleme mit der Hierarchie gäbe, und ich bin zu alt, um noch einmal als Wachmann anzufangen.«

»Da hast du recht, weiß Gott.«

»Sei bloß vorsichtig!« Er gab ihr einen Klaps auf den Hintern.

»Hm – mach das noch mal.«

»Später. Nun, wir freuen uns doch beide darauf, daß ich pensioniert werde. Aber wir wissen auch, daß ich Arbeit brauche, wenn ich nicht verrückt werden will, und dieser Posten könnte uns vielleicht genau das geben, was wir uns wünschen. Wir könnten in der Nähe der Stadt ein paar Morgen Land kaufen, und du hättest einen Garten, um den du dich kümmern könntest. Wir könnten uns vielleicht sogar ein Haus bauen, wenn alles gut läuft.«

»Aber der Posten eines Polizeichefs ist nicht gerade das, was ich mir unter einem Pensionärsdasein vorstelle.«

»Ach, ich glaube, ich kann das Department mit links leiten, sobald die weißen Polizisten kapiert haben, wer der Boss ist. In solchen Städten passiert nichts, was einem öfters als ein-, zweimal im Jahr die Nachtruhe raubt.«

»Und wie sieht es mit dem Geld aus?«

»Sie zahlen zehntausend im Jahr, und zusammen mit unserer Pension könnten wir recht gut leben.«

»Es klingt verlockend – so, wie du es sagst.« Sie ließ eine Pause entstehen. »Gibt es etwas, was du mir verschweigst?« fragte sie dann.

Mein Gott, diese Frau hatte hellseherische Fähigkeiten! »Was sollte ich verschweigen? Du weißt soviel wie ich. Lee möchte, daß ich am Freitag hinfahre und mich dem Stadtrat vorstelle.«

»Und du glaubst, daß sie einen Schwarzen nehmen?«

»Ich weiß es nicht, aber ich glaube, Lee würde mich nicht dort hinbringen, wenn er nicht der Meinung wäre, daß durchaus eine Chance besteht. Er bewirbt sich nächstes Jahr um das Amt des Gouverneurs, wie du weißt, und es würde natürlich bei den schwarzen Wählern Eindruck schinden, wenn er es fertigbrächte, in seiner Heimatstadt einen schwarzen Chief einzusetzen.«

Sie nickte. »Vermutlich. Hast du nicht eine Tante oder eine Kusine in Delano?«

»Eine Tante. Ich hab sie seit Jahren nicht gesehen. Weiß nicht einmal, ob sie noch lebt.«

»Na schön – wenn du es für gut hältst, soll es mir recht sein.« Sie machte den Backofen auf und nahm einen fertigen Hackbraten heraus. »Trink aus – das Abendessen ist fertig.«

5

Als der Stadtrat von Delano am Freitagabend zusammenkam, fragte sich Hugh Holmes ernsthaft, wann er damit begonnen hatte, alles so zu machen, wie Billy es vorschlug, statt umgekehrt. Es mußte seit der Zeit sein, als Billy in den Senat des Staates aufgenommen wurde. Der Junge hatte immer rasch gelernt. Und jetzt hatte er also die Verantwortung in einer höchst delikaten Angelegenheit übernommen, wobei er Billys Urteil voll und ganz vertraute. Er hatte diesen Major Watts noch nicht kennengelernt, wußte aber, daß Billy ihn nicht zu dieser Sitzung bringen würde, wenn er nicht damit rechnete, daß Holmes und auch die anderen Stadträte seine Anstellung befürworten würden.

»Haben Sie gewußt, daß ich ein Schwarzer bin, bevor Sie mich kennenlernten?«

Sie fuhren in Billys Wagen nach Süden; ein Mann von der Straßenpolizei fuhr vor ihnen, und ein zweiter Beamter folgte in Tucker Watts' Wagen.

Billy lächelte. »Nein, das habe ich nicht gewußt. Ich nehme an, das war das, was sich Chief Breen unter einem Streich vorstellt.«

»Aber Sie scheinen den Streich ernstzunehmen.«

»Oh, ich bringe Sie nicht nach Delano, nur um Ihnen die Zeit zu stehlen, Major. Ich glaube, daß Sie diesen Posten sehr gut ausfüllen würden.«

»Glauben Sie, daß der Stadtrat in diesem Punkt Ihrer Meinung sein wird?«

»Nun, es gibt da einen Mann namens Hugh Holmes, der uns den Weg ebnen wird. Die Stadträte werden einige Schwierigkeiten haben, sich zu seiner Meinung durchzuringen, aber andererseits ist es nicht leicht für sie, einem Mann wie Hugh Holmes zu widersprechen. Er sitzt im Stadtrat, seit es einen Stadtrat in Delano gibt, und weiß, wie man sich in einer solchen Sache durchsetzt.«

»Und wie haben Sie ihn überzeugt?«

»Er ist noch nicht überzeugt, aber immerhin hat ihn Ihr Militärdossier beeindruckt. Er ist bereit, mit Ihnen zu sprechen, und ich rechne damit, daß es ihm gelingen wird, auch die andern zu überzeugen. Habe ich Ihnen schon gesagt, daß mein Vater der erste Polizeichef von Delano war?«

»Nein.«

»Das war in den zwanziger Jahren. Er wurde im Dienst getötet, als er einen jungen Burschen abholen wollte, der eine kurze Haftstrafe absitzen mußte. Er hatte den Jungen über Nacht nach Hause gehen lassen, und der Junge war am nächsten Morgen nicht erschienen. Sein Vater lag im Malariadelirium und kam mit einem Gewehr aus dem Haus. Wahrscheinlich hat er meinen Vater für jemand anders gehalten.«

»Tut mir leid, das zu hören.«

»Es liegt schon so lange zurück. Meine Mutter hat es damals sehr schwer getroffen, aber sie hat einen Brief an den Gouverneur geschrieben und gebeten, den Täter zu begnadigen. Er hätte eigentlich überhaupt nicht verurteilt werden dürfen. Zur Tatzeit war er alles andere als zurechnungsfähig.«

»Das muß hart gewesen sein für Ihre Familie.«

»Ja – aber noch lange nicht so hart wie für die Familie des Täters. Sein Sohn war etwa in meinem Alter. Er lief davon. Es war töricht, aber man hat ihn als Komplicen mitangeklagt. Meine Mutter versuchte, die Anklage gegen ihn aufheben zu lassen, doch dann wurde er in Alabama von einem Lastwagen überfahren. Der Vater wurde schließlich auf den elektrischen Stuhl geschickt, trotz der Bemühungen meiner Mutter. Es war eine tragische Sache. So etwas kann heute nicht mehr passieren – ich hoffe es wenigstens.«

Die beiden schwiegen ein paar Minuten lang, dann wandte sich Tucker an Billy. »Sie haben einen Mann erwähnt, der im Krieg in meiner Einheit gedient haben soll. Marshall Parker, nicht wahr?«

»Stimmt.«

»Ich glaube, ich habe von ihm gehört, bei einem Treffen ehemaliger Angehöriger meines Bataillons. Wurde er nicht im Gefängnis erschossen?«

»Das stimmt. Er wurde von zwei Polizeibeamten zusammengeschlagen und dann erschossen. Er hat es einem Arzt in Delano auf dem Sterbebett gesagt – Dr. Tom Mudter. Sie werden ihn heute abend auf der Sitzung des Stadtrats kennenlernen. Wir beide und ein paar andere versuchten eine Anklage gegen die beiden Polizisten zu erwirken, aber wir erreichten nicht einmal eine Untersuchung. Einer der Polizisten hat unter Druck den Dienst quittiert, der andere ist verschwunden. Unglaublich: Er hat das Polizeimotorrad gestohlen und ist damit abgehauen.«

»Mit einem Motorrad der Polizei? Ich könnte mir vorstellen, daß er damit nicht sehr weit gekommen ist.«

»Wir nehmen an, daß ihm jemand bei seiner Flucht geholfen hat und daß er sie bereits im voraus geplant hatte. Er verschwand schon, bevor wir von der Entscheidung des Schwurgerichts erfuhren. Soviel ich weiß, hat man nie wieder etwas von ihm gehört.«

»Das klingt, als hätte das Polizeidepartment von Delano eine recht bewegte Geschichte hinter sich.«

»Oh, jetzt ist es schon eine ganze Weile recht ruhig in der Stadt. Durch den Vorfall mit Marshall Parker hellhörig geworden, hat sich der Stadtrat sehr darum gekümmert, wie die Polizei die schwarzen Bürger behandelt. Ich glaube, seit damals hat es keine ernsthaften Übergriffe mehr gegeben. Hugh Holmes hat die Polizei im Auge behalten. Er fühlte sich schuldig, weil er bei der Ernennung dieses Butts zum Chief seine Hand im Spiel gehabt hatte – das war derjenige, der verschwunden ist. Ich glaube, daß das seine Haltung zu Ihnen positiv beeinflussen wird.« Billy öffnete seine Mappe, die auf dem Sitz zwischen den beiden lag, und nahm einen großen Umschlag heraus. »Übrigens, das hat mir Mr. Holmes geschickt. Das Budget des Departments und ein Inventarverzeichnis. Er dachte, Sie wollten es vielleicht vor der Sitzung durchsehen.«

Tucker begann das Material zu sichten, und die beiden Männer schwiegen für den Rest der Fahrt.

Holmes eröffnete die Sitzung, indem er den Antrag einreichte, alle anderen Probleme zunächst zurückzustellen, um mit einer wichtigen Angelegenheit beginnen zu können. Dann führte er aus, wie oft man in den letzten Monaten ohne Erfolg versucht hatte, einen qualifizierten Polizeichef für die Stadt zu finden. Einen Augenblick lang fühlte er sich in eine Stadtratssitzung vor vierzig Jahren versetzt, als er fast wörtlich die gleichen Bemerkungen gemacht hatte. Damals hatte seine Mission darin bestanden, den Stadträten einen Farmer für die Position des Polizeichefs schmackhaft zu machen. Jetzt mußte er sie dazu überreden, einen schwarzen Bewerber anzuhören.

Er las den Lebenslauf des Mannes vor, und dabei hörte man ein vielstimmiges Murmeln der Zustimmung, ja beinahe der Begeisterung unter den Stadträten. Danach erklärte er ihnen ohne Umschweife, daß es sich dabei um einen Schwarzen handelte. Auf diese Ankündigung hin herrschte eisiges Schweigen.

»Bevor wir uns jetzt in eine Diskussion einlassen, ob es der Stadt Delano angemessen ist, einen Schwarzen als Polizeichef zu haben, möchte ich noch einiges dazu sagen.« Alle lehnten sich zurück, um ihm zuzuhören. »Es gibt eine Reihe von Punkten, die wir bedenken müssen und die wir bisher noch nie zu bedenken brauchten. Sie wissen alle, daß sich bei der letzten Stadtratswahl auch ein Schwarzer beworben hat und daß er beinahe gewählt worden wäre. Ich bin sicher, bei der nächsten Wahl wird mindestens ein schwarzer Bewerber durchkommen. Ich will damit nicht sagen, daß wir uns überlegen sollten, einen Schwarzen zum Polizeichef zu ernennen, weil wir in naher Zukunft auch über schwarze Stadträte verfügen werden. Ich nenne das nur als Beispiel für die Veränderungen, die auf uns zukommen. Ich bin der Überzeugung, daß viele dieser Veränderungen unvermeidlich und unausweichlich sind. Es handelt sich nur noch um eine Frage der Zeit. Ich bin ferner davon überzeugt, daß wir diese Veränderungen ohne unnötige Konflikte akzeptieren werden, wenn wir versuchen, dem Unausweichlichen zuvorzukommen. Genug davon – ich glaube, Sie alle haben mich verstanden.« Die Stadträte wußten, daß Holmes als Vorsitzender der Erziehungsbehörde von der Rassenintegration an den Schulen von Delano sprach.

»Lassen Sie mich noch mehr ins Pragmatische gehen. Diese Stadt ist bemüht, und zwar bisher bedauerlicherweise ohne Erfolg, neue Industriezweige anzusiedeln. Es ist durchaus denkbar, daß ein Industrieller, den wir für unsere Stadt interessieren können, aus dem Norden kommt. Manche verlegen heutzutage ihre Firmen in die Südstaaten, um Arbeitskräfte zu bekommen, die noch nicht gewerkschaftlich organisiert sind. Ich glaube, Sie alle wissen, daß wir Anfang dieses Jahres beinahe einen neuen Industriezweig in die Stadt bekommen hätten und daß die Sache deswegen gescheitert ist, zumindest teilweise, weil bei der Firma ein leitender Angestellter beschäftigt war, der eine schwarze Hautfarbe hatte, und daß sie sich zuletzt doch für einen anderen Ort entschied, um diesen Mann und seine Familie besser in die neue Umgebung eingliedern zu können. Ich bin der Sache nachgegangen und mußte feststellen, daß dieser andere Ort zwar nicht wesentlich mehr integriert ist als unsere Stadt, aber daß dort in den höheren Ämtern Schwarze tätig sind, und dies hat zu der Entscheidung wesentlich beigetragen.

Lassen Sie mich das Problem auch noch aus anderer Sicht betrachten. Es ist eine historische Wahrheit, daß die große Mehrheit von Gewaltverbrechen und Betrugsfällen in Delano von Farbigen begangen werden, und wenn es in dieser Stadt ein wirkungsvolles Programm zur Bekämpfung des Verbrechens geben soll, muß man damit in Braytown beginnen. Ich meine, es besteht durchaus die Möglichkeit, daß ein schwarzer Polizeichef bei der Durchführung eines solchen Programms mehr Erfolg haben wird als ein weißer.

Schließlich müssen wir auch an Billy Lee denken und was er für diese Stadt bedeutet. Ich glaube, es ist kein Geheimnis mehr, daß Billy im nächsten Jahr für den Posten des Gouverneurs kandidiert, und Sie wissen alle, was sein Wahlsieg für unsere Stadt bedeuten würde.« Unter den Stadträten erhob sich zustimmendes Gemurmel, und Holmes wußte, daß er gewonnen hatte. »Es wird eine schwierige Kandidatur für Billy werden. Er kandidiert zu einem Zeitpunkt, wo die Dinge in diesem Staat in Bewegung geraten sind. Er wird mit einem Programm maßvoller Veränderungen kandidieren, und heute gibt er uns die Gelegenheit, zu zeigen, daß solche Veränderungen auf ordentlicher Basis möglich sind. Ich finde, wir sind es Billy schuldig, diesen Mann, der sich um den Posten des Polizeichefs von Delano bewirbt, mit großer Aufmerksamkeit anzuhören.«

Holmes atmete tief ein und spielte dann so beiläufig wie möglich seine letzte Trumpfkarte aus. »Bitte verstehen Sie mich nicht falsch. Ich denke nicht daran, diesen Stadtrat zu bitten, den fraglichen Mann unbesehen mit dem Posten des Polizeichefs zu betrauen, nur weil er ein Schwarzer ist. Ich bitte Sie vielmehr, ihn anzuhören wegen seiner in dem Dossier ausgewiesenen hervorragenden Eigenschaften, ihn genau zu betrachten, um festzustellen, ob er für diesen Posten, der sehr viel Einfühlungsvermögen verlangt, geeignet ist. Ich möchte diese Bitte in Form eines Antrags einbringen. Stimmen Sie meinem Antrag zu?«

Dr. Tom Mudter sekundierte Hugh Holmes. »Angenommen?« Ein Chor von Ja-Stimmen. »Gegenstimmen?« Schweigen. Auf diese Weise hatte er den Stadträten, die noch nicht überzeugt waren, die Möglichkeit gegeben, den Mann abzulehnen, zugleich aber die Rassenfrage aus der Diskussion herausgehalten. Jetzt konnte der Stadtrat diesen Watts nur dann ablehnen, wenn er nach dem Vorstellungsgespräch als nicht geeignet erschien. Holmes wußte von Billy, daß das unwahrscheinlich war. Er schaute auf die Uhr. Halb sieben. Er erhob sich und ging hinaus, um Billy und Major Watts hereinzuholen.

Tucker Watts saß locker da und blickte über den Konferenztisch. Eine halbe Stunde lang hatte er Fragen beantwortet, hatte ihnen seinen Werdegang, seine militärische und die Ausbildung für die Spezialeinheit der Militärpolizei geschildert. Er war respektvoll in seinen Antworten gewesen und hatte jeden der Teilnehmer mit »Sir« angesprochen, ohne dabei unterwürfig zu wirken. Nach vielen Jahren, in denen er erfolgreich mit weißen Vorgesetzten auszukommen wußte, war ihm diese Haltung völlig natürlich geworden. Es war ihm gelungen, seine Gesprächspartner so zu behandeln, daß sie sich hofiert und keineswegs in irgendeiner Weise bedroht fühlten. Danach hatte man ihn gebeten, den Raum zu verlassen, und ihn nach ein paar Minuten zurückgerufen. Nun wandte sich der alte Mann, dieser Bankier Holmes, an ihn.

»Major Watts, für den Posten sind zehntausend Dollar jährlich ausgesetzt, zuzüglich eines von der Stadt bezahlten Versicherungs- und Versorgungsprogramms. Sind Sie bereit, die Stellung anzunehmen?«

»Mr. Holmes, meine Herren, ich fühle mich geehrt, daß Sie mir den Posten anbieten, und ich glaube, ich würde gerne zusagen, aber es gibt noch ein paar Punkte, die ich zuvor mit Ihnen erörtern möchte.«

Holmes nickte. »Nur zu.«

»Ich bin durchaus zufrieden mit den Bedingungen, die mich persönlich betreffen, das heißt, wenn ich mit Gehaltsaufbesserungen rechnen kann für den Fall, daß Sie mit meiner Arbeit zufrieden sind.«

»Das können Sie.« Holmes hatte bereits weitere zweitausend vom Stadtrat bewilligt bekommen.

»Ich möchte in meinen Vertrag aufnehmen lassen, daß mir volle Entscheidungsgewalt in Personal- und Anschaffungsfragen meines zukünftigen Departments zugebilligt wird.«

»Sie meinen das Recht, Leute einzustellen oder zu entlassen?«

»Jawohl, Sir.«

»Es ist Ihnen doch bewußt, daß Sie damit einen empfindlichen Punkt berühren.«

»Ich hoffe, Sie trauen mir ein gutes Urteil zu und glauben,

daß ich Mitarbeiter anständig und fair behandle. Ich könnte meine Aufgabe nicht erfüllen ohne diesen wesentlichen Aspekt von Autorität.«

Holmes nickte. »Und was war das mit den Anschaffungen?«

»Ich möchte mit dem Stadtrat ein jährliches Budget für das Department aushandeln, und ich möchte in meinem Vertrag festgehalten wissen, daß ich über dieses Budget nach eigenem Ermessen verfügen kann, ohne in jedem einzelnen Fall die Genehmigung des Stadtrats einholen zu müssen. Der Stadtrat sollte bestimmen, wieviel Geld für das Personal und wieviel für die Ausrüstung jährlich bewilligt wird – aber ich möchte entscheiden, welches Personal und welche Investitionen mir geeignet erscheinen, um die Funktion des Departments in optimaler Weise zu gewährleisten.«

Holmes schaute sich am Tisch um und sah keinen, der etwas dagegen einzuwenden hatte. »Ich meine, das ist ein durchaus vernünftiger Vorschlag.«

»Ich habe die Aufstellung des Budgets und der vorhandenen Ausstattung durchgesehen und glaube, daß in näherer Zukunft keine allzugroßen Anschaffungen nötig sein werden. Ich bin der Ansicht, daß wir mit den sechs Mann, die zur Zeit ihren Dienst tun, auskommen werden, aber ich weise darauf hin, daß sie unterbezahlt sind. Eine Bewilligung von zusätzlichen dreitausend Dollar würde die Gehälter auf einen befriedigenden Stand bringen und die Moral der Mitarbeiter fördern. Außerdem glaube ich, daß das Department einen ständigen Büroangestellten nötig hat, aber das kann ich erst endgültig beurteilen, sobald ich die anfallenden Schreibarbeiten kennengelernt habe.«

Eine weitere halbe Stunde verging, bis Tucker sich durch seine Liste zusätzlicher Wünsche gearbeitet und die Zustimmung des Stadtrats dafür erhalten hatte. Jetzt meldete sich Billy das erste Mal zu Wort. »Meine Herren, wenn Sie mir als objektivem Beobachter trauen, möchte ich einen entsprechenden Vertrag ausfertigen. Ich habe alles notiert, was in der letzten Stunde besprochen und genehmigt wurde.«

»Das geht in Ordnung«, sagte Holmes, der keinen Widerstand spürte. »Major, wann glauben Sie mit der Arbeit beginnen zu können?«

»Ich werde am 2. Dezember pensioniert. Wenn wir ein Haus finden, könnte ich am 15. Dezember anfangen. Ist das früh genug?«

»Das wäre in Ordnung. Vielleicht kann ich Ihnen bei der Suche nach dem Haus behilflich sein. Und nun bitte ich Billy und Major Watts – oder vielleicht sollte ich Chief Watts sagen! –, uns zu entschuldigen. Wir haben noch eine Reihe von anderen Themen zu besprechen.« Danach folgte allgemeines Händeschütteln, bevor Billy und Tucker den Sitzungssaal verließen. Holmes wandte sich wieder an seine Stadtratskollegen. »Meine Herren, wenn Sie nichts dagegen einzuwenden haben, möchte ich eine Pressemitteilung aufsetzen. Ich möchte die Meldung zurückhalten bis kurz vor dem Zeitpunkt, an dem Watts hier seinen Dienst antritt, und ich glaube, es wäre klug, bis dahin nichts über seine Hautfarbe verlauten zu lassen. Einverstanden?«

Billy und Watts schüttelten sich draußen in der kalten Nachtluft vor dem Rathaus die Hände.

»Nun, Chief«, sagte Billy, »meine Gratulation. Wenn ich irgend etwas tun kann, um Ihnen bei der Umsiedlung hierher zu helfen, rufen Sie mich im Capitol oder zu Hause an. Die Nummer steht im Buch.«

»Ich danke Ihnen vielmals, Herr Gouverneur, daß Sie mich unterstützt haben. Chief Breen wird darüber freilich nicht glücklich sein.«

Billy lachte. »Das hoffe ich. Ich schicke Ihnen gleich Anfang nächster Woche den Vertrag zu, damit Sie ihn in Ruhe studieren können.«

Dann trennten sich die beiden Männer. Tucker tat so, alssuchte er etwas in seinem Handschuhfach, um Billy Zeit zu lassen, allein loszufahren. Danach ließ er den Wagen an und fuhr in die andere Richtung davon – nicht nach Atlanta, sondern nach Columbus, bis zu der Stelle, wo die D-Street vom Highway nach Columbus abzweigte. Er fuhr die D-Street entlang, kam an ein paar heruntergekommenen Holzhäusern vorüber und hielt am Ende der Straße vor einem Haus, das in besserem Zustand zu sein schien als die übrigen und sogar weiß gestrichen war.

Dann schaltete er den Motor ab, blieb im Wagen sitzen und schaute auf das Haus, bis es ihm im Wagen kalt wurde. Schließlich stieg er mit pochendem Herzen und beschleunigtem Atem aus, stieg die Treppe zur Haustür hinauf und klopfte an die Tür. Er sah sich im frostigen Mondlicht um: Es war noch alles genau wie früher. Die Tür ging auf, und Nellie Cole schaute in die Nacht hinaus. Er nahm seine Mütze ab. »Mama«, sagte er. »Ich bin's. Ich bin wieder daheim.«

Nellie sah ihn eine Sekunde lang an, als hätte sie einen elektrischen Schlag erhalten. Dann fuhr ihre Hand zum Mund. »Willie? Bist du es? Ist es wirklich mein Willie?«

Er legte seine Arme um sie und drückte sie an sich. »Ja, Mama, ich bin's.« Willie Cole war heimgekehrt.

6

Am Sonntag hatten Billy, Patricia und Will Lee Junior die Fowlers zu Gast zum Mittagessen. Dieses traditionelle Sonntagsmahl bestand bei den Fowlers grundsätzlich aus gebratenem Huhn; bei den Lees dagegen gab es ebenso selbstverständlich Roastbeef und Yorkshire Pudding. Wein wurde nicht serviert, mit Rücksicht auf Mr. Fowler.

Nach einem Monat der Abwesenheit kam es Billy so vor, als gewinne er mindestens ebensoviel Lebenskraft aus dem Beisammensein mit seiner Familie wie aus dem wunderbaren Essen, das vor ihnen auf dem Tisch stand. Er sah zu, wie sie sich unterhielten: Will mit fünfzehn, jungenhaft schmal und mit dem rötlichbraunen Haar seiner Mutter; Eloise, noch immer Witwe und unverzichtbar in der Geschäftsführung von Mr. Fowlers Laden und Billys Wahlkampforganisation; Mr. Fowler, fülliger und grauer geworden, aber ansonsten seit zwanzig Jahren unverändert, obwohl er nun fünfundsiebzig war; Carrie, die ebenso alt war wie ihr Mann, aber wesentlich älter aussah als er und an einer nicht zu diagnostizierenden Krankheit litt, welche ihre Ursache im Tod ihres ersten Mannes hatte, wie Billy deutlich fühlte; und schließlich Patricia, noch immer schön, noch immer anziehend, nur langsam alternd und dabei reifer und voller werdend wie edler Wein.

Sie blieben nach dem Essen ein gemütliches Stündchen beisammen, blätterten die Sonntagszeitungen durch, dann entschuldigten sich die Fowlers, um zu einem Nachmittagsschlaf nach Hause zu fahren. Eloise verließ das Haus mit ihnen. Es begann zu regnen. Hugh Holmes traf ein, und Billy ging ihm mit einem Regenschirm entgegen, führte ihn dann in sein Arbeitszimmer, während Patricia den Kaffee servierte. Will entschuldigte sich, weil er noch für die Schule zu arbeiten hatte.

Billy ging zu einem Schränkchen unter einem der hohen Bücherregale und brachte eine noch ungeöffnete Flasche Cognac zum Vorschein. Sein Alkoholvorrat war nicht so raffiniert versteckt wie der von Hugh Holmes, aber immerhin war er aus dem Weg geräumt. »Patricias Vater hat uns eine Kiste davon zu Weihnachten geschickt. Er schickt alles sechs Monate vorher ab, damit es mit dem Schiff auch rechtzeitig ankommt.« Billy entfernte das Siegel und entkorkte die Flasche. »Es ist ein Fine Champagne von neunzehnhundertachtundzwanzig. Ich fürchte, ich kann nicht bis Weihnachten warten.«

»Ich unterstütze dich in deiner Ungeduld«, sagte Holmes und langte nach seinem Glas. Dann schnupperte er an dem Cognac und probierte. »Das ist der Cognac für einen alten, erfahrenen Mann, mein Junge. Ich weiß nicht, ob du für so etwas schon reif genug bist.«

»Ich werde es riskieren«, sagte Billy. Er lehnte sich zurück und nippte an seinem Glas.

»Nun, nachdem du uns jetzt auf den Weg des Verderbens geführt und uns diesen farbigen Gentleman als Polizeichef empfohlen hast . . .«

»Na, na, na! Ich finde, es ist ein guter Schritt, den die Stadt damit tut, und Sie wissen das auch ganz genau.«

Holmes trank bedächtig einen Schluck. »Wahrscheinlich

hast du recht, aber ich weiß, wohin das führt, und ich muß sagen, ich habe Sorgen.«

»Es gibt keinen Grund dafür.«

»Immerhin ist es eine einschneidende Veränderung. Ich hätte nie gedacht, daß ich einmal Angst haben würde vor Veränderungen – jedenfalls nicht vor solchen, über die ich die Kontrolle behalte. Aber siehst du – genau das ist es, was mir Sorgen macht. Die Dinge haben die Kontrolle über uns erhalten, nicht umgekehrt. Zum ersten Mal im Leben habe ich das Gefühl, ich muß rennen, um dabeibleiben zu können.«

Billy schaute in sein Cognacglas und wußte, daß er nichts sagen konnte, was Holmes' Sorgen verscheuchen würde. »Immerhin machen Sie es vollkommen richtig«, sagte er schließlich.

»Sagen wir, ich mache unter den gegebenen Umständen das Richtige. Und das ist vermutlich noch das Beste, wenn man rennen muß, um am Ball zu bleiben.« Er seufzte tief. »Und jetzt zu der anderen Sache. Was ist das mit dem Weißen Haus?«

»Das ist keine große Sache«, sagte Billy. »Abgesehen natürlich von dem Geld für die öffentlichen Verkehrsmittel in Atlanta. Es ist auf ungewöhnlichem Weg zu uns gekommen. Ansonsten waren da nur der Besuch von einem der Berater des Präsidenten – David Kass heißt er – und ein persönlicher Brief Kennedys an mich. Aber ich kann mir nicht helfen, ich habe dennoch das Gefühl, daß da etwas in Bewegung geraten ist.«

»Schon möglich«, antwortete Holmes, und es klang eher betrübt. »Die Presse ist ja voll von diesem ›Weg mit Lyndon‹-Geschrei. Vielleicht ist wirklich etwas dran.«

»Wissen Sie, wenn er mich fragen würde – nicht, daß er es tun würde, aber immerhin –, ich würde sagen, er soll ihn behalten.«

»Ich auch, aber ich bin schließlich nicht John Kennedy. Und du bist es auch nicht. Er kann Lyndon feuern, wenn er will, und niemand kann ihn daran hindern. Er wird wiedergewählt, ganz gleich, wie sein Vizepräsident heißt. Wer sollte ihn schlagen? Richard Nixon? Barry Goldwater? Wohl kaum. Sicher, er ist wütend, weil er nicht alle seine Pläne im Kongreß durchbringt. Die Verhandlungen mit dem Kongreß sind angeblich Lyndons Stärke. Vielleicht macht ihn Kennedy dafür verantwortlich, daß es nicht vorwärtsgeht.«

»Ja, vielleicht. Sie sind vor allem zwei grundverschiedene Menschen und kommen sicher nicht besonders gut miteinander zurecht. Aber einmal angenommen, das alles hat etwas zu bedeuten: Wie sollen wir die Sache handhaben?«

»Was denn handhaben? Es gibt nichts zu handhaben, solange man nicht direkt an mich herantritt. Ich kann nur weitermachen wie bisher. Business as usual.« Holmes nippte an seinem Cognac. »Sag mir, hättest du Tucker Watts hierhergebracht, wenn du nicht daran gedacht hättest, daß das Weiße Haus ein Auge auf dich geworfen hat?«

»Ja«, antwortete Billy, ohne zu zögern. »Ich glaube, er ist wirklich ein guter Mann für die Stadt, ja für den Staat Georgia. Wenn er Erfolg hat, könnte es sein, daß auch die anderen kleinen Kommunen nichts mehr zu befürchten haben, wenn sie geeigneten Schwarzen verantwortliche Stellungen in der Öffentlichkeit geben.«

»Und wenn er keinen Erfolg hat?«

»Ich glaube kaum, daß das ein größeres Problem sein würde. Es sei denn, er würde sich unehrenhaft verhalten oder sich zum Narren machen. Das allerdings könnte unsere Sache weit zurückwerfen.«

»Es könnte *deine* Sache weit zurückwerfen, Billy. Der Wahltag ist nicht mehr weit. Du kannst es dir nicht leisten, die Öffentlichkeit in Verlegenheit zu bringen. Deshalb habe ich mich etwas näher über diesen Major Watts erkundigt.«

Billy schaute Holmes überrascht an; zugleich fühlte er, wie sich sein ganzer Körper anspannte. »Wie haben Sie das geschafft? Oder, noch wichtiger, was haben Sie herausgefunden?«

»Ein Freund in Dick Russells Senatsbüro hat mit jemandem im Pentagon gesprochen, der Zugang zu Major Watts' Unterlagen hat.«

»Und?«

»Es sieht so aus, als sei Tucker Watts in seinen jungen Jahren ein Problem für die Armee gewesen. Wie du weißt, hat er als Küchenhelfer angefangen. Es sieht so aus, als ob er damals seiner ganzen Umgebung die Hölle heiß gemacht hätte, und er war in einige Schlägereien verwickelt. Glücklicherweise hat sich die Armee kaum darum gekümmert, solange nur Schwarze gegen Schwarze kämpften. Es gelang ihm zwar, dem Straflager zu entgehen, aber er wurde zweimal degradiert, einmal als Korporal und einmal als Sergeant, Ende der dreißiger Jahre. Erst als der Krieg ausbrach und Watts zu einer schwarzen Kampfeinheit kam, schien sich das gelegt zu haben. Danach war seine Führung ausgezeichnet. Man übersah seine früheren Probleme, als man Führerpersönlichkeiten in seiner Einheit brauchte. Und nachdem Truman die Rassentrennung aufgehoben hatte, war er in einer guten Position, um befördert zu werden.«

Billy stieß einen Seufzer der Erleichterung aus. »Ich dachte schon, Sie hätten etwas wirklich Schlimmes ausgegraben.«

»Nein, offensichtlich ist er genau das, was man in ihm sieht. Ich muß sagen, ich setze große Hoffnung in ihn. Obwohl ich mich nicht gerade darauf freue, sechs jungen Polizisten sagen zu müssen, daß sie einen neuen Chief bekommen, einen Schwarzen. Aber sie sind alle beim Militär gewesen, und ich hoffe, das hilft ihnen, mit der Situation fertig zu werden.«

Es klingelte an der Tür. Patricia, die in ihrem Sessel gedöst hatte, stand auf. »Ich sehe nach.«

Billy schlug sich auf die Knie. »Das wird der Reporter sein – ein neuer Mann vom Büro der ›New York Times‹ in Atlanta. Ich habe ihm gesagt, er kann heute nachmittag vorbeischauen, und hab es völlig vergessen. Er heißt John Howell, Trish.« Patricia verließ das Arbeitszimmer und kam kurz danach mit einem schlanken Mann Ende Zwanzig mit sandfarbenem Haar zurück. Billy stellte ihn vor.

Holmes schüttelte dem jungen Mann die Hand. »Also dann, ich überlasse euch eurem Schicksal, meine Herren. Regnerische Sonntagnachmittage machen alte Leute schläfrig.« Patricia ging mit ihm hinaus, während Billy den Journalisten zu einem Sessel führte und ihm dann Kaffee und Cognac anbot. Er nahm beides dankend an.

»Das Wetter ist eher wie in New York – bestimmt nicht so, wie ich es in Georgia erwartet hätte«, sagte er.

»Wie lange sind Sie schon hier?«

»Erst ein paar Wochen. Ich bin Ihnen sehr dankbar, daß Sie mich an einem Sonntag empfangen. Ich war unten in Columbus, in einer anderen Sache, und es lag direkt an meinem Weg.«

»Natürlich – nicht der Rede wert.«

Howell schlug einen Stenoblock auf und brachte einen Kugelschreiber zum Vorschein. »Wissen Sie, ich bin vor allem hinter dem Background her. Als Neuling in der Gegend reise ich herum und lerne so viele Leute wie möglich kennen. Das war doch der legendäre Hugh Holmes, nicht wahr?«

»In Fleisch und Blut.«

»Sein Name taucht überall auf, ganz gleich, mit wem ich spreche. Gibt es irgend etwas und irgend jemanden in diesem Staat, den er nicht kennt?«

»Wohl kaum.«

»Ich war zwei Jahre in unserer Redaktion in Washington, bevor ich hierhergekommen bin. Auch dort war er kein Unbekannter. Sie übrigens auch nicht.«

»Ach.«

»Kurz bevor ich wegging, habe ich mit einem Freund aus dem Weißen Haus zu Mittag gegessen. David Kass. Er hat mir geraten, ich sollte mich bald mit Ihnen in Verbindung setzen. Sagen Sie, was halten Sie von dem Gerücht, Kennedy könnte Johnson bei der nächsten Wahl nicht mehr als seinen Stellvertreter aufstellen? Wir können auch inoffiziell darüber sprechen, wenn Ihnen das lieber ist.«

Billy hoffte, er zeigte nicht, wie sehr ihn diese Frage erschreckt hatte. Versuchte das Weiße Haus, Gerüchte über ihn selbst in Umlauf zu setzen? Howell hatte zwar nicht ausdrücklich erwähnt, daß Kass seinen Namen in diesem Zusammenhang genannt hatte, aber die Andeutung war nicht zu überhören. »Ich bin sogar glücklich darüber, offiziell dazu Stellung nehmen zu können«, sagte Billy glatt. »Ich meine, Lyndon Johnson war ein riesiger Gewinn, sowohl bei der Wahl als auch im Amt des Vizepräsidenten, und ich nehme an, er wird auch bei der kommenden Wahl wieder ein Gewinn für die Demokraten sein. Ich hoffe es jedenfalls.«

»Dann glauben Sie also, daß Kennedy Lyndon halten wird?«

»Der Präsident hat mir seine diesbezüglichen Absichten nicht anvertraut. Das gilt übrigens auch für alle anderen Fragen. Der Stellvertreter des Gouverneurs von Georgia sitzt weit weg vom Schuß. Es wundert mich, daß Sie ausgerechnet mich nach meiner Meinung fragen.«

»Sie haben also keinen engeren Kontakt zum Weißen Haus?«

»Meine Frau und ich waren dort im vergangenen Jahr einmal zum Dinner eingeladen, in einer intimen Gruppe von siebzig Personen, wenn ich mich recht erinnere. Und wir haben eine Weihnachtskarte von der Ersten Familie des Landes erhalten.«

»Und was ist mit David Kass?«

»Der war vor ein paar Wochen in einer geschäftlichen Angelegenheit hier und hat mir einen Höflichkeitsbesuch abgestattet. Der Gouverneur war gerade nicht in der Stadt, also habe ich ihn zu einer Tasse Kaffee eingeladen.«

»Er schien von Ihnen beeindruckt zu sein.«

»Vielleicht hat ihm mein Kaffee geschmeckt.«

Zu Billys Erleichterung ließ Howell dann das Thema Weißes Haus fallen und ging kurz auf Billys Pläne als zukünftiger Gouverneur ein. Billy ließ keinen Zweifel daran, daß er an der Position interessiert war, ohne viel mehr dazu zu sagen. Das Gespräch umspannte in der folgenden Stunde einen weiten Themenkreis; dann, als Howell sich bereit machte zu gehen, kam Billy ein Gedanke.

»In der nächsten Zeit kommt hier etwas auf uns zu, was die ›Times‹ vielleicht interessiert.«

Howell schlug sein Notizbuch wieder auf. »Schießen Sie los.«

»Sie müßten die Meldung allerdings bis Mitte nächsten Monats zurückhalten und mir versprechen, bis dahin mit niemandem darüber zu reden.«

Howell schaute nachdenklich drein. »Ich weiß nicht . . .«

»Gut, dann müssen Sie warten, bis Sie darüber in der ›Constitution‹ lesen.«

»Also schön.«

Billy berichtete ihm von der Einstellung Tucker Watts', die ganze Geschichte, beginnend mit dem Anruf von Chief Breen bis zum gegenwärtigen Augenblick, wobei er nur darum bat, daß man ihn selbst nicht dabei nennen sollte. Howell stenografierte rasch und stellte zwischendurch nur wenige Fragen.

»Geben Sie mir die Nachricht exklusiv?«

Billy schüttelte den Kopf. »Ich muß sie den Zeitungen von Atlanta geben, aber Sie können sie gleichzeitig veröffentlichen. Außerdem haben Sie so Zeit, sich mit Watts zu unterhalten.«

Billy brachte den Journalisten mit einem Schirm zum Wagen und verabschiedete sich von ihm. Auf dem Weg zurück ins Haus dachte er darüber nach, daß man im Weißen Haus zwar gelegentlich mit den Leuten von der »Atlanta Constitution« sprach – die Journalisten von der »New York Times« dagegen waren immer und überall anwesend.

7

Am 2. Dezember 1962, dem Tag von Tuckers Pensionierung, wurde der Vertrag zwischen ihm und der Stadt Delano unterzeichnet, und Holmes schickte ihm durch Billy die Plakette des Chiefs. Er hatte einen Ausschnitt aus dem »Delano Messenger« dazugelegt, wo seine Einstellung gemeldet wurde und wo man detailliert über seine Laufbahn beim Militär berichtete. Es amüsierte Tucker, daß die Ankündigung nicht mit einem Foto illustriert war. Er besuchte ein Uniformgeschäft und kleidete sich ein, kaufte sich einen achtunddreißiger Dienstrevolver und ließ sich einen laminierten Dienstausweis machen.

An diesem 2. Dezember gab es eine kleine Party für Tucker und seine Frau Elizabeth im Offiziersklub von Fort McPherson. Tucker bekam eine Rolex-Armbanduhr geschenkt und Elizabeth einen Satz Gartenwerkzeuge – die besten, die das PX zu bieten hatte. Es freute sie sehr. Der Kommandeur hatte ein paar Nettigkeiten zu sagen über Tuckers Dienst – und dann war er plötzlich Zivilist. An diesem Abend, während sie versuchten, sich an den Gedanken zu gewöhnen, rief Hugh Holmes an.

»Major Watts?«

»Jetzt einfach Watts.«

Holmes lachte. »Also dann, Chief Watts. Ich habe ein Haus, das Sie sich ansehen sollten. Können Sie mit Ihrer Frau morgen hierherkommen?«

»Aber ja. Sollen wir Sie in der Bank treffen?«

»Das Haus ist auf der Nordseite der Stadt, etwa drei Meilen außerhalb. Sie kommen auf dem Weg nach Delano daran vorbei. Warum treffen wir uns nicht gleich dort?«

»Gut.«

»Wenn Sie Warm Springs hinter sich gelassen haben, fahren Sie etwa zehn Minuten lang in Richtung Delano, dann erreichen Sie einen Lebensmittelladen und eine Imbißbude auf der rechten Seite.«

»Ich erinnere mich daran. Sie heißt ›Smoky's‹, nicht wahr?«

»Genau. Dahinter liegt eine große Farm, auf der Milchwirtschaft betrieben wird. Sie sehen eine Menge Kühe auf den Weiden. Nach der Imbißbude ist es die erste Straße links – eigentlich ein ausgebauter Feldweg. Auf dem Briefkasten steht ›Worth‹. Das Haus ist eine Viertelmeile von der Straße entfernt. Sagen wir, um zehn Uhr vormittags? Oder ist das zu früh für Sie?«

»Nein, zehn Uhr ist mir recht.«

»Gut, dann sehen wir uns dort.«

Sie fuhren an einem strahlend klaren, kalten Tag nach Delano und genossen die Fahrt. Elizabeth war aufgeregt, und Tucker wußte, daß das Haus sehr häßlich sein mußte, wenn sie es nicht auf den ersten Blick liebgewinnen würde. Sie hatten nie zuvor ein Haus besessen. Ein paar Minuten nach dem Ortsende von Warm Springs kamen sie am Tor zur Spence-Farm vorbei und mußten anhalten, um eine Herde Kühe die Straße überqueren zu lassen. Tucker wußte, daß sie vom Melken kamen. Er war oft genug mit seinem Vater hinter ihnen hergelaufen. Er fühlte ein Prickeln im Nacken, als er zum Haus der Familie Spence und zu den Scheunen dahinter hinaufschaute. War es Angst? Oder Zorn?

Hinter der Imbißbude fanden sie den Briefkasten mit dem Namen Worth und bogen in den Feldweg ein. Bald tauchte hinter einer Gruppe von Pekannußbäumen das Haus auf. Ein Holzhaus, weiß, mit grünen Fensterläden, nicht groß, aber auch nicht klein. Hugh Holmes stand auf der vorderen Veranda und rieb sich die Hände, um sie warm zu machen.

»Kommen Sie rein, draußen ist es kalt«, sagte Holmes. »Ich habe die Heizung eingeschaltet. Es wird drinnen bald warm sein.«

Dann gingen sie langsam durch das Haus. Ein Wohnraum, ein Eßzimmer, drei Schlafzimmer, wovon eins in ein Arbeitszimmer verwandelt werden konnte, eine große Bauernküche. Auf der Rückseite befanden sich eine Garage und ein zweites Gebäude, das früher einmal ein Stall gewesen war.

»Worth hat das Haus in den frühen dreißiger Jahren gebaut. Er hat damals noch als Farmer gearbeitet, aber bald danach hat er die Farm aufgegeben und ist zur Eisenbahn gegangen. Er ist dieses Jahr pensioniert worden. Er und seine Frau haben sich eine Wohnung unten in Panama City gekauft. Sie sind erst im vergangenen Monat ausgezogen. Zum Haus gehören etwas mehr als fünf Morgen Land. Hoss Spence, der Farmer, der die Milchwirtschaft an der Straße betreibt, hat Worth siebzig Morgen abgekauft, aber er wollte ihm nichts für das Haus geben, also hat Worth es behalten, zusammen mit dem Land auf dieser Seite des Creeks. Das Grundstück wird begrenzt vom Creek, dem Highway und dem Eisenbahngleis hinter den Bäumen. Es kommen ein paar Züge vorbei, aber sonst ist es recht ruhig hier.«

»Und was verlangt er?«

»Achtundzwanzigtausend. Ich glaube, Sie könnten sich auf fünfundzwanzig einigen.«

»Und wird er es an Schwarze verkaufen?«

»Ihm geht es nur darum, das Haus und den Rest des Grundstücks loszuwerden. Er hat die Zentralheizung vor ein paar Jahren erneuert. Es gibt eine Quelle und einen Frischwassertank. Worth war recht geschickt in Handwerksarbeiten; er hat alles gut in Schuß gehalten. Sie finden sicher ein paar Jungen, die die Nüsse ernten und die Hälfte dafür bekommen. Da drüben steht ein Dutzend Pfirsichbäume. Die Pfirsiche kann man einmachen; sie schmecken gut mit Eiskrem.«

»Und wie steht es mit der Finanzierung?«

»Ich kann Ihnen zwanzigtausend für zwanzig Jahre bei sechs Prozent zur Verfügung stellen. Also brauchten Sie nur fünftausend bezahlen.«

Tucker schaute Elizabeth an. Sie glühte vor Begeisterung. »Ich liebe das Haus«, sagte sie.

»Dann sagen Sie Mr. Worth, er hat einen Käufer gefunden, Mr. Holmes.«

»Gut. Wenn Sie mir fünfhundert als Anzahlung geben, können wir nächste Woche den Vertrag abschließen. Ein Anwalt hier in Delano hat die Vollmacht eines Notars.«

Tucker schrieb ihm einen Scheck aus. Holmes überreichte ihm daraufhin einen Schlüsselbund. »Es ist ein Schlüssel für die Vordertür und einer für den Hintereingang dabei. Wozu die anderen gehören, müssen Sie selbst rausfinden. Ich muß jetzt zurück in die Bank und überlasse Sie Ihrem neuen Haus. Worth sagt, alles, was in der Gegend gedeiht, wächst auf seinem Grundstück. Ich glaube, es gibt auch einen Rasenmäher und anderes Gerät. Wenn Sie mich fragen – Sie haben einen guten Kauf gemacht.«

»Und ich fange also am Fünfzehnten mit der Arbeit an?«

Holmes griente. »Sie stehen bereits auf unserer Gehaltsliste. Sehen Sie die zwei Wochen bis zum Fünfzehnten als Weihnachtsgratifikation an. Und besuchen Sie mich, wann immer Sie Lust dazu haben; lassen Sie es mich wissen, wenn ich Ihnen irgendwie behilflich sein kann.«

Holmes schüttelte ihnen die Hände und fuhr weg. Elizabeth lief danach durch das Haus und schaute in alle Schränke. Dann kam sie mit einem Besen und einer Kehrschaufel zurück. »Komm schon, Tuck, laß uns saubermachen.«

Er lachte. »Ich finde, wir sollten uns erst einmal überlegen, was wir als erstes tun wollen.« Sie gingen durch das Haus. Die Wände waren meist frisch getüncht, die Fenster ordentlich lackiert. Elizabeth gefiel die Tapete im großen Schlafzimmer nicht. Tucker zupfte daran, und sie ließ sich leicht abziehen. »Warum malen wir das hier nicht auch einfach aus?« schlug Elizabeth vor.

»Meinetwegen.«

»Dann steh hier nicht herum; besorg uns lieber Farbe und Pinsel.«

»Jetzt gleich? Das Haus gehört uns doch noch gar nicht.«

»Aber so gut wie«, sagte sie, riß ein Stück von der Tapete ab und zeigte auf ein Cremeweiß zwischen den Blüten. »Kauf einen Kanister von genau diesem Ton, dazu Pinsel und so weiter. Heute abend kann alles fertig sein zum Einziehen.«

Tucker gab ihr einen Kuß, verließ das Haus, fuhr zurück zum Highway und in aller Ruhe nach Delano hinein, in seinem nagelneuen Oldsmobile, einem Geschenk, das er sich selbst zu seiner Pensionierung gemacht hatte. Als er die Brücke überquerte, die die Stadtgrenze von Delano markierte, verlangsamte er die Fahrt auf fünfunddreißig Stundenmeilen. Zu seiner Überraschung überholte ihn ein Polizeiwagen, und der Fahrer deutete ihm an, daß er am Randstreifen stehenbleiben sollte. Er hatte weder das Blinklicht noch die Sirene eingeschaltet.

Tucker fuhr nach rechts und hielt an, dann blieb er ruhig im Wagen sitzen. Der Polizeiwagen stoppte vor ihm, und ein hochgewachsener junger Polizist mit sandfarbenem Haar hievte sich heraus und kam auf ihn zu. Statt stehenzubleiben, ging er um den Wagen herum und betrachtete ihn eingehend. Als er schließlich am Seitenfenster auf der Fahrerseite ankam, drückte Tucker auf einen Schalter, und das Fenster ging langsam und leise surrend nach unten. Tucker saß da und sah nach vorn.

»Alle Achtung«, sagte der junge Polizist. »Elektrische Fensterheber. Junge, den Wagen haben Sie sich wohl selber besorgt.«

Tucker erwiderte nichts.

»Natürlich ist es Ihr Wagen. Sie haben ihn nicht zufällig jemandem aus der Einfahrt geklaut, wie?« Es war eigentlich keine Frage. »Okay, Freundchen, dann steigen wir mal aus.«

Tucker wandte sich langsam dem jungen Polizisten zu. »Weshalb?« fragte er ruhig.

Ein überraschter Ausdruck trat auf das Gesicht des jungen Burschen. »Weshalb? Weil ich es befehle, deshalb.«

Tucker schüttelte den Kopf. »Das reicht mir nicht als Grund. Ich bin nicht zu schnell gefahren. Sie haben keinen Anlaß zu der Vermutung, ich könnte eine Straftat begangen haben.«

Der Polizist schaute ihn ungläubig an. Dann langte er nach seiner Seite, zog einen großen Revolver und zielte damit auf Tuckers Kopf. »Und wie wär's damit? Ist das Grund genug? Jetzt sieh zu, daß du deinen schwarzen Arsch aus dem Wagen hebst, du Hurensohn, und tust, was ich dir sage.«

Tucker stieg aus und richtete sich auf; dabei überragte er den Polizisten um mindestens eine Handbreit. Er trug einen blauen Anzug und eine Krawatte. Der Polizist tastete ihn unter den Armen nach Schußwaffen ab, dann trat er zurück und steckte den Revolver in die Halfter.

»Warum fragen Sie mich nicht nach meinem Führerschein und meinen Wagenpapieren?« schlug Tucker vor.

»Ich stelle die Fragen hier, mein Lieber. Also dann, zeig deinen Führerschein und die Wagenpapiere her.«

Tucker gab sie dem Polizisten, der einen Blick darauf warf.

»Na schön, Marvin«, sagte der Polizist. »Ich geh jetzt zurück zu meinem Wagen, und du fährst mir nach zur Polizeistation, ist das klar?« Tuckers Name war auf dem Führerschein ausgeschrieben als Marvin T. Watts, wie es beim Militär üblich war. »Dann werden wir ja sehen, ob dir der Wagen gehört. Außerdem hab ich dich erwischt, wie du innerhalb der Stadtgrenze fünfundfünfzig gefahren bist.«

»Quatsch.«

»Wenn du noch mal dein Maul aufmachst, blas ich dir ein Loch durch den schwarzen Schädel, ist das klar? Jetzt setz dich in deinen hübschen neuen Wagen und fahr mir hinterher, aber denk nicht, daß du mir entwischen kannst.« Der fette junge Bursche ging zurück zu seinem Wagen. Tucker stieg in seinen Olds und folgte ihm zur Polizeistation.

Vor dem Gebäude parkten zwei andere Polizeiwagen, und als der Polizist und Tucker die Wache betraten, befanden sich drei andere Polizisten dort. Der eine telefonierte, die Füße auf dem Schreibtisch; dabei stocherte er in seinen Zähnen; die beiden anderen liefen herum und beschossen sich mit Wasserpistolen.

»Was hast du denn da, Fäßchen?« fragte der am Telefon.

»Geschwindigkeitsüberschreitung und Widerstand gegen die Staatsgewalt. Vielleicht auch Autodiebstahl, Bobby.«

Bobby sprach wieder ins Telefon. »Hör zu, Schätzchen, ich muß einen farbigen Gentleman einbuchten wegen einer ganzen Latte von Anklagen. Also, ich komm dann gegen Mittag vorbei.« Dann legte er auf, nahm die Füße vom Schreibtisch, erhob sich, reckte sich und gähnte, ging hinüber zu dem Tresen, der den Warteraum vom Wachraum trennte, und holte ein Formular aus einer Schublade. Dann nahm er einen Kugelschreiber aus seinem Uniformhemd und schaute Tucker gelangweilt an. »Also gut, feiner Pinkel – wie heißt du?«

Tucker reichte ihm den Führerschein und den Zulassungsschein über den Tresen. »Er heißt Marvin, Bobby. Nett, nicht? Marvin.«

»Mein Name ist Tucker Watts«, sagte Tucker und warf seine Brieftasche mit seiner Dienstplakette und dem Dienstausweis auf die Tischplatte. »Aber ihr könnt Chief zu mir sagen.«

Hugh Holmes verließ die Bank und ging mit etwas gemischten Gefühlen zur Polizeistation. Er hatte es immer wieder hinausgeschoben, sich mit den Mitgliedern der örtlichen Polizei zu treffen und ihnen über ihren neuen Chief zu berichten, aber allmählich wurde die Zeit knapp. Jetzt mußte es bekanntgemacht werden, und die Polizeistation war der richtige Ort, um damit anzufangen. Als er sich dem Gebäude näherte, hatte er ein ungutes Gefühl im Magen. Tucker Watts' funkelnder, neuer Oldsmobile stand vor der Polizeistation, gemeinsam mit drei Wagen der Polizei. Holmes eilte hinein, blieb aber im Korridor stehen, als er Tuckers Stimme aus dem Wachraum hörte. Der neue Chief brüllte zwar nicht gerade – nein, er sprach mit durchaus normaler Lautstärke –, aber seine Stimme klang hart, und Holmes wollte ihn nicht unterbrechen. Statt dessen lehnte er sich an die Wand und lauschte.

»Ich habe aus Ihren Unterlagen ersehen, daß Sie alle beim Militär gedient haben. Das ist gut, denn dann verstehen Sie, was ich meine, wenn ich Ihnen klarmache, daß eine Polizeitruppe einer militärischen Einheit sehr ähnlich ist, und wenn ich von Ihnen verlange, daß sie von diesem Augenblick an auch in dieser Weise geführt wird. Haben Sie mich verstanden?«

Man vernahm bestätigendes Murmeln mehrerer Stimmen.

»Haben Sie mich verstanden?«

»Jawohl, Sir.«

»Das heißt: militärische Höflichkeit, militärisches Betragen und vorläufig auch militärische Arbeitsweise. Es ist mir inzwischen klargeworden, daß keiner von euch auch nur die geringste Ahnung von polizeilichen Arbeitsmethoden hat. Das werden wir ändern, aber vorläufig, und weil ihr nichts anderes kennt, muß erst einmal die militärische Disziplin herhalten. Stellt euch einfach vor, ihr seid wieder in der Armee, und ich bin euer kommandoführender Offizier. Wenn euch das nicht gelingt, dann tut so, als ob ich Gott wäre. Habt ihr mich verstanden?«

»Jawohl, Sir.«

»Sie waren Sergeant in der Schreibstube, ist das richtig?«

»Jawohl, Sir.«

»Dann haben Sie sicher gelegentlich Dienstpläne aufgestellt?«

»Jawohl, Sir.«

»Schön – Sie erstellen einen Dienstplan für die sechs Männer dieser Einheit. Ein Mann muß immer auf der Polizeistation sein, um Funk und Telefon bedienen zu können, und ich verlange, daß ständig zwei Wagen unterwegs sind, ist das klar?«

»Jawohl, Sir.«

»Bis ich hier die Führung übernehme, arbeitet jeder von euch wöchentlich in sieben Acht-Stunden-Schichten, mit einer Mittagspause von einer halben Stunde und keinen Kaffeepausen. Die Schichten wechseln sich ab: Jeder von euch wird in Tag- und Nachtschichten arbeiten. Alle Urlaubstage sind vorläufig gestrichen. Wer sich krank meldet, tut gut daran, in ein Krankenhaus zu gehen. Haben Sie das alles, Strickland?«

»Ja, Sir.«

»Und achten Sie darauf, daß diese Informationen auch an die zwei nicht anwesenden Polizeibeamten weitergegeben werden, die vermutlich zu Hause sind und schlafen, weil sie in der vergangenen Nacht Dienst gemacht haben. Wenn ich irgendwelche Abweichungen von diesen Instruktionen feststelle, sind Sie mir dafür ebenso verantwortlich wie derjenige, der meinen Anweisungen zuwiderhandelt. Ich werde in den nächsten zwei Wochen immer wieder vorbeischauen und mich auch in der Stadt nach euch umsehen. Laßt euch nie von mir in einem unbewachten Augenblick erwischen. Verstanden?«

»Jawohl, Sir.«

»Jetzt fahre ich zum Haushaltswarengeschäft, kaufe einen Eimer Farbe und komme genau um zwölf Uhr mittags hierher zurück. Strickland, Sie übernehmen die erste Schicht auf der Station und teilen die anderen entsprechend meinen Anweisungen ein. Wenn ich zurückkomme, hängt der Dienstplan am Schwarzen Brett, und hier sieht es aus wie in einer Schreibstube beim Militär. Alle anderen sind bis dahin unterwegs.«

Holmes hörte Schritte, dann wieder Tuckers Stimme, die leiser geworden war.

»Jetzt zu Ihnen. Wie heißen Sie?«

»Murray, Sir.«

»Newton Murray?«

»Alle nennen mich Fäßchen, Sir.«

»Also schön, Newton, dieser Spitzname wird bald der Vergangenheit angehören. Wieviel wiegen Sie?«

»Ungefähr zweihundertzwanzig Pfund.«

»Sie sind nicht nur ein schlechter Polizist, sondern auch ein

Lügner. Sie wiegen mindestens zweieinhalb Zentner. Also gut, Newton, ich verlange, daß Sie heute noch Ihren Arzt aufsuchen und sich eine Diät verschreiben lassen mit einer Prognose, wieviel Sie wöchentlich abnehmen können, ohne daß es Ihrer Gesundheit schadet. Bringen Sie mir den Diätplan morgen hierher, zusammen mit einem Attest des Arztes. Sie bekommen dann von mir einen Trainingsplan. Wir werden einen neuen Menschen aus Ihnen machen, Newton.«

»Jawohl, Sir.«

»Noch etwas. Sehen Sie zu, daß Sie diese dreihundertsiebenundfünfziger Magnum loswerden, die Sie mit sich herumschleppen. Die Standarddienstwaffe für Polizisten ist ein achtunddreißiger Dienstrevolver mit einem Viereinhalb-Inches-Lauf, und ich will auch keine perlmuttbesetzten Kolben sehen. Sie können von Glück sagen, daß ich Ihnen diese Kanone nicht abgenommen und Sie damit niedergeschossen habe, Newton. Dieses Abtätscheln war keine ordentliche Durchsuchung, und von dem achtunddreißiger Revolver, der in meinem Handschuhfach liegt, hatten Sie keine Ahnung. Und wenn Sie in Zukunft einen Bürger wegen einer Geschwindigkeitsübertretung hierherschleppen, dann empfehle ich Ihnen, für Beweise zu sorgen.«

»Jawohl, Sir.«

Holmes zuckte zusammen. Hatte Fäßchen Murray etwa Tucker Watts festgenommen? Großer Gott!

»Noch irgendwelche Fragen?«

Schweigen. Holmes betrat den Wachraum. »Guten Morgen, meine Herren. Ich sehe, Sie haben Ihren neuen Chief schon kennengelernt. Officer Strickland, würden Sie bitte das Büro des ›Messenger‹ anrufen und Bob Blankenship fragen, ob er gleich mit seiner Kamera herkommen kann? Danke. Chief Watts, ich habe den Telefonanschluß in Ihrem neuen Haus bereits installieren lassen.« Er reichte Tucker ein Blatt Papier. »Hier ist die Nummer. Und Worth hat Ihr Angebot angenommen.«

»Das höre ich gern, Mr. Holmes. Meine Frau ist ganz begeistert.« Er schaute auf die Telefonnummer und reichte dann den Zettel an Strickland weiter. »Merken Sie sich die Nummer, und sorgen Sie dafür, daß auch die anderen sie sich einprägen.«

Holmes und Tucker unterhielten sich kurz, dann traf Bob Blankenship ein. Er photographierte Holmes, wie er Tucker die Hand schüttelte, mit den Polizisten im Hintergrund. »Bob«, sagte Holmes, »wenn Sie das in der Donnerstagsausgabe bringen, dann könnten Sie Ihren Lesern auch gleich ein paar zusätzliche Informationen über unseren neuen Chief liefern. Sie können zum Beispiel erwähnen, daß Chief Watts heute der Polizeistation einen ersten Besuch abgestattet hat, um seine Leute kennenzulernen, und daß sie sich alle sehr darüber gefreut haben.«

8

Am frühen Morgen des 15. Dezember wurde Billy von einem Anruf der »Associated Press« in Atlanta geweckt, dem kurze Zeit später Anrufe von »Time«, »Newsweek«, den drei Fernsehstationen Atlantas, einer Station in Columbus, der »Washington Post« und der »Los Angeles Times« folgten. Danach überredete er Patricia, alle weiteren Gespräche entgegenzunehmen, mit Ausnahme eines Anrufs von Hugh Holmes.

»Billy, die Hölle ist los«, sagte der Bankier.

»Ich weiß, sie haben mich auch schon angerufen. Ich habe mit drei oder vier von ihnen gesprochen und dann keine weiteren Anrufe mehr entgegengenommen. Der Artikel stand heute morgen in der ›Constitution‹. Sie haben ihn sicher gesehen, aber vor allem hat der Bericht in der ›New York Times‹ Aufsehen erregt, wie ich annehme.«

»Ich habe noch mit keinem der Presseleute gesprochen. Was soll ich deiner Meinung nach tun?«

Billy überlegte einen Augenblick. »Mr. Holmes, ich glaube, das beste wäre es, wenn Sie die ›Associated Press‹ in Atlanta anrufen und eine Pressekonferenz ankündigen würden – sagen wir, um eins. Die geben das per Fernschreiben durch. Auf diese Weise können die Fernsehleute die Geschichte noch in den Sechs-Uhr-Nachrichten bringen. Ich werde die Konferenz mit Ihnen und Watts in der Polizeistation abhalten, und die Polizisten sollten möglichst alle unterwegs sein. Es ist schwer zu sagen, wie sie reagieren, wenn man ihnen ein Mikrofon vors Gesicht hält und sie fragt, wie ihnen ihr neuer Chief gefällt.«

»Schön, aber du mußt auch hinkommen, Billy. Ich hoffe, es geht gut. Der Stadtrat ist ziemlich nervös.«

»Ich komme hin, und ich finde, Sie sollten den Stadträten klarmachen, daß dies eine Gelegenheit ist, um günstige Publicity für unsere Stadt zu bekommen. Denn darum geht es ja, wie Sie wissen. Ich hatte nicht geahnt, daß die Sache so großes Interesse erregen würde, aber da es nun einmal so ist, sollten wir das Beste daraus machen. Wissen Sie was: Lassen Sie doch die Sekretärin der Handelskammer Pressemappen vorbereiten – ein brauner Umschlag mit einer dieser Broschüren, die Bob Blankenship gedruckt hat, ein Foto und ein Stadtplan von Delano. Und die werden an jeden, der bei der Konferenz anwesend ist, verteilt. Vergessen Sie nicht, Blankenship anzurufen. Er kann für den ›Messenger‹ eine Geschichte über die Beachtung, die Delano in diesen Tagen findet, schreiben.«

»Das ist eine gute Idee. Sonst noch was?«

»Es wäre vielleicht auch eine gute Idee, alle Polizisten dahingehend zu instruieren, daß sie höflich, aber bestimmt die Beantwortung jeglicher Fragen ablehnen und die Reporter an Sie oder Tucker verweisen sollen, für den Fall, daß einer der Journalisten auf die Idee kommt, sich mit ihnen unter vier Augen unterhalten zu wollen.«

»Richtig. Dann treffen wir uns im Büro des Chiefs um Viertel vor eins.«

»Fein.« Billy legte auf und wandte sich an Patricia. »Die Sache hat Ausmaße angenommen, die ich nie erwartet hätte.«

»Ist das gut oder schlecht?«

»Das werden wir erst wissen, wenn wir sehen, wie die Presse reagiert.«

»Dann wünsche ich dir viel Glück.«

Auf der Polizeistation schüttelte Billy Tucker die Hand. Sie hatten sich nicht mehr gesehen, seit Tucker den Vertrag unterzeichnet hatte.

»Ich höre, Sie leben sich hier sehr gut ein, Chief.«

»Ja, Sir, unsere Möbel sind schon hier, und wir haben das Haus etwas umgestaltet. Meine Frau kann es kaum erwarten, daß es Frühling wird und sie den Garten bestellen kann.«

»Haben Sie schon viele Leute kennengelernt?«

»Mr. Holmes hat mich heute vormittag die Main Street hinauf- und hinunterbegleitet, und ich habe alle Geschäfte kennengelernt. Auch viele Passanten, die auf der Straße waren.«

»Die Fernsehleute sind schon an der Arbeit«, sagte Holmes. »Ein Team ist uns den ganzen Vormittag gefolgt und hat alle möglichen Personen interviewt.«

»Ich höre, Sie haben Ihre Männer auf ungewöhnliche Weise kennengelernt.«

Tucker griente. »So könnte man es nennen.«

»Gibt es Probleme mit ihnen?«

»Der eine oder andere ist sich noch nicht im klaren, ob er damit fertig werden kann, aber die meisten scheinen sich allmählich daran zu gewöhnen.«

»Ich habe Fäßchen Murray neulich in der Apotheke gesehen. Sieht so aus, als ob er abgenommen hätte.«

»Er wird noch mehr abnehmen. Das heißt, wenn er bei uns bleibt.«

Holmes schaute auf seine Uhr. »Es ist eins. Der Wachraum ist voller Leute. Ich glaube, wir sollten zu ihnen hinausgehen.«

Billy verspätete sich in der Stadt, weil er noch persönliche Interviews in seiner Kanzlei geben mußte, so daß er die Sechs-Uhr-Nachrichten vom Sender Atlanta versäumte, aber er kam noch rechtzeitig genug nach Hause, um den Bericht im NBC-Kanal zu sehen. Jetzt schaute er zu, wie Chet Huntley in die Kamera starrte und sagte: »Es hat nicht wenig Aufruhr gegeben in den Südstaaten, als alte Gesetze und Bräuche von neuen abgelöst wurden und als die Integration der Rassen in den Schulen und bei öffentlichen Einrichtungen mit Hilfe von Gerichtsbeschlüssen durchgesetzt werden mußte. Aber eine kleine Stadt im Süden hat von sich aus einen unerwarteten Schritt getan, einen Schritt in eine bessere Zukunft. Delano in Georgia, eine Stadt mit sechstausend Einwohnern, nur ein paar Meilen von Warm Springs entfernt, wo Franklin Roosevelt oft Ferien machte und wo er auch gestorben ist – Delano in Georgia hat heute einen schwarzen Polizeichef in sein Amt eingeführt.«

Tuckers Gesicht füllte den Bildschirm, gefilmt bei der Pressekonferenz, während Huntleys Stimme fortfuhr: »Tucker Watts, ein Bürger aus Georgia, der erst kürzlich nach einer dreißigjährigen Laufbahn als aktiver Soldat pensioniert wurde, ist der erste schwarze Polizeichef einer Stadt im guten alten Süden. Er selbst sieht das als reine Routinesache an.«

»Ich bin von den Bürgern Delanos, denen ich bisher begegnet bin, freundlich und höflich empfangen worden, und ich rechne nicht mit besonderen Schwierigkeiten bei der Ausübung meines Amtes«, sagte Tucker als Antwort auf die Frage eines Reporters.

»Der Vorsitzende des Stadtrats und ehemalige Vertraute von Präsident Roosevelt, Hugh Holmes, betonte, daß die Ernennung von Watts keineswegs eine Notlösung sei.«

»Im Gegenteil«, sagte Holmes dem Reporter. »Mr. Watts war der am besten qualifizierte Kandidat, den wir für den Posten finden konnten. Wir haben es hier in Delano mit einer sehr gut und straff organisierten Gemeinde zu tun, und wir wollen die besten Leute für unsere Behörden, so wie wir auch versuchen, die am besten geeigneten Industrien für unsere Stadt zu interessieren.«

Billy zuckte zusammen, als er selbst auf dem Bildschirm zu sehen war und Huntley fortfuhr: »Das alles geht letzten Endes auf diesen Mann zurück, auf den Gouverneur-Stellvertreter William H. Lee, einen Kandidaten mit besten Aussichten für die Gouverneurswahl im kommenden Jahr und einen Mann mit einem hervorragenden Ruf als gemäßigter, aber stets aktiver Schlichter in Rassenfragen. Delano ist seine Heimatstadt, und er schlug ihr vor, Watts zu engagieren.«

»Chief Watts ist uns von höchster Stelle empfohlen worden, und er verfügt dank seiner langjährigen Tätigkeit bei der Militärpolizei über die notwendige Erfahrung. Es war mir eine Freude, ihn dem Stadtrat von Delano empfehlen zu können«, hörte sich Billy selbst sagen.

Dann folgten kurze Einblendungen von anderen Gesichtern. Leute auf der Main Street, die ihre Meinungen äußerten.

»Ich hab in der Zeitung gelesen, daß er viel Erfahrung hat, also glaube ich, daß er der richtige ist.«

»Er soll sich im Krieg hervorragend bewährt haben, wie ich höre, und war lange Zeit bei der MP. Ich finde, wir können froh sein, daß wir diesen Mann gefunden haben.«

»Wenn er seinen Job richtig macht, soll es uns doch egal sein.«

Dann tauchte das Gesicht des Streifenbeamten Bobby Patrick auf. Also hatte doch jemand einen Polizeibeamten interviewt! Sein Ausdruck war säuerlich. »Ich habe nichts dazu zu sagen«, erklärte er und fuhr rasch mit seinem Streifenwagen davon. Die Kamera verfolgte sein eiliges Wegfahren.

Jetzt erschien wieder Huntley auf dem Bildschirm. »Das Pressebüro des Weißen Hauses hat heute eine Erklärung zur Berufung eines Schwarzen als Polizeichef für Delano herausgegeben und darin die Hoffnung ausgedrückt, daß der Entschluß von Delano als Beispiel dienen möge für die anderen Kommunen, seien sie nun im Süden oder im Norden der Vereinigten Staaten. Dies ist zweifellos das erste Mal, daß sich das Weiße Haus mit der Einstellung eines Kleinstadtpolizisten befaßt. Weitere Nachrichten folgen nach einem kurzen Werbeblock.«

Billy wandte sich an Patricia. »Ich kann es noch gar nicht glauben«, sagte er. »Ich kann es einfach nicht glauben. Ich habe den Nachmittag mit einem Reporter der ›Time‹ und mit John Howell von der ›New York Times‹ verbracht, der vor ein paar Wochen hiergewesen ist. Sein Bericht hat all das ausgelöst, und jetzt möchte er einen Artikel für das ›New York Times Magazine‹ schreiben und über Tucker berichten, wenn er sich in seinem neuen Amt eingelebt hat.«

Patricia setzte sich zu ihm auf die Couch und kuschelte sich an seine Schulter. »Das alles müßte doch eine große Hilfe bei deiner Kampagne sein, oder?«

»Es hat den Anschein, jedenfalls momentan; die Lobeshymnen sind allerdings nicht dazu geeignet, mich bei den Leuten akzeptabel zu machen, die mich bis jetzt ablehnen. Im Gegenteil: Ich fürchte, die werden jetzt schwerer zu überzeugen sein als je zuvor. Ich möchte wissen, wie die Sache bei den unentschiedenen Wählern ankommt.«

»Aber es kann dir immerhin im Weißen Haus nicht schaden, oder?«

Billy rutschte tiefer in die weichen Lederpolster. »Es sei denn, es läuft irgend etwas schief.«

»Was denn?«

»Ich weiß es nicht. Aber die ganze Situation, wie sie momentan aussieht, macht mich irgendwie nervös.«

9

Tuckers zweiter Tag in seinem neuen Amt verlief ruhiger. Sobald er den Einsatzplan überprüft und festgestellt hatte, daß alle seine Leute bei ihren vorgesehenen Aufgaben waren, wandte er sich den Aktenschränken an der Rückwand des Wachraums zu. Er hatte eigentlich noch warten wollen, bevor er die Unterlagen durchging, aber jetzt empfand er den unwiderstehlichen Drang, sie nach irgendwelchen Papieren durchzusehen, auf denen sein alter Name auftauchte. Er hatte keine Ahnung, ob Will Henry Lee eine Liste über die Festnahmen geführt hatte, aber er wollte es herausfinden. Wenn ein solches Dokument existierte, wäre es der einzige schriftliche Beweis dafür, daß es jemals einen Willie Smith gegeben hatte, und um seines eigenen Friedens willen mußte er es vernichten. Wachmann Wendell Bartlett, den alle Buddy nannten, saß in der Funk- und Telefonzentrale.

»Chief, suchen Sie was Bestimmtes?«

Buddy Bartlett war ein Blondschopf mit fröhlichem Gesicht, Mitte Zwanzig, aber jünger aussehend. Von allen Polizisten hier in Delano hatte er als einziger angedeutet, daß er bereit war, den neuen Chief zu unterstützen, und Tucker war ihm dankbar dafür. Dennoch fühlte Tucker, daß er auch zu ihm Distanz halten mußte, bis er sich all seiner Leute sicher sein konnte.

»Nein, Bartlett, nichts Bestimmtes. Ich möchte nur mal sehen, wie die Akten eingeordnet sind.«

Bartlett stand auf und ging zu den Schränken. »Ich fürchte, da herrscht ein ziemliches Durcheinander. Vor fünf oder sechs Jahren hat es hier einmal gebrannt, und man hat das Zeug aus dem Fenster geworfen; dabei sind viele Akten naß geworden. Danach hat man sie, glaube ich, einfach in die neuen Aktenschränke gelegt. Die Berichte ab neunzehnhundertfünfzig sind in farbigen Ordnern abgelegt, so daß sie leicht sortiert werden konnten, aber alles aus der Zeit davor steckt in einfachen Pappmappen, und die hat man unsortiert hineingepackt – ich glaube, das geht zurück bis zur Gründung der Stadt. Wenn wir da mal was Bestimmtes suchen würden, müßten wir bestimmt alles durchwühlen.«

Tucker brummte. »Das kann ich mir vorstellen.«

»Alles ab neunzehnhundertfünfzig ist außerdem beschriftet mit dem Namen des Täters und dem Verbrechen.«

Bartlett zog einen Ordner heraus, um es zu beweisen. »Bei jeder Festnahme füllen wir das Formular doppelt aus und ordnen eine Kopie nach dem Familiennamen des Täters und eine nach der Anklage ein. Wenn es mehr als eine Anklage gibt, ordnen wir es unter der schwersten ein.«

»Wir sollten uns ein Kopiergerät leisten, damit wir sie unter allen Anklagen ablegen können«, überlegte Tucker. Er hörte Schritte draußen auf dem Korridor und wandte sich um. Ein großer, älterer, untersetzter Mann in einer sandfarbenen Gabardineuniform und mit einem Stetson auf dem Kopf stand am Tresen. Er nahm den Hut ab und fuhr sich mit den Fingern durch das schneeweiße Haar.

»Morgen, Buddy.«

»Morgen, Sheriff. Ich glaube, Sie haben Chief Watts noch nicht kennengelernt. Chief, das ist Sheriff Willis.«

Tucker hätte Skeeter Willis trotz seines Alters selbst in einer großen Menge wiedererkannt. Er war vermutlich zehn Jahre älter, als er aussah. »Schön, Sie kennenzulernen, Sheriff«, sagte er und streckte ihm die Hand entgegen. »Ich wäre ohnehin früher oder später nach Greenville gefahren, um mich Ihnen vorzustellen. Aber es freut mich, daß Sie vorbeigekommen sind. Darf ich Ihnen eine Tasse Kaffee bringen lassen?«

Skeeter schüttelte ihm so kurz wie möglich die Hand. »Nein, danke, ich habe zu tun.«

»Und was können *wir* für Sie tun?«

»Ich höre, Sie haben da einen Burschen, einen gewissen Wilkes, in Ihrem Gefängnis sitzen.«

Tucker schaute Bartlett an. »Jawohl, Sir«, sagte der junge Polizist. Er ging zu einem Ablageschrank und nahm eine Mappe heraus.

»Ich brauche ihn für eine Anklage wegen illegaler Alkoholbrennerei«, sagte Skeeter. »Ich hab eine Destillerie auf seinem Grundstück entdeckt, jenseits von Warm Springs.«

Tucker nahm Bartlett die Mappe ab und warf einen Blick hinein.

»Er ist vom Friedensrichter der Stadt wegen fahrlässigen Fahrens und wegen Sachbeschädigung zu zehn Tagen Haft verurteilt worden. Sechs Tage davon hat er abgesessen. Haben Sie eine richterliche Verfügung dabei?«

»Ist das so wichtig?« Skeeter sah ungeduldig aus.

»Wenn Sie dem Friedensrichter die Verfügung vorweisen, könnte er die Haftstrafe auf die bis jetzt abgebüßte Zeit verringern. Dann kann ich ihn freilassen, und Sie können ihn festnehmen.«

»Hören Sie, warum übergeben Sie ihn nicht einfach mir, dann sind Sie die Sache los. Ich hab keine Lust, deshalb noch einmal hierherzufahren.«

»Sheriff, ich würde Ihnen gern behilflich sein, aber ich kann ihn nicht ohne die Zustimmung des Friedensrichters freilassen. Das wäre gegen das Gesetz. Und wenn Sie ihn ohne richterliche Anweisung mitnehmen, und er wird verurteilt, hätte er einen guten Grund, wegen unbegründeter Festnahme in die Berufung zu gehen. Ich glaube, es ist für beide Seiten besser, wenn Sie sich erst eine entsprechende Verfügung besorgen und wir die Sache dann dem Friedensrichter überlassen.«

Skeeters Gesicht war inzwischen rot angelaufen. Er beugte sich nach vorn und stützte seine Hände auf die Tischplatte. »Jetzt hören Sie mir mal zu, mein Junge: Es ist mir egal, wie lange Sie bei der MP waren, aber jetzt arbeiten Sie hier in meinem County, und wenn Sie sich nicht vorsehen, wenn Sie mit mir reden, werden Sie bald merken, was das zur Folge hat.«

Tucker schwieg einen Augenblick lang, dann sagte er mit leiser Stimme, in der ein dunkles Grollen mitschwang: »Sheriff Willis, ich lade Sie gern zu einer Tasse Kaffee ein und gebe Ihnen Gelegenheit, die Füße auszuruhen. Jederzeit. Aber wenn Sie jemanden aus meinem Gefängnis mitnehmen wollen, dann müssen Sie mir die dazugehörigen Dokumente vorweisen. So wird es in meinem Amtsbereich gemacht und nicht anders.«

Skeeters Gesicht wurde dunkelrot. Er drehte sich auf dem Absatz um und stürmte ohne ein weiteres Wort hinaus.

»Pfff!« Bartlett pfiff leise durch die Zähne. »So wütend hab ich den alten Skeeter noch nie gesehen.«

»Er hat eine unvernünftige Forderung gestellt. Ich konnte nicht nachgeben.«

»Das weiß ich, Chief, aber der Mann ist länger, als man denken kann, Sheriff in diesem County, und Sie müssen versuchen, mit ihm auszukommen.«

»Ich bin bereit, ihm auf halbem Weg entgegenzukommen, wenn er das wünscht.«

»Ich hoffe, Sie erhalten noch eine Gelegenheit dazu, Sir. Sie können mir glauben, daß Skeeter das nicht einfach vergessen wird.«

»Ich danke Ihnen für den guten Rat, Buddy, wirklich.« Tucker war beeindruckt von der Sorge des jungen Mannes und nahm seine Warnung durchaus ernst. Nur um sich zu decken, rief er beim Friedensrichter an und informierte ihn über Skeeters Wunsch, seine Weigerung und den Rat, den er dem Sheriff gegeben hatte. Dann, nachdem er einen Augenblick nachgedacht hatte, rief er Billy Lee an und berichtete ihm von dem Zwischenfall.

Billy hörte ihn an, dann sagte er: »Buddy Bartlett hat recht, Tucker. Sie müssen sich in acht nehmen. Ich glaube, es war besser, daß Sie mich angerufen haben und nicht Hugh Holmes. Wenn Sie irgendwelche Probleme mit Skeeter haben, sagen Sie es mir sofort, ganz gleich, ob ich zu Hause bin oder in Atlanta. Klar?«

»Das werde ich tun, Gouverneur, und ich danke Ihnen für Ihr Interesse.«

Foxy Funderburke wußte nicht mehr, wie er der Kudzu-Ranken Herr werden sollte. Er hatte schon alles mögliche versucht. Wie viele andere in den Südstaaten hatte auch er die breitblätterigen, efeuähnlichen Pflanzen für eine ideale Bodenbedeckung gehalten. Das Kudzu war in den zwanziger Jahren von den Philippinen importiert und als gärtnerisches Wundermittel gepriesen worden. Der Staat hatte es an den Straßenrändern gepflanzt, um die kahlen roten Lehmböschungen zu bedecken, was nicht nur hübsch aussah, sondern auch den Boden vor Erosion schützte. Das unangenehme beim Kudzu war nur, daß die Pflanzen völlig unkontrolliert weiterwucherten. Sie kletterten die Böschungen hinauf und breiteten sich in den anliegenden Feldern aus, wo sie die Saat erstickten, sie überwucherten Bäume, die Masten der Strom- und Telefonleitungen und gelegentlich sogar Häuser. Man erzählte sich, daß das Haus des Mannes aus Alabama, der das Gewächs ins Land gebracht hatte, schließlich vom Kudzu vollkommen zerstört worden sei. Ausgleichende Gerechtigkeit, dachte Foxy.

Foxy hatte verzweifelt nach einer Bodenbedeckung für die Lichtung hinter seinem Haus gesucht. Er hatte Humus aufschütten lassen, sogar Kies, und dennoch hatte der Regen den Boden immer wieder hinweggeschwemmt. Wenn er daran dachte, was bei einem größeren Erdrutsch ans Tageslicht kommen konnte, wurde ihm heiß und kalt zugleich. Also hatte er Kudzu angepflanzt, doch inzwischen bereute er es bitter. Seit zwei Jahren bemühte er sich, das Zeug zu stutzen und zu hacken, das kaum noch seine Garage frei ließ, und wenn es jetzt, im Winter, tot aussah, so wußte er doch, daß es im Frühling erneut austreiben und sogar das Haus bedrohen würde. Foxy war mittlerweile fast achtzig, und obwohl er sich Gesundheit und Kraft bis ins Alter bewahrt hatte, war er den ewigen Kampf gegen das Kudzu allmählich leid geworden. Abbrennen schien die einzige Lösung zu sein. Er füllte Benzin in eine große Gießkanne, ging zu der Anhöhe hinter dem Haus und begann die Pflanzen damit zu besprengen.

Nach dem Lunch ging Tucker kurz die Main Street auf und ab und notierte sich die Nummern der nicht funktionierenden Parkuhren. Er hatte schon von den Geschäftsinhabern davon gehört: Viele Leute parkten den ganzen Tag an den nicht funktionierenden Uhren; die meisten von ihnen waren Angestellte in den Geschäften, und sie nahmen den Kunden die Parkplätze weg. Er mußte sehen, daß das rasch in Ordnung kam.

An der Ecke Main und Broad Street winkte er Murray, der in seinem Streifenwagen Patrouille fuhr, und stieg zu ihm in den Wagen. »Zeigen Sie mir die Stadt, Newton«, sagte er. Sie fuhren eine halbe Stunde umher, und Tucker versuchte, dem fetten Wachmann ein paar Regeln für die Ausübung seines Berufs beizubringen. Als sie an der Kreuzung Fifth Street und Broad Street anhielten, kam ein sandfarbener Cadillac vorbei, der den Berg hinauffuhr. »Ist Ihnen etwas aufgefallen an dem Wagen?« fragte Tucker.

Murray schaute ihn verblüfft an. »Nun, zu schnell gefahren ist er jedenfalls nicht.«

Tucker langte über die Sonnenblende des Fahrersitzes und holte eine Telex-Liste gestohlener Wagen herunter, die er an diesem Morgen von der staatlichen Straßenwacht erhalten hatte. »Sandfarbener zweiundsechziger Cadillac, gestohlen gestern in Atlanta. Fahren Sie nach rechts – den sehen wir uns mal an.«

Murray bog in die Fifth Street ein und fuhr bergauf; dabei beschleunigte er die Fahrt.

»Langsam, wir wollen ihm nicht jetzt schon Angst einjagen.« Tucker blickte mit zusammengekniffenen Augen auf den Wagen, dem sie sich allmählich näherten, und verglich das Nummernschild mit seiner Liste. »Richtige Farbe, falsche Schilder. Na, vielleicht hat er sie unterwegs gewechselt. Okay, Newton, ich möchte sehen, wie Sie das machen. Im Notfall schreite ich ein und helfe Ihnen.«

Murray schaltete die Blinklichter des Streifenwagens ein und ließ einmal kurz die Sirene ertönen. Der Fahrer riß den Kopf herum, nachdem er in den Rückspiegel geschaut hatte. Er fuhr an den Straßenrand, hielt an, und Murray stoppte hinter ihm. Der Polizist stieg aus und ging zur Fahrerseite des Cadillacs. Tucker kletterte ebenfalls aus dem Wagen und blieb davor stehen, die Hand in Reichweite seines Revolvers. Er hörte, wie Murray höflich um Führerschein und Zulassungspapiere bat. Der Fahrer reichte die Papiere durch das Fenster. Murray betrachtete sie, verglich die Beschreibung auf dem Führerschein mit dem Fahrer, ging dann nach hinten und sah nach, ob das Nummernschild mit der Nummer in den Papieren übereinstimmte. Dann gab er dem Fahrer die Papiere durchs Fenster und ging zurück zum Streifenwagen. Der Cadillac setzte sich wieder in Bewegung und fuhr weiter den Hügel hinauf.

»Ein Collegejunge aus Columbus, der übers Wochenende nach Hause fährt. Es ist der Wagen seines Vaters. Die Beschreibung auf dem Führerschein entspricht der des Burschen, und die Nummernschilder stimmen mit denen in den Fahrzeugpapieren überein.«

»Sehr gut, Newton. Sehen Sie, wie einfach das war? Niemand hat sich aufgeregt, es gab keinen Streit – nichts. Ihr Blutdruck ist normal geblieben, und der Bürger konnte seine Fahrt fortsetzen.«

»Jawohl, Sir.« Murray fühlte sich zwar gedemütigt, war aber auch stolz auf sein Verhalten.

»Was ist denn dort oben los?« Tucker zeigte auf die Flanke des Berges. Schwarzer Rauch erhob sich über den Baumwipfeln. »Sehen wir mal nach.«

Murray fuhr weiter den Berg hinauf, und als sie sich der Paßhöhe näherten, konnten sie sehen, daß der Rauch von der anderen Seite des Berges kam. »Sieht so aus, als käme das von Foxy Funderburkes Haus«, sagte Murray.

Tucker nahm das Mikrofon und teilte Bartlett mit, er solle die Feuerwehr verständigen. »Geben Sie Gas, Newton; wir wollen früher dort sein.«

Murray jagte den Wagen über den Berg und bog dann nach rechts in Foxys Zufahrt ein. Tucker hatte Funderburkes Haus nie gesehen, obwohl er als Junge davon gehört hatte, und er war beeindruckt, als das Haus mit den Blumenbeeten in Sicht kam. »Sieht so aus, als ob das Feuer hinter dem Haus wäre«, sagte er. »Fahren Sie weiter bis dorthin.« Sie hörten Hunde bellen.

Als sie hinter dem Haus waren, sahen sie einen rußigen Foxy Funderburke, der mit einem Rupfensack auf die Flammen einschlug. Auf dem Boden neben ihm lag ein Gartenschlauch, aber er schien zum Löschen den Sack zu bevorzugen. Als Foxy den Wagen sah, blickte er überrascht und erleichtert drein.

»In der Garage liegen noch mehr Säcke«, sagte er. »Packt sie euch und helft mir – schnell!«

Das Feuer hatte sich über eine große Fläche ausgebreitet, und zwei Kiefern standen bereits in Flammen. Die beiden Polizeibeamten sprangen aus dem Wagen. Murray lief zur Garage, aber Tucker ging nach hinten zum Kofferraum des Wagens und fand einen Feuerlöscher. Er schritt rasch die brennende Fläche ab und richtete den Feuerlöscher auf die Bäume, während Murray die Flammen in der Nähe der Hundezwinger bekämpfte. Tucker erwog gerade, die Hunde aus den Zwingern zu lassen, als er die Sirene des Feuerwehrwagens vernahm.

Zwanzig Minuten später war der Brand gelöscht, und über dem Grundstück hing nur noch schwarzer Rauch. Foxy war den Polizisten und Feuerwehrmännern dankbar, aber nun wollte er offensichtlich, daß sie wieder wegfuhren. Tucker spürte, daß dieser Mann etwas zu verbergen hatte – ein Instinkt, den er in den vielen Jahren seiner Dienstzeit entwickelt hatte. Er schaute sich auf dem Grundstück um, warf einen Blick in das Haus, in die Garage, in die Hundezwinger. Es schien alles völlig normal zu sein – bis auf den verbrannten Boden. Warum war dann ein alter Mann wie dieser Foxy Funderburke so nervös? Plötzlich sah er eine Szene aus seiner Kinderzeit, sah sich an einem Nachmittag mit Billy Lee in den Ställen hinter der Main Street, sah den wesentlich jüngeren Foxy Funderburke vor sich, der in der schwach erhellten Scheune onanierte und von den beiden Jungen dabei beobachtet wurde. Aber das alles hatte nichts zu besagen. Vielleicht legte er nur Foxys berechtigte Sorge um sein Haus falsch aus. Als er und Murray hinunterfuhren zum Highway, dachte Tucker, er könnte ja gelegentlich wieder einmal bei Funderburke vorbeischauen. Noch immer fühlte er, daß bei dem Alten irgend etwas nicht in Ordnung sein mußte.

»Die schicken ihm eine saftige Rechnung«, sagte Murray.

»Was?«

»Er wohnt außerhalb der Stadtgrenze. Und auch außerhalb des Meriwether Countys. Die Countygrenze von Talbot ist identisch mit der Stadtgrenze, oben auf dem Paß. Er kann die Dienste der Feuerwehr nicht umsonst in Anspruch nehmen. Die schicken ihm eine Rechnung.«

10

Billy blieb in der Zeit vor Weihnachten in Delano und kümmerte sich um seine Anwaltskanzlei. In Atlanta hätte es ohnehin nicht viel zu tun gegeben, bis die Legislative nach Neujahr wieder zusammentrat. Er arbeitete in seinem Büro im Bankgebäude, als es sachte an die Tür klopfte. Hugh Holmes streckte den Kopf herein. »Beschäftigt?«

»Nicht allzu sehr. Kommen Sie rein. Kann ich Ihnen eine Tasse Kaffee anbieten?«

Holmes ließ sich in einem Sessel nieder. »Nein, danke. Ich wollte nur den Stützpunkt besuchen und hören, was es Neues gibt.«

»Nun, in den paar Wochen, seit Tucker Watts seinen

Dienst angetreten hat, bin ich ungefähr dreißigmal eingeladen worden, eine Rede zu halten.« Er deutete auf einen Stapel von Korrespondenz auf seinem Schreibtisch.

»Wo denn?«

»Fast überall, mit Ausnahme von Georgia.«

»Das wundert mich nicht. Wir haben inzwischen auch ein paar ernsthafte Anfragen von Firmen, die sich für eine Niederlassung in unserer Stadt interessieren. Ein Betrieb in Pennsylvania, der Arbeitskleidung produziert, steht bereits mit dem Stadtrat in Verhandlungen.« Er ließ eine Pause entstehen. »Diese Tucker-Watts-Sache hilft dir bei den Schwarzen ganz bestimmt, aber es bleibt abzuwarten, wie sich die weißen Wähler verhalten.«

»Um die Wahrheit zu sagen«, erwiderte Billy, »ich glaube kaum, daß es uns bei denen viel Stimmen kosten wird. Mullins hat ohnehin längst den harten Kern von Anhängern der Rassentrennung um sich geschart.«

Senator Jackson Mullins war sein hauptsächlicher Gegner bei den Vorwahlen der Demokraten im kommenden September.

»Das ist sicher wahr. Entscheidend werden die Stimmen der unentschlossenen Mitte sein. Wenn es Mullins gelingt, sie genügend einzuschüchtern, oder wenn er dich schlecht genug hinstellt, könntest du in Schwierigkeiten kommen.«

Billy kannte Holmes gut genug, um zu wissen, daß er an etwas ganz Bestimmtes dachte. Er wartete darauf, daß der Bankier fortfuhr.

»Skeeter Willis ist ein Anhänger von Mullins, wie du weißt«, sagte Holmes.

»Ja, ich weiß.«

»Es gibt Anzeichen dafür, daß sich Skeeter und Mullins ein ganz besonderes Süppchen kochen.«

»Etwas im Hinblick auf Tucker?«

Holmes nickte. »Du weißt ja von der Begegnung zwischen Tucker und Skeeter auf der Polizeistation.«

»Tucker hat mich gleich danach angerufen. Ich sagte ihm, er solle mich unverzüglich benachrichtigen, falls ihm Skeeter irgendwelche Schwierigkeiten macht.«

»Das ist gut, aber ich könnte mir denken, wenn Skeeter etwas unternimmt, dann so, daß er ins Schwarze trifft. Erinnere dich nur an die Sache mit Marshall Parker, damals im Jahr sechsundvierzig, als man ihm geschmuggelten Alkohol in die Garage gestellt hat.«

»Natürlich. Skeeter und Sonny haben das gemeinsam ausgeheckt, davon bin ich überzeugt.«

»Zweifellos. Ich könnte mir denken, daß Skeeter sich etwas Ähnliches ausdenkt – wie nennt man das heutzutage?«

»Jemand leimen.«

»Genau. Skeeter wird versuchen, Tucker zu leimen, wenn er kann.«

»Ich werde mit Tucker sprechen und ihm sagen, daß er ganz besonders vorsichtig sein muß.«

»Das muß er wirklich. Skeeter hat bereits jemanden bei der Staatspolizei gebeten, sich nach Tuckers persönlichem Hintergrund zu erkundigen, nach seiner Jugendzeit in Columbus und so weiter. Ich bin in dem Zusammenhang angerufen worden.« Holmes rutschte auf dem Sessel hin und her. »Hast du eigentlich gewußt, daß Tucker Nellie Coles Neffe ist?«

Billy setzte sich ruckartig auf. »Im Ernst?«

»Tuckers Mutter war Jesses Schwester. Man nimmt an, daß Willie, nachdem Jesse deinen Vater erschossen hat, zu ihnen geflohen ist. Es klingt ziemlich logisch, finde ich. Willie wurde drüben in Alabama von einem Lastwagen getötet, und um dorthin zu gelangen, kommt man durch Columbus.«

»Kaum zu glauben! Er hat es mir gegenüber mit keinem Sterbenswörtchen erwähnt. Ich habe ihm von Daddy erzählt, als wir zu der Stadtratssitzung gefahren sind.«

»Natürlich kann man das in keiner Weise gegen ihn verwenden. Selbst wenn Tuckers Familie Willie versteckt hat – sie sind meines Wissens alle tot, und Tucker kann damals nur ein paar Jahre älter gewesen sein als Willie. Das war vor fast fünfunddreißig Jahren.«

»Ich wüßte nicht, was Skeeter daraus machen sollte.«

»Nein, vor allem, da Skeeter sich seinerzeit nicht einmal die Mühe gemacht hat, nach Columbus zu fahren und Willie zu suchen.«

»Ich glaube, niemand hat wirklich nach ihm gesucht. Er war im Grunde nur ein unschuldiger Zeuge bei dem Zwischenfall.«

»So unschuldig nun auch wieder nicht. Jedenfalls war Willie praktisch aus der Haft entflohen. Will Henry wäre wohl kaum zu den Coles gefahren, wenn er nicht nach Willie gesucht hätte.«

»Vielleicht ist es am besten so. Ich meine, daß Willie auf diese Weise verschwunden ist. Wir haben als Kinder viel miteinander gespielt, als Daddy noch die Farm hatte. Später, als wir in die Stadt gezogen sind, habe ich ihn nur noch selten gesehen. Ich will gar nicht daran denken, was passiert wäre, wenn sie ihn erwischt und angeklagt hätten.«

»Skeeter hätte es ihm jedenfalls nicht leichtgemacht, das steht fest. Wirst du mit Tucker darüber sprechen?«

Billy schwieg einen Augenblick. »Ich glaube nicht. Ich werde ihm nur raten, mit Skeeter besonders vorsichtig umzugehen. Es hätte wenig Sinn, ihn mit dieser anderen Sache zu konfrontieren. Er war ja mir gegenüber durchaus nicht verpflichtet, eine Geschichte auszupacken, die sich vor so langer Zeit ereignet hat. Ich kann ihm das keineswegs verübeln.«

Holmes stand auf. »Also schön, lassen wir es dabei. Ich glaube, ich sollte jetzt wieder ein wenig arbeiten.«

Billy blieb noch eine Weile sitzen und dachte an Willie Cole. Er hatte seit vielen Jahren nicht mehr an ihn gedacht.

Willie Cole saß eine Meile von ihm entfernt im Wohnzimmer seiner Mutter.

»Haben sie dich eigentlich über Willie Cole oder Tucker Watts ausgefragt?« wollte er wissen.

»Über beide«, sagte Nellie. »Aber sie wollten im Grunde nur wissen, ob du dich bei Tuck und Sarah versteckt haben könntest. Sie wollten alles auf dich schieben – daß du geflohen bist und dich versteckt hast . . . Ich sagte ihnen, ich hätte nie mehr etwas von Willie gehört, nachdem er weggelaufen sei, bis ich erfuhr, daß er drüben in Alabama umgekommen ist.«

»Jetzt hör mir gut zu: Mach dir deshalb keine Sorgen. Es gibt eine Geburtsurkunde von Tucker Watts im Gerichtsgebäude des Muscogee Countys, und ich habe eine über dreißig Jahre laufende Personalakte bei der Armee, die seine Identität bestätigt. Von Willie Cole existieren weder Fotos noch Fingerabdrücke. Ich bin zehn Zentimeter größer und fast hundert Pfund schwerer als der Willie Cole, den man von damals kannte. Außerdem interessieren sie sich vermutlich nicht für Willie Cole. Wer immer sich da umhört, dem geht es darum, daß ihm Tucker Watts nicht in den Kram paßt. Sie versuchen auf diese Weise, Billy Lee anzuschwärzen. Ich werde mit ihm darüber sprechen.«

»Hast du es eigentlich Elizabeth schon gesagt?« Die beiden Frauen waren sich inzwischen zweimal begegnet, zuletzt vor zwei Wochen.

»Nein. Du bist für sie noch immer Tante Nellie, und ich glaube, es ist das beste, wenn wir dabei bleiben.« Tucker hatte es Elizabeth verheimlicht, weil er nicht wußte, wie sie darauf reagieren würde. Ihre Unberechenbarkeit war ein Teil ihres Charmes und ein Rätsel zugleich.

Er verließ das Haus und fuhr zum Bankgebäude.

Tucker schaute Billy über den Schreibtisch hinweg mit festem Blick an. »Tut mir leid, daß ich Ihnen das nicht von Anfang an gesagt habe«, begann er. »Aber es ist mir nicht wichtig vorgekommen.«

»Es war zu diesem Zeitpunkt auch nicht wichtig. Entscheidend scheint mir jetzt, daß Sie sich in acht nehmen. Ich werde tun, was ich kann, um Ihnen Skeeter vom Hals zu halten.«

»Mit dem Sheriff werde ich schon fertig.«

»Darüber wäre ich mir an Ihrer Stelle nicht so sicher, Tucker«, entgegnete Billy. »Skeeter hat viele Anhänger in diesem County, und er ist keineswegs ein Dummkopf. Er hat einmal versucht, Marshall Parker reinzulegen; er und Sonny Butts haben, wenn ich mich nicht sehr irre, zwei Kisten mit geschmuggeltem Alkohol in Marshalls Garage gestellt. Wenn er Sie wirklich festnageln will, findet er vermutlich Mittel und Wege dazu. Es sei denn, er weiß, daß wir mit so etwas rechnen. Und ich werde dafür sorgen, daß er das erfährt.« Billy spielte mit seinem Briefbeschwerer. »Kannten Sie eigentlich Willie Cole?«

»Unsere Familien haben sich manchmal besucht, als wir noch Kinder waren.«

»Haben Sie ihn noch gesehen, nachdem er Delano verlassen hatte? Ich versichere Ihnen, diese Frage ist vertraulich.«

»Er kam eines Tages in unser Haus, während ich in der Schule war. Vater hat ihn nach Alabama geschickt, wo er auf einer Farm bei einer bekannten Familie arbeiten sollte. Ich selbst habe ihn damals nicht gesehen. Ein paar Jahre danach hörten wir, daß er tot war. Ich war damals gerade zur Armee gekommen, in Benning. Ich wußte nicht, daß er bei uns gewesen ist, bis man es mir damals erzählt hat.«

»Tut mir leid, daß alles so tragisch verlaufen ist für Willie. Wir haben als Kinder viel miteinander gespielt. Mama hat versucht, seine Eltern zu unterstützen, als sein Vater den Job verlor. Und mein Vater hat sein Bestes getan, um Willie zu helfen, als er in Schwierigkeiten gekommen war. Es ist für keinen der Beteiligten gut ausgegangen, wie wir wissen.«

Tucker schwieg dazu.

II

Von Billys Büro fuhr Tucker direkt zurück zur Polizeistation. Dort traf er zu seiner Überraschung Buddy Bartlett am Boden sitzend an, wo er Akten sortierte. Tucker hatte noch nicht Zeit gehabt, die Unterlagen durchzusehen und nach Will Henry Lees Aufzeichnungen zu suchen; er wollte nicht, daß ihm jemand dabei zuvorkam.

»Was zum Teufel tun Sie da, Sergeant?« Er hatte Bartlett befördert und ihn auf Dauer für die Tagesschicht auf der Station eingeteilt. Der junge Mann zeigte Talent für organisatorische Probleme, und es war bereits jetzt festzustellen, wie alles viel glatter lief, seit sich der dafür Verantwortliche ständig im Büro der Dienststelle aufhielt.

»Oh – hallo, Chief. Ich hatte einen ruhigen Tag und dachte, ich fang mal mit dem Sortieren an.«

»Dafür haben Sie Zeit?«

»Nun, ich sagte es schon, es war ein ruhiger Tag. Übrigens sind sie gar nicht so durcheinander, wie ich befürchtet habe. Sie sind in einzelnen Bündeln geordnet, die mindestens über drei oder vier Monate laufen.« Er zeigte auf ein Aktenbündel, das mit einer Schnur zusammengehalten wurde und neben ihm auf dem Boden lag. »Das hier sind die Aufzeichnungen über mehrere Jahre. Alles noch von Chief Lee – Billy Lees Vater – aus den zwanziger Jahren.«

»Haben Sie sie schon durchgesehen?«

»Nee, es liegt ja ordentlich beisammen. Ich werde die Aktenbündel nur chronologisch einordnen, denke ich. Glauben Sie, daß wir diese Berichte überhaupt noch brauchen, Chief? Ich finde, wir sollten sie nach einer gewissen Zeit aussortieren – nach zehn Jahren oder so. Das alte Zeug könnten wir dann im Archiv des Rathauses unterbringen, wenn wir es nicht überhaupt wegwerfen.«

Tucker hob das Bündel hoch. »Kein schlechter Gedanke. Ich werde die Sachen kurz durchsehen und feststellen, ob etwas von historischem Wert dabei ist. Lee war der erste Chief von Delano, nicht wahr?«

»Stimmt. Mein Vater erinnert sich noch gut an ihn. Er sagt, Will Henry Lee war ein guter Mann.«

»Also dann, machen Sie weiter. Versuchen Sie, zwei oder drei Jahre von den jüngeren Unterlagen – ich meine, aus der Zeit vor dem Brand – zu ordnen, und ich höre mich im Rathaus um, ob man den Rest dort lagern kann.«

Tucker ging in sein Büro und legte das Bündel auf seinen Schreibtisch. Dann zog er seine Jacke aus, hängte sie auf, setzte sich an den Schreibtisch und zog die Schnur von dem Bündel. Seine Hände zitterten. Fast augenblicklich fand er das, wonach er suchte. Auf einfachem Papier mit vergilbten Rändern stand: »Nahm Willie Cole, Alter 15, fest auf Grund einer Anzeige von E. Routon, Gemischtwarenhändler, der behauptet, Cole hätte ihm einen Schinken und einen Sack Bohnen gestohlen. Cole gestand die Tat vor dem Friedensrichter und wurde zu 10 Tagen Haft verurteilt, die er im Stadtgefängnis zu verbüßen hat. Er wurde dem Stadtdirektor für Straßenarbeiten zugeteilt.« Das Blatt war datiert und unterzeichnet.

Das war sie, die ganze kriminelle Karriere eines gewissen Willie Cole, der dank der Hilfe seines Onkels Tuck als verstorben galt. Jetzt wunderte sich Tucker, daß er befürchtet hatte, dieses Papier könnte ihn belasten. Er wollte das Blatt vernichten, überlegte es sich dann aber anders und steckte es in seine Hemdtasche.

Danach blieb er ein paar Minuten lang sitzen, bis er wieder normal atmen konnte. Er fühlte sich erleichtert, beugte sich in seinem Armstuhl vor, stützte einen Ellbogen auf die Schreibtischplatte und begann, die Akten durchzublättern. Er fand nichts Besonderes – kleine Diebstähle, ein Mann, der seine Frau geschlagen hatte, ein Autodiebstahl. Es gab einen kurzen, interessanten Bericht über einen Bankraub aus dem Jahr 1920, offenbar an dem Tag, als der neue Chief in sein Amt eingeführt worden war. Tucker lachte. Was für ein Amtsbeginn! Und dann stieß er auf die Photographien.

Sie waren verblüffend. Sein erster Gedanke war, daß sie in ein Museum oder eine Ausstellung zur Stadtgeschichte gehörten. Die Jugend und die Verwundbarkeit dieses Jungen, die Nacktheit des Körpers, die Verletzungen – das alles in hellem Licht und auf scharfen, deutlichen Abzügen! Erstaunlich, was man mit den damaligen Fotoapparaten erreicht hatte. Danach las er den Autopsiebericht und wunderte sich über seine Klarheit und die Erfahrung, die daraus sprach. Er las die Notizen des gerade erst eingestellten Chiefs über seine Untersuchung, einschließlich der Begegnung mit Foxy Funderburke, und die Korrespondenz zu dem zweiten Mordfall – der junge Mann, der erschossen am Weidezaun aufgefunden worden war. Es lag nahe, daß Chief Lee einen Zusammenhang zwischen den beiden Fällen vermutete.

Danach las er alles noch ein zweites Mal und stieß dann auf eine Mappe, die neuer aussah. Auf dem Schnellordner stand »Butts – persönlich«. Das mußte Sonny Butts geschrieben haben, der Mann, der verschwunden war. Er fragte sich, warum dieser Ordner mit denen aus viel früherer Zeit zusammengebunden war. Aber als er die Rundschreiben über die vermißten jungen Burschen gelesen hatte, wußte er, warum.

Wenn man sie nebeneinander auf den Schreibtisch und zu den Fotos der Toten legte, wiesen die Bilder der vermißten Jugendlichen eine geradezu unheimliche Ähnlichkeit auf. Er bemerkte, daß die Namen der Orte auf allen Rundschreiben unterstrichen waren und daß man sie auf einer beiliegenden Straßenkarte mit einem Kreuz markiert hatte, wobei die Kreuze einen Kreis rings um Delano bildeten. Er konnte Sonnys Gedanken lesen, als ob der Mann ihm gegenüber am Schreibtisch säße und sie ihm darlegte. Zwei junge Männer waren in Delano oder der näheren Umgebung ermordet worden, und fünf weitere waren in demselben Gebiet verschwunden – in einer Periode von fünfundzwanzig Jahren. Inzwischen waren weitere sechzehn Jahre vergangen.

»Bartlett, können Sie einen Augenblick herkommen?« rief er hinaus. Der Polizist kam an die Tür. »Wenn Sie die alten Akten durchsehen, sollten Sie ein Auge auf Rundschreiben über vermißte Personen haben und sie beiseite legen.«

»Jedes einzelne?«

»Ja, jeden Bericht über eine vermißte Person. Aber behalten Sie das für sich, ja?«

Am späten Nachmittag nahm sich Tucker einen Streifenwagen und fuhr langsam durch die Stadt; dabei machte er sich Notizen, wo ein Stoppschild oder ein Parkverbotsschild fehlte. Er fing mit der »Stadt«-Seite an, kam dann in das Industrieviertel und schließlich in den überwiegend von Schwarzen bevölkerten Stadtteil Braytown. Als er in eine Seitenstraße einbog, sah er einen zweiten Streifenwagen, der vor einer der halbverfallenen Hütten parkte. Sein erster Gedanke war, daß einer seiner Leute Hilfe brauchte, aber dann kam ihm die Idee, daß der Fahrer vielleicht eine schwarze Freundin in Braytown hatte. Er nahm das Mikrofon. »Station, hier Wagen eins.«

Bartletts Stimme meldete sich sofort. »Chief, hier Station.«

»Wer fährt Wagen zwei?«

»Patrick, Chief. Er sollte schon zurück sein. Probleme?«

»Bis jetzt nicht. Ende.«

Tucker fuhr hinter den anderen Streifenwagen und stieg aus. Als er gerade über die Holztreppe zur Haustür gehen wollte, hörte er Stimmen auf der Rückseite des Hauses. Er ging nach hinten in den Garten, blieb an der Hausecke stehen und lauschte. Jetzt vernahm er die Stimme von Bobby Patrick, wütend und drohend, und eine zweite Stimme, die einem eingeschüchterten Schwarzen zu gehören schien.

»Du hast nicht bezahlt, Roosevelt, und Mr. Cox will sein Geld.« Cox betrieb, wie Tucker wußte, ein Möbelgeschäft in der Stadt.

»Ich zahle ihm nicht mehr, als das Zeug kostet«, klagte die schwarze Stimme, und gleich danach vernahm man das Klatschen von Haut auf Haut.

»Du hast die Frachtkosten nicht bezahlt, Roosevelt. Du mußt auch die Frachtkosten zahlen. Bist du jetzt bereit dazu, oder muß ich eingreifen?«

Als Tucker um die Ecke bog, sah er einen Schwarzen, der am Boden kauerte. Bobby Patrick stand über ihm, mit dem Rücken zu Tucker, und nahm gerade den lederüberzogenen Schlagstock vom Gürtel. Eine Frau und ein Kind standen auf der hinteren Veranda, klammerten sich aneinander und waren offensichtlich zu Tode erschrocken.

Tucker ging in den kleinen Hinterhof, packte Patrick am Schulterriemen und zerrte ihn rückwärts. Patrick verlor das Gleichgewicht und fiel nach hinten, mitten in den Hühnerdreck. »Officer Patrick, stehen Sie auf und warten Sie an Ihrem Streifenwagen auf mich.«

Der wütende Polizist erhob sich und protestierte.

»Maul halten!« kommandierte Tucker. »Gehen Sie raus und stellen Sie sich neben den Wagen. Und reden Sie kein Wort.«

Patrick drehte sich um und stampfte davon. Tucker wandte sich an den Schwarzen. »Wie heißen Sie?«

»Roosevelt Hawkins.«

»Was haben Sie bei Cox gekauft?«

»Zeug für neunzig Dollar – ein Bügelbrett und Möbel für die Veranda. Er schickt mir den Polizisten, weil ich mit meinen Raten im Rückstand bin.«

»Schickt Cox den Polizisten zu allen Kunden, die ihre Raten nicht bezahlen?«

»Ja, Sir.«

»Nur diesen einen Polizisten?«

»Nur Patrick. Er ist der einzige, der das macht.«

»Haben Sie einen Vertrag mit Cox abgeschlossen?«

»Ja, Sir.«

»Holen Sie ihn.« Der Mann ging ins Haus und kam mit einem Blatt Papier zurück. Tucker warf einen Blick darauf. »Wieviel haben Sie ihm inzwischen bezahlt?«

»Ungefähr hundertdreißig.«

»Dann brauchen Sie ihm nichts mehr zu bezahlen.«

»Aber dann schickt er mir wieder jemand.«

»Er schickt Ihnen niemand. Ich rede mit ihm. Vergessen Sie die Sache. Wollen Sie jetzt Anzeige gegen den Polizisten erstatten, weil er Sie geschlagen hat?«

Hawkins schüttelte den Kopf. »Nein, Sir! Ich will keinen Ärger haben.«

»Wenn Sie ihn anzeigen wollen, bekommen Sie keinen Ärger.«

Wieder schüttelte Hawkins den Kopf. »Nein, Sir, wenn Sie ihn mir bloß vom Leibe halten – mehr will ich nicht.«

»Also gut. Ich halte ihn Ihnen vom Leibe, aber dafür müssen Sie mir einen Gefallen tun. Wenn Sie wieder solchen Ärger haben, rufen Sie mich an oder besuchen mich auf der Station. Werden Sie das tun?«

Hawkins schaute zu Boden. »Ja, also . . .«

Tucker legte dem Mann eine Hand auf die Schulter. »Hören Sie zu, Roosevelt: Wenn Sie mir vertrauen und es mir sagen, falls wieder so etwas passiert, kann ich etwas dagegen unternehmen. Aber wenn ich nichts erfahre, kann ich auch nichts tun.«

Hawkins nickte. »Gut.«

»Und sagen Sie es auch allen anderen. Ich werde sie gut behandeln, wenn sie zu mir kommen.«

»Ja, mach ich. Und – war mächtig nett, was Sie getan haben.«

Tucker verließ erleichtert den Garten. Seine Einführung

bei den Schwarzen der Stadt hätte nicht besser sein können. Er lächelte. Zuvor waren sie ihm eher zurückhaltend begegnet – jetzt war das Problem gelöst. Und zugleich ein zweites: Bobby Patrick war immer frech und faul gewesen und hatte Widerstand geleistet, seit Tucker den Job übernommen hatte – auf diese Weise war er ihn los.

Patrick lehnte an seinem Streifenwagen und starrte düster vor sich hin. Tucker ging zu ihm hin und lehnte sich gegen den anderen Kotflügel. »Hören Sie, es tut mir leid, daß ich Sie in den Dreck werfen mußte, aber es sollte echt aussehen. Sie haben sich da ein ganz schönes Problem geschaffen; Roosevelt erklärt, er gibt es an die Presse weiter.«

Patrick fuhr herum. »Das lassen Sie zu, gegen einen Ihrer eigenen Leute?«

Tucker breitete die Handflächen aus. »Was kann ich dagegen tun, Mann? Er ist wütend und sagt, er bringt noch einen Haufen anderer Leute zusammen, die den gleichen Ärger hatten. Er gibt keine Ruhe, bis Sie im Zuchthaus verschwunden sind, das garantiere ich Ihnen.«

Patrick riß die Augen weit auf. »Ich kann da nicht hin. Scheiße, ich wäre keine Woche da, bis mir jemand ein Messer in den Bauch rammt. Sie wissen doch, was es bedeutet, wenn da mal ein Polizist reinkommt.«

»Ich weiß, aber was kann ich tun? Ich habe die Sache mit eigenen Augen gesehen, und wenn ich für Sie aussage, bin ich dran wegen Meineid. Der Mann hat fünf Zeugen, ist Ihnen das nicht klar?«

Jetzt bekam es Patrick tatsächlich mit der Angst zu tun. »Hören Sie, Chief, das kann er doch nicht machen mit mir. Sie müssen mir helfen.«

Tucker schien zu überlegen. »Hören Sie, Bobby, ich sehe nur eine Möglichkeit, wie Sie ohne Gefängnisstrafe davonkommen. Sie müssen den Dienst quittieren. Wenn Sie das tun, kann ich Roosevelt vielleicht dazu überreden, daß er die Anzeige zurückzieht.« Patrick verzog das Gesicht. »Ich weiß, es ist hart, Mann, aber was können Sie sonst tun? Wenn genügend von den anderen gegen Sie aussagen, könnte es sogar sein, daß Sie nach Reidsville gebracht werden.« Der Name des

Staatsgefängnisses bewirkte, daß dem jungen Polizisten ein Schauer über den Rücken lief. Tucker fuhr fort: »Wenn Sie Glück haben, kommen Sie mit fünf bis sieben Jahren davon.«

Jetzt schaute Patrick den Chief flehentlich an. »Hören Sie, wenn ich kündige, bringen Sie dann diesen Bastard so weit, daß er keine Anzeige erstattet? Versprechen Sie mir das?«

Tucker klopfte dem Mann väterlich auf die Schulter. »Ich werde alles tun, was ich kann. Aber wir müssen uns beeilen, bevor sich die Sache herumspricht.«

Patrick nickte. »Ja. Klar.«

»Wissen Sie was? Fahren Sie jetzt gleich zurück zur Station und lassen Sie sich von Bartlett einen Kündigungsbrief tippen. Sagen Sie, daß Sie den Dienst aus persönlichen Gründen quittieren, etwas in der Art, aber es muß echt klingen. Dann soll Bartlett den Brief in meinen Safe legen, Sie geben ihm Ihre Plakette und gehen schnurstracks nach Hause. Ich rufe an, sobald ich etwas erreicht habe, klar?«

Patrick nickte. »Ja, klar.« Er ergriff Tuckers Hand und drückte sie. »Hören Sie, Chief, ich danke Ihnen, daß Sie diese Sache für mich ausbügeln. Sie werden es nicht bereuen.« Er setzte sich in seinen Streifenwagen und brauste in einer Staubwolke davon.

Tucker stand auf der Straße und schaute ihm nach; dabei lachte er leise und sagte zu sich: »Ich werde es bestimmt nicht bereuen, Bobby – bestimmt nicht.«

Tucker stand in Elmer Cox' Büro und wartete, während Cox den Vertrag mit Roosevelt Hawkins heraussuchte. Der Kaufmann kam an seinen Schreibtisch zurück und stempelte nervös »Bezahlt« darauf. Dann unterschrieb er den Vertrag und reichte ihn Tucker. »Chief, ich bin Ihnen sehr dankbar dafür, daß Sie das ohne großes Aufsehen abwickeln.«

Tucker nahm das Blatt, faltete es zusammen und steckte es ein. »Es freut mich, Ihnen helfen zu können, Mr. Cox. Aber von nun an müssen Sie sehr vorsichtig sein.«

»Richtig, richtig.« Der untersetzte Mann wischte sich die Stirn mit dem Ärmel seiner Jacke. Er schwitzte aus allen Poren.

»Noch so ein Zwischenfall, und ich kann es nicht mehr verschweigen.«

»Ich verstehe, Chief, und ich bin Ihnen sehr dankbar.« Er langte in eine Tasche, zog die Hand mit einem Geldbündel heraus und begann ein paar Scheine abzuzählen.

Tucker hielt abwehrend die Hand hoch. »Das ist nicht nötig, Sir. Ich freue mich, daß ich Ihnen helfen konnte.« Der Kaufmann brachte ihn zur Tür und dankte ihm immer wieder.

Auf der Polizeistation holte Bartlett Patricks Kündigungsbrief aus dem Safe. »Was haben Sie bloß mit Bobby angestellt, Chief? Ich habe ihn noch nie so besorgt gesehen.«

»Ach, ich hab ihm nur einen kleinen Gefallen erwiesen. Rufen Sie ihn jetzt an und sagen Sie ihm, es ist alles okay, er braucht sich keine Sorgen mehr zu machen. Sagen Sie ihm, ich habe auch mit dem Geschäftsmann gesprochen, und er ist auch dort aus dem Schneider.« Tucker begann zu lachen. »Ich würde ihn ja selbst anrufen, aber ich fürchte, ich könnte nicht ernst bleiben dabei.« Dann ging er in sein Büro und schloß die Tür.

Bartlett machte ein verdutztes Gesicht, tat aber, was man ihm aufgetragen hatte. Er wählte die Nummer, und währenddessen hörte er, wie der Chief in seinem Büro schallend lachte.

12

In den Tagen vor Weihnachten wurde Billy Lee ein ungutes Gefühl nicht los, wenn er an Skeeter Willis und Tucker Watts dachte; es verfolgte ihn bei Tag und Nacht. Er mußte etwas unternehmen. Erst dachte er daran, selbst zu Skeeter zu fahren und ihn zu warnen, aber der Politiker in ihm scheute vor einer direkten Konfrontation zurück. Schließlich fiel ihm etwas Besseres ein. John Howell, der Korrespondent der »Times« in Atlanta, rief an einem kalten Morgen in seinem Büro an und lud ihn zum Lunch ein. »Ich wollte eigentlich nur ein bißchen mit Ihnen plaudern und vielleicht etwas Background für meine Geschichte im ›Sunday Magazine‹ sammeln, die vermutlich erst im Frühjahr herauskommen wird«, sagte Howell. »Wo können wir in Delano einen Happen zu essen bekommen?«

Billy griente. »Wie stark ist Ihr Magen?«

»Es gibt doch sicher irgendein Grillrestaurant oder etwas Ähnliches.«

»Ach«, erwiderte Billy und nahm seinen Mantel, »ich glaube, ich finde etwas viel Interessanteres, wo wir essen können.«

Die beiden Männer fuhren von Delano nach Norden, ins Zentrum des Countys, und Howell stellte während der Fahrt viele Fragen und machte sich Notizen dazu. Billy war beeindruckt davon, wie gut Howell über seine politische Karriere informiert war, und höchst überrascht, als Howell von der Verwandtschaft zwischen Tucker Watts und Jesse Cole sprach; er war froh, daß er über diesen Punkt bereits Bescheid wußte und dem Journalisten die richtigen Antworten geben konnte.

»Ein merkwürdiger Zufall, den ich ebenfalls interessant finde, auch wenn er bedeutungslos ist«, sagte er. »Dennoch wäre es durchaus möglich, daß gewisse Leute diesen Umstand dazu benützen, mir und Tucker das Leben schwerzumachen. Nun, ehrlich gesagt, ich fühle mich da völlig frei von Ressentiments. Tucker selbst hat mir davon erzählt, aus freien Stükken. Dieser Junge, Willie, ist offenbar eines Tages im Haus von Watts' Eltern in Columbus aufgetaucht, ohne über Nacht dort zu bleiben. Tucker hat erst viel später davon erfahren, nachdem Willie bereits tot war.«

»Dann haben Sie nichts dagegen, wenn ich darüber schreibe?«

Billy lächelte. »Und wenn ich etwas dagegen hätte? Schreiben Sie ruhig darüber, falls Sie es für interessant halten. Haben Sie eine Kamera dabei?«

»Eine Minox, in meiner Aktentasche. Warum?«

»Vielleicht wollen Sie ein paar Fotos von dem Lokal machen, in das ich Sie führe – für den Restaurantkritiker in der

›Times‹.« Billy bog von der Hauptstraße ab und kam auf eine ungeteerte Landstraße. Kurz danach hielten sie an einem Tor mit einem Wächter davor.

»Sie meinen, wir essen im Straflager des Countys?« Howell warf einen Blick auf die Baracken hinter dem Zaun.

Der Wachmann sah verängstigt drein. »Ja, Sir, kann ich etwas für Sie tun?«

Billy hatte noch nicht einmal angehalten. »Ich möchte euch einen Besuch abstatten«, rief er hinaus und lachte, als er sah, wie der Wachmann zum Telefon eilte. »Ich komme hier von Zeit zu Zeit unangemeldet vorbei«, erklärte er Howell. »Das ist ein Brauch, den Hugh Holmes vor langer Zeit eingeführt hat.«

Billy fuhr direkt zur Kantine, vorbei am Haus des Lagerchefs. Der Mann erschien in der Tür, eine Serviette vor der Brust, und blickte düster zum Wagen herüber. »Ich sehe, der Captain ißt nicht mit seinen Schützlingen«, sagte Billy. Er parkte vor der Kantine und ging dann die ausgetretene Holztreppe hinauf. Howell folgte ihm auf den Fersen.

Sie betraten eine Halle voller Männer, die überraschend ruhig war; das einzige wahrnehmbare Geräusch kam von den Metallöffeln, die gegen Plastiktabletts klapperten. Billy ergriff die Hand des am nächsten stehenden Wächters und schüttelte sie dem völlig perplex Dreinschauenden. »Hallo, freut mich, Sie zu sehen.« Es hätte ebensogut ein Grillfest auf seinen Wahlreisen sein können. Danach führte er Howell zur Essenausgabe und nahm sich ein Tablett. In diesem Augenblick kam der atemlose Captain durch die Tür.

»Guten Morgen, Gouverneur, mein Name ist Hardy; ich habe im vergangenen Monat Jenkins abgelöst.« Er nahm Billy am Ellbogen und versuchte ihn zur Tür zu steuern. »Ich wollte mich gerade zum Mittagessen setzen. Kommen Sie doch mit mir.«

»Ich mache Ihnen einen anderen Vorschlag, Captain«, entgegnete Billy und drückte dem Mann ein Tablett in die Hand. »Lassen Sie uns doch hier bei den Gefangenen essen. Und ich möchte Ihnen Mr. John Howell von der ›New York Times‹ vorstellen.« Zugleich drängte er den beunruhigten Lagerchef an die Essenausgabe und dann zu einem Tisch, an welchem einige Plätze frei waren. »Mr. Howell ist der Restaurantkritiker seines Blattes, und ich habe ihm erzählt, wie gut Ihre Gefangenen hier essen. Was sagen Sie dazu, Captain?«

Der Lagerchef warf einen düsteren Blick auf die matschigen Butterbohnen und das Stück Schweinenacken auf dem Teller. Howell schoß so schnell wie möglich ein paar Fotos mit seiner Minox.

»Sagen Sie, Captain – wie hoch ist Ihr Tagesbudget pro Mann für das Essen?«

»Äh – zwei Dollar dreißig Cent, Gouverneur.«

»Na«, sagte Billy und stocherte mit der Gabel auf seinem Teller herum, »dann steht für heute abend vermutlich ein T-Bone-Steak auf dem Speiseplan. Das hier sieht so aus, als wäre es keine fünfzehn Cent wert.«

»Ja, also – heute ist leider eine Lieferung ausgeblieben. Nur ein vorübergehender Engpaß.« Ein Gefangener am Tisch begann zu husten.

»Das will ich sehr hoffen, Captain. Es wäre mir sehr unangenehm, wenn die ›New York Times‹ zu der Auffassung käme, daß unsere Gefangenen dreimal täglich mit solchem Abfall gefüttert werden. Wissen Sie was? Ich werde jemanden vom Strafvollzug in den nächsten Tagen herschicken, damit er Ihnen bei einer Revision der Küche, der Buchführung und der Bestellungen hilft. Meinen Sie nicht, daß das für Sie eine große Erleichterung wäre?«

Der Captain war ins Schwitzen gekommen. »Ja, also, Sir, ich glaube, wir werden schon selbst damit fertig. Ich wollte dieser Tage mit dem Sheriff darüber sprechen, damit ein paar Dinge verbessert werden. Ich bin erst seit einem Monat hier, und ...«

»O ja, ich erwarte natürlich, daß Sie sehr eng mit dem Sheriff zusammenarbeiten. Es würde mich übrigens nicht wundern, wenn er in Kürze hier auftauchte. Aha, wenn man vom Teufel spricht ...«

Billy zeigte quer durch den Raum. Skeeter Willis kam gerade durch die Tür. Billy stand auf, um ihn zu begrüßen. Skeeter ignorierte die ausgestreckte Hand. »Verdammt, Billy, wenn Sie schon hier in meinem Lager herumschnüffeln wollen, sollten Sie mich wenigstens zuvor anrufen und . . .«

»Sheriff, kennen Sie schon Mr. John Howell von der ›New York Times‹?«

»*Was?*«

»Mr. Howell wollte einmal ein Musterlager besichtigen, und ich weiß doch, daß hier bei Ihnen alles zum Besten steht. Nun, meine Herren, wenn Sie uns entschuldigen wollen, wir müssen weiter. Bleiben Sie ruhig sitzen, Captain.« Er legte dem Lagerchef eine Hand auf die Schulter und drückte ihn wieder auf seinen Stuhl. »Essen Sie ruhig erst mal zu Ende. Ich werde dafür sorgen, daß Sie in Kürze die versprochene Hilfe erhalten.«

Billy und Howell gingen zum Wagen zurück, gefolgt von Skeeter. Der Sheriff nahm Billy zur Seite. »Hören Sie, Billy, das paßt mir ganz und gar nicht.«

»Aber ich bitte Sie, Skeeter, ich sorge doch nur dafür, daß Sie ein bißchen Publicity bekommen. Ich hätte gedacht, daß Sie das freut. Mr. Howell hat davon gesprochen, daß er in Kürze einen Artikel über die Administration und die Legislative in einem typischen County in den Südstaaten schreiben wird. Wenn Sie wollen, kann ich ihn an Sie verweisen, damit Sie ihm Einblick in Ihre Arbeit verschaffen.«

»Hören Sie, Billy, es besteht absolut keine Notwendigkeit . . .«

»Ich habe neulich mit einem Bekannten im Justizministerium gesprochen, der ein ähnliches Interesse zum Ausdruck brachte. Vielleicht möchten Sie sich auch mit ihm unterhalten?«

Skeeter war inzwischen dunkelrot angelaufen. »Verdammt, Billy, Sie . . .«

»Oder wenn Sie nationale Aufmerksamkeit auf sich lenken wollen, könnte ich direkt mit Bob Kennedy darüber sprechen. Er interessiert sich zur Zeit brennend für die Vollzugsbedingungen in den Südstaaten.« Billy ließ den vor Zorn kochenden Sheriff stehen und stieg in den Wagen. Howell hatte bereits auf dem Beifahrersitz Platz genommen. Billy kurbelte das Fenster auf seiner Seite herunter. »Ich wäre sehr glücklich, wenn ich etwas in dieser Richtung unternehmen könnte, Skeeter. Sie brauchen es nur zu sagen.« Dann kurbelte er das Fenster wieder hoch und fuhr hinaus aus dem Lager, nachdem er dem Sheriff noch einmal freundlich zugewinkt hatte. »Haben Sie ein paar hübsche Fotos zusammen?« fragte er Howell.

»Mein Gott, das war die komischste Szene, die ich je erlebt habe. Vor allem, wie der Captain versucht hat, das Zeug zu essen.«

»Scheint ihm nicht sehr geschmeckt zu haben, wie?«

»Machen Sie öfters solche Besuche?«

»Nicht oft genug, wie mir scheint. Diesen Burschen muß man wirklich auf die Finger sehen. Ich schicke in den nächsten Tagen jemand hierher, dann klappt es wieder für 'ne Weile, aber bei der erstbesten Gelegenheit . . .«

»Ja, ich glaube, die brauchen ziemlich oft eine strenge Kontrolle.«

»Jedenfalls hat Skeeter kapiert, worum es geht«, sagte Billy, während sie nach Delano zurückfuhren.

13

Tucker bog von der Broad in die Main Street ein und fuhr dann im Verkehrsstrom langsam den Block entlang. Dabei fiel sein Blick auf einen erst kürzlich von ihm eingestellten Mann: Gene Legg, frisch vom Marinekorps. Er hatte sich unter die Leute gemischt, die ihre Weihnachtseinkäufe machten. Tucker glaubte, daß sich der Bursche gut entwickeln würde, sobald er etwas Training hinter sich gebracht und etwas Erfahrung gesammelt hatte.

»Es überrascht mich, daß Sie keinen Schwarzen eingestellt haben«, sagte John Howell, der neben ihm auf dem Beifahrersitz saß. Der Reporter verbrachte einen Arbeitstag an der Seite Tuckers, um Material für seinen Artikel zu sammeln.

»Es kann ja noch kommen«, erwiderte Tucker. »Aber ich brauchte dringend einen Mann, und da sich ein geeigneter beworben hat, habe ich ihn genommen. Wenn ich nächstes Mal einen brauche, und ein geeigneter Schwarzer bewirbt sich, werde ich ihn einstellen.« Tucker wußte genau, daß der nächste ein Schwarzer sein würde, und wenn er ihn einer anderen Polizeidienststelle entführen müßte.

»Was halten Sie von der Bürgerrechtsbewegung, von den Veränderungen, die immer mehr um sich greifen?«

»Ich meine, diese Veränderungen, wie Sie es nennen, sind längst überfällig. Und was die Bewegung angeht: Sie hat meine Sympathie, aber ich sehe mich selbst nicht als einen aktiven Teilnehmer, auch wenn ich der erste Schwarze auf einem Posten bin, der hier bisher nur an Weiße vergeben wurde.« Tucker wußte genau, daß er ohne die Bürgerrechtsbewegung diesen Posten niemals bekommen hätte.

»Was werden Sie aber tun, wenn es im Rahmen Ihrer Pflichterfüllung einmal notwendig werden sollte einzugreifen? Ich meine, auf lokaler Ebene.«

»Ich hoffe, daß ich dann meinen Job tue, so gut ich kann. Ich neige dazu, alles in der Welt danach einzuteilen, ob es eine Polizeisache ist oder nicht. Wenn sich etwas in Delano ereignen sollte, was in den Aufgabenbereich der Polizei fällt, werde ich mich soweit wie nötig engagieren, um zu einer alle Seiten zufriedenstellenden Lösung zu gelangen.«

»Sehen Sie da nicht eine entscheidende Rolle für sich – ich meine, als Polizeichef und als Schwarzer? Wären Sie nicht bereit, die Grenze Ihrer Pflicht zu überschreiten, um die Ereignisse zu beeinflussen?«

»Diese Grenze ist für einen Polizeibeamten stets sehr fließend. Wissen Sie, jeder Polizist muß von Zeit zu Zeit solche Entscheidungen treffen. Soll er jemanden festnehmen oder nur verwarnen? An welchem Punkt wird eine familiäre Auseinandersetzung zu einem kriminellen Akt? Ich denke, daß ich auf diesen Gebieten genügend Urteilsfähigkeit besitze, und ich hoffe, daß mir das in Zukunft nützen wird.«

»Glauben Sie, Ihre familiäre Beziehung zu Jesse Cole könnte Ihnen hier in Delano schaden?«

Tucker konnte seine Überraschung nicht verbergen. »Hat Ihnen Billy Lee davon erzählt?«

»Nein, ich hörte es von – aus einer anderen Quelle. Aber ich habe mit Billy darüber gesprochen, und ihm scheint es keine Sorgen zu bereiten. Offensichtlich steht es fest, daß Sie bei Willies Flucht keine Rolle gespielt haben können.«

Tucker zuckte mit den Schultern. »Ich wußte nicht einmal, daß er vor irgend etwas auf der Flucht war. Abgesehen davon hatte er bestimmt nichts mit dem Tod von Will Henry Lee zu tun, dem Vater des Gouverneurs. Er war eben zufällig dabei, wie man mir erzählte.«

»Er wollte seine Haftstrafe nicht absitzen.«

»Ja, das kann sein, aber Sie sagen selbst, daß ich nichts damit zu tun haben kann. Er war eben mein Vetter, und ich erfuhr erst von seiner Flucht, als er schon tot war.«

»Um auf meine vorige Frage zurückzukommen: Glauben Sie, daß Ihnen diese familiäre Beziehung Schwierigkeiten bereiten könnte?«

»Warum sollte sie? Werden Sie darüber schreiben?«

»Wäre es Ihnen unangenehm, wenn ich es täte?«

»Ich weiß nicht. Das alles liegt so lange zurück. Ich kann nicht einsehen, was es mit dem zu tun hat, was heute in Delano vor sich geht.«

»Es ist nichts weiter als ein Stück Geschichte, nehme ich an. Aber ich habe den Eindruck gewonnen, daß gewisse politische Gegner nach einem Weg suchen, um Gouverneur Lee bloßzustellen. Es wäre vielleicht ganz gut, wenn wir diese Dinge in meinem Artikel beiläufig erwähnen würden. Besser jedenfalls, als wenn sie unter Umständen herauskämen, die Billys Gegner nützen.«

»Wenn Sie meinen. Ich kann mir allerdings nicht vorstellen, wie ihm diese Tatsachen schaden könnten.«

»Sie haben noch eine Tante hier in Delano, Jesse Coles Frau.«

»Ja.«

»Sehen Sie sie häufig?«

»Sie kommt meist am Sonntag zum Abendessen zu uns. Sie ist meine einzige lebende Verwandte, und sie verträgt sich gut mit meiner Frau.« Tucker fühlte, wie ihm der Schweiß in den

Nacken lief. »Wir haben nicht viele Freunde hier. Wissen Sie, wir gehören weder zu den einen noch zu den anderen. Es ist schön für meine Frau, daß sie jemanden hat, mit dem sie sich unterhalten kann.«

»Als ich die Ankündigung Ihres Dienstantritts im ›Delano Messenger‹ las, stellte ich fest, daß Ihre Tante mit keinem Wort erwähnt wurde. Die Zeitungen in Kleinstädten wie dieser bringen so etwas normalerweise groß heraus.«

»Ich habe die Ankündigung nicht verfaßt. Ich nehme an, die hiesige Presse hat ihre Informationen aus einem Resümee bezogen, das sich in erster Linie mit meiner militärischen Laufbahn befaßt. Meine Tante gehört nicht zu meiner militärischen Laufbahn. In der Ankündigung wurde übrigens auch nicht erwähnt, daß ich ein Schwarzer bin – aber das hat wohl auch nicht in dem Resümee gestanden.«

Howell lächelte und warf gedankenvoll einen Blick auf seine Notizen. Tucker bekämpfte das Bedürfnis, das Thema zu wechseln – aber dann kam ihm Howell zuvor. »Erzählen Sie mir von diesem Sonny Butts, der hier Polizeichef gewesen ist.«

»Sie wissen vermutlich ebensoviel über ihn wie ich.«

»Er ist wirklich verschwunden, einfach so?«

»Offenbar. Und er hat das Motorrad der Polizei mitgenommen.«

»Seltsam.«

»Ja, wirklich.« Tucker hielt einen Augenblick lang inne. Warum sollte er nicht darüber reden? Dieser Reporter wollte sich mit ihm unterhalten, und das Thema gefiel ihm weit besser als das vorherige. »Kommen Sie doch mit zurück auf die Station, dann zeige ich Ihnen etwas Interessantes – etwas, das mit Butts in Zusammenhang steht.«

Als sie die Polizeistation betraten, kamen sie an einem betrunkenen Schwarzen vorbei, der gerade festgenommen worden war. Tucker führte Howell in sein Büro, kam dann noch einmal heraus und ging zu den Aktenschränken. Hinter ihm hörte er eine Stimme.

»Willie?«

Tucker erstarrte einen Augenblick, doch er faßte sich gerade noch rechtzeitig und drehte sich nicht um. Er blätterte die Akten durch.

»*Willie!*«

Tucker nahm eine Akte aus dem Schrank und ging damit auf sein Büro zu.

»Kennst du mich nicht mehr?«

Tucker wandte sich an Bartlett. »Wer ist das?«

»Das ist Walter Johnson, Sir; ein Dauerkunde.«

»Willie, ich bin Krümelkuchen. Du kennst mich doch, Junge.« Der Mann lehnte sich über den Tresen und streckte ihm die Hand entgegen.

Tucker schaute ihn an, als könnte er es nicht glauben. Er hatte Krümelkuchen Johnson nicht mehr gesehen, seit sie im Eisenbahndepot Verstecken gespielt hatten – damals waren sie dreizehn, vierzehn Jahre alt gewesen. Und der stockbesoffene Krümelkuchen hatte ihn erkannt, als wenn es gestern gewesen wäre!

»Tut mir leid, Johnson, Sie irren sich. Und jetzt legen Sie sich besser hin.« Er ging zu Howell, der vor seiner Bürotür stand, und scheuchte ihn hinein. Tucker war zutiefst erschüttert. Er schenkte sich und seinem Gast Kaffee ein und sprach über Sonny Butts. Howell schaute ihn neugierig an, sagte aber nichts.

»Sonny Butts«, erklärte Tucker und warf die Akte auf seinen Schreibtisch, »war ein Kerl, der stets Unruhe stiften mußte. Er oder einer seiner Leute hat einen schwarzen Häftling im Gefängnis erschossen, nachdem er ihn zusammengeschlagen hatte. Es herrschte zwar allgemeine Erregung darüber, aber es kam nicht einmal zu einer Anklage. Dann hat er einen Mann auf dem Rummelplatz niedergeschlagen, und der Stadtrat beschloß, ihn zu entlassen, am selben Tag, als das Schwurgericht zusammentrat und den Antrag ablehnte, ihn wegen der Tötung des Gefangenen anzuklagen. Bevor er das Ergebnis der beiden Sitzungen erfahren haben konnte, hat er die Polizeistation in großer Eile verlassen, auf dem Motorrad, und seit damals hat ihn niemand mehr gesehen, weder tot noch lebendig.« Tucker setzte sich und trank einen Schluck Kaffee. »Man nahm an, daß er abgehauen ist, weil er vermuten mußte, daß man gegen ihn Anklage erheben würde.« Wieder trank er einen Schluck. »Aber das paßt irgendwie nicht zusammen.«

»Warum nicht?« fragte Howell.

»Weil in letzter Minute vor den Geschworenen ein neuer Zeuge aufgetreten ist und ihn entlastet hat. Ein Zeuge, von dem er gewußt haben mußte.«

»Also konnte er annehmen, daß er nicht angeklagt werden würde?«

»Vermutlich.«

»Vielleicht konnte er es nicht ertragen, vom Stadtrat entlassen zu werden.«

»Möglich. Aber ich bezweifle es. Ich glaube, er hätte sich immer noch retten können.«

»Warum ist er dann abgehauen?«

Tucker lehnte sich zurück und trank wieder einen Schluck Kaffee. »John, was ich jetzt sage, ist vertraulich. Es muß unter uns bleiben.«

»Wie lange?«

»Vielleicht für immer. Oder bis es mir gelingt, etwas herauszufinden. Wenn Sie darüber schreiben, bevor ich Ihnen die Erlaubnis dazu gebe, werde ich nie etwas daraus machen können.«

»Okay, aber Sie müssen mir alles berichten.«

»Gut.« Er schlug die Akte auf. »Ich glaube nicht, daß Sonny Butts davongelaufen ist.«

Eine halbe Stunde danach saßen die beiden Männer da und schauten sich an. »Aber das ist verrückt, das wissen Sie doch, oder?« Howell lachte.

»Vielleicht«, sagte Tucker. »Haben Sie eine bessere Theorie?« Tucker deutete auf das letzte Rundschreiben über vermißte Personen in Sonnys Akte. »Sehen Sie sich mal das Datum von dem hier an. Der Junge ist einige Tage vor Sonnys Verschwinden zuletzt gesehen worden. Wenn man die Zeit bedenkt, die es dauert, bis so ein Rundschreiben gedruckt und verteilt wird, kann es sehr leicht sein, daß es an dem Tag in der Post gelegen hat, als Sonny verschwunden ist – an dem

Vormittag, als er auf sein Motorrad sprang und in aller Eile davonfuhr.«

»Sind nach Sonnys Verschwinden weitere Personen vermißt worden?«

»Ich habe einen meiner Leute beauftragt, das Archiv daraufhin durchzusehen.«

»Und?«

»Es dauert natürlich eine Weile. Die Akten sind alle durcheinander, seit einem Brand vor ein paar Jahren, und er kann nur daran arbeiten, wenn er nichts anderes zu tun hat, was nicht oft der Fall ist. Bis jetzt hat er nichts aus der Zeit zwischen sechsundvierzig und achtundfünfzig gefunden und nur einen Fall seit achtundfünfzig.«

»Also kann man nicht sagen, daß sich die Serie fortsetzt. Bis jetzt jedenfalls nicht. Ein einziger Fall ist noch keine Serie.«

Tucker schüttelte den Kopf. »Nein, natürlich nicht. Aber es könnte sich noch das eine oder andere ergeben.«

»Haben Sie einen Verdächtigen?«

»Sie haben alles durchgesehen, was mir bekannt ist. Was meinen Sie?«

»Lebt dieser Funderburke noch?«

»Ja, und er ist sehr lebendig, wenn Sie das meinen«, erwiderte Tucker.

»Aber wie könnte er so lange damit durchgekommen sein?«

»Er hat eben Glück gehabt. Chief Lee hat ihn zweifellos verdächtigt, aber der wurde selbst getötet. Es gab keinen Grund für ihn, seinen Verdacht gegenüber anderen zu äußern. Und dann hat Sonny die Unterlagen entdeckt und weitergemacht.«

»Und als er Funderburke auf die Spur gekommen ist, hat dieser ihn umgebracht?«

»Das haben Sie gesagt, nicht ich. Beim derzeitigen Stand wäre das nichts anderes als eine Verunglimpfung, vergessen Sie das nicht.«

»Kann sein. Und was werden Sie als nächstes unternehmen?«

Tucker lehnte sich zurück und griente. »Der alte Foxy mag

Farbige nicht. Sehen wir doch mal, ob er weiße Zeitungsreporter mag.«

Tucker ging mit Howell zu dessen Wagen und beschrieb ihm dann den Weg zu Foxys Haus.

»Und unter welchem Vorwand soll ich ihn besuchen?« fragte Howell.

»Sie können sich zwei Gesprächsthemen aussuchen: Waffen oder Hunde. Er besitzt angeblich eine große Sammlung von Schußwaffen und züchtet Labradorhunde. Suchen Sie sich das Thema aus, das Ihnen am besten liegt.«

»Und wonach soll ich mich umsehen?«

»Vielleicht finden Sie einen Anlaß, sich auf dem freien Platz hinter dem Haus umzuschauen. Dort hinten ist ein abgebrannter Hang, auf dem früher Kudzu gewachsen ist. Und wenn er Sie ins Haus läßt – nun, sehen Sie sich um, so gut Sie können, fragen Sie ihn über sein Leben aus. Und, John ...«

»Ja?«

»Er darf nicht einen Augenblick lang glauben, daß Sie zufällig vorbeigekommen sind und daß niemand weiß, wo Sie sich befinden.« Tucker griente. »Wissen Sie – eigentlich sehen Sie den jungen Burschen auf den Fotos ziemlich ähnlich. Sie sind vielleicht älter, aber Sie sehen noch sehr jung aus.«

»Danke für das Kompliment. Das wird mein Selbstvertrauen stärken.« Howell blieb kurz stehen, bevor er in seinen Wagen stieg. »Deshalb soll ich zu ihm fahren, nicht wahr? Weil Sie glauben, daß ich ihm gefalle?«

Tucker lachte laut. »Natürlich nicht, John. Ich verlasse mich auf Ihre Beobachtungsgabe und auf Ihren Instinkt als Reporter.« Er wartete, bis Howell eingestiegen war, dann drückte er die Tür von außen zu. »Sagen Sie Foxy, einer meiner Polizisten hätte Ihnen geraten, ihn zu besuchen.«

Howell schaute ihn eindringlich an, dann ließ er den Motor an. »Also schön«, sagte er und legte den Gang ein.

Tucker sah zu, wie der Reporter davonfuhr, dann ging er zurück in das Gebäude, wobei er nicht an Foxy Funderburke, sondern an Krümelkuchen Johnson denken mußte. Als er den Wachraum betrat, sprach Buddy Bartlett ins Telefon.

»He, Chief, haben Sie schon gehört, daß unser ehemaliger Kollege Bobby Patrick in die Politik gegangen ist?«

»Was?« Tucker hörte nur halb zu.

»Ja, Sheriff Stimson drüben im Talbot County ist schon seit längerer Zeit krank, vermutlich Krebs. Er ist von seinem Amt zurückgetreten, und im nächsten Monat findet eine vorzeitige Neuwahl statt. Bobby ist einer der Bewerber. Er hat gerade angerufen.«

»Im Talbot County?«

»Ja. Er wohnt doch in Woodland, das ist jenseits der Countygrenze, also ist er wählbar. Und mit seiner großartigen Vergangenheit als Polizist hält er sich für den sicheren Sieger.«

»Da kann ich nur sagen: Gott schütze das Talbot County«, sagte Tucker.

»Chief, haben Sie was dagegen, wenn ich mal kurz weggehe? Mein Fernseher ist kaputt, und es ist niemand zu Hause, der den Mechaniker hereinlassen kann. Es dauert sicher nicht länger als eine halbe Stunde.«

»Sicher, Buddy, gehen Sie nur. Ich übernehme solange.«

Der Polizist ging, und Tucker war allein auf seiner Dienststelle. Er blieb einen Augenblick lang im Warteraum stehen und überlegte. Dann nahm er die Schlüssel für die Zellen aus Buddy Bartletts Schreibtisch und ging nach hinten in den Gefängnistrakt. Durch die Gitter konnte er Krümelkuchen sehen, wie er auf einer Pritsche lag und schnarchte. Er war der einzige Häftling im Gefängnis. Tucker sperrte die äußere Tür auf und ging zu den Zellen hin. Krümelkuchen schnarchte immer noch. Er sperrte auch die Zellentür auf und blieb neben der Pritsche stehen. Ein Gestank von billigem Fusel und Erbrochenem stieg von dem Schlafenden auf. Es würde nur ein paar Sekunden dauern, dachte Tucker. Er würde es gar nicht merken. Er würde einfach nicht mehr aufwachen. Krümelkuchen Johnson würde abgebucht werden als chronischer Alkoholiker, der im Schlaf in einer Gefängniszelle gestorben war. Tucker nahm ein Kissen von der gegenüberliegenden Pritsche.

Tucker Watts war in der Toilette, als Buddy Bartlett zurückkam; er saß auf dem geschlossenen Deckel, ließ den Kopf nach unten hängen, hielt sich ein nasses Papierhandtuch vors Gesicht und bemühte sich, den Brechreiz zu unterdrücken.

»Chief?«

Die Stimme riß ihn hoch, zwang ihn, sich zu beherrschen.

»Ja«, rief er zurück. »Ich bin hier.« Dann stand er auf und betrachtete sich im Spiegel. Ein verängstigter Mann blickte ihn an. Er ging rasch hinaus in sein Büro und rief Bartlett über die Schulter zu: »Alles ruhig; nicht einmal das Telefon hat geklingelt.« Danach schloß er die Tür hinter sich und setzte sich an seinen Schreibtisch. Kramte in einer Schublade, fand ein Arzneifläschchen mit Librium-Tabletten, schluckte eine Tablette ohne Wasser hinunter. Ein Arzt beim Militär hatte sie ihm vor einem Jahr gegeben, als er überarbeitet und nervös gewesen war. Dann lehnte er sich zurück und wartete darauf, daß das Beruhigungsmittel wirkte. Inzwischen kehrte John Howell zurück; er war über eine Stunde weg gewesen. Tucker fühlte sich jetzt besser; er wußte, daß er sich wieder unter Kontrolle hatte.

Howell klopfte an und steckte den Kopf herein. »Ich habe einen Zeugen mitgebracht.« Er stieß die Tür auf und hielt einen Welpen hoch. »Ist die Kleine nicht entzückend?«

Tucker lachte. »Ich habe Sie nicht dort hingeschickt, damit Sie sich verlieben.«

»Aber es ist nun mal passiert. Ich habe mir als Vorwand die Hunde gewählt, und sie haben mich total begeistert.«

»Also schön, erzählen Sie mir alles der Reihe nach, und lassen Sie nichts aus.«

Howell machte es sich in dem Sessel gegenüber dem Schreibtisch bequem. »Das erste, was mir aufgefallen ist, war die Sauberkeit, die Ordnung, die Symmetrie – genau, wie es der Doktor in seinem Bericht erwähnt hat. Als ich zum Haus kam, sah ich, daß alles, die Büsche, die Blumenbeete, die Bäume symmetrisch angeordnet sind. Auch das Haus: die Fenster, die Läden. Ich blieb davor stehen und wollte gerade auf die Haustür zugehen, als er sich mir von hinten näherte und mich fragte, was zum Teufel ich hier wolle.«

»Mit diesen Worten?«

»Nein, aber in diesem Ton. Ich sagte, Bartlett hätte mir erzählt, daß er Labradorhunde züchte, und ich interessierte mich dafür. Er fragte noch einmal nach meinem Namen – ich hatte mich ihm bereits vorgestellt – und schien Mühe zu haben, ihn sich einzuprägen; dann plötzlich gab er sich etwas aufgeschlossener und führte mich nach hinten, wo die Zwinger sind.«

»Also konnten Sie sich hinter dem Haus umsehen:«

»Ja, aber es gab nicht viel zu sehen. Nur die Garage, die Zwinger und den verbrannten Fleck, von dem Sie sprachen. Er erzählte von dem Kudzu; das Abbrennen hatte nicht hundertprozentig gewirkt, und er machte sich Sorgen, daß es im nächsten Frühjahr neu austreiben könnte. Er zeigte mir die Hunde, und dabei habe ich mich in diese Kleine hier verliebt. Ich hatte nicht mit Welpen gerechnet.«

»Und wie war seine Haltung dabei?«

»Weniger abweisend, wie gesagt, aber wachsam. Ich wollte auch hinein ins Haus, aber der Vorwand mit den Schußwaffen kam mir doch etwas fadenscheinig vor, also machte ich ihm Komplimente über die hübsche Anordnung seines Grundstücks, sprach auch über das Haus und daß ich bis dahin noch nie ein echtes amerikanisches Blockhaus gesehen hätte. Er erklärte mir, daß er das alles selbst gebaut habe, und ich faßte die Gelegenheit beim Schopf und fragte ihn, ob er was dagegen hätte, wenn ich mir das Haus von innen anschaue. Er meinte, ich könne reinkommen, aber wahrscheinlich nur, weil ihm nicht schnell genug eine Ausrede eingefallen ist; also gingen wir hinein.«

»Wie sieht es drinnen aus? Ich habe das Haus noch nie von innen gesehen.«

»Wohnzimmer, Schlafzimmer, ein Bad, eine Küche. Das ist alles. Die Räume sind groß und gut angeordnet, finde ich. Und alles ist pieksauber. Nicht gemütlich, irgendwie steril. Im Wohnzimmer hängen Schußwaffen an allen Wänden. Er war gerade im Begriff, sich beim Thema Schußwaffen ein wenig zu erwärmen, als ich einen Fehler machte und von einem Bekannten sprach, über den ich mal einen Artikel geschrieben habe und der ebenfalls ein Sammler sei. Daraufhin unterbrach er mich und fragte mich, ob ich für eine Zeitung arbeite.«

»Warum hätte ihm das unangenehm sein sollen?«

»Ich weiß es nicht, aber es war, wie wenn man eine Glühbirne ausgeschaltet hätte. Er konnte mich nicht schnell genug aus dem Haus kriegen. Ich glaube, ich war insgesamt nicht länger als zwanzig Minuten bei ihm.«

»Und was denken Sie?«

Howell schüttelte den Kopf. »Wissen Sie, Tucker, das, was Sie gegen ihn haben, ist doch sehr fadenscheinig. Ich sage Ihnen, ich wünschte, er wäre derjenige, denn es paßt alles perfekt: das exzentrische, eremitenhafte Leben und so weiter, das gäbe eine fabelhafte Story, aber ich habe nichts gesehen, gar nichts, was darauf hingewiesen hätte, daß dieser Mann eine Reihe von jungen Burschen hat verschwinden lassen, einschließlich eines Motorrads der Polizei. Ich kann mir nicht vorstellen, wie Sie da jemals an einen Durchsuchungsbefehl kommen.«

»Ich habe auch nicht damit gerechnet, daß Sie auf eine Leiche stoßen, die im Wohnzimmer auf der Couch liegt. Ich wollte nur hören, was Sie für einen Eindruck gewonnen haben. Aber was Sie über den Durchsuchungsbefehl sagen – da haben Sie vermutlich recht. Außerdem liegt sein Haus jenseits der Stadtgrenze im Talbot County, so daß es ohnehin nicht in meinen Dienstbereich fällt. Dennoch fasziniert mich die Sache.«

»Ich kann das gut verstehen. Weiß Gott, die Atmosphäre da draußen ist mehr als gespenstisch – es ist alles so ordentlich, daß es einem einen Schauder einjagt. Und da war noch etwas – ein Gefühl, als ich in die Küche kam.«

»Was für ein Gefühl?«

»Es erinnerte mich an irgend etwas – erst bin ich nicht draufgekommen und dachte an ein Krankenhaus – aber nein, dann ist es mir wieder eingefallen. Es war der Boden. Ein ungewöhnlicher Küchenboden: aus glasierten Kacheln und leicht geneigt auf einen Abfluß zulaufend, der sich unter dem Küchentisch befindet.«

»Ach!«

Howell beugte sich vor und streichelte geistesabwesend den kleinen Hund. »Es erinnerte mich an den Boden im Leichenschauhaus von Atlanta, in dem Raum, wo die Autopsien durchgeführt werden. Einen solchen Boden kann man einfach mit dem Schlauch abspritzen. Ich habe das nie zuvor in einer Küche gesehen.«

Tucker überlief unwillkürlich ein Schauer. »Ich glaube, Sie sind nicht der einzige, der so etwas noch nie gesehen hat.«

Als Howell mit seinem kleinen Hund nach Atlanta zurückgefahren war, blieb Tucker noch eine Weile in seinem Büro sitzen und dachte nach. Er fühlte sich jetzt wohler; das Librium wirkte und beruhigte ihn. Er stand auf und schaltete das Licht aus. Als er durch den Wachraum kam, kehrte Bartlett gerade vom Zellenblock zurück, warf die Schlüssel auf seinen Schreibtisch und schüttelte den Kopf.

»Ist etwas nicht in Ordnung?« fragte Tucker.

»Der alte Krümelkuchen«, sagte der Polizist. »Ich bin froh, daß ich nicht im Dienst bin, wenn er heute abend aufwacht. Er hat bestimmt das Delirium tremens.«

»Kommt das öfter vor bei ihm?«

»Wenn er genügend geschluckt hat. Sie haben ihn ja heute nachmittag gesehen. Er hat gedacht, er kennt Sie. Ich sage Ihnen, sein Gehirn ist schon völlig aufgeweicht.«

»Glauben Sie, es geht ihm gut? Oder braucht er einen Arzt?«

»O nein, er schnarcht wie ein Sägewerk und redet zwischendurch im Schlaf. Ich möchte nicht in der Zelle nebenan liegen.«

Tucker zog sich den Mantel an. »Ich glaube, ich mache Feierabend.«

»In Ordnung, Chief. Also dann, bis morgen früh. Und – fröhliche Weihnachten.«

»Fröhliche Weihnachten«, erwiderte Tucker. Er ging langsam hinaus in die Kälte und die Dämmerung und stieg in seinen Wagen. Dabei fühlte er sich auf seltsame Weise wie neugeboren. Er war bis an den Rand des Abgrunds gegangen und einen Schritt davor umgekehrt. Aber jetzt mußte er noch etwas hinter sich bringen, etwas, was er schon viel zu lange vor sich hergeschoben hatte ...

Sie saß am Küchentisch; ihr Kaffee war kalt geworden, und sie starrte ihn an. Er konnte ihrem Blick nicht ausweichen.

»Und wie soll ich dich jetzt anreden?« fragte sie. »Willie? Bin ich jetzt Mrs. Willie Cole?«

»Ich bin Tucker Watts«, sagte er. »Und du bist Mrs. Elizabeth Watts. Willie Cole ist tot. Er wurde neunzehnhundertzweiunddreißig in Alabama von einem Lastwagen überfahren. Keiner weiß, wo er begraben liegt.«

Sie starrte ihn immer noch unverwandt an.

»Ich bin der Mann, den du geheiratet hast, der Mann, der ich war, seit ich in den Militärdienst eingetreten bin.«

»Das weiß ich«, sagte sie zuletzt. »Und ich liebe dich.«

»Ich liebe dich auch. Nichts hat sich verändert. Wir sind immer noch dieselben. Mama ist immer noch Tante Nellie. Und so wird es bleiben.«

Sie neigte den Kopf zur Seite. »Warum hast du dich entschlossen, es mir doch noch zu sagen, nach all den Jahren?«

»Weil ich heute nachmittag beinahe etwas sehr Dummes getan hätte, nur deshalb, weil du es nicht gewußt hast. Jetzt weißt du es, und ich brauche keine Geheimnisse mehr vor dir zu haben.« Er schnupperte und roch Gebratenes. »Ich habe großen Hunger«, sagte er.

»Dann gehen wir hinüber zum Essen, Tucker Watts.«

14

Tucker fand mehr Ruhe, seit Elizabeth alles wußte. Krümelkuchen Johnson war ein alter Trunkenbold, und niemand würde ihm zuhören. Aber zugleich beunruhigte ihn der Gedanke an Foxy Funderburke. Da er keinen ausreichenden Anlaß hatte, Foxys Haus und Grundstück zu durchsuchen, versuchte er es auf andere Weise – mit einem alten Trick der Polizei.

Er begann die Leute zu befragen, mit denen Foxy geschäftlich zu tun hatte. Er sprach mit dem Mann, bei dem er seinen Wagen auftankte, mit dem Besitzer des Futtermittelgeschäfts, bei dem er das Trockenfutter für die Hunde kaufte, mit dem Verkäufer bei McKibbon, wo er sich seine Haushaltsgegenstände besorgte. Er erfuhr nicht viel, weil diese Leute ihm nicht viel zu berichten hatten, aber er rechnete damit, daß Foxy nervös wurde, wenn er auf diese Weise hörte, daß sich Tucker nach ihm erkundigte. Nervöse Menschen machen Fehler, und obwohl er nicht wußte, welchen Fehler Foxy Funderburke machen würde, war Tucker bereit zu warten, bis es soweit war.

Dann, als er eines Vormittags Mitte März in seinem geparkten Wagen in der Main Street saß, klopfte jemand an das Fenster auf der Beifahrerseite. Hugh Holmes öffnete die Tür. »Morgen, Tucker; darf ich mich reinsetzen?«

»Natürlich, Mr. Holmes. Ich mache mir gerade ein paar Notizen für den Tag.«

Holmes ließ sich in den Beifahrersitz sinken. »Ich habe Sie in letzter Zeit selten gesehen und möchte Ihnen sagen, daß Sie auf unsere Kommune einen sehr guten Eindruck machen. Die Verkehrssituation in der Main Street hat sich hundertprozentig gebessert, und jeder ist froh darüber.« Tucker hatte dem Stadtrat vorgeschlagen, die Main Street zur Einbahnstraße zu erklären und alle beschädigten Parkuhren reparieren zu lassen.

»Das höre ich gern, Sir.« Tucker freute sich, aber er hatte das Gefühl, daß Holmes eigentlich etwas ganz anderes sagen wollte.

»Die Geschäftsinhaber waren froh, daß Sie die Einbrecher geschnappt haben. Sie hatten doch ziemlich hohe Verluste.«

»Ich war auch froh«, antwortete Tucker und wartete.

»Aber ich mache mir Sorgen über gewisse Dinge, die sich bis zu mir durchgesprochen haben.«

»Ach?«

»Ich habe gehört, daß Sie eine Art von Ermittlung über

Foxy Funderburke in die Wege geleitet haben. Ist das richtig?«

»Ich würde es nicht unbedingt als Ermittlung bezeichnen. Ich versuche nur, mir ein Bild von ihm zu machen. Er ist ein sonderbarer Mensch.«

»Haben Sie da etwas Bestimmtes im Auge? Oder anders gesagt: Verdächtigen Sie ihn wegen irgendeiner Straftat?«

»Ich habe keine Beweise, daß er etwas Unrechtes getan hat.«

»Aber Sie verdächtigen ihn, ist das richtig?«

»Ja, also . . .«

»Ich möchte nicht meine Nase in die Angelegenheiten der Polizei stecken, wirklich nicht. Sie brauchen mir nicht zu sagen, woran Sie denken.«

»Dafür bin ich Ihnen dankbar, Sir.«

Holmes schaute durch die Windschutzscheibe ins Ungewisse. »Tucker, ich weiß, daß Delano für Sie eine neue Erfahrung darstellt. Es ist eben etwas anderes, wenn man in einer Kleinstadt wie dieser leben und arbeiten muß.«

»Ja, Sir, das ist richtig.«

»Wissen Sie, Kleinstädte sind zwar in manchen Dingen sehr streng, aber andererseits duldet man auch – Exzentriker. Ich nehme an, wir haben unseren Prozentsatz an Homosexuellen, doch man läßt sie in Frieden. Es gibt geistig Beschränkte und Verrückte, Leute, mit denen schwer auszukommen ist – aber wir gönnen ihnen ihren privaten Freiraum. Foxy ist uns allen sicher seit langem ein Dorn im Auge. Er hat viele verärgert – auch mich, das gebe ich offen zu –, er hat die Leute beleidigt und sich sehr sonderbar betragen, aber in erster Linie sammelt er Waffen und züchtet Hunde und kümmert sich um seine eigenen Dinge. Seltsamerweise – wenn man seine Persönlichkeit bedenkt – hat er sogar ein paar Freunde in der Gegend, und einige davon haben sich an mich gewandt.«

»Ach was.«

»Damit Sie mich nicht mißverstehen: Wenn Foxy nach Delano fährt und ein Stoppzeichen mißachtet oder so, dann soll er einen Strafzettel bekommen wie jeder andere. Wenn er die Bank von Delano überfällt, muß er ins Gefängnis geschickt werden. Aber Sie sagen, Sie haben nichts Konkretes gegen ihn.«

»Nein, Sir, das habe ich nicht.«

»Also schön – vor allem müssen Sie daran denken, daß Foxy, obwohl er seine geschäftlichen Angelegenheiten in Delano erledigt – und das schätzt man hier, weil Foxy kein armer Mann ist –, außerhalb der Stadtgrenze im Talbot County lebt. Vor ein paar Wochen haben die Bürger des Talbot Countys Bobby Patrick zum Sheriff gewählt, ganz gleich, ob uns das recht ist oder nicht. Wenn Sie meinen, daß Foxy irgend etwas angestellt hat, müssen Sie die Beweise Bobby übergeben, so schwer das für Sie sein mag, und er muß dem Verdacht nachgehen. Foxy gehört zu seinem Verantwortungsbereich – da stimmen Sie mir doch zu, oder?«

Tucker nickte. »Jawohl, Sir, da stimme ich Ihnen zu.«

»Ich glaube, es ist Ihnen auch bewußt, Tucker, daß Billy Lee sich offiziell für das Amt des Gouverneurs bewirbt und daß Ihre Anwesenheit in Delano einen empfindlichen Punkt bei ihm berührt, politisch gesehen.«

»Das verstehe ich, Sir.«

»Es sieht so aus, als ob es Billy gelungen wäre, Ihnen Skeeter Willis vom Hals zu schaffen – obwohl ich mich darauf nicht hundertprozentig verlassen würde –, aber wenn bekannt wird, daß Sie einen unschuldigen Bürger belästigen, könnte das zu Kontroversen führen, und es gibt Leute, die nur darauf warten, Ihnen einen Stolperstein in den Weg zu legen, damit sie Billy auf diese Weise bloßstellen können.«

»Ich verstehe, was Sie meinen, Mr. Holmes.«

»Also noch einmal, Tucker, wenn Sie etwas gegen Foxy vorweisen können, dann tun Sie es, aber über die richtigen Kanäle. Wenn Sie etwas unternehmen wollen, müssen Sie dazu die geeigneten Kanäle benutzen.« Die beiden Männer schüttelten sich die Hände, und Holmes stieg aus dem Wagen. »Machen Sie so weiter, Tucker. Ich bin stolz auf Sie.« Holmes ging auf die Bank zu.

Tucker saß da und betrachtete geistesabwesend die Auslage des Drugstores. Natürlich hatte Holmes recht, und er hatte es ihm auf sehr höfliche Weise klargemacht. Tucker konnte von

Glück sagen, daß Holmes ihm wegen seines unklugen Verhaltens nicht den Kopf abgerissen hatte. Langsam fuhr er zur Polizeistation zurück.

Im Wachraum fragte er Bartlett: »Welchen Teil der Akten haben Sie schon durchgeforstet? Bis zu welchem Jahr?«

»Ich arbeite nicht nach Jahren, sondern nehme die Unterlagen einfach, wie sie kommen. Wenn ich sie erst chronologisch ordnen sollte, würde das noch eine Ewigkeit dauern.«

»Und wie lange werden Sie jetzt noch brauchen?«

Bartlett schaute hinüber zu den Aktenschränken und schüttelte den Kopf. »Ich nehme an, ich bin jetzt ungefähr zu sechzig Prozent durch. Sagen wir, noch sechs Monate, es sei denn, Sie wünschen, daß ich alles andere liegenlasse und mich nur auf diese Arbeit konzentriere. Aber dann müßten wir hier zusätzlich einen Mann haben.«

Tucker wußte, daß das nicht möglich war. Er schüttelte den Kopf. »Nein, das geht nicht. Aber tun Sie Ihr Bestes. Und bringen Sie mir die Unterlagen über vermißte Personen, sobald Sie auf welche stoßen.«

»Gut.«

Tucker ging in sein Büro und setzte sich; dabei verfluchte er sich und seinen Stolz. Genau das war es: Ihm fehlte die Aufmerksamkeit, die man ihm schenkte, als er diese Position übernommen hatte. Er hatte Blut geleckt, wußte, was es hieß, ein Star zu sein, und jetzt wollte er alles tun, daß es dabei blieb. Das war töricht. Er war ein pensionierter Armeeoffizier auf einem lächerlichen Kleinstadtposten, und wenn er nicht völlig größenwahnsinnig werden wollte, mußte er sich wieder mit Verkehrsproblemen und Messerstechereien am Sonnabendabend befassen. Dazu war er hier, und das war der Job, den man ihm übertragen hatte. Er schlug sein Notizbuch auf und beschloß, alle Gedanken an Foxy Funderburke zu verscheuchen.

15

Im Frühling und Sommer des Jahres 1963 war Billy fünf Tage in der Woche auf Wahlreisen unterwegs, verbrachte aber die Wochenenden zu Hause, einerseits, weil er es so wollte, andererseits auch, weil er auf diese Weise die Einladungen zu den Sonntagspredigten und Ansprachen in den Kirchen des ganzen Staates absagen konnte, mit der plausiblen Begründung, daß er an den Wochenenden zu Hause sei und seiner eigenen Kirche dienen wolle. Schon der Gedanke an solche Veranstaltungen war ihm zuwider.

Billy beackerte rastlos den ganzen Staat, vom tiefen Süden bis in den Norden, von den Städten bis zu den kleinsten Dörfern. Er schüttelte Hände, bis seine eigenen gerötet waren und schmerzten; er aß Gegrilltes, bis er nicht mehr ohne Natron auskommen konnte. Gelegentlich wurde er von Patricia begleitet, vor allem dann, wenn es sich um Veranstaltungen handelte, bei denen die Kameras des Fernsehens erwartet wurden, aber meistens blieb sie daheim und kümmerte sich wie immer um die Farm. »Wenn du eines Tages Präsident werden solltest«, sagte sie, »dann müßtest du mir eine Farm in Virginia kaufen.«

Sein Hauptgegner, Jackson Mullins, betrieb seine Kampagne mit Schlagworten – »Staatsrechte«, »Erhaltung der Traditionen des Südens« und dergleichen – und lehnte heuchlerisch die Unterstützung des Klans und anderer rechtsextremer Gruppen ab. Auch Billy benützte Schlagworte, sprach gern zu »allen Menschen dieses Staates« und so weiter, aber er vermied es, sich in Diskussionen über Rassenprobleme einzulassen. Dabei kam ihm der Gedanke, daß es vielleicht die letzte Wahl war, in der ein gemäßigter Kandidat die Instinkte seiner Wähler mit abgedroschenen Schlagworten anzusprechen versuchte. Er hoffte es sehr, und sobald er gewählt war, wollte er mutiger und offener auftreten.

Am 3. September fanden die Vorwahlen der Demokratischen Partei statt, und die Kandidaten und ihre Anhänger versammelten sich in ihren Hauptquartieren, tranken Bourbon und warteten auf die Ergebnisse – Billy in einer Suite im

»Henry-Grady-Hotel« in Atlanta und Mullins im Hotel »Dinkler« in derselben Straße. Nach einem Abend, an dem er wieder einmal Hände geschüttelt und Presseerklärungen abgegeben hatte, setzte er sich in seinem Zimmer mit Patricia, Will, Hugh Holmes und John Howell zusammen, der inzwischen ein Freund der Familie geworden war.

Billy ließ sich erschöpft auf eines der Betten sinken und streckte sich aus. »Nun, Mr. Holmes, was sagen Sie voraus?« Er hatte es bisher vermieden, den Bankier nach seiner Meinung zu fragen.

Holmes ließ sich in einen Lehnsessel nieder. »Ich glaube, wir haben einen Erdrutsch vermieden.«

Billy brummte. »Heißt das, wir gewinnen die Mehrheit oder wir verlieren sie?«

»Ich will mit meiner Vorhersage nicht weitergehen«, sagte Holmes und trank einen kleinen Schluck Bourbon.

»Glauben Sie, daß noch ein Erdrutsch drin ist, Billy?« fragte John Howell.

»Mein Gott, ich weiß es nicht. Wenn ich gewonnen habe und von morgen an Gouverneur bin, beginne ich meine Amtsgeschäfte mit einem vierwöchigen Urlaub – das ist das einzige, was ich weiß.«

»Heißt das, Sie machen sich keine Sorgen wegen der Republikaner?«

Hugh Holmes lachte. »Einer der wahren Vorzüge eines Südstaatlers ist es, sich keine Sorgen wegen der Republikaner machen zu müssen. Wenn Jack Kennedy in Georgia gegen Dick Nixon gewinnt, was ja der Fall gewesen ist, dann brauchen wir uns keine Gedanken wegen der Republikaner zu machen, jedenfalls vorläufig nicht.«

»Wieviel Prozent könnte ein Republikaner bei den allgemeinen Wahlen gegen Billy holen?« fragte Howell. »Vorausgesetzt, er gewinnt die Vorwahlen.«

»Zwanzig Prozent – höchstens«, sagte Holmes. »Die verknöcherten Anhänger der strikten Rassentrennung, also Mullins' Leute, bleiben lieber zu Hause, als daß sie einen Republikaner wählen. Ich schätze, Billy würde achtzig Prozent gewinnen oder sogar noch mehr.«

»Ich hoffe, man gibt mir dazu die Gelegenheit«, fügte Billy hinzu. »Meine Gefühle wechseln ständig von absoluter Selbstsicherheit bis zur Todesangst. Am meisten Sorgen macht mir die Vorstellung, was in den nächsten Jahren mit diesem Staat geschehen würde, wenn Mullins gewinnt. Denn dann hätten wir die Marshals und die Bundestruppen hier, genau wie in Mississippi.«

»Ich hätte gern gewußt, wie sich die Entscheidung für Tucker Watts bei der Wahl auswirkt«, sagte Howell.

»Ich schätze, daß wir damit die Stimmen der Schwarzen gewonnen haben«, antwortete Holmes, »weil sie niemand außer Billy wählen können, aber ich hoffe vor allem, daß es sie dazu bringt, in größerer Zahl zur Wahl zu gehen. Was ich von den Wahlämtern gehört habe, ermutigt mich.«

Die ersten Ergebnisse tröpfelten herein, dann begannen sie zu strömen, zuerst aus Atlanta und den größeren Städten, später aus dem Süden Georgias und den Landgemeinden. Um elf lag Billy mit zehn Prozent vorn, gegen Mitternacht mit zwei Prozent, um ein Uhr morgens mit einem Prozent.

Holmes blickte von den Zahlen auf, die er sich notiert hatte. »Ich glaube, dabei bleibt es. Wir haben es geschafft, und ich an deiner Stelle wäre froh, daß es kein System von County-Einheiten mehr gibt, denn sonst hätten die Landgemeinden Mullins zum Sieger gemacht.«

»Ich kann es noch gar nicht fassen«, sagte Patricia müde. »Ich glaube es nie, wenn es vorüber ist, selbst dann nicht, wenn wir gewonnen haben.« Die Fernsehsender verkündeten endlich den Sieg für Billy. Das Telefon klingelte. Billy nahm den Hörer ab und lauschte. Er legte eine Hand auf die Sprechmuschel und sagte zu John Howell: »Okay, Reporter, jetzt müssen Sie sich entscheiden, ob Sie den Mund halten oder aus dem Zimmer gehen wollen.« Howell zögerte, dann legte er den Zeigefinger an die Lippen.

»Guten Abend, Mr. Präsident, oder vielleicht sollte ich sagen, guten Morgen.« Jeder im Zimmer war plötzlich hellwach. »Ich freue mich, daß Sie noch so spät hier anrufen.« Alle starrten Billy an, als könnten sie so verstehen, was am anderen Ende der Leitung gesprochen wurde. »Danke, Sir. Es war knapp, aber wir scheinen es geschafft zu haben. Und das Erfreuliche, das ich daraus entnehme, ist die Tatsache, daß die Republikaner bei den allgemeinen Wahlen höchstens zwanzig Prozent der Stimmen für sich gewinnen dürften.« Billy mußte lachen über die Antwort. »Das meine ich auch. Vielen Dank, und bitte bestellen Sie Ihrer Familie die besten Wünsche ... Wie bitte? Nun, ich glaube, darüber brauchen Sie sich keine Gedanken zu machen ... Nochmals, vielen Dank, und gute Nacht.« Er legte den Hörer auf.

»Was hat er gesagt?« fragte Patricia aufgeregt.

»Ach, so ziemlich genau das, was man von ihm erwarten konnte. Er schickt dir seine besten Wünsche, und dann« – Billy legte den Kopf zur Seite – »hat er gesagt: ›Wie ich höre, sind ein paar Leute von Lyndons Stab bereits am Packen.‹«

»Das sollte wohl ein Scherz sein«, sagte Howell. »Mein Gott, habe ich wirklich versprochen, den Mund zu halten?«

»Nein, nein ... So war es nicht gemeint. Es war wirklich nur ein Scherz. Hören Sie, John, vergessen Sie die Sache, klar? Es wäre nicht gut, wenn das jetzt die Runde machte.«

Aber Howell zeigte auf den Bildschirm des Fernsehers und blinzelte herüber. »Mullins«, sagte er. »Er gesteht seine Niederlage ein.« Jemand drehte auf volle Lautstärke, gerade noch rechtzeitig, daß der volle Baß von Jackson Mullins den Raum füllte.

»Meine Freunde«, sagte Mullins, »wir haben einen langen und harten Kampf geführt, um unsere Lebensart hier in Georgia so zu erhalten, wie sie ist ...«

»Ja, ja, Jack, jetzt wirf schon das Handtuch und sieh zu, daß du es hinter dich bringst«, sagte Howell.

»Und Sie alle sollen wissen, daß der Kampf noch nicht zu Ende ist, soweit es mich betrifft.«

Billy setzte sich auf. »Wovon spricht er eigentlich, verdammt noch mal?«

Auf der anderen Seite des Raums nahm Hugh Holmes die Brille ab und begann sich die Nasenwurzel zu massieren. »Ich habe es gewußt«, murmelte er fast zu sich selbst. »Ich habe es gewußt.«

»Was haben Sie gewußt?« fragte Patricia.

»Psst«, fuhr Billy dazwischen.

Mullins setzte seine Ansprache fort. »Ich will, daß jeder, der uns unterstützt hat, jeder, der bei dieser Vorwahl für unsere Sache gearbeitet hat, von diesem meinem festen Entschluß überzeugt ist. Ich werde den Kampf fortsetzen.«

»Was ist denn nun los?« fragte Howell bestürzt.

»Er versucht, die Sache vors Repräsentantenhaus von Georgia zu bringen«, sagte Holmes erschöpft. »Ich hatte es befürchtet.«

»Jeder von Ihnen soll wissen, daß am 4. November mein Name als unabhängiger Kandidat auf dem Wahlzettel stehen wird. Diese Schlacht ist noch lange nicht geschlagen, und mit Ihrer Hilfe können wir sie gewinnen.« Mullins faltete seine Notizen zusammen und verließ rasch das Podium. Im »Dinkler« herrschte danach ein Höllenlärm.

»Was macht er denn da?« fragte Howell überrascht. »Er hat doch verloren! Wie kann er es vor das Repräsentantenhaus bringen?«

Holmes sank in seinem Sessel ein wenig zusammen. »In Georgia gibt es keinen Sieg durch relative Mehrheit. Ein Kandidat muß bei den Wahlen zum Gouverneur die absolute Mehrheit erringen, oder das Repräsentantenhaus des Staates ernennt eine Woche nach den Wahlen einen Gouverneur.«

»Heißt das, daß . . .«

»Es heißt: Wenn die Republikaner zwanzig Prozent der Stimmen erreichen und Mullins mehr als dreißig Prozent für sich gewinnen kann, besitzt Billy nicht mehr die absolute Mehrheit bei den allgemeinen Wahlen, und eine Woche danach tritt das Repräsentantenhaus von Georgia zusammen und entscheidet sich zwischen den beiden führenden Kandidaten.«

»Aber wird ihm das gelingen? Kann er als parteiunabhängiger Kandidat genügend Stimmen für sich gewinnen, um das zu erreichen?« fragte Howell nachdenklich.

»Er kann es«, sagte Holmes mit Nachdruck. »Meiner Ansicht nach kann er es.«

»Mr. Holmes«, fragte Billy, »wo stehen wir Ihrer Meinung nach beim Repräsentantenhaus?«

Holmes zog ein Notizbuch aus seiner Jackentasche und

schaute nach. »Ich habe heute nachmittag ein kleines Zahlenspiel betrieben«, sagte der Bankier. »Ich schätze, wenn heute die Wahl vor dem Repräsentantenhaus stattfände, würden uns fünfzehn bis zwanzig Stimmen fehlen.«

Daraufhin herrschte dumpfes Schweigen im Raum. Schließlich sagte Patricia: »Wollen Sie damit sagen, daß Billy zwar die Vorwahl gewonnen hat, aber daß er nicht zum Gouverneur gewählt wird?«

Holmes nickte. »Wenn er bei der allgemeinen Wahl nicht die absolute Mehrheit erringt, und wenn das Repräsentantenhaus heute abstimmen würde.«

Billy stand auf und zog sich seine Jacke an. »Glücklicherweise hat die allgemeine Wahl noch nicht stattgefunden«, erklärte er mit etwas rauher Stimme, »und das Repräsentantenhaus stimmt auch nicht morgen früh darüber ab.« Er knöpfte sich den Hemdkragen zu und zog die Krawatte fest. »Jetzt sprechen wir noch mit der Presse, und dann, Trish, fahren wir nach Hause. Ich möchte heute nacht in meinem eigenen Bett schlafen.«

Das Telefon klingelte, und Billy nahm den Hörer ab. Er sprach kurz, während die anderen an der Tür standen, dann legte er auf und trat mit einem traurigen Lachen zu ihnen. »Das war Bob Kennedy«, sagte er. »Er hat mir mitgeteilt, daß Lyndons Anhänger wieder auspacken.«

16

Abgesehen von seiner Enttäuschung in der Sache Foxy Funderburke und seinen Befürchtungen im Hinblick auf Krümelkuchen Johnson, fühlte sich Tucker Watts in den ersten elf Monaten seiner Amtszeit durchaus wohl. Er hatte wesentliche Verbesserungen personeller Art in die Wege geleitet, die Ausrüstung seines Teams ergänzt, die Wirksamkeit der Polizei von Delano erheblich erhöht und sich selbst in der Kommune als zuverlässiger Mann eingeführt. Sicher, es gab noch einige

Leute, die ihn wegen seiner Hautfarbe ablehnten, aber er fühlte, daß er zumindest eine Art Waffenstillstand erreicht hatte und daß man ihn wegen seiner Fähigkeiten in Ruhe lassen würde. Das sollte sich als ein Irrtum erweisen.

Wenn er später auf den Vorfall zurückblickte, der sich Anfang November ereignete, konnte er sich aufrichtig bestätigen, daß er in den einzelnen Stadien der Eskalation das Richtige, ja das einzig Mögliche getan hatte. Dennoch war alles auf entsetzliche Weise schiefgelaufen. Vielleicht hatten sein Temperament und sein Charakter dabei eine nicht unwesentliche Rolle gespielt; vielleicht hatte er vergessen, wie man sich als Schwarzer in einer Welt von Weißen zu bewegen und zu verhalten hatte.

Er war zum Mittagessen nach Hause gefahren und befand sich auf dem Rückweg zur Polizeistation, als er den Wagen sah. Sie begegneten sich vor der Schule – das heißt, Tucker wurde von dem anderen Wagen überholt, mit mindestens fünfzig Meilen pro Stunde. Obwohl die Schulkinder in den Klassen saßen, ärgerte es Tucker, wenn jemand in einer Schulzone rücksichtslos das vorgeschriebene Tempolimit erheblich überschritt. Also trat er selbst aufs Gaspedal, überholte den zu schnell fahrenden Wagen gerade noch innerhalb der Stadtgrenze und hielt ihn an. Als er auf den Wagen zuging und dabei seinen Block mit den Strafmandaten aus der Tasche zog, öffnete der Fahrer des anderen Wagens die Tür und stieg aus. Der Mann kam Tucker irgendwie bekannt vor, aber der Polizeichef wußte nicht, mit wem er es zu tun hatte, bis er die Stimme vernahm.

»Was zum Teufel soll das heißen?« Diese Stimme rief augenblicklich eine Flut von Erinnerungen hervor: an Holzhacken, bis die Hände blutig waren; an seine Mutter, die noch bis zum Einbruch der Dunkelheit waschen mußte; an seinen Vater, der triefend naß und völlig verstört von der Arbeit zurückkam, das Gesicht geschwollen von Mückenstichen. Zum ersten Mal seit seiner Rückkehr nach Delano sah er Hoss Spence vor sich. Er kehrte in die Gegenwart zurück. »Darf ich Ihren Führerschein sehen?«

»Du bekommst diesen Stock zu spüren, wenn du meine

Frage nicht beantwortest.« Spence hatte einen schweren Schweineprügel bei sich. »Was zum Teufel soll das heißen?«

»Ich habe festgestellt, daß Sie mit zweiundfünfzig Stundenmeilen gefahren sind, in einer Zone, wo nur fünfundzwanzig erlaubt sind, direkt vor der Grundschule. Wenn Sie mir jetzt bitte Ihren Führerschein geben wollen.« Tucker war darauf vorbereitet, daß ihm der andere eine Szene machen würde, aber nicht auf das, was jetzt kam. Er hatte den Blick auf den Block mit den Strafzetteln gerichtet, um eine Seite umzublättern, als er aus den Augenwinkeln eine Bewegung sah und im nächsten Augenblick einen heftigen Schlag an der linken Wange und am Ohr spürte. Es dröhnte in seinen Ohren, und durch die Wucht des Anpralls taumelte er zur Seite. Während er sich noch bemühte, das Gleichgewicht zu finden, traf ihn bereits der zweite Schlag, direkt in den Nacken. Als der Mann zum dritten Mal mit seinem Stock ausholte, hob Tucker den Arm hoch, und der Hieb traf ihn an der Schulter. Jetzt gelang es ihm, den Stock zu fassen und ihn Spence aus der Hand zu reißen. Er warf ihn weit weg und wehrte dann die Fäuste des Mannes ab, die auf ihn eindroschen. Schließlich packte er den Angreifer an den Handgelenken, drehte ihn herum und drückte ihn mit dem Knie zu Boden. Dann legte er Spence Handschellen an; es gab noch einen kurzen Kampf, bis er beide Hände des Mannes gefesselt hatte.

Er zog den Alten hoch, zerrte ihn zum Streifenwagen, öffnete eine der Fondtüren und schubste ihn hinein. Er ging nicht gerade sanft mit ihm um, aber auch nicht so grob, wie es ihm angemessen erschienen wäre. Während des Kampfes hatte der Alte ununterbrochen wüste Schimpfworte ausgestoßen, wobei die meisten gegen die schwarze Rasse gerichtet waren, und das hörte auch nicht auf, als er ihn im Wagen verfrachtet hatte. Tucker ging zu Spences Wagen zurück, hob den Prügel auf, setzte sich dann in den Streifenwagen und nahm das Mikrofon aus der Halterung.

»Station, hier Wagen eins.«

»Wagen eins, hier Station.«

»Ich habe eine Festnahme wegen Geschwindigkeitsüberschreitung und Widerstand gegen die Polizei. Schicken Sie einen Wagen und zwei Männer zum Highway einundvierzig. Kurz vor der Stadtgrenze Richtung Süden steht ein einundsechziger Cadillac, blau mit vier Türen. Die Schlüssel stecken. Bringen Sie den Wagen zur Station. Verstanden?«

»Verstanden. Brauchen Sie Unterstützung?«

»Nein – aber holen Sie den Wagen ab.«

Spence schimpfte und zeterte auf der ganzen Fahrt zur Polizeistation. Tucker ging nicht darauf ein. Er versuchte, seine Erinnerungen aus der Kinderzeit zu verdrängen und sich auf den derzeitigen Vorfall zu konzentrieren. Als sie die Station erreicht hatten, war er froh, sich so verhalten zu haben.

Bartlett zeigte höchstes Erstaunen, als er Spence erblickte, aber es gelang ihm, sich eines Kommentars zu enthalten.

»Stecken Sie diesen Mann in eine Zelle«, sagte Tucker scharf. »Wenn er Schwierigkeiten macht, fesseln Sie ihn mit den Handschellen an die Gitterstäbe. Ich fertige inzwischen die Anzeige aus.«

Bartlett kam nach ein paar Minuten zurück. »Mein Gott, Chief, wissen Sie, wer das ist?«

Tucker hatte das Formular in eine Schreibmaschine eingespannt und tippte. »Es ist mir egal, wer das ist.«

»Er heißt Spence. Alle nennen ihn Hoss. Er ist einer der größten Farmer in der Gegend; Pfirsiche, Kühe und alles mögliche. Und er hat viele einflußreiche Freunde hier im County.«

»Ach?« Tucker tippte weiter.

»Äh – Chief – ich habe ihn telefonieren lassen, von dem Münzapparat im Zellenblock. Er hat das Recht dazu. Ich hoffe, Sie haben nichts dagegen.«

»Klar, der Mann hat seine Rechte. Ich werde sie ihm alle zugestehen – bevor er ins Straflager kommt.«

Bartlett ging auf Zehenspitzen weg und kam mit etwas Eis vom Getränkeautomaten zurück. »Da, legen Sie sich das auf Ihr Gesicht. Dann schwillt es nicht so an.«

Tucker riß das Blatt aus der Maschine und nahm das Eis. Inzwischen war ihm ein Gedanke gekommen. Er ging zu einem Schrank und holte eine Polaroid-Kamera heraus, die sie manchmal benützten, um Verkehrsunfälle zu photographieren. »Hier«, sagte er und reichte sie Bartlett. »Photographieren Sie mich.« Bartlett gehorchte. »Wenn er so viele Freunde hat, wie Sie sagen, kann uns das von Nutzen sein.« Dann schaute Tucker zu, wie auf dem Papier langsam das Bild entstand. Gleich danach klingelte das Telefon, und Bartlett ging an den Apparat. Er reichte Tucker den Hörer.

»Hier Chief Watts.«

»Tucker, hier Hugh Holmes. Ich höre, Sie haben Hoss Spence bei sich. Was werfen Sie ihm vor?«

»Er ist mit einer Geschwindigkeit von zweiundfünfzig Meilen durch eine Schulzone gefahren, hat sich der Personalfeststellung widersetzt und einen Polizeibeamten tätlich angegriffen.«

»Haben Sie ihn provoziert?«

»Ich habe ihn um seinen Führerschein gebeten.«

»Das ist alles?«

»Mehr konnte ich nicht sagen. Als Antwort hat er mit einem Stock auf mich eingeprügelt.«

»Na schön, Tucker, ich halte mich da raus. Übermorgen finden bei uns allgemeine Wahlen statt, und ich stecke bis über beide Ohren in den letzten Vorbereitungen. Aber ich möchte Ihnen einen Rat geben, auch wenn er unverlangt sein sollte.«

»Ich bin Ihnen für jede Art von Rat dankbar, Sir.« Tucker hatte sich allmählich beruhigt.

»Versuchen Sie, so korrekt wie möglich zu handeln in dieser Sache. Gibt es Zeugen?«

»Nein, Sir.«

»Das ist bedauerlich.«

»Aber ich habe ein schönes Foto von den Verletzungen, die er mir zugefügt hat.«

»Gut. Passen Sie auf: Der Anwalt von Hoss in Greenville hat sich bereits mit dem Richter in Verbindung gesetzt, und Sie werden in Kürze einen Anruf erhalten. Wenn ich Sie wäre, würde ich diesen Anruf zum Anlaß nehmen, Hoss auf freien Fuß zu setzen. Bestehen Sie nicht auf einem schriftlichen Freilassungsbefehl. Das könnte die Sache nur erschweren.«

»Ich verstehe, Sir.«

»Also gut. Wenn es hart auf hart kommt, rufen Sie mich an, ja?«

»Ja, Sir. Danke.« Er legte auf. Vom Eingang her vernahm er Schritte.

»Ich höre, Sie haben meinen Daddy festgenommen.«

Tucker drehte sich um und sah Emmett Spence, nicht zum ersten Mal in den vergangenen Monaten. Sie waren einander gelegentlich auf der Straße begegnet, waren praktisch Nachbarn. Emmett freilich hatte ihn bisher nicht zur Kenntnis genommen. »Wer sind Sie?« fragte Tucker jetzt.

»Ich bin Emmett Spence, verdammt noch mal, und Sie haben meinen Daddy eingesperrt!«

»Ja, ich habe Ihren Daddy eingesperrt, Mr. Spence. Wenn Sie ihn rausholen wollen, müssen Sie sich einen Anwalt besorgen. Und hier drinnen wird nicht geflucht.«

»Der Anwalt ist längst verständigt, das können Sie mir glauben.«

Das Telefon klingelte. Tucker meldete sich.

»Chief, hier spricht Richter Hill aus Greenville. Ich höre, Sie haben einen Mr. Spence wegen eines Verkehrsdelikts festgenommen.«

»Ja, Sir – wegen Überschreitung der Geschwindigkeit, Widerstands und tätlichen Angriffs auf einen Polizeibeamten.«

»Chief, ich habe angeordnet, daß Mr. Spence gegen Kaution freigelassen wird. Die Entscheidung gebe ich gleich in die Post.« Es klang, als sei der Richter entrüstet.

»Selbstverständlich, Euer Ehren. Ich komme gern Ihrem Wunsch nach.«

»Äh – Chief Watts, ich höre, es hat eine tätliche Auseinandersetzung gegeben. Ich meine, es läge im Interesse beider Parteien, wenn wir das außergerichtlich regeln könnten.«

»Nein, Sir. Ich fürchte, das wird nicht möglich sein.« Es war höchste Zeit, daß dieser Schweinehund für seine Gemeinheiten bezahlte. »Er kann sich für schuldig im Sinne der Anklage bekennen, wenn er will, und das Urteil liegt dann selbstverständlich bei Ihnen.«

»Chief, ich bedaure, daß Sie die Sache so sehen. Darf ich

Sie jetzt bitten, Mr. Spence auf freien Fuß zu setzen. Wir sprechen noch über die Angelegenheit.«

Tucker legte den Hörer auf. »Also gut, Bartlett, lassen Sie ihn frei.«

Spence trat in den Wachraum, rieb sich die Handgelenke und schimpfte leise vor sich hin. »Geben Sie mir meinen Stock«, sagte er zu Tucker.

»Bedaure, Sir, aber der ist ein Beweismittel. Kann ich jetzt Ihren Führerschein sehen, bitte?«

Emmett Spence machte einen Schritt auf ihn zu. »Haben Sie noch immer nichts gelernt, was?«

Tucker wandte sich Emmett zu. Er erinnerte sich daran, was Emmett für ein blödes, gefühlloses, grausames Kind gewesen war. »Ich kann mich nicht entsinnen, mit Ihnen gesprochen zu haben.« Dann wandte er sich wieder Hoss Spence zu. »Mr. Spence, wenn Sie nicht bereit sind, mir Ihren Führerschein auszuhändigen, muß ich Sie in die Zelle zurückbringen.«

Spence zog widerstrebend seine Brieftasche heraus, nahm den Führerschein und reichte ihn Tucker. Der Polizeichef schrieb ihm einen Strafzettel aus. »Ich rate Ihnen nachdrücklich, Sir, sich in Zukunft an die Verkehrsregeln zu halten.« Spence nahm seinen Führerschein und den Strafzettel und stakte hinaus.

Emmett blieb noch einen Augenblick. »He, er hat's Ihnen aber ganz schön gegeben, was? Und das ist noch lange nicht alles, das können Sie mir glauben!«

»Emmett!« brüllte sein Vater vom Korridor her. »Mach, daß du rauskommst!«

»Äh – Chief«, sagte Bartlett, der das Thema wechseln wollte, »ich habe das hier entdeckt, während Sie beim Mittagessen waren.« Er reichte Tucker eine Mappe mit Wasserflekken darauf. »Ich könnte mir denken, daß es das ist, wonach Sie suchen.«

Tucker schlug die Mappe auf und blätterte rasch die Unterlagen durch. Es waren mindestens zwei Dutzend Vermißtenanzeigen.

»Einige davon sind Frauen«, sagte Bartlett. »Sie wollten ja

nur die über Männer, aber sie waren alle zusammen abgelegt.«

Tucker ging in sein Büro und blätterte noch im Gehen die Rundschreiben durch.

»Noch etwas, Chief.« Bartlett hielt eine Vermißtenanzeige hoch. »Das hier ist mit der zweiten Post gekommen.«

Tucker warf einen Blick auf das Blatt. Ein Bursche, fünfzehn Jahre alt; vor einer Woche verschwunden aus Clearwater im State Florida. Vermutlich ausgerissen. Tucker ging rasch in sein Büro und schloß die Tür hinter sich.

Aufgeregt sah er die Vermißtenanzeigen durch und sortierte diejenigen aus, welche Frauen und ältere Männer betrafen. Dann las er alle übriggebliebenen Rundschreiben, unterstrich die Informationen darüber, wo die betreffende Person zuletzt gesehen worden war, und eliminierte diejenigen, deren letzter Aufenthalt zu weit entfernt schien oder deren Route vermutlich nicht durch Delano geführt hatte. Übrig blieben elf Blätter, die er vor sich auf den Schreibtisch legte. Die Gesichter auf den Fotos waren einander so ähnlich, als hätten diese jungen Burschen in ein und derselben Schulklasse gesessen oder bei derselben Baseballmannschaft gespielt. Nein, bei derselben Theatergruppe, korrigierte er sich. Sie wirkten alle etwas weich und zart, nicht wie Baseballspieler.

Die Daten reichten von 1948 bis 1960. Tucker befaßte sich dann mit der Vermißtenanzeige, die mit der zweiten Tagespost gekommen war. Damit war die Beziehung zur Gegenwart hergestellt. Er atmete tief ein und stieß dann die Luft aus. Das reichte, um einen Durchsuchungsbefehl zu erhalten. Er legte alle Rundschreiben in einen Ordner, zusammen mit den Unterlagen von Will Henry Lee und Sonny Butts, steckte sie in seine Aktentasche und stand auf. Er hatte etwas zu tun im Talbot County.

Vom Wachraum her drangen laute Stimmen zu ihm herein. Die Tür seines Büros öffnete sich, und Skeeter Willis stand auf der Schwelle. Er zielte mit einem Revolver auf ihn. »Lassen Sie die Hände auf dem Schreibtisch, mein Junge.«

Tucker legte die Hände auf die Schreibtischplatte. »Was soll das heißen, Willis?«

»Sie sind festgenommen, das soll es heißen.«

»Weshalb?«

Skeeter warf ein Blatt Papier auf den Schreibtisch. »Das ist ein Haftbefehl wegen tätlichen Angriffs und Mißhandlung.« Der Sheriff befestigte die Klammer einer Handschelle an Tuckers rechtem Handgelenk und riß ihn unsanft herum, um ihm auch die linke Hand zu fesseln. »Jetzt kommen Sie mit mir, wenn Sie vermeiden wollen, daß Ihnen etwas geschieht.« Skeeter schubste ihn aus seinem Büro hinaus in den Wachraum. Bartlett wurde von einem Deputy mit der Dienstwaffe in Schach gehalten.

»Was ist denn hier los, Chief?« Der junge Polizeibeamte riß die Augen weit auf.

»Sie wissen, was Sie zu tun haben, Bartlett, und wenn es irgendwelche Vorfälle gibt auf der Fahrt nach Greenville oder im dortigen Gefängnis, wissen Sie auch, wen Sie zu verständigen haben.«

»Jawohl, Sir.«

»Maul halten, alle beide«, brüllte Skeeter. »Sie sind mein Zeuge, Buddy: Er hatte bereits ein geschwollenes Gesicht, als ich ihn festgenommen habe, nicht wahr?«

»Ja, Sheriff – aber ich fürchte, Sie machen einen Fehler.«

»Lassen Sie das nur meine Sorge sein, mein Junge.« Er schubste Tucker zur Tür.

»Bartlett«, rief Tucker zurück, »auf meinem Schreibtisch liegt eine Aktentasche . . .«

»Ich hab dir gesagt, du sollst das Maul halten!« brüllte ihn Skeeter an und ging dann mit ihm hinaus zum Wagen des Sheriffs.

17

Billy legte den Hörer auf. Er saß in einem Hinterzimmer seines Wahlhauptquartiers in Atlanta, in einem leeren Geschäftshaus an der Peachtree Street. In anderen Räumen des Gebäudes telefonierte ein Dutzend Freiwilliger mit Wählern im Fulton County und bat sie darum, am kommenden Dienstag bestimmt zur Wahlurne zu gehen. Es war Freitagnachmittag.

John Howell, der ihm gegenüber am Schreibtisch saß, fragte: »Was gibt's? Tucker?«

Billy nickte. »Das war eben Holmes. Tucker sitzt im Gefängnis von Greenville. Man legt ihm zur Last, einen Mann namens Spence tätlich angegriffen zu haben. Spence ist Förderer von Kampagnen für Leute wie Skeeter Willis. Es sieht so aus, als hätte Tucker diesen Spence wegen einer Geschwindigkeitsübertretung angehalten, und dabei muß es eine tätliche Auseinandersetzung gegeben haben. Tucker hat den Mann festgenommen, und nun hat dieser selbst Anzeige gegen Tucker erstattet.«

»Kann er das denn? Einen Polizeibeamten festnehmen lassen, der eben erst ihn selbst festgenommen hat?«

»Ja, er kann. Es ist nicht gerade ein gutes System, aber jeder Bürger kann eine Anzeige gegen einen anderen erstatten und ihn festnehmen lassen.«

»Sie holen Tucker doch raus, oder?«

Wieder nickte Billy. »Ja – aber solange Skeeter ihn im Gefängnis hat, kann alles mögliche passieren.« Billy hatte eine Idee und teilte sie Howell mit. »Wären Sie dazu bereit?«

»Klar.« Howell wählte eine Nummer. »Sheriff Willis, bitte.«

Er wartete einen Moment. »Sheriff? Hier John Howell von der ›New York Times‹. Ich habe Sie vor ein paar Wochen interviewt – erinnern Sie sich? Richtig. Ich höre, Sie haben den Polizeichef von Delano in Ihrem Gefängnis. Ist das richtig? Ich verstehe ... Tätlichkeit gegen einen alten Mann ... Spence, ja. Ist Mr. Spence ein Weißer, Sheriff? ... Nein, ich wollte es nur wissen. Sagen Sie, Sheriff, ist Chief Watts derzeit in guter körperlicher Verfassung? Ich meine, wurde er verletzt, als Sie ihn verhaftet haben? ... Hat er in irgendeiner Weise Widerstand geleistet? ... Kann ich mit Chief Watts sprechen?« Howell legte die Hand auf die Sprechmuschel. »Er hält mich hin. Sagt, er weiß nicht, ob das Verhör von Tucker schon zu Ende ist.« Jetzt hörte er wieder dem Sheriff zu. »Ich verstehe. Kann ich mit ihm sprechen, sobald Sie fertig sind?« Er schüttelte den Kopf und schaute Billy dabei an. »Kann ich dann hinkommen und ihn besuchen? ... Zehn bis zwölf und zwei bis vier? ... Also erst morgen ... In Ordnung, Sheriff, und vielen Dank für die Auskunft.« Howell legte auf.

»Und?« fragte Billy nervös.

»Willis sagt, es geht Tucker gut. Ich kann ihn aber heute nicht mehr besuchen; die Besuchszeit wäre vorüber, ehe ich hinkäme. Also morgen, sagt er.«

»Bis morgen muß ich ihn rausgepaukt haben«, entgegnete Billy. Er nahm den Hörer ab, warf einen Blick in sein Adressenverzeichnis und wählte. »Hallo, Frances? Hier Billy Lee – wie geht's? ... Gut, ich bin zufrieden. Kann ich bitte mit Richter Hill sprechen? ... Wo? ... Seit wann? ... Wissen Sie, wie die Leute heißen? ... Gut, Frances, und vielen Dank.« Er legte auf. »Bert Hill, der Richter von Greenville, hat heute einen Tag freigenommen. Er ist unterwegs zum Lake Lanier, wo er das Wochenende mit ein paar Freunden verbringen will.«

»Und er ist der einzige, der Tucker freilassen kann?«

»Wir könnten versuchen, uns eine Anordnung der Bundesjustizbehörde zu beschaffen, aber das hieße mit Kanonen auf Spatzen schießen. Außerdem ist Hill der einzige, der die Freilassung schnell zuwege bringen kann.« Billy kam ein neuer Gedanke. Er schaute noch einmal in seinem Verzeichnis nach und wählte eine andere Nummer. »Kann ich bitte mit Colonel Simpson sprechen? ... Jim, hier ist Billy Lee, wie geht's? ... Fein. Hören Sie, Jim, ich mache Ihnen nur ungern Schwierigkeiten, aber ich muß unbedingt mit Richter Bert Hill vom Meriwether County Kontakt aufnehmen; er ist irgendwo zwischen Greenville und Gainsville unterwegs und fährt zum Lake Lanier. Könnten Sie Ihre Leute informieren, daß sie ihn anhalten und bitten, mich sofort anzurufen? Es ist wirklich sehr dringend ... Nein, keine Staatsangelegenheit, aber es hängt mit einem juristischen Problem zusammen, das ich Ihnen jetzt nicht darlegen kann ... Großartig, Jim ... Meines Wissens fährt er einen grünen Ford. Nein, die Nummer kenne ich nicht, aber die können Sie bei der Zulassungsstelle erfragen ... Nochmals vielen Dank, Jim.« Billy nannte ihm seine Telefonnummer und legte auf.

»Wer war das?« fragte Howell.

»Simpson, der Leiter der Straßenpolizei des Staates Georgia. Er will über Funkspruch nach dem Richter suchen lassen. Jetzt können wir nur warten und hoffen.«

Tucker lag auf der harten Pritsche, eingehüllt in eine dünne Armeedecke, und fror. Das einzige Fenster der Zelle stand offen, aber er konnte es nicht erreichen. Wenn er die Augen öffnete, sah er seinen Atem als kleine weiße Wölkchen. Hier und da spürte er Stiche am Körper. Er kratzte sich und fluchte dazu.

Sie hatten ihm seine Armbanduhr abgenommen, aber er schätzte, daß es ungefähr Mitternacht sein mußte. Und sie hatten ihn offensichtlich in die übelste Zelle im Gefängnis des Countys geworfen. Sie war völlig verdreckt, und es gab keine Toilette, nur einen Nachttopf. Sie hatten ihm auch die Uniform und die Schuhe abgenommen; er hatte nichts an außer einem schmutzigen Gefängnisbademantel. Sie hatten erklärt, keine Häftlingskleidung in seiner Größe vorrätig zu haben.

Tucker bekam allmählich Angst; er hatte damit gerechnet, bald entlassen zu werden. Schon vor Monaten hatte er Bartlett genaue Anweisungen für einen solchen Fall gegeben. Aber niemand kam, und er hatte gehört, wie Skeeter dem Wärter, der nachts Dienst hatte, ankündigte, daß er gegen Mitternacht wiederkommen und nach Tucker sehen würde. Im Wagen hatte Skeeter ihm gesagt, daß Richter Hill, der einzige, der für seine Freilassung sorgen konnte, bis Montag unterwegs sei, aber Tucker hatte ihm nicht geglaubt. Jetzt glaubte er ihm. Es war später Freitagabend, und es sah so aus, als ob er mindestens bis Montag in den Händen von Skeeter bleiben würde.

Er hörte, wie ein Wagen auf den Parkplatz unter seinem Fenster einbog, und hätte gern gesehen, wer es war, aber das Fenster war zu hoch oben. Dann hörte er Skeeters Stimme. »Ihr wartet alle hier. Ich helfe ihm bei der Flucht.« Er vernahm das Lachen mehrerer Männer. Tucker brach der kalte Schweiß aus. Er stand auf und sah sich in der Zelle nach einem Gegenstand um, den er als Waffe benützen konnte. Aber da waren nur der Nachttopf aus Porzellan und die eiserne Pritsche, die mit Ketten an der Decke befestigt war. Er zog verzweifelt an den Ketten, aber sie ließen sich nicht herausreißen. Also blieben ihm nur die nackten Hände, nichts weiter.

Er hörte, wie die äußere Tür aufgeschlossen wurde. In diesem Flügel des alten Gefängnisgebäudes gab es nur sechs Zellen, und Tucker war der einzige Häftling. Skeeter kam den Korridor entlang; Schlüssel klapperten. Dem Sheriff folgte der Wärter, der einen Revolver in der Hand hatte. Der Wärter steckte die Waffe zwischen den Gitterstäben hindurch und bellte: »Okay, Chief, an die Wand, die Beine spreizen, die Hände nach oben.«

Tucker tat, was der Mann befahl. Vielleicht hatte er eine bessere Chance, wenn er erst aus dieser Zelle heraus war. Die beiden Männer kamen herein, und während der Wärter auf den Kopf Tuckers zielte, fesselte ihm Skeeter die Hände hinter dem Rücken. Als sie sich in Bewegung setzten, stieß Tucker mit dem nackten Fuß gegen den Nachttopf, so daß er umkippte und sein Inhalt auf Skeeters makellose Uniform spritzte.

»Nicht!« brüllte Skeeter dem Wärter zu, als dieser einen Schritt zurückging und ausholte, um Tucker den Revolverkolben auf den Kopf zu schlagen. »Ich will keine blauen Flecken haben an dem Schwein.« Fluchend wischte er sich die Hosenbeine mit Tuckers Decke ab. »Dafür wirst du extra bezahlen, mein Junge«, zischte er Tucker zu.

Dann zerrten sie Tucker durch den Korridor, wobei ihm der Wärter immer wieder den Lauf seines Revolvers in den Rücken rammte. Danach gingen sie durch einen anderen Korridor und durch eine Tür ins Hauptbüro. Jetzt zog auch Skeeter seine Pistole. »Ich bringe ihn hinaus«, sagte er zum Wärter. »Es ist besser, wenn Sie nicht mehr mitbekommen, als unbedingt nötig ist.«

»Wohin bringen Sie mich?« fragte Tucker. Er fühlte sich sehr verwundbar, bekleidet nur mit dem dünnen Bademantel, die Hände auf dem Rücken gefesselt.

»Dahin, wo ich dich schon lange hätte hinbringen müssen, Nigger«, spie ihm Skeeter ins Gesicht. Er riß Tucker herum und stieß ihn auf die Tür zu, die ins Freie führte. In diesem Augenblick blieben beide Männer wie erstarrt stehen. Billy Lee stand in der Tür, hinter ihm John Howell und zwei Männer der Staatspolizei.

Billy ging zu Skeeter hin und reichte ihm ein Dokument. »Das ist der Freilassungsbefehl für Tucker Watts, unterzeichnet von Richter Hill und notariell beglaubigt. Nehmen Sie ihm die Handschellen ab.«

Skeeter wich nicht von der Stelle. »Richter Hill ist nicht in der Stadt, Billy. Ich glaube nicht, daß das eine rechtsgültige Anweisung ist. Watts bleibt hier.«

Billy drehte sich um und wandte sich an einen der Beamten der Staatspolizei. »Sergeant« – der Mann trat vor –, »ich habe Sheriff Willis einen Freilassungsbefehl für Chief Watts vorgelegt. Ich teile ihm dies noch einmal vor Zeugen mit. Wenn er sich widersetzt, nehmen Sie ihn augenblicklich wegen Nichtausführung einer gerichtlichen Anordnung fest. Ich übernehme die Verantwortung.«

»Jawohl, Sir«, sagte der Sergeant. Er drehte sich um und schaute Skeeter erwartungsvoll an.

Jetzt wandte sich auch Billy wieder an Skeeter. »Sheriff Willis, hier ist die richterliche Anordnung. Nehmen Sie diesem Mann die Fesseln ab, und zwar sofort.«

Skeeter sah Billy an, dann wandte er sich an den Polizisten. Der Sergeant machte einen Schritt auf Skeeter zu. »Schön, schön«, sagte er und fummelte nach den Schlüsseln.

»Sie bringen ihm seine Kleidung«, herrschte Billy den Wärter an. Der Mann ging zu einem Spind, nahm Tuckers Uniform heraus und warf sie auf den Tresen.

Tucker massierte sich die Handgelenke, und der Wärter ging hinter den Tresen, öffnete eine Schublade, holte Tuckers Gürtel mit der Dienstwaffe und seine persönlichen Habseligkeiten heraus und legte alles neben die Kleidung. Tucker zog sich rasch an, überprüfte, ob die Waffe geladen war, und schnallte sich den Gürtel um. »In Ordnung, Gouverneur«, sagte er.

»Sergeant«, wandte sich Billy wieder an den Mann von der Staatspolizei, »draußen sitzen vier Männer in einem Wagen. Sie und der Corporal gehen jetzt hinaus, lassen die Männer aussteigen und unterziehen sie einer eingehenden Untersuchung. Durchsuchen Sie auch den Wagen, lassen Sie sich die Waffen und die Waffenscheine, die Führerscheine, die Wagenpapiere und alles zeigen, was Ihnen sonst noch einfällt. Wenn einer auch nur die geringste Vorschrift übertreten hat oder sich widersetzt, verhaften Sie ihn und bringen Sie ihn ins Staatsgefängnis nach La Grange.«

Die beiden Männer der Staatspolizei verließen das Büro. Jetzt wandte sich Billy wieder an den Sheriff. »Schaffen Sie den hier raus«, sagte er und zeigte auf den Gefängniswärter. Willis machte eine Bewegung mit dem Daumen, und der Mann verließ den Raum. »Skeeter«, sagte Billy und schaute auf die feuchten Hosenbeine des Sheriffs, »Sie stinken.« Willis funkelte Billy an, erwiderte aber nichts. »Aber Sie stinken nicht erst jetzt, sondern schon seit langer Zeit. Das wird bald vorbei sein. Sie sind erledigt. Wenn ich diese Wahl gewinne, werde ich meinen ganzen Einfluß und meine Autorität dafür verwenden, daß Sie gefeuert werden. Am liebsten würde ich Sie in Ihrem eigenen Straflager sehen, und dabei ist mir Ihr Alter völlig egal. Auch wenn ich nicht gewinne, habe ich hier genügend Einfluß; ich werde Sie notfalls bis zur Hölle und zurück hetzen, bis Sie dort sind, wo Sie hingehören.« Jetzt wandte er sich an Tucker. »Gehen wir.«

Sie gingen hinaus und ließen den Sheriff zurück, der wie zur Salzsäule erstarrt dastand. »Ich fürchte, ich kann nichts gegen ihn unternehmen«, sagte Billy, »trotz meiner kühnen Worte. Ich bin sicher, er hat sämtliche Spuren sorgfältig verwischt – aber es schadet nichts, wenn er ein paar schlaflose Nächte verbringt.« Dann sah er hinüber zu den beiden Männern der Staatspolizei, welche die vier Insassen des Wagens an die Gefängnismauer gestellt hatten und durchsuchten. Einer von ihnen war Emmett Spence.

»Vier Pistolen, Gouverneur«, rief der Sergeant herüber. »Ohne Waffenscheine. Und im Wagen sind noch zwei Gewehre und eine Rolle Seil.«

»Dann nehmt sie mit und buchtet sie ein«, rief Billy zurück. Er wandte sich wieder an Tucker. »Tut mir leid, daß es so lange gedauert hat. Wir mußten erst den Richter ausfindig machen, der Richtung Norden fuhr; dann mußten wir dafür sorgen, daß die Anordnung geschrieben, unterzeichnet und beglaubigt wurde; schneller haben wir es nicht geschafft.«

»Gouverneur, ich kann Ihnen gar nicht sagen, wie froh ich war, Sie zu sehen«, erwiderte Tucker. »Diese Leute waren dabei, mich mit Skeeters Hilfe aus dem Gefängnis zu holen, und Gott weiß, was sie mit mir vorhatten. Vielen Dank.«

»Nicht der Rede wert. Hören Sie, Tucker: Sie werden die Anzeige gegen Hoss Spence auf die Verkehrsübertretung beschränken. Ich habe mit Richter Hill darüber gesprochen. Sie müssen ihm schließlich etwas bieten, damit er die Anzeige gegen Sie fallenläßt. Bei einer Verhandlung vor dem Schwurgericht könnte das bei der hiesigen Besetzung der Geschworenenbank eine unangenehme Sache werden. Spence wird für eine Weile den Führerschein los, und Sie haben immerhin eine Handhabe gegen ihn, weil er Sie ohne Grund festnehmen ließ.«

»Es tut mir leid, aber ich kann nicht zulassen, daß Spence so billig davonkommt, Gouverneur. Trotzdem bin ich Ihnen dankbar für das, was Sie für mich getan haben.«

»Ich habe es gern getan. Schauen Sie, dort drüben wartet jemand auf Sie.« Er nickte in die Richtung, wo Elizabeth in seinem Oldsmobile saß. Sie stieg aus, kam auf ihn zu und umarmte ihn. Dann stiegen sie in den Wagen und fuhren nach Hause.

Billy fuhr zurück nach Atlanta. Er hatte ein Wochenende mit letzten Wahlvorbereitungen vor sich und machte sich zudem Sorgen darüber, daß Tucker entschlossen schien, Hoss Spence strafrechtlich weiter zu verfolgen.

18

Am Sonntagmorgen wurde Billy geweckt, als jemand an die Tür seines Hotelzimmers in Atlanta klopfte. »Wer ist da?« rief er und blieb im Bett liegen.

»John Howell. Machen Sie auf.«

Billy stolperte zur Tür und öffnete. »Wie spät ist es?« fragte er verschlafen, während Howell hereineilte, einen Stapel Zeitungen unter dem Arm.

»Kurz nach zehn. Sie müssen um elf beim Gottesdienst sein. In der Baptistenkirche in der Ebenezer Street, erinnern Sie sich? Sie werden zu spät kommen, doch das ist noch das geringste Ihrer Probleme. Ich habe versucht, Sie anzurufen, aber die Telefonistin war nicht bereit, mich mit Ihnen zu verbinden.«

»Ich habe beim Portier hinterlassen, daß ich nicht gestört werden will. Ich brauchte ein paar Stunden Schlaf. Was ist los?«

Howell warf die Sonntagszeitungen aufs Bett. »Sehen Sie sich das mal an!«

SCHWARZER POLIZEICHEF FESTGENOMMEN – SCHLUG ALTEN MANN ZUSAMMEN, lautete eine Schlagzeile auf der Titelseite, und darunter: »Mullins erstattet Anzeige gegen Lee wegen Amtsmißbrauchs bei der Haftentlassung von Tucker Watts.«

»Ach, du Scheiße«, sagte Billy, setzte sich auf die Bettkante und zog sich die Decke über die Schultern. Dann las er weiter.

> Das Department des Sheriffs im County Meriwether nahm gestern nachmittag Tucker Watts, den Polizeichef der Stadt Delano – den ersten Schwarzen, der in Georgia mit diesem Amt betraut wurde –, unter dem Vorwurf fest, einen bekannten Farmer des Meriwether Countys tätlich angegriffen zu haben. Das Opfer, Horace Spence, 74, war von Watts angehalten worden, weil er angeblich eine Geschwindigkeitsbeschränkung mißachtet hatte. Der Stellvertreter des Gouverneurs, William H. Lee, der am kommenden Diens-

tag bei der Wahl zum Gouverneur des Staates um eine knappe Entscheidung bangen muß, hat offenbar den Einfluß seiner Stellung benützt, um die Staatspolizei zur Suche nach einem Richter zu veranlassen, welcher bereit war, die Freilassung von Watts anzuordnen. Lee fuhr dann selbst zum Gefängnis des Counties in Greenville, begleitet von zwei Männern der Staatspolizei, erzwang dort die Freilassung des schwarzen Polizeichefs und ordnete gleichzeitig an, vier Bürger aus dem Meriwether County, die sich in einem vor dem Gefängnis parkenden Wagen befanden, wegen unerlaubten Waffenbesitzes festzunehmen. Die Männer erklärten, sie seien auf der Rückfahrt von einem Jagdausflug und hätten nur angehalten, um einen ihrer Freunde aussteigen zu lassen, der in Greenville wohnt. Die Männer wurden anschließend durch den Untersuchungsrichter in La Grange auf freien Fuß gesetzt. Sheriff John B. (Skeeter) Willis erklärte: »Das ist bereits der zweite Fall, in dem dieser sogenannte Polizeibeamte ältere weiße Bürger belästigt, und wir werden das auf keinen Fall dulden.« Seine Bemerkung bezieht sich offenbar auf einen anderen Bürger von Delano, Francis Funderburke, 79, der, nach dem Kommentar von Sheriff Willis befragt, erklärte: »Wir hätten keine derartigen Probleme hier, wenn dieser Schwarze uns nicht durch Billy Lee aufgezwungen worden wäre, damit die Schwarzen bei der Wahl auf seiner Seite stehen.« Funderburke, ein bekannter Hundezüchter, schilderte ausführlich, wie er in den vergangenen Monaten von Chief Watts belästigt wurde.

Jackson Mullins, Lees parteiloser Gegner im Wahlkampf um das Amt des Gouverneurs, den wir in seinem Heim in Südgeorgia besuchten, erklärte: »Das ist nur ein weiteres Anzeichen für die arrogante Art und Weise, in der ein Kandidat seine Machtbefugnisse ausnutzt, ein Mann, dem es nur darum geht, die Stimmen der Schwarzen für sich zu gewinnen.« Mullins hat Lee bereits mehrfach kritisiert, weil dieser angeblich die Befugnisse seines Amtes für seine persönlichen Zwecke mißbraucht.

Der Gouverneur-Stellvertreter Lee hat sich nach dem Vorfall in ein Hotel in Atlanta zurückgezogen und war nicht bereit, eine Stellungnahme abzugeben.

Das Telefon klingelte, und Billy nahm den Hörer ab. »Gouverneur«, sagte das Mädchen in der Zentrale, »ich habe einen Mr. Holmes in der Leitung, der darauf besteht, daß ich ihn mit Ihnen verbinde. Ich weiß, daß Sie nicht gestört werden wollen, Sir, aber ...«

»Ist schon gut, stellen Sie das Gespräch durch ... Mr. Holmes? ... Ja, Sir, ich habe es eben gelesen ... Stimmt. Ich muß in einer knappen Stunde in der Kirche sein ... Ich muß hin, Sir; wir haben unseren Besuch dort schon vor Tagen angekündigt. Wenn ich absage, sieht es so aus, als würde ich den Schwanz einziehen. Und außerdem bin ich der Meinung, daß gerade eine schwarze Kirche der richtige Ort ist, um diese Vorwürfe zu entkräften – insbesondere die Kirche von Dr. King ... Hören Sie, wir wissen doch, was dabei herauskommt, wenn diese Sache vor Gericht kommt – ich bin überzeugt, daß man Tucker von jedem Vorwurf freisprechen wird ... Ja, sicher könnte es dann zu spät sein, aber jetzt kann ich meinen Kurs nicht mehr ändern; ich muß jetzt dort erscheinen ... Danke, Sir, ich bin Ihnen sehr verbunden. Aber ich komme ohnehin schon zu spät und kann jetzt nicht mehr anrufen.«

Er legte auf. »Mr. Holmes meint, ich soll meinen Auftritt in der Ebenezer Street absagen, aber ich denke nicht daran. Er wird versuchen, über die freiwilligen Helfer am Telefon zu erfahren, wie das die Wahlen am Dienstag beeinflussen kann.«

»Billy«, sagte Howell, »ich meine, Sie sollten eine improvisierte Pressekonferenz auf der Treppe vor der Kirche abhalten und die Vorwürfe aufs entschiedenste zurückweisen. Es wird dort ohnehin von Presseleuten wimmeln. Dieser Besuch steht auf Ihrem offiziellen Programm.«

»Sie haben recht«, erwiderte Billy.

»Mein Bericht steht in der ›Times‹ von heute morgen, und er gibt die wirklichen Fakten wieder. Die Nachrichtendienste werden sich darauf stürzen, und das dürfte Ihnen nützen.«

»Gut. Dann wollen wir also hinfahren.« Billy ging eilig ins Badezimmer.

Tucker war überrascht, daß ihn der Aufenthalt im Gefängnis so schwer erschüttert hatte. Als er am Sonnabendmorgen aufwachte, fühlte er sich völlig erschöpft, und als die Presseleute anriefen, fuhr er kurz zur Polizeistation und verbrachte danach den Rest des Sonnabends und den Sonntag im Haus seiner Mutter, mit der Anweisung an Bartlett, ihn nur in Notfällen anzurufen.

Immer wieder wusch er sich mit einem medizinischen Shampoo, um die Läuse und Flöhe loszuwerden, die er im Gefängnis bekommen hatte. Dieses Gefühl der Unreinheit machte alles nur noch schlimmer. Er beschloß, sein eigenes Gefängnis regelmäßig desinfizieren zu lassen, und wußte, daß er nie wieder jemanden leichtfertig dort einsperren würde.

Er sah Billy im Fernsehen, in der Nachrichtensendung vom Sonntagabend, beobachtete, wie der Stellvertreter des Gouverneurs versuchte, alles wieder zurechtzubiegen, aber es kam ihm so vor, als sei das ein fruchtloses Unterfangen. Tucker hatte auf Drängen von Holmes eine kurze schriftliche Erklärung abgegeben, in der er darstellte, daß er eine ordnungsgemäße Verhaftung vorgenommen habe, nachdem er selbst körperlich angegriffen worden sei, und daß er glaube, daß eine Gerichtsverhandlung beweisen werde, daß er korrekt gehandelt habe. Tucker hoffte, daß dies nützen würde.

Am Montag und Dienstag tauchte er nur kurz in der Dienststelle auf. Er fuhr an diesen Tagen ziellos durch die Stadt, war zutiefst deprimiert und fragte sich, ob er überhaupt noch in der Lage war, seinen Beruf weiter auszuüben.

Am Wahlabend hatte Billy ein merkwürdiges Déjà-vu-Gefühl. Er hatte eigentlich gehofft, nicht noch einmal dieses Gefühl der Ungewißheit durchstehen zu müssen. Gegen Mitternacht stand fest, daß er nicht die Mehrheit gewinnen würde. Mullins stand besser da als erwartet. Zuletzt fehlten Billy vier Prozent zur Mehrheit, die notwendig gewesen wäre, um eine Entscheidung des Repräsentantenhauses von Georgia überflüssig zu machen.

»Und wie stehen unsere Chancen beim Repräsentantenhaus im Augenblick?« fragte er Holmes.

Der Bankier nahm wieder einmal sein Notizbuch hervor. »Ich habe das ganze Wochenende am Telefon gehangen«, sagte er. »Wir sind besser dran als bei den Vorwahlen, aber ich schätze, daß sich etwa ein Dutzend Wahlmänner noch nicht festgelegt hat. Wenn ich Zahlen nennen soll, würde ich sagen, daß uns zur Zeit vier oder fünf Stimmen fehlen. Du wirst nächste Woche viel telefonieren müssen.«

»Ich finde, wir müssen mehr tun als das«, sagte Billy. »Wir sollten uns ein Flugzeug chartern und die wichtigsten Leute im Staat besuchen.«

»Gute Idee.«

»Und wie sehen Sie unsere Chancen, Mr. Holmes? Ganz aufrichtig und ohne Schonung.«

Billy stellte fest, daß sein väterlicher Freund noch nie so müde, so alt ausgesehen hatte.

Holmes schüttelte den Kopf. »Es gibt viel, was für dich spricht, mein Junge. Ich glaube, Kennedy hat das mit dem Amt des Vizepräsidenten ernst gemeint, wirklich. Ich wollte, ich könnte dir sagen, daß wir es schaffen, aber ich weiß es nicht. Ich weiß es wirklich nicht.«

Jetzt erst merkte Billy, daß er in Gedanken nicht nur mit dem Posten des Vizepräsidenten rechnete, sondern daß er ihn als ein Sprungbrett zur Präsidentschaft selbst betrachtete. Wenn er bei der Abstimmung des Repräsentantenhauses von Georgia verlor, war alles vorbei. Und er kam sich wie ein Narr vor, weil er sein Ziel so hoch gesteckt hatte.

19

Bis zum Mittwochmorgen hatte sich Tucker so weit erholt, daß er die Arbeit wieder aufnehmen konnte. Er kam schon früh auf die Polizeistation und sah die Post und die Nachrichten durch, die sich während seiner Abwesenheit angesammelt hatten. Zu seiner Erleichterung fand er nichts von besonderer Wichtigkeit in den Papieren, die sich auf seinem Schreibtisch stapelten, aber nachdem er alles durchgesehen hatte, war dieses beruhigende Gefühl rasch verflogen. Die Akte mit den vermißten jungen Burschen wartete auf ihn. Und obendrein gab es ein Fernschreiben vom Hauptquartier der staatlichen Straßenwacht, das eine weitere Information zum Fall des zuletzt verschwundenen Jungen enthielt. Er war zuletzt in Buena Vista, vierzig Meilen südlich von Delano, gesehen worden, und zwar am Dritten des Monats, also vor zwei Tagen.

Da Tucker in der Zwischenzeit, soweit möglich, alle Überlegungen zur Seite geschoben hatte, die seine Arbeit betrafen, hatte er auch Foxy Funderburke aus seinen Gedanken verbannt. Aber jetzt wartete die Akte auf ihn; die Gesichter der verschwundenen jungen Burschen starrten ihn wieder an. Er überlegte sich, ob er Foxy besuchen sollte, verwarf den Gedanken aber gleich danach. Holmes hatte ihn schließlich davor gewarnt, und irgendwie stand die Sache jetzt auch in einem gewissen Zusammenhang mit dem Fall Hoss Spence. Er konnte nichts anderes tun als Holmes' Ratschlag folgen und die Angelegenheit durch die vorgeschriebenen Kanäle lenken – aber das hieß, daß er Sheriff Bobby Patrick vom Talbot County verständigen mußte!

Schon der Gedanke daran, Patrick um Hilfe bitten zu müssen, widerstrebte ihm zutiefst, und nach seinen Erfahrungen in Skeeters Gefängnis fühlte er tiefe Beklemmung bei der Vorstellung, Patrick einschalten zu müssen. Dennoch: Es gab keinen anderen Weg, und das war ihm völlig bewußt. Er steckte die Akte in einen dicken, großen Umschlag und ging in den Wachraum hinüber. Bartlett aß an seinem Schreibtisch ein Stück Süßkartoffelkuchen und trank eine Tasse Kaffee.

»Buddy, ich muß nach Talbotton, um Bobby Patrick in einer bestimmten Sache zu sprechen. Ich bin zurück, so schnell ich kann. Wenn Sie mich brauchen, rufen Sie mich im Büro des Sheriffs vom Talbot County an, und wenn ich nicht dort sein sollte, schicken Sie einen Wagen auf die Paßhöhe hinauf und verständigen Sie mich von dort aus per Funk. Der Sender der Station reicht nicht über den Berg.«

»Hat diese bestimmte Sache, von der Sie sprechen, etwas mit den Vermißten zu tun, Chief?« Tucker hatte Bartlett bisher noch nicht in seine Theorie eingeweiht.

Tucker nickte. »Ja, und ich selbst kann da leider nicht viel machen. Der Fall liegt im Amtsbereich von Patrick.«

Bartlett sah ihn besorgt an. »Aber passen Sie gut auf sich auf, ja, Chief?«

»Klar«, sagte Tucker und ging. Während der Fahrt nach Talbotton ließ seine Nervosität ein wenig nach. Er hatte sich endlich zum Handeln durchgerungen, und das war gut. Dabei fiel ihm ein, daß er John Howell anrufen und ihm die neueste Entwicklung mitteilen sollte, wie er es dem Journalisten versprochen hatte.

Er parkte vor dem Gerichtsgebäude an einer Parkuhr, statt auf einem der offiziellen Parkplätze für die Beamten des Gerichts und der Polizei, und dabei wurde ihm bewußt, daß er auf diese Weise unwillkürlich sogar diesen harmlosen Konflikt ausschließen wollte. Drinnen im Department des Sheriffs wurde er höflich, aber kühl empfangen – von einem Angestellten, der zweifellos wußte, wer er war. Patrick hatte einen Besucher in seinem Büro, und Tucker mußte warten.

Er wartete fast eine halbe Stunde lang und wurde zusehends unruhiger. Er las alte Ausgaben von »Signposts« und »Ford-Times« und zwang sich, nicht aus dem Wasserspender zu trinken, weil er vermeiden wollte, auf die Toilette gehen zu müssen. Wenn er auf die den Weißen vorbehaltene Toilette ging, ohne zu fragen, hätte das einen unangenehmen Zwischenfall auslösen können, und fragen wollte er erst recht nicht. Schließlich kam Patrick an die Tür seines Büros, schüttelte dem scheidenden Besucher die Hand und erblickte Tucker.

Patrick grinste breit. »Na, wenn das nicht der alte Tucker ist! Was führt Sie hierher, mein Junge?«

Tucker blinzelte nicht bei dem Wort »Junge«, weil er wußte, daß es die Südstaatler häufig auch unter ihresgleichen benützten und daß es sich dabei nicht unbedingt um eine Herabsetzung zu handeln brauchte – obwohl das gerade bei Patrick keineswegs auszuschließen war. »Ich habe Arbeit für Sie, Bobby.«

Patrick bat ihn in sein Büro und bot ihm einen Stuhl an. Tucker fiel auf, daß Bobby alles Lametta angelegt hatte, was im Katalog der Firma für Polizeiausrüstungen angeboten wurde – den Stern, die Krawattennadel und einen goldenen Adler auf den Epauletten seiner sandfarbenen Gabardineuniform. An einem Hutständer in der Ecke hing ein pulvergrauer Stetson.

»Nun, Tucker, mein Junge«, krähte er buchstäblich, »was kann ich für Sie tun?«

Tucker legte die Akte vor sich auf den Schreibtisch und schlug sie auf. Behutsam berichtete er von dem Verschwinden der jungen Burschen, deutete auf die Standorte hin, wo sie zuletzt gesehen worden waren, und teilte dann Patrick seine Vermutungen und Schlußfolgerungen mit. Als er damit fertig war, schwieg Patrick einen Augenblick und lächelte dazu. Er schloß die Akte und gab sie Tucker zurück.

»Wissen Sie was, Tucker: Gehen wir doch hinüber zu Richter Green; sein Büro ist auf dem gleichen Korridor. Sie können ihm die Sache selbst vortragen. Er ist derjenige, der einen Durchsuchungsbefehl ausstellen müßte, nicht wahr?«

»Gut«, antwortete Tucker erleichtert. Er hatte nicht gewußt, was ihn erwarten würde, und gewiß nicht damit gerechnet, daß ihm Patrick so unvermittelt seine Hilfe anbieten würde.

Sie wurden sofort und sehr freundlich empfangen. Der Richter war ein großväterlicher Mann, der sich genau anhörte, was Tucker zu berichten hatte, und hier und da verständig nickte. Als Tucker mit seinem Bericht am Ende war, sah der Richter Bobby Patrick an und kicherte ein wenig. Patrick kicherte ebenfalls. Dann begann der Richter schallend zu lachen, und Patrick stimmte in das Gelächter ein. Schließlich lachten die zwei, bis ihnen die Luft wegblieb. Tucker erhob sich und verließ wortlos das Büro.

Patrick holte ihn ein, als er draußen vor dem Gebäude den Motor seines Wagens anließ. »He, hören Sie, Tucker«, sagte er und hatte Mühe, sein Lachen zu unterdrücken, »das ist das Komischste, was wir gehört haben, seit ich in dieses Amt gewählt worden bin. Wissen Sie, Foxy und der Richter sind seit dreißig Jahren gut miteinander befreundet – sie sind Jagdgefährten und ganz dick miteinander.« Er hielt zwei gekreuzte Finger hoch. »Wenn Sie wieder mal eine so lustige Geschichte wissen, kommen Sie ruhig her – wir hören immer gern einen guten Witz.« Dann wurde sein Gesichtsausdruck kalt und hart. »Hören Sie: Ich weiß, daß Sie Ihren Arsch in Skeeters Schlinge haben, und wenn Sie mich fragen: Es hätte keinem Besseren passieren können. Falls Sie glauben, daß Sie sich da herauswinden können, wenn Sie mit einer solchen Scheiße zu mir gelaufen kommen, dann sollten Sie sich das lieber zweimal überlegen. Ich denke nicht daran, Ihnen in irgendeiner Weise zu helfen, und ich rate Ihnen, lassen Sie den alten Foxy in Frieden. Wenn ich noch mal höre, daß Sie ihn belästigen, sitzen Sie auch schon im Gefängnis meines Countys, haben Sie verstanden?«

Tucker stieß rückwärts aus der Parklücke, ohne ein Wort zu erwidern, und fuhr dann langsam zurück nach Delano, wobei er immer wieder in den Rückspiegel blickte, bis er die Countygrenze hinter sich gelassen hatte. Er fühlte sich zutiefst gedemütigt. In Delano angekommen, schaute er kurz auf der Polizeistation vorbei und fuhr den Rest des Tages wieder einmal ziellos durch die Stadt, während die bewußte Akte immer noch neben ihm auf dem Beifahrersitz lag. Er war in einer Sackgasse angelangt; jetzt gab es keine Stelle mehr, an die er sich wenden konnte.

Am Mittwochvormittag besorgte sich Billy von einem seiner Parteifreunde eine einmotorige Cessna und flog mit Hugh Holmes vom Flugplatz »Franklin D. Roosevelt« in Warm Springs in den Norden von Georgia. Holmes hatte rund ein

Dutzend Abgeordnete des Repräsentantenhauses ermittelt, die sich noch nicht endgültig für eins der beiden Lager entschieden hatten, und Billy wollte mit jedem von ihnen persönlich sprechen. Da Georgia der größte Staat östlich des Mississippis war, brauchte er dazu ein Flugzeug.

Er machte sich Sorgen wegen Holmes. Der Bankier wirkte müde und erschöpft, und Billy hätte es lieber gesehen, wenn er zu Hause geblieben wäre und seine Besuche telefonisch angekündigt hätte – aber Holmes hatte darauf bestanden mitzukommen.

»Da sind einige Leute drunter, die mir eine Gefälligkeit schulden«, sagte er. »Es ist Zeit, daß ich sie daran erinnere. Aber mach dir nicht zu große Hoffnungen.«

Am Donnerstagmorgen stellte Elizabeth zum Frühstück Spiegeleier vor Tucker auf den Tisch und sagte: »Du hast ein paar Tage Urlaub nötig. Ich habe mit meinem Bruder John in New York gesprochen; sie würden sich sehr freuen, wenn wir sie besuchen kämen. Warum fliegen wir nicht hin? Dann könnten wir vielleicht ein paar Shows am Broadway sehen, und außerdem würde dir ein wenig Ablenkung nicht schaden.«

Der Gedanke gefiel Tucker. Jetzt, wo er mit seiner Theorie über Foxy in einer Sackgasse gelandet war und noch in Unsicherheit schwebte, wie die Sache mit Hoss Spence ausgehen würde, gab es nichts, was seine Anwesenheit dringend erfordert hätte. Er spielte ohnehin schon mit dem Gedanken, nicht mehr allzu lange in Delano zu bleiben, so, wie sich die Dinge entwickelt hatten. Seine Glaubwürdigkeit war bei den Bürgern der Stadt durch den Zeitungsartikel über seine Festnahme zutiefst erschüttert, und zudem wurde Tucker das Gefühl nicht los, daß der Zwischenfall Billy den Wahlsieg kosten könnte. Wenn Billy jetzt bei der Abstimmung im Repräsentantenhaus von Georgia verlor, würde der Druck auf Tucker unerträglich werden, selbst wenn es ihm gelang, sich vor Gericht voll und ganz zu rehabilitieren. Er wußte noch nicht, wo sie hingehen sollten, aber New York hatte ihm bei allen seinen Besuchen gut gefallen. Vielleicht fand er dort Arbeit als Wachmann in einem Privatbetrieb, und wenn er sich jetzt ein paar

Tage in der Stadt umschaute, konnte er schon einmal seine Fühler ausstrecken.

»Mein Schatz«, sagte er, »wenn Mr. Holmes und der Stadtdirektor nichts dagegen haben, daß ich ohne längere Ankündigung Urlaub mache, kann ich gleich frei nehmen, und wir können noch heute abend von Atlanta nach New York fliegen.«

Er besprach die Sache mit Bartlett auf der Polizeistation, und sie fanden nichts, was einem Urlaub des Chiefs entgegengestanden hätte. Holmes war verreist, aber der Stadtdirektor hatte nichts dagegen. Tucker buchte den Flug und begann sich darauf zu freuen, ein paar Tage in einer anderen Umgebung verbringen zu können.

»Und was ist mit der Vermißtensache, Chief?« fragte Bartlett. »Ist da irgendwas rausgekommen?«

»Nein, gar nichts«, sagte Tucker müde. »Die Sache ist für uns gestorben.«

»Ich hätte gern gewußt, was Sie da entdeckt zu haben glaubten.«

»Wenn ich zurück bin, erkläre ich es Ihnen. Vielleicht ergibt sich doch noch eines Tages eine Wende in diesem Fall.«

Das Telefon klingelte, und Bartlett ging an den Apparat. »Es ist für Sie, Chief. John Howell.«

Tucker nahm den Hörer. »Wie geht's, John?«

»Nicht schlecht. Wollte nur mal hören, ob es bei Ihnen was Neues gibt. Liegt schon ein Gerichtstermin für Sie oder Spence fest?«

»Nein. Ich nehme an, der wird erst nach der Abstimmung im Repräsentantenhaus in der kommenden Woche festgelegt. Ich habe gerade ein paar Tage Urlaub genommen und fliege mit Elizabeth zu ihrem Bruder nach New York. Ich bin ziemlich geschafft, Sie werden's kaum glauben.«

»O doch, das kann ich mir gut vorstellen. Ist eigentlich irgendwas rausgekommen in der Sache mit den vermißten jungen Leuten?«

»Ja und nein. Es gab zwar ein paar neue Hinweise, aber ich fürchte, ich bin da in eine Sackgasse geraten. Ich leihe Ihnen die Akte, dann können Sie sie durchsehen; vielleicht wird noch mal ein Buch daraus. Aber es müßte natürlich ein Roman werden, kein Sachbericht.«

»Ja, ich würde mir diese Unterlagen gern durchsehen. Wann fliegen Sie nach New York? Kann ich Sie vielleicht zu einem Drink auf dem Flugplatz einladen?«

»Klar, warum nicht? Wissen Sie was: Treffen wir uns doch um drei an der Bar im Obergeschoß. Unsere Maschine fliegt um halb fünf, also haben wir genügend Zeit zu einem Gespräch. Ich bringe die Akte mit; Sie können sie fotokopieren und mir dann nach Delano zurückschicken.«

Tucker und Elizabeth fuhren nach Norden, vorbei am Grundstück von Spence und weiter durch Warm Springs. An der Stadtgrenze von Greenville scherte ein Polizeiwagen in die Fahrbahn ein und folgte ihnen. Tucker fuhr ganz langsam hinein in die Stadt, über den Hauptplatz und auf der anderen Seite wieder hinaus. Der Wagen folgte ihnen noch immer. Tucker konnte den Fahrer nicht erkennen, doch er sah, daß er sein Funkgerät benützte. Tucker sagte nichts zu Elizabeth, die neben ihm saß und döste.

An der Grenze des Coweta Countys kehrte der Polizeiwagen um. Er wurde nun durch einen Wagen aus diesem County ersetzt. Tucker fuhr ständig mit fünfundvierzig Stundenmeilen dahin, zehn Meilen langsamer, als erlaubt war. An der Countygrenze nach Fayette wiederholte sich die Szene, ebenso an der Grenze zum Clayton County. Als sie am Flughafen von Atlanta ankamen, klebte Tucker das Hemd am Rücken, trotz der Klimaanlage im Wagen.

John Howell schlug die Akte zu. »Tucker, Sie müssen das der Bundesbehörde übergeben.«

Tucker stellte sein Glas auf das Tischchen. »Wovon reden Sie? Das ist doch kein Fall für die Bundespolizei.«

»Vielleicht doch. Es handelt sich immerhin um eine Form von Kidnapping. Denken Sie an das Lindbergh-Gesetz.«

Tucker sah auf seine Armbanduhr. Wegen der Überwachungsaktion waren sie ziemlich spät am Flughafen angekommen; Elizabeth stand noch unten und wartete in einer Schlange vor dem Ticketschalter. »Ich weiß nicht, John. Ich habe keine Erfahrung mit so etwas, aber ich glaube, das FBI kümmert sich nur dann um Kidnapping-Fälle, wenn es von den lokalen Behörden darum gebeten wird. Es mag ein Fall für die Staatspolizei sein oder auch fürs FBI – aber ich bin nicht die lokale Behörde, die eine solche Entscheidung treffen kann.«

»Da ist noch etwas«, sagte der Reporter. »Ein altes Gesetz, das man in jüngster Zeit ausgegraben hat; man wendet es in Mississippi und Alabama an, wenn es um Anschläge gegen Bürgerrechtskämpfer geht. Falls die lokalen Behörden nicht bereit sind, einen Prozeß gegen die Täter zu eröffnen, kann die Sache wegen Behinderung der bürgerlichen Rechte eines einzelnen vors Bundesgericht gebracht werden.«

»Davon habe ich gelesen, aber glauben Sie wirklich, daß die Bundespolizei auf Grund dieses Gesetzes einen Durchsuchungsbefehl erhält? Mir kommt das etwas weit hergeholt vor.«

»Wir können es ja herausfinden. Ich kenne einen leitenden Beamten im FBI-Büro von Atlanta. Ich rufe ihn jetzt gleich an und erkundige mich.«

»Ich weiß nicht, John. Vielleicht, wenn wir aus New York zurück sind?«

Der Reporter zog das neueste Rundschreiben aus der Akte. »Tucker, der Junge ist in Florida durchgebrannt – wann? Vor weniger als zwei Wochen. Dann hat man ihn am Montag in Buena Vista gesehen. Wenn er nach Norden gefahren ist, muß er durch Delano gekommen sein. Und wenn Foxy wirklich etwas damit zu tun hat, wäre es durchaus möglich, daß der Junge noch lebt.« Howell wartete. Tucker entgegnete nichts. »Ich rufe jetzt meinen Bekannten beim FBI an«, sagte Howell entschlossen.

»Na schön«, erwiderte Tucker. »Ich sehe inzwischen nach Elizabeth. Wir sind dann beim Check-in von Delta Airlines.«

Howell rannte zum Telefon, während Tucker mit der Rolltreppe nach unten fuhr. Elizabeth war die dritte vor dem Schalter. Tucker stellte sich zu ihr, während es in der

Schlange langsam voranging. Als sie an der Reihe waren, kam Howell an. Er keuchte, so sehr war er gerannt.

»Wir haben einen Termin bei ihm bekommen – jetzt gleich. Er wartet auf uns.«

Tucker zögerte.

»Kommen Sie, Tucker. Versuchen wir es doch noch einmal. Wenn auch das nicht klappt, können Sie sich wenigstens sagen, daß Sie nichts unversucht gelassen haben.«

Tucker wandte sich an Elizabeth. »Hör zu, Schatz, du mußt ohne mich fliegen. Ich rufe dich heute abend bei deinem Bruder an und versuche, gleich morgen nachzukommen. John hat recht. Ich muß es versuchen.«

Elizabeth nickte. »Meinetwegen. Ich buche dir einen Flug für morgen, mit derselben Maschine. Ruf mich heute abend an und sag mir, ob du kommen kannst.«

Er küßte sie, nahm seine Tasche und verließ dann rasch mit Howell das Flughafengebäude.

Sie saßen im Büro des verantwortlichen Leiters der Bundespolizei in Atlanta. John Howells Bekannter, Ben Carr, hatte sie zu seinem Vorgesetzten gebracht, nachdem er sich Tuckers Bericht angehört hatte, und Tucker wurde unwillkürlich an die Szene erinnert, als er von Bobby Patrick zu Richter Green gebracht worden war. Er hatte das sichere Gefühl, daß Carr nichts anderes vorhatte, als ihm die Sache von allerhöchster Stelle ausreden zu lassen.

Pope, der Leiter der Dienststelle des FBI in Atlanta, schien skeptisch zu sein – aber er war bereit, sich den Fall erst einmal anzuhören. »Sie glauben also, dieser Mann hat – wie viele? – sechzehn junge Männer ermordet, siebzehn, wenn man den Polizeibeamten Butts dazurechnen kann, und sie danach irgendwo verschwinden lassen? Und das soll über eine Periode von – mal sehen –«, er starrte zur Decke, während er rechnete, »– von dreiundvierzig Jahren geschehen sein?«

»Mr. Pope«, erwiderte Tucker, »ich behaupte nicht, daß alle sechzehn in der Nähe von Funderburkes Haus begraben sind, aber wenn man die Orte bedenkt, wo sie zuletzt gesehen wurden, wäre es doch bei allen sechzehn denkbar, oder? Angenommen, es handelt sich um ein halbes Dutzend oder mehr Opfer – sind sechs Morde genug, daß sich das FBI dafür interessiert?«

»Chief Watts«, schoß der FBI-Beamte zurück, »meine Dienststelle würde sich auch bei einem einzigen Mord für die Sache interessieren, aber abgesehen von den zwei Leichen, die man in den zwanziger Jahren gefunden hat, gibt es keinen brauchbaren Beweis dafür, daß weitere Morde geschehen sind. Das kann alles Zufall sein.«

»Eine ziemlich lange Reihe von Zufällen, nicht wahr?« sagte John Howell und zeigte auf die Vermißtenanzeigen, die sie auf dem Schreibtisch ausgebreitet hatten.

Der Leiter des FBI-Büros starrte einen Augenblick lang darauf. »Unter den Verschwundenen befinden sich keine Schwarzen, nicht wahr?«

»Stimmt«, antwortete Tucker.

»Ich verstehe, worauf Sie hinauswollen, Mr. Pope«, unterbrach ihn Howell. »Aber muß man Schwarzer sein, um in seinen Bürgerrechten behindert zu werden? Und würde es nicht ohnehin besser aussehen, wenn dieses Gesetz in breiterem Umfang angewendet werden würde, nicht nur bei Bürgerrechtsfällen? Würde das nicht die Anwendung dieses speziellen Gesetzes durch die Regierung glaubhafter erscheinen lassen?«

»Möglich«, räumte Pope ein. »Hören Sie, ich muß in dieser Sache erst mal in Washington rückfragen.« Er blickte auf seine Uhr. »Es ist fast sechs, also sind meine Chancen, dort jemanden zu erreichen, ziemlich gering. Ich fürchte, ich muß Sie bitten, morgen noch einmal bei mir vorbeizuschauen.«

»Können Sie denn nicht einen Bundesrichter auf Grund Ihrer eigenen Autorität dazu bringen, daß er einen Durchsuchungsbefehl ausstellt?« fragte Tucker.

»Offen gestanden, es wäre mir lieber, wenn ich mir zuvor Rückendeckung holen könnte«, antwortete Pope, »und ich meine, für Sie wäre es auch besser angesichts der politischen Schlappe der letzten Woche, bei der dieser Funderburke immerhin eine Rolle gespielt hat. Es würde natürlich helfen, wenn Sie den stellvertretenden Gouverneur Lee dazu bringen könnten, ein paar einflußreiche Leute anzurufen.«

Tucker schüttelte den Kopf. »Nein, das halte ich nicht für günstig. Der Fall hat nicht das geringste mit seinem Amt zu tun, und ich kann ihn in der gegenwärtigen Situation nicht bitten, sich für mich aus dem Fenster zu lehnen.«

»Ich verstehe. Also dann – ich melde mich bei Ihnen, sobald ich Auskunft erhalten habe.«

»Sie können heute nacht bei mir schlafen, Tucker«, bot ihm Howell an. »Mr. Pope, hier ist meine Karte. Sie können den Chief jederzeit unter dieser Nummer erreichen.«

Billy und Holmes saßen im Wohnzimmer eines Kleinstadtanwalts in Tococca, einer Gemeinde im Norden Georgias. Der Mann, Fred Mitchell, begann sich zu ereifern.

»Billy, ich kann Ihnen einfach keine Antwort geben. Sicher, Sie haben bei den allgemeinen Wahlen in meinem County gewonnen, aber Mullins war bei den Vorwahlen der Sieger. Ich muß noch darüber nachdenken. Dann ist da noch diese Angelegenheit mit Ihrem Polizisten in Delano; ich glaube, es war ein großer Fehler, daß Sie den Mann so gefördert haben. Ich werde wegen dieser Sache von allen Seiten unter Druck gesetzt, und obendrein hab ich jetzt auch noch meine Schwester am Hals. Ihr Junge ist zum dritten Mal von zu Hause ausgerissen, und sie glaubt, ich helfe ihm, sich zu verstecken. Sie macht mich völlig verrückt. Außerdem habe ich morgen einen schweren Tag bei Gericht und bin noch nicht gut genug dafür vorbereitet. Lassen Sie mir bitte Zeit, damit ich ohne Druck über die Sache nachdenken kann, ich rufe Sie dann an, sobald ich meine Entscheidung getroffen habe. Es tut mir leid, daß ich Ihnen jetzt noch keine definitive Antwort geben kann, aber es geht einfach nicht.«

Sie standen auf und schüttelten sich die Hände. Billy und Holmes gingen hinaus auf die weite Rasenfläche, wo die Cessna stand. Ihr nächstes Ziel war Athens, und Billy wollte vor Einbruch der Dämmerung dort eintreffen.

20

Tucker saß am Freitagmittag auf dem harten, unbequemen Holzstuhl in Popes Büro und wartete darauf, daß der Leiter des FBI-Büros sein Telefongespräch beendete. Tucker schmerzten sämtliche Muskeln und Gelenke. Er hatte auf einer Ledercouch in Howells winzigem Junggesellenapartment geschlafen, und die Couch war zu kurz und zu schmal für seinen Körper gewesen. Jetzt hoffte er, daß ihm der FBI-Mann endlich die schlechte Nachricht schonend beibrachte, damit er die Maschine nach New York nehmen konnte.

Pope legte den Hörer auf. »In Ordnung«, sagte er. »Wir werden uns einen Durchsuchungsbefehl ausstellen lassen.«

»Phantastisch!« rief Howell.

Tucker war überrascht. Die Sache mußte einen Haken haben.

»Welche Einschränkungen?« fragte er.

»Erstens«, begann Pope an den Fingern abzuzählen, »wird es kein Team von Spezialisten geben, das dort das Haus auseinandernimmt. Washington ist nicht der Ansicht, daß die Situation dies erforderlich macht; man hat zwar das Gefühl – und ich kann Ihnen versichern, die Angelegenheit ist bis zum Büro des Generalstaatsanwalts vorgedrungen –, daß es der Mühe wert ist, sich die Sache einmal genauer anzusehen, nachdem sich die zuständigen Behörden offenbar nicht darum kümmern wollen. Aber es wird keine große Aktion geben, kein Herausreißen der Dielen und kein Umgraben des Gartens, nichts von der Art. Ich schicke Ihnen Carr und einen zweiten FBI-Agenten, Sutherland, hinunter. Wenn sie etwas finden, was einen umfangreicheren Durchsuchungsbefehl gerechtfertigt erscheinen läßt, wird mir Carr das berichten, und ich werde in Abstimmung mit Washington entscheiden, ob wir weitermachen oder nicht. Klar?«

Tucker nickte. »Ja.«

»Zweitens«, fuhr Pope fort und streckte den nächsten Finger hoch, »Sie, Chief Watts, können Carr und Sutherland in Uniform begleiten, als Beobachter. Sie sind nicht befugt, Funderburke zu vernehmen oder sich sonst irgendwie an ihn zu wenden. Wenn Sie etwas wissen wollen, wenden Sie sich an Carr oder Sutherland, und einer von den beiden wird dann Funderburke die entsprechenden Fragen stellen – vorausgesetzt, sie erscheinen ihm wichtig. Klar?«

»Klar.«

»Drittens«, sagte Pope und zielte mit dem Finger auf Howell, »*er* wird erst dann dort auftauchen, wenn man auf Beweise für ein Verbrechen gestoßen ist. Wir denken nicht daran, zuzulassen, daß ein Unschuldiger durch die ›New York Times‹ gezerrt wird. Wenn wir allerdings Beweise finden, die zu einer Anklage ausreichen, können Sie, Mr. Howell, auf der Bildfläche erscheinen.«

»Klar«, sagte Tucker wieder.

Pope sah auf seine Uhr. »Wenn Sie schnell ins Gebäude des Bundesgerichts hinübergehen, erwischen Sie den Richter wahrscheinlich, bevor er zum Mittagessen geht.«

Billy und Holmes saßen im »Georgian Hotel« in Athens bei einem verspäteten Mittagsmahl, als Holmes ans Telefon gerufen wurde. Er blieb nur kurze Zeit weg.

Zurück am Tisch, ließ er sich mit einem schweren Seufzer nieder. »Das war meine Sekretärin. Einer meiner Freunde aus dem Bundesgericht in Atlanta hat angerufen. Tucker Watts war vor eineinhalb Stunden mit zwei FBI-Agenten bei Richter Henderson und hat einen Durchsuchungsbefehl für das Haus von Foxy Funderburke erhalten.«

»Was?«

»Ich habe dir schon vor einer Weile gesagt, daß Tucker Nachforschungen angestellt hat im Zusammenhang mit Funderburke. Es wurde doch in diesem Zeitungsartikel erwähnt.«

»Ja, aber warum? Ich habe Tucker nicht gesehen, seit ich ihn aus dem Gefängnis geholt habe, konnte ihn also nicht danach fragen. Was um alles in der Welt hat er mit Foxy vor?«

»Ich weiß es nicht. Auch ich habe mit ihm darüber gesprochen, aber ich habe ihn nicht nach Details gefragt. Sagte ihm nur, daß er sich, da Foxy im Talbot County wohnt, an Bobby Patrick wenden müsse, es sei denn, Foxy habe eine Straftat in

Delano begangen. Ich bin sicher, er wollte ungern zu Patrick gehen; vielleicht hat er sich deshalb an das FBI gewendet – aber ich kann mir nicht vorstellen, was er vorhat.«

Billy verspürte den Wunsch, seinen Kopf in den Händen zu verbergen. »Guter Gott im Himmel – warum denn ausgerechnet jetzt? Dank der Zeitungsberichte glaubt mindestens die Hälfte der Bevölkerung des Staates und wahrscheinlich mehr als die Hälfte der Abgeordneten im Repräsentantenhaus, daß ich aus politischen Gründen den Stadtrat von Delano dazu überredet habe, einen schwarzen Polizeichef zu engagieren, der nette weiße alte Herren zusammenschlägt.«

»Das ist zweifellos, was Mitchell, den wir gestern besucht haben, denkt, und dieser Mann von heute vormittag scheint derselben Meinung zu sein. Mitchell kann entscheidend sein im Norden von Georgia; er besitzt eine Menge Einfluß, wie du weißt.«

»Ich glaube, wir fliegen jetzt besser nach Hause. Ich muß herausfinden, was zum Teufel dort vor sich geht.«

»Wir müssen zuvor noch nach Madison und mit Wilkinson sprechen. Er ist schon nahe daran, zu uns überzuwechseln, und wenn wir den Besuch absagen, stimmt er für unsere Gegner.«

Billy schaute auf die Uhr. »Na schön, aber bringen wir es rasch hinter uns. Wir müssen vor Einbruch der Dunkelheit in Warm Springs landen.« Billy ließ das Geld für die Rechnung liegen. »Mr. Holmes, glauben Sie, Tucker ist in Ordnung? Ich meine, vielleicht hat er durch die Ereignisse einfach durchgedreht? Ich habe ihm in der Sache mit Hoss Spence aufs Wort geglaubt; Hoss ist wirklich so, aber jetzt . . .«

Holmes stand auf. »Ich habe von Anfang an das gedacht, was du auch gedacht hast. Ich glaube, Tucker weiß, was er tut. Wenn wir jetzt dort wären, würden wir ihn nur stören – doch wir sind nicht dort und müssen ihm einfach vertrauen, zumindest vorläufig.«

»Sie haben recht«, sagte Billy und beschleunigte seine Schritte. »Ich hoffe nur, daß mich das nicht den Wahlsieg kostet.«

Tucker bog in Foxy Funderburkes private Zufahrt ein und blieb stehen. Die beiden FBI-Beamten, Carr und Sutherland, hielten neben ihm an. Tucker war in seinem eigenen Wagen von Atlanta hergefahren und hatte sich nur rasch zu Hause eine Uniform angezogen. John Howell war mit ihm gekommen.

»Okay, John, ich steige jetzt in den anderen Wagen um. Fahren Sie doch auf die Polizeistation und warten Sie in meinem Büro. Ich rufe Sie sofort an, wenn wir was gefunden haben.«

»O nein, ich weiche nicht mehr von der Stelle.« Howell zeigte auf das Funkgerät im Wagen. »Das ist doch ein Polizeiradio, oder?«

»Ja.«

»Wenn Sie etwas finden, rufen Sie die Zentrale an und bitten Sie sie, mich per Funk zu verständigen.«

»Schön, wenn Sie wollen. Aber es kann einige Zeit dauern.« Tucker stieg zu den beiden FBI-Agenten in den Wagen, und sie fuhren den Berg hinauf. Tucker schaute auf die Uhr. Schon fast halb vier. »Die Straße erreicht gleich dort oben ihren höchsten Punkt, und von da geht es sanft bergab bis zum Haus«, erklärte er Carr, der den Wagen fuhr. »Foxy benützt die vordere Haustür recht selten. Das beste ist, Sie fahren gleich nach hinten bis vor die Küchentür.« Der FBI-Mann folgte Tuckers Anweisungen. Sie fuhren an den hübschen Blumenbeeten und dem gepflegten Rasen vorbei, der jetzt braun geworden war, und hielten an der Rückseite des Hauses. Das Herbstlaub war am Höhepunkt seiner Farbenpracht angelangt.

»Hübscher Besitz«, sagte Sutherland.

»Ja, sehr hübsch«, erwiderte Tucker.

»Sein Kastenwagen steht in der Garage«, bemerkte Carr. »Also ist er zu Hause. Tucker, bleiben Sie im Wagen, bis er an die Tür kommt. Ich möchte ihn nicht beunruhigen, bevor ich eine Gelegenheit habe, ihm den Durchsuchungsbefehl vorzuzeigen.« Carr und Sutherland stiegen aus, gingen zur hinteren Tür und klopften an. Tucker sah, wie Foxy die Tür öffnete und Carr ihm das Dokument reichte. Dann stieg auch er aus und trat zu den beiden FBI-Beamten.

»Mr. Funderburke«, sagte Carr gerade, »Chief Watts begleitet uns als Beobachter und wird uns bei der Durchsuchung helfen.«

»Was soll das?« fragte Foxy empört. »Wonach suchen Sie? Ich will diesen Nigger nicht in meinem Haus haben.«

Carr blieb hart. »Mr. Funderburke, ich muß Sie darauf aufmerksam machen, daß ich gezwungen bin, Sie festzunehmen, wenn Sie sich der Durchsuchung widersetzen, und ich werde Sie wegen Mißachtung einer rechtsgültigen Anordnung vor Gericht bringen.« Dann fuhr er in freundlicherem Ton fort: »Bitte verstehen Sie, Sir, daß wir nur unsere Pflicht tun und Sie danach wieder in Ruhe lassen werden. Wenn Sie jetzt bitte zur Seite gehen und uns das Haus betreten lassen wollen.«

Foxy zögerte, dann ging er einen Schritt zurück und ließ die beiden Beamten und Tucker, der ihnen folgte, eintreten. Der Polizeichef war noch nie im Inneren des Hauses gewesen. Das erste, was ihm auffiel, war der Küchenboden. Er wies Carr darauf hin. »Das war es, wovon Howell gesprochen hat – erinnern Sie sich?« Carr nickte.

Foxy sagte: »Nun, meine Herren, Sie brauchen mich vermutlich nicht. Ich werde mich im Wohnzimmer an den Kamin setzen. Ich habe gelesen, als Sie hier eindrangen.«

»Danke, Sir«, erwiderte Carr. »Wir melden uns dann, falls wir irgendwelche Fragen haben.«

Nach einem langen, durchdringenden Blick auf Tucker drehte sich Foxy um, ging ins Wohnzimmer, setzte sich in einen Schaukelstuhl am Kamin und nahm ein Buch zur Hand. Tucker beobachtete ihn, dann wanderte sein Blick zu den Wänden, an denen zahlreiche Schußwaffen hingen. »Behaltet ihn lieber im Auge«, sagte er zu Carr.

Carr nickte. »Sicher, aber er wirkt eigentlich ganz friedlich angesichts der unangenehmen Überraschung. Jedenfalls kommt es mir nicht so vor, als ob er etwas zu verbergen hätte. Tucker, übernehmen Sie doch die Küche, und wir fangen hier drinnen an.«

Die drei Männer verteilten sich auf die Räume und begannen mit einer gründlichen Durchsuchung. Sutherland stieß sehr bald in einem Kleiderschrank im Schlafzimmer auf eine Polizeiuniform. Er rief Carr, und die beiden Männer gingen damit ins Wohnzimmer hinüber, während Tucker von der Tür aus zusah.

»Entschuldigen Sie, Mr. Funderburke«, sagte Carr, »können Sie uns erklären, warum Sie eine Polizeiuniform in Ihrem Schrank haben?«

Foxy blickte von seinem Buch auf. »Meine Herren, vor ungefähr vierzig Jahren hat man mich für den Posten vorgeschlagen, auf dem jetzt dieser Nigger« – er deutete auf Tucker – »auf dem jetzt der da sitzt. Ich hatte mir schon die Uniform besorgt, aber dann hat man mich um den Job betrogen. Ich sah keinen Anlaß, die Uniform zu verbrennen.«

»Danke, Sir, ich verstehe«, erwiderte Carr und ging wieder in die Diele, wo Tucker und Sutherland auf ihn warteten.

»Erinnern Sie sich an den Autopsiebericht über den ersten Mord?« fragte Tucker. »Der Arzt meinte, die Blutergüsse und Striemen sähen so aus, als wären sie dem Opfer bei einem Polizeiverhör beigebracht worden.«

Carr nickte. »Nun, sicher, das paßt, aber es bedeutet für sich allein noch gar nichts. Machen wir weiter.«

Sie verbrachten über eine Stunde im Haus, schauten in jeden Schrank und jede Schublade, auf, unter und hinter alle Möbel und fanden nichts. Die Suche wurde in der Garage fortgesetzt, dann in den Hundezwingern. Noch immer nichts. Carr rief Sutherland zu sich, und Tucker kam ebenfalls dazu.

»Hört mal, das ist ein Schlag ins Wasser. Es gibt nichts in den Zwingern und in der Garage, was man nicht bei jedem anderen auch entdecken kann. Die üblichen Werkzeuge und Geräte. Eine viel benützte Schaufel und eine Hacke in der Garage – na schön. Unsere Chance bestand darin, daß der erst vor kurzem verschwundene Junge mit Funderburke in irgendeinem Zusammenhang steht. Wenn das der Fall wäre, müßte entweder der Junge hier zu finden sein, oder Funderburke hätte seinen Leichnam versteckt. Also sollten wir uns nach einem frischen Grab umsehen. Das ist das einzige, was uns meines Erachtens jetzt noch bleibt.« Er zeigte auf die große Lichtung hinter dem Haus. »Wir sollten jeden Quadratzentimeter nackten Bodens überprüfen. Nicht einmal das Kudzu wächst in ein paar Tagen über ein frisches Grab – jedenfalls nicht um diese Jahreszeit. Da wir nicht graben können, müssen wir die Fläche, die vom Kudzu bedeckt ist, vergessen. Einverstanden?«

Tucker nickte zögernd. Dann suchten sie die Lichtung nach unbewachsenen Stellen oder einer leichten Senke ab. Anschließend schauten sie noch einmal in die Zwinger, fanden aber nur die Hunde darin. Sie suchten auf beiden Seiten des Hauses und entdeckten nicht den geringsten Hinweis darauf, daß dort in letzter Zeit gegraben worden war. Die Schatten wurden länger, das Novemberlicht begann zu schwinden und mit ihm Tuckers Hoffnung. Er kam um die Hausecke zurück auf die hintere Seite und traf Carr in der Nähe der Tür. Sutherland war zehn oder fünfzehn Meter entfernt auf der Lichtung hinter dem Haus und trampelte im Kudzu herum.

Carr schüttelte den Kopf. »Tucker, ich weiß, wie gut es für Sie ausgesehen haben muß. Es sah auch für mich gut aus. Aber da wir keine Männer mit Schaufeln und Hacken herholen dürfen, weiß ich nicht mehr, wo wir sonst noch suchen sollen.«

»Sie haben recht«, sagte Tucker, »und ich bin Ihnen sehr dankbar. Wir haben eine Niete gezogen, und jetzt stehen wir schön da.« Er wußte, daß innerhalb einer einzigen Stunde die Nachricht an Foxys sämtliche Freunde durchgegeben werden würde und von dort aus direkt zu Mullins. Am nächsten Morgen würde der Bericht über die nächste Unverfrorenheit des schwarzen Polizeichefs von Delano auf allen Titelseiten stehen. Er wußte nicht, wie er es Billy beibringen sollte. Er fühlte sich miserabel.

Carr klopfte an die Hintertür, und Foxy öffnete. »Mr. Funderburke«, sagte er, »wir sind mit unserem Auftrag fertig. Wir haben nichts entdeckt, was Sie mit einem Verbrechen in Verbindung bringen könnte. Ich möchte mich für unser Eindringen bei Ihnen entschuldigen und danke Ihnen für Ihr Entgegenkommen. Sie werden von uns nicht weiter behelligt werden.«

»Das ist ja reizend, Mister«, erwiderte Foxy bitter. »Und jetzt schafft mir den Nigger von meinem Grundstück.«

Tucker und Carr drehten sich um, und Carr rief Sutherland zu: »Komm schon, Mike, wir sind hier fertig.« Sutherland winkte zurück und begann, durch das Kudzugestrüpp den Hang hinunterzusteigen. Carr wandte sich wieder an Tucker. »Fahren wir; ich bringe Sie zu Ihrem Wagen zurück. Howell wird sich schon fragen, was mit uns passiert ist.«

Vom Hang ertönte plötzlich ein scharfer Schrei, und die beiden Männer fuhren herum. Sie sahen, wie Sutherland nach vorn stürzte und ein paar Meter über die schlüpfrigen Schlinggewächse nach unten rutschte. Tucker und Carr gingen nach hinten zurück bis zum Rand des Kudzu. »Alles in Ordnung, Mike?« rief ihm Carr zu. »Warte, wir helfen dir.« Als sie bei ihm anlangten, stand Sutherland schon wieder auf den Beinen. »Das hätte böse ausgehen können«, sagte Carr. »Alles okay?«

»Ja«, erwiderte Sutherland und klopfte sich die Erde vom Anzug. Dann ging er ein paar Schritte zurück. »Ich bin da irgendwo hängengeblieben.« Er stocherte unter den Ranken herum. »Hier!« Tucker und Carr traten neben ihn, während er die großen Blätter zur Seite zog. Ein gebogenes Stück Rohr ragte aus der Erde nach oben, an der Oberseite von einer halbzerfetzten Gummimanschette bedeckt. »Sieht wie ein altes Wasserrohr aus«, sagte Sutherland. »Oder irgendein anderes Rohr.«

»Ich weiß nicht, was das ist«, sagte Carr und wandte sich um. »Und ich bin zu müde, um mich jetzt noch groß darum zu kümmern. Gehen wir lieber.«

Sutherland drehte sich um und wollte ihm folgen.

Tucker jedoch blieb wie erstarrt an der Stelle stehen und schaute hinunter auf das Rohr. »Ich weiß, was das ist«, sagte er. Die beiden FBI-Agenten blieben ebenfalls stehen und blickten sich um. »Es ist der Lenker eines Motorrads.«

Hinter sich hörten sie ein hohles, metallisches Klicken. Sie fuhren herum und sahen, wie Foxy Funderburke am Rand des Kudzus stand, keine fünf Meter von ihnen entfernt. Er hatte eine abgesägte doppelläufige Flinte in der Hand. Tuckers letzter Gedanke, bevor die Waffe abgefeuert wurde, war, daß Foxy damit aus der geringen Entfernung alle drei Männer niedermähen konnte.

John Howell wurde unruhig. Er hatte so geduldig wie möglich im Wagen gewartet, seit beinahe zwei Stunden, und seine einzige Unterhaltung war das Knistern des Funkgeräts gewesen. Allmählich wurde ihm kalt, und seine Geduld war zu Ende. Dann wurde ihm bewußt, daß es die ganze Zeit im Lautsprecher nur geknackt hatte. Er fragte sich, ob es in der Gegend so wenig Polizei auf den Straßen gab, daß zwei Stunden ohne einen einzigen Funkspruch verstreichen konnten. Schließlich stieg er aus dem Wagen und schaute sich in der näheren Umgebung um. Die Einfahrt zu Funderburkes Privatstraße befand sich einige hundert Meter unterhalb der Paßhöhe, die Stadt Delano war auf der anderen Seite des Berges. Der Polizeifunk sendete doch auf UKW, oder? Die Reichweite hing von der Stärke des Senders ab, und die Wellen breiteten sich geradlinig wie Lichtwellen aus. Konnte der Polizeifunk ein Signal senden, das auch jenseits des Berges zu empfangen war?

Er stieg wieder in den Wagen, nahm das Mikrofon und drückte auf den Sendeknopf. »Hallo, Delano Polizeistation, Delano Polizeistation, können Sie mich empfangen?« Er ließ den Knopf los. Nichts als das Knacken antwortete ihm. Er versuchte es noch einmal, mit demselben Ergebnis. »Scheiße«, sagte er laut zu sich selbst. »Ich denke nicht daran, noch länger zu warten.« Er ließ den Motor an und fuhr langsam die Straße hinauf. Verdammt, vielleicht hatten sie schon längst versucht, ihn zu erreichen. Wenn sie nicht etwas gefunden hätten, wären sie nicht so lange dortgeblieben.

Er erreichte die Anhöhe und sah das Haus: Hinter einem Fenster brannte Licht, und es sah hübsch und idyllisch aus. Er ließ den Wagen den Hügel hinunterrollen, hielt dann vor dem Haus an, stieg aus und blickte durch das Fenster hinein in den Wohnraum. Im Kamin brannte ein Feuer, aber das Haus schien verlassen zu sein. Dann fiel ihm auf, daß der FBI-Wagen nicht vor dem Haus parkte, und er nahm an, daß sie alle hinter dem Haus sein mußten. Also ging er um das Haus herum.

Als er die hintere Hausecke erreicht hatte, blieb er stehen. Tucker und die beiden FBI-Agenten standen fünfzehn oder zwanzig Meter entfernt auf einem Abhang hinter dem Haus, bis an die Knöchel im Kudzu, und starrten auf etwas zu ihren Füßen. Foxy Funderburke ging rasch und leise auf sie zu und lud im Gehen eine Flinte mit abgesägtem Lauf. Howell hörte das Klicken. Die drei Männer auf dem Hang vernahmen ebenfalls das Geräusch und drehten sich um. Howell wußte sofort, was vor sich ging. Er legte beide Hände um den Mund und brüllte, so laut er konnte: »He!« Dann, ohne zu warten, was geschah, trat er hinter die Ecke des Hauses und drückte sich gegen das Holz.

Es gab ein lautes Krachen, und gleichzeitig flogen Splitter aus dem Eckbalken des Blockhauses. Danach folgten mehrere weitere Explosionen, so kurz hintereinander, daß man sie nicht zählen konnte. Howell ließ sich auf alle viere nieder und streckte dann vorsichtig den Kopf um die Ecke. Tucker, Carr und Sutherland standen halb gebückt da, die ausgestreckten Arme mit den Revolvern zielten auf Foxy. Sie schienen alle drei ihre Waffe abgefeuert zu haben. Foxy lag auf dem Rükken, zuckte und versuchte, nach der Flinte zu greifen. Die drei kamen rasch den Hang herunter, und Tucker stieß die Waffe mit einem Fußtritt weg.

Howell stand auf und rannte auf die Gruppe zu. Als er sie erreicht hatte, sah er, daß aus einer Schußverletzung in Foxys Brust das Blut stoßweise auf die Erde lief. Foxy schien ihn einen Augenblick lang zu erkennen, blickte wild um sich, versuchte zu sprechen, brachte aber keinen Ton heraus, dann rührte er sich nicht mehr. Carr legte dem Alten zwei Finger an den Hals und schüttelte dann den Kopf. Sutherland nahm eine Stablampe aus seiner Hosentasche und leuchtete damit in Foxys offene Augen. »Nichts«, sagte er.

Tucker ging zum Haus, betrat es durch die Hintertür. Howell, der noch zu benommen war, um Fragen stellen zu können, folgte ihm. Drinnen fand Tucker das Telefon im Wohnzimmer und wählte eine Nummer. »Bartlett? . . . Hier ist der Chief. Sie müssen sofort einiges in die Wege leiten. Erstens: Rufen Sie Dr. Mudter an und bitten Sie ihn, sofort zum Haus von Foxy

Funderburke zu kommen ... Nein, rufen Sie keinen Krankenwagen, bitten Sie nur den Doktor her. Wie viele Häftlinge haben wir in unseren Zellen? ... Gut, rufen Sie den Stadtdirektor an – zu Hause, wenn er nicht mehr im Büro ist –, und sagen Sie ihm, wir brauchen die Männer, ausgerüstet mit Hacken und Schaufeln. Bringen Sie die Häftlinge zur Garage der Stadt, geben Sie ihnen die Geräte, setzen Sie sie auf einen Lastwagen und kommen Sie mit ihnen zum Haus von Foxy Funderburke. Haben Sie das? ... Gut, und bringen Sie alle Taschenlampen mit, die Sie auftreiben können. Wenn es in der Garage eine Notbeleuchtung gibt, bringen Sie sie auch mit, und dazu ein paar Kabel ... Macht nichts, ich sage Ihnen alles, wenn Sie hier sind. Und jetzt los!« Er legte den Hörer auf und schaute Howell an. »John«, sagte er, »habe ich Ihnen eigentlich schon gesagt, wie froh ich bin, Sie zu sehen?«

21

Billy landete zehn Minuten vor Einbruch der Dunkelheit auf dem kleinen Flugplatz von Warm Springs. Er nahm sich vor, für Funkfeuer und Landelichter an der kleinen Piste zu sorgen, falls er jemals zum Gouverneur gewählt werden sollte.

»Fahren wir erst zu mir«, sagte er zu Holmes. »Wir haben beide einen Drink nötig, und wir können versuchen, Tucker von dort aus zu erreichen. Ich muß diese Sache in den Griff bekommen. Ihr Informant sagt, daß Tucker einen bundesrichterlichen Erlaß zur Durchsuchung von Foxys Haus und Grundstück erreicht hat, und auf der Polizeistation in Delano erklärt man mir, er sei nach New York geflogen. Die ganze Geschichte kommt mir höchst mysteriös vor.«

Patricia machte es den beiden Männern gemütlich und brachte ihnen Bourbon. Billy rief auf der Polizeistation an. Murray meldete sich.

»Murray, hier ist Billy Lee. Ist der Chief in New York oder wo?«

»Gouverneur, er ist draußen bei Foxy Funderburke, soviel ich weiß«, antwortete der Wachmann, und seine Stimme klang verwirrt. »Er hat vor einer Dreiviertelstunde hier angerufen und Bartlett den Befehl gegeben, Dr. Mudter zu Foxys Haus zu schicken. Außerdem sollten alle Häftlinge aus dem Gefängnis geholt und mit Hacken und Schaufeln dort hingefahren werden. Das ist alles, was ich weiß, Sir. Vielleicht können Sie ihn erreichen, wenn Sie bei Foxy anrufen.«

Billy dankte dem Mann und legte auf. »Das wird immer verrückter. Tucker ist offenbar draußen bei Foxy; er hat Tom Mudter kommen lassen und ein paar Männer mit Hacken und Schaufeln.« Er nahm das Telefonbuch von Delano, suchte Foxys Nummer und wählte sie.

»Weißt du, es hat mal eine Zeit gegeben, da hätte ich dir Foxys Nummer aus dem Kopf sagen können«, erklärte Holmes und schnippte mit den Fingern. »Auch nachdem der Selbstwählverkehr eingeführt wurde, wußte ich viele Nummern auswendig. Komisch, wie man alles vergißt.«

Billy schaute ihn wieder einmal besorgt an. Der Bankier hatte den ganzen Nachmittag über so sonderbar geredet. Er legte den Hörer auf. »Besetzt.« Dann versuchte er es noch einmal, ohne Erfolg. Sie saßen ein paar Minuten da und nippten zwischendurch an ihren Drinks, schließlich versuchte es Billy zum dritten Mal. »Noch immer besetzt. Ich glaube, wir sollten lieber hinausfahren.« Die beiden Männer standen auf. »Mr. Holmes, Sie brauchen wirklich nicht mitzukommen. Ich kann Sie bei Ihnen zu Hause absetzen.«

»Oh, ich will doch sehen, was da draußen vor sich geht«, erwiderte Holmes. Der Alkohol schien ihn etwas belebt zu haben. »Fahren wir.«

An der Abzweigung zu Foxys Haus wurden sie von Sergeant Buddy Bartlett angehalten. »Entschuldigen Sie, Gouverneur. Ich habe Sie nicht erkannt.« Er schlug sich vor die Stirn. »Mein Gott, Sir, ich hab ganz vergessen, dem Chief zu sagen, daß Sie ihn sprechen wollten. Ich dachte, er ist schon nach New York unterwegs, als Sie heute nachmittag bei uns angerufen haben.«

»Buddy, was geht da oben eigentlich vor?« fragte Billy.

»Ich weiß nicht genug darüber, daß ich es Ihnen genau erklären könnte, Sir. Das soll lieber der Chief selber machen.«

Billy legte den Gang ein und fuhr die Anhöhe hinauf. Als sie über den Hügel gekommen waren und auf der anderen Seite nach unten fuhren, sahen sie das Blockhaus als dunkle Silhouette vor einem strahlenden Licht, das den Hang dahinter erhellte. Sie parkten den Wagen vor dem Haus und gingen dann auf die Rückseite. Billy erblickte Tucker und rief ihn zu sich.

»Guten Abend, Gouverneur, Mr. Holmes«, sagte der Chief.

Billy war geblendet von den Scheinwerfern und verblüfft über den Anblick der grabenden Männer. »Tucker, sagen Sie mir, was hier vor sich geht, ja?«

»Kommen Sie bitte einen Augenblick hierher, Gouverneur.« Tucker ging voraus auf den Hang mit den Kudzu-Ranken, die von mehreren Männern weggeharkt wurden. Er blieb vor einem Haufen aus Erde und Metall stehen.

Billy starrte darauf. »Ist das – war das ein Motorrad?«

»Ja, Sir. Wir haben Sonny Butts gefunden.«

Billy und Holmes warfen einen Blick auf das Motorrad, dann schauten sie sich an.

Tucker deutete auf das Haus. »Wenn Sie mit hineinkommen, kann ich Ihnen alles erklären«, sagte er und ging ihnen voraus den Hang hinunter. Als sie durch die Küchentür ins Haus traten, winkte ihnen John Howell vom Telefon aus zu. Dr. Tom Mudter saß am Küchentisch und schrieb.

»Abend, Billy, Mr. Holmes«, sagte der Doktor. »Tucker, wenn Sie jemanden Foxys Kastenwagen hinausfahren lassen, könnten wir alles in die Garage legen. Wir brauchen Platz für die Überreste. Es wird eine Menge zu katalogisieren geben.«

»Ist Foxy tot?« fragte Billy ungläubig.

Tucker führte sie in den Wohnraum und wartete, bis sie sich gesetzt hatten. Dann schlug er einen Ordner auf und reichte ihn Billy. »Fangen wir ganz von vorne an, Gouverneur«, sagte er.

Billy starrte auf das oberste Blatt Papier. Selbst nach so vielen Jahren erkannte er die Handschrift seines Vaters auf den ersten Blick.

Billy versuchte, das zu verarbeiten, was Tucker ihm in der letzten halben Stunde berichtet hatte, als ein Mann in einem schmutzigen blauen Anzug hereinkam. Tucker stellte ihn als Spezialagent Carr vom FBI vor.

»Tucker«, sagte Carr, »wir haben ein frisches Grab entdeckt. Sie werden nie erraten, wo.« Tucker zog die Augenbrauen hoch. »Es war in der Garage, unter Funderburkes Kastenwagen. Gott allein weiß, warum Foxy ihn ausgerechnet dort begraben hat. Ich wette, es ist der Junge aus dem letzten Rundschreiben.«

»Wie viele ergibt das bisher?« fragte Tucker.

»Sieben, wenn wir den Polizisten mitzählen. Und wir haben erst begonnen mit der Suche.«

Billy ging mit Holmes und Tucker hinaus. »Wir brauchen noch viele Helfer hier, Gouverneur«, sagte Tucker. »Glauben Sie, daß Sie uns die Unterstützung der Nationalgarde vermitteln können?«

Billy nickte. »Ich rufe gleich den Gouverneur an.« Dann ging er zurück ins Haus.

»Äh – Chief?« Tucker drehte sich um. Es war Bobby Patrick. »Äh – kann ich Ihnen irgendwie helfen?«

Tucker stellte ihm Ben Carr vor, der den jungen Sheriff einen Augenblick lang anschaute und dann sagte: »Sheriff, Sie können den Mann des Chiefs unten an der Hauptstraße ablösen. Wir können ihn hier besser brauchen. Lassen Sie aber niemanden durch, der hier nichts zu suchen hat.«

»In Ordnung. Wird gemacht«, sagte Patrick und ging rückwärts hinaus, sichtlich froh, eine offizielle Funktion übernehmen zu können.

Carr schaute Tucker an und lachte. »Da sehen Sie einen Sheriff, der vermutlich bei der nächsten Wahl eine Reihe von Gegenkandidaten haben wird, wenn man erst erfährt, daß er und Richter Green vom Talbot County sich geweigert haben, dieses Grundstück zu durchsuchen.«

Billy kam wieder aus dem Haus. »Der Gouverneur ruft den Kommandeur der Nationalgarde in La Grange an, und der setzt sich mit Ihnen in Verbindung, damit Sie ihm sagen können, was Sie brauchen.« Er schaute sich um. »Mr. Holmes und ich werden hier vermutlich nicht gebraucht. Ich glaube, wir fahren nach Hause.«

»In Ordnung, Gouverneur. Ich halte Sie auf dem laufenden.«

»Dafür wäre ich Ihnen dankbar. Und wenn ich Sie irgendwie unterstützen kann – zögern Sie nicht, mich anzurufen, ganz gleich, wie spät es ist.«

»Ich nehme an, von der Nationalgarde bekommen wir alles, was wir brauchen«, erwiderte Tucker. »Mr. Holmes, vielleicht sollten wir drei oder vier weitere Telefonanschlüsse hier draußen haben. Glauben Sie, daß Sie das arrangieren können?«

»Natürlich. In einer Stunde sind die Leitungen installiert.«

John Howell trat zu ihnen. »Billy, ich habe in dieser Sache das Vorrecht, und ich wäre Ihnen dankbar, wenn Sie die übrige Presse erst nach vierundzwanzig Stunden benachrichtigen würden.«

Billy schaute ihn an. »Klar, John. So, wie das hier aussieht, wird es ohnehin einige Zeit dauern, bis wir das ganze Ausmaß kennen, und ich muß gestehen, ich bin nicht scharf darauf, es zu verkünden. Das ist Sache von Mr. Watts und Mr. Carr, nehme ich an.« Er wandte sich an Hugh Holmes. »Meinen Sie nicht, wir sollten nach Hause fahren und das hier den Profis überlassen?«

»Nichts lieber als das«, erwiderte der Bankier.

Angesichts dessen, was geschehen war, kam ihm Holmes seltsam still vor auf der Rückfahrt, dachte Billy.

In Foxys Garten machte John Howell seine Kamera schußbereit und wanderte dann langsam über den Hang, um alles zu photographieren. Er blieb stehen, um einen alten Mann aufzunehmen, der sich erschöpft auf seine Schaufel gestützt hatte. Der Mann deutete zu Tucker hinüber.

»Das is aber 'n Klasse-Polizeichef, den wir da haben, hä?« sagte er zu Howell.

»Ja. Ein erstaunlicher Kerl.«

»War er immer.«

»Wie meinen Sie das?«

»Ich kenn ihn schon, seit er ein kleiner Junge war«, sagte

der Mann. »Wir haben 'ne Menge angestellt, als wir Kinder waren, Willie und ich.«

Howell hielt inne mit Photographieren. »Dann sind Sie auch in Columbus aufgewachsen, wie?«

»O nein, Sir. Wir waren immer in Delano. Willies Daddy hat für Mr. Billys Daddy gearbeitet, als er noch die Farm gehabt hat.«

Howell schaute sich den Mann genauer an. Er schien völlig nüchtern und normal zu sein. Es war einer der Häftlinge, die Bartlett zum Graben mit herausgebracht hatte. Howell zückte sein Notizbuch. »Wie heißen Sie?« fragte er.

»Mein Name ist Walter Johnson«, antwortete der Mann. »Aber die Leute nennen mich Krümelkuchen.«

22

Billy verbrachte den Sonnabend zu Hause und wartete auf Nachricht von Tucker. Er sprach kurz mit Holmes, und sie kamen überein, daß es unter den besonderen Umständen besser war, nicht mehr mit den Abgeordneten zu telefonieren.

»Die Sache mit Foxy wird uns ohnehin bald alle überrollen«, sagte Holmes resigniert, »und sie wird auch alles übrige zunichte machen. Wir sollten nicht mehr versuchen, gegen den Strom zu schwimmen.«

Am späten Nachmittag trafen Tucker Watts und John Howell ein; beide waren völlig erschöpft. Patricia drängte ihnen heiße Suppe auf, und Billy mixte ihnen einen Drink. Bald machten sie es sich in Billys Arbeitszimmer vor dem offenen Kamin bequem. Draußen hatte es zu regnen begonnen.

»Wir sind bei Foxy weitgehend fertig, und das ist auch gut so«, sagte Tucker, während er aus dem Fenster schaute. »Das FBI hat einen Pathologen hergeschickt, und er und Dr. Mudter sind dabei, die Überreste zu katalogisieren, unter Mithilfe eines Anthropologen von der Universität von Georgia, der Erfahrung mit archäologischen Ausgrabungen hat.«

»Wie viele sind es?« fragte Billy und fürchtete sich vor der Antwort.

Tucker nahm ein Notizbuch aus der Tasche und blätterte ein paar Seiten durch. »Wir glauben, daß wir jetzt alle gefunden haben.« Er machte eine Pause und atmete tief ein. »Dreiundvierzig.«

Billy hatte schlimme Nachrichten erwartet, aber die Zahl traf ihn wie ein Schlag. Einen Augenblick lang wurde ihm übel, dann hatte er sich wieder unter Kontrolle.

Als Billy nicht antwortete, fuhr Tucker fort: »Es ist uns gelungen, bisher sieben zu identifizieren, anhand der persönlichen Dinge, die mit ihnen begraben worden sind. Die übrigen werden anhand alter Vermißtenmeldungen im Zentralarchiv in Atlanta untersucht. Die meisten freilich wird man nie wieder identifizieren können.

Es ist schwer zu schätzen, wann das alles begonnen hat, aber ich halte es für sehr wahrscheinlich, daß der Junge, den man bei der alten Pfadfinderhütte gefunden hat, das erste Opfer war. Der andere Tote, den man damals fand, der Junge aus Waycross, dürfte das zweite oder dritte Opfer gewesen sein. Nach diesen Erfahrungen wurde Foxy vorsichtiger, und soviel wir wissen, hat danach keiner mehr aus dem Haus fliehen können.«

Billy brachte noch immer kein Wort heraus.

»Wir fanden eine Menge Utensilien in einem versteckten Schrank hinter einer Besenkammer: Handschellen, Gummischläuche, alles mögliche. Wir haben noch keinen Psychiater hinzugezogen, aber es scheint mir, daß das alles seinen Anfang nahm, als sich Foxy für den Posten des Chiefs bewarb und abgelehnt wurde. Er hatte wohl das Gefühl, man habe ihn um diesen Job betrogen. Foxy hatte das zwanghafte Bedürfnis, Polizist zu spielen, und so führte er auch Verhöre durch. Natürlich wußte keins seiner Opfer die Antworten auf seine Fragen.«

»Waren es Sexualverbrechen?« brachte Billy schließlich heraus.

»Zweifellos«, antwortete Tucker. »Nur der Leichnam, den wir in dem frischen Grab unter der Garage gefunden haben, war dazu geeignet, daraufhin untersucht zu werden, aber wenn wir die Wahrheit über alle Opfer wissen, werden wir sicher feststellen, daß es in allen Fällen ähnlich gewesen ist.«

»Haben Sie schon die Angehörigen verständigt?«

»Bartlett hängt gerade am Telefon. In manchen Fällen freilich werden wir sie nicht mehr ausfindig machen können. Die Nationalgarde hat uns Plastiksäcke geliefert, und wir schaffen alle Überreste ins Leichenhaus von Atlanta. Diejenigen, die identifiziert werden können, wird man danach schnellstens zur Bestattung freigeben, die anderen werden begraben, sobald die Untersuchungen abgeschlossen sind.«

»Was für Probleme können wir noch erwarten?« fragte Billy.

»Funderburke hat ein beträchtliches Vermögen und einen schönen Besitz hinterlassen – alles in allem etwa eine Million Dollar, meint Mr. Holmes –, und soweit wir das feststellen konnten, hat er keine lebenden Verwandten. Es wird vermutlich einige Leute geben, die Ansprüche auf den Besitz erheben, aber ich nehme an, das meiste aus dem Erlös wird an die Familien der Opfer gehen.«

»So sollte es sich gehören«, sagte Billy.

»Das wäre so ungefähr alles. Ich halte Sie auf dem laufenden, falls es neue Entwicklungen geben sollte, aber jetzt möchte ich gern nach Hause fahren und etwas schlafen. John wird in unserem Gästezimmer übernachten.«

Billy wandte sich an Howell. »Wann kommt die Sache in die Presse, John?«

»Morgen früh. Es wird natürlich in der ›Times‹ stehen, und die ›Constitution‹ wird unsere Fotos und die Geschichte übernehmen. Ich habe schon einen Kurier mit dem Text und den Bildern nach New York geschickt. Die Fernsehleute werden von morgen an die Stadt stürmen. Wenn ich Sie wäre, würde ich eine Erklärung vorbereiten.«

»Ich kann nur mein Entsetzen, mein Bedauern und mein Mitgefühl für die Familien ausdrücken und überlasse alles andere Tucker.«

Billy schüttelte beiden Männern die Hand und brachte sie

zur Tür. Dann ging er zurück ins Arbeitszimmer, saß reglos da und starrte ins Feuer.

Als sie Billys Auffahrt verlassen hatten und in Richtung auf Tuckers Haus fuhren, holte Howell tief Luft und sagte dann: »Tucker, als ich die Recherchen für das ›Sunday Magazine‹ anstellte, bin ich auch nach Columbus gefahren und habe nach Ihrem Geburtsschein gesucht.«

»Ach?« erwiderte Tucker und packte das Lenkrad ein wenig fester.

»Natürlich habe ich mir nicht die Mühe gemacht, nach einem Totenschein zu suchen. Aber wenn ich nun noch einmal hinfahre und nachschaue – was würde ich dann finden?«

Tucker war zu müde, um sich auf lange Debatten einzulassen. »Sie würden feststellen, daß ich mit acht Jahren an Scharlach gestorben bin«, sagte er.

»Dann war also der wirkliche Tucker Ihr Vetter?«

Tucker nickte. »Onkel Tucks Sohn. Mein Onkel hatte noch den Geburtsschein. Das war alles, was ich brauchte, als ich zur Armee gegangen bin. Damals habe ich bei einem Farmer in Alabama gearbeitet. Mein Vetter war zwei Jahre älter als ich, aber ich war groß für mein Alter, und es gab keine Schwierigkeiten bei der Musterung. Onkel Tuck hat einen Brief an meine Mutter geschrieben und ihr mitgeteilt, ich sei in Alabama von einem Lastwagen überfahren und getötet worden. Sie hat den Brief überall herumgezeigt, und keiner hat es bezweifelt. Von da an war ich Tucker Watts.«

»Wer außer Ihnen weiß das?«

»Elizabeth. Ich habe es ihr erst vor ein paar Monaten gestanden.«

»Sagen Sie mir die Wahrheit, Tucker – weiß es Billy auch?«

Tucker schüttelte den Kopf. »Nein, aber wenn Sie es drukken, dann ist es wohl besser, ich fahre gleich noch mal zu ihm raus und sage es ihm.«

Howell schwieg eine Weile und starrte hinaus auf die Landschaft. »Nein, ich glaube, ich werde es nicht veröffentlichen. Billy hat in den letzten zwei Monaten genug durchgemacht –

zwei Wahlen und jetzt am Dienstag diese Abstimmung im Repräsentantenhaus. Morgen werden Sie ganz groß herauskommen, und Billy auch, weil er Sie unterstützt hat. Wenn ich diese Sache veröffentliche, könnte das nur das Wasser trüben und Zweifel an Billys Unkenntnis der Sachlage wecken. Er hat eine Chance, ganz nach oben zu kommen, wissen Sie.«

»Was – bis nach Washington?«

Howell nickte. »Ja. Ich weiß aus guter Quelle, daß er an der Spitze von John F. Kennedys Liste steht, wenn der Präsident Lyndon Johnson fallenläßt, und es sieht ganz danach aus, als wäre er dazu entschlossen.«

Tucker griente. »Na, wäre das nicht 'ne feine Sache?«

Howell mußte lachen. »Ja – dann werden Sie vielleicht noch mal Boss vom FBI.«

»John«, sagte Tucker, »ich bin Ihnen dankbar, daß Sie es nicht veröffentlichen. Billy hat das nicht verdient.«

»Ja, ja.« Howell schaute hinaus auf die nassen Felder. »Junge, ich bin ein feiner Reporter!«

23

Billy fuhr am Dienstag nicht zur Abstimmung nach Atlanta. John Howell war bereit, eine Telefonleitung vom Capitol zu Billys Haus in Delano offenzuhalten und ihn vom Verlauf der Abstimmung zu unterrichten.

Kurz nachdem das Repräsentantenhaus zusammengetreten war, erhielt Holmes, der bei Billy das Ergebnis abwartete, einen Anruf. Er nahm ihn in der Küche entgegen, dann kam er zurück in Billys Arbeitszimmer. »Das war Fred Mitchell«, sagte er zu der kleinen Versammlung von Familienangehörigen und Freunden, unter denen sich auch Elizabeth und Tucker Watts befanden. »Fred Mitchell aus Tococca in Nordgeorgia. Billy und ich haben ihn in der letzten Woche mit dem Flugzeug besucht. Der Junge, den man in Foxys Garage gefunden hat, war Freds Neffe, der Sohn seiner Schwester aus

Florida.« Die kleine Gruppe hielt einen Augenblick lang den Atem an. »Er hat mich gebeten, Tucker zu bestellen, wie dankbar er ihm ist; sie hätten sonst wohl nie erfahren, was aus dem Jungen geworden ist. Und ich soll dir sagen, Billy, daß er für dich stimmt; er meint, daß er auch zwei oder drei andere für dich herumgekriegt hat.«

Zwei Stunden lang wurden im Repräsentantenhaus Ansprachen gehalten, und um zwölf Uhr mittags fand die Abstimmung statt. John Howell teilte Billy atemlos das Ergebnis über die offene Telefonleitung aus dem Capitol mit.

»Zwei Stimmen, Gouverneur. Sie haben mit zwei Stimmen gewonnen!«

Billy legte auf und berichtete es den Anwesenden. Es gab Hochrufe und Applaus. Und gleich danach klingelte das andere Telefon. Patricia meldete sich. »Das Weiße Haus«, sagte sie.

»Bitte sie, einen Augenblick am Apparat zu bleiben«, erwiderte Billy. Er wandte sich der kleinen Versammlung zu. »Bevor ich denen sage, wie froh ich bin, möchte ich es euch sagen, und ich möchte euch auch sagen, daß ich jedem einzelnen sehr viel verdanke. Ihr habt mir mehr geholfen, als ihr glaubt, und ich verspreche euch, ich werde eure Hilfe auch in Zukunft in Anspruch nehmen.«

Er wollte noch etwas sagen, brachte aber nichts mehr heraus. Statt dessen ging er ans Telefon und sprach ein paar Minuten lang. Dann kam er zu der Gruppe zurück, die gespannt wartete.

»Der Präsident hat mir persönlich gratuliert, und er hat Tucker zu seinem Erfolg beglückwünscht. John F. Kennedy kommt Ende des Monats für ein paar Tage nach Texas, und danach soll ich zu ihm nach Washington fahren, zu einem Gespräch unter vier Augen.«

Hugh Holmes saß an diesem Abend noch spät in seinem Arbeitszimmer, ein Glas Cognac in der Hand und grenzenlos betrübt. Er hatte das Gefühl, daß da etwas – nein, alles zu Ende gegangen war. Es war vierundfünfzig Jahre her, seit er zum ersten Mal den Fuß auf das Land gesetzt hatte, das heute die Stadt Delano war, und seit damals war sein Leben mit Plänen und Vorsätzen erfüllt gewesen. Jetzt gab es keinen Plan mehr, keinen Vorsatz, bei dem er eine bedeutende Rolle spielen konnte.

Er hatte alles für Billy getan, was in seinen Kräften stand. Er hatte alles für die Stadt getan, was er tun konnte. Und jetzt war Delano, in das er so viel Kraft, so viele Ideen investiert hatte, ein Synonym für Perversion und Tod geworden. Niemand würde jemals wieder über die Stadt sprechen können, ohne sich daran zu erinnern, was hier geschehen war. Er fühlte einen starken Schmerz in der Brust, der sich rasch auf den linken Arm ausbreitete. Er kannte diesen Schmerz, hatte ihn in letzter Zeit schon mehrmals gefühlt. Neben ihm stand das Telefon; er konnte Hilfe herbeirufen – wenn er wollte. Der Schmerz verstärkte sich; das Cognacglas fiel ihm aus der Hand.

Jetzt brauchte er nur noch zu warten. Der Schmerz würde ihn übermannen, oder er würde wieder vergehen. Ihm war das eine so gleichgültig wie das andere.

Anmerkung des Autors

Vor mehr als dreißig Jahren kramte ich in einem Schrank im Haus meiner Großmutter mütterlicherseits und entdeckte die große Plakette eines Polizeichefs. Sie war verbogen, von Schrotkugeln zerfetzt und wies noch Spuren von getrocknetem Blut auf. Die Plakette hatte meinem Großvater gehört, der sie bei seinem Tod getragen hatte, zehn Jahre vor meiner Geburt. Die Geschichte seines Todes, wie sie mir von meiner Großtante erzählt wurde, bildet die Grundlage zu diesem Buch, aber ich habe sie so stark verändert und erweitert, daß dieses Ereignis wie alle anderen in meinem Buch als reine Fiktion betrachtet werden muß.

Außer Will Henry gehen auch andere Personen auf Menschen zurück, die wirklich gelebt haben. Sie sind inzwischen bis auf einen gestorben. Abgesehen von Delano, sind alle Orte und Counties Wirklichkeit, doch meine Personen gleichen niemandem, der heute dort lebt. Wenn jemand – bis auf einen – glauben sollte, daß er in diesem Buch porträtiert wurde, so irrt er sich. Ich habe es sorgfältig vermieden, lebende Personen zu schildern, und jede Ähnlichkeit mit einer lebenden Person wäre reiner Zufall.

1. Auflage 1987
Aufbau-Verlag Berlin und Weimar
Ausgabe für die Deutsche Demokratische Republik mit Genehmigung
des Wilhelm Goldmann Verlags, München

Einbandgestaltung Gerhard Medoch
Typographie Peter Friederici
Karl-Marx-Werk, Graphischer Großbetrieb, Pößneck V 15/30
Printed in the German Democratic Republic
Lizenznummer 301. 120/159/87
Bestellnummer 613 492 8
01180

ISBN 3-351-00516-4